品藻 第九

【题解】 品藻者,品评人物,定其高下也。品藻之风源于汉末清议,后在魏晋士人中间相沿成风,而偏重对人物之精神、才性的考量。魏晋士人受《老》、《庄》、《易》"三玄"影响,主张越名任心、委身自然,因此贯穿本篇的是对自由人格和自然境界的抒写。本门第17则所载明帝与谢鲲的对话,就极具典型意义地传达出了这一时代主题,也使其成为《世说》中的名篇。明帝问谢鲲:"君自谓何如庾亮?"答曰:"端委庙堂,使百僚准则,臣不如亮;一丘一壑,自谓过之。"正是因为晋人内心希慕自然,才能对庙堂和权力看得相对平和,而非趋之若鹜。魏晋士人向外发现了自然,向内发现了自我的深情,自我的发现是魏晋时代的又一主题。本门第35则载,桓温少与殷浩齐名,常有竞心。桓问殷:"卿何如我?"殷曰:"我与我周旋久,宁作我。"晋人从过去被儒家礼教压抑、束缚中找回了久违的真我。他们嬉笑怒骂,皆成妙谛,展示了一个个丰富多彩的个性世界。

《世说新语》作为一部优秀的笔记小说,其简洁而传神的心理描写对后世小说当有一定开启作用,本门故事表现尤为突出。如第12则写到一代枭雄王敦在西朝时,见周𫖮以扇障面不停,显然是有一定心理障碍。后渡江,不再如此,王曰:"不知我进,伯仁退?"潜在意识中仍以周作为竞争对手。桓温亦有类似表现。38则载殷浩北伐失败被废,桓公语诸人曰:"少时与渊源共骑竹马,我弃去,己辄取之,故当出我下。"看似揭人短处不遗馀力,实则对殷浩仍有敬畏之心。两则小故事将两位政治家心灵世界的最潜在层面刻画得惟妙惟肖,极富人情意味。此外,第15则庾亮对王敦关于"何者居其右"的穷追不舍,第52则桓温欲说谢安、王坦之优劣,而"停欲言,中悔"的细节描写,都见出了常人心态。

9.1 汝南陈仲举、颍川李元礼[1],二人共论其功德[2],不能定先后。蔡伯喈《绩(续)汉书》曰:"蔡伯喈,陈留圉人。通达有俊才,博学善属文,伎艺、术数无不精综。仕至左中郎将,为王允所诛。"评之曰[3]:"陈仲举强于犯上[4],李元礼严于摄下[5];犯上难,摄下易。"张璠《汉纪》曰:"时人为之语曰:'不畏强御陈仲举,天下摸(模)楷李元礼。'"仲举遂在"三君"之下[6],谢沈《汉书》曰:"三君者,一时之所贵也。窦武、刘淑、陈蕃,少有高操,海内尊而称之,故得因以为目。"元礼居"八俊"之上[7]。薛莹《汉书》曰:"李膺、王畅、荀绲(昱)、朱寓、魏朗、刘佑(祐)、杜楷(密)、赵典为八俊。"《英雄记》曰:"先是张俭等相与作冠衣礼弹,弹中人相调,言:'我弹中诚有八俊、八义(及)、犹古之八元、八凯也。'"谢沈《书》曰:"八俊者,卓出之名也。"姚信《士纬》曰:"陈仲举胜气高烈,有王臣之节;李元礼忠壮正直,有社稷之能。海内论之未决,蔡伯喈抑一言以变之,疑论乃定也。"

【注】

〔1〕陈仲举:陈蕃,汝南平舆(今河南)人。见《德行》1注。李元礼:李膺,见《德行》4注。

〔2〕"二人共论"句:清人李慈铭考证,认为"二人"当为"士人"。

〔3〕蔡伯喈:蔡邕(132—192),字伯喈,东汉陈留圉(今河南杞县南)人。

〔4〕犯上:触犯君上。

〔5〕摄下:威慑部下。

〔6〕三君:东汉末窦武、刘淑、陈蕃称"三君"。君,一世之宗。

〔7〕八俊:东汉末李膺、荀昱、杜密、王畅、刘祐、魏朗、赵典、朱寓称"八俊"。俊,人之英杰。

【评】

东汉末,宦官当权,外戚专横。陈蕃为太傅,与大将军窦武谋诛宦官,反为所害。时有"不畏强御陈仲举"之语;李膺于朝纲不振之时,独持风裁,以声名自高,与太学生领袖郭泰等结交,时有"天下楷模李元礼"之评。蔡伯喈据此以为"犯上难,摄下易",陈蕃高于李膺。蔡说未为的论。其实,犯上、摄下均需要一种以天下为己任的高度社会责任感和直面惨淡人生的勇气。犯上固然需要有"威武不能屈"的大丈夫气概;为士人表率亦须有当仁不让的儒者情怀做内在的支撑。君不见民众的一般心理吗——山不转水转,说不定谁求着谁,因此谁也不能得罪。在某种意义上说,李膺的做法更难以做到,因此二人之间不得强分高下。后党锢之祸起,李膺不求苟活,主动投狱,竟为正义事业而死,与陈蕃一样,死得其所。察其言、观其行可知,陈、李二人为中国传统知识分子的中坚,各以己之所长的方式为推动社会进步做出贡献,表现了儒者本色。

9.2 庞士元至吴〔1〕,吴人并友之。《蜀志》曰:"周瑜为岭('为岭',袁本作'领',是)南郡,士元为功曹。瑜卒,士元送丧至吴,吴人多闻其名;及当还西,并会阊(闾)门,与士元言。"见陆绩、《文士博(传)》曰:"绩字公纪。幼有隽朗才数,博学多通。庞士元年长于绩,共为交友。任(仕)至郁林太守。自知亡日,年三十二而卒。"顾劭、全琮〔2〕,环济《吴纪》曰:"琮字子黄(璜),吴郡钱塘人。有德行义槩,为大司马。"而为之目曰〔3〕:"陆子所谓驽马有逸足之用〔4〕,

顾子所谓驽牛可以负重致远[5]。"或问:"如所目,陆为胜邪?"曰:"驽马虽精速,能致一人耳。驽牛一日行百里,所致岂一人哉?"吴人无以难[6]。"全子好声名[7],似汝南樊子昭[8]。"蒋济《万机论》曰:"许子将褒贬不平,以拔樊子昭而抑许文休。刘晔难曰:'子昭拔自贾竖,年至七十,退能守静,进不苟竞。'济答曰:'子昭诚自幼至长,容貌完洁。然观其插齿牙,树颊颏,吐唇吻,自非文休之敌。'"

【注】

〔1〕庞士元:庞统字士元,号凤雏,汉末襄阳人。见《言语》9注。至吴:周瑜任南郡太守,庞统任功曹。周瑜死,庞统送丧至吴(治所在今苏州)。

〔2〕陆绩(187—219):字公纪,三国吴吴郡吴(今江苏苏州)人。顾劭:字孝则,吴相顾雍子。全琮(?—249):字子璜,三国吴吴郡钱塘(今浙江杭州)人。

〔3〕目:品评。

〔4〕陆子:指陆绩。子,古代男子之美称。驽马:劣马。逸足:快足,捷足。

〔5〕驽牛:走不快的牛。负重致远:背负重物而达于远地。

〔6〕难:反驳,诘难。

〔7〕好声名:看重名誉。《三国志·吴书·全琮传》载,琮父全柔,曾使宗运米数千斛至吴市出售,他全部用以赈济士大夫之贫者。

〔8〕樊子昭:东汉末汝南(在今河南)人。出身贫贱,以德行为许劭所奖拔。

【评】

千里马虽追风绝响、奔逸绝尘,而百年不一遇,故世多驽马驽牛。驽马有逸足之用者,驽马中之佼佼者,虽不能一日千里,而于众马之中,固已出群矣;驽牛能负重致远,虽不如马之善走,然驮重负载动至千斤,亦非老弱不堪之牛。斯二者为马牛中之超群者,喻陆绩、顾劭性情一俊快、一厚重,各有其用,不能互相代替。世人不解,以为马胜牛。庞则反唇相讥,欲破世人观念中非此即彼之偏执,即荀子《劝学》篇所谓"骐骥一跃,不能十步;驽马十驾,功在不舍"意也。刘辰翁曰:"亦捷急变化语,即骏马所致亦如此耳。"斯言得之。庞士元之本意,亦非牛胜马。

9.3 顾劭尝与庞士元宿语[1],问曰:"闻子名知人[2],吾与足下孰愈[3]?"曰:"陶冶世俗[4],与时浮沈[5],吾不如子;《吴志》曰:"劭好乐人伦,自州郡庶几及四方人事,往来相见,或讽议而去,或结友而别,风声流闻,远近称之。"论王霸之馀策[6],览倚伏之要害[7],吾似有一日之长[8]。"劭亦安其言[9]。《吴录》曰:"劭安其言,更亲之。"

【注】

〔1〕顾劭:见前则。庞士元:庞统,见前则。宿语:夜里交谈。

〔2〕知人:善于识别人。

〔3〕孰:谁。愈:强,优胜。

〔4〕陶冶:原指烧制陶器与冶炼金属。引申为化育、熏陶。世俗:社会风尚习俗。

〔5〕时:时势。浮沈:随波逐流。指随时而变。沈,同"沉"。

〔6〕王霸:王业与霸业。儒家谓施行仁政治理天下为王,凭借武力征服四方为霸。

〔7〕倚伏:语本《老子》:"祸兮福之所倚,福兮祸之所伏。"谓福祸相互依存转化。

〔8〕一日之长:谓在某方面略强些。

〔9〕安:满意,认为妥当。

【评】

　　顾劭结交广泛,聚合人望,为乡间贤达,起家为豫章太守而风化大行;庞士元与诸葛亮并为刘备的智囊高参,屡出奇计,谈兵多中。此评虽用模糊语言造成一种各有短长高下的客观印象,但稍加分析可知有皮里阳秋之义。"陶冶世俗,与时沉浮"是一般干吏、勤吏所为,自是常才;"论王霸之馀策,览倚伏之要害",则是运筹帷幄的廊庙器,不世出之大才。庞士元谦逊外表下透露出一股桀骜不驯之气,宜其有"凤雏"之号。刘辰翁评曰:"有怀其人。"凌濛初曰:"惜未见其止。"均对庞士元油然而生景仰之情。

　　9.4　诸葛瑾、弟亮及从弟诞[1],《吴书》曰:"瑾字子瑜,其先葛氏,琅邪诸县人,后徙阳都。阳都先有姓葛者,时人谓诸葛,因为氏。瑾少以至孝称,累迁豫州牧,六十八卒。"《魏志》曰:"诞字公休,为吏部郎。人有所属托,辄显其言而亟用之,后有得失当不,则公议其得失以为褒贬。自是群寮莫不慎其所举。累迁扬州刺史、镇东将军,以其谋逆伏诛。"并有盛名,各在一国。于时以为蜀得其龙,吴得其虎,魏得其狗[2]。诞在魏,与夏侯玄齐名[3];瑾在吴,吴朝服其弘量[4]。《吴书》曰:"瑾避乱渡江,大皇帝取为长史,遣使蜀,但与弟亮公会相见,退无私面。而又有容貌思度,时人服其弘量。"

【注】

　　[1]诸葛瑾(174—241):字子瑜,三国琅邪阳都(今山东沂水南)人。诸葛亮之兄。亮:诸葛亮,见《方正》5注。从弟:族弟,堂弟。诞:诸葛诞(?—258),字公休。仕魏,见司马氏秉政,夏侯玄等被诛灭,于甘露二年(257)称臣于吴,据寿春反魏。

　　[2]狗:以狗比诸葛诞,有人以为是司马氏之党诋毁他;也有人以为狗泛指幼小动物,因诸葛诞在三兄弟中最幼,故称。

〔3〕夏侯玄:见《方正》6注。

〔4〕弘量:宏大的气度。比喻人有大才。

【评】

  诸葛氏三兄弟各有龙、虎、狗之评,属于《世说》常用的比兴手法。龙、虎、狗之喻,盖当时拟人之佳评,虽略分高下层次,但却不可以今人之眼光强加褒贬,谓狗为劣评也。龙虎喻人中豪杰,狗仅下其一等,亦甚有功用。太公《六韬》以文、武、龙、虎、豹、犬为排列次序可知。又《史记·萧相国世家》载高祖分封功臣时云:"夫猎,追杀兽兔者狗也,而发踪指示兽处者人也。今诸君徒能走兽耳,功狗也。至如萧何,发踪指示,功人也。"刘邦将攻城略地的将帅比为"功狗",绝非蔑称。不仅如此,更有人甘当走狗。如清代画家郑板桥服膺明代狂人徐渭(号青藤),治印一方,上刻字自称"青藤门下走狗";无独有偶,齐白石老人亦有诗曰:"青藤雪个远凡胎,老否衰年别有才。我欲九原为走狗,三家门下转轮来。"寄托了对前辈画家徐渭、朱耷、吴昌硕等人的顶礼膜拜之情。西方文化中亦有以狗自喻者,如《天演论》的作者赫胥黎非常崇拜达尔文,他勇敢地捍卫达尔文的进化论学说,以甘当达尔文的"斗犬"而自豪。这样的例子不胜枚举。可见,狗是一种可亲、可敬的动物。全祖望《鲒埼亭集外编》曰:"予观东汉之末,东南淑气萃于诸葛一门。观其兄弟分居三国,世莫有以为猜者,非大英雄不能。"故于时龙、虎、狗为三兄弟,当无鄙视之意。

  9.5 司马文王问武陔[1]:"陈玄伯何如其父司空[2]?"陔曰:"通雅博畅(畅)[3],能以天下声教为己任者[4],不如也;明练简至[5],立功立事,过之。"《魏志》曰:"陔与泰善,故文王问之。"

【注】

〔1〕司马文王:司马昭,见《德行》15 注。武陔:字元夏。见《赏誉》14 注。

〔2〕陈玄伯:陈泰,字玄伯,见《方正》8 注。其父司空:指陈泰之父陈群,三国魏司空,见《德行》6 注。

〔3〕通雅博畅(暢):通达雅正,渊博畅洽。谓学问造诣深。

〔4〕声教:声威教化。

〔5〕明练简至:精明干练、处事简要。谓练达世务。立功立事:古人有三不朽之说,语本《左传·襄公二十四年》:"太上有立德,其次有立功,其次有立言。"

【评】

陈群端委廊庙,其首倡九品官人法、议复肉刑、谏迎宫室诸举措,事关国家政令方针导向,宜武陔有"通雅博畅"之评;陈泰一生事业,则主要在行伍中攻城略地、为王前驱,于理论思考虽或缺,然立功立事,亦足不朽。父子相较,一以弘通雅正胜,一以干练简洁显。其实,盖棺定论,父子之间难分高下。陈群于庙堂上倡高标、立世范,至如"以天下声教为己任者",固然是出于以天下为己任的博大情怀;而陈泰于高贵乡公被弑后,声讨贾充,矛头暗指司马氏,因此呕血而亡,不正以宝贵的生命践行了儒家道义吗?《三国志》裴松之注以为,陈氏一门寔、纪到群、泰四世,"其德渐渐小减",并引时人语曰:"公惭卿,卿惭长",实在是拘泥于抽象道德标准的冬烘之谈,儒家人格当在历史的发展流动中显示其变动不居的态势,每一时代均有一时代立德、立功、立言的具体特色、内涵,不得谓古人人格一定胜于今人也。民国初年,鲁迅关于"中国人失掉了自信力了吗?"的探讨和胡适"新不朽观"的提法,均见出了新时代的思辨高度。胡适曾言:"我们谈到古人的人格,往往想到岳飞、文天祥和晚明那些死在廷杖之下或天牢里的东林忠臣。我们何尝不想想这二三十年中为了各种革命慷慨杀身的无数志士！……我们试想想那些为排满革命而死的许多志士,那些为民十五六年的国民革命而死的无数青年,那些前两年中在上海在长城一带为抗日卫国而死的无数青年,那些为民十三以来的共产革命而死的无数青年——他们慷慨献身去经营的目标比起东林诸君子的目标来,其伟大真不可比例了。"(《写在孔子诞辰纪念之后》)因此,对于曾国藩和孙中山这两位不同时代的代表性人物,胡适认为,在古典文学的成就上,在事故的磨炼上,在小心谨慎的行为上,孙中山比不上曾国藩;然而在见解的大胆,气象的雄伟,行为的勇敢上,理学名臣就远不如革命领袖孙中山了。胡适的见解,因具有进化论的历史观作理论基础,不能不说是相当透辟而启迪至深。

9.6 正始中[1],人士比论[2],以五荀方五陈[3]:荀淑方陈寔[4],荀靖方陈谌[5],《逸士传》曰:"靖字叔慈,颍川人。有俊才,以孝箸名。兄弟八人,号'八龙'。隐身修学,动止合礼。弟爽,亦有才学,显名当世。或问汝南许章(劭):'爽与靖孰贤?'章(劭)曰:'二人皆王(玉)也。慈明外朗,叔慈内润。'太尉辟不就。年五十终,时人惜之,号玄行先生。"荀爽方陈纪[6],荀彧(或)方陈群[7],《典略》曰:"彧(或)字文若,颍川人。为汉侍中、守尚书令。彧(或)为人英伟,折节待士,坐不累席。其在台阁间,不以私欲挠意。年五十薨,谥曰敬侯,以其名德高,追赠太尉。"荀顗方陈泰[8]。《晋诸公赞》曰:"顗字景倩,彧(或)之子。蹈礼立德,思义温雅,加深识国体,累迁光禄大夫。晋受禅,封临淮公。典朝仪,刊正国式,为一代之制。转太尉,为台辅,德望清重,留心礼教。卒谥康公。"又以八裴方八王:裴徽方王祥[9],裴楷方王夷甫[10],裴康方王绥[11],《晋百官名》曰:"康字仲豫,徽之子。"《晋诸公赞》曰:"康有弘量,历太子左率。"裴绰方王澄[12],《王朝目录》曰:"绰字仲(季)舒,楷弟也。名亚于楷。历中书、黄门侍郎。"裴瓒方王敦[13],《晋诸公赞》曰:"瓒字国宝,楷之子。才气爽隽,终中书郎。"裴遐方王导[14],裴頠方王戎[15],裴邈方王玄[16]。

【注】

〔1〕正始:三国魏齐王芳年号(240—248)。

〔2〕比论:比较评论。

〔3〕方:比。

〔4〕荀淑:见《德行》5注。陈寔:见《德行》6注。

〔5〕荀靖:字叔慈,荀淑第三子。陈谌:见《德行》6注。

〔6〕荀爽:见《言语》7注。陈纪:见《德行》6注。

〔7〕荀彧:即荀彧,见《德行》6注。原刻误作"或"。陈群:见《德行》6注。

〔8〕荀顗:字景倩,荀彧子。陈泰:见《方正》8注。

〔9〕裴徽:见《文学》8注。王祥:见《德行》14注。

〔10〕裴楷:见《德行》18注。王夷甫:王衍,见《言语》23注。

〔11〕裴康:字仲豫,裴徽子。王绥:字万子,王戎之子。

〔12〕裴绰:字季舒,官至黄门侍郎。王澄:见《德行》23注。

〔13〕裴瓒:字国宝,裴楷次子。王敦:见《言语》37注。

〔14〕裴遐:见《文学》19注。王导:见《德行》27注。

〔15〕裴頠:见《言语》23注。王戎:见《德行》16注。

〔16〕裴邈:见《雅量》11注。王玄:见《识鉴》12注。

【评】

故事以事数标榜和两两比照的方式,将汉魏之际四大家族的英杰之士对照比附一番,实是汉末清议风气的自然承续。之所以选择荀、陈与裴、王,因为他们是汉末魏晋之际的望族,在一定程度上显出了门第观念的变化。家族前几代均以儒行立身,尔后守成者渐入玄学一流。从家族成员的社会身份、伦理道德观念的代代流变，可以看出时代思潮的嬗变。这样的比附，折射出魏初士人尚以声气相标榜的历史印痕。模糊视之，或有一定道理，若读者深信不疑，一一求其因果，则未免拘泥株守，太过较真了。

9.7 冀州刺史杨淮（準）二子乔与髦[1]，俱总角为成器[2]。淮与裴頠、乐广友善[3]，遣见之。頠性弘方[4]，爱乔之有高韵[5]，谓淮（準）曰："乔当及卿，髦小减也。"广性清淳[6]，爱髦之有神检[7]，谓淮（準）曰："乔自及卿，然髦尤精出[8]。"淮（準）笑曰："我二儿之优劣，乃裴、乐之优劣。"论者评之，以为乔虽高韵，而检不匝[9]；乐言为得。然并为后出之隽。荀绰《冀州记》曰："乔字国彦，爽朗有远意；髦字士彦，清平有贵识。并为后出之隽，为裴頠、乐广所重。"《晋诸公赞》曰："乔似淮而疏，皆为二千石，髦为石勒所害。"

【注】

〔1〕冀州：州名。晋代治所在房子（今河北）。刺史：州长官，掌州军政大权。杨淮：见《赏誉》58注。"淮"应作"準（准）"，据沈校本改。乔：杨乔，字国彦。髦：杨髦，字士彦。

〔2〕总角：指童年。成器：犹言成材。

〔3〕裴頠：见《言语》23注。乐广：见《德行》23注。

〔4〕弘方：旷达正直。

〔5〕高韵：高雅的气质。

〔6〕清淳：高洁淳朴。

〔7〕神检：精神操守。

〔8〕精出：出类拔众。

〔9〕检：节操，操守。匝：完善，完满。

【评】

　　故事以一次富有生活情趣的人物品藻过程，展示晋人多元而高雅的精神世界。杨準遣二子拜见裴頠、乐广，希望两位名人予以品评、识鉴，见出父亲望子成龙的美好期待。而名士们的鉴定结论大相径庭，令人莫衷一是。根据西方表现论，任何一种主体对客体的观照，都不可能是纯粹镜像式的反映（即再现），而不可避免地带有鉴赏者主体印记（即表现）。主观性较强的人物评价活动更是如此。中国亦有以己度人的传统与此印证。裴、乐虽优游儒道间，而裴推重儒家之雅正高迈，乐更尚玄之素朴自然。裴頠以己性情之旷达正直为基准，认定长子杨乔当胜出；乐广以己气质之清净淳朴为标竿，则以次子髦为优。不论以何种标准衡量，杨準都为自己后继有人而自豪。

　　9.8　刘令言始入洛〔1〕，《刘氏谱》曰："纳字令言，彭城蓁亭人。祖瑾，乐安长。父魁，魏洛阳令。纳历司隶校尉。"见诸名士而叹曰："王夷甫太鲜明〔2〕，乐彦辅我所敬〔3〕，张茂先我所不解〔4〕，周弘武巧于用短〔5〕，王隐《晋书》曰："周恢字弘武，汝南人。祖斐，永宁少府。父隆，州从事。恢仕至秦相，秩中二千石。"杜方叔拙于用长〔6〕。"《晋诸公赞》曰："杜育字方叔，襄城邓（定）陵人，杜袭孙也。育幼便岐嶷，号'神童'。及长，美风姿，有才藻，时人号曰杜圣。累迁国子祭酒。洛阳将没，为贼所杀。"

【注】

　　〔1〕刘令言：刘纳，字令言，西晋彭城（今江苏徐州）人。刘隗伯父。

　　〔2〕王夷甫：王衍，见《言语》23注。鲜明：特出，出群。

　　〔3〕乐彦辅：乐广，见《德行》23注。

〔4〕张茂先:张华,见《德行》12注。

〔5〕周弘武:周恢,字弘武,西晋汝南(在今河南)人。与石崇、潘岳等党附贾谧,为"二十四友"之一。

〔6〕杜方叔:杜育,字方叔,西晋襄城(在今河南)人。

【评】

《世说》人物品藻,有一个较为显著的特点,就是喜说人长而少言人短。即使是批评否定也极尽含蓄、委婉之能事。这固然是秉承了中国传统文化中的君子的温柔敦厚之德,可后人重读这些故事,发现这些历史人物大多光鲜亮洁、超俗绝尘,好似庄子笔下邈姑射山的神仙,总觉得难脱溢美之嫌。本则却脱出窠臼,是一个特例。刘令言评王衍太鲜明,褒中有贬,似谓王过刻露,少蕴藉;对乐广毫不掩饰尊敬之情;张华气象万千,难以情测,故付之阙如;周恢巧于用短,是称其所长;杜育拙于用长,是讥其所短。刘评快人快语,爱恶分明,别有一番滋味。

9.9 王夷甫云[1]:"闾丘冲荀绰《兖州记》曰:"冲字宾卿,高平人。家世二千石。冲清平有鉴识,学有文义。累迁太傅长史,虽不能立功盖世,然闻义不惑,当世莅事,务于平允。操持文案,必引经诰,饰以文采,未尝有滞。性尤通达,不矜不假。好音乐,侍婢在侧,不释弦管。出入乘四望车,居之甚夷,不以亏损恭素之行,淡然肆其心志。论者不以为侈,不以为僭。至于白首,而清名令望不渝于始。为光禄勋,京邑未溃,乘车出,为贼所害,时人皆痛惜之。"**优于满奋、郝(郗)隆**[2]。《晋诸公赞》曰:"隆字弘始,高平人。为人通亮清识,为吏部郎、扬州刺史。齐王冏起义,隆应檄稽留,为参军王邃所杀。"**此三人并是高才,冲最先达**[3]。"《兖州记》曰:"于时高平人士偶盛,满奋、郝隆达在冲前,名位已显,而刘宝、王夷甫犹以冲之虚贵足先二人。"

【注】

〔1〕王夷甫:王衍。

〔2〕闾丘冲:字宾卿,西晋高平(今山东巨野南)人。满奋:晋高平人,见《言语》20注。郝隆:当为郗隆。郗隆,字弘始,西晋高平人。郗鉴叔父。

〔3〕先达:优秀显达。

【评】

闾丘冲心态淡泊,性情通达,清平有鉴识。这样的人生态度合于魏晋玄学的精神实质,也与大名士王衍的标榜的人格追求相默契,故三人之中王衍以冲为最先达。

9.10 王夷甫以王东海比乐令〔1〕,《江左名士传》曰:"承言理辩物,但明其旨要,不为辞费,有识伏其约而能通。太尉王夷甫一世龙门,见而雅重之,以此(比)南阳乐广。"故王中郎作碑云〔2〕:"当时标榜〔3〕,为乐广之俪〔4〕。"

【注】

〔1〕王夷甫:王衍。王东海:王承,曾任东海太守,见《政事》9注。乐令:乐广,见《德行》23注。

〔2〕王中郎:王坦之,王承之孙,见《言语》72注。

〔3〕标榜:称扬,品评。

〔4〕俪:匹偶。

【评】

《晋书》承本传曰:"言理辩物,但明其指要而不饰文辞,有识者服其约而能通。"可见王承玄辩风格以通脱简约为宗。王衍以比乐广,倒也恰如其分地抓住了二人的相似之处。乐广击几案谈"旨不至",以顿悟的思维方式,将深繁的玄理化为耐人寻味的"行为艺术",又恰似禅宗的"不立文字,直指本心"。刘勰《文心雕龙·诔碑》云:"标序盛德,必见清风之华;昭纪鸿懿,必见峻伟之烈。此碑之制也。"碑铭之作,当以昭示亡者之盛德鸿业为目的。王坦之为祖父王承撰写碑文,称"当时标榜,为乐广之俪",引述此意,可见王衍评语具有盖棺定论的意义。

9.11　庾中郎与王平子雁行[1]。《晋阳秋》曰:"初,王澄有通朗称,而轻薄无行。兄夷甫有盛名,时人许以人伦鉴识。常为天下士目曰:'阿平第一,子嵩第二,处仲第三。'敳以澄、敦莫己若也。及澄丧敦败,敳世誉如初。"

【注】

〔1〕庾中郎:庾敳字子嵩,庾峻子。曾作司马太傅从事中郎。见《文学》15 注。王平子:王澄字平子,王衍弟。见《德行》23 注。雁行:鸿雁在天空列阵齐飞。比喻二人并列齐一,不分高下。

【评】

　　王衍尝为天下目曰:"阿平第一,子嵩第二,处仲第三。"拉扯提携自家兄弟近乎肉麻。但是,这是一个张扬自我的时代,人家就这样说了,你又能怎样?王澄轻薄放荡,为人处世无足多取,与庾敳之颓然渊放、王敦之立事立功,均非一路。虽然王澄仅得魏晋玄学的皮毛,但有早已"得道"的大名士哥哥王衍为舆论领袖,在圈子里提携帮衬、推波助澜,因此还是得到时论的认可。本则"庾中郎与王平子雁行"即说明公众已经习惯于将王、庾并提了,可见名人效应之强大攻势及其影响力。

9.12　王大将军在西朝时[1],见周侯辄扇障面[2],不得住[3]。敦性强梁,自少及长,季伦斩妓,曾无异色。若斯傲很,岂惮于周颙乎?此言不然也。后度江左[4],不能复尔[5]。

三叹曰:"不知我进伯仁退[6]。"沈约《晋书》曰:"周顗,王敦素惮之,见辄面热,虽复腊月,亦扇面不休。其惮如此。"

【注】

〔1〕王大将军:王敦官至大将军。见《言语》37 注。西朝:指西晋。西晋建都洛阳,渡江后东晋建都建康,自建康而言,洛阳在西,故称。

〔2〕周侯:指周顗,见《言语》30 注。

〔3〕不得住:不能停。

〔4〕度:通"渡"。江左:江东。

〔5〕尔:如此。

〔6〕三叹曰:据文义及诸本,"三"当作"王"。伯仁:周顗,字伯仁。

【评】

石崇宴请,以斩妓的方式要挟宾客饮酒,王敦虽预其中却不为所动。就是这样一位性情强梁傲狠的"百炼钢",到了周顗手里,则便成了"绕指柔"。扇面之说绝非空穴来风。可见周顗之风采,必有使王敦慑服处。无独有偶,《晋书》本传亦载东南秀士戴若思见周顗,终坐而出,不敢显其才辩,与此有异曲同工之妙。盖人的心理结构中总会有薄弱之处,周顗性情中的某种特质恰是王敦所缺乏的。俗话说,"卤水点豆腐,一物降一物",王敦之扇面不休乃是一种心理障碍,当遇到刺激就会以不自觉的心理应激形式呈现出来,昭示了其性格缺欠。在长期的生活实践中,某些心理障碍会因事业的成功、自信心的增强而自行克服。渡江后,王敦"不能复尔",说明其在理性层面建立起了对周顗的自信,"不知我进伯仁退",则最终露出"本我",貌似自负,实则不经意间流露出其早年的心理印痕。

9.13 会稽虞騑[1],元皇时与桓宣武(城)同侠[2],其人有才理胜望。《虞光禄传》曰:"騑字思行,会稽馀姚人,虞翻曾孙,右光禄潭兄子也。虽机干不及潭,而至行过之。历吏部郎、吴兴守,征为金紫光禄大夫,卒。"王丞相尝谓骙曰〔3〕:"孔愉有公才而无公望〔4〕,丁潭有公望而无公才〔5〕,愉已见。《会稽后贤记》曰:"潭字世康,山阴人,吴司徒固(曾)孙也。沈婉有雅望,少与孔愉齐名。仕至光禄大夫。"《晋阳秋》曰:"孔敬康、丁世康、张伟康俱箸名,时谓'会稽三康'。伟康名茂,尝梦得大象,以问万雅,雅曰:'居(君)当为大郡而不善也。象,大兽也,取其音狩,故为大郡;然象以齿丧身。'后为吴郡,果为沈充所杀。"兼之者其在卿乎?"骙未达而丧〔6〕。《虞光禄传》曰:"骙未澄(登)台鼎,时论称屈。"

【注】

〔1〕会稽:郡名。东晋时治所在山阴(今浙江绍兴)。虞骙:字思行,东晋会稽馀姚(今属浙江)人。时论谓有宰辅之望。

〔2〕元皇时与桓宣武同侠:元皇,指晋元帝司马睿。桓宣武,桓温。程炎震疑"桓宣武"为"桓宣城"之讹,指温父桓彝,因彝曾与骙俱为吏部郎。疑是。同侠,疑"侠"为"僚"之讹。

〔3〕王丞相:指王导。

〔4〕孔愉:字敬康,晋会稽山阴人。见《方正》38注。公:指三公。晋以太尉、司徒、司空为三公。

〔5〕丁潭:字世康,东晋山阴(今浙江绍兴)人。

〔6〕达:显贵。

【评】

三公是清要之职,晋朝时多由高门士族之德隆望尊者担任,至于才能如何则并不重视。王导寄虞骙以宰辅之望,"望"包括由门第先天带来的位望和道德品质等后天声望。集才华与人望于一身的虞骙乃吴国虞翻之曾孙,门第并非显赫,王导此处之"望"乃重点指品行之声望,流露出其选材标准兼顾德、才多方面因素。

9.14　明帝问周伯仁[1]:"卿自谓何如郗鉴[2]?"周曰:"鉴方臣,如有功夫[3]。"复问郗,郗曰:"周颉比臣,有国士门风[4]。"邓粲《晋纪》曰:"伯仁清正巘然,以德望称之。"

【注】

〔1〕明帝:东晋明帝司马绍,见《方正》23注。程炎震疑明帝为元帝之讹,疑是。周伯仁:周颉,见《言语》30注。

〔2〕谓:认为。何如:和……相比如何。郗鉴:见《德行》24注。

〔3〕方:比。功夫:功力,修养。

〔4〕国士:一国之中的杰出人才。门风:家风。

【评】

郗鉴、周颉俱是经邦济世的国之重臣,郗鉴是北来流民帅的领袖,周颉则是过江中原士族的佼佼者,二者政治利益原有不同。俗话说"一山难容二虎",旗鼓相当的战友往往会因争宠、争胜,而演化成刀兵相见的敌手,古往今来同僚中因互相掣肘、拆台而造成严重内耗的恶性事件史不绝书。但故事中,二人却在明帝面前互相推尊,显示了名士的雍容风度。特别是郗鉴,目周颉有国士之风,非有虚怀若谷的气度不能发此激赏。为了国家民族的共同利益,还有什么分歧和矛盾是不好解决的?刘辰翁曰:"两语各可观。"正是此意。故事从一个侧面折射出周颉在士人心目中的地位,也同时展示了晋人空明、澄澈的胸怀。

9.15　王大将军下[1],庾公问[2]:"闻卿有四友,何者是?"答曰:"君家中郎[3]、我家太尉、阿平[4]、胡毋彦国[5]。"《八王故事》曰:"胡毋辅之少有雅俗鉴识,与王澄、庾敳、王敦、王夷甫为四友。"今故答也。阿平故当最劣[6]。"庾曰:"似未肯劣。"庾又问:"何者居其右[7]?"王曰:"自有人。"又问:"何者是?"王曰:"噫!其自有公论[8]。"左右蹑公[9],公乃止。敦自谓右者在己也。

【注】

〔1〕王大将军:王敦,见《言语》37注。下:指王敦自武昌到东晋都城建康。武昌在上游,从上游到下游称下。

〔2〕庾公:庾亮,见《德行》31注。

〔3〕君家中郎:指庾敳,见《文学》15注。君家:您家。

〔4〕我家太尉、阿平:指王衍、王澄,分别见《言语》23注、《德行》23注。

〔5〕胡毋彦国:胡毋辅之,字彦国。见《德行》23注。孔子以颜回、子贡、子张、子路为四友。后代帝王将相多效仿,以结交四友为尚。

〔6〕故当:当然是。

〔7〕右:前,上。古代尚右,以右为上为尊。

〔8〕其:可能;或许。表示估计、推测而语气较委婉。

〔9〕蹑公,指踩庾亮的脚。

【评】

故事以极富个性化和生活气息的人物对白,展示了一代枭雄王敦丰富的内心世界。庾亮问王敦,谁为"四友"中之优者,敦不作正面回答,而以"自有人"搪塞。不料庾亮不解其意,仍刨根问底。王敦欲说还休,一感叹词"噫",意味深长地传达出不被理解的苦恼。"其自有公论",实将难题又抛给了庾亮。结尾处,有"左右蹑公,公乃止"一细节,将庾亮智者千虑而难免一时木讷的情态淋漓尽致地描画出来。庾亮并未以第一人视敦,故仍穷追不舍。王敦不仅有武功,更是得陇望蜀,想做名士班头。但他也有矜持之心,内心真实羞于表露,希望庾亮猜测其意,等待士林的"公论"。故事以生动细节刻画出一代枭雄的内心世界,人物形象活灵活现,其指画确是神来之笔。

9.16 人问丞相[1]:"周侯何如和峤[2]?"答曰:"长舆嵯櫱[3]。"虞预《晋书》曰:"峤厚自封植,嶷然不群。"

【注】

〔1〕丞相:指王导。

〔2〕周侯:周𫖮,见《言语》30 注。和峤:字长舆,汝南西平人。见《德行》17 注。

〔3〕嵯櫱:山高峻峭拔。引申指人出众超群。

【评】

人问王导,周𫖮与和峤相比如何,王导未作正面回答,而是避其词锋,让他自己去体会。"嵯櫱",山势高峻峭拔貌,优点缺点尽在其中。古人有"仁者乐山"之喻,又有"高山仰止"之说,其实是"比德"观念的表现形式之一。前者取山之虚静仁厚的特点,后者含高耸难及之情。唐代柳宗元《始得西山宴游记》中以"特立"状西山,实则抒写己之人格。可见名士以山之某一特点摹写人之襟抱,成为传统。故事中,王导评和峤"嵯櫱",正显出和峤之高自砥砺的气质特点。而周𫖮涵容大度的气魄,也因此烘托而出。这样的回答,符合丞相王导的工作方法和性格特点,正所谓"不著一字,尽得风流"。故刘辰翁有"得体"之评。

9.17 明帝问谢鲲[1]:"君自谓何如庾亮[2]?"答曰:"端委庙堂[3],使百僚准则[4],臣不如亮;一丘一壑[5],自谓过之。"《晋阳秋》曰:"鲲随王敦下,入朝,见太子于东宫,语及夕。太子从容问鲲曰:'论者以君方庾亮,自谓孰愈?'对曰:'宗庙之美,百官之富,臣不如亮;纵意丘壑,自谓过之。'"邓粲《晋纪》曰:"鲲与王澄之徒,慕竹林诸人,散首披发,裸祖(袒)箕踞,谓之'八达'。故邻家之女,折其两齿,世为谣曰:'任达不已,幼舆折齿。'鲲有胜情远概,为朝廷之望,故时以庾亮方焉。"

【注】

〔1〕明帝:晋明帝司马绍,见《方正》23 注。谢鲲:字幼舆,陈郡阳夏人。见《言语》46 注。

〔2〕庾亮:见《德行》31 注。

〔3〕端委庙堂:穿上朝服在朝廷执政。端委,端正宽舒的朝服。此用为动词,指穿上朝服。庙堂,朝廷。

〔4〕使百僚准则:使百官学习效仿。准则,典范、表率。这里用动词。

〔5〕一丘一壑:丘壑为隐士栖隐之处,此谓放情山水,隐居不仕。

【评】

谢鲲此评,有矜持自高之意。庾亮以国舅之尊,把持朝政,实际上起到端委庙堂的作用。谢鲲更希慕风流,服膺玄道。晋人标榜得自然之旨,实则对自然的理解,歧义纷呈。"自然",有大化流行的自然,有外化为山水的自然,有质性放任之自然,有落笔为诗文的风格自然等等。诸义分则得其一偏,合则获其全貌。谢氏子弟风神峻爽,风流标举,易于与秀丽的山水风月发生某种精神共鸣,比其他家族更宜于承当起开创山水诗章的角色。谢鲲自信在纵意丘壑方面优于他人,把山水当作自己纵情肆意之具,他好文学,有文集,却未流传下来。后其子小安丰谢尚有诗传世,庶几可以弥补这个遗憾。

9.18 王丞相二弟不过江[1],曰颖、曰敞[2]。时论以颖比邓伯道[3],敞比温仲武[4],议郎、祭酒者也[5]。《王氏谱》曰:"颖字茂英,位至议郎,年二十卒。敞字茂平,丞相祭酒,不就,袭爵堂邑公,年二十有二而卒。"

【注】

〔1〕王丞相:指王导。不过江:谓永嘉之乱时留在中原,没有渡江南下。

〔2〕曰颖曰敞:一个叫王颖,一个叫王敞。

〔3〕邓伯道:邓攸,字伯道,见《德行》28注。

〔4〕温仲武:据诸本,"仲"为"忠"之讹。温忠武,指温峤,卒谥忠武,见《言语》35注。

〔5〕议郎、祭酒者也:颖位至议郎,敞至丞相祭酒。

【评】

《晋书》王导传所载与此相反,以颖比温峤,敞比邓攸。颖、敞分别于二十、二十二岁而卒,恐风流不显,功业未建,有何德何能比于二贤?当是时人以王导执政居高位,风闻揣度,为之虚声造势邪?

9.19 明帝问周侯[1]:"论者以卿比郗鉴[2],云何?"周曰:"陛下不须牵颛比[3]。"案:颛死弥年,明帝乃即位。《世说》此言妄矣。

【注】

〔1〕明帝:晋明帝司马绍。据史,疑为元帝之讹。周侯:周颛。

〔2〕郗鉴:见《德行》24注。

〔3〕不须:不应该。牵:引,牵拉。

【评】

故事当发生在明帝为太子时,"明帝"云者,后人追称。后面第22则亦当作如是观。此则与本门第十四则,盖为一事而记载不同。周颛回答,颇费人思索。"不须牵颛比",是赞扬语——郗鉴是何等人物,根本用不着把我拉进来就能自显其峥嵘;抑或是不屑语——你郗鉴是什么货色,有何资格跟我相比?细忖度之,当为前者。以周𫖮之雍容气度,当乐于成人之美、逢人说项,必不为仗气使性、苛刻细屑之言。

9.20 王丞相云[1]:"顷下论,以我比安期、千里[2],亦推此二人[3];唯共推太尉[4],此君特秀[5]。"
《晋诸公赞》曰:"夷甫性矜峻,少为同志所推。"

【注】

〔1〕王丞相:王导。

〔2〕顷下:时下,近来。安期:王承,字安期,见《政事》9注。千里:阮瞻,字千里,见《赏誉》29注。

〔3〕亦推此二人:此句似有脱漏。《太平御览》卷四四七引《郭子》,作"我亦不推此二人"。

〔4〕太尉:王衍,见《言语》23注。

〔5〕秀:出类拔萃。

【评】

王导提议时论推尊王衍,不是一时的情急之言,而是出于多重的考虑。首先,导位极人臣,是东晋公认的政治领袖,现在士林间又似有推其为精神领袖的舆论,这不能不引起其警觉。"木秀于林,风必摧之",睿智的领袖人物决不会把一切荣誉包揽在自己身上。他一定通晓"分誉"之理,说到底,"分誉"就是"分谤"。其次,从为家族营造"三窟"的长远利益看,也必须将一部分影响力转移到王衍身上。王导、王敦、王衍,政治、军事、文化,可以说基本上将国家的上层建筑全部承包了。这种说法并非凭空设想,王衍本人就曾有为琅邪王氏家族谋三窟设计。

再次,不管王衍是真名士、假名士,至少从外在的风度、言论看,曾是一代士人班头。王导也不得不对其礼让几分。

9.21　宋袆曾为王大将军妾^[1],后属谢镇西^[2]。镇西问袆:"我何如王?"答曰:"王比使君^[3],田舍、贵人耳^[4]。"镇西妖冶故也^[5]。未详宋袆。

【注】

〔1〕宋袆:晋艺妓。美容貌,原位石崇婢绿珠弟子,善吹笛。先后属晋明帝、阮孚、王敦、谢尚等。王大将军:王敦,见《言语》37 注。

〔2〕谢镇西:谢尚,曾任镇西将军,见《言语》46 注。

〔3〕使君:对刺史的尊称。谢尚曾任江州刺史,故称。

〔4〕田舍、贵人:乡下人与富豪。

〔5〕妖冶:艳丽。

【评】

　　谢尚是一个潇洒不羁、风神楚楚的名士,时人评其风格是"清易令达"、"率易挺达",总之离不开一个"达"字,似承袭了乃父的任达之风。他常穿一条绣有花纹的套裤,算是奇装异服吧,用今天的话说是有点儿"酷";又精通多种乐器,善跳八哥舞,凡是公子哥们的高雅玩意儿无不在行,是一个风流绰约、多才多情、风度翩翩、招人爱怜的贵公子艺术家。在一个年轻艺妓眼里,王敦无论相貌和风情,都不能望谢尚项背。故宋袆以田舍翁和贵人相类比。虽不能完全排除宋袆有某种取悦新主的心理成分在,但衡以事实,当大致不差。

9.22　明帝问周伯仁^[1]:"卿自谓何如庾元规^[2]?"对曰:"萧条方外^[3],亮不如臣;从容廊庙^[4],

臣不如亮。"案:诸书皆以谢鲲比亮,不闻周颉。

【注】

〔1〕明帝:晋明帝司马绍,见《方正》23注。周伯仁:周颉,见《言语》30注。

〔2〕庾元规:庾亮,见《德行》31注。

〔3〕萧条方外:指退隐山林,过隐居生活。萧条,闲逸。方外,世俗之外。

〔4〕从容廊庙:在朝廷从政。从容:安处,优游。廊庙:殿下屋和太庙,古代君臣议政之处。借指朝廷。

【评】

余嘉锡、朱铸禹等前贤俱以此与明帝问谢鲲语同,周颉非萧条方外者,当是传闻之误也。余意或乃周颉自以为身在庙堂、心期江海,比庾亮多些超脱,亦未可知。

9.23 王丞相辟王蓝田为掾[1],庾公问丞相[2]:"蓝田何似[3]?"王曰:"真独简贵[4],不减父祖[5];旷然澹处,故当不如尔[6]。"王述狷隘故也。

【注】

〔1〕王丞相:王导。辟:征召,招聘。王蓝田:王述,见《文学》22注。掾:属官。

〔2〕庾公:庾亮。

〔3〕何似:怎么样。

〔4〕真独简贵:率真孤傲,简约高贵。

〔5〕减:比……差。

〔6〕旷然澹处:心胸开朗,淡泊名利。故当:或许,可能。

【评】

　　作为属下，王述曾在公众面前使王导难堪，但王导仍能以宽广的胸怀包容其率真的性格，客观全面地做出评价，实属难得。王述是未经雕琢的璞玉，不谙事故的赤子，优点缺点都一览无馀地展现在世人面前。这样的人格，因符合庄子所憧憬的"真人"理想而为晋人喜爱。"旷然澹处故当不如"，当指王述胸襟气度及对待名利方面有些微的瑕疵，不过也正因此而展现其真挚的个性。正如简文评述云："才既不长，于荣利又不淡，直以真率少许，便足对人多多许。"

　　9.24　卞望之云[1]："郗公体中有三反[2]：方于事上[3]，好下佞己[4]，一反；治身清贞[5]，大修计校[6]，二反；自好读书，憎人学问，三反。"案：太尉刘宝(寔)论王肃方于事上，好下佞己；性嗜荣贵，不求苟合；治身不秽，尤惜财物。王、郗志性傥亦同乎？

【注】

　　[1]卞望之：卞壸字望之，见《言语》48注。

　　[2]郗公：郗鉴，见《德行》24注。体中：犹言胸中、心中。三反：三件矛盾的事。

　　[3]方：端方正直。事上：侍奉上级。

　　[4]佞：谄媚。

　　[5]治身：犹修身。清贞：犹廉洁清正。

　　[6]修：讲求，讲究。计校：算计。指为个人得失考虑。

【评】

　　《世说》所记人物大多光鲜亮洁、人雅事雅，整天谈玄论道，一个"俗"字很难与他们挨边，但事实上，纯真无瑕的人是不存在的。故事的可贵之处，就在于刻画了一位有血有肉又分担了人类弱点的士族精英。方于事上、治身清贞与好读书,都是中国知识分子的传统美德;好下佞己、大修计校与憎人学问等,则是人类通病。善与恶,崇高与卑劣,天使与魔鬼,如影随形地隐藏在每个人的心中,接受教育、提升修养则是一个逐渐扶阳祛蔽的过程。正是在这个意义上,刘辰翁评以简单的"人人同"三个字,当是对人性深刻的洞察。英国保罗·约翰逊《知识分子》一书,选取了西方思想家和作家十馀人,如卢梭、雪莱、易卜生、托尔斯泰等,通过对这些人私生活种种可耻、可恶、可笑、可悲的方面的揭示,抖落掉他们头上的光环,深化了我们对知识分子甚至是圣贤的思考。

9.25 世论温太真,是过江第二流之高者[1]。时名辈共说人物,第一将尽之间,温常失色。《温氏谱序》曰:"晋大夫郤(郗)志封于温,子孙因氏,居太原祁县,为郡箸姓。"

【注】
〔1〕温太真:温峤,见《言语》35注。第二流:第二等。多指人的门第、品德或才能、声望。参看《方正》46。

【评】
故事逗露了中国士大夫的好名心理。正如道教追求长生不老和佛教追求死后的极乐世界,中国士人更重视死后的青史留名,不求肉体或灵魂转世,而是以留名的方式,与历史同在。追求不朽——正是中国人独特的"宗教"。俗语说"人过留名,雁过留声",也正是这个意思。追求第一流就是要做最好,追求一流,可以说是人类进步的原动力,是人类的普遍心理。晋室播迁之际,温峤作为一个想要在动荡时代有所作为的弄潮儿,关注社会声誉、积极建功立业,高出那些无所作为、消极等待、空谈玄理的士人远甚。刘琨、祖逖、温峤等一大批能文能武的士人,为这个尚柔守文的时代注入了一丝清刚之气。故事的另一价值是抓住了人物表情瞬间动态的细节描写,写出了温峤紧张的心理活动,堪称神来之笔。在门阀社会中,"一流"、"二流"之评,如今之等级职称,给人以无形的压力。英雄如温峤而不免俗态,悲乎!

9.26　王丞相云[1]:"见谢仁祖[2],恒令人得上[3]。"与何次道语[4],唯举手指地曰:"正自尔馨[5]。"前篇及诸书皆云王公重何充,谓必代己相。而此章以手指地,意如轻诋。或清言析理,何不逮谢故邪?

【注】
　　[1] 王丞相:王导。
　　[2] 谢仁祖:谢尚,见《言语》46 注。
　　[3] 得上:意为精神振奋,使人向上。
　　[4] 何次道:何充,见《言语》54 注。
　　[5] 正自:正是。尔馨:这样。可能王导欣赏何充为政之才干,而贬抑其清谈析理之平庸。

【评】
　　王世懋曰:"此方言,意云:也只如此,故非誉之也。"《赏誉》门几篇都说王导看重何充,有选定丞相接班人之意,而此则以手指地,有轻视意。前贤以为在清谈析理方面,何不及谢。王导在此,非谈政治,专指精神文化而言,故扬谢抑何,也在情理之中。

9.27　何次道为宰相[1],人有讥其信任不得其人[2]。《晋阳秋》曰:"充所昵庸杂,以此损名。"阮思旷慨然曰[3]:"次道自不至此。但布衣超居宰相之位[4],可恨唯此一条而已。"《语林》曰:"阮光禄闻何次道为宰相,叹曰:'我当何处生活?'此则阮未许何为鼎辅。二说便相符也。"

【注】

〔1〕何次道:何充,见《言语》54注。

〔2〕不得其人:谓没有用上恰当的人。

〔3〕阮思旷:阮裕,见《德行》32注。

〔4〕布衣:指代庶民百姓或未仕宦者。超:越,超越。

【评】

庾冰、庾翼相继而逝,何充官侍中、录尚书事,辅佐晋穆帝,为一朝宰相。《晋书》何充传载"(充居宰相)以社稷为己任,凡所选用,皆以功臣为先,不以私恩树亲戚,谈者以此重之。然所昵庸杂,信任不得其人"。何充获讥于世,并非无根之谈,有史明文为证。但从另外一个角度看,一个刚正不徇私情的宰相,不可避免地会触及某些人的既得利益,从而引起众口嚣嚣的谣诼和谩骂;另外,为政者的自身弱点,也会成为以私德之亏掩其公德大节的"罪证"。古往今来,此风不熄。隐士阮裕隔岸观火,一针见血地指出"布衣超居宰相之位",为何充唯一的遗憾。何充并非庶民出身,此言其升迁太快,羽翼未丰,难以高翔,政治手腕和影响力还不足以强大到抗衡士林舆论的程度。

9.28 王右军少时[1],丞相云[2]:"逸少何缘复减万安邪[3]!"刘绥,已见。

【注】

〔1〕王右军:王羲之。

〔2〕丞相:王导。

〔3〕逸少：王羲之，字逸少。何缘：哪里，岂。口减：不如。万安：刘绥，字万安，见《赏誉》64注。

【评】

　　王导评语，为王羲之抱不平。刘绥、庾琮有"灼然玉举"之誉，又有"千人亦见，百人亦见"之评。大概王羲之少时，舆论以刘绥高于王羲之，站在大家长的角度看，王导对羲之寄予了无限厚望，虽为丞相，也有家族私情，对侄子的任何不利之辞都分外警觉，从而流露出不满之情。

　　9.29　郗司空家有伧奴[1]，知及文章，事事有意[2]。王右军向刘尹称之[3]，刘问："何如方回[4]？"《郗愔别传》曰："愔字方回，高平金乡人，太宰鉴长子也。渊端（靖）纯素，无执无竞，简昵交游。历会稽内史、侍中、司徒。"王曰："此正小人有意向耳[5]，何得便比方回？"刘曰："若不如方回，故是常奴耳[6]。"

【注】

　　〔1〕郗司空：郗鉴，见《德行》24注。伧奴：原籍北方的奴仆。伧，六朝时南方人对北方人或南渡北人的鄙称。

　　〔2〕事事：处处。有意：有情致，有意味。

　　〔3〕王右军：王羲之。刘尹：刘惔。

　　〔4〕方回：郗愔字方回，郗鉴长子，郗超父。

　　〔5〕正：只，仅。小人：指仆役。意向：心思，志向。

　　〔6〕故：仍然。

【评】

　　故事可见刘惔性情中刁钻、刻薄的一面，其行为非仅高门士族之矜持所能解释。首先，在门阀社会中，以奴比主，已大不恭敬,意谓郗愔亦仅奴仆中之非常者,此奴尚不如郗愔,则只不过寻常之奴耳;其次,与王羲之善于发现、称道奴仆一技之长的积极态度相反,刘惔持非常苛厉的评判标准,"入眼平生未曾有",眼光高得恐怕连王羲之都会为之咋舌。以这样的胸襟待人待事,只能熄灭而不是点燃创造性的火花。凌濛初评曰:"辄问方回,薄态可拘。"王世懋亦云:"刘尹大是轻薄人。"可见刘惔已经惹得古人今人的一致反感了。

9.30　时人道阮思旷[1],骨气不及右军[2],简秀不如真长[3],韶润不如仲祖[4],思致不如渊源[5],而兼有诸人之美。《中兴书》曰:"裕以人不须广学,正应以礼让为先。故终日颓然无所修综,而物自宗之。"

【注】

〔1〕道:评论,评说。阮思旷:阮裕,见《德行》32注。

〔2〕骨气:风骨气度。右军:王羲之。

〔3〕简秀:简约俊秀。真长:刘惔。

〔4〕韶润:美好温润。仲祖:王濛。

〔5〕思致:思想意趣。渊源:殷浩,见《政事》22注。

【评】

《礼记·学记》曰:"五声弗得不和"、"五色弗得不章"、"五官弗得不治",故五色相合而成文,五音克谐而成咏,五味调和而成馔;一色、一音、一味,美则美矣,却失之单调,少有回味。右军、真长、渊源,皆一时翘楚,各有胜处;阮思旷虽不如各家之长,而能兼擅众美,"豪华落尽见真淳",最终达致涵容淡泊一路,若非有陶冶锤炼之功,不能臻此妙境。刘辰翁曰:"如此更高",推赏此渊博之美,更在诸名士上。

9.31 简文云[1]:"何平叔巧累于理[2],嵇叔夜隽伤其道[3]。"理本真率,巧则乖其致;道唯虚澹,隽则违其宗。所以二子不免也。

【注】

〔1〕简文:晋简文帝司马昱。

〔2〕何平叔:何晏,见《言语》14注。巧累于理:谓何晏处世取巧,殊损于其所谈论的玄理。累,牵累。

〔3〕嵇叔夜:嵇康,见《德行》16注。隽伤其道:指嵇康俊逸不群,伤害了其所持的"越名教而任自然"之道。

【评】

何晏持"贵无论",认为宇宙以无为本,与王弼、夏侯玄倡导玄学,开魏晋风气;然党附曹爽,以党争故,为司马懿所杀。嵇康为继何、王之后的清谈领袖,标举"越名教而任自然",后因多次触忤小人,为当权者所忌,横尸司马氏的屠刀之下。二人都没有将清言玄理化作生活中的保身之道,性情之机巧与才气之隽逸,是分别导致其个人命运悲剧的直接原因。何晏以无为本,却偏偏卷进政治斗争的漩涡;嵇康倡导自然,可就是难以做到心平气和。他们虽都死于非命,但何晏死于自作聪明;嵇康则是以崇高对抗邪恶,"宁为玉碎,不为瓦全",性质并不相同。

9.32 时人共论晋武帝出齐王之与立惠帝[1],其失孰多?《晋阳秋》曰:"齐王攸,字大猷,文帝弟(第)二子。孝敬忠肃,清和平允,亲贤下士,仁惠好施。能属文,善尺牍。初,荀勖、冯𬘬为武帝亲幸,攸恶勖之佞。勖惧攸或嗣立,必诛己,且攸甚得众心,朝贤景附。会帝有疾,攸及皇太子入问讯,朝士皆属目于攸,而不在太子。至是,勖从容曰:'陛下万年后,太子不得立也。'帝曰:'何故?'勖曰:'百寮内外,皆归心于齐王,太子安得立乎?陛卜(下)试诏齐王归国,必举朝谓之不可。若然,则臣言征矣。'侍中冯纮又曰:'陛下必欲建诸侯,成五等,宜从亲始。亲莫若齐王。'帝从之。于是下诏,使攸之国。攸闻勖、纮间己,忧忿不知所为。入辞出,欧(呕)血薨。帝哭之恸,冯纮侍曰:'齐王名过其实,而天下归之。今自薨殒,陛下何哀之甚!'帝乃止。刘毅闻之,故终身称疾焉。"**多谓立惠帝为重。桓温曰**[2]:**"不然,使子继父业**[3],**弟承家祀**[4],**有何不可?"**武帝兆祸乱,覆神州,在斯而已。舆隶且知其若此,况宣武之弘隽乎!此言非也。

【注】

〔1〕晋武帝:司马炎,司马昭长子,西晋开国君主,见《德行》17 注。齐王:司马攸(248—283),字大猷,司马昭次子,武帝司马炎胞弟。惠帝:晋惠帝司马衷(259—306),字正度,司马炎子。

〔2〕桓温:见《言语》55 注。

〔3〕子继父业:此处指司马攸以嗣子身份继承父亲司马师的事业。

〔4〕弟承家祀:此处指司马攸以弟弟的身份承续家族的香火。

【评】

古代君主继承有"立嫡以长不以贤"的礼制,其着眼点在于避免任何可引起争端的因素存在,维护政权的超稳定结构。关于惠帝司马衷的立嗣问题,则又与此有异。《晋书·惠帝本纪》载:"帝又尝在华林园,闻蛤蟆声,谓左右曰:'此鸣者为官乎,私乎?'"又"及天下荒乱,百姓饿死,帝曰:'何不食肉糜?'"可见衷是不折不扣的弱智。而太子母杨皇后及荀勖等一班弄臣,以古训阻止废太子立齐王,当然只是一个堂皇的借口,其真实想法完全出于一己身家私利,怕齐王称帝后于己不利,司马氏的国运则被完全抛之脑后。尔后,惠帝在位,愚昧昏暗,政事出于后党贾氏,最终酿成"八王之乱",西晋政权遂滑入每况愈下的轨道,也就毫不足奇了。桓温提出傻瓜儿子可以"子继父业",其着眼点表面上是维持晋室帝祚,而其内里真实心思,在于立君以贤,则政治清明而皇权巩固;而若立昏君,则政治混乱,致使奸雄有浑水摸鱼的机会。桓温一代枭雄,其觊觎非常的勃勃野心,在此自然流露了出来。

9.33 人问殷渊源[1]:"当世王公,以卿比裴叔道[2],云何?"殷曰:"故当以识通暗处[3]。"遐与浩并能清言。

【注】

〔1〕殷渊源:殷浩。见《政事》22 注。
〔2〕裴叔道,裴遐,见《文学》19 注。
〔3〕故当:自然,当然。识:才识。暗处:玄理中的隐晦精微之处。裴遐、殷浩,并是玄理高手,故浩有此言。

【评】

一说,"识"为才识,"通"为通晓,"暗处"指精微隐讳之玄理。裴遐、殷浩,并能清言,且是玄理高手,故浩有此自诩之语;一说,"识通"是内典之八识六通,浩以自喻。"暗处"是谓内蕴不明显处,指裴遐。其意似谓当世不知我内蕴聪明智慧,而以裴相比拟。故刘辰翁曰:"似谓裴暗。""识通暗处"分指殷、裴,语意晦涩难通。二说相较,以前者为佳。

9.34 抚军问殷浩[1]:"卿定何如裴逸民[2]?"良久答曰:"故当胜耳[3]。"

【注】

〔1〕抚军:简文帝司马昱,曾任抚军大将军。殷浩:见《政事》22 注。
〔2〕定:究竟。裴逸民:裴頠,字逸民,见《言语》23 注。

〔3〕故当:可能,或许。

【评】

　　殷浩善玄言,为风流谈论者所宗,裴𬱟亦折衷儒玄,发"崇有"之论,故有"言谈之林薮"的雅号,二人各有胜处。若相较水平高下,因缺少具体量化的参照指标很难做出权衡评判。"良久"一词,见出殷浩激烈的内心冲突,若奉行谦谦君子之风,以自愧弗如作答,则有违本意。"故当胜耳"一语,既有以己之"崇无"胜裴之"崇有",涉及理论旨趣之异;同时又于自负中透出自信,有晋人个性张扬的时代特色。

　　9.35　桓公少与殷侯齐名〔1〕,常有竞心〔2〕。桓问殷:"卿何如我?"殷云:"我与我周旋久〔3〕,宁作我〔4〕。"

【注】

　　〔1〕桓公:桓温。殷侯:殷浩。
　　〔2〕竞心:争胜之心。
　　〔3〕我与我周旋久:诸本同,但《晋书》浩传作"我与君周旋久",可备一说。周旋:交往、应酬。
　　〔4〕宁:宁可,宁愿。

【评】

　　晋人向外发现了自然,向内发现了自我。他们发现了自然属人的深情,也从过去被儒家礼教压抑、束缚下找回了久违的真我。他们嬉笑怒骂,皆成妙谛,展示了一个个丰富多彩的个性世界;涂抹勾画,都具真我,开启了文学、艺术的自觉时代。即如殷浩,面对桓温提出的难题,不卑不亢,出之以"我与我周旋久,宁作我",表现了高度的玄言智慧和追求独特自我的时代风尚。其深层意思还是以为己胜。王世懋评曰:"妙于自夸",从语言的机智性角度着眼,有一定道理。

9.36 抚军问孙兴公[1]:"刘真长何如[2]?"曰:"清蔚简令[3]。""王仲祖何如[4]?"曰:"温润恬和[5]。"徐广《晋纪》曰:"凡称风流者,皆举王、刘为宗焉。""桓温何如[6]?"曰:"高爽迈出[7]。""谢仁祖何如[8]?"曰:"清易令达[9]。""阮思旷何如[10]?"曰:"弘润通长[11]。""袁羊何如[12]?"曰:"洮洮清便[13]。""殷洪远何如[14]?"曰:"远有致思[15]。""卿自谓何如?"曰:"下官才能所经,悉不如诸贤;至于斟酌时宜[16],笼罩当世[17],亦多所不及。然以不才[18],时复托怀玄胜[19],远咏老、庄[20],萧条高寄[21],不与时务经怀,自谓此心无所与让也[22]。"

【注】

〔1〕抚军:晋简文帝司马昱,曾作抚军将军。参见本篇34注。孙兴公:孙绰字兴公,见《言语》84注。

〔2〕刘真长:刘惔,见《德行》35注。

〔3〕清蔚简令:清淳有文采,简约美好。

〔4〕王仲祖:王濛字仲祖,见《言语》66注。

〔5〕温润恬和:温和柔顺,恬静平和。

〔6〕桓温:见《言语》55注。

〔7〕高爽迈出:高爽豪迈,超群出众。

〔8〕谢仁祖:谢尚,见《言语》46注。

〔9〕清易令达:清明平易,美好通达。

〔10〕阮思旷:阮裕,见《德行》32注。

〔11〕弘润通长:宽广平和,淹通渊博。

〔12〕袁羊：袁乔，见《言语》90 注。
〔13〕洮洮清便：滔滔畅达，清雅简易。
〔14〕殷洪远：殷融，字洪远。殷浩叔。参见《文学》74。
〔15〕远有致思：旷远深邃，颇有情趣。
〔16〕斟酌：考虑衡量。时宜：时势所宜，指当世政务。
〔17〕笼罩：洞察把握。
〔18〕不才：自谦的说法。
〔19〕托怀：寄托情怀。玄胜：指玄理。
〔20〕远：高远。老、庄：《老子》、《庄子》。
〔21〕萧条：闲逸超脱。高寄：寄托高远，超脱世俗。
〔22〕让：谦让。

【评】

　　孙绰早年有肥遁之志，居于会稽，游放山水，作《遂初赋》以致其意。王羲之"兰亭之游"，孙绰亦预其事。故事中绰自评"托怀玄胜，远咏老庄，萧条高寄，不与时务经怀"，即是对这一段经历的诗意概括，并自诩为高出众人的特出之处。后来孙绰并没有固守住"遂初"之意，出山做了大大小小不少的官职。桓温将移都洛阳，朝廷无一人敢谏，独孙绰上表陈情反对。《晋书》本传史臣评绰"献直论辞，都不憎元子，有匪躬之节，岂徒文雅而已哉"！可见孙绰绝非逍遥方外的隐士，关键时刻，还是有无法割舍的火热情怀。晋人标榜清高，以脱俗自许，实际上俗网难脱。滚滚红尘，怎能说忘就忘？真正超越名利"绛云在霄，舒卷自如"似陶渊明者，曲高和寡。晋人往往是身在庙堂，心存江海；或人在天涯，而情系魏阙。庙堂之志与山川之情，是晋人心灵深处永远无法释怀的"累"！一方面传统文化中的兼济情怀扎根太深，另一方面老庄玄远超脱之旨又极具诱惑力，只能依游两间，呈现给后人以矛盾的面孔！

9.37 桓大司马下都[1],问真长曰[2]:"闻会稽王语奇进[3],尔邪[4]?"《桓温别传》曰:"兴宁九(元)年,以温克复旧京,肃静华夏,进都督中外诸军事、侍中、大司马,加黄钺,使入参朝政。"刘曰:"极进,然故是第二流中人耳[5]。"桓曰:"第一流复是谁?"刘曰:"正是我辈耳!"

【注】
 〔1〕桓大司马:桓温。下都:到京都建康。建康位于长江下游,顺江而下至建康,故曰下都。
 〔2〕真长:刘惔。
 〔3〕会稽王:晋简文帝司马昱曾封会稽王。奇进:大有进步。
 〔4〕尔:如此。
 〔5〕故:毕竟。

【评】
 王戎丧子后曾说过:"圣人忘情,最下不及情;情之所钟,正在我辈。"与刘真长此云第一流"正是我辈",有异曲同工之妙,都表现了士人的自我意识和个性的张扬。在天地大宇宙之中,晋人有一个独特自足的小宇宙,那就是士人的心灵世界。有人说"中国诗很少用'我'字,除非他自己在诗中起一定作用,因此他的情感里呈现出一种很难达到的非个人性质"(A·C格雷厄姆《中国诗的翻译》)。岂止中国诗歌,中国人在一切领域里,都不太凸显自我。不过,《世说》中所记晋人好像有点例外,"我"、"是我辈"、"宁作我",以及下则的"出我下",诸多俯拾即是的"我"字,其核心都是张扬个性,使得晋人的总体性格显得有点另类。在他们的世界中,每个人都是天造地设的精英翘楚,有着独一无二的个性气质,谢鲲、周顗、殷浩、刘真长、桓温,无不将其才情气质挥洒自如。翻开黄卷青史,他们的音容笑貌依稀浮现,活跃纸上。其中,刘真长以近乎刻薄的自负、自傲,同样给人留下了鲜明印象。

9.38 殷侯既废[1],桓公语诸人曰[2]:"少时与渊源共骑竹马[3],我弃去,已辄取之[4],故当出我下[5]。"《续晋阳秋》曰:"简文辅政,引殷浩为扬州,欲以抗桓;桓素轻浩,未之惮也。"

【注】

〔1〕殷侯:殷浩,见《方正》22注。既废:永和六年(350年)殷浩以中军将军督师北伐,征许洛,大败而归,为桓温所劾,废为庶人。

〔2〕桓公:桓温。

〔3〕渊源:殷浩,字渊源。竹马:孩提游戏,以竹竿为马跨而骑之。

〔4〕已:犹了或以后。

〔5〕故当:自然,当然。

【评】

桓温此番话当出于殷浩北伐失败被贬为庶人之后。表面看来,殷浩此时已是虎落平阳,桓温还不依不饶、痛打落水狗,是不是乘人之危,缺少几分君子气度呢?实际上,这是桓温内心对殷浩仍存一丝忌惮的外部折射。殷浩少与桓温齐名,可能在某些方面超过桓温,这就给早年桓温不甘落后的心灵蒙上一层阴影,甚至化为终生攀比争竞的原动力,在殷浩一蹶不振以后,仍难以平复旧日痛苦的记忆。刘辰翁评曰:"此语能长人价格",有理。桓温主观上贬损殷浩,揭其短处,却在客观上抬高其声价。故事从一个侧面展现了一代枭雄的常人心态,读来生活气息很浓。

9.39 人问抚军[1]:"殷浩谈竟何如[2]?"答曰:

"不能胜人,差可献酬群心〔3〕。"

【注】
〔1〕抚军:简文帝司马昱,先为抚军大将军。
〔2〕殷浩:字渊源,善言玄理。见《政事》22 注。谈:指清谈。竟:究竟。
〔3〕差:尚可,大体上能。献酬:原谓主人向宾客敬酒,此指令大家尽兴、欢畅。

【评】
人的自我主观感觉和他人的印象之间并不能总是完全符合,本门第三十三、三十四则有殷浩对自己的评价,自视甚高,与简文帝的降格评价恰恰形成反差。不仅如此,就是不同的他者评价,其视角也不会完全一致。王濛、谢尚、刘真长、简文诸人,其实都带着各自不同的期待视野对殷浩做出评价。正因为如此,故刘勰有"音实难知,知实难逢,逢其知音,千载其一乎"之叹!(《文心雕龙·知音》)

9.40 简文云〔1〕:"谢安南清令不如其弟〔2〕,安南,谢奉也。已见。《谢氏谱》曰:"奉弟聘,字弘远,历侍中、廷尉卿。"学义不及孔巖(嚴)〔3〕,《中兴书》曰:"巖(嚴)字彭祖,会稽山阴人。父伦,黄门侍郎。巖(嚴)有才学,历丹阳尹、尚书、西阳侯,在朝多所匡正。为吴兴太守,大得民和。后卒于家。"居然自胜。"言奉任天真也。

【注】
〔1〕简文:简文帝司马昱。
〔2〕谢安南:谢奉,曾任安南将军,见《言语》83 注。清令:清纯美好。其弟:谢奉之弟谢聘。

〔3〕学义:学问义理。孔巌:《晋书》本传作"孔严"。字彭祖,晋会稽山阴(今浙江绍兴)人。

【评】

谢安因谢奉对待贬官的态度令人赞叹,曾目之为"奇士"。其才华不必面面俱到,仅旷达任真一点,便足以成为世人赏誉的资本。于中可见晋人品评的标准。

9.41 未废海西公时〔1〕,王元琳问桓元子〔2〕:"箕子、比干迹异心同〔3〕,不审明公孰是孰非〔4〕?"曰:"仁称不异,宁为管仲〔5〕。"《论语》曰:"微子去之,箕子为之奴,比干谏而死。子曰:'殷有三仁焉。'子路曰:'桓公杀公子纠,召忽死之,管仲不死。曰未仁乎?'子曰:'桓公九合诸侯,一匡天下,不以兵车,管仲之力。如其仁!如其仁!'"

【注】

〔1〕海西公:即晋废帝司马奕(342—386),字延龄。桓温败绩,欲内树威权,乃讽太后废帝为东海王,再降为海西县公,史称废帝。

〔2〕王元琳:王珣,见《言语》102注。桓元子:桓温,字元子。

〔3〕箕子:商纣王叔父,纣无道,箕子谏不从,佯狂为奴。周武王克商,封箕子于朝鲜。比干:纣王叔父,纣淫乱,比干进谏,纣怒而剖其心。

〔4〕不审:不知。明公:对有名位者的尊称。犹言"阁下"。孰是孰非:赞同谁不赞同谁。孰,谁。是、非,此处用为动词。认为是,认为非。

〔5〕仁称不异,作为仁人,称呼没有不同。宁为管仲:宁愿做管仲那样的仁人。管仲,名夷吾,春秋时齐国人。相齐桓公,九合诸侯,一匡天下,使齐桓公成为春秋五霸之一。《论语·宪问》:"子路曰:'桓公杀公子纠,召忽死之,管仲不死,曰:未仁乎?'子曰:'桓公九合诸侯,一匡天下,不以兵车,管仲之力也。如其仁!如其仁!'"

【评】

箕子佯狂,比干谏死,孔子称其为殷之仁人。王珣问桓温对二位仁人的看法,桓温答以宁为管仲之仁。史载管仲事齐公子纠,及公子小白立为桓公,公子纠死,管仲遂为桓公所用,助其建立不世之功。儒家倡导的仁有小有大,境界不同。《论语·宪问》中有孔子对子路的回答:"桓公九合诸侯,一匡天下,不以兵车,管仲之功,如其仁,如其仁!"管仲虽细行有缺而大节不亏,因而为孔子赞叹。"大行不顾细谨,大礼不辞小让",儒家追求造福苍生、泽被万世的大仁的高远境界。王珣、桓温问答皆用《论语》,是一组很有水平的问答。而桓温对或佯狂或谏死的箕子、比干不置一词,已曲折透露出废立之心。以对话写活人物,言虽简约而内涵复杂,言外传达出无形的内心微妙,确是高妙笔法。

9.42 刘丹阳、王长史在瓦官寺集[1],桓护军亦在坐[2],桓伊已见。共商略西朝及江左人物[3]。或问:"杜弘治何如卫虎[4]?"桓答曰:"弘治肤清[5],卫虎弈弈神令[6]。"王、刘善其言。虎,卫玠小字。《玠别传》曰:"永和中,刘真长、谢仁祖共商略中朝人。或问:'杜弘治可方卫洗马不?'谢曰:'安得比!其间可容数人。'"《江左名士传》曰:"刘真长曰:'吾请评之。弘治肤清,叔宝神清。'论者谓为知言。"

【注】

〔1〕刘丹阳:刘惔,曾任丹阳尹,故称。王长史:王濛。瓦官寺:东晋佛寺名。故址在今南京附近。集:会集,聚会。

〔2〕桓护军:桓伊,曾任护军将军,见《方正》55注。

〔3〕商略:品评,评论。西朝:指西晋。江左:江东,此指东晋。

〔4〕杜弘治:杜乂字弘治,杜预孙。美姿容,有盛名。见《赏誉》68注。卫虎:卫玠,小字虎,美姿容,好言玄理。见《言语》32注。

〔5〕肤清:外表清丽。肤,指外在仪容。

〔6〕奕奕:神采焕发。

【评】

桓伊此评甚为高妙。"肤清"、"神令",即晋人所谓之"形清"、"神清"。晋人虽重外在形貌之清秀,而更重由形入神,传神写照,由外在入手传达出人物的内在情怀,这是人物品藻的最高境界。神清高出形清几多许,则卫玠高于杜乂多多许。恰如谢仁祖所说,"其间可容数人"。桓伊言辞不置褒贬而实有皮里阳秋之义。抛开故事中人物不论,仅从字面上之"形清"、"神清"出发,参之以今日人物审美时尚,亦能体味二者之差距。今日之人物审美,如各种夺人眼球的模特大赛和选美活动,风靡一时的人造美女、美男,及对演艺界明星的疯狂崇拜,实际的情况是,选手除了漂亮的脸蛋和身材,内里大多空空荡荡;所谓的巨星、歌后,亦不乏人渣、垃圾。这就足见世俗对美的欣赏和追求多流于表面,大概对应于"形清"的层面。话虽如此,杜乂绝非腹内草莽的绣花枕头,而是风标一时的风流名士。"肤清"、"神令",只是二人之间的相较而言,岂是今日的帅哥们所能望其项背的?"肤清"与"神令",自是不同的人物审美境界,何去何从,值得深省。

9.43 刘尹抚王长史背曰[1]:"阿奴比丞相[2],但有都长[3]。"阿奴,濛小字也。都,美也。《司马相如传》曰:"闲雅甚都。"《语林》曰:"刘真长与丞相不相得,每曰:'阿奴比丞相,条达清长。'"

【注】

〔1〕刘尹:刘惔。王长史:王濛。

〔2〕阿奴:相当于第二人称代词,是长者对幼者的亲昵之称,有时也用于同辈。丞相:指王导。

〔3〕但:还是有,确实有。都长:体貌闲雅。都:美,善。

【评】

王濛美姿容,少居贫,帽破,入市买帽,妪悦其美而赠以新帽。此云王濛体貌闲雅,胜过王导,不为无据。刘应登曰:"刘与丞相不相得,故为优濛之言,谓皆胜之也。"可为参照。

9.44 刘尹、王长史同坐[1],长史酒酣起舞。刘尹曰:"阿奴今日不复减向子期[2]。"类秀之任率也。

【注】

〔1〕刘尹:刘惔。王长史:王濛。

〔2〕向子期:向秀字子期,晋河内怀人。见《言语》18 注。

【评】

向秀为竹林名士,与嵇康锻铁于树下,又与吕安灌园于山阳。刘尹评王濛"不复减向子期",当是称其襟怀洒落,类秀之任率也。以王濛比向秀,当是出于对前辈"林下名士"的崇敬与钦羡。锻铁、灌园,本是艰辛劳动,而由这些风神飘逸的名士为之,就有了一种非同寻常的诗意,成为人们效仿的样本。这些名士,虽其形体、足迹早已烟消云散,而其气质风度还常留后人的心中,时时作为比照的楷模。这又是一种不朽的方式——于传统的立德、立功、立言之外,开创了一种名士气质的不朽,像后来的陶渊明、苏轼。他可能萧条方外,毫无功绩德业可言,或者主要的并不以事功被彰显,却以其卓尔不群的精神,为人们指出了一种潇洒的生活方式,对当世或后代,永远具有精神烛照的意义。

9.45 桓公问孔西阳[1]:"安石何如仲文[2]?"西阳,即孔巖(严)也。孔思未对,反问公曰:"何如?"答曰:"安石居然不可陵践[3],其处故胜也[4]。"

【注】

〔1〕桓公:桓温。孔西阳:孔巖(严),封西阳侯,见本篇40注。

〔2〕安石:谢安,字安石。仲文:殷仲文,见《言语》106注。殷仲文妻乃桓玄之姐,仲文是桓温女婿。有才藻,美容貌。

〔3〕居然:显然。陵践:侵凌欺侮。

〔4〕其处:他的自处之道。故:确实。胜:胜过别人。

【评】

殷仲文为桓温女婿,其人有才藻,美容貌。桓温有此佳婿,自然是看之恒若不足,欲拟之于谢安。热血昏头、一时忘乎所以之情可以想见。所幸随后恢复了清醒,以年辈不伦、资望不及、比拟不经等原因,打消此意。"安石居然不可以陵践"一语,可见谢安身上自有一种不怒自威的气质,连政治对手桓温也不得不心生敬意,而不敢妄加比较。

9.46 谢公与时贤共赏说[1],遏、胡儿并在坐[2],公问李弘度[3]曰:"卿家平阳,何如乐令[4]?"《晋诸公赞》曰:"李重字茂曾,江夏钟武人。少以清尚见称,历吏部郎、平阳太守。"于是李潸然流涕曰[5]:"赵王篡逆[6],乐令亲授玺绶[7];《晋阳秋》曰:"赵王伦篡位,乐广与满奋、崔随进玺绶。"亡伯雅正[8],耻处乱朝,遂至仰药[9],恐难以相比。此自显于事实,非私亲之言。"《晋诸公赞》曰:"赵王为相国,取重为左司马。重以伦将篡,辞疾不就。敦喻之,重不复自治,至于笃甚;扶曳受拜,数日卒。时人惜之。赠散骑常侍。"谢公语胡儿曰:"有识者果不异人意。"

【注】

〔1〕谢公:谢安。赏说:谈论评说。

〔2〕遏:谢玄,小字遏。见《言语》78 注。胡儿:谢朗,小字胡儿。见《言语》71 注。

〔3〕李弘度:李充,见《言语》80 注。

〔4〕平阳:李重,字茂曾,西晋江夏钟武(今河南信阳东南)人,弘度从父,晋惠帝时官至平阳太守,故称。乐令:乐广,见《德行》23 注。

〔5〕潸然:流泪的样子。

〔6〕赵王篡逆:赵王司马伦,见《德行》18 注。

〔7〕玺绶:指帝王所用之印。绶,印钮上所系的丝带。

〔8〕亡伯:指李重。雅正:正派方直。

〔9〕仰药:服毒自杀。

【评】

六朝士人国家观念、忠君意识淡薄,遂造成只知有家、不知有国的局面。贤如乐令者,亦不能免受此讥。但乐令之授玺绶与阮籍之写《劝进文》一样,是身处乱朝的一种自我保全之举,有着难以明言的内心痛苦,并非以获新宠、助纣为虐为荣,与夫望风使舵、毫无人格操守的势利之徒有天渊之别。李重耻处乱朝,遂致仰药,以历史的眼光看,固是可圈可点的忠贞之举,但对乐广也不必太过苛责。如果是"赤条条来去无牵挂"的单身汉,阮籍也好、乐令也好,决不会如王衍之流因贪生怕死而弃置人生大义。无奈,父母、妻儿的鲜活生命会因自己的一时之勇,而遭受无辜的株连。千百年来的封建统治者真是狠毒,用连坐、族诛的办法逼迫无数不怕死的英雄就范,被迫低下高傲的头颅!即如为保全部下生命而无奈降胡的李陵,原图日后报效故国,不料"汉恩自浅胡自深",李陵保全了部下却无法再保全家人的性命,从此遂断归汉之念,栖身朔漠,徒留英雄无奈的叹息!

9.47　王修龄问王长史[1]:"我家临川[2],何如卿家宛陵[3]?"长史未答,修龄曰:"临川誉贵[4]。"长史曰:"宛陵未为不贵。"《中兴书》曰:"羲之自会稽王友改授临川太守。王述从骠骑功曹出为宛陵令。述之为宛陵,多修为家之具,初有劳苦之声。丞相王导使人谓之曰:'名父之子,(不患无禄),屈临小县,甚不宜尔!'述答曰:'足自当止。'时人未知达也。后屡临州郡,无所造作,世始叹服之。"

【注】

〔1〕王修龄:王胡之,见《言语》53注。王长史:王濛,见《言语》66注。

〔2〕临川:王羲之字逸少,曾为临川太守,故称。王羲之和王胡之都出自琅邪王氏家族,是堂兄弟。

〔3〕宛陵:王述字怀祖,王承子,曾为宛陵令。王述和王濛都是太原晋阳王氏家族,是同族叔侄。

〔4〕誉贵:声誉显贵。

【评】

凌濛初曰:"直是自相夸胜。"有理。王胡之与王濛品藻名家秀出子弟,本是高雅的时尚行为,却因王胡之的一句"临川誉贵",改变了正常的评点轨道,演成了针尖对麦芒的门第夸耀之举。琅邪王氏堪称簪缨世家,太原王氏亦门第高华,世家子弟优越感已化为内心根深蒂固的"本我",旁人切不可触惹,因为它总会不自觉地在各种场合流露出来,故事即是明显的一例。

9.48 刘尹至王长史许清言[1],时苟子年十三[2],倚床边听。既去,问父曰:"刘尹语何如尊[3]?"长史曰:"韶音令辞不如我[4],往辄破的胜我[5]。"《刘惔别传》曰:"惔有隽才,其谈咏虚胜,理会所归,王濛略同,而叙致过之。"其词当也。

【注】

〔1〕刘尹:刘惔。王长史:王濛。许:住处。清言:清谈玄理。

〔2〕苟子:王修,小字苟子,王濛子,见《文学》38注。

〔3〕尊:敬称对方,相当于"您",此指父亲。

〔4〕韶音令辞:生动的语言,优美的辞令。韶音:优美的音调。令辞:美好的言辞。

〔5〕破的:射中靶心。比喻谈论能切中要点。

【评】

刘惔与王濛齐名友善,堪称知音,濛每云"刘君知我,胜我自知"。想必王濛对刘惔相知当亦不浅。故事中王濛之评刘及自评,平实中含着谦抑,当较为可信。"韶音令辞"指音调和言辞的美好,属于言谈的外在形式技巧层面。《晋书·王濛传》云:"谢安亦常称美濛云:'王长史语甚不多,可谓有令音。'"可为佐证;"往辄破的",指言谈能切中要害,属言谈的内容本质层面。显然"韶音令辞"要比"往辄破的"逊了一筹。评语中可见王濛对刘惔的推尊,故刘辰翁评曰:"韶音令辞亦属矜持",实非的论。

9.49 谢万寿春败后[1],简文问郗超[2]:"万自可败,那得乃尔失卒情[3]?"超曰:"伊以率任之性,欲区别智勇[4]。"《中兴书》曰:"万之为豫州,氐(氏)、羌暴掠司、豫,鲜卑屯结并、冀。万既受方任,自率众入颍,以援洛阳。万矜豪傲物,失士众之和。北中郎郗昙以疾还彭城,万以为贼盛致退,便回还南,遂自溃乱,狼狈单归。太宗责之,废为庶人。"

【注】

〔1〕谢万:谢安弟,见《言语》77注。寿春败后:晋穆帝升平三年(359年),谢万受命率军北征,结果在寿春大败而归,万被贬黜。寿春,县名,晋属淮南郡,治所即今安徽寿县。

〔2〕简文:简文帝司马昱,时任抚军大将军。郗超:见《言语》59注。

〔3〕那得乃尔失卒情:诸本"卒"前增一"士"字,是。意谓为什么竟那样失掉士卒之心。那得,为什么。乃,竟然。尔,这样、那样。

〔4〕伊:他。率任:轻率任性。

【评】

朝廷任命谢万为豫州刺史,后出师北伐,非人尽其材的任命,而是出于抑制桓温一族势力的考虑。谢万又偏无领兵布阵的才能,王羲之对此早有预言,谢安亦深以为忧。主帅虽弱,但如能兼听从善、上下同心,也不是毫无胜算。史载谢万"既受任北征,矜豪傲物,尝以啸咏自高,未尝抚众",完全是一副名士派头。后"召集诸将,都无所说,直以如意指四坐云:'诸将皆劲卒。'"(《晋书·谢万传》)在魏晋时贵族重文轻武,所以呼将为卒,是极不礼貌的蔑视性称呼,必然挑起众人极大的不满而导致离心离德。名士和武人之间有着不尽相同的话语符号系统,谢万之败,不仅因缺乏军事才干,同时也败在名士风度的滥用,缺乏自知和知人之明!刘辰翁曰:"人人有区别,正坐失士卒情处,可以为戒。"此言得之。

9.50 刘尹谓谢仁祖曰[1]:"自吾有四友[2],门人加亲[3]。"谓许玄度曰[4]:"自吾有由[5],恶言不及于耳[6]。"二人皆受而不恨[7]。《尚书大传》曰:"孔子曰:'文王有四友。自吾得回也,门人加亲,是非胥附邪?自吾得赐也,远方之士至,是非奔走邪?自吾得师也,前有辉,后有光,是非先后邪?自吾得由也,恶言不入于耳,是非御侮(侮)邪?'"

【注】

〔1〕刘尹:刘惔。谢仁祖:谢尚。

〔2〕四友:四个相知的朋友。《尚书大传》云孔子自述有"四友",即颜回、子贡、子张、子路。

〔3〕门人加亲:门生弟子更加亲近。此处刘尹以颜回比谢尚。

〔4〕许玄度:许询,见《言语》69注。

〔5〕由:仲由,即子路。

〔6〕恶言不及于耳:坏话传不到我的耳朵里了。此以仲由比许询。

〔7〕受而不恨:接受而无不满之意。

【评】

　　刘惔活用《尚书大传》之语,其文曰:"孔子曰:'文王有四友,自吾得回也,门人加亲,是非胥附耶?……自吾得由也,恶言不入于耳,是非御侮耶?'"刘惔之言,自比于孔子,以谢尚、许询比附颜回、子路,极度自负以至忘乎所以之情态跃然纸上。但骄狂之中,又带几分张扬自我的天真,所以也有可爱的一面,以此谢、许二人不恨。

9.51　世目殷中军"思纬淹通[1]",比羊叔子[2]。

羊祜德高一世,才经夷险;渊源蒸烛之曜,岂喻日月之明也。

【注】

〔1〕殷中军:殷浩,见《政事》22注。思纬:思理,思路。淹通:精深广博。

〔2〕羊叔子:羊祜,字叔子,见《言语》86注。

【评】

　　阮籍尝登广武城楼,有"时无英雄,使竖子成名"之叹。东晋末年,国势日衰,大树飘零。桓温虎视晋鼎,朝中文武罕有其匹,难与抗衡。殷浩就是在这样的特定历史条件下被推到政治斗争的风口浪尖,并领导北伐。正如桓温所言,朝廷用违其才。羊祜既能攻城略地,制定战略国策,为国家统一做贡献;同时又是一位多情的士子,是晋初璨若星辰的人杰中之佼佼者,其清言析理,或不如殷浩名气,但综合衡量二人之实际能量与历史贡献,以殷浩比拟羊祜,可谓不伦。

　　9.52　有人问谢安石、王坦之优劣于桓公〔1〕。桓公停欲言〔2〕,中悔曰:"卿喜传人语,不能复语卿。"

【注】

　　〔1〕谢安石:谢安,字安石。王坦之:见《言语》72注。桓公:桓温。
　　〔2〕停:正。汉魏六朝常用语。

【评】

　　简文帝时,谢安为侍中,王坦之为左卫将军,是简文所倚靠的佐命重臣。简文死后,谢、王又尽忠匡辅晋孝武帝,成为桓温篡晋道路上的重要障碍。常言道"树大招风",谢、王二人因位高权重而成为朝廷上下关注、品评的对象。在此权力斗争的微妙时刻,一招不慎,都会造成严重后果。所以桓温欲言又止,大概其所欲言必有臧否谢、王之辞,问者又是一个爱传播小道消息的"长舌妇",故就此打住。故事运用白描手法刻画了桓温豪放不羁性格中细腻、谨慎的一面,寥寥几笔而人物性格逼真传神。诚如陈梦槐所评"有情有景"。

723

9.53 王中郎尝问刘长沙曰[1]:"我何如苟子[2]?"《大司马官属名》曰:"刘奭字文时,彭城人。"《刘氏谱》曰:"奭祖昶,彭城内史。父济,临海令。奭历车骑咨议、长沙相、散骑常侍。"刘答曰:"卿才乃当不胜苟子[3],然会名处多[4]。"王笑曰:"痴。"

【注】

〔1〕王中郎:王坦之。刘长沙:刘奭,晋彭城(今江苏徐州)人。曾任长沙相。

〔2〕苟子:王修字敬仁,小字苟子,见《文学》38注。

〔3〕乃当:自然是。

〔4〕会名处:领悟名理能融会贯通的地方。

【评】

王坦之声誉超出王修远甚,故对比较胜券在握。不料刘长沙并不送顺水人情,倒真的一本正经地指出二人优劣。刘之率真惹得王坦之发笑,以其为痴人。但痴人之呆,却正是刘奭不媚权贵的可爱之处。

9.54 支道林问孙兴公[1]:"君何如许掾[2]?"孙曰:"高情远致[3],弟子蚤已服膺[4];一吟一咏[5],许将北面[6]。"

【注】

〔1〕支道林:支遁字道林,东晋名僧。见《言语》63注。孙兴公:孙绰字兴公,见《言语》84注。

〔2〕许掾:许询字玄度,被征为司徒左掾,不就。见《言语》69注。

〔3〕高情远致:高尚的情操,超逸的旨趣。此指隐逸之情。

〔4〕弟子:学生。此用于自称,表示谦恭。蚤:通"早"。服膺:心悦诚服。

〔5〕一吟一咏:指吟诗作赋。

〔6〕北面:指向人称臣或居于人下。引申为折服于人。

【评】

　　孙绰、许询俱隐居东山,有终老此间之意。孙绰后来没能坚持住"遂初"之志,许询倒是终其一生守住了固穷之节。相较于孙绰的言行乖谬,许询确实堪称"高情远致"。再看文学成就,二人都是著名的玄言诗人。简文帝称许询"玄度五言诗,可谓妙绝时人"(《文学》)、"襟情之咏,偏是许之所长"(《赏誉》)。孙绰固然为一时之选,然许询并非不善吟咏者。不过,许询诗文集亡佚,或许是经不起历史考验而遭淘汰。而孙绰作品,则入《昭明文选》。故当时人士已有"或爱孙才藻,而无取于许"的说法,可参阅本门第61则。二人文学才情,终显高下。孙绰以文学自诩,也是实事求是之言。看准别人,认清自己,而非信口雌黄,当时士人的确可爱可敬。

9.55　王右军问许玄度[1]:"卿自言何如安石[2]?"许未答,王因曰:"安石故相与雄,阿万当裂眼争邪[3]!"《中兴书》曰:"万器量不乃(及)安石,虽居藩任,安在私门之时,名称居万上也。"

【注】

〔1〕王右军:王羲之。许玄度:许询。

〔2〕安石:谢安。

〔3〕故:确实,当然。阿万:谢万,谢安弟。裂眼:睁大眼睛。

【评】

　　王羲之与许询、谢安、谢万乃相与友善的一时名流,经常在轻松随意的气氛中选取人物进行品藻。王羲之先问许询自比于谢安如何? 随即觉得相比不伦,故转而以谢万当怒目与谢安强争高下自答。"攀安提万"一语及此处的"裂眼争"都形象地见出了兄弟二人的差距。王羲之似以此暗示谢安卓绝特出,许询诸流难以望其项背,故朱铸禹《汇校集注》评曰:"言外之意足下尚不及万,况安石乎?"

　　9.56　刘尹云[1]:"人言江虨田舍[2],江乃自田宅屯[3]。"谓能多出有也。

【注】

　　[1] 刘尹:刘惔。

　　[2] 江虨:见《方正》25注。田舍:乡下人。借以讥人土气,见识浅陋。

　　[3] 乃自:确实。田宅屯:耕种宅田。田,名词动化。

【评】

　　儒家传统观念里有所谓的大人之事、小人之事之别,其界限泾渭分明、不得逾越。孟子更大讲"劳心者治人,劳力者治于人",即在统治阶级内部,六朝士人受门阀世族观念濡染,更将士庶差别发挥到淋漓尽致的程度。贵族阶级凭借天生的血统,过着锦衣玉食的生活,"四体不勤,五谷不分",根本无法体会劳动稼穑的艰辛。江虨以士族的身份亲自耕种宅田,是极能吸引士人眼球的行为,难怪被视为异类,士林间有"田舍翁"、"乡巴佬"之讥。南朝到溉祖上曾亲自担粪自给,到溉后来做了大官,仍不免被人讥为尚有馀臭,可与此印证。

9.57　谢公云[1]:"金谷中苏绍最胜[2]。"绍是石崇姊(姊)夫[3],苏则孙[4],愉子也[5]。石崇《金谷诗叙》曰:"余以元康六年,从太仆卿出为使,持节监青、徐诸军事、征虏将军。有别庐在河南县界金谷涧中,或高或下,有清泉茂林,众果、竹柏、药草之属,莫不毕备。又有水碓、鱼池、土窟,其为娱目欢心之物备矣。时征西大将军祭酒王诩当还长安,余与众贤共送往涧中,昼夜游宴,屡迁其坐,或登高临下,或列坐水滨。时琴瑟笙筑,合载车中,道路并作。及住,令与鼓吹递奏。遂各赋诗,以叙中怀,或不能者,罚酒三斗。感性命之不永,惧凋落之无期,故具列时人官号、姓名、年纪,又写诗箸后。后之好事者,其览之哉!凡三十人,吴王师、议郎、关中侯,始平武公(功)苏绍,字世嗣,年五十,为首。"《魏书》曰:"苏则字文师,扶风武功人。刚直疾恶,常慕汲黯之为人。仕至侍中、河东相。"《晋百官名》曰:"愉字休豫,则次子。"山涛《启事》曰:"愉忠义有智意。"位至光禄大夫。

【注】

〔1〕谢公:谢安。

〔2〕金谷:又称金谷涧,地名。在今河南洛阳东北。西晋武帝太康中,石崇在此筑园,世称金谷园。惠帝元康六年(296),石崇邀集当世名流苏绍等三十人在金谷游宴赋诗。苏绍:字世嗣,西晋始平武功(今属陕西)人。

〔3〕石崇(249—300):字季伦,西晋渤海南皮(今属河北)人。任侠无行,在荆州劫掠客商而成巨富。于河阳金谷置别馆,每与贵戚羊琇、王恺等夸富竞侈,极尽奢靡。与潘岳等谄事贾后、贾谧。为赵王司马伦收斩。

〔4〕苏则:三国魏时历官金城太守。

〔5〕愉:苏愉,字休豫。仕晋为光禄大夫。

【评】

　　故事可见风流名相谢安对金谷宴游的缅怀、神往之情。此情结与王羲之相似。羲之《兰亭集序》,明显见石崇《金谷诗序》

影迹,时人以之比美石崇,羲之闻而喜,事载《晋书》本传。于此可见金谷宴游在近代士人中的影响。

9.58 刘尹目庾中郎[1]:"虽言不愔愔似道[2],突兀差可以拟道[3]。"《名士传》曰:"庾颓然渊放,莫有动其听者。"

【注】

〔1〕刘尹:刘惔。庾中郎:庾敳,见《文学》15 注。

〔2〕愔愔:幽深貌。道:学说。特指老、庄之道。

〔3〕突兀:特出。差:差不多。拟:类似,比拟。

【评】

《老子》云"大巧若拙,大辩若讷",庾敳虽颓然渊放,酣醉无为,给人以木讷、糊涂的印象,实则对自身处境有着非常清醒的洞察,对玄理更能深刻体察。正如《世说》《文学》门所载,"庾子嵩读《庄子》,开卷一尺许便放去,曰:'了不异人意。'"可以印证刘尹之言不虚。庾敳的颓然渊放是对现实政治无能为力而采取的一种无奈自保行为。

9.59 孙承公云[1]:"谢公清于无弈(奕)[2],《中兴书》曰:"孙纯(统)字承公,太原人。善属文,时人谓其有祖楚风。仕至馀姚令。"润于林道[3]。"《陈逵别传》曰:"逵字林道,颍川许昌人。祖淮(準),太尉。父畛,光禄大夫。逵少有干,以清敏立名。袭封广陵公、黄门郎、西中郎将,领梁、淮南二郡太守。"

【注】

〔1〕孙承公:孙统,字承公,东晋太原中都(今山西平遥西)人。孙绰兄。

〔2〕谢公:谢安。清:高洁,清逸。无弈:谢奕,字无奕,谢安兄,见

《德行》33 注。

〔3〕润:文雅有风采。林道:陈逵,字林道,东晋颍川许昌(今属河南)人。

【评】

　　清,清纯、清逸;润,文雅有风采。清逸、文雅颇能概括出谢安的性情气度,后人有诗云:"隋炀不幸为天子,安石可怜作相公。若使二人穷到老,一为名士一文雄。"可见谢安的文采风流不仅独擅一代,而是成为历代文人名士倾慕的高标。孙统以二贤陪衬作比,而刘辰翁则弃二贤于不顾而直评谢安本人,其评价之高,更在孙统之上,评曰:"谁知二贤,只见谢公清润耳。"令人仰思谢公风标。

　　9.60　或问林公[1]:"司州何如二谢[2]?"林公曰:"故当攀安提万[3]。"《王胡之别传》曰:"胡之好谈讲,善属文辞,为当世所重。"

【注】

　　〔1〕林公:支道林。

　　〔2〕司州:王胡之,曾任西中郎将、司州刺史。见《言语》81 注。二谢:指谢安、谢万兄弟。

　　〔3〕故当:当然是。攀安提万:意谓王胡之的才能不及谢安,强于谢万。攀,攀缘。提,提携。

【评】

　　林公以出家人的冷眼旁观,更容易对红尘中人有清醒的洞察。"攀安提万"一语,简洁、精当地概括出了王胡之与二谢兄弟的高下优劣,意谓王胡之须用力攀登方能达到谢安的高度,攀登中又可提携等而下之的谢万!刘辰翁评曰:"语强,然有思。"此言为是,林公之言确实耐人寻味。王胡之长谢安十五六岁,他在公元349年死时,谢安还是年届而立的青年。但士林间自有公论,英雄豪杰也左右不得,即便心有不甘也只能徒唤奈何了!后万败而安石成就伟业,早在林公料中。高僧之高,何减名士!

9.61 孙兴公、许玄度皆一时名流[1]。或重许高情[2],则鄙孙秽行[3];或爱孙才藻[4],而无取于许。《宋明帝文章志》曰:"绰博涉经史,长于属文,与许询俱有负俗之谈。询卒不降志,而绰婴纶世务焉。"《续晋阳秋》曰:"绰虽有文才,而诞纵多秽行,时人鄙之。"

【注】
〔1〕孙兴公:孙绰。许玄度:许询。一时:当时,当代。
〔2〕高情:高逸的情致。
〔3〕秽行:污浊、恶劣的行为。
〔4〕才藻:才思文采。

【评】
　　故事可与本门第五十四则参看。孙绰之所谓"秽行",正史不载,或许指其中年以后出仕的经历,违背了早年的高尚之志。国人思维观念中,二元对立、非此即彼的两极思维模式处处可见,看人只看下半截的积习,是此模式的典型反映。"妓女从良,则半生烟花不论;贞妇失节,则一世声名尽非。"古人的一副对联,形象地描绘了这一传统陋习。孙绰虽违初衷,可以理解,但时人冠之以"秽行",则见出隐士本位主义的狭隘心态,谢安中年出山即蒙"小草"之讥,亦属此类。桓温欲移都洛阳,以便控制朝廷,"朝廷畏温,不敢为异,而北土萧条,人情疑惧,虽并知不可,莫敢先谏"。独孙绰上疏提出反对意见,表现了威武不能屈的士人气节,何秽之有?对于贵族偏见,岂可当真!

9.62 郗嘉宾道谢公[1]:"造膝虽不深彻[2],而缠绵纶至[3]。"又曰[4]:"右军诣嘉宾[5]。"嘉宾闻之云:"不得称诣,政得谓之朋耳[6]。"谢公以嘉宾言为得[7]。

凡彻、诣者,盖深核之名也。谢不彻,王亦不诣。谢、王于理,相与为朋俦也。

【注】

〔1〕郗嘉宾:郗超,字嘉宾,见《言语》59 注。道:评论。谢公:谢安。

〔2〕造膝:犹促膝。引申为谈论、议论。深彻:深刻透彻。

〔3〕缠绵:周详细密。纶至:指思想极有条理。

〔4〕又曰:言时人又有此说。

〔5〕右军:王羲之。诣:造诣,指思理深刻。按,"右军诣嘉宾"句,徐震堮《校笺》疑"诣"下"嘉宾"二字衍,疑是。

〔6〕政:通"正",只。朋:同等,齐同。

〔7〕得:正确。

【评】

王羲之、谢安是东晋中后期清谈领袖,郗超言谈当不在王、谢之下,《晋书》本传载超"交游士林,每存胜拔,善谈论,义理精微",《弘明集》存其《奉法要》一文。郗超论王、谢,心平气和地道其优劣,既不"捧杀",亦不"棒杀",连被评者谢安亦深许之。故事客观上展现了高层名士间良好的品评风气,虽所行之道不同,而能超越家族罅隙、人际纠结、政见纷争,评者、被评者均能以从容不迫的心态,对待学术交锋,千载之下,令人缅怀。对今日学术界"酷评"、"谀评"之风,是不是有一定的警示作用呢?

9.63 庾道季云[1]:"思理伦和[2],吾愧康伯[3];志力强正[4],吾愧文度[5]。自此以还[6],吾皆百之[7]。"庾钦(龢)已见。

【注】

〔1〕庾道季:庾龢,字道季,见《言语》79 注。
〔2〕思理:思辨能力。伦和:有序,有条理。
〔3〕愧:有愧于。康伯:韩伯,见《德行》38 注。
〔4〕志力:意志。强正:坚强正直。
〔5〕文度:王坦之,见《言语》72 注。
〔6〕以还:以下。
〔7〕百之:百倍于他们。

【评】

庾道季自评思维的逻辑性方面不如韩康伯,意志力品格方面逊于王坦之,其馀则强人百倍,自谦的口气中洋溢着自负,实以第一流人物自命。而这份自负若离了高华的门第作支撑,恐怕就不会显得那么潇洒!

9.64 王僧恩轻林公[1],蓝田曰[2]:"勿学汝兄[3],汝兄自不如伊。"僧恩,王祎之小字也。《王氏世家》曰:"祎之字文劭,述次(少)子。少知名,尚寻阳公主。仕至中书郎,未三十而卒,坦之悼念,与桓温称之。赠散骑常侍。"

【注】

〔1〕王僧恩:王祎之,字文劭,小字僧恩,东晋太原晋阳(今山西太原)人。林公:支道林。
〔2〕蓝田:王述,王祎之父,见《文学》22 注。
〔3〕汝兄:指王坦之。

【评】

王坦之弱冠有重名,弟弟王祎之可能对兄长有点崇拜心理,唯兄马首是瞻。坦之尚刑名之学,曾著《废庄论》以非时俗放荡,故难与尚玄虚的支道林相得。(坦之与支道林不睦,《轻诋》门载二人互相诘难之辞)祎之也人云亦云地跟着效仿,轻视支道林的恶言恣意出口,故老爹王述有此训诫之言。王述此评,对儿子毫无袒护偏爱之心,而对被轻视的对象支道林给予客观、公正的评价,这样的家庭教育无疑是健康的,对孩子的成长是恰逢其时的良药、警钟,值得今天的家长和教育界人士借鉴。

9.65　简文问孙兴公[1]:"袁羊何似[2]?"答曰:"不知者不负其才[3],知之者无取其体[4]。"言其有才而无德也。

【注】

〔1〕简文:简文帝司马昱。孙兴公:孙绰。
〔2〕袁羊:袁乔字彦叔,小字羊,见《言语》90 注。何似:怎样。
〔3〕负:违弃。引申为舍弃。
〔4〕体:指德行。

【评】

　　孙兴公评袁乔语颇巧妙,似褒实贬,形象地传达出其有才无德的人格轮廓。《晋书》本传载"乔博学有文才,注《论语》及《诗》,并诸文笔皆行于世"。又通晓用兵之策,桓温伐蜀,乔屡建奇谋,是文武全才。孙兴公称其人品无足取,不知何本?莫非因其尝为桓温司马,与桓温过从甚密而属桓氏党人?孙绰不买桓温的账,触忤过桓温,袁乔当然更不在话下了。若依此评价一个人的品德,就未免失之主观而有失公允了。

9.66　蔡叔子云[1]:"韩康伯虽无骨干[2],然亦肤立〔3〕。"

【注】

〔1〕蔡叔子:当作"蔡子叔"。蔡系字子叔,晋司徒蔡谟子,官至抚军长史。见《雅量》31注。

〔2〕韩康伯:韩伯字康伯,见《德行》38注。

〔3〕然亦肤立:外表能自树立。意谓韩康伯外观形象尚挺立,并非臃肿得不像样子。肤,指外观形象。

【评】

故事语涉双关,耐人寻味。韩康伯肥胖无骨,人有"肉鸭"之讥,但并非臃肿得不成样子,凭其外表亦有可观,此为表层意;进一步理解,其人虽有肉无骨,然亦足以自立于世,精神气度特出故也。《晋书》本传载"识者谓伯可谓澄世所不能澄,而裁世所不能裁者矣,与夫容己顺众者,岂得同时而共称哉"!康伯刚正有器局,表现了士大夫的无形傲骨。"肤立"者,玄家所谓无骨之骨也,自是高评。

9.67 郗嘉宾问谢太傅曰〔1〕:"林公谈何如嵇公〔2〕?"谢云:"嵇公勤箸脚〔3〕,裁可得去耳〔4〕。"《支遁传》曰:"遁神悟机发,风期所得,自然超迈也。"又问:"殷何如支〔5〕?"谢曰:"正尔有超拔〔6〕,支乃过殷;然亹亹论辩〔7〕,恐□欲制支〔8〕。"

【注】

〔1〕郗嘉宾:郗超。谢太傅:谢安。

〔2〕林公:支道林。嵇公:嵇康,见《德行》16注。

〔3〕勤箸脚:不断举足,努力奋进。勤,努力。箸脚,落脚。

〔4〕裁:通"才"。这二句意谓,若谈玄论辩嵇康不是支道林对手。
〔5〕殷:指殷浩。
〔6〕正尔:恰好。超拔:指高超特出的风采。
〔7〕亹亹:形容议论滔滔不绝。
〔8〕恐□欲制支:余嘉锡据清人程炎震《笺证》认为,此处"□"必是殷字。

【评】
　　本门稍后几条又载谢安答王子敬语,评支遁不如庾亮,又答王孝伯,谓支不如王濛。前贤释此,均谓嵇康言谈须努力向前,才赶得上支遁,又谓亹亹论辩,殷浩恐胜过支遁,而嵇康逊于庾亮、王濛、刘惔及殷浩。余意以为,如此抑扬,不符合谢安的一贯风格,且与其"先辈初不臧贬七贤"(见本门第七十一则)语相悖缪,当是传闻之讹。此另有一解:王导等名流,均对嵇康礼敬有加,聪睿如谢安当不至于轻薄嵇康。故"嵇公勤箸脚",于嵇康褒而非贬,意谓支公须于嵇康面前不停努力著脚,才有可能接近赶上。如此理解,则前后文义通顺。谢安于支公玄谈,评价一般,正见其理论自负。

　　9.68　庾道季云〔1〕:"廉颇、蔺相如虽千载上死人〔2〕,懔懔恒有生气〔3〕;《史记》曰:"廉颇者,赵良将也,以勇气闻诸侯。蔺相如者,赵人也。赵惠文王时,得楚和氏璧,秦昭王请以十五城易之。赵遣相如送璧,秦受之,无还城意。相如请璧示其瑕,因持璧却立倚柱,怒发上冲冠,曰:'王欲急臣,臣头今与璧俱碎。'秦王谢之。后秦王使赵王鼓瑟,相如请秦王击筑。赵以相如功大,拜上卿,位在廉颇上。"曹蜍、蜍,曹茂之小字也。《曹氏谱》曰:"茂之字永世,彭城人也。祖韶,镇东将军司马。父曼,少府卿。茂之仕至尚书郎。"李志《晋百官名》曰:"志字温祖,江夏钟武人。"《李氏谱》曰:"志祖重,散骑常侍。父慕,纯阳令。志仕至员外常侍、南康相。"虽见在〔4〕,厌厌如九泉下

735

人〔5〕。人皆如此,便可结绳而治〔6〕,但恐狐狸貉狖啖尽〔7〕。"言人皆如曹、李质鲁淳愗,则天下无奸民,可结绳致治。然才智无闻,功迹俱灭,身尽于狐狸,无擅世之名也。

【注】

〔1〕庾道季:庾龢字道季,见《言语》79注。

〔2〕廉颇、蔺相如:战国时赵国良将、贤相。

〔3〕懔懔:同凛凛,严正而令人敬畏的样子。

〔4〕曹蜍:曹茂之,字永世,小字蜍,晋彭城(今江苏徐州)人。李志:字温祖,晋江夏钟武(今河南信阳东南)人。见在:现在还活着。

〔5〕厌厌:萎靡不振的样子。

〔6〕结绳而治:上古结绳而治以不同形状和数量的绳结标识不同的事。此处比喻最原始最简单的治理方法。

〔7〕貉:同"貉",一种似狸的野兽。狖:猪獾。啖:吃。

【评】

司马迁《报任少卿书》有言:"人固有一死,或重于泰山,或轻于鸿毛,用之所趋异也。"庾道季此处将赵国良将、贤相廉颇、蔺相如与晋人曹蜍、李志两相比较,情感爱憎倾向极其鲜明,表达了立事、立功求不朽的价值取向,"重于泰山"正是庾道季等众多志士仁人前仆后继追求的超拔人生境界。曹、李之流尸位素餐,才智无闻,实是对人生毫无设计,只是混活等死。这类人数量虽多,却不足成为社会的中坚力量,有愧于士大夫的称号。故王世懋评曰:"道季辞严亦殊有生气。"道季为庾亮子,高门显第、锦衣玉食的生活并没有使其养成贵游子弟游手好闲、虚浮放诞的恶习,而是高自砥砺,在思想言谈(本门第六十三则有"自此以还,吾皆百之"之语)、立功等方面均有不凡之举。

9.69 卫君长是萧祖周妇兄〔1〕,谢公问孙僧奴〔2〕:

僧奴,孙腾小字也。《晋百官名》曰:"腾字伯海,太原人。"《中兴书》曰:"腾,统(统)子也,博学,历中庶子、廷尉。""君家道卫君长云何[3]?"孙曰:"云是世业人[4]。"谢曰:"殊不尔[5],卫自是理义人[6]。"于时以比殷洪远[7]。

【注】

〔1〕卫君长:卫永字君长,见《赏誉》107注。萧祖周:萧轮字祖周,见《赏誉》75注。

〔2〕谢公:谢安。孙僧奴:孙腾,字伯海,小字僧奴。孙统子。

〔3〕君家:犹言君,用于尊称对方。相当于您。云何:怎样。

〔4〕世业人:经心世务的人。即办实事、干事业的人。

〔5〕殊:颇,很。不尔:不是如此。

〔6〕理义人:讲求玄学义理的人。

〔7〕殷洪远:殷融,见本篇36。

【评】

看来卫永确是一位备受争议的人物,孙绰曾非议其"此子神情都不关山水,而能作文",但庾亮为之开释;今孙绰侄孙腾又称其"世业人",即经心世务的实干型人物。魏晋士人以脱略世务、游心太玄为高,故卫永之遭受清高人士的白眼也在情理之中。幸好有谢安以与众不同的眼光,视其为我辈玄学中人,有名人的掩护,得以顺利过关。看来,要透过现象看本质,深入品评人物,殊非易事。众说纷纭,各执一词,永远也争执不清。阅人无数的士林领袖往往语出惊人,有一语定乾坤之功。

9.70 王子敬问谢公[1]:"林公何如庾公[2]?"谢殊不受[3],答曰:"先辈初无论,庾公自足没林公[4]。"

《殷羡言行》曰:"时有人称庾太尉理者,羡曰:'此公好举素本槌人。'"

【注】

〔1〕王子敬:王献之,见《德行》39注。谢公:谢安。

〔2〕林公:支道林。庾公:庾亮。

〔3〕殊不受:很不愿意接受。此谓不愿意接受王献之所问,发表意见。

〔4〕自:原本,本来。足:够得上。没:盖过。

【评】

　　支道林与庾亮是玄谈界两个重量级人物,一位是游心方外的高僧大德、王公的座上宾,一位是经纬庙廊的晋室重臣兼清谈领袖。因先前并无人商较二人的先例,而自己位高言重,一出言极有可能成为士人口耳相传的定论,故谢安内心极为审慎,"谢殊不受"一语传达出极不情愿之意。推躲不过,也只能根据自己的品评视角据实而答。其倾心钟情处乃在庾亮,正是与其出处大原则相似的同道中人。

　　9.71　谢遏诸人共道"竹林"优劣[1],谢公云:"先辈初不臧贬'七贤[2]'。"《魏氏春秋》曰:"山涛通简有德,秀、咸、戎、伶、朗达有隽才。于时之谈,以阮为首,王戎次之,山、向之徒,皆其伦也。"若如盛言,则非无臧贬。此言谬也。

【注】

〔1〕谢遏:谢玄,谢安侄,见《言语》78注。竹林:指竹林七贤。

〔2〕初不:从来不,一点不。臧贬:褒贬,谓评论优劣。

【评】

　　竹林七贤,虽当时齐名,然知人论世,其人之优劣可得而言;且先前亦有评论先例,故谢安之"先辈初不臧贬七贤","亦非公论"(王世懋语)。谢安何以对七贤闭口不谈?当是林下风度已成为魏晋士人追求自由精神的象征符号,虽其间引类不齐,良莠杂陈,人生选择多元化,名士们多能和谐共处,展示了可圈可点的不羁风流。谢安将其视为心摹手追的高标，不容他人妄置雌黄也。又，子侄辈妄论先贤，谢安心有不满，又不便明言，以搁置不谈的方式实行不言之教。这也是谢安作为教育家，一贯重视言传身教的教育风格的体现。

9.72 有人以王中郎比车骑[1]，车骑闻之曰："伊窟窟成就[2]。"《续晋阳秋》曰："坦之雅贵有识量，风格峻整。"

【注】
〔1〕王中郎：王坦之，见《言语》72注。车骑：谢玄。
〔2〕窟窟：通"矻矻"，勤奋的样子。

【评】
王坦之嫉时俗放荡，以勤勉任事的实干家形象著称于世，谢玄称其"窟窟成就"可谓恰当。谢玄亦有经国才略，平生使才虽展履之间亦得其任，是从政的天生好材料，淝水之战中立下金石之功，更奠定其一代政治家、军事家的基础和实力。王坦之、谢玄一文韬一武略，一庙堂一疆场，同为晋室安危所系，故时人以其相比。谢玄虽称赏坦之，但味其言外，可能也有夫子自道之意。

9.73 谢太傅谓王孝伯[1]："刘尹亦奇自知[2]，然不言胜长史[3]。"

【注】
〔1〕谢太傅：谢安。王孝伯：王恭字孝伯，王濛孙，见《德行》44注。
〔2〕刘尹：刘惔。奇：极，非常。
〔3〕长史：指王濛。

【评】

刘惔为人矜持太厉,常以风流第一人自许,甚而自比于孔子。一方面天真纯粹得可爱,另一方面又骄狂得令人生厌。他与王濛均善玄言清谈,二人齐名友好,王濛常言"刘君知我,胜我自知",对刘颇有崇拜之意。此处刘不言胜王濛,可见狂人也有惺惺相惜、珍视友情的清醒一面。

9.74 王黄门兄弟三人俱诣谢公[1],子猷、子重多说俗事[2],《王氏谱》曰:"操之字子重,羲之弟(第)六子,历秘书监、侍中、尚书、豫章太守。"子敬寒温而已[3]。既出,坐客问谢公:"向三贤孰愈[4]?"谢公曰:"小者最胜[5]。"客曰:"何以知之?"谢公曰:"吉人之辞寡,躁人之辞多[6]。推此知之。"

【注】

〔1〕王黄门:王徽之,字子猷,仕至黄门侍郎,故称。见《雅量》36 注。兄弟三人:指王徽之、王操之、王献之兄弟三人。谢公:谢安。

〔2〕子猷:王徽之。子重:王操之,字子重。王羲之第六子。历仕豫章太守。

〔3〕子敬:王献之,字子敬,王羲之第七子,见《德行》39 注。寒温:犹言寒暄。

〔4〕向:刚才。愈:强,优胜。

〔5〕小者:此指王献之,他在弟兄中最小。

〔6〕"吉人"两句:语出《易传·系辞》。吉人:善人,贤人。躁人:浮躁的人。

【评】

崇尚简约,是六朝人物品藻的重要审美标准,其与清通是一而二、二而一的关系。《易传·系辞》云："乾以易知,坤以简能。易则易知,简则易从。易知则有亲,易从则有功。有亲则可久,有功则可大。可久则贤人之德,可大则贤人之业。易简而天下之理得矣。"由博返约,直窥《易》理。《周易》为"三玄"之一,对中古士人思想观念必然产生深远的影响。谢安评价子敬最胜,就是秉持尚简的审美观念。反之,出语喋喋不休,涉及柴米油盐人间烟火事,则被认为是俗气,少了几分清简的修养。一斑窥豹,晋人心态可闻可见。

9.75 谢公问王子敬[1]："君书何如君家尊?"答曰："固当不同[2]。"公曰："外人论殊不尔。"王曰："外人那得知!"宋明帝《文章志》曰:"献之善隶书,变右军法为今体,字画秀媚,妙绝时伦,与父俱得名。其章草疏弱,殊不及父。或讯献之,云:'羲之书胜不?'莫能判。有问羲之云:'世论卿书不逮献之。'答曰:'殊不尔也。'它日见献之,问:'尊君书何如?'献之不答。又问,'论者云,君固当不如。'献之笑而答曰:'人那得知之也。'"

【注】

〔1〕谢公:谢安。王子敬:王献之。

〔2〕固当:当然。

【评】

王羲之、献之父子俱妙善书法,《晋书》本传称羲之"尤善隶书,为古今之冠,论者称其笔势,以为飘若浮云,矫若惊龙";谓献之"工草隶,善丹青"。世人或论羲之书法不及献之,或谓献之书法逊于其父,求诸父子二人,亦各不相让。谢安书法曾师右军,亦能入流,故推尊右军,而轻子敬。"君书何如君家尊?"虽是平常之问,实则语含成见,意激子敬自叹弗如。子敬不说自优,又不说自劣,只说"固当不同",意谓各有特点。谢安以为答案不惬于心,又以"外人论殊不尔"质问。子敬答曰:"外人那得知",即外行人哪里能了断自家事,指斥谢安为书道外行。子不让父,一竞高低,见出献之的自负。其个性之张扬,生动有趣。又,故事对话看似平淡无奇,实则语含机锋,互不相让,体现了晋人言谈尚简的美学追求。

9.76　王孝伯问谢太傅[1]:"林公何如长史[2]?"太傅曰:"长史韶兴[3]。"问:"何如刘尹[4]?"谢曰:"噫,刘尹秀[5]。"王曰:"若如公言,并不如此二人邪?"谢云:"身意正尔也[6]。"

【注】

〔1〕王孝伯:王恭,字孝伯,见《德行》44注。谢太傅:谢安。

〔2〕林公:支道林。长史:王濛。

〔3〕韶兴:美好的兴致。

〔4〕刘尹:刘惔。

〔5〕秀:秀拔杰出。

〔6〕身:我。

【评】

　　故事中,王恭之问话直来直去,使人无法避其锋芒;谢安的答语则委婉巧妙,有回味馀地。虽三言两语而二人之性格生动展现:一直率,一持重,令人如面。

9.77　人有问太傅[1]:"子敬可是先辈谁比[2]?"谢曰:"阿敬近撮王、刘之标[3]。"《续晋阳秋》曰:"献之文义并非所长,而能撮其胜会;故擅名一时,为风流之冠也。"

【注】

〔1〕太傅:谢安。

〔2〕子敬:王献之。

〔3〕阿敬:对王献之的昵称。撮:撮取。王、刘:指王濛、刘惔。标:标格,风度。

【评】

王献之书法蔚为大家、独步百代,又因是琅邪王氏的芝兰玉树,故深得谢安的赏识,比之于王濛、刘惔。王濛通达近于任诞,刘惔矜持近于矫情,王献之更将名士习气演绎得淋漓尽致,夺人眼球,丝毫不亚于王、刘诸君。"近撮王、刘之标"云云,实是将其与王、刘视为一流人物。这大概是名士间以声气相标榜的门面语,只是"大体须有,定体则无",不必细究可也。

9.78 谢公语孝伯[1]:"君祖比刘尹,故为得逮[2]?"孝伯云:"刘尹非不能逮,直不逮[3]。"言濛质而惔文也。

【注】

〔1〕谢公:谢安。孝伯:王恭。王濛孙。

〔2〕刘尹:刘惔。故:确实。逮:追及,赶上。

〔3〕直:只是。

【评】

士林中公认刘惔比王濛更为丰姿特出,名士的名头也更加响亮一些。谢安的问话中含有一种不容置疑的倾向色彩,颇能代表社会舆论的定评。名士之孙王恭不甘心祖父居人下风,为其争颜面,不屑之意表露无遗。王世懋曰:"孝伯自私其祖,未为公论,毕竟刘胜王。"其实王世懋本不必过分认真,对祖先的尊崇乃是人之常情,谁都知道有情感倾向在里面,这与理性的考量迥异。王、刘之高下优劣,经历了朝代的变迁、岁月的更迭,评判的价值标准与昔日可能不可同日而语,谁又能说得清楚呢?王质而刘文,时下浮华虚假流行,天真质实之人当更为可敬可爱。

9.79　袁彦伯为吏部郎[1],子敬与郗嘉宾书曰[2]:"彦伯已入[3],殊足顿兴往之气[4]。故知捶挞自难为人[5],冀小却,当复差耳[6]。"

【注】

〔1〕袁彦伯:袁宏,字彦伯,见《言语》83注。吏部郎:掌官吏选拔的官。

〔2〕子敬:王献之。郗嘉宾:郗超。

〔3〕已入:谓已进吏部为郎。

〔4〕殊足:特别能够。顿:摧挫。兴往之气:一往无前的锐气,豪迈之气。

〔5〕捶挞自难为人:谓身为吏部郎,一旦犯过,要受鞭挞之辱,使人难堪。捶挞:指杖刑。自:确实。自东汉至魏晋以后,郎官尚不免杖责。

〔6〕小却:稍后。当复差:谓杖罚或可减免。差:减。王献之写信给郗超,请他关照袁宏。

【评】

　　魏晋时期重视吏部曹郎的人选,其职位高于诸曹郎。但历史的发展有时候会给后人留下颇耐人寻味的足迹,即如东汉至魏晋,郎官有错要承受杖责之苦,这在今天人权被充分受尊重的社会,真是不可想象。《晋书·王濛传》载"为司徒左西属。濛以此职有谴则应受杖,固辞"。可见,吏部郎位虽高而须承担皮开肉绽的风险,做这样的官成本太高,故一般高门名士视为畏途。王献之为袁宏担心,考虑到袁宏若受此耻辱可能难以做人,故写信给表兄弟郗超,表达为袁宏担忧的心情。《晋书》本传载宏"性强正亮直,虽被(桓)温礼遇,至于辩论,每不阿屈,故荣任不至"。"兴往"云云,不为虚言,以袁宏豪迈认真的品性,杖责之辱,恐是难以逃脱了!献之之书,见其爱才之心,情真意挚,切合实际,也着实令人感动。

9.80 王子猷、子敬兄弟共赏《高士传》人及赞[1],子敬赏"井丹高洁[2]。"子猷云:"未若'长卿慢世[3]。'"《嵇康高士传》曰:"丹字大春,扶风郿人。博学高论,京师为之语曰:'《五经》纷纶井大春,未尝书刺谒一人。'北宫五王更请,莫能致。新阳侯阴就使人要之,不得已而行。侯设麦饭、葱菜,以观其意。丹推子(却)曰:'以君侯能供美膳,故来相过,何谓如此!'乃出盛馔。侯起,左右即进辇,丹笑曰:'闻桀、纣驾人车,此所谓人车者邪?'侯即未(去)辇。越骑梁松贵震朝廷,请交丹,丹不肯见。后丹得时疾,松自将医视之,病愈。久之,松失大男磊,丹一往吊之。时宾客满廷,丹裘褐不完,入门,坐者皆悚望其颜色。丹四向长揖,前与松语。客主礼毕后,长揖经坐,莫得与语。不肯为吏,径出,后遂隐遁。"其赞曰:"井丹高洁,不慕荣贵;抗节五王,不交非类。显讥辇车,左右失气,披褐长揖,义陵群萃。""司马相如者,蜀郡成都人,子(字)长卿。初为郎,事景帝。梁孝王来朝,从游说士邹阳等,相如说之,因病免游梁。后过临邛,富人卓王孙女文君新寡,好音,相如以琴心挑之,文君奔之,俱归成都。后启(居)贫,至临邛买酒舍,文君当垆,相如箸犊鼻裈,涤器市中。为人口吃,善属文。仕官(宦)不慕高爵,常托来(疾)不与公卿大事。终于家。"其赞曰:"长卿慢世,越礼自放。犊鼻居市,不耻其状。托疾避官,蔑此卿相。乃赋《大人》,超然莫尚。"

【注】

〔1〕王子猷:王徽之。子敬:王献之。《高士传》:嵇康著《圣贤高士传》的简称。人及赞:指《高士传》中所记载之人物以及赞语。

〔2〕井丹高洁:《圣贤高士传》中《井丹传》后的赞语。井丹,字大春,东汉扶风郿(今属陕西)人。

〔3〕长卿慢世:《圣贤高士传》中《司马相如传》后的赞语。司马相如,字长卿,西汉成都(今属四川)人。仕宦不慕高爵,终于家。慢世,轻蔑世俗之事。

【评】

子猷、子敬兄弟,一赏"长卿慢世",一慕"井丹高洁",这与魏晋玄学精神浸润下,士人对隐逸人格推崇追求有关。但是,长卿、井丹之慢世、高洁,有特定的时代背景及身世原因,有其自然的特出之处。子猷兄弟不问过程、方式及其环境,而只取其结果,则仅得皮毛而遗漏了真精神,如邯郸学步,最后造就了一个四不像的怪胎。陈梦槐评曰:"俱有胜气",指涉模糊,对象不明。用以指井丹、长卿则可,指二王兄弟则不类矣。

9.81 有人问袁侍中[1],《袁氏谱》曰:"恪之字元祖,陈郡阳夏人。祖王孙,司徒从事中郎。父纶,临汝令。恪之仕黄门侍郎。义熙初,为侍中。"曰:"殷仲堪何如韩康伯[2]?"答曰:"理义所得,优劣乃复未辨[3];然门庭萧寂[4],居然有名士风流,殷不及韩。"故殷作诔云[5]:"荆门昼掩[6],闲庭晏然[7]。"

【注】

〔1〕袁侍中:袁恪之,字元祖,东晋阳夏(今河南太康)人。安帝义熙初为侍中。

〔2〕殷仲堪:见《德行》40注。韩康伯:韩伯,字康伯,见《德行》

38 注。

〔3〕理义所得:谓玄理造诣。乃复:竟然。

〔4〕门庭萧寂:门前庭院萧索寂静。形容无客人往来。

〔5〕诔:叙述死者生平品德以示哀悼之文。此指哀悼韩伯的诔文。

〔6〕荆门:用荆条编的门户,犹言柴门。

〔7〕晏然:安然平静貌。

【评】

儒家思想重慎独修身,故"独处不愧屋漏,出门如见大宾";道家则尚简约清心、虚室生白。二家理想相反相成而形成一股合力,作用于中国人的日用起居、出处行藏。殷仲堪作诔文评韩康伯"荆门昼掩,闲庭晏然",其评价标准当是融合了儒、道二家人格境界,表现了魏晋玄学士人对人伦生活常态理想的追求。"读书仍隐居,弹琴复长啸",是中国人对"诗意栖居"(西方"存在主义"哲学术语)人生境界的中国化理解和阐释。韩康伯"门庭萧寂,居然有名士风流",正是此期士人企踵的高标,故袁侍中以为殷不及韩。

9.82 王子敬问谢公[1]:"嘉宾何如道季[2]?"答曰:"道季诚复钞撮清悟[3],嘉宾故自上[4]。"谓超拔也。

【注】

〔1〕王子敬:王献之。谢公:谢安。

〔2〕嘉宾:郗超。道季:庾龢,见《言语》79 注。

〔3〕诚复:确实,的确。钞撮:谓汇集众说。清悟:敏捷颖悟。

〔4〕故自:确实。肯定语气较强。上:杰出。言其自然超拔。

【评】

庾龢之谈名理能够汇集众家之长,得其清悟,曾自言,仅在思维的逻辑性和意志力方面逊于韩康伯与王文度,自此以还百倍于人。但搪采群言,不如戛戛独造。故谢安以为自然超拔,郗超当更上一层。谢安与郗超,一维护王室利益,一为桓温伺窥晋鼎出谋划策,二人为政敌。但谢安评郗,并不因人废言,正见其健康心态。

9.83　王珣疾[1],临困[2],问王武冈曰[3]:《中兴书》曰:"谧字雅远,丞相导孙,车骑劭子。有才器,袭爵武冈侯,位至司徒。""世论以我家领军比谁[4]?"武冈曰:"世以比王北中郎[5]。"东亭转卧向壁[6],叹曰:"人固不可以无年[7]!"领军,王洽,珣之父也。年二(三)十六卒。珣意以其父名德过坦之而无年,故致此论。

【注】

〔1〕王珣:见《言语》102注。

〔2〕临困:到病情严重时。

〔3〕王武冈:王谧,王导孙,王劭子。袭爵武冈侯。

〔4〕我家领军:指王洽,王导子,王珣父,见《赏誉》114注。

〔5〕王北中郎:指王坦之,见《言语》72注。

〔6〕东亭:即王珣,珣封东亭侯,故称。

〔7〕固:的确。无年:寿不长(王洽卒年三十六)。王珣叹其父短寿,名德只能与王坦之相比。

【评】

　　一个人病笃弥留之际的交代,一定是其终生魂牵梦绕、割舍不下的情感郁结。王珣临终时的一问一叹,毫不涉及个人名利,因挂系乃父的士林评价,而更耐人寻味。其言语间流露出的情绪由期待转为哀怨不平,特别是"转卧向壁"一细节,都生动传神地展示出古代士人受家族功业观念、父祖崇拜意识困扰影响的历史特点。无数士人怒发冲冠,甚至是拼死一搏,正是为了捍卫家族的荣誉。家族利益,是中古士人永远走不出的怪圈。

9.84 王孝伯道谢公"浓至"[1]。又曰:"长史虚[2],刘尹秀[3],谢公融[4]。"谓条畅也。

【注】

〔1〕王孝伯:王恭。谢公:谢安。浓至:谓人性情厚重深沉。
〔2〕长史:王濛。虚:清虚。
〔3〕刘尹:刘惔。秀:秀拔杰出。
〔4〕融:融通。

【评】

王恭评王、刘,虽各有特出之处,实则意在表彰谢安之兼擅众美。孙绰曾言王濛"温润恬和"、"性和畅"(《晋书·王濛传》),即此"虚"之义也。谢安又曾对王恭发"刘尹秀"之辞,此处之言或为转述。"泰山不辞土壤,故能成其大;江河不择细流,故能就其深",谢安则融汇诸人之长。平素的思想锻炼,终于造就了肚里能撑船又宽宏大量的一代风流名相。此之谓圆融无碍而通于"浓至"之境。

9.85 王孝伯问谢公[1]:"林公何如右军[2]?"谢曰:"右军胜林公。林公在司州前[3],亦贵彻[4]。"不言若羲之,而言胜胡之。

【注】

〔1〕王孝伯:王恭。谢公:谢安。
〔2〕林公:支道林。右军:王羲之。

〔3〕司州:王胡之,官至司州刺史。

〔4〕贵彻:尊贵而通达。

【评】

　　刘会孟曰:"本书《文学》篇中多美林公,而《品藻》篇恒抑之,何也?"所问启人深思。但此则谓林公"贵彻",评价不低。在右军后处司州前,也是切合实际之言,并非一味贬损。言外之意,谢安本人精于玄理,而暗寓超越林公之意。其理论自负可见一斑。

　　9.86　桓玄为太傅〔1〕,大会,朝臣毕集,坐裁竟〔2〕,问王桢之曰〔3〕:"我何如卿弟(第)七叔〔4〕?"《王氏谱》曰:"桢之字公幹,琅邪人,徽之子。历侍中、大司马长史。"弟(第)七叔,献之也。于时宾客为之咽气〔5〕。王徐徐答曰:"亡叔是一时之标〔6〕,公是千载之英〔7〕。"一坐欢然。

【注】

〔1〕桓玄:大司马桓温子,晋安帝时为太傅,掌朝权。太傅:官名。三公之一。

〔2〕裁:通"才",刚刚。

〔3〕王桢之:字公幹,小字思道。王徽之子。

〔4〕卿第七叔:此指王献之。

〔5〕咽气:屏气。言气氛紧张。

〔6〕标:楷模。

〔7〕英:英杰。

【评】

　　桓玄篡晋之心路人皆知,安帝元兴元年(402年),桓玄兴兵东下,东晋政权尽掌控于桓玄之手。本则所记当在此年攻入建康之时。桓玄一朝权在握,便把令来行,正直士大夫惧怕惨遭杀戮而噤若寒蝉。桓玄在书法艺术史上有一定地位,绝非附庸风雅、沽名钓誉的禄蠹之士,其企慕高标也是情在理中。庾肩吾《书品》云:"桓玄、敬道,品在中上。论曰:'季琰(王珉字)、桓玄,筋力俱骏。'"李嗣真《后书品》中品云:"桓公如惊蛇入草,铦锋出匣。"可见,桓玄是书艺里手,他酷爱书法,毕生敬仰二王,常以王献之自比,故有此问。王桢之以其机智言辞逃过了一场劫难,喻玄为"千载之英",盖过了献之的"一时之标",但就其内容分析,对桓玄这一野心家未免有曲媚阿顺之嫌。类似之事,如桓玄问谢道韫以谢安出处问题,道韫答曰:"亡叔……以无用为心,显隐为优劣,始末正当动静之异耳。"(见《排调》门第 26 则刘注引《妇人集》)桓玄篡晋,对王谢家族虎视眈眈,但道韫为女中人杰,回答不卑不亢,远胜于王家子弟。故凌濛初评此曰:"真是怕他。"道出了王桢之的真实心理,令人读之心伤。

9.87 桓玄问刘太常曰[1]:"我何如谢太傅[2]?"
《刘瑾集叙》曰:"瑾字仲璋,南阳人。祖遐,父畅。畅娶王羲之女,生瑾。瑾有才力,历尚书、太常卿。"刘答曰:"公高,太傅深。"又曰:"何如贤舅子敬[3]?"答曰:"楂梨橘柚,各有其美[4]。"
《庄子》曰:"楂梨橘柚,其味相反,皆可于口也。"

【注】

〔1〕刘太常:刘瑾,字仲璋,东晋南阳(今属河南)人。官至太常卿。

〔2〕谢太傅:谢安。

〔3〕贤舅:尊称别人之舅。子敬:王献之。刘瑾母为羲之女,故瑾称子敬为舅。

〔4〕"楂梨"两句:谓各种水果滋味不同,比喻人物各有美好之处。《庄子·天运》:"故譬三皇五帝之礼义法度,其犹楂梨橘柚邪?其味相反而皆可于口。"

【评】

桓玄灭杨佺期、殷仲堪及司马元显后,掌握朝廷军政大权,又自封为太尉,有禅晋之意。他在篡位前后,对王谢家族是虎视眈眈的。谢安和王献之虽然早已谢世,并不对其构成威胁,但因二人为王谢家族的精英,而被视为放矢之的。桓玄此问,有指鹿为马、投石问路之意,借以显示其权威。刘瑾回答,虽从容机智,貌似公允无偏,凌濛初评曰"最好答法",实则已被桓玄的淫威慑服。故事折射出六朝知识分子在更代之际较为常见的自保心理——汉末以降,篡弑频仍,士夫之心,如履霜临渊,被政治强盗拿捏得元气大伤、斯文扫地,与夫嵇康"宁为玉碎,不为瓦全"的高尚情怀不可同日而语。

9.88　旧以桓谦比殷仲文[1]。《中兴书》曰:"谦字敬祖,冲弟(第)三子。尚书仆射、中军将军。"《晋安帝纪》曰:"仲文有器貌才思。"桓玄时[2],仲文入,桓于庭中望见之[3],谓同坐曰:"我家中军,那得及此也[4]!"

【注】

〔1〕旧:原来。桓谦:字敬祖。桓冲子,桓玄从兄。殷仲文:桓玄姐夫,见《言语》106注。

〔2〕桓玄时:晋安帝时,桓玄为太傅,当权掌朝政。

〔3〕庭:厅堂。

〔4〕我家中军:指桓谦。那得:怎么能够。

【评】

殷仲文是属于典型的有气韵而无气概、有灵气而无灵魂,"才子加流氓"型的文人。自命才高的谢灵运曾推重曰"若殷仲文读书半袁豹,则文才不减班固",足见其天赋之高。但此人乃是政治投机家。史载桓玄篡晋入宫,其床忽陷,群下失色,殷仲文曰:"将由圣德深厚,地不能载"(《晋书》本传),以机智乖巧的谀媚之辞,替桓玄摆脱了尴尬。殷仲文不吝惜自己的名誉与尊严,虽为士林所不齿,但往往因善于揣摩、迎合主上的意图而受宠一时。桓玄赞"我家中军,那得及此也"。史载仲文"以佐命亲贵,厚自封崇,舆马器服,穷极绮丽,后房伎妾数十,丝竹不绝音"(《晋书》本传)。但他最后,因叛而亡,实是为桓玄作陪葬。一个毫无骨气的文人,其悲剧命运自也是顺理成章的了。

规箴　第十

【题解】　规箴者，规讽劝告与警醒敕戒也。人的一生，错误不断，必须有人随时规箴劝诫，以免陷入泥潭而愈坠愈深。接受正确友好的劝告警诫，常常可以悬崖勒马，扭转人生航向，驶向胜利的彼岸。因此，不仅规箴主体是智慧之人，受规箴者也同样可以是智者而获益匪浅。反之，拒谏饰非，知错不改，则可能把人生引向万劫不复的深渊和地狱。本门27则故事，广泛涉及社会人生的方方面面，有臣谏君，下级规劝上级，老师告诫学生，甚至是亲友和夫妇之间，或直言以谏，或委婉规劝，无不表现其诚挚之情。当然，在魏晋动荡乱世，规诫暴君或权臣，不仅要有胆有识，而且必须高度运用语言修辞艺术，委婉讽谏，无懈可击，以便产生最佳的效果。如京房谏汉元帝，陆凯之讽吴主孙皓，若语稍不慎，必将大祸临头。其规箴人主，风险尤大，但其忧国忧民的耿耿忠心，则天日可表。

10.1　汉武帝乳母尝于外犯事[1]，帝欲申宪[2]，乳母求救东方朔[3]。《汉书》曰："朔字曼倩，平原厌次人。"《朔别传》曰："朔，南阳步广里人。"《列仙传》曰："朔是楚人。武帝时，上书说便宜，拜郎中。宣帝初，弃官而去，共谓岁星也。"朔曰："此非唇舌所争[4]，尔必望济者[5]，将去时，但当屡顾帝[6]，慎勿言，此或可万一冀耳[7]。"乳母既至，朔亦侍侧[8]，因谓曰：

"汝痴耳！帝岂复忆汝乳哺时恩邪[9]？"帝虽才雄心忍[10],亦深有情恋[11],乃悽然愍之[12],即赦免罪。

《史记·滑稽列传》曰:"汉武帝少时,东武侯母尝养帝,后号大乳母。其子孙从奴横暴长安中,当道夺人衣物,有司请徙乳母于边,奏可。乳母入辞。帝所幸倡郭舍人,发言陈辞虽不合大道,然令人主和说。乳母乃先见,为下泣。舍人曰:'即入辞,勿去,数还顾。'乳母如其言,舍人疾言骂之曰:'咄,老女子！何不疾行？陛下已壮矣,宁尚须乳母活邪！尚何还顾邪？'于是人主怜之,诏止母(毋)徙,罚请者。"

【注】

〔1〕汉武帝:西汉第五代皇帝刘彻。犯事:犯法。

〔2〕申宪:依法惩办。宪,法律。

〔3〕东方朔(前154—前93年):字曼倩。西汉文学家,武帝时官至太中大夫。性诙谐好谑。《史记》有传。

〔4〕唇舌:喻言辞。

〔5〕济:救助。

〔6〕顾:回顾,回头看望。

〔7〕冀:希望。

〔8〕侍侧:一旁侍候。

〔9〕忆:回想,记得。

〔10〕才雄心忍:雄才大略而心性刚狠。

〔11〕情恋:依恋不舍之情。

〔12〕愍之:哀怜她。

【评】

故事反映的是情与法的矛盾及其取舍。事载《史记·滑稽列传》,但事主非东方朔,而是郭舍人。盖朔为史上著名机辩滑稽之雄,故误以事归之。武帝乳母自恃帝宠,公然纵奴横暴长安,有司依法惩治,该是罪有应得。朔著《答客难》,是位愤世嫉俗的正直之士,岂能为犯科权倖而施呈智辩？郭舍人则另当别论。史称时公卿大臣"皆敬重乳母",更主要的是,武帝本人内心"不忍致之法"。郭舍人侍帝左右,明白其所想,故有此谏,帝借机赦乳母而"罪谪谮之者"——即倒打一耙而惩罚依法申宪之有司。在专制的社会中,情大于法,是非颠倒,黑白混淆,岂可作鉴? 但临川选此作为《规箴》开篇,或是借古讽今而另有寓意。刘宋之初,文帝屠戮皇室手足,无情倾轧,故临川借武帝之动情而讽之乎?

10.2 京房与汉元帝共论[1],因问帝:"幽、厉之君何以亡[2]? 所任何人?"答曰:"其任人不忠。"房曰:"知不忠而任之,何邪?"曰:"亡国之君各贤其臣[3],岂知不忠而任之?"房稽首曰[4]:"将恐今之视古,亦犹后之视今也。"《汉书》:"京房字君明,东郡顿丘人。尤好钟律,知音声。以孝廉为郎。是时,中书令石显专权,及友人五鹿充宗为尚书令,与房同经,论议相是非。而此二人用事。房尝宴见,问上曰:'幽、厉之君何以亡? 所任何人?'上曰:'君亦不明,而臣巧佞。'房曰:'知其巧佞而任之邪? 将以为贤邪?'上曰:'贤之。'房曰:'然则今何以知其不贤?'上曰:'以其时乱而君危知之。'房曰:'是任贤而理,任不肖而乱,自然之道也。幽、厉何不觉悟而蚤纳贤,何为卒任不肖以至亡?'于是上曰:'乱亡之君各贤其臣,令皆觉悟,安得乱亡之君?'房曰:'齐桓、二世,何不以幽、厉卜之,而任竖刁、赵高,政治日乱邪?'上曰:'唯有道者能以往知来耳。'房曰'自陛下即位,盗贼不禁,刑人满市'云云,问上曰:'今治邪? 乱也?'上曰:'然愈于彼。'房曰:'前二君皆然。臣恐后之视今,犹今之视前也。'上曰:'今为乱者谁?'房曰:'上所亲与图事帷幄中者。'房指谓石显及充宗。显等乃建言,宜试房以郡守。遂以房为东(魏)郡。显发其私事,坐弃市。"

【注】

〔1〕京房:西汉《易》学有二京房:一受学于杨何,传梁丘贺《易》,官

太中大夫,齐郡太守。一是本则故事主角的京房。今文经学《京氏易传》的开创者,原姓李,字君明,东郡顿丘(今河南清丰)人,官魏郡太守。其《易》学以灾异推论时政得失。后为权倖石显谗杀。汉元帝:刘奭,宣帝子。西汉第八位皇帝。

〔2〕幽、厉:指周幽王和周厉王。幽王荒淫乱政,厉王暴政,皆亡其国。何以:为什么。

〔3〕各贤其臣:各以其臣为贤。

〔4〕稽首:跪拜。

【评】

举贤任能,惩奸退恶,涉及国家用人的重大原则,关系到世运兴衰。京房问元帝:"幽、厉何以亡?"给当时的最高统治者敲响了警钟。矛头直指皇帝,其规谏胆识非常人能及。后来京房之死,直接原因是被权幸石显所杀,但生杀大权操在皇帝之手。京房忠言直谏,早为元帝不满,只是一时不便发作,以免拒谏恶名。杀京房者,实元帝本人。西汉亡于平帝,但元、成、哀、平,宦官外戚,擅权专政,一代不如一代,其亡国祸根实始于元帝。"将恐今之视古,亦犹后之视今也",京房名言,极具警醒意义,惜昏庸的统治者终不觉悟,故致亡国,哀哉!

10.3 陈元方遭父丧[1],哭泣哀恸,躯体骨立[2]。其母愍之[3],窃以锦被蒙上[4]。郭林宗吊而见之[5],谓曰:"卿海内之隽才[6],四方是则[7],如何当丧[8],锦被蒙上?孔子曰:'衣夫锦也,食夫稻也[9],于汝安乎?'《论语》曰:"宰我问:'三年之丧,期已久矣。'子曰:'食夫稻,衣夫锦,于汝安乎?夫君子居丧,食旨不甘,闻乐不乐,居处不安,故不为也。今汝安,则为之。'"吾不取也。"奋衣而去[10]。自后宾客绝百所日[11]。"所"一作"许"。

【注】

〔1〕陈元方:陈纪字元方,寔长子。参《德行》第6则注。

〔2〕躯体骨立:躯体消瘦只剩骨架。

〔3〕愍之:可怜他。

〔4〕锦被蒙上:盖上漂亮的锦被。

〔5〕郭林宗:郭太字林宗,汉末名士。参《德行》第3则注。

〔6〕隽才:俊杰才士。

〔7〕四方是则:各地之人把你当作效仿的榜样。

〔8〕当丧:居丧守制期间。

〔9〕"衣夫锦也"二句:即锦衣玉食。锦,锦绣衣裳。稻,糯稻精粮。

〔10〕奋衣:甩开衣服。

〔11〕百所日:百馀日。

【评】

郭太,后汉名士,史称其为人"天子不得臣,诸侯不得友",是当时在野的士林清议领袖,性明知人,好奖训士类,经其品题,身价陡增;一旦批评,则人皆去之。陈纪父丧而盖锦被,致讥郭泰而"宾客绝百所日",影响之大,可见一斑。但郭太卒于建宁二年(169),陈寔卒于中平四年(187)。郭太先寔之死十八年,何由见寔之丧?可谓绝非事实,而是张冠李戴,因震于郭太之名而误以事归之。陈纪之孝,当世有名,其蒙锦被,乃母所为,致讥士林舆论,实亦蒙冤。故凌濛初评曰:"无意中受谤,莫自可解,古来同恨。"

10.4 孙休好射雉[1],至其时,则晨去夕反[2],群臣莫不止谏:"此为小物,何足甚耽[3]?"休曰:"虽为小物,耿介过人[4],朕所以好之。"环济《吴纪》曰:"休字子烈,吴大帝弟(第)六子。初封琅邪王,梦乘龙上天,顾不见尾。孙琳废少主,迎休立之。锐意典籍,欲毕览百家之事。颇好射雉,至春晨出莫反,唯此时舍书。崩,谥景皇帝。"《条列吴事》曰:"休在位烝烝,无有遗事,唯射雉可讥。"

【注】

〔1〕孙休(233—263):三国东吴第三位君主,字子烈。权第六子,在位七年,崩谥景皇帝。

〔2〕反:通"返"。

〔3〕耽:沉迷,贪恋。

〔4〕耿介:正直有操守。

【评】

畋猎射雉之风,古已有之。如春秋时贾大夫赴如皋射雉以乐其美妻,事载于《左传》昭公二十八年。三国时君主,多乐此不疲,如曹操父子及吴主孙权,无不皆然。魏文帝丕曾称射雉之乐,侍中辛毗谏曰:"于陛下甚乐,而于群下甚苦。"丕默然,遂为之稀出(见《三国志·魏书·辛毗传》)。休父权同样好射雉,潘濬强谏,"见雉翳故在,手自撤坏之。权由是自绝,不复射雉"(见《三国志·吴书·潘濬传》注引《江表传》)。开国之君,意在天下,胸怀较宽,从容纳谏,知错辄改,故国事可为。而休则年轻气盛,傲对臣下,饰辞拒谏,与乃父相形,其心胸气量不可同日而语。休言因雉性"耿介过人"而好猎,果真如此,射杀仁禽,岂非残酷?射雉小事,但因此而文过饰非,拒谏斥贤,宠任奸佞,虽好读书,却用来饰辞拒谏,又何益救乱乎?潘岳《射雉赋》云:"若乃耽槃流遁,放心不移。忘其身恤,司其雌雄,乐而无节,端操或亏。此则老氏所诫,君子不为。"曲终奏雅,有味哉,斯言。

10.5 孙皓(晧)问丞相陆凯曰[1]:"卿一宗在朝有几人[2]?"陆曰:"二相、五侯、将军十馀人[3]。"皓

（晧）曰："盛哉！"陆曰："君贤臣忠，国之盛也；父慈子孝，家之盛也。今政荒民弊，覆亡是惧[4]，臣何敢言盛？"《吴录》曰："凯字敬风，吴人，丞相逊族子。忠鲠有大节，笃志好学。初为建忠校尉，虽有军事，手不释卷。累迁左丞相。时后主暴虐，凯正直强谏，以其宗族强盛，不敢加诛也。"

【注】

〔1〕孙晧：三国时吴国末代君主。字元宗，权孙。降晋后封归命侯。参《排调》第5则注。陆凯：陆凯于宝鼎元年（266）官拜左丞相。

〔2〕宗：宗族。在朝：在朝为官。

〔3〕二相：陆逊、陆凯。五侯：指陆胤等。将军十馀人：指陆抗等。

〔4〕覆亡是惧：担心亡国。

【评】

故事当发生于陆凯拜相的宝鼎元年（266）至建衡元年（269）凯卒三年之间。时主昏政乱，虽凯等尽其忠言嘉谋，仍无救于吴国灭亡之趋势。凯卒前曾上表谏晧二十事，文殊切直，非晧所能容忍。其所谏争，知其不可为而为之，常言人之不敢言。如《三国志》本传注引《江表传》，凯上表云："臣虽愚，暗于天命，以心审之，败不过二十稔也。臣常忿亡国之人夏桀、殷纣，亦不可使后人复忿陛下也。"直指孙晧为桀、纣暴君，并料国家必亡。后果如所料，十馀年后吴为晋所亡。"今政荒民弊，覆亡是惧"，铮铮忠言，精贯日月。但昏君不觉悟，又将奈何！

10.6 何晏、邓飏令管辂作卦[1]，云："不知位至三公不[2]？"卦成，辂称引古义[3]，深以戒之。飏曰："此老生之常谈[4]。"《辂别传》曰："辂字公明，平原人也。明《周易》，声发徐州。冀州刺史裴徽举秀才，谓曰：'何、邓二尚书，有经国才略，于物理无不精也。何尚书神明清彻,殆破秋毫,君当慎之!自言不解《易》中九事,必当相问。比至洛,宜善精其理。'辂曰:'若九事比王义("比王义",袁本作"皆至义"),不足劳思。若阴阳者,精之久矣。'辂至洛阳,果为何尚书问九事,皆明。何曰:'君论阴阳,此世无双也。'时邓尚书在,曰:'此君善《易》,而语初不论《易》中辞义,何邪?'辂答曰:'夫善《易》者不论《易》也。'何尚书含笑赞之曰:'可谓要言不烦也。'因谓辂曰:'闻君非徒善论《易》,至于分蓍思爻,亦为神妙。试为作一卦,知位当至三公不?又梦青蝇数十来鼻(鼻)头上,驱之不去,有何意故?'辂曰:'鸱,天下贱鸟也,及其在林,食其桑椹,则怀其好音。况辂心过草木,注情葵藿,敢不尽忠!唯察之尔。昔元、凯之相重华,宣慈惠和,仁义之至也。周公之翼成王,坐以待旦,敬慎之至也。故能流光六合,万国咸宁。然后据鼎足而登金铉,调阴阳而济兆民。此履道之休应,非卜筮之所明也。今君侯位重东岳,势若雷霆,望云赴景,万里驰风。而怀德者少,畏威者众,殆非小心翼翼多福之士。又鼻(鼻)者,艮也,此天中之山,高而不危,所以长守贵也。今青蝇,臭恶之物,而集之焉。位峻者颠,轻豪者亡,必至之分也。夫变化虽相生,极则有害;虚满虽相受,溢则有竭。圣人见阴阳之性,明存亡之理,损益以为衰,抑进以为退。是故山在地中曰《谦》,雷在天上曰《大壮》。谦则裒多益寡,大壮则非礼不履。伏愿君侯上寻文王六爻之旨,下思尼父象象之义,则三公可决,青蝇可驱。'邓曰:'此老生之常谈。'又曰:'夫老生者见不生,常谈者见不谈也。'"晏曰:"知几其神乎[5],古人以为难;交疏而吐诚[6],今人以为难。今君一面,尽二难之道,可谓'明德惟馨'[7]。《诗》不云乎,'中心藏之,何日忘之'[8]。"《名士传》曰:"是时曹爽辅政,识者虑有危机。晏有重名,与魏姻戚,内虽怀忧,而无复退也。箸五言诗以言志曰:'鸿鹄比翼游,群飞戏太清。常畏大网罗,忧祸一旦并。岂若集五湖,从流姕(唼)浮涩(萍)。永宁旷中怀,何为怵惕惊?'盖因辂言,惧而赋诗。"

【注】

〔1〕何晏:字平叔。三国魏时南阳宛人。正始名士。官至吏部尚书。后为司马懿诛。参《言语》第14则注。邓飏:字玄茂。南阳宛人。邓禹之后,少得士名。至侍中、尚书。后为司马懿诛。参《识鉴》第3则注。管辂:魏时术数解《易》卦师。官至少府丞。

〔2〕三公:古时以太尉、司徒、司空为三公,领袖朝廷百官。

〔3〕古义:古代故事义理。

〔4〕老生之常谈:喻毫无新义。老生,老书生。

〔5〕知几其神乎:《易·系辞下》句。知几:掌握事物变化征兆。神,神妙。

〔6〕交疏而吐诚:交情疏远而言辞诚恳。

〔7〕明德惟馨:《尚书·君陈》句,意谓德义流芳。

〔8〕"中心藏之"二句:《诗经·小雅·隰桑》诗句,意谓牢记心中,永以为念。

【评】

何晏在魏文帝、明帝时,无所事任,或为冗官,颇受曹氏父子压抑。齐王芳正始年间,曹爽与司马懿辅政,晏、飏尝为爽之腹心,乃复进叙,任尚书要职。故事当发生在正始年间。时司马懿集团与曹魏集团明争暗斗,势同水火而决战在即。晏党曹魏,立场明显,故为司马集团所疾。管辂以《周易》算卦谏之,实是以学术为政治斗争作解。管辂旁观者清,对司马集团的韬晦示赢之智及其政治实力,有所洞察,故称引古义而"深以为戒"。邓飏贪墨,傲慢无理,故讥辂"老生常谈",实不知时局之艰危。何晏反之,"知几其神",思理明辨,洞其言微,但又无计相回避,故有"中心藏之,何日忘之"之叹。明王世贞评曰:"何晏悦而不绎,差胜邓飏无救败亡。"晏之"悦而不绎",知而不行,关乎整个政局,客观形势如此,区区个人,何力回天,悲哉!

10.7　晋武帝既不悟太子之愚[1],必有传后意[2],诸名臣亦多献直言。帝尝在陵云台上坐[3],卫瓘在侧[4],欲申其怀,因如醉,跪帝前,以手抚床曰[5]:"此坐可惜!"帝虽悟,因笑曰:"公醉邪?"《晋阳秋》曰:"初,惠帝之为太子,咸谓不能亲政事,卫瓘每欲陈启废之而未敢也。后因会醉,遂跪床前曰:'臣欲有所启。'帝曰:'公所欲言者何邪?'瓘欲言而复止者三,因以手抚床曰:'此坐可惜!'帝意乃悟,因谬曰:'公真大醉也!'帝后悉召东宫官属大会,令左右赍尚书处事以示太子,令处决,太子不知所对。贾妃以问外人,代太子对,多引古词义。给使张弘曰:'太子不学,陛下所知,宜以见事断,不宜引书也。'妃从之。弘具草奏,令太子书呈,帝大说,以示瓘。于是贾充语妃曰:'卫瓘老奴,几败汝家!'妃由是怨瓘,后遂诛之。"

【注】

　　[1] 晋武帝:晋朝第一代皇帝司马炎,字安世。昭长子。崩谥武皇帝,庙号世祖。参《言语》第19则注。太子:指司马衷,字正度。即位后史称惠帝。

　　[2] 传后意:意在传授帝位。

　　[3] 陵云台:台名,在魏晋京城洛阳。

　　[4] 卫瓘:字伯玉,魏晋间河东安邑人。晋时官至尚书令。后为贾后及楚王诛杀。

　　[5] 床:坐榻。

【评】

　　司马衷于泰始三年(267)立为太子,故事当发生于斯年之后。此则巧用行为配合的隐喻修辞艺术,故事生动,言简而意深,人物声吻、动作及其内在心理,无不如画呈现。在封建时代,建嗣立太子属国之大事,稍有不慎,卷入夺权斗争漩涡,常有死无葬身之地之患。卫瓘"如醉"而谏者以此。晋惠帝痴呆之愚,属低能儿。时天下荒乱,百姓饿死,谓"何不食肉糜?"其蒙蔽之

763

愚如此,能不亡乎? 即位后,史称"政出群下,纲纪大坏,货赂公行,势位之家,以贵陵物,忠贤路绝,谗邪得志",不久即八王乱起,"五胡乱华",国家沦丧。这虽是后事,但早在卫瓘料中,故抚帝床而叹:"此坐可惜!""坐"谓帝座、帝位,不仅关系个人,更为国家社稷及天下苍生计。但封建帝王视国家为私人财产,武帝不惜,诸名臣又奈他何! 后卫瓘因此被贾妃所杀,其智慧之谏,不仅白白浪费,更使后人复为之叹息也。

10.8 王夷甫妇[1],郭泰宁女,《晋诸公赞》曰:"郭豫字太宁,太原人。仕至相国参军。知名蚤卒。"才拙而性刚,聚敛无厌,干豫人事[2]。夷甫患之而不能禁。时其乡人幽州刺史李阳[3],京都大侠[4],《晋百官名》曰:"阳字景相,高平人。武帝时为幽州刺史。"《语林》曰:"阳性游侠,盛暑,一日诣数百家别,宾客与别,常填门,遂死于几下,故惧之。"犹汉之楼护,《汉书·游侠传》曰:"护字君卿,齐人。学经传,甚得名誉。母死,送葬车三千两。仕至天水太寺(守)。"郭氏惮之[5]。夷甫骤谏之[6],乃曰:"非但我言卿不可,李阳亦谓卿不可[7]。"郭氏小为之损[8]。

【注】

〔1〕王夷甫:王衍,字夷甫。参《言语》第23则注。

〔2〕干豫:干预,干涉。

〔3〕幽州:汉十三刺史部之一,晋时州治涿县(今属河北省)。

〔4〕京都:指魏晋京师洛阳。

〔5〕惮:惧怕。

〔6〕骤谏:屡次言语劝阻。

〔7〕谓:以为。

〔8〕小:稍微。损:减损,收敛。

【评】

　　琅邪王衍,出身望族,官至太尉,位居宰辅,总领群臣,但无法约束自己夫人之不法,却是为何？史称"衍妻郭氏,贾后之亲,藉中宫之势,刚愎贪戾,聚敛无厌"云云,可证王衍之惧内,非本性如此,而是畏权惧势也。人畏权势,故乏謇谔忠节。一旦大军压境,刀架头上,又岂能不变节？临死前衍劝石勒称尊号,即为明证。惧内事小,但因小见大,可推其本末。宰辅如此,晋之败丧,亦在料中。

　　10.9　王夷甫雅尚玄远[1],常嫉其妇贪浊[2],口未尝言"钱"字。《晋阳秋》曰:"夷甫善施舍,父时有假贷者,皆与焚券,未尝谋货利之事。"王隐《晋书》曰:"夷甫求富贵得富贵,资财山积,用不能消,安须问钱乎？而世以不问为高,不亦惑乎！"妇欲试之,令婢以钱绕床,不得行。夷甫晨起,见钱阂行[3],呼婢曰:"举却阿堵物[4]！"

【注】

　　〔1〕王夷甫:王衍。雅尚:崇尚。玄远:玄虚远俗的精神境界。
　　〔2〕嫉:厌恶,讨厌。贪浊:贪婪污浊。
　　〔3〕阂(hé合):碍。
　　〔4〕举却:拿走,搬开。阿堵物:这个东西。后引申喻钱。

【评】

　　在《世说》故事中,王衍是主角,而在清谈玄家中,更是主角中的主角。在魏晋名士中,的确有人忘却高官厚禄的物质诱惑,一心追求率性自然、超凡脱俗的精神生活。但王衍不属此类,在国家多事之秋,营狡兔三窟之计,而忘杀身报国之仁,其所关注,正在一己私利之物欲。细加推敲,知其为人,能言善辩,却无实际内容,仅一只"绣花枕头"而已。又要做士林领袖,就必须养就一身做"秀"的本领。口不言钱,似乎高雅之极,但在专制社会中,权就是钱。明王世贞之评,断言"王隐此言非也",认为人性"廉贪不系贫富"。此乃泛泛之论;若具体衡量王衍,鄙意乃以王隐为是,因王世贞忘记了王衍是个善于做"秀"的人物。故宋刘辰翁评曰:"但意不在钱,言钱何害?"一针见血,见识不凡。

10.10 王平子年十四五[1],见王夷甫妻郭氏贪欲[2],令婢路上儋粪[3]。平子谏之,并言不可。郭大怒,谓平子曰:"昔夫人临终[4],以小郎嘱新妇[5],不以新妇嘱小郎。"《永嘉流人名》曰:"澄父乂,第三取乐安任氏女,生澄。"急捉衣裾[6],将与杖[7]。平子饶力[8],争得脱,踰窗而走[9]。

【注】

〔1〕王平子:王澄,字平子。衍弟。西晋清谈名家。参《德行》第23则注。

〔2〕贪欲:贪婪。

〔3〕儋粪:挑粪。儋,通"擔(担)"。

〔4〕夫人:指澄母,即郭氏之婆母。

〔5〕小郎:小叔子。嘱:嘱托,交代。新妇:魏晋已婚妇女自称。

〔6〕衣裾:衣襟。

〔7〕与杖:杖责,打棍子。

〔8〕饶力:多力,力气大。

〔9〕踰窗而走:跳窗逃走。

【评】

王澄生于晋武帝泰始三年(267),顺推十五年,则故事发生在武帝太康二年,是平吴后的次年,时天下一统,国力大增。处此歌舞升平的繁荣时期,一个琅邪王家的贵妇人,却贪蝇头小利,公然令婢女路上挑粪,实在有损世家望族的贵族颜面。澄谏以此。但郭氏倚伏皇亲之势,丈夫尚"不能禁",更何况是尚未成年的小叔子。故事虽短,却是有矛盾,有情节,跌宕起伏,令人眼花缭乱。大怒,痛骂,捉衣,与杖,连续动作干脆利落,一个凶悍泼妇的形象,呼之欲活。

10.11　元帝过江犹好酒[1],王茂弘与帝有旧[2],常流涕谏。帝许之[3],命酌酒一酺[4],从是遂断[5]。
邓粲《晋纪》曰:"上身服俭约,以先时务。性素好酒,将渡江,王导深以谏。帝乃令左右进觞,饮而覆之,自是遂不复饮。克己复礼,官修其方,而中兴之业隆焉。"

【注】

〔1〕元帝:指晋元帝司马睿,字景文。东晋开国第一位皇帝。参《言语》第29则注。江:长江。

〔2〕王茂弘:王导字茂弘。参《德行》第27则注。旧:老交情。

〔3〕许:答允。

〔4〕酌酒一酺:唐写本"一酺"作"一啐",周祖谟引敬胤注曰:"旧云酌酒一啐,因覆杯写(泻)地,遂断也。"据此,则唐写本"一啐"为"一啐"之形讹。"啐"通"歃"。酌酒一啐,酌酒泻地以盟誓。

〔5〕断:戒酒。

【评】

元帝创业之始,举贤授能而从谏如流,故能龙兴江东。嗜酒贪杯,原是个人生活爱好,无足深责。但作为一国之君,贪杯废务,则关系国计民生,并非小事。如陆凯之谏孙晧云:"夫酒以成礼,过则败德,此无异商辛长夜之饮也。"殷纣王湎首酒池,奢靡荒淫,自丧其国。王导以此泣谏,目光深远。元帝啜酒盟誓而遂断,正见其复国之决心。君明臣贤,鱼水相谐,故有东晋之中兴。一般人戒酒,记载与否,无足轻重;但此乃帝王之戒,"酌酒一啜"而"遂断",则故事有致,而意义深远。

10.12　谢鲲为豫章太守[1],从大将军下至石头[2]。敦谓鲲曰:"余不得复为盛德之事矣!"鲲曰:"何为其然[3]?但使自今已后,日亡日去耳[4]。"《鲲别传》曰:"鲲之讽切雅正,皆此类也。"敦又称疾不朝[5],鲲谕敦曰:"近者,明公之举[6],虽欲大存社稷,然四海之内,实怀未达[7]。若能朝天子,使群臣释然,万物之心于是乃服[8]。仗民望以从众怀,尽冲退以奉主上[9],如斯,则勋侔一匡[10],名垂千载。"时人以为名言。《晋阳秋》曰:"鲲为豫章太守,王敦将肆逆,以鲲有时望,逼与俱行。既克京邑,将旋武昌,鲲曰:'不就朝觐,鲲惧天下私议也。'敦曰:'君能保无变乎?'对曰:'鲲近日入觐,主上侧席,迟得见公,宫省穆然,义无不虞之虑。公若入朝,鲲请侍从。'敦曰:'正复杀君等数百,何损于时!'遂不朝而去。"

【注】

〔1〕谢鲲:字幼舆,陈郡阳夏人。官豫章太守。参《文学》第20则注。豫章:郡治在南昌(今属江西)。

〔2〕大将军:指王敦。参《文学》第20则注。石头:城名,在建康西,是捍卫京师的军事重镇。

〔3〕何为其然:为什么这样说呢?

〔4〕日亡日去:意谓时间流逝,冲淡昔日嫌隙而遗忘之。

〔5〕不朝:不上朝觐见皇上。

〔6〕明公:尊称在上位者,这里指王敦。

〔7〕实怀未达:内心未能理解。
〔8〕万物之心:喻万民心思。
〔9〕"仗民望以从众怀"二句:意谓随顺民意而谦虚奉君。
〔10〕勋侔一匡:意谓功劳与管仲相似。史称管仲辅助齐桓公,"霸诸侯,一匡天下"(《论语·宪问》)。侔,等同。匡,匡正。

【评】

　　故事发生在元帝永昌元年(322),大将军王敦以清君侧为名,起兵武昌,师指建康,四月破石头城,朝廷溃败。这是东晋初建不久的一场大规模的叛乱,不久元帝忧患而崩。这是一篇以对话叙事为特点的故事。"余不得复为盛德之事矣!"王敦不臣之心,溢于言表。这正是谢鲲所忧虑的。他是当日清谈名家,虽任诞作达,却颇孚时望,故王敦持之东下,以收士心。王敦将叛,谢鲲再三讽谏,企望挽狂澜于既倒,但终无济于事,其苦口婆心之心血,最后化为泡影幻灭。事虽不可为,但其忠言嘉谋,却是精诚感人,义薄云天。"仗民望以从众怀,尽冲退以奉主上",虽尽忠国事,却无力回天,但确是千古名言。

10.13　元皇帝时[1],廷尉张闿葛洪《富民塘颂》曰:"闿字敬绪,丹阳人,张昭孙也。"《中兴书》曰:"闿,晋陵内史,甚有威德,转至廷尉卿。"在小市居[2],私作都门[3],早闭晚开,群小患之[4]。诣州府诉,不得理[5];遂至挝登闻鼓[6],犹不被判[7]。闻贺司空出[8],至破冈[9],连名诣贺诉。《贺循别传》曰:"循字彦先,会稽山阴人。本姓庆,高祖纯避汉帝讳,改为贺氏。父劭,吴中书令,以忠正见害。循少婴家祸,流放荒裔,吴平乃还。秉节高举,元帝为安东王,循为吴国内史。"贺曰:"身被征作礼官,不关此事。"群小叩头,曰:"若府君复不见治[10],便无所诉。"贺未语,令且去:"见张廷尉当为及之。"张闻,即毁门,自至方山迎贺[11]。贺出见,辞之[12],曰:"此不必见关[13],但与君门情[14],相为惜之。"张愧谢曰[15]:"小人有如此,始不即知,早已毁坏。"

【注】

〔1〕元皇帝:晋元帝司马睿。

〔2〕廷尉:朝廷中掌治安刑狱之官。张闿:因平苏峻乱,功封宜阳伯,转廷尉卿。小市:都城中贸易集中之地,因其规模而有大市与小市之别。

〔3〕都门:都中里门。

〔4〕群小:喻百姓。

〔5〕理:审理。

〔6〕挝:敲击。登闻鼓:朝堂府衙前鸣冤上诉之鼓。

〔7〕判:判决。

〔8〕贺司空:贺循官太常卿,卒赠司空,故称。

〔9〕破冈:水渠名,即破冈渎,在句容县南。

〔10〕治:治理。

〔11〕方山:地名,在江宁县东南,时为交通要道。

〔12〕出见辞之:唐写本作"出辞见之",是,意谓贺把百姓诉辞拿给张看。

〔13〕见关:与我相关。

〔14〕门情:通家世家之情谊。

〔15〕谢:愧谢,谢罪。

【评】

故事发生在东晋初建不久。《晋书·贺循传》言及此事缘由:"廷尉张闿住在小市,将夺左右近宅以广其居,乃私作都门,早闭晏(晚)开,人多患之,讼于州府,皆不见省。"张闿之心,在于抢夺民宅以广己居,作为廷尉,执法犯法,但却官官相护而不见省,老百姓连上诉的地方都没有,于是只有求助于清官个人了。以制度论,贺循非执法官吏,无权干预诉讼。但他却巧妙地动之以情,以世交"门情"来打动张闿,使问题终于获得圆满解决。张之"愧谢",说明贺之人格,为人敬服。但问题不是依法治理,而是循情以决,却也说明了专制社会所留下的无穷祸患,至今难绝。

10.14 郗太尉晚节好谈[1],既雅非所经[2],而甚矜之[3]。《中兴书》曰:"鉴少好学博览,虽不及章句,而多所通综。"后朝觐[4],以王丞相末年多可恨[5],每见,必欲苦相规诫。王公知其意,每引作佗言[6]。临还镇[7],故命驾诣丞相[8],丞相翘须厉色[9],上坐便言:"方当乖别[10],必欲言其所见[11]。"意满口重[12],辞殊不流[13]。王公摄其次[14],曰:"后面未期[15],亦欲尽所怀[16],愿公勿复谈。"郗遂大瞋[17],冰衿而出[18],不得一言。

【注】

〔1〕郗太尉:郗鉴字道徽,高平金乡人。官至太尉,故称。参《德行》第24则注。好谈:喜欢谈论。

〔2〕雅非所经:不是他平素所长。雅,素来。经,擅长。

〔3〕矜:矜持,自负。

〔4〕朝觐:晋见皇帝。

〔5〕王丞相:王导。以下"王公",同指王导。

〔6〕佗:同"他"。

〔7〕还镇:返回军镇之所。

〔8〕故:特意。

〔9〕丞相翘须厉色:唐写本无"丞相"二字,是。考其主语,翘须厉色者,当是郗鉴,"丞相"二字,承上而衍。

〔10〕方当乖别:将要离别。

〔11〕必欲:一定要。

〔12〕意满口重:气盛言重。

〔13〕辞殊不流:说话不流畅。

〔14〕摄其次:及时抓紧时机。

〔15〕后面未期:后会不知何时。

〔16〕欲尽所怀:希望能开怀畅谈。

〔17〕瞋:生气,怒。

〔18〕冰衿:唐写本作"冰矜",是。冰矜,脸色冷若冰霜,而有矜奋之容。

【评】

在政治上,郗鉴与王导同党同心。故事当发生在晋成帝咸康初年,时庾亮代陶侃任荆州刺史,掌控长江中上游诸军事。继陶侃欲起兵废导,庾亮"又欲率众黜导",以此咨鉴,鉴不许而止。鉴时任车骑将军、都督徐兖青三州军事、兖州刺史,镇广陵,后又加徐州刺史,镇京口,权任甚重,可抗衡庾亮,制止废导之谋。在治国方略上,王导行道玄无为之治,取镇静之说;外戚庾氏(亮、冰等)为政则"任法裁物","颇任威刑",以此失人心。但当时庾太后临朝,政事一决于庾氏,王导虽贵为丞相,也只能受制庾氏,"正封箓诺之"。王导晚年,实权已失,地位岌岌可危,不愤愤又将如何?鉴之性格与导异,是个知其不可为而为之的忠义之士,故以导晚年为恨而欲强谏之。但导综观全局,明知其无可奈何,故干脆"先发制人",巧妙地剥夺了郗鉴的发言机会。故事中"翘须厉色"、"意满口重"、"冰矜而出",几个典型细节,生动地刻画了一个爱国老帅的内心世界。而王导之"摄其次",终令老帅不得一言,又见其心知肚明的智者形象。作者写来,郑重可怀,其叙事情状及人物对话,生动如画。

10.15 王丞相为杨(扬)州[1],遣八部从事之职[2]。顾和时为下传还[3],同时俱见,诸从事各奏二千石官长得失[4],至和独无言。王问顾曰:"卿何所闻?"答曰:"明公作辅[5],宁使网漏吞舟[6],何缘采听风闻[7],以为察察之政[8]?"丞相咨嗟称佳[9],诸从事自视缺然也[10]。

【注】

〔1〕王丞相:王导。为扬州:任扬州刺史。

〔2〕八部从事:扬州下辖八郡:丹阳、会稽、吴、宣城、吴兴、东阳、临海、新安。每郡设部从事一人,直属刺史,督察属郡。

〔3〕顾和:字君孝,吴郡人。顾荣族子。参《言语》第33则注。下传还:作为使者乘驿车下郡视察返回州府。

〔4〕二千石:指郡守。

〔5〕明公:对王导的敬称。辅:宰辅。

〔6〕网漏吞舟:渔网漏掉吞舟之鱼,以喻法网宽大。

〔7〕风闻:不可靠的传闻。

〔8〕察察之政:苛酷琐细之政。

〔9〕咨嗟:叹赏。

〔10〕自视缺然:自感缺失而有所不如。

【评】

故事发生在东晋草创而王导任扬州刺史之时,扬州是东晋的京畿地区,刺史职权极其重要。派遣八部从事巡察所部诸郡,应是行使职权的表现。但汇报之时,情况却出人意料:汇报者"自视缺然";而顾和"独无言",即无所汇报,却独获王导的"咨嗟称佳"。这是为什么？明王世懋不解而评曰："如此，何遣从事为？"他不明故事发生的历史环境，以及王导施政的良苦用心，故所问未能明于言外之理。东晋之初，江东士民骚然，元帝欲行法家之政，建康街头犹如刑场，血流飘杵，故郭璞借《易》卦占筮上疏谏之。王导辅政，则极力扭转这一不利团结建国的倾向，而以道家无为镇静、顺应自然相规劝。作为刺史，遣八部从事之职，是例行公事；但听汇报时，他不爱听好言人失的小报告，若是专伺"见闻"，无异于严酷的特务统治，部属又将如何行使职权？缺乏下属士民的支持拥护，国家又怎能安定团结？顾和独受表扬，正见王导从全局出发的政治家胸怀。

10.16 苏峻东征沈充[1]，《晋阳秋》曰："充字士居，吴兴人。少好兵，谄事王敦。敦克京邑，以充为车骑将军、领吴国内史。明帝伐王敦，充率众就王含，谓其妻曰：'男儿不建豹尾，不复归矣！'"敦死，充将吴儒斩首于京都。请吏部郎陆迈与俱[2]。陆碑曰："迈字功高，吴郡人。器识清敏，风检澄峻。累迁振威太守、尚书吏部郎。"将至吴[3]，密敕左右[4]，令入阊门放火以示威。陆知其意，谓峻曰："吴治平未久[5]，必将有乱，若为乱阶[6]，请从我家始。"峻遂止。

【注】

〔1〕苏峻：字子高。因讨王敦、征沈充之功封公爵。官历阳太守，拥兵自重而反。后被陶侃、温峤联军击败，斩于阵前。沈充：吴兴豪族，王敦叛乱谋主。

〔2〕吏部郎：吏部属官，主管官吏选拔。

〔3〕吴：吴郡（今江苏苏州）。

〔4〕敕：命令。

〔5〕吴治平未久:自东吴孙晧降晋至晋明帝太宁初年,四十馀年。

〔6〕乱阶:祸端,祸乱来由。

【评】

　　有学者据此断言"知苏峻有反意",余谓不然。关键在于时间,苏峻反叛有其过程。故事发生在晋明帝太宁二年(324),当时苏峻不仅未反,而且是个忠于国事的将军。《晋书》峻传称,王敦曾遣人说峻曰:"富贵可坐取,何为自来送死?"峻不从,遂率众赴京师,大败贼兵。后又奉命率军东征沈充。攻吴之时,正在东征途中,仍为朝廷作战,岂有反意? 其密令入阊门放火示威,激民愤而乱贼志,乘乱攻贼,则敌之败亡可立待也。这是具体战术问题,但主意并不高明。水火无情,伤害毁灭的是人民及其财产,可说是"一将功成万骨枯"。陆迈谏止,救民于水火之中,意义在此。苏峻功成之后,日渐骄横,但作为北来的流民帅,却一直不被朝廷中诸姓衮衮诸公所信任,最后又因执政庾亮处置不当,被逼走上了反叛不归之路,虽为事实,却是后来之事,不可与此混为一谈。

10.17　陆玩拜司空〔1〕,《玩别传》曰:"是时王导、郗鉴、庾亮相继薨殂,朝野忧惧,以玩德望,乃拜司空。玩辞让不获,乃叹息谓朋友曰:'以我为三公,是天下无人矣。'时人以为知言。"有人诣之〔2〕,索美酒,得便自起,泻箸梁柱间地,祝曰〔3〕:"当今乏才,以尔为柱石之用〔4〕,莫倾人栋梁。"玩笑曰:"戢卿良箴〔5〕。"

【注】

　　〔1〕陆玩:字士瑶。吴人。参《政事》第13则注。司空:官名,朝廷三公之一。

　　〔2〕诣:拜访。

〔3〕祝:祷辞。

〔4〕柱石:房柱下之基石。

〔5〕戢:藏,引申为牢记。箴:箴言,规诫之言。

【评】

魏晋之时,行九品中正官人法,士庶之别,天渊之隔。而在高门士族之中,又有南、北之别,中原之士与江南之士,有时势同水火,矛盾尖锐。这一形势发展到东晋,虽因中原士族南渡立国的"统战"需要,有所缓和,但在潜意识深处,仍是根深蒂固,时有爆发。王导辅政,为争取江南士民的支持,曾多次对陆玩示好,尽力争取吴郡陆氏家族的支持。但时东晋草创,陆玩对中原士人的友好表示,半信半疑,如对王导提出的子女联姻的要求,以"薰莸不同器"予以婉拒(《方正》第24则)。但经过多次考验,最终明白王导的真诚,因而与兄陆晔一起,"事君如父,忧国如家",维护了国家的统一和安定团结。面对中原士人"倾人栋梁"的挑衅嘲讽,陆玩答辞不亢不卑,既不张狂,又不畏缩,而是勇敢肩负重担,既对国家和民族负责,同时也表明了自己继承王导那泯灭士族南北歧见的团结路线的决心。故王世贞评曰:"即此是亦可作司空。"宰相肚量,的确非同一般。

10.18　小庾在荆州[1],公朝大会[2],问诸僚佐曰[3]:"我欲为汉高、魏武[4],何如?"翼别见。宋明帝《文章志》曰:"庾翼名辈,岂应狂涓(狷)如此哉!若有斯言,亦传闻者之谬矣。"一坐莫答。长史江虨(彪)曰[5]:"愿明公为桓、文之事[6],不愿作汉高、魏武也。"

【注】

〔1〕小庾:指庾翼,字稚恭,亮弟。颍川鄢陵人。时接替兄亮任荆州

刺史。参《言语》第53则注。

〔2〕公朝大会:府衙官吏大聚会。

〔3〕僚佐:僚属辅佐的官吏。

〔4〕汉高:汉高祖刘邦,创汉朝数百年基业。魏武:曹操,为子孙开魏朝帝业。子丕篡汉建魏后,尊为武皇帝,故称。

〔5〕长史:官名,朝廷丞相、三公及军督府衙的重要僚佐。江霦(彪)(bīn 彬):字思玄,陈留人。统子。官至尚书左仆射、护军将军、领国子祭酒。参《方正》第42则注。

〔6〕明公:指庾翼。桓、文:指春秋五霸中的齐桓公、晋文公。

【评】

明帝咸康六年(340)庾亮卒,弟翼代其任荆州刺史、安西将军、都督江荆司雍梁益六州诸军事,镇武昌。故事当发生于是年之后。作为臣子而公言"我欲为汉高、魏武",曹操篡汉奸相,刘邦开汉先帝,欲为汉高魏武之事业,言外即篡弑夺国之叛逆。公朝大会,如此明目张胆,虽王敦、桓温不臣枭雄尚无是言,更何况是一贯勤于王事而忠心国家之庾翼乎?《豪爽》第13则谓"庾稚恭既常有中原之志",史称"翼雅有大志,欲以灭胡平蜀为己任,言论慷慨,形于辞色",皆可为证。刘注引宋明帝言以辩其诬,甚是。当时为何有此谬传?鄙见以为与当时庾亮死后,作为东晋四大家族之一的外戚世家鄢陵庾氏,已从权力巅峰开始下滑,这是其他士族政敌造谣,阴谋逼迫庾氏交出权力。为了权力,借助流言,如此无耻,令人齿寒。

10.19　罗君章为桓宣武从事[1],《含别传》曰:"刺史庾亮初命含为部从事,桓温临州,转参军。"谢镇西作江夏[2],往检校之[3]。《中兴书》曰:"尚为建武将军、江夏相。"罗既至,初不问郡事[4],径就谢数日饮酒而还[5]。桓公问:"有何事?"

777

君章云:"不审公谓谢尚何似人[6]?"桓公曰:"仁祖是胜我许人[7]。"君章云:"岂有胜公人而行非者?故一无所问。"桓公奇其意而不责也。

【注】

〔1〕罗君章:罗含,字君章,桂阳耒阳人。官至侍中、廷尉、长沙相。参《方正》第56则注。桓宣武:桓温卒谥宣武,故称。从事:此指部从事,州府属官。

〔2〕谢镇西:谢尚,字仁祖,父鲲。曾任镇西将军,故称。时任江夏相,属荆州府辖。

〔3〕检校:检查校核。

〔4〕初不:完全不。

〔5〕径:直接。

〔6〕不审:不知。公:指桓温。谓:认为。何似人:怎样的人。

〔7〕我许:我辈。

【评】

故事写的是罗含、谢尚与桓温三人的交往与友谊,当发生在桓温代庾翼镇荆州的穆帝永和元年(345),时罗含仍为部从事,不久即被桓温转为参军。当时地方政府,州府下辖若干郡,每郡设郡从事一人,直属刺史,代其督察属郡。时罗含尚未转官而仍为部从事,督察江夏郡。而江夏相谢尚,出身陈郡谢氏家族,是个知名士人。谢尚与罗含为方外之好,尚称含为"湘中之琳琅"。含与尚惺惺相惜,其检校江夏,"径就谢数日饮酒而还",只叙友情,而不问郡事。而桓温于谢尚,也是称赏不置,曾上表朝廷称赞云:"谢尚神怀挺率,少致民誉。"而对于罗含,桓温美之"江左之秀"(见《晋书·罗含传》),颇为赏识。其派含检校谢尚,不过是例行公事,是走形式,故于含"不问郡事"而不责也。含对三人关系,心里明白,故化被动为主动,"岂有胜公而行非者?"既称赞上司英明,同时誉谢尚之非同凡响,可称一石二鸟,皆大欢喜。

10.20 王右军与王敬仁、许玄度并善[1],二人亡后,右军为论议更剋[2]。孔岩诫之曰[3]:"明府昔与王、许周旋有情[4],及逝没之后,无慎终之好[5],民所不取[6]。"右军甚愧。

【注】

〔1〕王右军:王羲之曾任右军将军,故称。王敬仁:王修字敬仁,小字苟子,太原晋阳人。濛子。少有美称,善隶行书,号"流奕清举"。任琅邪王文学,转中军司马,年二十四卒。许玄度:许询字玄度,清谈玄家。参《言语》第69则注。

〔2〕论议:评论。更剋:变为苛刻。

〔3〕孔岩:字彭祖,会稽山阴人。官丹阳尹、吴兴太守。

〔4〕周旋:交往。

〔5〕无慎终之好:不能善始善终。

〔6〕民:孔岩为会稽山阴人,时王羲之任会稽内史,故尊之为明府,自谦称"民"。

【评】

故事当发生在羲之任会稽内史期间,具体在永和九年(353)至十一年(355)之间,因永和九年羲之作《兰亭序》,许询同游;而十一年,他与扬州刺史王述闹矛盾,誓墓挂冠,此则孔岩称"民",则羲之尚在任内,故下限在离任之前。王修、许询并有高名,但才华未获充分展现,即英年早逝。羲之不惜,反而多有讥贬而"论议更剋"。时羲之晚年,思想定型,正说明琅邪王氏簪缨世家贵族的傲慢与偏见,根深蒂固,伤人感情。贤如右军,仍不免俗,故有孔岩"慎终"之诫,如王世贞所评:"此规大有益于交道。"篇末"右军甚愧",知错能改,则又恢复人性而无损其贤名。后人于此,能无思乎!

10.21 谢中郎在寿春败[1],临奔走,犹求玉帖镫[2]。太傅在军[3],前后初无损益之言[4]。尔日犹云[5]:"当今须烦此[6]!"案:万未死之前,安犹未仕,高卧东山,又何肯轻入军旅邪?《世说》此言,迂谬已甚。

【注】

〔1〕谢中郎:谢万,字万石。安弟。曾任豫州刺史、西中郎将,故称。参《言语》第77则注。寿春:县名,属淮南郡,今安徽寿县。

〔2〕玉帖镫:玉饰马镫。帖,同"贴"。

〔3〕太傅:指谢安,卒赠太傅,故称。

〔4〕初无:毫无,从无。

〔5〕尔日:这一日。

〔6〕须烦此:唐写本作"岂复烦此",袁本作"岂须烦此",语义更明。

【评】

故事发生在穆帝升平二年(358),豫州刺史监司豫冀并四州军事谢万,受命北征败归之时。谢万出于陈郡阳夏谢氏家族,门第高贵又早著时誉,是个浮华空谈的贵游子弟,其恃才傲物之狂,世罕其匹。故万衔命北征之时,王羲之与桓温笺,谏朝廷所用违才,并料其必败。其败归之时,"犹求玉帖镫",生活仍然奢侈豪华,讲究排场,连马镫也必须用玉装饰,身份不肯稍降,完全不想自己作为败军之将给国家带来的屈辱和破坏。故谢安有"当今(岂)须烦此"之诫。但"太傅在军,前后初无损益之言",则非实之辞。《晋书》万传称,安"深忧之,自队主将帅已下,安无不慰勉。谓万曰:'汝为元帅,诸将宜数接对,以悦其心,岂有傲诞若斯而能济事也！'"万拒谏而败,废为庶人,郁郁而终,可谓咎由自取,为贵族的傲慢付出了惨重的代价。

10.22 王大语东亭[1]:"卿乃复论成不恶[2],那得与僧弥戏[3]！"《续晋阳秋》曰:"珉有隽才,与兄珣并有名,而声出珣。故时人为之语曰:'法护非不佳,僧弥难为兄。'"

【注】

〔1〕王大:王忱字文达,小字佛大,坦之子。官至荆州刺史。参《德行》第44则注。东亭:王珣,字法护。导孙。爵东亭侯,故称。参《言语》第102则注。

〔2〕乃复:竟然。论成不恶:评价不错,声名不赖。论成,犹定评。

〔3〕僧弥:王珉字季琰,小字僧弥,珣弟。戏:开玩笑,挑逗。

【评】

王忱出于太原王氏,珣、珉兄弟出于琅邪王氏,俱是东晋高门士族。魏晋士人重声名,不仅是指官爵地位方面的政治才干,更重要的是精神品质方面的修养。在东晋中晚期,王忱与王珣、王珉兄弟并有声名美誉。若从政治才干及其业绩看,王珣早有"黑头公"的美称,官至尚书令。三人中成就最大,但王忱并不看重。珣著名于世,如桓玄所称,是因其"神情朗悟,经史明彻,风流之美,公私所寄"(见《晋书》珣传),重在精神品格之美。在这方面,弟珉"名出珣右",在艺术化的审美人生,以及清谈论议的理论思辨方面,与乃兄相较,珉悟性更高。兄弟同听提婆讲《毗昙经》,讲未半,珉已解,即是明证。王忱语珣曰:"那得与僧弥戏！"劝王珣不要挑战乃弟,正说明当时士人所重视是对于精神生活的追求。

10.23　殷觊(顗)病因(困)[1],看人政见半面[2]。殷荆州兴晋阳之甲[3],《春秋·公羊传》曰:"晋赵鞅取晋阳之甲,以逐荀寅、士吉射;寅、吉射者,君侧之恶人。"往与觊(顗)别,涕零属以消息所患[4]。觊(顗)答曰:"我病自当差[5],正忧汝患耳[6]。"《晋安帝纪》曰:"殷仲堪举兵,觊(顗)弗与同,且以己居小任,唯当守局而已,晋阳之事,非所宜豫也。仲堪每邀之,觊(顗)辄曰:'吾进不敢同,退不敢异。'遂以忧卒。"

【注】

〔1〕殷觊:《晋书》本传作"殷顗",字伯通,陈郡人。时任南蛮校尉。参《德行》第41则注。病因:唐写本作"病困",是。病困,病重也。

〔2〕政:通"正",只。

〔3〕殷荆州:殷仲堪时任荆州刺史,故称。兴晋阳之甲:起兵以清君侧。甲,甲兵。晋阳之甲,参刘注。

〔4〕属:嘱付。消息所患:将养病体。消息,调养。

〔5〕差:通"瘥",痊愈。

〔6〕正:只。

【评】

《晋书》本传称殷顗"性通率,有才气,少与从弟仲堪俱知名"。实际上,当时殷仲堪作为荆州刺史,是殷顗的上司,并且获孝武帝宠信,其"能清言,善属文"的名声更大。但当时的太子少傅王雅曾在孝武帝前批评其无当世之才,不可大任,断言云:"仲堪虽谨于细行,以文义著称,亦无弘量,且干略不长。……若道不常隆,必为乱阶矣。"(见《晋书》雅传)在其赴荆州藩屏之任前,早已料其败丧。殷顗虽与仲堪同一家族至亲,但一忠于国事,一则利己谋私,政治品格相互乖背。顗答仲堪之问,不忧己病,而"正忧汝患",正是为国为家而尽最后之忠谏。惜仲堪为私利蒙蔽眼睛而逞其野心,常怀成败之计,寡谋不断,故很快被桓玄击杀,颛言不幸言中。

10.24 远公在庐山中[1],《豫章旧志》曰:"庐俗字君孝,本姓匡,夏禹苗裔东野王之子。秦末,百越君长与吴芮助汉定天下,野王亡军中,汉八年,封俗鄢阳男,食邑兹部,印曰'庐君'。俗兄弟七人,皆好道术,遂寓于洞庭之山,故世谓庐山。孝武元封五年,南巡狩,浮江,亲睹神灵,乃封俗为大明公,四时秩祭焉。"远法师《庐山记》曰:"山在江州寻阳郡,左侠(挟)彭泽,右傍通川。有匡俗先生出自殷、周之际,遁世隐时,潜居其下。或云:匡俗受道于仙人,而共游其岭,遂室崖岫,即岩成馆,故时人谓为神仙之庐而命焉。"法师《游山记》曰:"自托此山,二十三载,再践石门,四游南岭。东望香炉峰,北眺九江,传闻有石井、方湖,中有赤鳞踊出。野人不能叙,直叹其奇而已矣。"虽老,讲论不辍[2]。弟子中或有堕者[3],远公曰:"桑榆之光[4],理无远照;但愿朝阳之晖[5],与时并明耳。"执经登坐,讽诵朗畅[6],词色甚苦[7]。高足之徒,皆肃然增敬。

【注】

〔1〕远公:即慧远(334—416),东晋名僧,"公"是敬称。俗姓贾,雁门楼烦人。世为冠族。后师释道安。参《文学》第61则注。庐山:山名,在今江西九江市南。

〔2〕不辍:不停止。

〔3〕堕:通"惰",怠惰。

〔4〕桑榆之光:太阳馀晖落在桑树、榆树之上。喻已入人生暮年。

〔5〕朝阳之晖:远公借以喻弟子的青春年华。

〔6〕朗畅:爽朗流畅。

〔7〕词色甚苦:言辞恳切。苦,努力,恳切。

【评】

这是慧远在其主持的庐山东林寺中为僧众讲学的情况,时间当在晋孝武帝太元十一年(386)以后,因慧远于太元六年入庐山,十一年,江州刺史桓伊为立东林寺。当时慧远年届六十,故以桑榆之光晚年暮景自况。史称其六十岁后,即拒绝世俗一切诱惑,"不复出山"而专心讲学传教。于此可见其弘扬佛学和专心教育的巨大热情。魏晋官学教育,由于时代动乱之故,遭受破坏,于是士族家学及民间私学,适应时代需要乘机兴起。东晋王朝在历经浩劫之馀,现实的苦难也触发了无数士庶皈依佛教的热情。慧远讲学东林,其宗教学校正是在时风众势下,应运而生。其实,听慧远讲学者不仅是僧众,其高足中也有俗世之士,如儒者雷次宗、画家宗炳等,都是著名人物。最令人敬服者,是慧远一生忠于教育的敬业精神。"桑榆之光"比喻确切,态度诚恳,发自肺腑的由衷之言,启迪了怠惰的学生,引发了莘莘学子一心向学的朝晖之明。"讲论不辍"、"词色甚苦",言传身教,尽心尽力而不知老之将至,实在令人感动。这与后世办教育向钱看的颓风,不可同日而语。

10.25 桓南郡好猎[1],每田狩[2],车骑甚盛,五六十里中,旌旗蔽隰[3],骋良马,驰击若飞,双甄所指[4],不避陵壑[5]。或行陈不整,麋兔腾逸[6],参佐无不被系束[7]。桓道恭[8],玄之族也,《桓氏谱》曰:"道恭字祖猷,彝同堂弟也。父赤之,太学博士。道恭历淮南太守、伪楚江夏相。义熙初伏诛。"时为贼曹参军[9],颇敢直言。常自带绛绵绳箸腰中[10],玄问:"此何为?"答曰:"公猎,好缚人士,会当被缚[11],手不能堪芒也[12]。"玄自此小差[13]。

【注】

〔1〕桓南郡:桓玄袭封南郡公,故称。参《德行》第41则注。

〔2〕田狩:狩猎。

〔3〕隰:原指低湿之地,此泛指原野。

〔4〕双甄:军阵之左右二翼。

〔5〕陵壑:丘陵沟坎。

〔6〕麏(jūn君):獐。腾逸:逃遁。

〔7〕参佐:僚属。系束:捆绑问罪。

〔8〕桓道恭:刘注道恭为桓彝同堂弟,论辈分似误。所引《桓氏谱》,疑"道恭字"下有漏,下当为"祖猷,彝同堂弟也"。

〔9〕贼曹参军:府衙属官,掌治安捕盗。

〔10〕绛:大红色。

〔11〕会当:要是。

〔12〕芒:粗绳芒刺。

〔13〕小差:稍减,小损。

【评】

桓玄"性好畋猎",史上有名。其年轻寄寓荆州之时,即曾向当时荆州刺史王忱借数百人出猎,见《晋书》忱传。古时狩猎作用有二:一是军事演练,一是生活享受。桓玄之猎,二者兼具。故事称其田狩"车骑甚盛,五六十里中,旌旗蔽隰,骋良马,驰击若飞,双甄所指,不避陵壑",动态地描绘了古代的一次田猎行动之雄伟声势。据描写,当是桓玄夺取荆、江刺史,都督八州军事之后,这实是一场篡国夺权前的大规模军事演习,其野心与声威毕呈。玄建伪楚而登帝位后,史称"骄奢荒侈,游猎无度,以夜继昼",则畋猎成为其奢靡的生活享受,以此而"百姓疲苦,朝野劳瘁,怨怒思乱者十室八九焉",事见《晋书》玄传。但道恭委婉之谏,劝其爱护将士,虽减少参佐痛苦,主观上实为奸雄争取军心民心,于事何补?后道恭因助玄而伏诛,实是咎由自取。

10.26 王绪、王国宝相为唇齿[1]，并上下权要[2]。《王氏谱》曰："绪字仲业，太原人。祖延，父又（乂），抚军。"《晋安帝纪》曰："绪为会稽王从事中郎，以佞邪亲幸。王珣、王恭恶国宝与绪乱政，与殷仲堪尅期同举，内匡朝廷。及恭表至，乃斩绪以悦诸侯。国宝，平北将军坦之弟（第）三子。太傅谢安，国宝妇父也，恶而抑之不用。安薨，相王辅政，迁中书令。有妾数百。从弟绪有宠于王，深为其说，国宝权动内外。王珣、王恭、殷仲堪为孝武所待，不为相王所昵。恭抗表讨之，车胤又争之。会稽王忔（既）不能拒诸侯兵，遂委罪国宝，付廷尉赐死。"王大不平其如此[3]，乃谓绪曰："汝为此欻欻[4]，曾不虑狱吏之为贵乎[5]？"《史记》曰："有上书告汉丞相欲反，文帝下之廷尉。勃既出，叹曰：'吾常将百万之军，安知狱吏之为贵也？'"

【注】

〔1〕王绪：见刘注。王国宝之从弟。王国宝：平北将军王坦之第三子。与王绪同为相王司马道子宠任，弄权朝廷，引发诸侯起兵清君侧，伏诛。相为唇齿：相互信赖。

〔2〕上下权要：玩弄权术，操纵国政。"上下"，唐写本作"弄"，是。竖写"卡"是"弄"的异体字。

〔3〕王大：王忱，字元达，小字佛大，故称。坦之少子，国宝之弟。参本门第22则注。不平其如此：痛恨其所作所为。

〔4〕欻欻（xū须）：轻举躁动貌。

〔5〕曾不虑：竟然不顾忌。

【评】

二王（国宝、绪）奸佞之人。国宝乃谢安之婿，安"恶其倾侧，每抑而不用"；其舅父中书郎范宁，儒雅方直，"疾其阿谀"而劝帝（孝武）黜之；王大（忱）其弟，"不平其如此"，同样痛恨其所作所为，借斥王绪而谏兄。二王之恶，时人无不知晓，但如此小人，却能弄权朝廷，势倾内外，几乎灭亡国家，能量极大，这却是何道理？这又回到本门第2则所谓"知不忠而任之"的问题，关键在于治国执政视国家为私有财产，而不为天下苍生着想，是封建专制制度使然。王忱之言："曾不虑狱吏之为贵乎？"借古讽今，喻二王当思日后下狱治罪之惨酷，而不可因徼一时富贵而为非作歹。言语警醒，惜二王不悟而自赴断头之台。

10.27　桓玄欲以谢太傅宅为营[1]，谢混曰[2]："召伯之仁[3]，犹惠及甘棠[4]。《韩诗外传》曰：'昔周道之隆，召伯在朝，有司请召民。召伯曰："以一身劳百姓，非吾先君文王之志也。"乃暴处于棠下而听讼焉。诗人见召伯休息之棠，美而歌之曰："蔽芾甘棠，勿剪勿伐，召伯所茇。"'文靖之德[5]，更不保五亩之宅[6]？"玄惭而止。

【注】
〔1〕桓玄：温少子。篡晋建楚，被刘裕诛杀。谢太傅：谢安，卒赠太傅，故称。为营：作为军营。
〔2〕谢混：字叔源，陈郡阳夏人。安孙，琰子。东晋末著名诗人，官至中书令、尚书右仆射。后因党刘毅被刘裕所诛。
〔3〕召伯：姬奭，西周初人。成王时为太保，与周公共同辅政，分陕而治。
〔4〕甘棠：召伯于甘棠树下听讼，人思其惠，作《甘棠》之诗以颂之，诗见《诗经·召南》。
〔5〕文靖：谢安卒谥文靖，故称。
〔6〕五亩之宅：周行井田制，一夫之宅为五亩。此指一户居宅之所。

【评】
桓玄欲以谢安居宅为兵营，时当安帝元兴元年（402），桓玄兵入京师建康，加己总揆，都督中外诸军事、丞相，陵侮朝廷，幽摈宰辅，权势方炽，但尚未废晋称帝，仍须争取高门士族的支持，故安孙谢混得以进谏。玄自称帝之后,骄奢荒侈,脾性急暴,无复朝廷之体,"玄惭而止"之事,无复出现。在篡国夺权的斗争中,桓玄一方面拉拢士族,其"惭而止"的行为,是安慰如王谢家族一类高门士族的表面文章。但另一方面,则是利用一切机会,打压王谢家族,以树立桓家天下之威信,这才是本质行为。京师房宅何其多,为什么偏要以谢安宅为兵营呢?须知擒贼擒王,陈郡谢氏家族是当时高门士族的代表,打击谢家,则威信大增。桓玄曾对谢道韫批评谢安高隐东山而不终,见《排调》第 26 则刘注引《妇人集》。《品藻》门第 87 则玄又问刘瑾:"我何如谢太傅?"得势之日,大庭广众之中,咄咄逼人,形象刻画了东晋王、谢、庾、桓四大家族的矛盾斗争及其兴衰。

捷悟 第十一

【题解】 捷悟者,捷谓敏捷迅速,悟谓反应领悟,合而组成一个二言偏正结构词组,以"捷"修饰"悟",用来指人的机智领悟、反应敏捷之言行。其实,按照佛学之说,人的开悟有"顿"有"渐",各人情况不同,因而思维反应则或迟或速,不能以迟速快慢来判断智慧的高低。以文学创作的构思为例,或倚马可待,千言立就;或蹙眉断须,一句始成。故陆机《文赋》称:"或操觚以率尔,或含毫而邈然。"前句喻文思之敏捷,后句则状文思迟重。文思之或迟或速,俱可出经典作品。但在魏晋时代,士人精研才性,崇拜天才,因而特别欣赏思维捷悟之人,认为这是智慧超常的表现。本门七则故事,魏之杨修一人独占四则,是当然的主角。大概因为杨修后来惨死曹操屠刀之下,人们以此特殊形式来叹惜一代天才的英年早逝吧!

11.1 杨德祖为魏武主簿[1],时作相国门[2],始构榱桷[3],魏武自出看,使人题门作"活"字[4],便去。杨见,即令坏之。既竟[5],曰:"门中活,阔字。王正嫌门大也[6]。"《文士传》曰:"杨修字德祖,弘农人。太尉彪子。少有才学思干。魏武为丞相,辟为主簿。修常白事,知必有反覆教,豫为答对数纸,以次牒之而行,敕守者曰:'向白事必教出相反覆,若按此次第连答之。'已而风吹纸次乱,守者不别而遂错误。公怒,推问,修惭惧;然以所白甚有理,终亦是修。后为武帝所诛。"

【注】

〔1〕杨德祖:杨修。主簿:府衙重要属官,掌管文书印鉴,魏晋时多总领府事。

〔2〕相国:魏晋时对丞相的敬称。建安中,曹操任丞相。

〔3〕构:建造。榱桷(cuī jué 崔决):椽子,安放在檩上架瓦的木条。

〔4〕题:题写。

〔5〕竟:完毕。

〔6〕王:曹操封魏王,故称。

【评】

杨修是个绝顶聪明的人,智算无遗策,机变人难及,连曹操也自叹不如。建安中,临淄侯曹植"以才捷爱幸"。修、植二人惺惺相惜,俱以才华横溢、思维敏捷、悟性过人著名于世。曹操于建安十三年(208)始罢三公官,自立为丞相。相府新建,故事当发生于是年,正是曹操树立权威专擅朝廷而以人才为急之时。题门作"活",不明言态度是非,实是一种无声的智力测验。测试以杨修拔头筹。修时为曹操主簿,史称"是时军国多事,修总知内外,事皆称意"(见《三国志·陈思王植传》裴注引《典略》)。修见门上题字"即令坏之","即令"二字,见其悟性之高,反应之敏捷。题门作"活"为"阔",是一种字谜。"王正嫌门大也",判断准确,见其智慧。

11.2　人饷魏武一杯酪[1],魏武啖少许[2],盖头上题"合"字以示众。众莫能解,次至杨修[3],修便啖,曰:"公教人啖一口也[4],复何疑!"

【注】

〔1〕饷:赠。魏武:指曹操。酪:乳酪,一般为牛、羊奶的凝固结晶。
〔2〕啖:吃。
〔3〕次:依次,顺序。
〔4〕公:指曹操。

【评】

乱世治国,唯贤是举,用人之际,人才唯先,才之表现,贵在智慧。故建安十五年(210)春曹操下求贤令曰:"自古受命及中兴之君,曷尝不得贤人君子与之共治天下者乎?……今天下尚未定,此特求贤之急时也。……若必廉士而后可,则齐桓其何以霸世!今天下得无有被褐怀玉而钓于渭滨者乎?又得无盗嫂受金而未遇无知者乎?二三子其佐我明扬仄陋,唯才是举,吾得而用之。"因此,曹操经常对自己的下属进行智力考察与培养。这次设谜,用的是拆字法,在智力竞赛中,仍是杨修一马当先,最早破解。"合"者,由"人"、"一"、"口"三字组合而成,综合理解,谜底即是每人一口酪也。出题者聪明,破题者更聪明。

11.3 魏武尝过曹娥碑下[1],杨修从[2]。碑背上见题作"黄绢幼妇外孙齑臼"八字[3],魏武谓修曰:"解不?"答曰:"解。"魏武曰:"卿未可言,待我思之。"行三十里,魏武乃曰:"吾已得。"令修别记所知[4]。修曰:"黄绢,色丝也,于字为'绝';幼妇,少女也,于字为'妙';外孙,女子也,于字为'好';齑臼,受辛也,于字为'辞':所谓'绝妙好辞'也。"魏武亦记之,与修同,乃叹曰:"我才不及卿,乃觉三十里[5]。"《会稽典录》曰:"孝女曹娥者,上虞人。父盱,能抚节按歌,婆娑乐神。汉安二年,迎伍君神,泝涛而上,为水所淹,不得其尸。娥年十四,号慕思盱,乃投瓜(瓜)江,存其父尸曰:'父在此,爪(瓜)当沉。'旬有七日,爪(瓜)偶沉,遂自投于江而死。县长度尚悲怜其义,为之改葬,命其弟子邯郸子礼为之作碑。"桉:曹娥碑在会稽中,而魏武、杨修未尝过江也。《异苑》曰:"陈留蔡邕避难过吴,读碑文,以为诗人之作,无诡妄也。因刻石旁作八字。魏武见而不能了,以问群僚,莫有解者。有妇人浣于汾渚,曰:'弟(第)四车解。'既而祢正平也,衡即以离合义解之。或谓此妇人即娥灵也。"

【注】
　〔1〕魏武:曹操。曹娥碑:原系东汉度尚为孝女曹娥所立之碑,碑石早已不存。现通行小楷本,后题书于东晋升平二年(358),未署书者姓名。
　〔2〕杨修:参本门第1则注。
　〔3〕黄绢、幼妇、外孙、齑臼:隐语谜面,其隐语谜底是"绝妙好辞"。
　〔4〕别记:另外记录。
　〔5〕觉:较,相差。

【评】
　　这是一篇洋溢着虚构想象的微型小说。曹娥碑在会稽。杨修入曹操幕府,在建安年间,这一时期,南北敌国,如刘孝标所说:"魏武、杨修未尝过江也。"古代笔记小说,出于街谈巷语道听途说,或与事实出入,不必苛责古人。虽然故事非实,但无损其艺术想象之光彩。这是一个以文字拆合之法巧妙组成隐语的故事。在这场文字游戏中,作为挟天子以令诸侯的曹操,居然乐此不疲,可见时风众尚及士人对于这一特殊形式智力竞赛的重视。与杨修的才华智慧相较,曹操自叹不如。"我才不及卿,乃觉三十里",这对杨修来说,表面是赞赏是光荣。不过,古代君臣之间,实是广义的主子与奴才关系。主子的智慧不及奴才,心里会好受吗?主子妒恨之心,总有爆发的一天,因此,杨修在领受赞赏荣光的同时,也早就埋下了一颗人生悲剧的种子。

11.4 魏武征袁本初[1],治装[2],馀有数十斛竹片[3],咸长数寸,众云并不堪用[4],正令烧除。太祖思所以用之,谓可为竹椑楯[5],而未显其言[6],驰使问主簿杨德祖[7]。应声答之[8],与帝心同。众伏其辩悟[9]。

【注】

〔1〕魏武:曹操。袁本初:袁绍字本初。

〔2〕治装:治理装备。

〔3〕馀:剩馀。斛:古代量器。

〔4〕咸:皆,都。

〔5〕谓:以为。竹椑楯:用竹片做成的椭圆形盾牌。盾牌是战场上的重要防护武器。楯,通"盾"。

〔6〕未显其言:并不明说。

〔7〕驰使:疾速派出使者。杨德祖:杨修字德祖。

〔8〕应声答之:问话刚出,立马回答。

〔9〕辩悟:聪慧敏悟。

【评】

前几则属文字游戏之智,这一则是实用智慧的快速反应。面对使者突如其来的询问,"应声答之"四字,形容杨修不假思索的敏捷思维,快速的准确判断,的确是超人的智慧表现。生当斗争错综复杂的乱世,审时度势、准确判断的快速反应,常是脱离困境而通向成功的希望。"众伏(服)其辩悟"虽是现实存在;但主人态度如何,却是背后大有文章。魏武为何"驰使"问修?是真服其智慧捷悟,还是一种防患测试?或是二者兼而有之?值得深思。刘辰翁评曰:"以上四则皆德祖之所以可惜,所以致疑也,伤哉!"所言一语中的,点破了乱世奸雄的言外之意和险恶用心。

11.5 王敦引车垂至大桁[1]，明帝自出中堂[2]。温峤为丹阳尹[3]，帝令断大桁，故未断[4]。帝大怒瞋目[5]，左右莫不悚惧[6]。案：《晋阳秋》、邓《纪》皆云：敦将至，峤烧朱雀桥以阻其兵。而云未断大桁，致帝怒，大为讹谬。一本云"帝自劝峤入"，一本作"唊饮，帝怒"，此则近也。召诸公来，峤至不谢[7]，但求酒炙[8]。王导须臾至[9]，徒跣下地[10]，谢曰："天威在颜[11]，遂使温峤不容得谢。"峤于是下谢，帝乃释然[12]。诸公共叹王机悟名言[13]。

【注】

〔1〕引车：唐本作"引军"，是。垂至：将到。大桁：横跨建康秦淮河上的浮桥，在朱雀门外，又名朱雀桁。桁，通"航"。

〔2〕明帝：司马绍。元帝长子，东晋第二主。

〔3〕温峤：字太真。参《言语》第35则注。丹阳尹：丹阳郡长官。东晋时期丹阳属京畿地区。

〔4〕故：故然，依旧。

〔5〕瞋：瞪眼。

〔6〕悚惧：害怕恐惧。

〔7〕不谢：不肯谢罪请求原谅。

〔8〕炙：烤肉。

〔9〕须臾：一会儿。

〔10〕徒跣：光脚。

〔11〕天威在颜：皇上天颜震怒。

〔12〕释然：消气。

〔13〕机悟：机智敏悟。

【评】

　　故事发生在晋明帝太宁二年(324),王敦第二次举兵犯阙,直逼建康,上表称诛奸雄,以温峤为首。朝廷加峤中垒将军,领兵抗敌。《晋书》峤传称,叛军"奄至都下,峤烧朱雀桥以挫其锋,帝怒之,峤曰:'今宿卫寡弱,征兵未至,若贼豕突,危及社稷,陛下何惜一桥?'"与《世说》所述不同,二说孰是,待考。不过,温峤御敌,一时未胜,帝怒其有损天威,则是事实。其实,胜败乃兵家常事,政治是斗争与妥协的统一。但当时明帝二十几岁,温峤三十几岁,二人英年负气,为小事而各不妥协。结果是内部自耗,岂有力量团结抗敌?大敌当前,这将如何了得?在这关键时刻,王导不愧是一名老政治家,宰相肚量,立即挺身而出,"徒跣以谢"的生动细节,"天威在颜"的诚挚之言,言外之意是温峤没有机会检讨认错。这就给明帝与温峤一个台阶下,矛盾自然消释。这里以年轻人的负气之盛,不肯妥协,来衬托王导的机敏与成熟,一个忧国忧民的老政治家形象,自然浮现眼前。另外,通过细节来捕捉人物心理的艺术刻画,也很成功。如明帝之"瞋目",温峤之索酒炙,同王导之"徒跣",无不内心如画。

11.6　郗司空在北府[1],桓宣武恶其居兵权[2]。《南徐州记》曰:"徐州人多劲悍,号精兵。放(故)桓温常曰:'京口酒可饮,箕可用,兵可使。'"郗于事机素暗[3],遣笺诣桓[4],方欲共奖王室,修复园陵[5]。世子嘉宾出行[6],于道上闻信至,急取笺,视竟,寸寸毁裂。便回还,更作笺[7],自陈老病,不堪人间[8],欲乞闲地自养。宣武得笺,大喜,即诏转公督五郡、会稽太守[9]。《晋阳秋》曰:"大司马将讨慕容晞,表求申勤(劝)平北将军愔及袁真等严办。(愔)以羸疾求退,诏大司马领愔所任。"案:《中兴书》,愔辞此行,温责其不从,转授会稽。《世说》

为谬。

【注】

〔1〕郗司空：郗愔。官至都督徐兖青幽扬州之晋陵诸军事、徐兖二州刺史。卒赠司空，故称。北府：晋都建康，以京口为北府，历阳为西府，姑孰为南州。皆为军府要地。

〔2〕桓宣武：桓温，卒谥宣武，故称。恶：厌恶。居兵权：掌握兵权。

〔3〕事机：世事机宜。素暗：一贯糊涂。

〔4〕遣笺诣桓：送信给桓温。

〔5〕共奖王室，修复园陵：即恢复中原故国之意。共奖，一起辅助。王室，指朝廷。园陵，帝王陵墓。西晋帝王陵墓在洛阳，已沦丧。

〔6〕世子：嫡长子。嘉宾：郗超小字嘉宾，愔长子。

〔7〕更：重新。

〔8〕不堪人间：无法承担官府剧务。

〔9〕会稽：郡名，治所山阴（今浙江绍兴）。

【评】

《晋书·废帝海西公本纪》：太和二年"秋九月，以会稽内史郗愔为都督徐兖青幽四州诸军事、平北将军、徐兖二州刺史"。太和四年（368）四月，桓温率师北伐，温传称"平北将军郗愔以疾解职，又以温领平北将军、徐兖二州刺史"。据此，则故事发生于北伐前的春夏之交。郗愔解兵，桓温独掌军权，谁人可以牵制？愔子郗超，为温腹心。《晋书》超传称"温怀不轨，欲立霸王之基，超为之谋"。在政治上，愔忠王室，超则附温，二人立场相悖。愔不明温心，信致桓氏，欲"共奖王室，修复园陵"，一片丹心，耿如日月。而超则早知桓温异志，不欲老父对抗蹈险，故急取父笺"寸寸毁裂"而另代作笺。温之"大喜"，实喜超而非愔也。故事擅长心理分析，郗超父子及桓温之内心，如画托出。当时晋统治者内部权力斗争尖锐复杂，稍有不慎，或思虑迟钝，常罹祸乱,陷于不测。而如超辈,捷悟权变,游刃有馀,虽解父困于一时,实无助于国家之大计。悲哉!

11.7 王东亭作宣武主簿[1],尝春月与石头兄弟乘马出郊[2]。时彦同游者连镳俱进[3],石头,桓遐小字。《中兴书》曰:"遐字伯道,温长子也。仁(仕)至豫州刺史。"唯东亭一人常在前,觉数十步[4],诸人莫之解[5]。石头等既疲倦,俄而秉舆[6],向诸人皆似从官[7],唯东亭弈弈在前[8],其悟捷如此。

【注】
〔1〕王东亭:王珣,字元琳,导孙。封东亭侯,故称。参《言语》第102则注。宣武:桓温卒谥宣武。主簿:幕府重要官僚。掌文书印鉴。
〔2〕石头:宋本注谓名遐,误,温六子熙、济、歆、祎、伟、玄,未闻有遐者。唐写本作熙,字伯道,与《晋书》温传合,是。
〔3〕连镳俱进:并马前行。时彦:一时俊杰胜流。
〔4〕前:杨勇《校笺》作"后",疑是。觉:较,相差。
〔5〕莫之解:不能理解。
〔6〕俄:一会儿。秉舆:袁本作"乘舆",是。舆,车。
〔7〕向:刚才。从官:侍从。
〔8〕弈弈:当是"奕奕"。精神焕发的样子。

【评】
在政治派系斗争中,王珣与郗超同属桓温一党,颇得桓温之赏识与宠任。《晋书》郗超传称桓温府中语曰:"髯参军,短主簿,能令公喜,能令公怒。"超髯,珣短故也。温为大司马在哀帝兴宁元年(363),时珣为其主簿。则故事当发生于兴宁年间,正是桓温势力腾腾上升之时。但在桓党中,珣颇有个性与自信,而不像其他"时彦"唯唯诺诺,只会拍桓家公子的马屁。石头兄弟,指桓温诸子。温府中诸位"时彦",唯石头兄弟马首是瞻,围在府主公子身边打转,其"连镳俱进"而鞍前马后者,实是追随左右而不肯落后的讨好姿态也。而王珣则出自琅邪王氏家族,高自身份,不肯附俗。一旦石头兄弟改为乘车,则诸"时彦"形似奴仆侍从而大掉身价,而王珣则因独乘在前神采焕发而不失身份。此以"时彦"从游之愚,反衬王珣独悟机智,巧妙地维护了东晋第一贵族子弟的自尊人格。

夙惠 第十二

【题解】 夙惠,唐写本作"夙慧","惠"与"慧"通借。夙惠者,早慧也。幼童聪慧过人,属于天才神童的范围。由于乱世需要治国人才,因而有关"才"与"天才"的问题,在魏晋受到特别的重视。后汉三国的清议之风,至魏晋化为品目之评,对人之才性的探索,成为时代探索的重点课题。如魏朝正始年间的"四本论",重在讨论才与性的异同,当时尚书傅嘏论才性同,中书令李丰论才性异,侍郎锺会论才性合,屯骑校尉王广论才性离。讨论的问题很多,视角各异,但都离不开对于人本身天才问题的研究。在天地人"三才"之中,"人"居中成为核心,探讨才性关系及天才问题,本身就是把研究的兴趣和重心安放在人的身上。而人类的成长,受自然和社会的影响,在漫长的历史实践中不断积累变化,日新月异,经由量变到质变的循环往复和不断飞跃,而与世界文明同步发展。每一次飞跃,都让人感到天才的存在。由于人的遗传基因、生理机体和心理机能等自然资质不同,的确会有天才的早慧儿童存在,发现神童,并在社会实践中加以培养,就会培养出合乎时代需要的栋梁之材。

12.1 宾客诣陈太丘宿[1],太丘使元方、季方炊[2]。客与太丘论议[3],二人进火[4],俱委而窃听[5],炊忘箸箅[6],饭落釜中[7]。太丘问:"炊何不馏[8]?"元方、季方长跪曰[9]:"大人与客语,乃俱窃听,炊忘箸箅,饭今成糜[10]。"太丘曰:"尔颇有所识不[11]?"对曰:"仿佛志之。"二子俱说,更相易夺[12],言无遗失。太丘曰:"如此,但糜自可[13],何必饭也!"

【注】

〔1〕诣:到……去。陈太丘:陈寔,字仲弓,颍川人。曾任太丘长,故称。参《德行》第6则注。

〔2〕元方:陈纪字元方,寔长子。季方:陈谌,字季方,寔少子。按,陈寔父子三人俱称后汉名士。

〔3〕论议:讨论问题。

〔4〕进火:烧火做饭。

〔5〕委:丢弃。

〔6〕箅:蒸饭器具。竹箅,使米不漏锅中。

〔7〕釜:锅。

〔8〕馏:蒸饭。

〔9〕长跪:直身跪地,以示敬重。

〔10〕糜:粥。

〔11〕识:记忆。

〔12〕易夺:补充修正。

〔13〕但:只。

【评】

　　这是一篇优秀的古代儿童小说。故事生动风趣,情节跌宕起伏,有开头、发展和结尾,一波三折,耐人寻味。人物形象生动,心理刻画惟妙惟肖。孩子忘记做饭,明知犯错,本应受严父呵责,所以通过"长跪"不起一个生动细节描写,把儿童惧怕父亲责骂的战栗心理如画托出。但可贵的是,陈寔非但不骂,而是先问明原因,知因偷听论议,好学深思而出差错,就启发孩子:

"尔颇有所识不？"这一问句，犹如一个优秀教师的善于启发教育，从而引出了下面"二子俱说，更相易夺，言无遗失"的生动一幕，把故事矛盾推向了高潮，引向了合理的喜剧结束。"二子俱说"，把儿童受到鼓励后的欢欣雀跃，争先恐后抢着说话的天真活泼神态，描绘得栩栩如生。而兄弟的"更相易夺"，有人译为"互相补充"，不太准确，你"易"我"夺"，正是汉人论议中激烈论难场面的克隆。小孩喜欢思考和争辩，不是天才又是什么？陈寔与孩子，一是善于启发，一是及时抓住时机，好学不倦，善于学习，成为古代士人家学中教学相长的佳话，颇有借鉴价值。

12.2　何晏七岁[1]，明惠若神[2]，魏武奇爱之[3]，因晏在宫内[4]，欲以为子。晏乃画地令方，自处其中。人问其故，答曰："何氏之庐也[5]。"魏武知之，即遣还。
《魏略》曰："晏父蚤亡，太祖为司空时，纳晏母，其时秦宜禄阿鳠亦随母在宫，并宠如子。常谓晏为假子也。"

【注】
　　[1] 何晏：字平叔。官至尚书。与王弼同是正始玄学领袖，参《德行》第14则注。
　　[2] 惠：通"慧"。
　　[3] 魏武：曹操。
　　[4] 宫：魏宫，实指曹操府邸。
　　[5] 庐：房屋，喻指家。

【评】
　　何晏是汉末大将军何进之孙。进谋诛宦官被杀，晏父早死，曹操纳晏母尹氏为夫人，故晏幼随母养于魏宫。与晏情况相似的还有秦宜禄子朗，小名阿苏，朗母杜氏也被曹操纳为夫人。晏与朗并为曹操养子，但二人性格不同，命运各异。史称朗"性谨

801

慎,而晏无所顾惮"。读此故事,可见一斑。晏少时,在曹操全盛时代,但晏却画地令方,自谓"何氏之庐也"。这不是强调何氏家族的地位,而是不愿阿谀曹氏,热衷独立思考,强调孩子心中的自我。这是对于曹操诸子憎恶歧视态度的心理反弹,于此见其性格之倔强。《太平御览》卷三九三引《何晏别传》,曹操命晏与其诸子长幼相次,晏不从,"坐则专席,止则独止"。人问其故,答曰:"礼,异族不相贯坐位。"引经据典,见其早慧,与画地为庐言行同一性质。后晏虽贵为驸马,但在魏文、明二帝之朝,无所任事,或为冗官,备受政治压抑,与其小时强调自我之尊严有关。但在统治者眼里,人的尊严不值一文。悲乎!

12.3 晋明帝数岁[1],坐元帝膝上[2]。有人从长安来,元帝问洛下消息[3],潸然流涕[4]。明帝问何以致泣?具以东渡意告之[5]。因问明帝:"汝意谓长安何如日远?"答曰:"日远。不闻人从日边来[6],居然可知[7]。"元帝异之[8]。明日集群臣宴会,告以此意,更重问之。乃答曰:"日近。"元帝失色,曰:"尔何故异昨日之言邪?"答曰:"举目见日,不见长安[9]。"

【注】

〔1〕晋明帝:司马绍,元帝长子,东晋第二主。

〔2〕元帝:司马睿,东晋开国之君。

〔3〕洛下:洛阳,西晋京师。

〔4〕潸然:伤心流泪的样子。

〔5〕东渡:西晋永嘉之乱,中原沦丧,司马王室渡江立脚江东建康。

〔6〕不闻人从日边来:据《太平御览》引刘昭《幼童传》,此上有"只闻人从长安来"句,语义更为完整。

〔7〕居然可知:显而易见。

〔8〕异:惊奇,诧异。

〔9〕日:喻元帝。长安:喻故国。

【评】

　　故事发生在永嘉初年(307),元帝任安东将军,用王导计,移镇建业(建康),时明帝九岁。当时胡骑蹂躏中原,京师洛阳危急,故元帝"潸然流涕"。元、明二帝父子问答,很有意思。元帝两次所问,同一问题,考儿智力如何,要求据实回答。但明帝两次回话,第一次因是父子间私人问答,孩子根据经验,给以合乎实际的回答。长安未见,不知远近,但"有人从长安来",行有时日,可以道里计;而日虽抬头可见,又岂可道里计乎?"不闻人从日边来",其"日远"之判断,符合科学之推论。因而"元帝异之",欲群臣集宴之时,让儿子再次表演,以便夸示群臣。但第二次时,面对同一问题,孩子却做出了与前相反的"日近"判断,令元帝"失色"而加以责问。但明帝"举目见日,不见长安"的回答,以日喻元帝,以长安譬故国。不见长安,兴故国沦丧之悲;但抬头见日,国家仍有新生希望。因是君臣集会场合,所以孩子转换视角,以修辞比喻来进行现实思考,合乎环境实际,其聪慧非常人能及,此所以称夙慧。

12.4　司空顾和与时贤共清言〔1〕。张玄之、顾敷是中外孙〔2〕,年并七岁,《顾恺之家传》曰:"敷字祖根,吴郡吴人。滔然有大成之量,仕至箸作郎,二十三卒。"在床边戏,于时闻语,神情如不相属〔3〕。瞑于灯下〔4〕,二儿共叙客主之言,都无遗失。顾公越席而提其耳曰〔5〕:"不意衰宗,复生此宝〔6〕!"

803

【注】

〔1〕司空顾和:顾和字君孝,顾荣族子。官至尚书令,卒赠司空。清言:清谈玄理。

〔2〕张玄之:张玄,又名玄之,字祖希。官至冠军将军,会稽内史。顾敷:字祖根。见刘注。

〔3〕不相属:不相关。属:贯注,注意。

〔4〕瞑:通"暝",晚上。

〔5〕越席:离席。

〔6〕不意:没想到。宝:宝贝子孙。

【评】

　　此则应与《言语》第51则故事并读同悟。此谓张、顾二人"年并七岁",但《言语》51则谓"张年九岁,顾年七岁",二说未知孰是。但二则并谓张、顾二人"少而聪惠(慧)",则无不同。清谈玄理,在魏晋士林中属高雅之事,已成为当时名士的一种自觉精神追求。能否清谈,成为当时评价士人内在文化素养及其精神风度优劣的一个重要方面。魏晋士人讲究生活质量,重视精神生活,清谈玄理就是一种重要的表现。清谈是一种探索"理源所归"的理论思辨,其中必有主客双方交锋的论难场面。这对儿童来说,过于精深而枯燥。但年仅七岁的张、顾二童不同,他们"共叙客主之言,都无遗失"。如果孩子不是对于理论思辨俱有特殊的敏感和兴趣,怎么可能做到复述"都无遗失"呢?这可能与其天然资质及家学家风的耳濡目染有关。神童的诞生,与优良家风及其教学环境密切相关。

12.5　韩康伯数岁〔1〕,家酷贫,至大寒〔2〕,止得襦〔3〕。母殷夫人自成之〔4〕,令康伯捉熨斗〔5〕,谓康伯曰:"且箸襦,寻作複裈〔6〕。"乃云〔7〕:"已足,不须複裈也。"母问其故,答曰:"火在熨斗中而柄热。今既箸襦,下亦当暖,故不须耳。"母甚异之,知为国器[8]。

【注】

〔1〕韩康伯:韩伯字康伯。官丹阳尹、吏部尚书。东晋玄学名家,曾注《易传》以续王弼《周易注》。

〔2〕大寒:我国日历二十四节气之一,全年最冷时节。

〔3〕襦:短袄。

〔4〕殷夫人:韩伯之母为殷羡女,殷浩姐妹。

〔5〕捉:握,合手。

〔6〕複裈(kūn 昆):夹裤。

〔7〕乃云:袁本作"儿云",是。

〔8〕国器:治国栋梁。

【评】

吃饱穿暖,是人生的基本生理需要。嗷嗷待哺的孩子更是如此。但是,世上并非人人都可以吃饱穿暖。康伯一介寒士,年少时"家酷贫",连穿暖御寒也做不到。但是,穷人的孩子早当家。康伯年仅数岁,却很能体会母亲的苦衷。着襦已属不易,更何况是再做夹裤呢?如果让母亲再做"複裈",又不知要怎样艰难经营耗费心血呢!所以幼童以熨斗柄热作答,劝慰老母说:"今既箸襦,下当亦暖,故不须耳。"其善于逻辑推理,令人惊异。但更重要的是小时能体谅父母困难,主动在困境中奋斗;长大之后,必能为国家分忧解难,故其母预知其日后必为国器。母子心心相印,传为文坛佳话。

12.6 晋孝武年十二[1],时冬天,昼日不箸複衣[2],但箸单练衫五六重[3],夜则累茵褥[4]。谢公谏

805

曰[5]:"圣体宜令有常[6],陛下昼过冷,夜过热,恐非摄养之术[7]。"帝曰:"昼动夜静。"《老子》曰:"躁胜寒,静胜暑。"此言夜静寒,宜重肃也。谢公出,叹曰:"上理不减先帝[8]。"简文帝喜言理也。

【注】

〔1〕晋孝武:孝武帝司马曜,简文帝子。

〔2〕複衣:可置絮之夹袄。

〔3〕单练衫:单衣。练,熟绢。

〔4〕累茵褥:几重被褥。

〔5〕谢公:谢安。

〔6〕有常:有规律。

〔7〕摄养之术:养生之道。

〔8〕理:思理。先帝:简文帝司马昱。

【评】

故事发生在孝武帝登基三载的宁康三年(375)。时孝武虽是一国之君,但年仅十二,仍然是个孩子。不过,史称孝武"幼称聪悟"。故事即是一例。其"昼动夜静"四字,言简意赅,说理深微。人在白天活动,血液通畅,产生热量,自具御寒功能;夜晚静息,血气收敛,难抗严寒,故须借助厚实被褥来保温御寒。同一个人,在不同时期,衣着被褥应依据实际而变化。而谢安执一之"常",却是教条式的被动护身,而非真正的"摄养之术"。一代名士的认识,反而不及一个年仅十二的孩子。孝武凤慧,令人叹赏。可惜小时了了,大未必佳。后来孝武溺于酒色,荒废朝政,英年暴崩,正是对于早年聪悟的讽刺。

12.7 桓宣武薨[1],桓南郡年五岁[2],服始除[3],

桓车骑与送故文武别[4],《桓冲别传》曰:"冲字玄叔,温弟也。累迁车骑将军,都督七州诸军事。"因指语南郡:"此皆汝家故吏佐[5]。"玄应声恸哭,酸感傍人。车骑每自目己坐曰:"灵宝成人,当以此坐还之[6]。"灵宝,玄小字也。鞠爱过于所生[7]。

【注】

〔1〕桓宣武薨:桓温死。

〔2〕桓南郡:桓玄,袭封南郡公,故称。

〔3〕服始除:刚脱去丧服。

〔4〕桓车骑:桓冲字幼子。(宋本刘注"字"下漏"幼子"二字。玄叔,指桓玄叔父。)曾任车骑将军,故称。冲为温之幼弟。送故:魏晋时州郡长官离任、升迁或亡故,僚佐为之送行或送丧的礼仪活动。

〔5〕吏佐:官员僚佐。

〔6〕灵宝:桓玄小字。坐:指官位。按,温死后,冲代温居任,诏冲为中军将军、扬豫二州刺史、都督扬江豫三州军事。

〔7〕鞠爱:抚育爱护。

【评】

桓温卒于孝武帝宁康元年,时桓玄五岁,但服丧三年,服除,当是宁康三年(375)。故《晋书》玄传称:"年七岁,温服终,府州文武辞其叔父冲,冲抚玄头曰:'此汝家之故吏也。'玄因涕泪覆面,众并异之。"文字与《世说》稍异。据礼制,玄"年七岁"为是。较五岁幼童,七岁之玄,悲从中来,恸哭流涕。这不仅为丧失严父而泣,同时也为自己失去保护而啼。其声酸楚感人,故其叔冲"鞠爱过于所生"。不过,此则故事与"夙惠"关涉不大,改入《伤逝》门似更贴切。

豪爽　第十三

【题解】　豪爽者,豪放劲健与爽朗痛快也。本门所写的大多是性格雄豪而不落凡俗的士人故事。在《世说》作者看来,"豪爽"明显是一个褒义词。在魏晋黑暗的社会中,在虚伪名教旗帜的掩盖下,形势极其复杂,士人头上永远悬了一把达摩克利斯剑,一般人战战兢兢,不知何时会大难临头。在动辄得咎的现实阴影下,激起了士人的心理反弹,于是追求无拘无束的个性张扬,欣赏率真自然而敢于蔑视一切的豪爽性格,表现出超凡脱俗的痛快言行,成了士人心目中的理想境界与榜样。《世说》作者不以成败论英雄。本门13则故事中,王敦成为主角的有5则。王敦因叛逆而被钉在历史的耻辱柱上。但他在本门中,仍然成为士人心目中的"英雄"。桓温亦然。对于王、桓性格之豪爽,是因为他们手握军、政大权,有恃无恐。故应具体分析而给予恰当评价。但如祖逖性格之豪爽,则与其内心坦诚相联系。其忠肝义胆表现了爱国激情,则应予充分的肯定与颂扬。

13.1　王大将军年少时[1],旧有田舍名[2],语音亦楚[3]。武帝唤时贤共言伎艺事[4],人皆多有所知,唯王都无所关,意色殊恶[5]。自言知打鼓吹[6],帝令取鼓与之。于坐振袖而起,扬槌奋击,音节谐捷[7],神气豪上[8],傍若无人[9],举坐叹其雄爽[10]。

【注】

〔1〕王大将军:王敦。年少:年轻。

〔2〕田舍名:乡巴佬之称。

〔3〕语音亦楚:语音不雅正。楚:原指楚国方言,引申指代语音不近京洛标准音。

〔4〕伎艺事:音乐歌舞艺术。

〔5〕意色殊恶:神色很难看。

〔6〕鼓吹:原指吹打乐,这里指击鼓。

〔7〕谐捷:和谐迅速。

〔8〕豪上:豪放激越。

〔9〕傍:通"旁"。

〔10〕雄爽:英雄豪爽。

【评】

　　故事发生在西晋太康年间,时武帝平吴统一中国不久,国家一片歌舞升平,骄奢淫逸之风自上而下迅速蔓延开来。当时王敦尚武帝女襄城公主不久,成为驸马都尉、太子舍人,是个可以接近皇帝的年轻宠臣。两晋之际,贵族子弟的成长有"尚文"、"尚武"两路,一般士人在和平风气下,大多"尚文",学习文学"伎艺",具有较高的艺术素质,助其生活享受;但如王敦之徒,倾向"尚武",不废文学,但于"伎艺"则只图享受,实际是一窍不通。故武帝与时贤"共言伎艺事"时,王敦"意色殊恶",因为他被人瞧不起,认为是乡巴佬。这在心理上打击很大。但是,他振袖扬槌,用谐捷劲健的鼓声,打破了压抑的气氛,发泄了胸中的愤懑,表达了雄壮的威势与一往无前的气魄,终于征服了大家,"叹其雄爽"。在这里,鼓既是打击乐器,用以指挥演奏,同时又是疆场上的战鼓,指挥三军前进。鼓声之中,神气毕现。后来的野心,在年轻时的鼓声中透露端倪。

13.2 王处仲[1],世许高尚之目[2]。尝荒恣于色[3],体为之弊[4],左右谏之,处仲曰:"吾乃不觉尔[5],如此者甚易耳。"乃开后阁[6],驱诸婢妾数十人出路[7],任其所之。时人叹焉。邓粲《晋纪》曰:"敦性简脱,口不言财,其存尚如此。"

【注】

〔1〕王处仲:王敦字处仲。

〔2〕许:称许。目:品目,品评。

〔3〕荒恣于色:荒淫放荡而沉溺女色。

〔4〕弊:疲惫,困倦。

〔5〕乃:竟,却。

〔6〕后阁:内宅。"阁"通"阁"。

〔7〕出路:赶出上路。

【评】

魏晋时妇女的命运,一方面贵族仕女具有较多的开放与自由,另一方面是奴婢的人身依附加强,主人对于奴婢可以随意占有,甚至是生杀予夺。后面《汰侈》门记载石崇杯酒杀美人的故事就是一例。魏晋士人的荒淫生活,在王敦身上有具体的反映。故事应该发生在东晋建国前后王敦得势之时。"驱诸婢妾数十人出路,任其所之",表面是释放奴婢,使其获得自由,故人们许之以"高尚"。实际上,作为大将军的王敦昔日对于结发妻子襄城公主这个天潢之胄,尚且敢把她单身抛弃于兵荒马乱的青州,更何况是召之即来、挥之即去的婢妾呢?今日驱出数十,明日需要时即可招进数百。而且,当时形势动乱,驱赶婢妾之时,一时兴发，又没有做生活安排，诸婢妾一旦出门上路，又将如何生活？岂不沦为乞丐四处流浪，生命毫无保障。这不是变相杀人又是什么？豪爽其外，卑鄙其内，是谓王敦。

13.3　王大将军首（自）目高朗疏率[1]，学通《左氏》[2]。《晋阳秋》曰："敦少称高率通朗，有鉴裁。"

【注】
　　〔1〕王大将军：王敦。首目：面目。唐写本、袁本作"自目"，谓自我品评，于义更佳。
　　〔2〕《左氏》：指《春秋》三传中的《左传》。相传为春秋时鲁国左丘明所著。

【评】
　　王敦年轻时即具野心，史称其"少有奇人之目"，奇人者，非常人之心可以衡量也。他吹嘘自己品格高尚、生性爽朗、言行疏放、性格率真，是士人的典范。这是一种自我炒作的舆论宣传。至于学通《春秋左氏传》，更与其"尚武"精神有关。《左传》载春秋诸国征战兴亡之事甚详，可资定国安邦之借鉴。三国时蜀汉上将关羽，史称"好《左氏传》，讽诵略皆上口"（见《三国志·蜀书·关羽传》裴注引《江表传》）。晋初灭吴有功的征南将军杜预，自称"有《左传》癖"（见《术解》第4则刘注）。前贤之士历历在目。未来的大将军王敦"学通《左传》"，自是别有用心，而非如一般的儒生诵读经典。按：与王敦"自目"相较，当时人对年轻的王敦做出完全相反的品评，如其同事太子洗马潘滔云："处仲蜂目已露，但豺声未振，若不噬人，亦当为人所噬。"其族弟王导亦称："处仲若当世，心怀刚忍，非令终也！"（见《晋书》敦传）旁观者清，时人品目，更合实际。

811

13.4 王处仲每酒后[1],辄咏"老骥伏枥,志在千里;烈士莫年,壮心不已[2]"。魏武帝乐府诗。以如意打唾壶[3],壶口尽缺。

【注】
〔1〕王处仲:王敦。
〔2〕辄:总是。"老骥"四句:曹操乐府诗《步出夏门行·神龟虽寿》句。老骥,老马。枥,马厩。烈士,志存功业之士。莫,通"暮"。壮心,雄心壮志。
〔3〕如意:器物名。用竹、玉、骨等制成,头作灵芝或云叶形,柄微曲。供指划或观赏之用。唾壶:痰盂。

【评】
　　故事发生在元帝开基江南的东晋初期,琅邪王氏敦、导兄弟等拥立有功,群从显贵,故有"王与马,共天下"之传言。当时王敦作为大将军、荆州刺史,专任阃外,掌控雄师,威权莫贰,遂萌异志而有问鼎之心。这就引起了皇帝及朝廷大臣的猜忌,元帝起用刘隗、刁协等以为心膂,力排琅邪王氏。于是君臣嫌隙遂构,引起王敦的愤怒。曹操《龟虽寿》是优秀诗篇,表达了不甘衰老而奋斗不息、建功立业的积极有为的精神。但王敦则借以表达其实现野心的意志。慷慨悲壮的歌声中,却隐约分辨出豺狼噬人的嚎叫。同一首诗,所用不同,则性质有异。王敦之歌,实是点金成铁,化神奇为腐朽。但击壶口缺的细节生动,一个奸雄的形象,脱颖而出。故如王世贞所评:"老贼故自豪","其人不足言,其意乃大可悯矣!"

13.5 晋明帝欲起池台[1],元帝不许[2]。帝时为太子,好武养士,一夕中作池,比晓便成[3],今太子西池是也。《丹阳记》曰:"西池,孙登所创,《吴史》所称西苑也,明帝修复之耳。"

【注】

〔1〕晋明帝:司马绍,字道畿。元帝长子。

〔2〕元帝:司马睿,东晋开国皇帝。

〔3〕比晓:到天亮。

【评】

司马绍立为皇太子,在元帝太兴元年(318)三月之时。永昌元年(322)王敦举兵向阙,元帝忧愤告谢,太子绍即位。据此,故事应发生在太兴年间(318—321)。与乃父之失驭强臣,下陵上辱不同,明帝生母燕人荀氏,种族鲜卑,故其身上有一半是鲜卑"胡"人血统,性刚烈果敢,"一夕中作池,比晓便成",见其雷厉风行之风。后来他冒险亲入王敦叛军大本营侦察,旋即击灭叛逆,其英明果断,在凿池建台的过程中已见端倪。这是其优点。但从另一角度看,当时国家草创,经济匮乏,兵凶岁饥,民生凋敝,事极艰虞。故辅政王导,每劝元帝"克己励节",元帝也提倡勤俭兴邦,史称其"所幸郑夫人衣无文彩",这与时代需要相合。但太子绍则反之,乖违时命而兴建楼堂馆所,开凿池台,唯见少年心性而不计全局,其享国岂可长乎!

13.6 王大将军始欲下都[1],更分树置[2],先遣参军告朝廷[3],讽旨时贤[4]。祖车骑尚未镇寿春[5],瞋目厉声语使人曰:"卿语阿黑:敦小字也。何敢不逊[6]!催摄面去[7],须臾不尔[8],我将三千兵槊脚令上[9]。"王闻之而止。

【注】

〔1〕王大将军:王敦。下都:顺江直下到京师建康。

〔2〕更分树置:更动处分,另有树置。"更分",袁本作"处分",义止处分。当以宋本"更分"为佳。

〔3〕参军:军府中重要僚佐。

〔4〕讽旨:委婉传达意图。

〔5〕祖车骑:祖逖死后赠车骑将军,故称。元帝时,祖逖任奋威将军、豫州刺史,北上抗敌。后退守淮南,镇寿春(今安徽寿县)。

〔6〕不逊:放肆无礼。

〔7〕催摄面:赶快收起张牙舞爪的脸面。又,催者速也,摄者撤也。面,敬胤注引作"回"。催摄面,即赶快撤回去。别是一解,于义亦通。

〔8〕须臾不尔:稍有徘徊。

〔9〕将:率领。槊:似长矛的兵器。这里名词动词化,以槊刺脚。上:溯江而上,退回去。

【评】

祖逖之叱王敦,真将军也!语呼"阿黑",称其小名,非亲非故,则蔑贱视之也,开口即煞大将军的威风。"不逊"云云,指王敦对朝廷的态度,"何敢"之斥,义正词严,凛然作色而情见乎辞。以下"催摄面去"四句,叱其收拾颜面赶快回去,如稍犹豫,则我自率三千精兵,以长槊戳其脚溯江而上,送尔等回老家。时王敦镇武昌,故云。活用口语方言,声喝酣畅淋漓,动作劲疾痛快,气势一往无前,说得虎虎有生气,而令王敦生畏。成功的语言艺术,生动地描述了一个忠心国事而不畏强暴的将军形象,其爱国激情义薄云天,可敬可畏。

13.7 庾稚恭既常有中原之志[1],文康时[2],权重未在己。及季坚作相[3],忌兵畏祸,与稚恭历同异者久之[4],乃果行[5]。倾荆、汉之力,穷舟车之势,师次于襄阳[6]，《汉晋春秋》曰："翼风仪美劭，才能丰赡，少有经纬大略。及继兄亮居方州之任，有匡维内外、扫荡群凶之志。是时杜乂、殷浩诸人盛名冠世，翼未之贵也，常曰：'此辈宜束之高阁，俟天下清定，然后议其所任耳！'其意气如此。唯与桓友善，桓期以宁济宇宙之事。初，翼辄发所部奴及车马万数，率大军入沔，将谋伐狄，遂次于襄阳。"《翼别传》曰："翼为荆州，雅有大志，每以门地威重，兄弟宠授，不殚力竭诚，何以报国？虽蜀阻险塞，胡负凶力，然皆无道酷虐，易可乘灭。当此时，不能罪除二寇以复王业，非丈夫也。于是征役三州，悉其帑实，成众五万，兼率荒附，治戎大举，直指魏、赵，军次襄阳，耀威汉北也。"大会参佐，陈其旌甲[7]，亲授弧矢[8]，曰："我之此行，若此射矣。"遂三起三叠[9]。徒众属目[10]，其气十倍。

【注】

〔1〕庾稚恭：庾翼字稚恭。亮、冰之弟。亮死，代兄任荆州刺史、安西将军。中原之志：指恢复中原故国的理想。

〔2〕文康：指庾亮，卒谥文康，故称。

〔3〕季坚：庾冰字季坚。苏峻乱后，继兄亮辅政为相。

〔4〕同异：偏意副词，义偏于异，即不同。

〔5〕乃果行：才得以实行。

〔6〕师次：军队驻扎。襄阳：城名，在今湖北省北部。

〔7〕陈其旌甲：陈列雄师阵势。

〔8〕亲授弧矢："授"，唐写本作"援"。亲自拉弓放箭。

〔9〕三起三叠：三发三中。起，发。叠，击鼓。徐震堮《校笺》谓军中阅射"中的则击鼓为号"。

〔10〕属目：贯注。

【评】

晋康帝建元元年（343），安西将军、荆州刺史庾翼，率师北伐，屯兵襄阳。史称"翼雅有大志，欲以灭胡平蜀为己任，言论慷慨，形于辞色"(《晋书》翼传)。故事发生于是年。后来,因康帝崩,兄坚卒,家事国事,殷忧迭至,加以朝廷诸臣多有异同之论,北伐之事,不果于行,惜其无成,但不可以胜败论英雄。东晋屡弱,朝廷纷争,气自不振。庾翼师出荆汉,振臂高呼,志复中原,其阳刚之气,鼓动国家,民心振奋。故事写其北伐之事,既有概貌,如谓"倾荆汉之力,穷舟车之势,师屯襄阳",叙事简明有序。至其亲授弧矢,三起三叠,铮铮誓言,掷地铿然有声,故三军慷慨,"其气十倍",通过典型细节的描绘,给人以难忘的印象,一位豪爽慷慨的爱国统帅,跃然纸上。

13.8 桓宣武平蜀[1],集参僚置酒于李势殿[2],巴、蜀缙绅莫不来萃[3]。桓既素有雄情爽气,加尔日音调英发,叙古今成败由人,存亡系才,其状磊落[4],一坐叹赏[5]。既散,诸人追味馀言,于时寻阳周馥曰[6]:"恨卿辈不见王大将军[7]!"《中兴书》曰:"馥,周抚孙也,字湛隐。有将略,曾作敦掾。"

【注】

〔1〕桓宣武:桓温。卒谥宣武,故称。蜀:十六国汉据蜀地割据立国,从李特起兵,至李势降晋,共四十六年。

〔2〕李势:十六国汉之第二代君主。

〔3〕巴、蜀:指巴郡、蜀郡。缙绅:指缙笏垂绅的士大夫。萃:聚集。

〔4〕其状磊落:样子英伟慷慨,洒脱不凡。

〔5〕叹赏:叹美赞赏。

〔6〕寻阳:郡名,治所在今九江。周馥:晋有二周馥:一是西晋周馥,字祖宣,淮南人,见《雅量》第九则刘注;一是东晋周馥,字湛隐,寻阳人。参见刘注。

〔7〕恨:遗憾。王大将军:王敦。

【评】

　　在东晋历史上，桓温一代枭雄，集雄心与野心于一身。镇荆州、平蜀，是成就其事业及扩大势力的转折点，也就是说，桓温正处于上升时期。平蜀之战始于穆帝永和二年（346），三年蜀汉主李势投降。桓温声誉日隆，地位腾腾直上，如日中天。观其置酒李势宫，可想象其雄姿英发形象。故其雄情爽气，声威自见。其"叙古今成败由人，存亡系才"，善于总结历史兴衰治乱经验教训，志在招揽人才，为己所用，于此见其志慨、心胸与气魄，不愧是一个称雄一世的大政治家。桓温是故事的当然主角。但故事的第二主角是王敦。周馥之言："恨卿不见王大将军！"犹如篇末点题，以王敦来衬托桓温之奸雄形象。前《赏誉》第79则载，桓温经王敦墓，连呼"可儿！可儿！"称美王大的非常之举，以之作为自己心目中追求的理想榜样。故王世贞评曰："敦虽败，令人有馀畏，桓温所以叹为可儿。"温之心迹昭然若揭，其人生结局，亦可预料。

　　13.9　桓公读《高士传》[1]，至於陵仲子[2]，便掷去，曰："谁能作此溪刻自处[3]！"皇甫谧（谥）《高士传》曰："陈仲子字子终，齐人。兄载（戴），相齐，食禄万钟。仲子以兄禄为不义，乃适楚，居於陵。曾乏粮三日，匍匐而食井李之实，三咽而后能视。身自织屦，令妻擗纑，以易衣食。尝归省母，有馈其兄生鹅者，仲子颦颙曰：'恶用此鶃鶃为哉！'后母杀鹅，仲子不知而食之。兄自外入，曰：'鶃鶃肉邪！'仲子出门哇而吐之。楚王闻其名，聘以为相，乃夫妇逃去，为人灌园。"

【注】

　　〔1〕桓公：桓温。《高士传》：晋皇甫谧著。宋本刘注"谧"误作"谥"。记载古代隐士的故事。今有辑佚本。

〔2〕於陵仲子:战国时齐人,后隐居于楚国於陵。详参刘注。

〔3〕溪刻:苛刻,刻薄。

【评】

　　《高士传》,晋皇甫谧著,原记载上古至魏晋隐逸之士七十二人。已亡佚,今传为辑佚本,已杂入嵇康《高士传》及《后汉书》有关传记,增益为九十六人。隐逸之士,古已有之。《易》有《遁》卦,提倡隐遁而亨,与时偕行之道,思想影响很大,因而代有传人。但隐逸之士,其漱流激清,寝巢韬耀,重在淡泊名利,而修至道之乐,故悔吝弗生。而桓温奸雄,久怀异心,志向莫测,史称负其才力"欲先立功河朔,还受九锡",所走道路,与隐逸之士背道而驰。曾中夜抚枕而叹曰:"既不能流芳后世,不足复遗臭万载邪!"志在功名富贵,社稷江山。奸雄屈人之节,隐士则不屈其节,二者相互水火,故桓温读《高士传》而格格不入,宜哉!

13.10　桓石虔[1],司空豁之长庶也[2],《豁别传》曰:"豁字朗子,温之弟。累迁荆州刺史,赠司空。"小字镇恶。年十七八,未被举[3],而童隶已呼为镇恶郎[4]。尝住宣武斋头[5]。从征枋头[6],车骑冲没陈[7],左右莫能先救。宣武谓曰:"汝叔落贼,汝知不?"石虔闻之,气甚奋,命朱辟为副,策马于数万众中,莫有抗者,径致冲还[8],三军叹服。河朔后以其名断疟[9]。《中兴书》曰:"石虔有才干,有史学。累有战功,仕至豫州刺史,赠后军将军。"

【注】

　　〔1〕桓石虔:桓温弟豁之庶长子。官至豫州刺史。

　　〔2〕司空豁:桓豁,官荆州刺史、征西大将军,卒赠司空。长庶:庶出长子。

〔3〕举:指庶子正式被确定身份。

〔4〕童隶:年轻童仆。郎:奴仆对少主人的称呼,相当于"少爷"。

〔5〕宣武:桓温卒谥宣武,故称。斋头:书斋里面。

〔6〕枋头:地名,在今河南浚县西南。

〔7〕车骑冲:桓冲,温弟,官车骑将军,故称。参前《夙惠》第7则注。陈:通"阵"。

〔8〕径致冲还:直接救回桓冲。

〔9〕断疟:禁断疟鬼。

【评】

　　故事发生在晋燕枋头之战,时间是废帝海西公太和四年(369),以桓温北伐大败而归告终。故事生动刻画了一位少年将军叱咤风云的英雄形象。"策马于数万众中,莫有抗者",写活了一往无前的威势。"河朔后以其名断疟",则是因其英勇与"镇恶"名实相符,借用民间传说,更衬托其神勇气概。与统帅桓温枋头大败相较,刘辰翁评云:"小名镇恶,遂能断疟,第不知当时桓温愧此儿不?"此问发人深思。

　　13.11　陈林道在西岸[1],《晋阳秋》曰:"逵为西中郎将,领淮南太守,戍历阳。"都下诸人共要至牛渚会[2],陈理既佳,人欲共言折(析)[3]。陈以如意柱颊[4],望鸡笼山[5],叹曰:"孙伯符志业不遂[6]!"《吴录》曰:"长沙桓王讳策,字伯符,吴郡富春人。少有雄姿风气,年十九而袭业,众号孙郎。平定江东,为许贡客射破其面,引镜自照,谓左右曰:'面如此,岂可复立功乎?'乃谓张昭曰:'中国方乱,夫以吴越之众,二(三)江之固,足以观成败。公等善相吾弟!'呼大皇帝,授以印绶,曰:'举江东之众,决机于两陈之间,卿不如我;任贤使能,各尽其心,我不如卿。慎勿北渡!'语毕而薨,年二十有六。"于是竟坐不得谈[7]。

【注】

〔1〕陈林道:陈逵字林道。袭封广陵公。参前《品藻》第59则注。西岸:建康西边的长江北岸。

〔2〕要:通"邀"。牛渚会:聚会牛渚。牛渚,山名,在今安徽当涂县西北,山脚入长江处称采石矶。

〔3〕"陈理既佳"二句:意谓陈逵精于玄理,众人想和他一起谈玄析理。折,唐写本作"析",即"析"字,是。言析,谈玄析理。

〔4〕如意:器物名,见前第四则注。

〔5〕鸡笼山:山名,在建康西北,状如鸡笼,故称。

〔6〕孙伯符:孙策字伯符。三国时东吴孙氏政权的开基人。

〔7〕竟坐:终坐。

【评】

据《晋书·穆帝本纪》,永和五年八月,征北大将军褚裒北伐失败,"退在广陵,西中郎将陈逵焚寿春而遁"。据理推之,故事当发生于永和五年(349)北伐失败后,痛心疾首,无意谈玄。又前《品藻》第59则谓谢安"润于林道",则陈逵乃一时谈玄名士,稍逊于安。陈逵虽精玄理,但一心志在恢复。牛渚山与鸡笼山,是昔日孙策战胜刘繇,决战江东的故地。陈逵坐牛渚望鸡笼山而叹孙伯符"志业不遂",吊古抒怀,借他人之酒杯,以浇自己的块垒。朱铸禹《汇校集注》引日人尾张《世说笺本》评曰:"言可对我者,特孙伯符一人,而志业不遂,可惜哉!盖蔑视诸人,以如意柱颊,豪爽之态可见,以此诸人为其气所慑,竟不得谈也。"

13.12　王司州在谢公坐〔1〕,咏"人不言兮出不辞,乘回风兮载云旗〔2〕",《离骚·九歌·少司命》之辞。语人云:"当尔时〔3〕,觉一坐无人。"

【注】

〔1〕王司州:王胡之,字修龄,琅邪人。王导族子。官至司州刺史,故称。参《言语》第81则注。谢公:谢安。坐:坐席间。

〔2〕"入不言兮出不辞"二句:《楚辞·九歌·少司令》之诗句。辞,告别。回风,旋风。云旗:张云为旗。

〔3〕尔时:此时。

【评】

魏晋上流贵族社会,如王恭所说:"痛饮酒,熟读《离骚》,便可称名士。"(《任诞》第53则)当时风气,熟读《楚辞》,是成为名士的重要修养。故王胡之在谢安坐席之间,高咏《少司命》句,借古抒怀,神态如见。王胡之其人,谢安称赏,谓"可与林泽游"(《赏誉》第125则)。胡之曾至吴兴印渚观赏山水风光,叹曰:"非唯使人情开涤,亦觉日月清朗。"(《言语》第81则)于此见其艺术化的审美人生态度及其高尚脱俗情怀。其高咏"入不言兮出不辞,乘回风兮载云旗",抒发了张扬自我、超越世俗而自由自在的精神理想。当他一旦进入了《少司命》所描述的想象世界中,为情所动,故觉一坐无人,进入了一个全新的自由人生之境界。

13.13 桓玄西下〔1〕,入石头〔2〕,外白司马梁王奔叛〔3〕。《续晋阳秋》曰:"梁王珍之,字(景)度。"《中兴书》曰:"初,桓玄篡位,国人有孔璞者,奉珍之奔寻(寿)阳。义旗既兴,归朝廷,仕至太常卿,以罪诛。"玄时事形已济〔4〕,在平乘上笳鼓并作〔5〕,直高咏云:"箫管有遗音,梁王安在哉〔6〕?"阮籍《咏怀诗》也。

【注】

〔1〕桓玄:字敬道,大司马温少子。后篡晋自立,国号楚。旋即被刘裕击杀。参《德行》第41则注。西下:沿长江顺流而下。

〔2〕石头:城名,在建康西边保卫京师的军事要塞。

〔3〕外白:役吏报告。梁王:司马珍之,晋宗室。奔叛:叛亡,逃走。

〔4〕事形:形势,事态。济:成功。

〔5〕平乘:大型楼船。箫鼓:泛指奏乐。箫,管乐器。鼓,打击乐器。

〔6〕"箫管有遗音"二句:阮籍五言《咏怀》诗第31首诗句。梁王,原指战国时魏王。

【评】

性格豪爽人有不同。以本门故事为例,如祖逖、庾翼等,发自内心坦诚,故誓言铮铮而感天动地;而如王敦、桓温、桓玄等奸雄,则因掌控雄师,操纵朝政而废立自专,其所谓豪爽,实具雄厚资本,助其一时声势,而与内心诚孚相乖。桓玄于安帝隆安三年(399)计袭荆州,杀好友殷仲堪及杨佺期后,自任荆、江二州刺史,掌控了长江中上游。元兴元年(402),又率军自江陵顺流东下,攻入京师建康。故事发生于桓玄叛逆形势在握之时,当然实具"豪爽"资本。其咏阮籍《咏怀》诗句,情景表面相似;欢宴之乐馀音尚存,但主人梁王何在?以古喻今,讽刺司马梁王的失败。但实质大异:阮诗借咏古事来抨击魏王奢靡误国而身死国灭,抒发忧国忧民之情。但桓玄则仅借"梁王"之称,以自鸣得意而已。这是古人"断章取义"的伎俩,其内在野心毕呈脸上,而与阮诗不能同日而语。

下　卷

容止　第十四

【题解】　《容止》一门,顾名思义,指的是人的外在容貌和风度举止。外在容貌,原是父母遗传的天生资质,这是难以改变的,是一种静态的自然之美;而风度举止,则是可以通过人的学识修养来加以培植锻炼的动态之美。魏晋时代欣赏人的"容止",一方面是通过外在的可见的容貌举止,来研究人体本身,并把人当作天地生存的小自然,进一步发现和探索人体之美;另一方面,又是由外而内,由有形转向无形的世界,来形象地揭示和展现魏晋士人那超凡脱俗的品格风度及精神气质。这是因为,外形之美是与人的内在才性资质密切相关,观察人的外在"容止",就是架起了沟通与认识人的无形才性的桥梁。人的天生外貌虽然难以变换(按:现代的易容化妆则另当别论),但其喜怒哀乐和内在修养学识,却可以通过外貌作媒介来具体传达。因此,魏晋士大夫欣赏人的"容止",不仅涉及人体的外貌形式之美,更重要的是展现其时代的精神风度。精神升华是魏晋士人欣赏"容止"之美的关键。这与今天娱乐圈中的选美活动,恐怕还是有所区别的。

14.1　魏武将见匈奴使[1],自以形陋,不足雄远国[2],《魏氏春秋》曰:"武王姿貌短小,而神明英发。"使崔季珪代[3],帝自捉刀立床头[4]。既毕,令间谍问曰:"魏王何如[5]？"匈奴使答曰："魏王雅望非常[6]。《魏志》曰："崔琰，字季珪，清河东武城人。声姿高畅，眉目疏朗，须长四尺，甚有威重。"然床头捉刀人，此乃英雄也。"魏武闻之，追杀此使。

【注】

〔1〕魏武：指曹操。汉末建安年间，丞相曹操专擅朝政，汉献帝形同傀儡。但曹操终其一生，并未篡汉自代。其魏武帝之号，乃曹魏篡汉开国后追谥。匈奴：北方游牧民族。当时匈奴有南、北之别，南匈奴臣服于汉。曹操当政时，又分南匈奴为左、右、南、北、中五部。

〔2〕雄：作动词用，称雄，威服。

〔3〕崔季珪：崔琰（？—216），字季珪。为人梗直敢言，后被谗自杀。

〔4〕帝：指曹操。捉刀：持刀。后引申为代人作文之义。床：坐榻。

〔5〕魏王：指曹操。建安二十一年封魏王。

〔6〕雅望：美好的容仪。非常：不同寻常。

【评】

古代的政治家都很会演"戏"。譬如三国时的曹操、刘备和孙权这三个顶尖的人物，无不是优秀的"演员"。特别是曹操，青梅煮酒论英雄，更是把人生当戏台，演出了一幕幕有声有色的戏剧。在演"戏"中，政治家非常重视自我公众形象的塑造。这则故事，据《三国志·魏书·武帝纪》，建安二十一年（216）五月，曹操进爵魏王，南匈奴来贺，同年，崔琰被谗杀。如果实有其事，则故事发生于该年崔琰被害之前。但唐代史论家刘知几因其事形同儿戏而疑其真伪，这属于历史问题，留待历史家考证。倒是文学批评家刘辰翁直视为"戏"，"谓追杀此使，乃小说常情"，评说得体。如果转换视角，从文学的艺术真实角度看问题，则故事虽短，但内涵丰富，其人物刻画生动，颇为符合曹操的性格与为人。曹操是乱世奸雄、治国能臣，有"宁我负人，毋人负我"的名言。他以美男帅哥崔琰代己接见外国使节，正是着意塑造自己高大美好形象的心理反应,虽然以假乱真,却是行之毫无愧怍之色。但当他了解匈奴使者见识过人,本领不小,是个人才又不为我用之时,从事业出发,在自己力量强盖匈奴之时,不顾邦交礼节而追杀此使。其流氓无赖手段令人咋舌,但其中又透露了他那雄才大略政治家的别样思考。

14.2 何平叔美姿仪[1],面至白。魏明帝疑其傅粉[2]。正夏月,与热汤饼[3]。既啖[4],大汗出,以朱衣自拭,色转皎然[5]。《魏略》曰:"晏性自喜,动静粉帛不去手,行步顾影。"按此言,则晏之妖丽本资外饰。且晏养自宫中,与帝相长,岂复疑其形姿,待验而明也?

【注】

〔1〕何平叔:何晏,字平叔。魏正始时吏部尚书,又是当时清谈玄学家领袖。姿仪:姿貌容仪。

〔2〕魏明帝:讳叡,字元仲。但据《太平御览》诸书称引,"明帝"作"文帝",指曹丕。另备一说。按:刘注谓晏"与帝相长",则指文帝无疑。

〔3〕热汤饼:热汤面。饼,同"饼"。

〔4〕啖:吃。

〔5〕转:更加。皎然:洁白明亮。

【评】

何晏人生的中晚期,是曹魏晚期学界士林的领袖人物,因此,一贯注意自己的公众形象。"晏性自喜,动静粉帛不去手",《魏略》所言,说明何晏对于自我修饰的重视。而修饰是给人看的,正是一种爱美心理的条件反射。魏明帝"疑其傅粉",也透露出士夫贵族对于外貌修饰之美非常重视的信息,后来发展成为一代贵族男性青少年逐步女性化的一种妆饰。如东晋谢玄身佩香囊,就引起了叔父谢安的不满。当然,这个故事更说明人体自然之美令人歆羡,肤色洁白,面目皎然,也是一种重要的社会资本。其实不仅古代如此,今天的社会更是变本加厉。你看那流行歌星,个个都是俊男靓女,只要脸蛋漂亮,再加上娱记的炒作,无不成为青少年追星的偶像——至于其音乐艺术,则我辈大都不敢恭维。

14.3 魏明帝使后弟毛曾与夏侯玄共坐[1],时人谓"蒹葭倚玉树[2]。"《魏志》曰:"玄为黄门侍郎,与毛曾并坐,玄甚耻之,曾(不)说形于色。明帝恨之,左迁玄为羽林监。"

【注】

[1] 毛曾:毛嘉子,河内人。因毛后暴贵,而出身寒门,故为士族所轻。夏侯玄(209—254):字太初,谯(今安徽亳县)人。官征西将军,后被司马集团诛杀。他是早期玄学清谈领袖之一。

[2] 蒹葭:蒹,荻。葭,芦苇。蒹葭泛指一般常见水草,这里借喻人之出身微贱。玉树:美好仙树,喻形貌秀出,才能出众。

【评】

在曹魏时代,夏侯家族与曹氏家族,同为皇族出身,门第高华;而毛曾则出身微贱寒门,因毛后之故而成为政治上的暴发户,以此为士族所轻。为了提高小舅子的社会地位,明帝特命毛曾与夏侯玄同坐一席,史称"玄耻之,不说形之于色",因为不给皇帝面子,所以"明帝恨之",立即报复,把玄贬官。这说明实行九品中正制度之后,门阀士族势力正腾腾上升,甚至皇帝都无法控制。夏侯玄耻与毛曾"并坐",除其门第寒微之外,还因毛曾言行举止的粗鄙,这与其所受的教育及内在学识修养直接相关。一旦与名门子弟"并坐",立即喜形于色而有受宠若惊之感,其内在志趣之粗俗,可见一斑。玄耻与并坐,不亦宜乎!"蒹葭倚玉树"之喻,艺术对比,反差强烈,给人印象深刻;形象生动,言约旨远,而又意在言外,说明汲汲高攀,只有徒取其辱而已。

14.4 时人目夏侯太初"朗朗如日月之入怀"[1],李安国"颓唐如玉山之将崩"[2]。《魏略》曰:"李丰字安国,卫尉李义子也。识别人物,海内注意。明帝得吴降人,问江东闻中国名士为谁?以安国对之。是时丰为黄门郎,改名宣。上问安国所在,左右公卿即具以丰对。上曰:'丰名乃被于吴、越邪?'仕至中书令,为晋王所诛。"

【注】
〔1〕目:品评。夏侯太初:即夏侯玄。朗朗:光明磊落的样子。
〔2〕颓唐:精神萎靡懒散的样子。

【评】
汉末清议,发展到三国时代,其重点仍在人物品评方面,这与"汝南月旦"是一脉相承的。其所品目,大多运用意象思维的手法,重视象征比喻等修辞手法,这对于文学的语言艺术的发展,是有一定的促进作用。不过,在曹魏末期正始时代前后,因讨论才性问题的理论发展,有"四本论"的出现,成了后来魏晋玄学家清谈的重要题目之一。其中,李丰是"四本论"中持"才性异"的理论代表。经过正始玄家的发展,由人物清议而逐渐把重点转向理论思辨的清谈,等待的只是时间而已。

14.5 嵇康身长七尺八寸,风姿特秀[1]。《康别传》曰:"康长七尺八寸,伟容色,土木形骸,不加饰厉而龙章凤姿,天质自然。正尔在群形之中,便自知非常之器。"见者叹曰:"萧萧肃肃[2],爽朗清举[3]。"或云:"肃肃如松下风,高而徐引[4]。"山公曰:"嵇叔夜之为人也[5],岩岩若孤松之独立[6];其醉也,傀俄若玉山之将崩[7]。"

【注】

〔1〕风姿:风度姿容。特秀:秀美拔俗。
〔2〕萧萧肃肃:象声词,原指风声,借喻人之风度潇洒。
〔3〕爽朗清举:明朗爽快,清高飘逸。
〔4〕高而徐引:高远而绵绵不绝。
〔5〕嵇叔夜:指嵇康,字叔夜。
〔6〕岩岩:高峻的样子。
〔7〕傀(guī归)俄:倾倒的样子。

【评】

爱美是人之天性,女人爱美,男人也爱美。在魏晋风流人物中,嵇康是个公认的美男子。不仅是因其身长七尺八寸的魁梧身材,而且更重要的是他的"风姿特秀",也就是其外貌之美,传达其内在的秀美风神。其潇洒风度,来自内在的品质及其学识修养,此所谓"不加饰而龙章凤姿,天质自然",是内质的自然流露,来不得半点的装腔作势。这与今人的选美作秀是很不相同的。魏晋士人的审美意识,不仅重外貌,更重其内在品质之自然脱俗。山涛与嵇康同是竹林七贤的代表人物,他品评好友,认为嵇康是"岩岩若孤松之独立",以高峻挺拔之孤松,象征其超凡脱俗而特立独行之人格;又以"傀俄若玉山之将崩"描绘其醉态,正见其对无拘无束生活自由的追求。山涛此评,可谓嵇康知音。

14.6 裴令公目王安丰[1]:"眼烂烂如岩下电[2]。"王戎形状短小,而目甚清炤,视日不眩。

【注】

〔1〕裴令公:裴楷曾任中书令,故称。王安丰:王戎,封安丰侯。

〔2〕烂烂:光明灿烂。岩下电:山岩下的闪电。

【评】

仅从外貌看,王戎个子矮小,与嵇康相距甚远,当然与美男帅哥的称号无缘。但他忝列竹林七贤之末,想也并非一般人物,其目光炯炯有神如山间闪电,如今人之所谓"电眼",同样令人叹美。俗话说,眼睛是心灵的窗户,王戎的目光眼神,自然流露其内在的机智与风流之性。这就弥补其外貌之不足而有幸登上《容止》门。外不掩内,这是魏晋士人的审美眼光。

14.7 潘岳妙有姿容,好神情〔1〕。《岳别传》曰:"岳姿容甚美,风仪闲畅。"少时挟弹出洛阳道〔2〕,妇人遇者,莫不连手共萦之〔3〕。左太冲绝丑〔4〕,《续文章志》曰:"思貌丑顇,不持仪饰。"亦复效岳游遨〔5〕,于是群妪齐共乱唾之〔6〕,委顿而返〔7〕。《语林》曰:"安仁至美,每行,老妪以果掷之满车。张孟阳至丑,每行,小儿以瓦石投之,亦满车。"二说不同。

【注】

〔1〕姿容:姿色容貌。神情:神态风情。

〔2〕挟弹:手持弹弓。洛阳:西晋都城。道:街道。

〔3〕连手:手拉手。萦:围绕。

〔4〕左太冲:即左思。

〔5〕游遨:游玩。

〔6〕妪:妇女的泛称。

〔7〕委顿:萎靡狼狈的样子。

【评】

这则故事生动有趣,但在古代评论家中,却引起了一场争论。刘辰翁认为:"理不犯群妪,何至委顿?"也就是说,左思并没有触犯街道上的妇女观众,为什么会被她们唾口水而狼狈不堪呢?王世懋支持刘氏,发挥说:"太冲纵丑,未闻丑人必为群妪所唾,好事者之谈也。"但凌濛初则不同意上述见解,他转换视角,另出新见,说:"要之,借彼形此,不足多辩。"两种对立的批评,如从不同的角度看,各有合理的一面。刘、王二人是从现实生活中的情理角度看问题,人长得丑,这是父母天生,何罪之有?为什么丑人会遭到唾口水而委顿不振呢?可说绝无此理。但凌濛初则是从艺术审美的另一角度来分析,以丑来衬托美,形象对比鲜明,产生了强烈的审美效果。所评言简意赅,切中要害而启人思考。另外,在魏晋人的心目中,嵇康和潘岳都是令人欣赏的美男子,不过,前者具阳刚之美,后者则见阴柔之美。与嵇康相比,潘岳的美貌多少带点女性化的特点,于此可见魏晋士人审美情趣之所在。

14.8 王夷甫容貌整丽[1],妙于谈玄[2],恒捉白玉柄麈尾[3],与手都无分别。

【注】

〔1〕王夷甫:即王衍。整丽:端庄漂亮。

〔2〕谈玄:玄学清谈。魏晋士人重在《老》、《庄》、《易》三玄之理。

〔3〕麈(zhǔ 主)尾:魏晋时助清谈的器具,形似羽扇,上圆下方,兼拂尘和扇子的功用,士人执持以示风雅。

【评】

皮肤白皙,是人体美受人欣赏注目的一个条件。魏晋贵族有傅粉的嗜好,说明了当时士人修饰增白的审美要求。其实,中外一理,据最近的报刊披露,古罗马的妇女常用含铅的增白膏粉末擦脸和皮肤，铅有毒，为了一时之美也顾不了许多。但同样是"白"，魏晋士人似乎更欣赏的是自然肤色，如何晏皮肤的光洁皎白。当然，天然洁白与人为修饰结合得天衣无缝，则是美上加美，达到理想境界，如本则故事所示。王衍之手的肤色，与白玉麈尾争相辉映，其肤色之洁白光亮，温润如玉，加上想象其执麈尾潇洒清谈的神采飞扬，其"整丽"容貌由内而外，富有活力而愈加动人。

14.9 潘安仁、夏侯湛并有美容[1]，喜同行，时人谓之"连璧"[2]。《八王故事》曰："岳与湛箸契，故好同游。"

【注】

〔1〕潘安仁：即潘安。夏侯湛(243—291)，字孝若。幼负盛才，颇富文学。

〔2〕连璧：并体成双的玉璧，喻同样人物佳好。

【评】

潘安是西晋一代的美男子，不仅吸引异性妇女环绕投果，更是同性崇拜偶像。夏侯湛之美貌，能与潘安并称"连璧"，则其姿质之美，当非凡响。其实，生活中美男甚多，为什么标榜潘安、夏侯呢？恐怕与其才华有关。在诗歌方面，潘（安）、陆（机）为太康之英；而夏侯则"颇窥六经之文，览百家之学"，曾独逍遥于养生，而雍容于艺文，其所著论，史称"别为一家之言"，都是少负盛名的文学才子，再加上他们的外在美好容貌，成为公众赞美的"明星"偶像，并非偶然。

14.10 裴令公有儁容姿[1]，一旦有疾，至困，惠帝使王夷甫往看。裴方向壁卧[2]，闻王使至[3]，强回视之。王出,语人曰:"双眸闪闪若岩下电[4],精神挺动[5],体中故小恶[6]。"《名士传》曰:"楷病困,诏遣黄门郎王夷甫省之。楷回眸属夷甫云:'竟未相识。'夷甫还,亦叹其神隽。"

【注】

〔1〕裴令公:指裴楷,曾任中书令,故称。隽:美好,出众。

〔2〕向壁:向壁卧床。

〔3〕王使:皇帝派出的使者。

〔4〕双眸闪闪若岩下电:一作裴楷品评王戎语,见本门第六则故事。

〔5〕精神挺动:旧注多训为倦怠、迟滞。但徐震堮《校笺》引《吕氏春秋·忠廉》"不足以挺其心矣"注,训"挺"为"动",以为"精神挺动承上语来,下句乃另作转语"。其说可从。精神挺动,指目光眼神之灵动有风采。

〔6〕小恶:小病。恶,疾。

【评】

西晋一代,裴楷也是有名的美男模范。这则故事说明裴楷容貌之美,主要在于眸子精光闪烁的眼神。患病之时,尚且目光炯炯有神,更何况是平时,其目光如电,一定更加摄人心魄。眼睛是人类心灵的窗户,写一眼神而光彩照人,形象尽出,其成功描绘,可资借鉴。

14.11 有人语王戎曰:"嵇延祖卓卓如野鹤之在鸡群[1]。"答曰:"君未见其父耳[2]。"康,已见上。

【注】

〔1〕嵇延祖:即嵇绍,字延祖。卓卓:超拔特立的样子。

〔2〕其父:指绍父嵇康。

【评】

"鹤立鸡群"的成语,即从这则故事中化出。在中国传统文化的意象批评中,鹤已成为一种具有高洁品格而特立独行、超凡脱俗的文化象征。闲云野鹤中的"野鹤",尤为鹤群中之高洁者,其无拘无束、自由自在的生活更成为高人雅士追求的理想境界。在这方面,绍承家风,但不及乃父远甚,故王戎有此评,也是实事求是之言。嵇康的偶像作用,非嵇绍可替代。

14.12　裴令公有隽容仪,脱冠冕[1],麤服乱头皆好[2],时人以为"玉人"。见者曰:"见裴叔则如玉山上行[3],光映照人。"

【注】

[1] 冠冕:古代帝王、贵族及士大夫所穿戴的礼帽、礼服。

[2] 麤服乱头:粗劣的衣服,披着散乱的头发。麤,通"粗"字。

[3] 裴叔则:即裴楷,字叔则,曾任中书令,故又称裴令公。

【评】

本门第十则故事,表现的是裴楷的目光精神之美。这则故事,则重在其"麤服乱头"而毫不修饰的自然之美。裴楷是当时著名玄家,于此可见其"任自然"的生活。另外,古代之"玉",别有文化内涵。《礼记·玉藻》称为"古之君子必佩玉","君子于玉比德焉"。玉之温润光洁,正是君子盛德的光辉外现。因此,作者由外貌而传达其内在风神,以"玉山"、"玉人"喻其自然姿质之美,实际上是给予很高的审美评价。

14.13　刘伶身长六尺[1],貌甚丑悴[2],而悠悠忽忽[3],土木形骸[4]。梁祚《魏国统》曰:"刘伶,字伯伦。形貌丑陋,身长六尺,然肆意放荡,悠焉独畅,自得一时,常以宇宙为狭。"

【注】

〔1〕刘伶:见《文学》69注。

〔2〕丑悴(cuì萃):丑陋衰弱。

〔3〕悠悠忽忽:形容如醉酒迷离而自由飘忽的样子。

〔4〕土木形骸:身体如同土木一般质朴无华。

【评】

　　刘伶是个身材矮小而形貌丑陋之人,与美男帅哥毫不搭界,但他却与矮小的王戎,同样有幸进入《容止》门。这是因为魏晋人赏美,不仅在"容",还在于"止"——即其风度举止,用行动来表现其内在风神。刘伶神态举止是"悠悠忽忽,土木形骸",这种无拘无束的自由自在,正见其竹林名士那"越名教而任自然"的美学情趣。当时玄学思潮对于审美观念的影响,于此可见一斑。

14.14　骠骑王武子是卫玠之舅[1],隽爽有风姿[2]。见玠辄叹曰:"珠玉在侧,觉我形秽。"《玠别传》曰:"骠骑王济,玠之舅也。尝与同游,语人曰:'昨日吾与外生共坐,若明珠之在侧,朗然来照人。'"

【注】

〔1〕骠骑王武子:即王济,字武子,卒后追赠骠骑将军,故称。卫玠:见《言语》32注。

〔2〕隽爽:隽杰豪爽。风姿:风度姿容。

【评】

　　在《容止》门中,第14、16和19等三则故事的主人公都是卫玠。在两晋之交,若论容貌风度而选美男,卫玠当获桂冠无疑。这则故事,并不正面描绘卫玠之美,而是通过其舅父来加映衬。王济其人,在两晋是个有名的风流人物,史称其"风姿英爽,气盖一时,好弓马,勇力绝人",是个有阳刚气质的美男子。其性颇为狂妄,很少看得起人。由他自己来作比照,更可见出外甥之美,难有比拟。其所形容,不仅可信,而且更见卫玠的照人光彩。后来,"自惭形秽"的成语,由此演化而来。

14.15 有人诣王太尉[1],遇安丰、大将军、丞相在坐[2];往别屋,见季胤、平子[3]。石崇《金谷诗叙》曰:"王诩,字季胤,琅邪人。"《王氏谱》曰:"诩,夷甫弟也。仕至修武县令。"还,语人曰:"今日之行,触目见琳琅珠玉[4]。"

【注】

〔1〕王太尉:指王衍。

〔2〕安丰:指安丰侯王戎。大将军:指王敦。丞相:指王导。

〔3〕季胤:王诩。平子:王澄。按:诩、澄俱为衍弟。

〔4〕琳琅:美玉。

【评】

　　魏晋人喜欢用"珠玉"来形容人体美,不仅因其作为装饰之物,价值昂贵,更在其质地温润,晶莹透彻,精光迷人。其外貌之美,肇自内质之秀。这则故事,重在描绘西晋时琅邪王家精英,看来王家贵少之美,自有遗传基因,后来如东晋的王羲之、献之父子亦然。外貌离不开风度,而风度则是内在神气的外现。

14.16 王丞相见卫洗马[1],曰:"居然有羸形[2],虽复终日调畅[3],若不堪罗绮[4]。"《玠别传》曰:"玠素抱羸疾。"《西京赋》曰:"始徐进而羸形,似不胜乎罗绮。"

【注】

〔1〕王丞相:指王导。卫洗马:指卫玠,曾任太子洗马。

〔2〕居然:显然。羸(léi 雷)弱:瘦弱的身体。

〔3〕调畅:调和舒畅。

〔4〕不堪罗绮:无法承受丝质罗衣之轻。罗绮,质地轻柔的丝织品。

【评】

　　本则故事,写的仍是人们眼中的卫玠之美。卫玠以其瘦弱而不胜罗衣之轻的阴柔之美,成为一种魏晋贵族男子愈趋女性化的象征。但王导乃一代名士,所言卫玠"终日调畅"云云,却透露其精神风度之一斑。史称卫玠"好言玄理",时与亲友清谈,听者"无不咨嗟"。内质充裕温润,更增其珠玉琳琅之光鲜。本书《品藻》门第 42 则描绘"卫虎(玠)奕奕神气",同样是从其"神清"方面来见其容止之美。

14.17　王大将军称太尉[1]:"处众人中,似珠玉在瓦石间。"

【注】

〔1〕王大将军:指王敦。太尉:指王衍。称:称誉,赞美。

【评】

　　王衍也是晋时的一个美男子,史称其"神情明秀,风姿详雅",主要就其精神风度而言;但论其外貌,当也不差。故其童年见山涛,山涛叹美曰:"何物老妪,生此宁馨儿!"此则故事,通过王敦之口,加以称美,以珠玉与瓦石作对比,形成强烈艺术反差,令人想象其神明风度之脱俗超群。

14.18　庾子嵩长不满七尺[1],腰带十围[2],颓然自放[3]。

【注】

〔1〕庾子嵩：即庾敳，见《文学》15注。好《老》《庄》，喜清谈玄理，与王衍齐名，为士林所重。尺：晋时一尺相当于今天的24.2厘米。其七尺相当于现在的1.69米的中矮个子。

〔2〕围：古代一种模糊统计的长度单位，据称一围近于今之五寸。十围极言其腰围之肥大。

〔3〕颓然自放：形容精神委散、自由舒展。

【评】

魏晋之人，以身材魁梧为美，但也并不是绝对以形取人。庾敳貌不惊人，甚至从身材来说，其矮胖之躯，可说比例失调。但因其"雅有远韵"的风度神情，便可掩其"腰带十围"的外形之丑，而入于令人歆羡的《容止》门，成为审美对象。"容止"之动静变化，其审美标准与内在风姿神态直接相关，而非仅是静态的外貌须眉身材之美而已。

14.19 卫玠从豫章至下都[1]，人久闻其名，观者如堵墙[2]。玠先有羸疾[3]，体不堪劳，遂成病而死，时人谓看杀卫玠。《玠别传》曰："玠在群伍之中，实有异人之望。龆龀时，乘白羊车于洛阳市上，咸曰：'谁家璧人？'于是家门州党号为璧人。"案：《永嘉流人名》曰："玠以永嘉六年五月六日至豫章，其年六月二十日卒。"此则玠之南度豫章四十五日，岂暇至下都而亡乎？且诸书皆云玠亡在豫章，而不云在下都也。

【注】

〔1〕卫玠：见前注。豫章：郡名，治所在今江西南昌市。下都：与西晋京师洛阳相比，称东晋首都建康为下都。

〔2〕观者如堵墙:形容围观的人群密集犹如树了一堵墙壁。后世"观者如堵"的成语,即由此演化而来。

〔3〕羸疾:瘦弱多病。

【评】

  看杀卫玠,以形容其美貌对人的强大魅力,这是修辞艺术的夸张说法。事实是,卫玠身材一贯瘦弱,体质很差,平日娇生惯养,犹如温室里的花朵,虽然很美,却难抗风暴摧残。在永嘉大动乱中,为求生存,他必须奉母南渡,千里奔波,因而不胜劳累"成病而死",当在情理之中。他是当朝名士,一代美男"冠军",名声很大,因此沿途围观的群众很多,也可能是事实。于此可见魏晋士人的唯美主义倾向,从欣赏阳刚之美的壮伟大丈夫,逐渐转向欣赏具有娇嫩软媚女性化的贵族男性的天平增重分量。这一审美情趣的微妙变化,随着东晋士族的活跃,愈趋明显。这与贵族当日生活方式及士人心态密切相关。另:中古是以男性为中心的社会,因此《世说》中几乎难见对于女性之美的直接描绘,但通过男人审美的女性化倾向,多少传达了若干信息。男人弱不禁风、不胜罗衣之轻,成为美的偶像,可能就与变相的异性相吸的生理及心理需求有关。

14.20 周伯仁道〔1〕:"桓茂伦嶔崎历落〔2〕,可笑人〔3〕。"或云谢幼舆言〔4〕。

【注】

  〔1〕周伯仁:周颛,字伯仁。见《言语》30注。

  〔2〕桓茂伦:桓彝,字茂伦。见《德行》门第30则注。嶔崎(qīn qí 钦奇):山石高峻貌。历落:即磊落。

  〔3〕可笑人:可爱的人。但余嘉锡引李治《敬斋古今黈》四曰:"盖颛

谓彝为人不群,世多忽之,所以见笑于人耳!"别作一解。

〔4〕谢幼舆:谢鲲,字幼舆。见《言语》46注。

【评】

在人体美欣赏中,魏晋士人逐步完善了神内形外的理论观念,并逐步加重了"传神"的审美分量。史称桓彝"少孤贫,随箪瓢,处之晏如",性格通达,早获盛名。苏峻叛乱时,任宣城内史,部下劝其自保,但他坚决抗战而视死如归,厉色慷慨而言:"今社稷危逼,义无晏安。"其"嵚崎历落"的坦荡神态,历历如画,故下述"可笑人",必非贬词,而当属褒义而谓其如此可爱也。

14.21 周侯说王长史父〔1〕:《王氏谱》曰:"讷字文渊(开),太原人。〔曾〕祖默,尚书。父祐,散骑常侍。讷始过江,仕至新淦令。"形貌既伟〔2〕,雅怀有概〔3〕,保而用之,可作诸许物也〔4〕。

【注】

〔1〕周侯:指周𫖮,弱冠,袭父浚爵为武城侯,故称。王长史:指王濛。见《言语》66注。据《晋书·外戚》濛传,濛曾祖黯,祖佑,父讷,与刘注引《王氏谱》不同。

〔2〕伟:魁梧伟壮。

〔3〕雅怀有概:胸怀高雅有气度节概。

〔4〕诸许物:诸多事情。

【评】

王濛之父讷,字文开。其形貌伟壮丈夫,雅怀有概,当属阳刚美男之列。人称如能保持发挥其形、貌方面的优势,则可成就诸多事情。于此可见"容止"的社会作用不可小觑。今日招聘,许多公司企业为公关需要,对俊男靓女情有独钟,其"容止"占了不少便宜。这在《世说》时代,早开其端。王讷形貌之美,可由其子王濛之言见其端倪。史称王濛"美姿容,尝览镜自照,称其父字曰:'王文开生如此儿邪!'"其美虽后来居上,但正见其得之遗传。

14.22　祖士少见卫君长[1],云:"此人有旄杖下形[2]。"

【注】

〔1〕祖士少:祖约,字士少。祖逖之弟。见《雅量》15注。卫君长:卫永,字君长。见《赏誉》107注。

〔2〕旄杖:旄节仪仗。旄节为将帅信物。

【评】

言外之意,见出卫永具有拥旄节雄视一方的将帅之风度气象。

14.23　石头事故[1],朝廷倾覆,《晋阳秋》曰:"苏峻自姑熟至于石头,逼迁天子。峻以仓屋为宫,使人守卫。"《灵鬼志·谣征》曰:"明帝末,有谣歌曰:'侧力,放马出山侧,大马死,小马饿。'后峻迁帝于石头,御膳不具。"温忠武与庾文康投陶公云[2]:"肃祖顾命不见及[3],且苏峻作乱,衅由诸庾[4],诛其兄弟,不足以谢天下。"徐广《晋纪》曰:"肃祖遗诏,庾亮、王导辅幼主而进大臣官,陶侃、祖约不在其例。侃、约疑亮寝遗诏也。"《中兴书》曰:"初,庾亮欲征苏峻,卞壸不许。温峤及三吴欲起兵卫帝室,亮不听,下制曰:'妄起兵者诛!'故峻得作乱京邑也。"于时庾在温船后闻之,忧怖无计。别日,温劝庾见陶,庾犹豫未能往,温曰:"溪狗我所悉[5],卿但见之[6],必无忧也。"庾风姿神貌,陶一见便改观,谈宴竟日[7],爱重顿至[8]。

【注】

〔1〕石头事故:咸和二年(327),因不满庾亮等专擅朝政,历阳太守苏峻发动叛乱,兵陷京师建康,迁晋成帝于石头城软禁。后苏峻叛乱被陶侃、温峤等击灭。

〔2〕温忠武:指温峤,时任江州刺史。卒谥忠武,故称。庾文康:指庾亮,卒谥文康。他当时是辅政大臣。陶公:指陶侃,时任荆州刺史,掌控长江上游雄兵。按:"陶公"下衷本有"求救,陶公"四字,于义较合。

〔3〕肃祖:指晋明帝司马绍,驾崩后庙号肃祖。顾命:临终遗命,指皇帝遗诏。不见及:没有提到我。

〔4〕衅:衅乱,祸乱,引申为罪责。诸庾:指庾亮、庾冰诸掌朝政之人。

〔5〕溪狗:对陶侃的蔑称。当时中原士人称江西人为"傒","溪狗"即"傒狗",因陶侃为豫章郡人,出身寒门,故云。

〔6〕但:尽管。

〔7〕谈宴:宴饮畅谈。竟日:一整天。

〔8〕顿至:立刻,一下子。

【评】

这则故事,发生于咸和二年(327),写得非常生动,无论是叙事,或是对话,以及心理刻画,都很成功。虽是写实,但论其艺术,却犹如一篇动人的小小说。在平定苏峻叛乱以复兴国家朝廷的重大事件中,陶侃、温峤和庾亮,都是重要角色,在故事中形象无不栩栩如生。以人物语言为例,陶侃之言,一方面显露其内心压抑已久的气愤,对于朝廷的不公与腐败,进行猛烈的抨击,所以加大政治筹码,以便压制诸庾。诛之是假,迫使诸庾就范、以便朝廷改正错误是真。因而所言义形于色,充分显示了正义与自信。温峤说话,也是洞彻对方心理的智慧之言,同时又具有鲜明的个性特征。对于陶侃,出于高门士族的门第偏见,称之为"溪狗",但同时又有求于他,后来又推陶侃为联军盟主(统帅),他判断陶侃对于朝廷国家的忠心,因而有"必无忧也"的明确判断。至于庾亮,因其"风姿神貌"而顿令陶侃泯灭恩怨,看似偶然,其实是他们有共同政治目标所致,庾亮风神,起了一个治病处方之药引的作用,同样不可小觑。

14.24 庾太尉在武昌[1],秋夜气佳景清,佐吏殷浩、王胡之之徒登南楼理咏[2]。音调始遒[3],闻函道中有屐声甚厉[4],定是庾公[5]。俄而率左右十许人步来[6],诸贤欲起避之。公徐云:"诸君少住,老子于此处兴复不浅[7]!"因便据胡床[8],与诸人咏谑[9],竟坐甚得任乐[10]。后王逸少下与丞相言及此事[11],丞相曰:"元规尔时风范[12],不得不小颓[13]。"右军答曰:"唯丘壑独存[14]。"孙绰《庾亮碑文》曰:"公雅好所托,常任尘垢之外。虽柔心应世,蠖屈其迹,而方寸湛然,固以玄对山水。"

【注】

〔1〕庾太尉:指庾亮,卒赠太尉,故称。在平定苏峻乱后,出京任江、荆、豫三州刺史,镇武昌。见《德行》31 注。

〔2〕南楼:武昌楼名。理咏:调理吟咏。理,治也。

〔3〕遒:刚劲,指音调高亢。

〔4〕函道:楼梯。屐:底下有齿的木鞋。厉:急促。

〔5〕庾公:指庾亮。

〔6〕俄:一会儿。十许人:十馀人。

〔7〕老子:犹"老夫",年纪大的人常作第一人称代词的"我"来用。少住:稍作停留。

〔8〕据:靠、坐。胡床:从西域胡地传进来的轻便交椅。

〔9〕咏谑:歌咏笑谑。

〔10〕竟坐:终坐,从头坐到最后一刻。任乐:自由欢乐。

〔11〕王逸少:王羲之,字逸少。下:从上游顺流到下游之地,京师建康在武昌下游,故云。丞相:指王导。

〔12〕元规:庾亮,字元规。风范:风度规范。

〔13〕小颓:小损。

〔14〕右军:指王羲之,他曾任右军将军,故称。丘壑:泛指山水。

【评】

　　这是一篇成功的叙事"小小说"。因与琅邪王导在朝中的矛盾,为鄢陵庾氏家族长远利益计,掌控长江上游的强大武装力量是一种重要的权力保障。因而陶侃死后,庾亮代其镇武昌,任征西将军,江、荆、豫三州刺史,时在咸和九年(334),其人生已进入晚年。庾亮是个儒玄双修的人物。史称其"美姿容,善谈论,性好《老》《庄》,风格峻整,动由礼节,闺门之内,不肃而成"。但他在入朝取代王导执政之时,一改王导"宽和得众"的宽松团结政策,变成"任法裁物"的严整之政,因此颇失人心。当时庾氏家族挟外戚帝室之威,逐渐取代琅邪王氏家族的地位,以权势风范自尊。故《晋阳秋》曰:"亮端拱巍然,郡人惮之,觐接者数人而已。"端足了严肃架势,成为礼仪标本。但在苏峻叛乱之后,庾氏家族作为政权支柱,遭受挫折,出为江、荆、豫三州刺史。虽仍控重兵而实权在握,但挫折使人变得聪明。庾亮风范"小颓",转向"丘壑独存"的玄家理趣追求,因而能够与众同乐,表现了"玄对山水"的审美情趣,故其精神风度,转近脱俗之自然,此所以能使大名鼎鼎的风流名士王羲之为之折服,正见其不同凡近的公众形象光彩。

14.25　　王敬豫有美形[1],问讯王公[2],抚其肩,曰:"阿奴[3],恨才不称。"又云[4]:"敬豫事事似王公。"《语林》曰:"谢公云:'小时在殿廷会见丞相,便觉清风来拂人。'"

【注】

〔1〕王敬豫:王导次子王恬,字敬豫,见《德行》29 注。

〔2〕问讯:问安,问候。王公:指王导。按:"王公"下袁本重"王公"二字,是。"抚其肩"者,乃王公也。

〔3〕阿奴:长辈对小辈的昵称。此为父称子。

〔4〕又云:朱铸禹《汇校集注》云:"此为临川(按:指刘义庆)附记当时人之评论。"李慈铭按:"'又云'字有误,上文乃导自谓其子之语,下不得作'又云'也,当是他人品目之语。"

【评】

　　魏晋人心目中,光有外貌"美形",还是不够的。王导对其次子王恬(敬豫),常会生气不满意,就是因他有一副美丽仪容,但却尚武少文,不喜欢学习,因其内在的才华欠缺而与外貌"美形"不相称副,此王导所以生"嗔"而常感遗憾。参见《德行》第 29 则故事。至于王恬"事事似王公",处处模仿乃父,缺乏创造与个性,也是王导生"嗔"的原因之一。处处似人,则"我"何在哉?缺乏自我个性,当然无法潇洒、闲逸与超拔,这当然为魏晋士人所不屑。

14.26 　王右军见杜弘治[1],叹曰:"面如凝脂[2],眼如点漆[3],此神仙中人。"《江左名士传》曰:"永和中,刘真长、谢仁祖共商略中朝人士,或曰:杜弘治清标令上,为后来之美;又面如凝脂,眼如点漆,粗可得方诸卫玠。"时人有称王长史形者[4],蔡公曰[5]:"恨诸人不见杜弘治耳。"

【注】

〔1〕王右军:即王羲之。杜弘治:杜乂,字弘治。杜预之孙。参见《赏誉》68注。

〔2〕凝脂:凝冻的油脂,喻其光滑洁白。

〔3〕点漆:眼睛瞳仁又黑又亮。

〔4〕王长史:指王濛,曾为司徒左长史,故称。形:外貌。按:此称其美姿容。

〔5〕蔡公:对蔡谟的尊称。参见《方正》40注。

【评】

"面如凝脂,眼如点漆",亲切可见,令人神往。读《诗经·卫风·硕人》,则知其美之所自。凝脂以喻面色洁白温润,娇嫩无比,吹弹即破;而点漆形容眼睛黑白分明,顾盼生姿,神采奕奕。二句言简意赅,绘出了人体美的形神俱在。杜乂是当时堪与卫玠媲美而各有特点的美男子。史称其"性纯和,美姿容,有盛名于江左"。又据前《赏誉》门第68则,庾亮称"弘治至羸,不可以致哀",则其姿貌仪表,与卫玠同样属阴柔之美的典型。

14.27 刘尹道桓公[1]:鬓如反猬皮[2],眉如紫石棱[3],自是孙仲谋、司马宣王一流人[4]。宋明帝《文章志》曰:"温为温峤所赏,故名温。"《吴志》曰:"孙权字仲谋,策弟也。汉使者刘琬语人曰:'吾观孙氏兄弟,虽并有才秀明达,皆禄祚不终。唯中弟孝廉,形貌魁伟,骨体不恒,有大贵之表。'"《晋阳秋》曰:"宣王天姿杰迈,有英雄之略。"

【注】

〔1〕刘尹:指刘惔,曾官丹阳尹,故称。参前《德行》35注。他是东晋中期的清谈领袖人物之一。

〔2〕鬓如反猬皮:形容其鬓毛须发刚硬竖起,如反转的刺猬皮。

847

〔3〕眉如紫石稜:双眉如紫石英的稜角刚健。稜,同"棱"。按:朱铸禹《汇校集注》引《晋书》温传,以为"眉"当作"眼",另备一说参考。

〔4〕自:本来。孙仲谋:指三国吴主孙权,字仲谋。司马宣王:指司马懿。

【评】

"反猥皮"、"紫石稜"云云,描绘桓温相貌奇伟,不可以寻常观之,颇有一代枭雄之相。史称其"姿貌甚伟",大致不差;但"面有七星",则是夸饰之词。其相貌当以《世说》为是,属于"豪爽有风概"的阳刚丈夫。如是外貌丑陋,则不可能被皇帝看上,选尚南康公主。年轻时的桓温,毫无权势可言,作为驸马,除家庭背景和内在修养外,当然也要有一定的外貌条件。

14.28 王敬伦风姿似父[1],作侍中[2],加授桓公公服[3],从大门入,桓公望之,曰:"大奴固自有凤毛[4]。"大奴,王劭也,已见。《中兴书》曰:"劭美姿容,持仪也。"

【注】

〔1〕王敬伦:王劭,字敬伦,王导第五子。参见《雅量》26注。

〔2〕作侍中:事实疑误,劭未曾作侍中,而时桓温作侍中、太尉。按:疑"作侍中"前脱漏"桓公"二字。

〔3〕加授桓公公服:史称桓温授太尉时,固让,旬月之中,使者八至。当时官阶不同,则服饰有异。公服,此指太尉官阶的上朝官服,太尉在晋是三公之一。桓公,指桓温。

〔4〕大奴:对王劭的昵称。凤毛:六朝人习惯称儿子似乃父者为凤毛,即得老凤之羽毛也。

【评】

故事发生在永和八年(352)。琅邪王家,特别是王导父子,史多有"美姿容"之称誉,或与遗传基因有关。但桓温"凤毛"之赏,则重在精神风度,与其家族文化传统的长期积淀有关,而非一朝一夕之功。如前述魏明帝妻舅毛曾,就是个暴发户,其粗俗可鄙之性,也是长期积累所致,而非装腔作势可加掩盖。习惯成自然,风度气质的改变是长期的事。

14.29　林公道王长史[1],敛衿作一来[2],何其轩轩韶举[3]!《书(语)林》曰:"吾(王)仲祖有好仪形,每览镜自照,曰:'王文开那生如馨儿!'时人谓之达也。"

【注】

〔1〕林公:即支遁,字道林,东晋名僧。道:品评。王长史:指王濛。

〔2〕敛衿:整饬衣襟,表示恭敬。作一来:有所动作时。

〔3〕何其:多么。轩轩:轩昂,气宇非凡。韶举:美好举止。

【评】

这是对于王濛神情风度的赞美。王濛照镜而自言自语:"王文开(其父讳)那生如馨儿!"直呼父名,自叹自怜。真是脱尽俗气,而自然可爱,形象地见魏晋风度之一斑。

14.30　时人目王右军[1]:"飘如游云,矫若惊龙[2]。"

【注】

〔1〕目:目品,品评。王右军:即王羲之。

〔2〕矫:矫健。惊:迅疾貌。

【评】

《晋书》本传以此语品评王羲之书法艺术,称其"尤善隶书,为古今之冠,论者称其笔势以为飘若浮云,矫若惊龙"。后人或

849

以为"与此状其容止者不同"。其实,人们常说"文如其人"、"诗如其人",书法艺术何尝不是如此。对王羲之来说,书法艺术与其为人的风度精神,早已融入自然而合二为一。游云(浮云)在天,清风徐拂,飘荡漫无目标,以喻无拘无束的自由自在。矫若惊龙,则由慢转快,由浮云之虚,转为惊龙之实,夭矫雄健,见其力量,迅速变化,不可端倪而又焕若神明。人乎?书法乎?相得益彰。

14.31 王长史尝病[1],亲疏不通[2]。林公来[3],守门人遽启之[4],曰:"一异人在门[5],不敢不启。"王笑曰:"此必林公。"案:《语林》曰:"诸人尝要阮光禄共诣林公,阮曰:'欲闻其言,恶见其面。'"此则林公之形,信当丑异。

【注】

〔1〕王长史:指王濛。

〔2〕亲疏不通:拒绝亲友探视问候。

〔3〕林公:支道林,东晋名僧。

〔4〕遽(jù 巨):急忙。

〔5〕异人:不同寻常之人。

【评】

王濛拒绝了一切亲友的探望,以便安心养病。但对林公,却因其为"异人",破例接待。其所以"异",不仅因其形貌不同寻常的丑陋,而更在于其神明气概方面之"异"——即超凡脱俗的名士风度,从而化丑为美,令人心向往之。

14.32 或以方谢仁祖[1],不乃重者[2]。桓大司马曰[3]:"诸君莫轻道[4],仁祖企脚北窗下弹琵琶[5],

故自有天际真人想[6]。"《晋阳秋》曰:"尚善音乐。"《裴子》云:"丞相尝曰:'坚石挈脚枕琵琶,有天际想。'"坚石,尚小名。

【注】

〔1〕方:比拟。谢仁祖:谢尚,字仁祖。参见《言语》46注。

〔2〕不乃重者:不太重视。乃,犹甚。余嘉锡《笺疏》曰:"言有比人为谢尚者,其意乃实轻之。若曰'某不过谢仁祖之流耳'。"

〔3〕桓大司马:指桓温,曾官大司马,故称。

〔4〕道:论议,品评。莫轻道,即不要轻易地说三道四。

〔5〕企脚:踮脚,跷脚。

〔6〕真人:道教中不食人间烟火的神仙一流人物。

【评】

谢尚是谢安的堂兄,东晋陈郡阳夏谢氏家族的代表人物。不过,自其父鲲死后,谢氏家族势力中衰,因此有轻忽之者,或因政治权势不足之故。实际上,史称尚年轻时,"开率颖秀,辨语绝伦,脱略细行,不为流俗之事",加以"善音乐,博综众艺",自是不同凡响之人。因此深为王导赏识。在佳集胜会中,导邀其即席作《鸲鹆舞》,"尚俯仰在中,傍若无人"。晋士之艺术人生,大抵与玄家那越名教而任自然的观念相关,故其风度神情率诣如此。其企脚北窗弹琵琶,令桓温有"天际真人想"之叹,完全可以想象。

14.33 王长史为中书郎[1],往敬和许[2]。敬和,王洽。已见。尔时积雪,长史从门外下车,步入尚书省[3]。敬和遥望叹曰:"此不复似世中人[4]。"

【注】

〔1〕王长史:指王濛。中书郎:中书省官名,即中书侍郎或郎中。

〔2〕敬和:王洽。王导第三子。史称"导诸子中最知名,与荀羡俱有美称"。见《赏誉》11注。许:处所,地方。

〔3〕尚书省:朝廷官署,总理政务。

〔4〕世中:人世之中。

【评】

　　王濛容仪之美,已见前述。这则故事,并不正面实写王濛容貌,而只从他人眼中见出,加以侧笔描绘而已。作者聪明地运用了虚实相生的传统手法,给读者留下了大片的艺术空白,以驰骋其丰富的艺术想象。故事大约发生在晋康帝建元年间(343—344)王濛任中书郎时。当时王洽是个二十馀岁而富有想象力的青年,他的由衷叹美:"此不复似世中人!"令人对于王濛那超世拔俗、闲逸潇洒的风神气度,产生了真切的向往,从而留下了美好而深刻的印象。

14.34　简文作相王时[1],与谢公共诣桓宣武[2]。王珣先在内[3],桓语王:"卿尝欲见相王,可住帐里。"二客既去,桓谓王曰:"定何如[4]?"王曰:"相王作辅[5],自湛若神君[6]。《续晋阳秋》曰:"帝美风姿,举止安详。"公亦万夫之望,不如,仆射何得自没[7]?"仆射,谢安。

【注】

〔1〕简文:指晋简文帝司马昱。相王:司马昱即位前封会稽王,于太和元年(366)为丞相、录尚书事,故称。

〔2〕谢公:指谢安。桓宣武:指桓温,死后谥号宣武。

〔3〕王珣:祖导,父洽,谢安侄婿。弱冠入桓温幕府。见《言语》102注。

〔4〕定:究竟。

〔5〕辅:辅政大臣。

〔6〕湛:清明澄澈的样子。神君:言人贤明如神。

〔7〕自没:自我埋没。

【评】

　　故事发生在太和四年(369),年轻的王珣进入桓温幕府。当时桓温东征西讨,南北进剿,声威赫赫,而野心勃勃,正是权势熏天而废立自专之时。王珣所评论的相王司马昱及桓温诸人,都是东晋权力金字塔上顶尖的人物。王世懋评王珣之言曰:"此东亭(王珣)媚语,安石恐未肯便没。"批评了王珣谄媚桓温的言行,并指出谢安亦是一代伟杰,岂肯在桓温面前自甘认输而埋没沉沦呢?其实,王珣言外之意,王世懋没有读懂。刘孝标以为仆射指谢安,误。当时谢安任侍中,而仆射是珣之族叔王彪之。桓温因不满王彪之,曾于兴宁三年(365)劾罢之,后遇赦复职不久。因此,王珣一方面巴结桓温,称其"万夫之望",百姓"救星";一方面又借机为族叔彪之开脱,如朱铸禹《汇校集注》所云:"王珣此言盖正以彪之未从简文行,巽言以解其被劾之前嫌,不仅取媚于桓也。"小小年纪,于心计中见智慧。

14.35　海西时〔1〕,诸公每朝,朝堂犹暗,唯会稽王来〔2〕,轩轩如朝霞举〔3〕。

【注】

〔1〕海西:指晋废帝司马奕,太和六年被废,降为海西公,故称。

〔2〕会稽王:指司马昱,后被桓温立为帝,史称简文帝。

〔3〕轩轩:气宇轩昂貌。举:升起。

【评】

　　海西公奕为帝时,桓温作为大司马,不仅掌控兵权,而且专擅朝政。史称"桓温有不臣之心,欲先立功河朔,以收时望。及枋头之败,威名顿挫,遂潜谋废立,以长威权"(《晋书》卷八《海西公纪》)。其废立自专的野心,日渐付诸实践。因此,朝廷人心浮动,恐恐然不知所措,此所以"诸公每朝,朝堂犹暗",非自然阳光不照殿堂,而是诸公卿朝官心理阴郁所致。唯有会稽王司马昱到,则朝廷诸公眼前一亮,不仅因其气宇轩昂的仪容风度,更因其作相王辅政,朝廷视为遏制桓温野心的希望。因诸公心存光明之想,故誉其"轩轩如朝霞举",理想境界,自然升起了万道霞光,眩人耳目。可惜在政治拳击台上,司马昱并非一流高手,面对桓温这一重量级的冠军,只能"对之悲泣",乞求他不要篡位而已。故其"轩轩朝霞"之光,犹如美丽的七色彩虹一样,瞬间即灭。

14.36 谢车骑道谢公[1]:"游肆复无乃高唱[2],但恭坐捻鼻顾睐[3],便自有寝处山泽间仪[4]。"

【注】

〔1〕谢车骑:指谢玄,曾官车骑将军,故称。道:称道。谢公:指谢安,玄叔。

〔2〕游肆:上街游玩。复无乃高唱:更无须高声吆喝。

〔3〕恭坐:端坐不动。捻鼻:轻捏鼻子。据说谢安有鼻疾,音浊。其作"洛生咏"——用中原洛阳口音吟咏诗歌,轰动一时,人争仿效。顾睐:顾盼风姿。顾,回视。睐,旁视。

〔4〕寝处山泽:栖卧山林,指隐退。仪:仪态,容仪。

【评】

谢玄之父奕早卒,叔父安待如己出。因此,侄儿对叔父的理解,非一朝一夕之功。但是,谢玄对于谢安的称美,并非一味歌功颂德,而只是随意从其生活琐事出发,抓住其典型细节,来刻画其容仪姿态,精神气度,因而更加可信、动人。的确,谢安虽是东晋陈郡阳夏谢氏家族首屈一指的代表人物,是一代名相,是一位杰出的政治家。但他与众不同之处,就是同时又是一位情趣高尚的玄学清谈家,早已勘破人生,看重功成身退后的归隐山林的自由生活,淡泊名利、闲云野鹤,成为一种理想追求,而并不恋栈。其遨游市肆大街之上,又何须叫卖自己来加以炒作宣传呢?"捻鼻顾睐",确为画龙点睛的神来之笔。

14.37 谢公云见林公[1],双眼黯黯明黑[2]。孙兴公见林公[3],棱棱露其爽[4]。

【注】

〔1〕谢公:指谢安。林公:指名僧支遁,即支道林。

〔2〕黯(àn暗)黯:深幽黑亮的样子。明黑:形容眼睛黑白分明,炯炯有神。

〔3〕孙兴公:指孙绰,东晋著名文学家。

〔4〕棱棱:高起突兀貌。爽:豪爽。

【评】

在魏晋时代,要跻身上流社会,除了士族的高贵门第之外,名士风流也是重要条件。谢安是东晋一代的风流名相,士林领袖,他形人容止,和大画家顾恺之一样,直指要害,所谓"传神写照,正在阿堵中"——也即注重人之眼光神采。谢安心目中的名僧支遁,超拔物累而自然脱俗,因而"双眼黯黯明黑",目光黑白分明而神彩流溢。其风神令人向往。而孙绰心目中的林公,则别是一个威严爽朗而豪气干云的人物。因为孙氏出身庶族寒门,跻身上流贵族社会甚属不易,因而仰头见名士,故有此评。视角不同,林公风采有异,但同为一活生生的支遁无异。

14.38 庾长仁与诸弟入吴[1],欲住亭中宿[2],诸弟先上,见群小满屋[3],都无相避意。长仁曰:"我试观之。"乃策杖将一小儿[4],始入门,诸客望其神姿,一时退匿[5]。长仁,已见。一说是庾亮。

【注】

〔1〕庾长仁:庾统,字长仁,小字赤玉,亮之族子。见前《赏誉》89注。吴:郡名,今苏州一带。

〔2〕亭:驿亭,供人休息住宿。

〔3〕群小:指一般百姓。当时士大夫蔑称百姓庶民为"小人"。

〔4〕策杖:扶着手杖。将:携带。小儿:年轻仆人。

〔5〕退匿:退避躲藏。

【评】

"欲住亭中宿",朱铸禹《汇校集注》谓"住"疑为"往"之形讹,似可从。又据史载,庾统未有诸弟,所以刘注以此为庾亮故事。庾统英年早逝,而庾亮风流乃一代领袖人物,其神态气度自然不同凡响。魏晋是个士族门阀社会,其出身虽然并不写在脸上,但其风度神气,乃是长期的文化积淀形成,因此而有容仪气度方面的"君子"与"小人"之别,这也是现实生活所致。"小人"避让"君子",虽属社会变异扭曲现象,但却是无可奈何的历史存在。

14.39 有人叹王恭形茂者云[1]:"濯濯如春月柳[2]。"

【注】

〔1〕王恭:字孝伯,晋孝武帝王皇后之兄。见《德行》44注。形茂:形

貌美好。

〔2〕濯濯:清新明媚的样子。春月:春天,春季。

【评】

"濯濯如春月柳",运用了意象批评的修辞手法,从整体姿态神气着眼,而非理性的五官描写,因而人物形象更富生趣而有生命活力。其鲜活明亮、洁净清新,如春天新绿而随风飘拂的婀娜柳条,那风神气象,自然而然,而无须任何装腔作势的矫饰,这是俗世所无,而如天上神仙一般。魏晋名士风度之美,令人千载之下,想象不尽。

自新　第十五

【题解】　人非圣贤,谁能无过? 关键在于"过则勿惮改"(《论语·学而》),传统的教训是很深刻的。知错必纠,改过自新,就是好同志,大家就应该摒弃前嫌,团结一致干事业,而不应该老是揪住人家历史的小辫子不放。人生道路漫长,谁能担保自己一点也不走弯路呢? 走弯路不就是犯错误么! 人一旦知道自己迷失了方向,走错了路,回过头来重新走向正确的道路,虽然作为当事人,浪费了人生的宝贵时间,但人生道路是一个由错误到正确的不断探索的实践过程,知错改过,就为他人总结了经验教训,从而为更多的人指引了正确的方向和道路,节省了达到人生目标的大量时间。《易·系辞》有"日新之谓盛德"之言,改过自新,也是日新盛德大业之一端,其功厥伟。

15.1　周处年少时[1],凶强侠气[2],为乡里所患[3]。《处别传》曰:"处字子隐,吴郡阳羡人。父鲂,吴郡阳太守。处少孤,不治细行。"《晋阳秋》曰:"处轻果薄行,州郡所弃。"又义兴中[4],水中有蛟,山中有邅迹—作白额虎[5],并皆暴犯百姓[6],义兴人谓为"三横"[7],而处尤剧[8]。或说处杀虎斩蛟,实冀"三横"唯馀其一[9]。处即刺杀虎,又入水击蛟,蛟或浮或没行数十里,处与之俱,经三日三夜,乡里皆谓已死[10],更相庆。竟杀蛟而出。闻里人相庆,始知为人情所患[11],有自改意。《孔氏志怪》曰:"义兴有邪足虎,溪渚长桥有苍蛟,并大啖人,郭西周,时谓'郡中三害。'"周即处也。乃入吴寻二陆[12]。平原不在[13],正见清河[14],具以情告,并云:"欲自修改而年已蹉跎[15],终无所成。"清河曰:"古人贵朝闻夕死[16],况君前途尚可。且人患志之不立,亦何忧令名不彰邪[17]?"处遂改励[18],终为忠臣孝子。《晋阳秋》曰:"处仕晋为御史中丞,多所弹纠。氐人齐万年反,乃令处距万年。伏波孙秀欲表处母老,处曰:'忠孝之道,何当得两全?'乃进战,斩首万计,弦绝矢尽,左右劝退,处曰:'此是吾授命之日。'遂战而没。"

【注】

〔1〕周处(?—297):三国吴时为无难督,晋时官至御史中丞。因强直为权贵所谮,西征氐人,战殁。

〔2〕凶强:凶恶强暴。侠气:任侠使气。

〔3〕所患:视为祸害。

〔4〕义兴:郡名,治所在阳羡,即今之江苏宜兴市。

〔5〕蛟:蛟龙,传说中水中凶恶神物。按,实指水中鳄鱼。邅(zhān 沾)迹虎:邪足虎,即跛脚虎。但跛脚之虎,威力大减,何横之有?文句欠通。一作"白额虎",疑是。

〔6〕暴犯:强暴侵犯。

〔7〕横:横强,横暴的事物。

〔8〕剧:甚。

〔9〕说:游说,说服。冀:希冀,希望。

〔10〕乡里:指代家乡父老乡亲。

〔11〕人情:人心。

〔12〕吴:吴郡,即今江苏省苏州市。二陆:指陆机、陆云兄弟。

〔13〕平原:指陆机,曾任平原内史,故称。

〔14〕清河:指陆云,曾任清河内史,故称。

〔15〕蹉跎:即蹉跎,即虚耗光阴,空度年华。

〔16〕朝闻夕死:语出《论语·里仁篇》:"朝闻道,夕可死矣。"意谓一旦明白真理,即使不久即死也不感遗憾。

〔17〕令名:美好声名。

〔18〕改励:改过自新而奋发图强。

【评】

人生在世,当然应该尽量避免或减少过错,不做犯罪之事。但如前述,漫漫人生,孰能无过?过错是一种客观存在,并不可怕,可怕的是不知有错,而麻木不仁。论出身,周处并非"高干"出身,而只是个中等的"干部"子弟。在古代,这一出身,在地方颇有势力,足以横行乡里。处父早死,年少时缺乏应有的教育,因而"凶强侠气,为乡里所患",成为地方的三害之一。但他并不自知,反而沾沾自喜而以此傲人。其实,年轻周处横行乡里之过,在于没有接受良好教育以启发其内在的良能良知——也即人性中固有恻隐之心。一旦良心本性受外物所累,犹如明镜被尘土所掩蔽,怎能明白事理?其为害乃外在环境物累所致,一旦接受了教育,尘垢尽扫,则良心明净如镜,自当洞鉴一切而改过自新。他入吴拜二陆为师,陆云以"闻道夕死"的古训加以启发,其内在良知之心豁然顿悟,从而成就其忠义之人生。这一故事叙事生动,人物形象,特别是周处形象的塑造非常成功。斩虎刺蛟,何等凶险之事,周处之勇猛凶强可见一斑。但虎、蛟于乡,其害为次;周处改过自新,才是除却乡里最大祸害。今京剧据此编有《除三害》剧目上台演出,仍给现代观众以有益的启迪。

15.2 戴渊少时[1],游侠不治行检[2],尝在江淮间攻掠商旅[3]。陆机赴假还洛[4],辎重甚盛[5],渊使少年掠劫。渊在岸上,据胡床指麾左右[6],皆得其宜。渊既神姿峰颖[7],虽处鄙事[8],神气犹异。机于船屋上遥谓之曰:"卿才如此,亦复作劫邪[9]?"渊便泣涕,投剑归机。辞厉非常[10],机弥重之[11],定交[12],作笔荐焉[13]。虞预《晋书》曰:"机荐渊于赵王伦曰:'盖闻繁弱登御,然后高埔之功显;孤竹在肆,然后降神之曲成。伏见处士戴渊,砥节立行,有井渫之洁;安穷乐志,无风尘之慕。诚东南之遗宝,朝廷之贵璞也。若得寄迹康衢,必能结轨骥騄,耀质廊庙,必能垂光瑜璠。夫枯岸之民,果于输珠;润山之客,列于贡玉。盖明暗呈形,则庸识所甄也。'伦即辟渊。"过江,仕至征西将军[14]。

【注】

〔1〕戴渊:字若思,广陵(今江苏淮阴东南)人。见《赏誉》54注。

〔2〕游侠:任侠使气,或仗义轻生,或打劫犯禁,言行非同一般。行检:品行操守。

〔3〕江淮间:长江、淮河之间广大地域,指今江苏、安徽北部一带。

〔4〕赴假:销假。洛:洛阳,西晋首都。

〔5〕辎重:行李。

〔6〕据:靠,坐。胡床:轻便交椅。指麾(huī挥):同"指挥",发令调度。

〔7〕峰颖:秀美杰出,非同凡俗。

〔8〕鄙事:鄙陋之事,此指抢劫。

〔9〕作劫:抢劫。

〔10〕辞厉:言辞慷慨。

〔11〕弥:愈,更加。

〔12〕定交:确立朋友之谊。

〔13〕作笔荐焉:写信推荐。

〔14〕过江:渡过长江。此特指司马南渡,开国江南,史为东晋。

【评】

如果说前则周处是年轻无知,任侠狂妄,欺负乡亲的过错,用今天的话说,这还属于"人民内部"矛盾,还是民事纠纷范围;那么戴渊直接指挥抢劫,是明火执仗的强盗行为,其"过"已属于刑事犯罪范围内的"敌我矛盾"性质。他是否因家贫生活无着落而不得已行劫呢?看来不像。史称其"祖烈,吴左将军。父昌,会稽太守",三代官宦子弟,家道富贵,生活无忧。其行劫乃出于"八旗"子弟仗势欺人以自我作乐的目的,至于做强盗实施抢劫是否犯罪而触犯法律,他则有恃无恐,这当与其缺乏良好教育而"游侠不治行检"的法盲直接相关。于此可见,不重视年轻人的教育,不仅会产生一般过失,甚至可能直接坠入犯罪深渊而严重干扰社会治安和安定团结。因此,重在教育青少年悔过自新,不仅是为国家培养未来人才,同时也关系到社会的安定生活。对于戴渊这一犯罪青年,陆机放长眼光,并没有一棍子打死,相反,他是治病救人,力促其悔过自新,成为国家栋梁。从故事看,这场打劫与反打劫的争斗,煞是热闹,而势均力敌。戴渊作为劫方首领,利用天时地利,布下圈套,主动出击,志在必得;而防劫一方,虽然事出突然,被动应对,但陆机兄弟是何等人物?能文能武,世代将门之后,自己又曾当过将军领兵作战,指挥打仗,受过正规训练,加以远途运输财物辎重,能不做一定防备部署吗?其登船屋从容发话,正可见防劫一方也并未慌张吃亏。在相持阶段,陆机一看戴渊的指挥调发,自然明白其内在的杰出潜能,在国家多事之秋,为国推荐人才,是义不容辞的责任。"卿才如此,亦复作劫邪?"简明尖锐,出于至诚之心,启发了戴渊的良心觉悟,恢复其报效国家朝廷的雄心壮志,这就叫御敌以攻心为上的策略,击垮对手的心理防线。戴渊也以诚相应,旋即悔过自新,终成为东晋开国功臣,最后死于王事,忠义之气,直贯日月。故事启发我们,对于犯过、甚至是犯罪的青少年,应实行给出路的政策,晓之以理,动之以情,悔过自新,则将利国利民。

企羡 第十六

【题解】 企羡,企望和羡慕的意思。《汉书·高帝纪》早有"日夜企而望归"之言。企,许慎《说文》解释是"举踵也",也就是踮起脚跟以便开阔视野,看得更远。后来"企羡"合为一词,就引申为举踵仰慕的意思。本门六则故事,大多是魏晋士人站在主观思考立场上表现了对于理想人物道德才华的企羡仰慕和尊敬之情。所企羡的对象,成为自己人生的榜样,甚至是心目中追求的偶像。这与今天年轻追星族的明星偶像崇拜,多少有些相似,都是一种主观热情的自然宣泄;所不同的是,今天的明星崇拜对象,属娱乐圈;而魏晋人的偶像,则大多是道德文章方面的名士,重在德望和才华。这就在一定程度上形象地反映出当时的社会风尚、审美情趣和思想境界之所在。

16.1 王丞相拜司空[1],桓廷尉作两髻[2],葛裙策杖[3],路边窥之,叹曰:"人言阿龙超[4],阿龙故自超[5]。"阿龙,丞相小字。不觉至台门[6]。

【注】

〔1〕王丞相:指王导。司空:官名,朝廷三公之一,参议国事。

〔2〕桓廷尉:指桓彝,字茂伦,死后赠廷尉,故称。桓彝为当时名士,以识鉴、品评人物知名于世。髻:发髻。

〔3〕葛裙:葛布质料的下裳。策杖:挟着手杖。

〔4〕阿龙:王导小名赤龙。小名前加"阿",是魏晋人的习惯,以示亲切、随意。超:高超,卓越。

〔5〕故自:原来如此,引申为确实。

〔6〕台门:中央台城之门。朝廷禁省称为台,禁城为台城,台城之门为台门。

【评】

故事发生于太兴四年(321)七月,王导任司空之时。桓彝是两晋之交的名士,史称其"性通朗,早获盛名。有人伦识鉴,拔才取士,或出于无闻,或得之孩抱,时人方之许(劭)、郭(泰)"。他自己是脱俗高人。当王导拜司空时,他的头上梳了两个发髻,身穿葛布衣裙,其着装即落尽豪华而又不同凡俗。可见他也是一个高自标榜而又很有个性的人物。但通过他那发自内心的叹美之言:"阿龙故自超",以及在路边观看,因神往而不知不觉跟随仪仗队走到台门的行动,其言其行,皆出于随心所欲的下意识,这正是一种由衷的欣赏与赞美。王导是当时的大名士,其神采风度,已成为人们竞相谈论和模仿的偶像,也是桓氏心仪的典型。当时士林学界产生对王导的崇拜心理,对王导的辅政及其号召力量,是很有好处的;同时也对草创时期的东晋王朝,产生了一股无形的向心力。

16.2 王丞相过江[1],自说昔在洛水边[2],数与裴成公、阮千里诸贤共谈道[3]。羊曼曰[4]:"人久以此许卿[5],何须复尔[6]?"王曰:"亦不言我须此[7],但欲尔时不可得耳[8]。""欲"一作"叹"。

865

【注】

〔1〕过江:指永嘉之乱后,渡过长江,避乱江南。

〔2〕洛水:水名,流经西晋京师洛阳。

〔3〕裴成公:指裴頠,死后谥号成,故称。阮千里:阮瞻,字千里,阮咸之子。裴、阮二人皆为西晋名士,裴著《崇有论》,阮有"将毋同"之说,皆轰动一时。谈道:谈玄论道。

〔4〕羊曼:字延祖。与温峤、庾亮等为东晋中兴名臣。参《雅量》20注。

〔5〕许:称许,称赞。

〔6〕何须复尔:何必重复呢?

〔7〕亦:并。须此:需要名声。

〔8〕但:只是。尔时:那时。

【评】

此事发生于永嘉之乱后的南渡避难之时。当时社稷丘墟,国家倾覆,局势混乱,东晋朝廷正待组建之际,能否在江南顺利开国以图中兴,尚待努力。因此,王导经常回忆西京和平时代与裴、阮诸名士谈玄论道的开心时日,这一美好的回忆,并非自我标榜的炒作宣传,而是追念昔日之游不可再得的今昔兴亡之叹。"但欲尔时不可得耳",正是琅邪王家的贵族名士,在经历了人世沧桑之后,走向成熟而发出的深沉人生慨叹。

16.3 王右军得人以《兰亭集序》方《金谷诗序》〔1〕,又以己敌石崇〔2〕,甚有欣色。王羲之《临河叙》曰:"永和九年,岁在癸丑,莫春之初,会于会稽山阴之兰亭,修禊事也。群贤毕至,少长咸集。此地有崇山峻岭,茂林修竹;又有清流激湍,映带左右,引以为流觞曲水,列坐其次。是日也,天朗气清,惠风和畅,娱目骋怀,信可乐也。虽无丝竹管弦之盛,一觞一咏,亦足以畅叙幽情矣。故列序时人,录其所述。右将军司马太原孙承(宋本原缺'承'字,诸本增'丞'字,王利器校以'丞'为'承'之讹,今据以校增)。公等二十六人,赋诗如左,前馀姚令、会稽谢胜等十五人,不能赋诗,罚酒各三斗。"

【注】

〔1〕王右军:即王羲之。《兰亭集序》:晋穆帝永和九年(353)三月三日(祓禊日),王羲之与谢安等四十一人宴集山阴之兰亭,在赏玩山水时赋诗咏怀,后汇集成册,由羲之作序冠其首。序记山水之美及聚会的欢乐之情,抒发了时不我待,人生无常的感慨。其文笔清新疏朗而直抒胸臆,颇富艺术感染力。《兰亭序》书法艺术,"飘若浮云,矫若惊龙",成为中国古代法帖艺术之冠。方:比拟,媲美。《金谷诗序》:作者石崇。记晋惠帝元康六年(296),石崇、苏绍等三十人于河南金谷涧石崇别业为征西将军祭酒王诩送行而燕集赋诗事,诗汇成册,石崇作序。序文参见《品藻》57则刘孝标注称引。

〔2〕敌:匹敌。石崇:字季伦,善诗文。参前《品藻》57注。

【评】

唐代诗人杜牧有"大抵南朝皆旷达,可怜东晋最风流"的诗句。东晋一代名士的风流旷达,并非只是注重外在仪表之美,他们更看中的是内在人格之独立,精神之自由,感情之率真自然,情趣之高雅幽远。在东晋名士的文章风流中,琅邪王羲之首屈一指,其《兰亭集序》不仅在书法艺术方面夺冠,即在文学史上,其艺术成就同样赫赫有名,影响颇大。《兰亭集序》,又名《临河序》,因为羲之叙修祓诗时,原无标题,其题目是后人所加,因此所题不一,名异实同。王羲之眼界极高,一般的文人学士,他是轻易看不上眼的。但是,只要表现出真正的风流才性,又很快成为他叹美的对象。比如孙绰曾推荐支遁和他认识,他是"殊自轻之",不屑一顾。但当他听支遁谈《庄子·逍遥游》后,见其才藻新奇,花烂映发,于是"披襟解带,流连不能已"。事见《文学》第36则。王羲之的文章风流,实是在学习和借鉴中形成的,而非凭空而降。关于《兰亭集序》与石崇《金谷诗序》的关系,因在文学史上,只见王羲之,不知有石崇,二人声名悬殊,于是刘辰翁批评云:"敌石崇,亦何等语?"认为比拟不伦不类。这一说法,不合事实。只要具体比照二序的文字,自然明白,《兰亭集序》确曾多方借鉴《金谷诗序》,颇受艺术启迪。故杨慎明白指出:"《金谷序》实《兰亭序》之所祖也。"今人的批评,因政治或道德方面的原因,讥贬石崇,连带其文章也一并抹煞;但古人并不因人废言,王羲之欣赏石崇才华及其《金谷诗序》,以之作为自己学习借鉴的榜样,然后加以创造和开拓,才有今天所见《兰亭集序》的艺术光彩。

16.4 王司州先为庾公记室参军[1],后取殷浩为长史[2];始到,庾公欲遣王使下都[3],王自启求住[4],曰:"下官希见盛德[5],渊源始至,犹贪与少日周旋[6]。"

【注】

〔1〕王司州:指王胡之,曾任司州刺史,故称。庾公:指庾亮,时任征西将军,开府武昌。记室参军:官名,诸王、三公或将军节镇的僚属,掌表章文书等。

〔2〕殷浩:字渊源。参前《政事》22注。长史:诸王、三公及将军督府属下的重要辅助官。

〔3〕下都:顺游出差京师建康。

〔4〕启:启禀,一般用于下对上。住:停留。

〔5〕下官:下级对上级的谦词。希:同"稀",少。盛德:很有德望之人,此特指殷浩。

〔6〕少日:几天。周旋:接近,亲近。

【评】

　　王胡之出身琅邪世家,王廙之子。喜谈谐,善属文,为世所重,并非一般之士。但他心仪殷浩,为了与殷浩"少日周旋",甚至把上司的差遣任务推辞掉,一个生动的细节描写就突出了殷浩在人们心目中的偶像地位。王誉殷为"盛德"之人,史称"浩识度清远,弱冠有美名,尤善玄言,与叔父融俱好《老》、《易》……由是为风流谈论者所宗。或问浩曰:'将莅官而梦棺,将得财而梦粪,何也?'浩曰:'官本腐臭,故将得官而梦尸。钱本粪土,故将得钱而梦秽。'时人以为名言。"(《晋书》本传)其入仕前,并非浪得虚名,其称"盛德",成为士人崇拜对象,并非偶然。

16.5　郗嘉宾得人以己比苻坚[1],大喜。

【注】

　　[1] 郗嘉宾:郗超,字嘉宾,一字景兴。参见《言语》59 注。得人:得知有人。比:比拟。苻坚:十六国中前秦皇帝,曾统一北方,有吞并东晋以一统天下之志。在淝水之战后败亡。参见《识鉴》22 注。

【评】

　　东晋中期,郗超是个光芒炫目的政治明星,属于桓温之党,连政敌谢安也畏惮三分。其为人"善谈论义理精微",精明卓识,运筹帷幄,莫测高深。桓温心图不轨,"欲立王霸之基,超为之谋"。其勃勃野心,于此可见一斑。人或以之比拟苻坚。王世懋讥为"无谓",以为苻坚是前秦皇帝,东晋劲敌,比之敌酋,有何光彩? 这是从政治上看问题,郗超并非从此着眼。如果抛开一时政局,从历史角度看问题,则苻坚曾是一个具有雄才大略而功业显赫的优秀人物,他曾统一了中国北方,并且志在统一整个中国。在郗超眼里,苻坚是英雄,是偶像,是崇拜的对象。以之相比,正可见自己的个性追求和理想心胸,其"大喜"过望,当在料中。

16.6 孟昶未达时[1],家在京口[2]。《晋安帝纪》曰:"昶字彦达,平昌人。父馥,中护军。昶矜严有志局,少为王恭所知。豫义旗之勋,迁丹阳尹。卢循下,昶虑事不济,仰药而死。"尝见王恭乘高舆[3],被鹤氅裘[4],于时微雪[5],昶于篱间窥之[6],叹曰:"此真神仙中人!"

【注】

〔1〕孟昶:参前《文学》104注。达:发达,得志。

〔2〕京口:地名,即今江苏镇江市。

〔3〕王恭:字孝伯。时任青、兖二州刺史,节镇京口。京口是东晋京师建康门户,形势重要。舆:肩舆,一种人抬之轿。

〔4〕被:通"披"。鹤氅裘:鹤的羽毛制作的外套。

〔5〕于时:当时。

〔6〕篱间:竹篱笆的隙缝之间。据徐震堮《校笺》引环济《吴记》,谓吴天纪二年(278),"自宫门至朱雀桥,夹路作府舍。又开大道……夹道皆筑高墙瓦覆,或作竹藩"。则六朝时重要道路旁边有修建竹篱笆的习俗。窥:视。

【评】

孟昶路边的一声惊叹,代表了当时士人对俊男帅哥神采风度的一种审美评价。但后人常脱离历史,转换视角,简单地以后世的政治观念来代替当时的审美评价,因而结论大相径庭。清李慈铭痛斥王恭"凭藉戚畹,早据高资,学术全无,骄淫自恣",以为其人装腔作态,虽"枭首灭族,未抵厥罪"。这实是以成败论英雄,不足为凭。李氏同时又讥诋"孟昶寒人,奴颜乞相,惊其绚丽,望若天人,鄙识琐谈,何足称述?而当时叹为名士,后世载其风流,六代陵迟,职由于此"(见余嘉锡《笺疏》称引)。似乎孟昶的一声惊呼,就有了亡国的罪责。这也是言过其实。实则王恭美姿仪,当时誉播人口,其乘高舆、披鹤裘,是魏晋贵族生活之一斑,正见其兴味风神之所在,当时自然而然,并非矫饰;至于孟昶之叹美,出自内心真情流露,是潜意识的言行,更无炒作之嫌。故事真实反映了魏晋士人的生活风尚。今之视昔,应有理解的态度。一旦有了历史的眼光,才能真正地与古人交流与对话,从而形成批判与借鉴。如若不然,如今天的国际服装节或模特大奖赛,不都要成了亡国的罪人了吗?其理何在?

伤逝　第十七

【题解】　伤,悲伤;逝,消逝,逝世。"伤逝"连称,则含有悲伤哀悼已经消逝的可爱生命之义。江淹《别赋》云:"黯然销魂者,唯别而已矣!"人生必然有生离死别,生离,当然催人泪下;但死别则人鬼幽隔,痛彻肝肠而徒唤奈何。江淹《恨赋》结语云:"已矣哉!……绮罗毕兮池馆尽,琴瑟灭兮丘垄平。自古皆有死,莫不饮恨而吞声。"因此,思考人类的生死问题,就成为文学的永恒主题。故王羲之《兰亭集序》有"生死亦大矣,岂不痛哉"之言。后之视今亦犹今之视昔,面对亲朋好友的消逝,怎能不情动于中而形于言咏呢？悲悼死者,不仅是对古人的怀念,同时是一种对于自我生命价值的现实思考。本门共十九则,故事不一,而无不情真以抒痛。故王世懋批评说:"《世说》惟'伤逝'独妙,无一语不解损神。"你看魏晋名士,无论帝王士庶,甚至是说"空"名僧,悲悼故人,几乎个个是情种,如第四则故事中王戎所说:"圣人忘情,最下不及情。情之所钟,正在我辈!"一旦能动真情,则毫无顾忌地加以表达。或痛哭流涕,或好作驴鸣,率性任情而自由不拘,其怪诞言行正是越名教而任自然的魏晋风度的又一生动展现。

17.1　**王仲宣好驴鸣**[1],《魏志》曰:"王粲字仲宣,山阳高平人。曾祖袭、〔祖〕父畅,皆为汉三公。粲至长安见蔡邕,奇之,倒屣迎之,曰:'此王公孙,有异才,吾不及也。吾家书籍尽当与之。'避乱荆州,依刘表,以粲貌寝通脱,不甚重之。太祖以从征吴,道中卒。"既葬,文帝临其丧[2],顾语同游曰[3]:"王好驴鸣,可各作一声以送之。"赴客皆一作驴鸣[4]。案:戴叔鸾母好驴鸣,叔鸾每为驴鸣以说其母。人之所好,傥亦同之。

【注】

〔1〕王仲宣:王粲(177—217),字仲宣,汉末山阳高平(今山东邹县西南)人。曾避乱南下荆州依刘表,后为曹操侍中。文学为建安七子之一。

〔2〕文帝:指魏文帝曹丕。但王粲死于建安二十二年春,冬,曹丕为魏太子。曹丕篡汉称帝,是粲死后之事。此为《世说》作者追述所称。

〔3〕同游:同行之人。

〔4〕赴客:赴丧吊唁之客。

【评】

此事发生在建安二十二年(217),王粲跟随曹操征吴,道中死于疫疾。当时曹丕贵为魏王曹操的接班人,其权势日盛,与王粲地位悬殊。可见曹丕亲临王粲之丧而加以吊唁,并非从政治地位出发,而是重在真挚的友情。丕与建安七子的关系非同一般,其中包括乃父政敌孔融,都因其文学而亲近叹美,其《与吴质书》云:"昔年疾疫,亲故多离其灾。徐、陈、应、刘,一时俱逝,痛可言邪!昔日游处,行则连舆,止则接席,何曾须臾相失。每至觞酌流行,丝竹并奏,酒酣耳热,仰而赋诗,当此之时,忽然不自知乐也。……何图数年之间,零落略尽,言之伤心!……追思昔游,犹在心目,而此诸子化为粪壤,可复道哉!"这是以文学家的视角,来抒发其诚挚悼念之情。追悼会的气氛,按照礼教之制,应是悲哀肃穆。但在王粲临葬的追悼会上,曹丕作为一人之下,万人之上的"准"太子,却因王粲生前的爱好,建议大家各作驴鸣以悼念,并且自己带头作驴鸣。追悼会上作驴鸣,古人以为违反礼教,今人以为滑稽可笑。但是,只要出于真心真情,抒泄思友悲痛,"准"太子曹丕就可以不顾礼教规范而行之无所顾忌。越名教而抒真情,无拘无束,旷达任诞,正见其时魏晋名士精神风度之一斑。另外,不仅是王粲、曹丕等好驴鸣,后面故事中的王济、孙楚还有戴叔鸾,均好驴鸣,这是为什么?张万起等先生解释说:"魏晋文人多以歌啸为行气修炼的养生术,力求气之拉长盛壮。而且吟啸也足以表现文人的风度逸态。吟啸之声或若鸾凤之音,或若高柳之蝉、巫峡之猿,等等。好驴鸣盖亦此类。"(见其《译注》)。驴为生活中常见之物,其体虽小于骡马,但其鸣号,力大声宏,而传播甚远,用今天的话说,其共鸣之音震撼人心,而远胜于骡马之嘶。人善作驴鸣,则必擅于气功者,当然与养生术有关。张注可资参考。

17.2 王濬冲为尚书令[1],箸公服[2],乘轺车[3],经黄公酒垆下过[4]。韦昭《汉书注》曰:"垆,酒肆也;以土为堕,四边高似垆也。"顾谓后车客:"吾昔与嵇叔夜、阮嗣宗共酣饮于此垆[5]。竹林之游[6],亦预其末[7]。自嵇生夭、阮公亡以来[8],便为时所羁绁[9]。今日视此虽近,邈若山河[10]。"《竹林七贤论》曰:"俗传若此。颍川庾爰之尝以问其伯文康,文康云:'中朝所不闻,江左忽有此论,盖好事者为之耳。'"

【注】

〔1〕王濬冲:王戎,字濬冲。参《德行》17注。尚书令:朝廷尚书省长官。

〔2〕公服:官吏礼服。

〔3〕轺(yáo 摇)车:一马拉的轻便车。

〔4〕黄公酒垆:酒店名。酒垆:酒肆。垆,安放酒坛的土台。

〔5〕嵇叔夜:嵇康字叔夜。阮嗣宗:阮籍。字嗣宗。嵇、阮为正始年间竹林七贤领袖人物。

〔6〕竹林之游:阮籍、嵇康、山涛、刘伶、向秀、阮咸、王戎相与友善,常在竹林宴游谈论,时人号为"竹林七贤"。

〔7〕亦预其末:七贤中王戎年纪最轻,名列于末。

〔8〕嵇生夭:嵇康被司马昭所杀,年仅三十九,正当盛年之时,故称"夭"。阮公亡:阮籍病故,死时五十四岁,故称"亡"。

〔9〕羁绁(jī xiè 机屑):原为络具,比喻束缚、拘绊。

〔10〕邈(miǎo 眇):遥远。

【评】

　　七贤之游竹林,嵇、阮为其领袖,他们志同道合,追求独立之人格,自由之思想,旷达任诞,蔑视礼法,为魏晋名士的精神风度开了一个好头。但曾几何时,"嵇生夭,阮公亡",在统治者挥舞屠刀之时,很快烟消云散。后来王戎为人,不敢恭维,日渐发迹而成为贵要之士;但从自由走向羁绁,总觉得人活着很不自在,在依附的生活中,失去了人之所以为人的精神。以此故地重游而触目惊心,往事历历在目,终于发出了"今日视此虽近,邈若山河"的深沉浩叹,陈梦槐以为"二语痛绝",可谓一语中的。人或持此语与《古诗十九首》中之《迢迢牵牛星》中"河汉清且浅,相去复几许?盈盈一水间,脉脉不得语"相拟,都表现一种可望而不可即的天人阻隔的深情悲痛。如杨勇先生为范子烨《〈世说新语〉研究》作序,云:"先师伍公叔傥尝举《世说·伤逝篇》'王濬冲为尚书令'条评之曰:居然犹美于《迢迢牵牛星》,富有诗意。《世说》超秀,韵味简直是一部无韵散文诗。……真说破了《世说》近诗的奥秘。"所论启人良多,读《世说》者,须明"诗无达诂"之理。

17.3　孙子荆以有才[1],少所推服[2],唯雅敬王武子[3]。武子丧时,名士无不至者。子荆后来,临尸恸哭,宾客莫不垂涕。哭毕,向灵床曰[4]:"卿常好我作驴鸣,今我为卿作。"体似真声[5],宾客皆笑。孙举头曰:"使君辈存,令此人死!"《语林》曰:"王武子葬,孙子荆哭之甚悲,宾客莫不垂涕。既作驴鸣,宾客皆笑。孙闻之,曰:'诸君不死,而令王武子死乎!'宾客皆怒。"

【注】
　　〔1〕孙子荆:孙楚(?—294),字子荆。参《言语》24 注。
　　〔2〕推服:推崇佩服。
　　〔3〕王武子:王济(约240—285),字武子。参《言语》24 注。
　　〔4〕灵床:停尸床。
　　〔5〕体似真声:模仿驴鸣声音逼真。体,模仿。

【评】
　　在西晋人物中,太原王济和孙楚,都是著名的文人才子。二人皆心高气傲,少所推服。连对于像二陆(机、云)兄弟这样的大文学家,王济都曾加以嘲讽。但王对于孙,却大为推赏,他当州大中正时,自品孙楚云:"天才英博,亮拔不群。"孙妇死,作诗悼念,王读后评云:"未知文生于情,情生于文,览之凄然,增伉俪之重。"王济是孙楚的知音。孙楚之推服王济,正是惺惺相惜。济死,则有知音难遇之叹,因而临尸恸哭,为作驴鸣,纯是一片真情的自由抒发,而不顾忌礼制规范。"使君辈存,令此人死!"无限悲痛,生于五内而溢于言表。

17.4　王戎丧儿万子[1],山简往省之[2],王悲不自胜。简曰:"孩抱中物[3],何至于此?"王曰:"圣人忘情,最下不及情[4]。情之所钟[5],正在我辈。"王隐《晋书》曰:"戎子绥,欲取裴遁女。绥既早亡,戎过伤痛,不许人求之,遂至老无敢取者。"简服其言,更为之恸。一说是王夷甫丧子,山简吊之。

【注】

〔1〕王戎:见前注。万子:戎子绥,字万子。绥年十九卒。《赏誉》29则云:"戎子万子,有大成之风,苗而不秀。"

〔2〕山简:山涛子,字季伦。《赏誉》29云:"涛子简,疏通高素。"简温雅有父风,官至尚书左仆射、领吏部。后出为征南将军,镇襄阳,常饮酒于高阳池,倒载醉归。省之:探望。

〔3〕孩抱中物:怀抱中的幼小孩子,泛指儿童。按:王绥死年十九,与"孩抱中物"情况不符。故刘注指出:"一说是王夷甫丧子,山简吊之。"查《晋书·王衍传》,衍曾丧幼子,疑是。

〔4〕"圣人忘情"二句,魏晋玄学清谈命题之一,魏正始年间,何晏提出"圣人无情"论,认为圣人不同世俗常人,因其高明而无喜怒哀乐。王弼不同意,认为圣人之情同于常人,只是不为情累而已,故倡"圣人忘情"之论。

〔5〕钟:钟集,专注。

【评】

王戎(或王衍)是魏晋的清谈名家,熟悉当时所讨论的玄学命题。"圣人忘情,最下不及情",正是孔子所谓上智下愚不移论的翻版。他把自己摆在生活中的常人地位。"情之所钟,正在我辈",乃实境妙语,其舐犊情深,催人泪下。

17.5 有人哭和长舆曰[1]:"峨峨若千丈松崩[2]。"

【注】

〔1〕何长舆:和峤,字长舆。参《德行》17注。

〔2〕峨峨:高峻貌。崩:倒。

【评】

运用象征修辞手法来进行意象批评,喻和峤之死,如千丈松之倾倒。前《赏誉》第15则及《晋书》本传,谓庾敱之言。史称和峤为人厚自崇重,"有盛名于世,朝野许其能整风俗,理人伦",其为政清简,"甚得百姓欢心"。在朝坚持风节,直言敢谏。如谓太子之痴愚"圣质如初",令武帝不快。后太子即位,是为惠帝,责问和峤:"卿苦谓我不了家事(按即没有能力继承帝位),今日定云乎?"峤曰:"臣昔事先帝,曾有斯言。言之不效,国之福也。臣敢逃其罪乎!"仍然巧妙地坚持其气节而不为屈服。故千丈松以喻其国家栋梁之材,十分贴切。悼念和峤,实是为国惜才,流露出时人对于国家局势动荡的担心。不久,八王乱起,继之"五胡乱华"而西京沦亡。千丈松崩,正是黍离之哀的前奏曲,悲乎痛哉!

17.6 卫洗马以永嘉六年丧〔1〕,谢鲲哭之〔2〕,感动路人。《永嘉流人名》曰:"玠以六年六月二十日亡,葬南昌城许徵墓东。玠之薨,谢幼舆发哀于武昌,感恸不自胜。人问:'子何恤而致哀如是?'答曰:'栋梁折矣,何得不哀!'"咸和中〔3〕,丞相王公教曰〔4〕:"卫洗马当改葬,此君风流名士〔5〕,海内所瞻〔6〕,可修薄祭〔7〕,以敦旧好〔8〕。"《玠别传》曰:"玠咸和中改迁于江宁。丞相王公教曰:'洗马明当改葬。此君风流名士。海内民望。可修三牲之祭,以敦旧好。'"

【注】

〔1〕卫洗马:指卫玠,曾官太子洗马。永嘉六年:即312年。永嘉为晋怀帝年号。

〔2〕谢鲲:字幼舆。官至豫章太守。他酷喜老庄,善清谈。为一时之杰。

〔3〕咸和:晋成帝年号(326—334)。

〔4〕丞相王公:指王导。教:古代官场中,上级对下级的指令、批示、意见,均为教。

〔5〕风流:动人风韵和杰出才华。

〔6〕瞻:瞻仰,敬慕。

〔7〕薄祭:菲薄的祭礼。

〔8〕敦:敦厚,加深。

【评】

　　人们悲悼卫玠,并非因其官高爵显,恰恰相反,据《晋书·职官志》,太子属官中,"洗马八人,职如谒者、秘书,掌图籍","出则直前驱,导威仪",干的是图书馆、仪仗队的事情。可见当时两晋士人心目中的卫玠,推为"中兴第一名士",与政治仕途及其功业事迹无关,而是因其学问风仪之令名。玠少有名理,善通《庄》、《老》,其玄学清谈,理会要妙,令人叹绝。甚至连目空一切的狂妄将军王敦也佩服得五体投地,叹美说:"昔王辅嗣(弼)吐金声于中朝,此子(卫玠)复玉振于江表,微言之绪,绝而复续。"以之上继正始之音而发扬光大。玠死鲲恸,"栋梁折矣,何得不哀",发自五内,至诚至情,感动路人。王导一代之名相,称颂卫玠"风流名士,海内所瞻",正是以玠作为魏晋风流之典范,其改葬祭奠,仍然是出于真情之自然。当时没有今天的音像设备,因此卫玠仪容之美及其清谈之妙,其风流随着时间的流逝而烟消云散,惜哉!

17.7 顾彦先平生好琴[1],及丧,家人常以琴置灵床上[2]。张季鹰往哭之[3],不胜其恸[4],遂径上床[5],鼓琴作数曲竟[6],抚琴曰:"顾彦先颇复赏此不[7]?"因又大恸,遂不执孝子手而出。

【注】

〔1〕顾彦先:顾荣,字彦先。参《德行》25注。
〔2〕灵床:原指停尸床,此则为悼念死者而虚设的坐床。
〔3〕张季鹰:张翰,字季鹰。参前《识鉴》10注。
〔4〕恸:悲痛恸哭。
〔5〕径:径直,直接。
〔6〕竟:完毕。
〔7〕颇:疑问语气词,犹如"是否"。

【评】

张翰是个性情中人,他博学能文,任性不拘,人称"江东步兵",以比拟于阮籍。他是顾荣的生前知友,因顾生前好琴,以此不顾一切,径直走上灵床,为之鼓琴。"顾彦先颇复赏此不?"如与好友生前对语,情真意切,愈增悲悼之痛。其又大恸,不执孝子手而出,与灵床鼓琴事,皆违背丧礼制度。这些行为,人们视为怪异,而实是魏晋名士纵情率性,不拘礼法的真情自然流露,因而更加可爱感人。

17.8 庾亮儿遭苏峻难遇害[1]。诸葛道明女为庾儿妇[2],既寡,将改适[3],亮子会,会妻父(文)彪,并已见上。与亮书及之。亮答曰:"贤女尚少,故其宜也[4]。感念亡儿,若在初没[5]。"

【注】

〔1〕庾亮儿:此指庾会(《晋书》作庾彬),字会宗,小字阿恭。参《雅量》17注。苏峻难:晋成帝咸和二年(327),庾亮辅政,欲夺历阳内史苏峻兵权。峻与祖约合谋,举兵反,次年破京师建康,迁成帝于石头,纵兵掠杀。后被陶侃、温峤等平定。

〔2〕诸葛道明:诸葛恢,字道明。参《方正》25注。

〔3〕改适:改嫁。

〔4〕故:确实,本来。

〔5〕没:通"殁",死。初没,刚死之时。

【评】

据《晋书》庾亮传,亮三儿:彬、羲、和,彬于苏峻叛乱中遇害。但据《雅量》第17则刘注引《庾氏谱》,又言会字会宗,亮长子,咸和六年遇害。据此推测,彬、会实为一人,虞彬小名为会;或因其字会宗之"会",而父母有"会儿"之呼。虞会(彬)被害时年十九,则其妻诸葛文彪更为年轻。会与文彪,年轻夫妻感情甚笃,会死而文彪坚拒登车改嫁。但是,十几岁的青春少女守寡终身,终是有违人性。娘家与夫家双方家长商量之后,决定促使文彪改嫁,因而有后来《假谲》第10则所载江彪智娶新寡女的故事。于此可见魏晋士人并不以寡妇改嫁为耻,这一观念,远胜于宋明理学盛行之世。在这方面,庾亮思想颇为开通,不愧一代名士之称。其回诸葛恢之信,言有馀痛,声情并茂,忆念儿死,历历如在目前,但并不因一己私情,阻其新寡儿媳改嫁、另觅美满婚姻。于此又具体可见魏晋精神气度之一斑。但类似事情,王戎的处理则大异旨趣,如本门第4则刘注引王隐《晋书》载,戎子绥"欲取裴遁女,绥既早亡,戎过伤痛,不许人求之,遂至老无敢取(娶)者"。这就将一己之悲,转化为青春少女的终身之痛,从而违背了根本之人性,这是残酷的迫害,造成了新的人生悲剧。对于王戎晚年,不敢恭维,已丧尽前期竹林名士之风度。故陈梦槐比较批评说:"王衍(按:应作王戎)丧子不许人取裴女,庾亮毕竟胜王多多。"所说甚是。

17.9 庾文康亡[1],何扬州临葬云[2]:"埋玉树箸土中[3],使人情何能已已[4]!"《搜神记》曰:"初,庾亮病,术士戴洋曰:'昔苏峻事,公于白石祠中许赛车下牛,从来未解,为此鬼所考,不可救也。'明年,亮果亡。"《灵鬼志·谣征》曰:"文康初镇武昌,出石头,百姓看者于岸歌曰:'庾公上武昌,翩翩如飞鸟;庾公还扬州,白马牵旒旌。'又曰:'庾公初上时,翩翩如飞鸦;庾公还扬州,白马牵旒车。'后连征不入,寻薨,下都葬焉。"

【注】

〔1〕庾文康:指庾亮,死后谥号文康,故称。

〔2〕何扬州:指何允,他曾官扬州刺史,故称。参前《言语》54 注。

〔3〕玉树:喻姿仪秀美、才华杰出之人。

〔4〕人情:人心。已已:第一个"已"是完了、停止之义,以此第二个"已"是语气词。

【评】

玉树温润喜人,晶莹透彻而又青春焕发,其姿仪之美,风气之佳,可以想象。埋入土中,化为污泥,物尚不堪,何况是人!"使人情何能已已",真情悲悼,何其沉痛!

17.10 王长史病笃[1],寝卧灯下,转麈尾视之[2],叹曰:"如此人,曾不得四十[3]!"及亡,刘尹临殡[4],以犀柄麈尾箸柩中[5],因恸绝[6]。《濛别传》曰:"濛以永和初卒,年三十九。沛国刘惔与濛至交,及卒,惔深悼之,虽友于之爱,不能过也。"

【注】

〔1〕王长史:王濛,曾官司徒左长史,故称。参《言语》66注。病笃:病重,病危。

〔2〕麈尾:魏晋清谈时助兴的手执用具。参《容止》8注。

〔3〕曾:竟,居然。按:濛卒于永和初年,年三十九。

〔4〕刘尹:指曾任丹阳尹的刘惔。他与王濛齐名,都是当时著名清谈家。殡:殡殓,指为死者更衣入棺的丧礼。

〔5〕柩(jiù 就):盛尸棺材。

〔6〕恸绝:因悲痛而一时昏迷。

【评】

濛病笃时,灯下转麈尾而视,自怨自艾,叹己英年早逝,不得竟其心爱的清谈之兴,悲哉!刘惔与濛,均为一时清谈领袖,视玄谈活动为生命活力之所在。故熟知故人心思,以所爱犀柄麈尾置棺中,恸绝声悲,恨不能起死回生,与挚友再次畅谈玄理。"以犀牛麈尾著柩中",一个简单的细节动作,却胜过千言万语之悼词。古人有"知音其难"之叹,"逢其知音,千载其一乎"(《文心雕龙·知音》)。刘惔是王濛的真正知音。濛寿虽夭,但人生得一知己,足矣,又何怨乎?

17.11 支道林丧法虔之后[1],精神霣丧[2],风味转坠[3]。《支遁传》曰:'法虔,道林同学也。隽朗有理义。遁甚重之。"常谓人曰:"昔匠石废斤于郢人[4],《庄子》曰:"郢人垩漫其鼻端,若蝇翼,使匠石运斤斲之,垩尽而鼻不伤,郢人立不失容。"牙生辍弦于锺子[5],《韩诗外传》曰:"伯牙鼓琴,锺子期听之。方鼓琴,志在太山,子期曰:'善哉乎鼓琴,巍巍乎若太山。'莫景之间,志在沔(流)水,子期曰:'善哉乎鼓琴,洋洋乎若沔(流)水。'锺子期死,伯牙擗琴绝弦,终身不复鼓之。以为在者,无足为之,鼓琴也。"推己外求[6],良不虚也[7]。冥契既逝[8]，发言莫赏，中心蕴结[9]，余其亡矣！"却后一年[10]，支遂殒[11]。

【注】

〔1〕支道林：支遁，字道林，东晋名僧。参《言语》26注。

〔2〕霣(yǔn 陨)丧：坠落丧失。

〔3〕风味：风采韵味。转坠：日益消沉颓丧。

〔4〕昔匠石废斤于郢人：见《庄子·徐无鬼》篇。斤，斧头。郢，地名，春秋时楚国都。

〔5〕牙生：指俞伯牙。辍弦于锺子：因锺子期死而绝弦止琴。

〔6〕推己外求：谓因己之意以推求别人之心。

〔7〕良：确实。

〔8〕冥契：指互相默契的知音。

〔9〕中心蕴结：心中郁闷。

〔10〕却后：过后。

〔11〕殒(yǔn 陨)：死。

【评】

故事当发生于哀帝隆和三年(365)，因支遁卒于太和元年(366)，法虔早其一年而逝。支遁是东晋一代名僧，佛学精深，其著《即色论》，有"色不自有，虽色而空"之言，见《文学》第35则刘注。但是，名僧也是人，虽高倡"色空"之论，关键时刻，仍然无法脱离地球而忘于世外，其晚年临终前一年，因同学法虔之丧而未能忘情，即是一例。人或讥其"精神霣丧"，有失名僧风度。实则观音慈悲，不离世俗，普度众生，莫非人情。而人情之中，不情之情，最为深情，皆内心自然之流露而无可掩蔽，岂虚言哉！"冥冥既逝，发言莫赏"，与前则知音难求之叹，同一生命情结，读之催人泪下。

17.12 郗嘉宾丧[1]，左右白郗公[2]："郎丧[3]。"既闻不悲，因语左右："殡时可道。"公往临殡，一恸几绝[4]。《中兴书》曰："超年四十二，先愔卒。超所交友，皆一时俊乂，及死之日，贵贱为诔者四十馀人。"《续晋阳秋》曰："超党戴桓氏，为其谋主。以父愔忠于王室，不令知之。将亡，出一小书箱付门生，云：'本欲焚此，恐官年尊，必以伤愍为毙。我亡后，若大损眠食，则呈此箱。'愔后果恸悼成疾，门生乃如超旨，则与桓温往反密计。愔见即大怒，曰：'小子死恨晚。'后不复哭。"

【注】

〔1〕郗嘉宾：郗超，字嘉宾。参《言语》59 注。
〔2〕白：禀告。郗公：指郗愔，超父。见《品藻》29 注。
〔3〕郎：家门下人对少主人的尊称，相当于今之"郎官"，"少爷"。
〔4〕绝：气绝，昏绝。

【评】

晚年丧子，白头人哭黑发人，其舐犊情深，乃人之常情，此郗公之所以一哭而恸绝也。据《资治通鉴》，郗超死于晋武帝太元二年(377)十二月。在东晋间，郗超是个不可多得的人才，连政敌谢安也畏惮三分，对其学问义理，也甚为佩服。作为桓温谋主，温死之后，郁郁而亡，也在料中，政治生涯确是变幻莫测。人算不如天算，又可奈何！

17.13 戴公见林法师墓[1]，《支遁传》曰："遁，太和元年终于剡之石城山，因葬焉。"曰："德音未远[2]，而棋(拱)木已积[3]。冀神理绵绵[4]，不与气运俱尽耳[5]。"王珣《法师墓下诗序》曰："余以宁康二年命驾之剡石城山，即法师之丘也。高坟郁为荒楚，丘陇化为宿莽，遗迹未灭，而其人已远。感想平昔，触物悽怀。"其为时贤所惜如比。

885

【注】

〔1〕戴公:指戴逵,东晋高隐之士。参《雅量》34注。
〔2〕德音:美好言辞。
〔3〕栱木已积:墓木成林。
〔4〕冀:希望。神理绵绵:精神绵延不绝。
〔5〕气运:气数,年寿。

【评】

戴逵之言,触物生情,倍感凄怆。林公名僧,同样是人,人之年寿有时而尽,但冀其精神永垂不朽。林公虽逝而获此知己,则虽死犹生。

17.14　王子敬与羊绥善[1]。绥清淳简贵[2],为中书郎[3],少亡。绥,已见。王深相痛悼[4],语东亭云[5]:"是国家可惜人[6]。"

【注】

〔1〕王子敬:王献之,字子敬。参《德行》39注。羊绥:字仲彦,官至中书侍郎。参《方正》60注。
〔2〕清淳:清雅纯厚。简贵:简朴清高。
〔3〕中书郎:官名,即中书侍郎,是中书省令、监的副职。
〔4〕痛悼:悲痛伤心。
〔5〕东亭:王珣,封东亭侯。参《言语》102注。
〔6〕可惜人:值得珍惜之人。

【评】

羊绥是个品格高尚、具有独立精神的人,他不仅不会为了升官发财而处心积虑去走后门,就是送上门来的官运,只要感到不太尊重的话,也是坚决拒绝。如《方正》第60则故事,载辅政的谢安知道羊绥的才干，"致意令来"——希望羊绥来见他，但羊氏"终不肯诣"。独立之人格，自由之思想，在羊绥身上，看到了魏晋名士之风度。王献之称之为"国家可惜人"以此。献之是当时的玄学清谈家，人讥玄家不婴世务，以浮华相高，而不以国事为重。但观献之为国惜才之事实，则片面之讥，不攻自破。

17.15 **王东亭与谢公交恶**[1]。《中兴书》曰："珣兄弟皆塆谢氏，以猜嫌离婚。太傅既与珣绝婚，又离〔珉〕(原无'珉'字，据《晋书·王珣传》校增)妻。由是二族遂成仇衅。"王在东闻谢丧[2]，便出都诣子敬[3]，道欲哭谢公[4]。子敬始卧，闻其言，便惊起，曰："所望于法护。"法护，珣小字。王于是往哭。督帅刀（刁）约不听前[5]，曰："官平生在时[6]，不见此客。"王亦不与语，直前哭甚恸，不执末婢手而退[7]。末婢，谢琰小字。琰字瑗度，安少子。开率有大度。为孙恩所害，赠侍中、司空。

【注】

〔1〕王东亭：指王珣。谢公：指谢安。

〔2〕在东：吴郡、会稽一带，在京师建康之东。此指会稽王家。

〔3〕诣：拜访，访问。子敬：王献之，字子敬。参前注。

〔4〕哭：哭吊，吊唁。

〔5〕督帅：公府属官，刁约为谢安属吏，主办其丧事杂务。

〔6〕官：据朱铸禹引《通鉴注》曰："宋齐之间，义从私属以至婢仆率呼其主为官。"这是对君主、尊长的敬称。

〔7〕末婢：指谢琰。据丧礼，吊客最后应与家属握手慰问。"不执末婢手而退"，则有违礼制。

【评】

为国家一哭泯恩仇，后来《晋书》据此而载入史册。东晋门阀社会,王、谢、桓、庾四大家族与司马皇室共治天下。庾、桓二族,自庾亮、桓温死后,势力渐替;王、谢家族,成为东晋政权主要支柱。琅邪王家的珣、珉兄弟,王导嫡孙,原为谢安女婿,但翁婿之间,因事嫌猜失和而离婚,于是构成仇衅。这大不利于东晋国家政权的巩固。淝水之战以后,谢安原想乘机"混一文轨",北伐以恢复中原,为此进行合理部署,惜天不假年,加以权奸掣肘,事业未竟而遗恨终生。在这一形势下,王珣从维护国家利益出发,不计私怨,而以哭吊的行动,说明了他对谢安的正确评价。故事虽短,但人物形象栩栩如生,内在心理刻画深刻。不仅王珣"直前哭甚恸,不执末婢手而退",见其不拘礼法的一片真情;就是王献之始卧惊起而呼:"所望于法护!"欲弥王、谢二家恩仇以利国家之心,跃然纸上。

17.16　王子猷、子敬俱病笃[1],而子敬先亡[2]。献之以泰元十三年卒,年四十五。子猷问左右[3]:"何以都不闻消息[4]?此已丧矣!"语时了不悲[5]。便索舆来奔丧[6],都不哭。子敬素好琴,便径入坐灵床上,取子敬琴弹,弦既不调[7],掷地云:"子敬,人琴俱亡!"因恸绝良久[8],月馀亦卒。《幽明录》曰:"泰元中,有一师从远来,莫知所出。云:'人命应终,有生乐代者,则死者可生;若逼人求代,亦复不过少时。'人闻此,咸怪其虚诞。王子猷、子敬兄弟特相和睦,子敬疾,属纩,子猷谓之曰:'吾才不如弟,位亦通塞,请以馀年代弟。'师曰:'夫生代死者,以己年限有馀,得以足亡者耳。今贤弟命既应终,君侯算亦当尽,复何所代?'子猷先有背疾,子敬疾笃,恒禁来往。闻亡,便抚心悲惋,都不得一声,背即溃裂。推师之言,信而有实。"

【注】

〔1〕王子猷、子敬:兄弟俩为羲之子。羲之生七子,第五子徽之字子猷,第七子献之字子敬。参前注。病笃:病重,病危。

〔2〕子敬先亡:按刘注,献之以泰元十三年(388)卒,年四十五。但据《晋书·王珉传》,珉于献之死后代其为中书令,人称献之"大令",王珉"小令"。珉卒于太元十三年,则献之不当卒于是年。据《法书要录》引张怀瓘《书断》,曰:"子敬为中书令,泰元十一年(386)卒于官,年四十三。"其说与刘注不同,疑是。参朱铸禹《汇校集注》。

〔3〕左右:身边服侍之人。

〔4〕都:完全。

〔5〕了不悲:全无悲痛样子。

〔6〕索舆:吩咐备轿。

〔7〕弦既不调:各根琴弦彼此音调已不和谐。

〔8〕恸绝:悲痛之极而昏厥。

【评】

此与第七则张翰径上灵床鼓琴哭悼顾荣事相似。但相比之下,此则兄弟手足情深,其言行不同寻常而违制越轨,纯是日积月累平素生活感情累积之爆发,是一种纯真的潜意识行为,因而更加动人心弦。徽之先是"了不悲"、"都不哭",其悲其痛,已是"麻木";一旦麻木期过,则有"人琴俱亡"之叹,因而"恸绝良久","月馀亦卒",一抑一扬,掀起情感高潮,见作者艺术匠心。

17.17　孝武山陵夕[1],王孝伯入临[2],告其诸弟曰:"虽榱桷惟新[3],便自有《黍离》之哀[4]。"《中兴书》曰:"烈宗丧,会稽王道子执政,宠幸王国宝,委以机任。王恭入赴山陵,故有此叹。"

【注】

〔1〕孝武:指东晋孝武帝司马曜。山陵夕:指皇帝驾崩之时。山陵,原指皇帝陵墓,这里名词动化,指帝王丧葬。

〔2〕王孝伯:王恭,字孝伯。参《德行》44注。入临:入京哭吊。

〔3〕榱桷(cuī jué 崔决):房屋椽子。比喻身负重任之人。

〔4〕《黍离》之哀:《黍离》是《诗经·王风》之诗,《毛诗序》以为是周大夫见故国宗庙一片废墟,长满禾黍,因此叹西周之沦亡。

【评】

故事发生于太元二十一年(396)九月,孝武帝被弑,其弟司马道子执政,元显专权,"竟不推其罪人",连皇帝都算白死。其实,道子、元显父子在孝武帝时,早已窃柄弄权,史称"官以贿迁,政刑谬乱","势倾天下,由是朝野奔凑",因而"朋党竞扇"而危机深重。王恭作为孝武帝王皇后之兄,帝"深相钦重"。为牵制司马道子,委恭为平北将军、兖青二州刺史、都督兖青冀幽并徐州晋陵诸军事,镇京口。帝崩,王恭自京口入都奔丧,感到乌云满天,国家将乱,故兴《黍离》之叹。《黍离》诗云:"彼黍离离,彼稷之苗。行迈靡靡,中心摇摇。知我者谓我心忧,不知我者谓我何求。悠悠苍天,此何人哉!"他以"榱桷惟新"喻司马道子父子之擅政,新人来而故人弃,国家将有大难。无限忧虑与叹息,尽在不言中。

17.18 羊孚年三十一卒[1],桓玄与羊欣书曰[2]:"贤从情所信寄[3],暴疾而殒[4]。孚,已见。《宋书》曰:"欣字敬元,太山南城人。少怀静默,秉操无竞,美姿容,善笑言,长于草隶。"《羊氏谱》曰:"孚即欣从祖(兄)。"祝予之叹[5],如何可言!"《公羊传》曰:"颜渊死,子曰:'噫,天丧予!'子路亡,子曰:'噫,天祝予!'"何休曰:"祝者,断也。天将亡夫子耳。"

890

【注】

〔1〕羊孚:字子道。参《言语》104注引《羊氏谱》,谓孚"年四十六卒",与此"年三十一卒"不同。

〔2〕桓玄:字敬道。温少子。参《德行》41注。羊欣(370—442):字敬元,孚从祖弟。曾为桓玄主簿,预机要。后称病家居而自免十馀年。入宋为新安、义兴诸郡太守,又称病自免。欣博学工书,师王献之。

〔3〕贤从:羊孚为羊欣从祖兄,故称。信寄:信赖寄托。

〔4〕暴疾:急病。殒:没,死亡。

〔5〕祝予之叹:亡我之悲。

【评】

羊孚与羊欣,皆为东晋末年名士。孚的玄学清谈及其文学创作,当时即播在人口。二人皆桓玄腹心。桓玄后来因篡晋自称楚帝而成为历史的罪人。但他并非一生下来就是反面人物。他年轻时,也是个很有叛逆性格的性情中人。年轻时,父温死后,因其"历史问题"而背上黑锅,几乎抬不起头来,他不得不在黑暗中摸索、挣扎和奋斗。羊孚就是他受压奋斗中的知友,曾给予规劝、帮助和希望。因此,羊孚暴疾而死,给玄予巨大的心理打击,"情所信寄……如何可言!"正是出自内心真情的自然爆发。其思悼之哀,远胜于追悼会上公布的悼词。孚死不久,玄将行篡晋之谋,曾矫诏自贺曰:"六合同悦,情何可言!"言辞相似,而情之真、伪不辨自明。其感人力量,何可同日而语。

17.19 桓玄当篡位[1],语卞鞠云[2]:卞范,已见。"昔羊子道恒禁吾此意[3]。今腹心丧羊孚[4],爪牙失索元[5]。《索氏谱》曰:"元字天保,敦煌人。父绪,散骑常侍。元历征虏将军、历阳太守。"《幽明录》曰:"元在历阳疾病。西界一年少女子姓某,自言为神所降,来与元相闻,许为治护。元性刚直,以为妖惑,收以付狱,戮之于市中。女临死曰:'却后十七日,当令索元知其罪。'如期,元果亡。"

而匆匆作此诋突[6],讵允天心[7]?"

【注】

〔1〕桓玄当篡位:桓玄于晋安帝元兴二年(403)篡晋称帝,建国号楚,年号永始。桓玄其人,参《德行》41注。当,将要。按:桓玄称帝后第二年,被刘裕等击杀。

〔2〕卞鞠:即卞范之(?—405),字敬祖,小字鞠,故称。济阴宛句人。桓玄腹心。玄称帝,官侍中、尚书仆射。后事败被杀。

〔3〕羊子道:羊孚,字子道。禁:制止,不许。

〔4〕腹心:即心腹,喻亲近信任之人。

〔5〕爪牙:鸟兽以爪牙作攻击或自卫,此喻武臣干将。

〔6〕诋突:抵触,冒犯。按指篡位事。

〔7〕讵(jù距):岂,哪里。允:符合。天心:天意。

【评】

篡晋之前,桓玄执政,其初至朝廷,也曾厉行改革,"黜凡佞,擢俊贤,君子之道粗备,京师欣然",这符合百姓热望和平,"思归一统"的心理要求,曾取得了一定的政绩。但政治家的野心,在利益的驱动下,很快变质。史称"玄自篡盗之后,骄奢荒侈,游猎无度,以夜继昼",于是众务繁兴而民不聊生,很快滑向了罪恶的深渊(见《晋书》本传)。北方后秦姚兴,曾问袁虔之:"桓玄……才度定何如父?"对曰:"玄藉世资,雄据荆楚,属晋朝失政,遂偷宰衡。安忍无亲,多忌好杀,位不才授,爵以爱加,无公平之度,不如其父远。今既握朝政,必行篡夺,既非命世之才,正可为他人驱除耳。"(见《晋书》卷一一七《载记·姚兴上》)与乃父温相比,玄有野心而无其能力,聪明一时,而糊涂一世,羊孚等之规劝置之脑后,虽自知"作此诋突,讵允天心",但却为利所诱,而自取灭亡,悲哉!

栖逸 第十八

【题解】 栖逸者,幽栖山林隐遁放逸也。《栖逸》共17则故事,描写的是魏晋士人遁迹于山水自然而远离人世喧嚣的隐居生活。在中国进入文明社会以来,世代都有隐士,传说中尧舜时代有巢父、许由,孔子时代有楚狂接舆,无论时代之治乱盛衰,都有隐士的存在。因此,讲述隐士的故事,反映其隐逸思想,就成为传统道德和政治理想的一种特殊形式的必要补充。隐士现象及其隐逸思想,是我国古代社会中所特有的一种文化现象和独特的精神存在。在表面上,它与传统的统治思想文化有矛盾和冲突,但其内在的骨子里,却为传统文化与古代政治留下了一道意味深长的醒目投影。隐逸思想,它是古代士人的人格操守、价值追求、智慧水平、人生感悟以及审美体验的复杂心灵交织的结晶。《周易》中有《遁》卦,专谈隐遁之事。"不事王侯,高尚其事"(《蛊》卦上九爻辞),"大过,君子以独立不惧,遁世无闷"(《大过》卦象辞)。在时不我利的情况下,远遁山林,保持自己的清醒头脑和独立人格,而不愿成为权势金钱的奴才和牺牲品,这是另一种有效的卫"道"措施。当然,魏晋处于动荡乱世,士夫之命,朝不保夕,因而隐逸思想乘势大兴并具有玄学时代的新特点,也是水到渠成之事。

18.1 阮步兵啸[1],闻数百步。苏门山中[2],忽有真人[3],樵伐者咸共传说[4]。阮籍往观,见其人拥膝岩侧。籍登岭就之,箕踞相对[5]。籍商略终古[6],上陈黄、农玄寂之道[7],下考三代盛德之美[8],以问之,仡然不应[9]。复叙有为之外[10],栖神导气之术以观之[11],彼犹如前,凝瞩不转[12]。籍因对之长啸。良久,乃笑曰:"可更作。"籍复啸。意尽,退还半岭许[13],闻上嗗然有声[14],如数部鼓吹[15],林谷传响[16]。顾看[17],乃向人啸也[18]。《魏氏春秋》曰:"阮籍常率意独驾,不由径路,车迹所穷,辄恸哭而反。尝游苏门山,有隐者莫知姓名,有竹实数斛,杵臼而已。籍闻而从之,谈太古无为之道,论五帝、三皇之义,苏门先生翛然曾不眄之。籍乃嘐然长啸,韵响寥亮。苏门先生乃逌尔而笑。籍既降,先生喟然高啸,有如凤音。籍素知音,乃假苏门先生之论以寄所怀。其歌曰:'日没不周西,月出丹渊中。阳精曙不见,阴光代为雄。亭亭在须臾,厌厌将复隆。富贵俯仰间,贫贱何必终。'"《竹林七贤论》曰:"籍归,遂箸《大人先生论》,所言皆胸怀间本趣,大意谓先生与己不异也。观其长啸相和,亦近乎目击道存矣。"

【注】

〔1〕阮步兵:即阮籍,籍曾任步兵校尉。啸:以口哨作歌。啸歌之时,撮口吹气以发声。据晋成公绥《啸赋》,谓啸吹之时,"声不假器,用不借物,近取诸身,役心御气,动唇有曲,发口成音,触类感物,因歌随吟"。

〔2〕苏门山:亦称百门山或苏岭,太行山之脉,在今河南辉县西北。

〔3〕真人:道家或道教徒所谓炼身养性的得道高士。

〔4〕樵伐者:砍柴的樵夫。咸:皆,都。

〔5〕箕踞:大开两脚,屈膝而坐,其形似簸箕。这在古代是一种表示傲慢无礼或随意自在的一种坐姿。据其情境,阮籍当是后一种意思。

〔6〕商略:商讨、评论。终古:往古历史。

〔7〕黄、农:指传说中的黄帝及神农氏。道家视此二氏为无为而治

的典范。玄寂之道:指道家的清静无为以顺其自然之道。魏晋玄学家奉为至理。

〔8〕三代:指上古的夏、商、周三代。按:有关夏代的存在与否,今之考古界仍在讨论中。

〔9〕仡(yì译)然不应:昂着头不予理睬。

〔10〕有为之外:"外",诸本作"教",是。有为之教,指儒家积极入世的有为主张。

〔11〕栖神导气之术:道家的修身养心方法,后世发展为内气功。

〔12〕凝瞩不转:凝神不动。瞩:视。

〔13〕半岭许:半山腰的样子。许:处所。

〔14〕嗜(qiú求)然:拟声词,声音悠长的样子。

〔15〕鼓吹:以打击乐器鼓、钲及吹鼓乐器箫、笳为主的乐队演奏。原是军中之乐,乐歌雄壮,声势浩大。

〔16〕林谷传响:山林溪谷的回声。

〔17〕顾:回顾,回头。

〔18〕向人:刚才见面之人。

【评】

　　故事中着墨最多的阮籍,史上声名颇佳,是魏晋时代玄学家和文学家中首屈一指的领军人物。但在这里,只能是屈居第二主角,而第一主角的桂冠,却不能不让与那名不见经传的苏门山得道真人。面对苏门山真人,阮籍"箕踞相对"。在古代名教之士视之,箕踞对人是一种傲慢无礼的行为;但在得道隐者看来,却是一种不拘礼节的自由自在的表现。在这里,阮籍"箕踞相对",取的是后一义,而并非鄙视苏门山真人。如《艺文类聚》卷一九引戴逵《竹林七贤论》,谓"籍常箕踞啸歌,酣放自若"。又《任诞》第11则刘注引袁宏《名士传》,谓裴楷往阮家吊丧,"遇籍方醉,散发箕踞,旁若无人"。可证阮籍箕踞,是一种重在舒适自由的习惯行为。其箕踞面对苏门山真人,并无不敬之心。

相反,苏门山真人恰恰成了阮籍心目中善于栖逸隐居的理想人物。据刘注引《竹林七贤论》,谓"籍归遂著《大人先生论》,所言皆胸怀间本趣,大意谓先生与己不异也"。今阮集有《大人先生传》,称其"养性延寿,与自然齐光。其视尧舜之所事,若手中耳。……行不赴而居不处,求乎大道而无所寓",其为人应变顺和,"足与造化推移,故默探道德,不与世同"。这就揭示了栖逸隐居之士的最高理想,是不与虚伪的世俗礼教同流合污,专注于"求乎大道"——即探索宇宙自然以及人生的终极真理。故事中的"啸",也与故事主旨密切配合。魏晋名士多好啸道,其啸分为歌啸、吟啸、长啸、讽啸诸类,当其"发声于丹唇,激音于皓齿,响抑扬而潜转,气冲郁而熛起……曲既终而响绝,遗馀玩而未已",是一种"自然之至音"。究其功效之大,在于通过随心长啸,抒发心胸块垒,"精性命之至机,研道德之玄奥"(见成公绥《啸赋》)。因此,在阮籍与苏门真人的长啸对答中,形象地展现了隐逸高士的求道之心,同时也生动暗示了《世说·栖逸》门的重要人生思考。

18.2 嵇康游于汲郡山中[1],遇道士孙登[2],遂与之游[3]。康临去,登曰:"君才则高矣,保身之道不足。"《康集序》曰:"孙登者,不知何许人。无家,于汲郡北山土窟住。夏则编草为裳,冬则披发自覆。好读《易》,鼓一弦琴。见者皆亲乐之。"《魏氏春秋》曰:"登性无喜怒,或没诸水,出而观之,登复大笑。时时出入人间,所经家设衣食者,一无所辞,去皆舍去。"《文士传》曰:"嘉平中,汲县民共入山中,见一人,所居悬岩百仞,丛林郁茂,而神明甚察。自云孙姓登名,字公和。康闻,乃从游三年,问其所图,终不答,然神谋所存良妙。康每苶然叹息。将别,谓曰:'先生竟无言乎?'登乃曰:'子识火乎?生而有光,而不用其光,果然在于用光;人生有才,而不用其才,果然在于用才。

故用光在乎得薪,所以保其曜;用才在乎识物,所以全其年。今子才多识寡,难乎免于今之世矣。子无多求!'康不能用。及遭吕安事在狱,为诗自责云:'昔惭下惠,今愧孙登。'"王隐《晋书》曰:"孙登即阮籍所见者也。嵇康执弟子礼而师焉。"魏、晋去就,易生嫌疑,贵贱并没,故登或嘿也。

【注】

〔1〕汲郡:郡名,治所在今河南省汲县西南。

〔2〕孙登:字公和,汲郡共人。西晋隐士,常隐于汲郡山中,嵇康师事之。后不知所终。

〔3〕游:游学。按:前句"嵇康游于汲郡山中"之"游",则是旅游之义。

【评】

据刘注引王隐《晋书》,谓本则故事中,"孙登即阮籍所见者也"。这也就是说,苏门山得道真人与道士孙登同是一人,为嵇、阮二人所共见者。但余嘉锡《笺疏》承李慈铭之说而加以考证,力辩其非,其说可信。苏门山真人,阮籍作《大人先生传》时,已谓其"不知姓字",王隐等又怎能知其名?可见苏门山真人仅是阮籍虚构的隐逸典型人物。而孙登则史上确有其人。今本《晋书·隐逸》有传。与前则故事中的阮籍一样,这里的嵇康同样作为第二主角来反衬孙登的隐逸智慧。嵇康和阮籍一样,是魏晋玄学思想家及文学家,声名垂之不朽。他在动荡乱世中,也很羡慕那自保其人格尊严的隐者生活。其《幽愤诗》自称"托好《老》、《庄》,贱物贵身。志在守朴,养素全真。……仰慕严郑,乐道闲居。与世无营,神气晏如"。但作为一个见几知微的隐逸高士,孙登明确指出了嵇康"保身之道不足"的时代悲剧性,具有很高的预见性,从而启迪了后世的深刻人生思考。作为一个隐者,必须具有知几识时辨位的智慧。但嵇康才华横溢,妨碍了他的冷静思考,这也是一种性格悲剧,被孙登不幸言中。据

《太平御览》卷四四七引袁宏《七贤序》,云:"阮公瓌杰之量不移于俗,以获免者,岂不以虚中莘节,动无近乎?中散(按:指嵇康)遣外之情最为高绝,不免世祸,将举体秀异,直致自高,故伤之者也!"嵇康愤世嫉俗,眼中容不下一粒沙子,如他在《与山巨源绝交书》中所描述的:"刚肠疾恶,轻肆直言,遇事便发。"而不问形势如何。在乱世中缺乏隐者知几识时之智,怎能不为世俗所害?悲乎!故嵇被囚牢中时作《幽愤诗》称:"昔惭柳惠,今愧孙登。"其思想感情之沉痛,催人泪下。

18.3　山公将去选曹[1],欲举嵇康[2],康与书告绝[3]。《康别传》曰:"山巨源为吏部郎,迁散骑常侍,举康。康辞之,并与山绝。岂不识山之不以一官遇己情邪?亦欲标不屈之节,以杜举者之口耳。乃答涛书,自说不堪流俗而非薄汤、武。大将军闻而恶之。"

【注】
　　[1] 山公:世人对山涛(字巨源)的尊称。选曹:指吏部,负责官吏的任免与选拔。
　　[2] 举:推荐。
　　[3] 康与书告绝:绝,断交。《昭明文选》卷四三载嵇康《与山巨源绝交书》,《晋书》康传则节录其文。

【评】
　　这是一则故事简短的叙述文字。表面平淡无奇。但如与嵇康《与山巨源绝交书》并读,自会感到故事的后面大有文章。山涛是嵇康的好友,他们都是竹林七贤中的人物。后来在政治上,二人做出了不同的选择。山涛靠近了司马氏集团,因而官运亨通;而嵇康则不和高倡虚伪礼教的司马氏集团合作,拒绝了当时统治者的仕途诱惑。山涛荐举嵇康做官,在官本位的封建社会中,世俗之人无不视为飞黄腾达的大好机会;但嵇康明白,一旦当了司马朝廷之官,即必须成为一个卖身投靠的奴才,从而丧失了独立的人格和做人的尊严。无拘无束的自由,比什么都宝贵,高官利禄又算什么?其《绝交书》所绝者何?读《世说》者,自有新解。其所"绝"并非针对一个人,而是一种时代的呐喊。嵇康和山涛,个人之间并无芥蒂或矛盾,二人私交甚好,甚至可以说是托以生死的挚友。嵇康临刑前,曾托孤于山涛,"谓子绍曰:'巨源在,汝不孤矣。'"(《晋书·山涛传》)后来,山涛果然在晋武帝面前提出"父子罪不相及"的理由,推荐嵇绍,起家秘书丞,成为有晋一代的忠义人物(见《晋书·忠义》绍传)。嵇康作书之后,何曾与山涛绝交?故其信中"绝"字之义,只能解释为借此机会,大作痛快文章,公开表示与司马集团的腐败虚伪绝交。其"非汤武而薄孔周",以及不愿出仕的"二不可""七不堪",皆为惊世骇俗之论,如鲁迅所说,"嵇康于司马氏的办事上有了直接影响,因此就非死不可了"。如要了解魏晋易代的社会生活,读《世说》及《绝交书》可大开眼界。

18.4　李廞是茂曾弟(第)五子[1],清贞有远操[2],而少羸病[3],不肯婚宦[4]。居在临海[5],住兄侍中墓下[6]。既有高名,王丞相欲招礼之[7],故辟为府掾[8]。廞得笺命[9],笑曰:"茂弘乃复以一爵假人[10]。"《文字志》曰:"廞字宗子,江夏钟武人。祖康(秉),秦州刺史。父重,平阳太守,世有名望。廞好学,善草隶,与兄式齐名。躄疾不能行坐,常仰卧弹琴,读诵不辍。河间王辟太尉掾,以疾不赴。后避难,随兄南渡,司徒王导复辟之。廞曰:'茂弘乃复以一爵加人。'永和中卒。廞尝为二府辟,故号李公府也。式字景则,廞长兄也。思理儒隐,有平素之誉。渡江,累迁临海太守、侍中。年五十四而卒。"

【注】

〔1〕李廞(xīn 欣)(？—约350)：两晋之交人,字宗子,钟武(今河南信阳东南)人。茂曾：李重之字。西晋人。曾上疏陈九品中正之弊。其为官清正,安贫若素,声誉颇佳。

〔2〕清贞：清廉真正。远操：高尚的情操。

〔3〕羸(léi 雷)病：体弱多病。

〔4〕婚宦：结婚和做官。

〔5〕临海：郡名,治所在今浙江临海。

〔6〕兄侍中：廞长兄李式,曾官侍中,故名。

〔7〕王丞相：指王导。招礼：招辟以礼,即礼聘为官。

〔8〕辟：征辟,招聘。

〔9〕牋命：授官文书。但《太平御览》卷三八六引作"板命"。晋代授官有板,板上有授官之辞。

〔10〕茂弘：王导之字。乃复：竟然。以一爵假人：以一官位送人。假,假借,引申为给予、赠送。

【评】

李廞的"躄疾",也就是瘸腿,可能是从小患有严重的小儿麻痹症或其他风瘫之疾,所以不能行坐而正常生活,应该说,他是个一等残疾之人。但据刘注引《文字注》,李廞是身残而志不残,他仍然顽强地学习和生活：克服病痛,"仰卧弹琴"而不改其乐；"读诵不辍"以提高自己的知识学问和精神境界；他以"善草隶"而名列书法家行列。他付出远远超出正常人的心血代价,因而李廞之贤,声名鹊起。于是官场之人,就把他的声名当作商标品牌来加以推销,两次公府征辟为官,就是企望借其声名以捞取礼贤下士的资本。但是李廞拒绝权势利禄的诱惑,他更重视的是自己的人格尊严。奔走于公府之门,他既无能为力,也不屑一顾；但他发现自己人生价值,走自己的栖逸之路,对生活仍然充满了信心。其讥讽王导"乃复以一爵假人"者以此。

18.5 何骠骑弟以高情避世[1],而骠骑劝之令仕。答曰:"予弟五之名[2],何必减骠骑[3]!"《中兴书》曰:"何准字幼道,庐江潜人。骠骑将军充第五弟也。雅好高尚,征聘一无所就。充位居宰相,权倾人主。而准散带衡门,不及世事。于时名德皆称之。年四十七卒。有女,为穆帝皇后。赠光禄大夫。子恢让不受。"

【注】

〔1〕何骠骑弟:指何充之弟准。何准一生征辟不赴,隐居横门之下。其兄充则早为王导赏拔,位居宰执,权势显赫。高情避世:以隐居不仕保持其高雅情操。

〔2〕弟五:弟,诸本作"第",是。第五:何准为充之五弟,故云。

〔3〕骠骑:指准兄何充,当时为骠骑将军。减:比……差,不如。

【评】

据何准"予第五之名,何必减骠骑"之言,则故事应当发生在晋康帝建元(343—344)之后。因为《晋书·何充传》载其"建元初,出为骠骑将军"之事,至穆帝时,皇太后临朝下诏,仍称"骠骑任重"。当时形势,较为混乱。王导卒后,庾氏家族以外戚专权,所以朝廷委何充以重任来加以平衡。后何充荐桓温代庾翼坐镇荆襄,却又逐渐形成了桓氏家族专政的时代。故《晋书》充传批评其虽位居宰相而"以社稷为己任",但却因"信任不得其人",缺乏"澄正改革之能"而一无所成。其权势之重,何尝增其清名?相反,其弟何准,在官本位的社会中,自负地说自己的声名不比高官显爵的哥哥差。在上流贵族社会中,既要有何充一类的人出来为官办事,又应当允许何准一类的隐者栖逸山林。作为"散带衡门"而终身不仕的隐者,何准知几识时,知其不可为而拒绝仕途,这与何充的努力化为烟云相比,表现了不同价值观念的人生取向。

18.6　阮光禄在东山[1]，萧然无事[2]，常内足于怀[3]。《阮裕别传》曰："裕居会稽剡山，志存肥遁。"有人以问王右军[4]，右军曰："此君近不惊宠辱[5]，《老子》曰：'宠辱若惊，得之若惊，失之若惊。'虽古之沈冥[6]，何以过此！"《杨子》曰："蜀庄沈冥。"李轨注曰："沈冥，犹玄寂，泯然无迹之貌。"

【注】

〔1〕阮光禄：即阮裕，朝廷曾以光禄大夫征辟不赴，故称。东山：指会稽剡山，阮裕隐居之地。

〔2〕萧然：凄冷清静貌。

〔3〕内足于怀：内心自满自足。

〔4〕王右军：即王羲之，曾任右军将军，故称。

〔5〕近：接近，几乎。不惊宠辱："宠辱不惊"的倒语，也即淡泊名利的意思。

〔6〕沈冥：指沉思冥想玄寂之道的隐逸之士。

【评】

阮裕，字思旷。《世说》作者刘义庆为避宋武帝刘裕名讳，故去其名而以官职称之。他出身于陈留阮氏家族，是名门之后。他如果想登仕途，实在可以做到取金紫如拾芥，但他却一再求隐。为什么？据《晋书》卷四九裕传，他年刚二十即被辟为太尉掾，被大将军王敦任命为主簿，甚被知遇。须知，当时"王与马，共天下"，敦专国政，权倾人主。但是，阮裕早已看出王敦的叛逆不臣的野心，于是故意"终日酣畅，以酒废职"，而被免官，终于躲过了王敦叛乱之劫难。于是世人才明白他年轻时就已产生的隐逸思想，实在具有高明的政治预见性，是一种不愿同流合污的人生智慧结晶。对于阮裕的肥遁东山，无官场应酬干扰而常感到内在精神充实得很的恬淡生活，王羲之给予宠辱不惊而与古人媲美的极高评价。当其受朝廷知遇之时，不为得宠而欢欣；

当其退归东山而被禁锢终身不用之际，同样没有任何惊恐害怕，而是淡泊名利，顺其自然，体现了人性之真。他虽屡辞征聘，但却曾做二郡（临海、东阳）太守。人家问他为什么？他回答说："虽屡辞王命，非敢为高也。吾少无宦情，兼拙于人间，既不能躬耕自活，必有所资，故曲躬二郡。岂以聘能，私计故耳。"（《晋书》卷四九裕传）公开表明自己出来做官并非高尚，而是生活"私计"所逼。其内心之真，纯洁透明，和那些"形在江湖之上，心存魏阙之下"的虚伪隐士相比，实在可爱得很。

18.7　孔车骑少有嘉遁意[1]，年四十馀，始应安东命[2]。未仕宦时，常独寝歌自箴诲[3]，自称"孔郎"，游散山石[4]。《孔愉别传》曰："永嘉大乱，愉入临海山中，不求闻达。中宗命为参军。"百姓谓有道术[5]，为生立庙[6]。今犹有孔郎庙。

【注】

〔1〕孔车骑：即孔愉，字敬康，会稽山阴人。卒赠车骑将军，故称。嘉遁：美好之隐居生活。嘉，嘉美。

〔2〕安东：指晋元帝司马睿，他未即帝位前，曾任安东将军镇守扬州，并于当时聘孔愉为参军。

〔3〕独寝：独自起居寝处，即单独生活。歌：诸本于"歌"下增一"吹"字，是。歌吹，指啸歌。箴诲：规劝。

〔4〕山石：袁本作"名山"，疑是。

〔5〕道术：道教徒的养性成仙修炼之术。

〔6〕为生立庙：在人活着时建立祠庙加以纪念。

【评】

隐遁山林之人，并非尽皆道家之徒。据《晋书》卷七八《孔愉传》看来，孔愉是"达则兼济天下"而守正不阿，"穷则独善其身"而未凋其松柏志节，是一个儒道双修的仁人长者。西晋末年永嘉乱中，他东还会稽，栖遁新安山中，改姓以居，"以稼穑读书为务。信著乡里"。在动荡的年代里，不求闻达于诸侯而幽栖独处，并非做缩头乌龟，而是表现了一种保护生命、保存发展机会的一种远见卓识和人生智慧。在其隐居之地，老百姓为立生祠加以纪念，这是为什么？"百姓谓有道术"，认为他的生活很神奇而不同一般，因而视为神仙般的人物加以纪念；但同时他在隐居之时，不仅保存自我，而且还能善待百姓，在力所能及范围内为百姓做好事，所以本传才会称之为"信著乡里"，在当地百姓中很有威信。实际上，无论其出其处，淡泊名利，"勤抚其人，以济其艰"，以人为本，才是孔愉本意。所以他在晚年，虽然官高爵显，但只在山阴侯山买数亩地为宅，"草屋数间，便弃官居之"，公私馈赠数百万钱，"悉无所取"，表现了一个真诚隐者的心迹。

18.8　南阳刘驎之[1]，高率善史传[2]，隐于阳岐[3]。于时苻坚临江[4]，荆州刺史桓冲将尽讦谟之益[5]，征为长史[6]，遣人船往迎，赠贶甚厚[7]。驎之闻命，便升舟，悉不受所饷[8]，缘道以乞穷乏[9]，比至上明亦尽[10]。一见冲，因陈无用，翛然而退[11]。居阳岐积年[12]，衣食有无，常与村人共，直己匮乏[13]，村人亦知之，甚厚为乡间所安[14]。邓粲《晋纪》曰："驎之字子骥，南阳安众人。少尚质素，虚退寡欲，好游山泽间，志存遁逸。桓冲尝至其家，驎之方条桑，谓冲：'使君既枉驾光临，宜先诣家君。'冲遂诣其父，父命驎之，然后乃还，拂短褐与冲言。父使驎之自持浊酒蔬菜供宾，冲敕人代之，父辞曰：'若使官人，则非野人之意也。'冲为慨然，至昏乃退。因请为长史，固辞。居阳岐,去道斥近,人士往来,必投其家。骥之身自供给,赠致无所就(受)。去家百里,有孤妪疾,将死,谓人曰:'只有刘长史当埋我耳!'骥之身往候之,值终,为治棺殡。其仁爱皆如此。以寿卒。"

【注】

〔1〕南阳:郡名,其治所宛,即今河南省南阳市。刘骥之:字子骥,一字遗民。

〔2〕高率:高尚率真。

〔3〕阳岐:濒临长江的小村,距荆州约二百里。

〔4〕苻坚:前秦皇帝,曾率号称百万大军直逼东晋,企图统一中国,但在淝水大战中兵败,后为姚苌所杀。临江:前秦大军逼近长江流域。

〔5〕桓冲:桓温弟,温卒,代其掌控东晋长江中上游兵力。訏(xū须)谟:事关国家民族的宏图远谋。

〔6〕征:征辟,聘任。长史:魏晋时三公及都督、将军府的主要属官。

〔7〕赠贶(kuàng况):馈赠,赠送。

〔8〕悉不受所饷:据李慈铭云:"案当作'悉受所饷','不'字疑衍。"疑是。饷,馈赠。

〔9〕缘道:沿路。乞:给,予。穷乏:指贫苦之人。

〔10〕比:及。上明:桓冲任荆州刺史时为抵御苻坚而筑,并迁州治于此,其地在今湖北松滋市西。

〔11〕翛(xiāo消)然:超然自在貌。

〔12〕积年:多年。

〔13〕直:通"值"。

〔14〕甚厚:李慈铭谓"厚字疑衍",可参考。乡间:乡里,这里指同乡村的人。安:安适。

【评】

作为栖逸隐士,刘骥之明白自己的人生价值,并不是故意逃避现实。但前秦苻坚大军南侵,江南震动之时,荆州刺史桓冲慕其高名,邀其出山,共襄却敌大计。刘骥之并没有推托,而是"闻命便升舟",随使者前往,不敢有丝毫的耽搁。但是,他"一见冲,因陈无用,翛然而退"。这不是隐士取名的故作姿态,而是实事求是之举。因为刘驎之对自己的才能和价值有清醒的认识。他不是政治家、军事家,长年累月在僻静农村,社会的急剧变化及其信息的传递,总是要慢了许多节拍。而军国大计,关系国家兴亡和民族命运,怎能只是依靠书本中的知识来纸上谈兵呢?试想,如果刘驎之不是自陈"无用",而是缺乏自知之明,贪图功名富贵,任职长史,出馊主意,形势又当如何呢?其自陈"无用",正是无用之用,是一种真正对国家和民族严肃负责的态度。这样说来,是否隐士一无价值呢?非也。据《晋书·隐逸》传,刘驎之"少尚质素,虚退寡欲……好游山泽间,志存遁逸",作为隐士,他确认自己另有不同于政治家的人生价值。他"高率善史传",是个认真读书、好学深思的学问家。他淡泊名利,金钱资财与乡邻朋友共,救穷济乏,是其发自心底的自愿行为。一孤姥将死,叹息谓人曰:"谁当理我,惟有刘长史(按:指刘驎之)耳!"刘驎之即赶往她家候之,为之"营棺殡送终",其仁爱隐恻如此,可称为关心群众生活疾苦而受大家爱戴的慈善家。他又是一位地理学家,旅游探险家。陶渊明《桃花源记》曾说:晋太元中,"南阳刘子骥(即驎之),高尚士也,闻之,欣然规往。未果,寻病终,后遂无问津者"。据刘注及《晋书》本传,他与桓冲接触,不亢不卑,并未屈服于官本位的社会陋俗,于此见其对人生价值另有清醒的认识。隐者并非忘记世界,而是在生活中另走一条属于自己的道路。

18.9　南阳翟道渊与汝南周子南少相友[1],共隐于寻阳[2]。庾太尉说周以当世之务[3],周遂仕。翟秉志弥固[4]。其后周诣翟,翟不与语。《晋阳秋》曰:"翟汤字道渊,南阳人。汉方进之后也。笃行任素,义让廉洁,馈赠一无所受。值乱多寇,闻汤名德,皆不敢犯。"《寻阳记》曰:"初庾亮临江州,闻翟汤之风,束带蹑屐而诣焉,亮礼甚恭。汤曰:'使君直敬其枯木朽株耳。'亮称其能言,表荐之,汤征国子博士,不赴。主簿张玄曰:'此君卧龙,不可动也。'终于家。"

【注】

〔1〕南阳:郡名,其治所宛(今河南南阳市)。翟道渊:即翟汤。《晋书·隐逸》传称其字"道深",是唐代作者避高祖李渊名讳而改。汝南:郡名,治所在悬瓠城(今河南汝南)。周子南:即周邵。初与翟汤共隐,后为庾亮所荐,起为镇蛮护军、西阳太守。

〔2〕寻阳:即浔阳,县名,故址在今江西九江市西。

〔3〕庾太尉:指庾亮。说(shuì 税):劝说。当时之务:指从政为官,走上仕途。

〔4〕秉志弥固:坚守自己的隐逸志趣更加坚固。

【评】

古之隐逸,有真有假。这个故事,通过一对朋友的不同志趣和道路来相互反衬,形象描绘了隐者的真假本质。如周邵之辈,其隐居显然处于一种"流行"的观念,认为这样可以获取高名,以便为今后的仕途打通一条新的"终南捷径"。而当时庾太尉亮又说之以"当世之务",其与邵书云:"西阳一郡,户口差实。……今具上表,请足下无让。"(《世说·尤悔》第10则刘注引《寻阳记》)用另外一种功名富贵的"流行"观念来打动他,这就不是偶然的。关键在于周邵并无真正坚守其隐逸君子人格和理想志趣的决心。故其或出或处,无不是一种受"流行"观念震撼而迅速动摇自我信念的行为。这样的人,必然为自己易于动摇付出惨重的代价。须知,入仕做官,很难保持自己的操守。周邵后来做官果然"不称意",并没按照自己的理想一路飞黄腾达,精神郁郁而导致"发背而卒",悲乎!故事以周邵作为反面形象,更托出真正隐士翟汤的人格之高尚。翟汤隐逸不仅是坚守自我志趣,而且同时不忘其社会责任。《晋书·隐逸》传称安西将军庾翼北征,敕有司蠲免翟汤所调,汤拒绝接受利益,"推仆使悉之乡吏",以便为国家出力。真正高尚的隐逸君子,并非不食人间烟火!

18.10　孟万年及弟少孤[1],居武昌阳新县[2]。万年游宦[3],有盛名当世。少孤未尝出京邑[4]。人士思欲见之,乃遣信报少孤云:"兄病笃[5]。"狼狈至都[6]。时贤见之者,莫不嗟重[7]。因相谓曰:"少孤如此,万年可死。"袁宏《孟处士铭》曰:"处士名陋,字少孤。武昌阳新人。吴司空子(孟)宗后也。少而希古,布衣蔬食,栖迟蓬荜之下,绝人好(间)之事。亲族慕其孝。大将军命会稽王辟之,称疾不至。相府历年虚位,而澹然无闷,卒不降志。时人奇之。"

【注】

〔1〕孟万年:即孟嘉。陶渊明之外祖父。渊明为作《晋故征西大将军长史孟府君传》,可详参。少孤:即孟陋。《晋书·隐逸》有传。

〔2〕武昌:郡名。阳新:武昌郡属县,今属湖北省。

〔3〕游宦:外出做官。

〔4〕出京邑:到京师。《世说》之"出",六朝习惯用语,特指由隐之显的行为,京城处位显要,故进京称"出都"或"出京邑"。见吴金华《世说新语考释》。

〔5〕病笃:病危。

〔6〕狼狈:形容急忙赶路的情急之态。

〔7〕嗟重:叹赏推重。

【评】

对比艺术,是《世说》创作的重要艺术手法。故事通过一对亲兄弟的对比,生动传达了作者对于隐逸之士高尚君子人格的推扬和叹赏。在叙述描写中,作者对孟嘉并没有直接加以贬损的笔墨,相反,称其因游宦而"有盛名当世",评价还不错。但是,声名之大小及评价的好坏,是相比较而成立的。孟陋误信"兄病笃"的流言,情急之下,打破自己不愿离开隐居之地而奔赴繁华京师的原则,"狼狈至都",这一生动的细节,相当典型,表现了对于兄长的真诚仁爱之心,令人终生难忘。隐者所逃避的是混乱的世俗,而不是充满亲情友爱的人生。对人的关爱,同样洋溢在隐者的胸臆。"少孤如此,万年可死",这当然是一种艺术修辞的夸张手法,并非真是希望孟嘉立即死去;但却刻画了魏晋人士尊重隐逸的时代心理。不过,这一夸张说法,对于兄长孟嘉,未免残酷一些。孟氏兄弟三人,父母早逝,一家生活重担,压在长兄孟嘉身上,他不出来"游宦"养家活口,一家人都要喝西北风。至于孟陋,他也不以隐居获取高名,据《晋书·隐逸》陋传,他明白宣示真心:"亿兆之人,无官者十居其九,岂皆高士哉!我疾病不堪恭相王之命,非敢为高也。"他根据自己的身体特点和个性要求,做个隐者,安静做学问,终于成了著名的三《礼》及《论语》专家,从而表现了自己的人生价值。

18.11　康僧渊在豫章〔1〕,去郭数十里立精舍〔2〕,傍连岭,带长川,芳林列于轩庭〔3〕,清流激于堂宇。乃闲居研讲〔4〕,希心理味〔5〕。庾公诸人多往看之〔6〕,观其运用吐纳〔7〕,风流转佳〔8〕,加处之怡然〔9〕,亦有以自得〔10〕,声名乃兴。后不堪,遂出。僧渊,已见。

909

【注】

〔1〕康僧渊:见前《文学》47注。西域僧人。出生长安。后渡江南下,为东晋名僧。豫章:郡名,治所在今江西南昌市。

〔2〕郭:外城。精舍:学舍,讲堂。这里指僧人道士修炼讲习之屋。

〔3〕芳林:芳草树木。轩庭:带有回廊栏杆的庭院。

〔4〕闲居:独居避俗。

〔5〕希心:倾心,潜心。理味:义理韵味。

〔6〕庾公:指庾亮。

〔7〕吐纳:指说话吞吐的声调气息变化。

〔8〕风流:仪表风度。转:更。

〔9〕加处之怡然:袁本"加"下增一"已"字,作"加已处之怡然"。已,通"以"。另,"已"又可能为"己"之形讹。"已",据张万起《世说新语词典》,可用作第三人称代词,犹"之"、"他"。亦通。怡然:愉悦貌。

〔10〕自得:自感舒适。

【评】

栖逸山林之人,可以是儒者,或是道士,也可以是佛教僧人,康僧渊即其例。康僧渊是东晋初期名僧。他栖逸山林的生活内容,主要是以教育为中心的讲学活动。当然,随着思想形势的发展变化,为使佛学理论适应中国具体环境的需要,康僧渊吸取了当时风势正旺的玄理,以构成其佛、玄合流的新的佛学义理。据故事所描绘,康僧渊的精舍讲堂,远离尘俗,环境幽雅,又颇具规模,是主人公教授生徒和会友讲学,甚至是辩论义理的好地方,也可以说是一所具有专门化理论知识的别具一格的私立僧侣学校。故事称其"闲居研讲",说明其精舍不仅为潜心学术的书斋,更是他与众人研讨讲习的课堂,而非是个人独自居住而自说自话的"囚狱"。其所"研讲",当有其听众对象,不仅有一般的学生,更有学问精湛的一些士夫学者,如庾亮一辈人物。庾亮为东晋政界要人,事务纷繁,还要出城与康僧渊会面研讨义理。因此,康僧渊的义理之学,必有过人独特之处,从而吸引了大批学生和听众,他与庾亮等政要处于亦师亦友之间。其教学研讨的内容,特点是"希心理味",已非一般教授传统儒家章句之学,也不是一般死译佛经教义。而是像他曾与王导、殷浩等玄学清谈家所讨论的那样,结合玄学义理,来对佛理进行新的阐释。于此可见,只要潜心教育与学术,隐居生活也是天地宽阔而自有乐地。后来他不耐寂寞而出山,是志趣改变的结果,那又另当别论了。

18.12　**戴安道既厉操东山**[1],《续晋阳秋》曰:"逵不乐当世,以琴书自娱,隐会稽剡山。国子博士征,不就。"**而其兄欲建式遏之功**[2]。《戴氏谱》曰:"逯(逵)字安丘,谯国人。祖硕,父绥,有名位。逯以武勇显,有功,封广陵侯,仕至大司农。"**谢太傅曰**[3]:"**卿兄弟志业**[4],**何其太殊?**"**戴曰:"下官不堪其忧,家弟不改其乐**[5]。"

【注】

〔1〕戴安道:即戴逵,东晋画家,参前《雅量》34 注。厉操:激扬操守。东山:此指其隐居地会稽剡山。

〔2〕其兄:指逵兄逯,刘注引《戴氏谱》作"逵",误。按,据《晋书·谢玄传》附从玄征伐者有戴逯,字安丘。但明谓"处士逵之弟"。故逯对谢安之问,改"家弟不改其乐"为"家兄",与《世说》略异。式遏:典出《诗经·大雅·民劳》"式遏寇虐"之言。式,语首助词,无实义。遏,制止,遏制。原指制止对人民的侵害掠夺。这里引申为建功立业之义。

〔3〕谢太傅:指谢安。

〔4〕志业:志向与事业。

〔5〕下官不堪其忧,家弟不改其乐:语出《论语·雍也》孔子之美弟子颜回:"贤哉回也,一箪食,一瓢饮,在陋巷,人不堪其忧,回也不改其乐。"戴逯之意,自己是世俗的一般之人,故"不堪其忧";但其弟则是隐逸高士,如颜回一样的贤人,故"不改其乐"。

【评】

戴逯对谢安问,说话生动、形象而幽默,从中透视出特定时代的诗人心理。在魏晋隐士中,戴逵是个具有贤者风范的儒家典型。史称其"性高洁,常以礼度自处,深以放达为非道",并著论加以批判。说"乡愿似中和,所以乱德;放者似达,所以乱道"。反对"怀情丧真"的虚伪之隐。戴逯、戴逵兄弟,皆与谢安相识。谢安离开东山而出仕之后,戴逵继续隐居东山。而戴逯作为谢安属下将军,"骁果多权略"而"以武勇显"(见《晋书·谢安传》附)。兄弟二人各有不同的人生价值取向及社会贡献。逯以军功封广信侯,当然对国家安全有所贡献。但逵则在隐居的安静环境中,成为一位博学"善属文,能鼓琴,工书画,其馀巧艺靡不毕综"(见《晋书·隐逸传》)的艺术名家,为人类创造了不朽的精神文化遗产。二者贡献相比,戴逯有自惭形秽之色,故有篇末谦虚之言。但逯言同时也反映出魏晋士人高尚隐逸的时代思潮。此事如果发生在官本位的时代,戴逯如果是一个严重的官本位论者,则必然会改变其口吻声调。

18.13 许玄度隐在永兴南幽穴中〔1〕,每致四方诸侯之遗〔2〕。或谓许曰〔3〕:"尝闻箕山人〔4〕,似不尔耳〔5〕。"许曰:"筐篚苞苴〔6〕,故当轻于天下之宝耳〔7〕。"郑玄《礼记注》云:"苞苴,裹肉也,或以苇,或以茅。"此言许由尚致尧帝之让,筐篚之遗,岂非轻邪?

【注】

〔1〕许玄度:许询,字玄度,参《言语》62 注。永兴:县名,晋时会稽郡属县,故城在今萧山西。幽穴:僻静清幽的山洞。

〔2〕四方诸侯:各地高级官员。遗:馈赠。

〔3〕或:有人。

〔4〕箕山人:原指尧时隐居箕山的高士许由。箕山,在今河南登封东南。传说尧让天下于许由被拒绝,故事借喻隐逸高士。

〔5〕尔:如此,这样。

〔6〕筐篚(fěi 诽):竹筐,方为筐,圆为篚。苞苴(jū 狙):草包,用以裹鱼肉。按:筐篚苞苴,喻所包装礼物价值一般。

〔7〕天下之宝:天子之位。故当:自然。

【评】

魏晋隐士的生活,有三种来源:一是躬耕陇亩,自食其力;一是教授生徒,糊口度日;一是虚邀声誉,依靠高官政要的馈赠而养尊处优,悠游林泉。前二种隐士,虽然物质生活相对贫乏,但因不依赖于权门,从而获得了一定的心灵自由和精神解放。如郭瑀指翔鸿以绝诸侯之征,云:"此鸟也,安可笼哉!"遂深逃绝迹(见《晋书·隐逸传》),表现出蔑视权贵的高尚品格。相反,依靠权门政要馈赠而发财致富的"隐士",其虚名之腾,由人为炒作而致,已日渐背离了隐居生活的本质及其君子人格,岂是甘贫乐道以求安静读书做学问之人!俗话说:"吃人家的嘴软,拿人家的手短。"歆羡富贵又不耐寂寞,又岂能不为嗟来之食而折腰权势呢?一旦违心而失却自由,又哪有独立人格可言!豢养由人,当然也就只能听人吆喝了。前《文学》第 64 则载许询赴都,寓于丹阳尹刘惔家中,羡慕其锦衣美食,而有"殊胜东山"隐居生活之叹。当时王羲之在座,讥之云:"令巢(父)许(由)遇稷、契,当无此言。"许色大愧。故事中许询之言,不过是一种自我解嘲的无力辩解,充分表现了其隐居的虚伪矫饰。隐者向权贵靠拢,思想渐趋合流,这在当时自有一定的代表性,所以许询终于成为统治者手中的一张金字招牌。

18.14 范宣未尝入公门[1]。韩康伯与同载[2],遂诱俱入郡[3],范便于车后趋下[4]。《续晋阳秋》曰:"宣少尚隐通(遁),家于豫章,以清洁自立。"

【注】

〔1〕范宣:字宣子,陈留人。东晋名儒。《晋书·儒林传》有传。参见《德行》第38则注。公门:政府衙门或官员府邸。

〔2〕韩康伯:韩伯,字康伯,颍川长社人(今河南长葛)人。时任豫章太守。参前《德行》第38则注。

〔3〕入郡:进入郡守府衙。

〔4〕趋:疾走。

【评】

在魏晋栖隐高士中,范宣属于不言流行老庄之道的儒者。据前《德行》第38则,他曾在马车中半推半就地接受了豫章太守韩康伯的二丈绢,以免老婆穷得没裤子穿。如果范宣是位高权重的政要人物,可能"公关"小姐就会盯上他,此"关"一破,半推半就的二丈,进而可能是二匹、二十匹、二百匹也说不定。但幸亏范宣只是一介以"讲诵为业"的民间教书先生,大概此后再没有什么人走他的"后门",因此他也就专心隐遁,潜心读书治学,以便教好学生。后来,他果然"博综群书",著《礼》、《易》论难诸书行世。他的学生,当时"闻风宗仰,自远而至,讽诵之声,有若齐、鲁",可见其私立学校效果很好,像上面提到的画家戴逵,就是他的高足。学生的造诣,就是老师的幸福和骄傲。他在隐居生活中的成就,多亏他后来悟到权势之"关"不可破的道理,拒绝了太守的官场势利之诱惑。这一"定力"很重要。所以,他虽一时上当,上了太守的马车,但前车进,后车出,回头是岸,也算及时。不然,当时可能就会落下笑话了。

18.15 郗超每闻欲高尚隐退者[1],辄为办百万资[2],并为造立居宇。在剡[3],为戴公起宅甚精整[4]。戴始往(旧)居[5],与所亲书曰:"近至剡如官舍[6]。"郗为傅约亦办百万资[7],傅隐事差互[8],故不果遗[9]。约,琼小字。

【注】

〔1〕郗超:司空愔长子。曾入桓温大将军幕府,权倾一时。参前《言语》59注。高尚:特指高尚隐逸之事。语出《易·蛊》卦上九爻辞:"不事王侯,高尚其事。"

〔2〕辄(zhé 哲):即,总是。百万资:《晋书》作"百金",喻钱之多。

〔3〕剡(shàn 擅):县名,治所在今浙江嵊州市。

〔4〕戴公:对戴逵的尊称。精整:精美齐整。

〔5〕戴始往旧居:《太平御览》卷一五〇《逸民》引,"往"下无"旧"字。徐震堮《校笺》、朱铸禹《汇校集注》疑"旧"字衍,当删。

〔6〕如官舍:据《御览》卷一五〇作"如入官舍"。

〔7〕傅约:即傅瑗。余嘉锡《笺疏》疑约为傅瑗之兄弟行。

〔8〕差互:蹉跎不遂。

〔9〕遗:赠送。

【评】

在东晋中期桓温专擅朝政的年代里,年轻气盛的郗超,是桓温集团中的主要谋士,是个炙手可热的人物,不仅是谢安等人对他畏忌三分,就是桓温的废立大计,也是郗超为之主谋,连简文帝司马昱在他面前也只能请求与叹气。应该说郗超是个不折不扣的政要权贵了。但就是这个郗超,却偏是信奉佛教,推扬隐逸,支持隐士而毫不吝惜。照理说,隐士是高尚其事,不事王侯,有才不为朝廷所用,在政治上不与朝廷合作,在思想上颇多扞格,政要不予直接打击,已属宽容。可是,郗超却相反地予以物质支持,这是为什么?原来,郗超是个多谋多智的政治家,他自己热衷政治与权势,但在其内心深处,却也明白腥风血雨政治斗争之残酷,因此,他很想为自己的内心世界求得一方净土。自己做不到,就寄托在宗教与隐逸者身上。对于郗超个人,这是一种心理压抑的反弹;而在社会,则反映出士大夫视隐逸为高尚理想之举。隐士们多趋于安静做学问或游山玩水,对朝政并无威胁,因此可以用来为国家点缀升平。魏晋士夫心态,于此可见一斑。

18.16　许掾好游山水[1],而体便登陟[2]。时人云:"许非徒有胜情[3],实有济胜之具[4]。"

【注】

〔1〕许掾:许询曾以司徒掾征,故称。

〔2〕体便登陟:身体便捷,利于登山涉水。

〔3〕非徒:不只。胜情:美好心情。

〔4〕济胜之具:攀涉山水胜境的身体健康条件。

【评】

　　对于栖逸隐士来说,并非只过独闭岩穴面壁而坐的枯燥生活,游山玩水而登览胜景,也是隐逸生活的重要内容之一,即在幽静美丽的山水自然中,寻找自我,获得心灵的安慰。但要实现这一良好的愿望,不仅要有"胜情"——即精神上的向往,还要有"胜具"——即健康的体魄。在登览江山胜景的同时,必须具有一定的探险精神,才能见人之所未见,想人之未想,从而对人生有自己的新发现。

18.17 郗尚书与谢居士善[1],常称谢庆绪识见虽不绝人[2],可以累心处都尽[3]。尚书,郗恢也,别见。檀道鸾《续晋阳秋》曰:"谢敷字庆绪,会稽人。崇信释氏。初入太平山中十馀年,以长斋供养为业,招引同事,化纳不倦。以母老还南山若邪中。内史郗愔表荐之,征博士不就。初,月犯少微星,一名处士星。占云:'以处士当之。'时戴逵居剡,既美才艺,而交游贵盛,先敷箸名,时人忧之。俄而敷死,会稽人士以嘲吴人云:'吴中高士,便是求死不得。'"

【注】

〔1〕郗尚书:郗恢(?—398),字道胤,东晋高平金乡(今属山东)人。昙子。曾以雍州刺史镇襄阳,抗击姚苌。后以尚书征,途中被殷仲堪所害。谢居士:指谢敷,终生隐居不仕。居士,居家奉佛或修道的人。

〔2〕绝人:超越人们。

〔3〕累心处:指世俗烦恼之事。

【评】

故事借郗恢之言,表彰谢敷心胸与人格之美。因此,故事的第一主人公是谢居士。不过,郗恢的认识也代表了魏晋士人对于隐逸之风的尊重,这是一股时代习气,对于争名夺利的世俗之徒,也是一种无言的否定和批判。刘注拿戴逵与谢敷作比,而二人皆为隐逸之士,但戴氏"交游贵盛",结识众多贵要名士,比如接受郗超馈赠的精美房舍,虽说出于郗超自愿,但是,这仍是一种无名之求,无功而受禄,经人炒作而著名,实内心有愧。相比之下,则谢敷淡泊名利,专心隐居而无求于人,此其所以高于戴氏。戴逵虽隐居于会稽郡剡山,但其拒绝朝廷国子博士之征时,曾避居于吴,故刘注称其为吴中高士。谢敷之死,甚至比戴逵之生更值得人们怀念,可见在魏晋士人心目中,不为世俗所累的真隐士具有崇高的地位。

贤媛 第十九

【题解】 贤媛,贤淑美善之女性。媛原为美女,但这里取的是美善贤德之义,主要是从内在精神道德及其心灵智慧方面来考虑的。"贤媛"一门,共收三十二则故事,最早的是秦末汉初的陈婴之母,及西汉元帝时的王昭君、汉成帝时班婕妤,其馀皆为三国魏晋故事。应该承认,写的主要是魏晋人心目中贤淑妇女中的佼佼者。当然,和其他时代一样,妇女所受压迫最为深重,从揭露社会罪恶方面,如赵母嫁女故事,母敕准新娘"慎勿为好",女孩儿误认可在夫家"为恶",母曰:"好尚不可为,其况恶乎!"正见出魏晋妇女左右难做人的窘态。但在更多的场合,《世说》着重写出了当时妇女的时代特点和新的面貌,以及为争取与男子平等命运时所作的努力和智慧。汉代以前的传统礼教,要求妇女必须具有四德,即妇德、妇言、妇容、妇功。这是套在妇女身上的沉重枷锁,其基本精神是"女子无才便是德",做伺候男人的顺从奴仆。但魏晋妇女则做种种努力,企望挣脱或减轻传统枷锁的束缚。虽然不可能真正实现,但作为一种尝试,却值得肯定。晋葛洪《抱朴子》外篇《疾谬》云:"今俗妇女,……舍中馈之事,修周旋之好,更相从诣,之适亲戚。承星举火,不已于行。……或宿于他门,或冒夜而返。游戏佛寺,观视渔畋。登高临水,去境庆吊。开车褰帏,周章城邑。杯觞路酌,弦歌行奏。转相高尚,习非成俗。"这从反面看出,因受时代玄学思潮影响,魏晋的贵族妇女,具有相对的自由和解放,并为此做出了自己的努力与贡献。

19.1　陈婴者[1],东阳人[2]。少修德行,箸称乡党[3]。秦末大乱,东阳人欲奉婴为主[4]。母曰:"不可。自我为汝家妇,少见贫贱,一旦富贵[5],不祥。不如以兵属人[6],事成,少受其利,不成,祸有所归。"《史记》曰:"婴故东阳令史,居县,素信,为长者。东阳人欲立长,乃请婴。婴母谏之,乃以兵属项梁,梁以婴为上柱国。"

【注】

〔1〕陈婴:秦汉之际东阳人。原为项梁将,后归汉,封堂邑侯。事见《史记·项羽本纪》记述。

〔2〕东阳:县名,在淮水南,故城在楚州盱眙县东七十里。

〔3〕乡党:即乡里。

〔4〕奉:拥戴。为主:作为主宰或领袖。

〔5〕一旦:一朝,一下子。

〔6〕属:托给,交付。

【评】

陈婴作为县衙令史,虽然多少读点书,但其所受教育,则基本上是农民意识。其母之言,即是农民智慧之结晶。秦末,陈胜、吴广揭竿而起,天下动荡,群雄逐鹿中原,个个野心勃勃。比如项羽见秦始皇巡游车驾之盛而叹曰:"彼可取而代也!"代表了旧贵族后裔的雄心。(《史记·项羽本纪》)刘邦在咸阳见秦始皇车驾,喟然太息曰:"嗟乎,大丈夫当如此也!"(《史记·高祖本纪》)代表了流氓无产者的冒险意识。但作为思想较为保守的一般农民,则不敢作争天下、坐天下之想,因为这是冒杀头灭族的危险的。陈婴之母所言，一旦暴发富贵则不祥，说明了普通农民求稳以保平安的心理。"事成，少受其利；不成，祸有所归。"缺乏风险意识，重在求其实利，这正是一种典型的农民"狡狯"之智。

19.2　汉元帝宫人既多[1]，乃令画工图之[2]，欲有呼者，辄披图召之[3]。其中常者[4]，皆行货赂[5]。王明君姿容甚丽[6]，志不苟求，工遂毁为其状[7]。后匈奴来和[8]，求美女于汉帝，帝以明君充行[9]。既召见而惜之，但名字已去[10]，不欲中改，于是遂行。《汉书·匈奴传》曰："竟宁元年，呼韩邪单于来朝，自言愿婿汉氏以自亲。元帝以后宫良家子王嫱字明君赐之。单于欢喜，上书愿保塞。"文颖曰："昭君，本蜀郡秭归人也。"《琴操》曰："王昭君者，齐国王穰女也。年十七，仪形绝丽，以节闻国中。长者求之者，王皆不许，乃献汉元帝。帝造次不能别房帷，昭君恚怒久。会单于遣使，帝令宫人装出，使者请一女，帝乃谓宫中曰：'欲至单于者起。'昭君喟然越席而起，帝视之，大惊悔。是时使者并见，不得止，乃赐单于。单于大悦，献诸珍物。昭君有子曰世违。单于死，世违继立。凡为胡者，父死，妻母。昭君问世违曰：'汝为汉也，为胡也？'世违曰：'欲为胡耳。'昭君乃吞药自杀。"石季伦曰："昭以触文帝讳，故改为明。"

【注】

〔1〕汉元帝（前76—前33）：刘奭，西汉第八代皇帝。在位十六年（前48—前33）。

〔2〕图之：画像。

〔3〕披：翻阅。

〔4〕中常者：姿貌平常一般之女。

〔5〕货赂：行贿。

〔6〕王明君:即王嫱,字昭君。因避晋文王司马昭名讳,改"昭"为"明"。其和亲事,见载于《汉书·元帝纪》及《匈奴传》下,另见载于《后汉书·南匈奴传》。王昭君入匈奴后,被呼韩邪单于封为宁胡阏氏(yān zhī 焉支)。卒葬于匈奴,墓称"青冢",在今内蒙古呼和浩特市南十公里处。

〔7〕工遂毁为其状:据徐震堮《校笺》引李评曰:"'志不苟求'二句,《御览》作'志不可苟求,工遂毁为甚丑',当从《御览》,否则今本必去'为'字,方令人解。"可参考。

〔8〕匈奴:古代中国北方的少数民族,中原人蔑称之为"胡",以游牧为生,秦汉时强横塞外,边事频仍。

〔9〕充行:冒充公主身份出嫁匈奴。

〔10〕名字已去:名字已报送匈奴。

【评】

昭君和亲的故事,在中国影响很大,传为千古佳话。《世说》所载故事,具体细节是否皆为真实,尚可商榷。但就其大概来说,见于史书记载,确有其事。故事发生在汉元帝竟宁元年(前33),汉宫之中,一个男性皇帝,霸占了万千美丽女性,以致宠幸之前,无法见面,而必须"披图召之"。万千宫女,被皇帝召幸的机会,只能万分之一,可说是微乎其微。对皇帝来说,是独霸与垄断,是对女人的占有和奴役;而对万千宫女来说,则是严重的阴阳失调,是一种根本违背人性的摧残,也是变相的永远的守活寡。故事首先针对帝王及朝廷制度,揭露了社会的罪恶,并为妇女所受深重灾难鸣不平。历代专门吟咏昭君故事的诗词共有七百馀篇,但受传统观念影响,往往感叹王昭君被逼北上匈奴和亲时的痛苦而自叹"红颜薄命",抒写昭君的无限悲怨哀愁,即如宋代王安石《明妃曲》,也有"明妃初出汉宫时,泪湿春风鬓脚垂"之句,一副悲啼哭泣的可怜相。这实是一种误解。据史考证,王昭君因不满汉宫凄冷孤寂生活,主动请缨,远赴匈奴和亲。自此以后,汉与匈奴,边境相安数十百年。铁骑百万,安然不动,民族和睦,友好安定。王昭君不仅是为个人争幸福,做个真正的女人;而且客观上为中国这个多民族的大家庭,做出了自己的历史贡献。清朝女诗人郭润玉,力破传统偏见,重写《明妃曲》,云:"漫道黄金误此身,朔风吹散马头尘。琵琶一曲干戈靖,论到边功是美人。"诗人以其女性的敏感和细腻笔触,认为巾帼不让须眉,高度评价了昭君出塞的历史功绩,歌颂了昭君在民族团结与融合的洪流中所起的卓越作用。

19.3　汉成帝幸赵飞燕[1],飞燕谗班婕妤祝诅[2],于是考问[3],辞曰[4]:"妾闻死生有命,富贵在天[5]。修善尚不蒙福,为邪欲以何望?若鬼神有知,不受邪佞之诉[6];若其无知,诉之何益?故不为也。"《汉书·外戚传》曰:"成帝赵皇后,本长安宫人。初生,父母不举,三日不死,乃收养之。及壮,属河阳主家,学歌舞,号曰飞燕。帝微行过主,见而悦之,召入宫,大得幸,立为后。班婕妤者,雁门人。成帝初选入宫,大得幸,立为婕妤。帝游后庭,尝欲与同辇,婕妤辞之。赵飞燕潜许皇后及婕妤,婕妤对有辞致,上怜之,赐黄金百斤。飞燕娇妬,婕妤恐见危,中求供养太后于长信宫。帝崩,婕妤充奉园陵。薨,葬园中。"

【注】

〔1〕汉成帝:刘骜(前51—前7),西汉第九代皇帝。公元前32年至前7年在位二十六年。在位时,外戚王氏集团擅政,故国势日衰。幸:宠幸,喜爱。赵飞燕(?—前1):曾谮废许皇后,与妹昭仪专宠后宫十馀年。成帝暴死后尊为太后,但平帝时被废为庶人而自杀。

〔2〕谗:诬陷,言语中伤。祝诅(zhòu zǔ 咒祖):祈求鬼神降祸于仇人。班婕妤(jié yú 捷予):名未详,西汉雁门楼烦班况女,班彪姑母。原为成帝宠姬,后失宠,曾作诗赋自伤。婕妤,宫中女官名,皇帝妃嫔的一种称号。

〔3〕考问：审问。

〔4〕辞：此特指审讯供辞。

〔5〕"死生有命"二句：语出《论语·颜渊》子夏之口。

〔6〕邪佞（nìng 宁）：巧言善辩的邪媚之辞。

【评】

　　孔子曾说："唯女子与小人为难养也。"(《论语·阳货》)其轻视之心，经后儒变本加厉，发为"女子无才便是德"之言。但《世说》作者，对于这一传统偏见，似乎有所修正。他所收集编撰的"贤媛"故事，大多集中在女人的智慧闪光——也即是"才"的方面。这正是魏晋以来思想较为解放年代的一种突破。班婕妤是个贵族妇女，但仍难逃悲惨的命运。最后是"充奉园陵"——为死去的帝王空守坟墓而终其一生。但是，如果她在受谗之后，没有一篇自明心迹的绝妙辩护词，则连一天都活不下来，很可能立即死无葬身之地。一篇好文章，从理论根基来看，是牢不可破；从逻辑层次来看，是无懈可击的；从感情角度来看，是真情感人，令人不得不信服的。引用《论语》中的大道理，既合乎汉儒的要求；同时更说明了女人的文化修养及其智慧。其退处东宫时所作自伤悼赋，今见载于《汉书》卷九七《外戚传》下。与昏庸好色的汉成帝相比，女人的生命价值和历史内涵，岂非更有意义？后来雁门楼烦班氏家族，又出了一个班昭，帮助其兄班固续完《汉书》大业，作为一个史学世家，除了男人以外，女人也做出了重要贡献，岂是偶然！

19.4　魏武帝崩[1]，文帝悉取武帝宫人自侍[2]。及帝病困[3]，卞后出看疾[4]。太后入户，见直侍并是昔日所爱幸者[5]。太后问："何时来邪？"云："正伏魄时过[6]。"因不复前而叹曰："狗鼠不食汝馀[7]，死故应尔[8]。"至山陵[9],亦竟不临[10]。《魏书》曰:"武宣卞皇后,琅邪开阳人。以汉延熹三年生齐郡白亭,有黄气满室移日。父敬侯怪之,以问卜者王越。越曰:'此吉祥也。'年二十,太祖纳于谯。性约俭,不尚华丽,有母仪德行。"

【注】

〔1〕魏武帝:曹操卒谥武王,曹丕篡汉开魏之后,史尊为魏武帝。

〔2〕自侍:服侍自己。

〔3〕病困:病危。

〔4〕卞后(160—240):原为倡家女,操纳为妾,后扶正为继室,即魏文帝曹丕之母,故又称太后。看疾:探视病人。

〔5〕直侍:当值侍候的宫人。直,通"值"。

〔6〕伏魄:招魂。古人迷信,以为人刚死时,持其衣物登高北面呼叫,令其魂魄归来。伏,通"复";"伏魄"即"复魄"。

〔7〕狗鼠不食汝馀:古代俗语,喻其轻贱,连狗鼠畜生都予以唾弃。

〔8〕死故应尔:确实该死。故,的确。

〔9〕山陵:山陵原指帝王陵墓,这里名词动化,指帝王葬礼。

〔10〕临:临穴哭吊。

【评】

　　故事揭露了帝王生活的荒淫腐朽及封建礼教的虚伪性。曹操是个法家,原不太相信汉儒的一套礼教。但他又是个实用主义的政治家,为了对付政敌,他有时又偏祭起了忠孝节义的礼教法宝,坚决把"不孝"的孔融杀掉。可是到了他的儿子曹丕手里,又把"孝"字抛到爪洼国去了。父亲刚死,还在招魂的时候,他已急不可耐地霸占了昔日父亲爱幸过的宫女侍妾。以传统的眼光视之,这是为人不齿的畜生行为,败坏人伦纲纪的无耻之尤。可他偏偏是个至高无上的皇帝,忠孝节义之类的礼教,是他随心打扮的女孩子,招之即来,挥之即去,充分显示了帝王的虚伪本性。"狗鼠不食汝馀,死故应尔",这话出自一个亲生母亲之口,说得沉痛之极,促人三思。

19.5　赵母嫁女[1],女临去,敕之曰[2]:"慎勿为好[3]!"女曰:"不为好,可为恶邪?"母曰:"好尚不可为,其况恶乎[4]!"《列女传》曰:"赵姬者,桐乡令东郡虞韪妻,颍川赵氏女也。才敏多览。韪既没,文皇帝敬其文才,诏入宫省。上欲自征公孙渊,姬上疏以谏。作《列女传解》,号赵母注。赋数十万言。赤乌六年卒。"《淮南子》曰:"人有嫁其女而教之者,曰:'尔为善,善人疾之。'对曰:'然则当为不善乎?'曰:'善尚不可为,而况不善乎?'"景献羊皇后曰:"此言虽鄙,可以命世人。"

【注】

〔1〕赵母(?—243):三国时吴人,夫虞韪没,孙权诏入宫,称赵姬。著书作赋,具有较深的文化素养。

〔2〕敕:告诫。

〔3〕慎勿为好:意谓做善事有名声,易招人嫉妒而受害。

〔4〕其况:岂况,何况。

【评】

做人难,做女人更难。人活世上很累,必须前瞻后顾侧目观察,调整好各种复杂的人事关系。故《红楼梦》中有对联云:"世事洞明皆学问,人情练达即文章。"这岂是一朝一夕之功?必须在现实生活中跌打滚爬,方可明白一些。但等到人们有所觉悟,其大半生已经匆匆过去了。赵母嫁女时的肺腑之言,是其一生做女人的经验总结,也可说是其智慧结晶。明王世懋谓其智"何必减《庄子》",甚是。因此,为了生存和发展,争取做人的权利,女人一路走去,战战兢兢,如临深渊,如履薄冰,稍有不慎,就有可能跌入万丈深渊而万劫不复。做女人必须比男人多付出几倍的心血和代价。做个新娘,原该是喜气洋洋笑容满脸才好,但因环境改变,为善易招人嫉,为恶则遭报复,集矢加身,无所措其手足,奈何奈何!做女人只能无善无恶,浑浑噩噩,无才是德,随便男人吆喝摆布,才有资格做个精神"残疾"之人。其实,不仅女人如此,扩而大之,昔日凡是不能独立之人,不分男女,无不如此,悲乎!

19.6 许允妇是阮卫尉女[1],德如妹[2]。《魏略》曰:"允字士宗,高阳人。少与清河崔赞,俱发名于冀州。仕至领军将军。"《陈留志名》曰:"阮共字伯彦,尉氏人。清真守道,动以礼让。仕魏至卫尉卿。少子侃,字德如,有俊才,而忼以名理,风仪雅润。与嵇康为友。仕至河内太守。"奇丑[3]。交礼竟[4],允无复入理,家人深以为忧。会允有客至[5],妇令婢视之,还,答曰:"是桓郎[6]。"桓郎者,相(桓)范也[7]。《魏略》曰:"范字允明(元则),沛郡人。仕至大司农。为宣王所诛。"妇云:"无忧[8],桓必劝入。"桓果语许云:"阮家既嫁丑女与卿,故当有意[9],卿宜察之。"许使回入内,既见妇,即欲出。妇料其此出无复入理,便捉裾停之[10]。许因谓曰:"妇有四德,卿有其几[11]?"《周礼》:"九嫔掌妇学之法,以教九御:妇德、妇言、妇容、妇功。"郑注曰:"德谓贞顺,言谓辞令,容谓婉娩,功谓丝枲(枲)。"妇曰:"新妇所乏唯容尔。然士有百行,君有几?"许云:"皆备。"妇曰:"夫百行以德为首[12],君好色不好德,何谓皆备?"允有惭色,遂相敬重。

【注】

〔1〕许允(?—254):参《赏誉》139注。允与中书令李丰、太常夏侯

玄友善,为专擅朝政的司马师所害。阮卫尉:即阮共,出自陈留阮氏家族。

〔2〕德如:即阮侃,共之少子。

〔3〕奇:非常。

〔4〕交礼:结婚时的交拜礼仪。竟:终,结束。

〔5〕会:恰巧。

〔6〕桓郎:指桓范,字元则,有文才,曾编《皇览》,又杂抄《汉事》诸事作《世要论》以讽世。郎:古代对青年男子的美称。

〔7〕桓范:诸本"桓"作"恒",是。桓范,魏末官至大司农,后因心存魏室为司马懿诛杀。

〔8〕无:通"毋",不必,无须。

〔9〕故当:肯定,当然。

〔10〕捉裾:抓住衣襟。

〔11〕四德:封建礼教对于妇女的四项要求,即品德、言语、容仪、女功。几:多少,几项。

〔12〕百行:各种品行。"百"泛称其多。

【评】

　　故事的人物形象生动,心理刻画细腻入微。"捉裾停之",是一典型细节,不仅新郎不忘,就是读者也印象深刻。因为新妇一旦丧失机会,日后纵有千般本事万般智慧,也难以挽回,其所"捉裾",不仅是情急之行,更是一种准确判断、当机立断的智慧结晶。男人责女人以德,其所谓"德",实是无才便是"德",如许允新妇之言之行,则不合乎传统古训。但她以深思熟虑的问答,引诱丈夫入其彀中,而不能不推服认输,其逻辑推理之力,已超过以文才智慧闻世的新郎,所以令人叹服。其夫妻关系之和谐幸福,是在矛盾斗争中形成,是女人依靠自己的智慧主动争取而获得的。

19.7　许允为吏部郎〔1〕,多用其乡里〔2〕,魏明帝遣虎贲收之[3]。其妇出诫允曰:"明主可以理夺[4],难以情求。"既至,帝覈问之[5],允对曰:"'举尔所知[6]',臣之乡人,臣所知也。陛下检校为称职与不[7],若不称职,臣受其罪。"既检校,皆官得其人,于是乃释。允衣服败坏,诏赐新衣。初允被收,举家号哭[8]。阮新妇自若,云:"勿忧,寻还[9]。"作粟粥待,顷之允至[10]。《魏氏春秋》曰:"初,允为吏部,选迁郡守。明帝疑其所用非次,将加其罪。允妻阮氏洗(跣)出谓曰:'明主可以理夺,不可以情求。'允领之而入。帝怒诘之,允对曰:'某郡太守虽限满,文书先至,年限在后,(某守虽后),日限在前。'帝前取事视之,乃释然。遣出,望其衣败,曰:'清吏也。'"

【注】

〔1〕吏部郎:魏晋时中央朝廷吏部的副长官,主持官吏的选拔黜降工作。

〔2〕乡里:同乡之人。

〔3〕虎贲(bēn奔):以猛虎喻武士。贲,通"奔"。

〔4〕理夺:用道理来争取说服。

〔5〕覈问:审问核实。

〔6〕举尔所知:孔子之言,出自《论语·子路》。

〔7〕检校:检查核实。

〔8〕举家:全家。

〔9〕寻:不久。

〔10〕顷:一会儿。

【评】

　　这则故事,既揭露了帝王的刻薄寡恩,威福独擅;同时又以此反衬了许允之妻推理判断之准确,以明其智慧。在历史上,魏明帝曹睿是儒法并行不悖,史称其"沉毅断识,任心而行",《三国志·明帝纪》裴注更引《魏晋春秋》云："时明帝喜发举,数有以轻微而致大辟者",实行特务统治,因而人人自危。许允新妇虽在深闺,但却关心国家大事,对于帝王的嗜好及其心理,了若指掌。其研究之精细,似乎超越作为朝官的丈夫。丈夫被捕时相当突然,新妇甚至来不及穿鞋袜而"跣出"告诫丈夫:"明主可以理夺,难以情求。"正是针对明帝防范臣下的苛察之心而发,可说是一语中的,救了丈夫的性命,并保住其前途。于此可见,巾帼之智,何让须眉。

19.8 许允为晋景王所诛[1],门生走入告其妇[2]。妇正在机中[3],神色不变,曰:"蚤知尔耳[4]。"
《魏志》曰:"初,领军与夏侯玄、李丰亲善。有诈作尺一诏书,以玄为大将军,允为太尉,共录尚书事。无何,有人天未明乘马以诏版付允门吏。曰:'有诏。'因便驱走,允投书烧之,不以关呈景王。"《魏略》曰:"明年,李丰被收,允欲往见大将军。已出门,允回遑不走(定),中道还取绶。大将军闻而怪之,曰:'我自收李丰,士大木(夫)何为匆匆乎?'会镇北将军刘静卒,以允代静。大将军与允书曰:'镇北虽少事,而都典一方。念足下震华鼓,建朱节,历本州,此所谓箸绣昼行也。'会有司奏允前擅以厨钱谷乞诸俳及其官属,减死徙边,道死。"《魏氏春秋》曰:"允之为镇此(北),喜谓其妻曰:'吾知免矣。'妻曰:'祸见于此,何免之有?'"《晋诸公赞》曰:"允有王(正)情,与文帝不平,遂幽杀之。"《妇人集》载阮氏与允书,陈允祸患所起,辞甚酸怆。文多不录。门人欲藏其儿,妇曰:"无豫诸儿事[5]。"后徙居墓所。景王遣锺会看之[6],若才流及父[7],当收[8]。儿以咨母[9],母曰:"汝等虽佳,才具不多[10],率胸怀与语[11],便无所忧。不须极哀,会止便止。又可少问朝事[12]。"儿从之。会反[13],以状对,卒免。《世语》曰:"允二子,奇字子太,猛字子豹,并有治理。"《晋诸公

929

赞》曰:"奇,泰始中为太常丞。世祖尝祠庙,奇应行事。朝廷以奇受害之门,不令接近,出为长史。世祖下诏,述允宿望,又称奇才,擢为尚书祠部郎。猛礼学儒博,加有才识,为幽州刺史。"

【注】

〔1〕晋景王:即司马师,懿子。魏末任大将军,与弟昭共擅朝政,参《言语》16则注。

〔2〕门生:投靠世家大族的门客,地位高于仆众,也可以入仕。

〔3〕机:织布机。

〔4〕蚤知尔耳:早知如此。"蚤"通"早"。

〔5〕豫:关涉。

〔6〕锺会:字士季,官至魏司徒,是司马集团中要人。伐蜀功成,谋反被杀。参《言语》11则注。

〔7〕才流:才智流品。

〔8〕收:拘捕。

〔9〕咨:咨询,请教。

〔10〕才具:才干。

〔11〕率胸怀与语:坦开胸怀与之交谈。

〔12〕少:稍。又可少问朝事:余嘉锡《笺疏》曰:"阳为愚不晓事,不知会之侦己,无所疑惧也。"

〔13〕反:通"返"。

【评】

本门第6、7、8三则故事,犹如现存的电视连续剧,形象地描绘了许允之妻从初作新妇,到丈夫被杀,教育两个年轻儿子许奇、许猛,机智地避免了重蹈父亲覆辙,数十年间的智慧闪光轨迹。史称许允被贬为镇北将军时,曾喜谓其妻,有"吾知免矣"之言,以为已经逃过劫难。但妻子却明确指出:"祸见于此,何免之有?"让丈夫在路上做好必要的防范准备。但许允之智,终在妻子之下,以此遇害。这是侥幸心理害死了他。因此,门客报允死讯时,其妻神色不变而有"早知尔耳"之言,其料事如神犹如女诸葛一般。据刘注引《妇人集》,载其与允书,"陈祸患之所起,辞甚酸怆",但因文多不录,惜哉!另,以智慧增女人之光彩,又可见魏晋人不同于传统观念的思想认识。

19.9 王公渊娶诸葛诞女[1]。入室,言语始交,王谓妇曰:"新妇神色卑下,殊不似公休[2]。"妇曰:"大丈夫不能仿佛彦云[3],而令妇人比踪英杰[4]。"《魏氏春秋》曰:"王广字公渊,王陵子也。有风量才学,名重当世。与傅嘏等论才性同异,行于世。"《魏志》曰:"广有志尚学行,陵诛,并死。"臣谓王广名士,岂以妻父为戏,此言非也。

【注】

〔1〕王公渊:王广(?—251年)。字公渊,三国魏王凌子。当时名士。与父陵因拥曹魏而反对司马氏集团被杀。诸葛诞:字公休,原为魏扬州刺史、镇东将军、司空。后据寿春反魏,兵败被杀。参前《品藻》第4则注。

〔2〕殊:颇、甚。公休:指诸葛诞。

〔3〕仿佛彦云:效仿王凌。彦云,王陵字。陵在魏曾官司空、太尉、征东将军,封南乡侯,后被司马懿所杀。按:据王利器校,王陵当作"王凌",故字彦云。

〔4〕比踪英杰:与英雄豪杰比肩看齐。

【评】

入木三分的心理刻画,细致生动。王广出身于太原王氏家族,名门之后,本身又是名士,曾与傅嘏、锺会、李丰等论人之才性异同而著称于世,成为魏晋玄学的重要命题之一,其才华智慧非同凡响。有此资本,因而盛气凌人,在新婚的第一天,就想给出身于琅邪诸葛家族的妻子摆谱,其得意忘形的自高自大,竟然不顾礼仪,直呼老丈人的字讳,来嘲讽新婚妻子。但是,魔高一尺,道高一丈,新娘子面对忘乎所以的新郎,毫不退缩,而是以其人之道还治其人之身,针锋相对地借公公名讳来嘲讽丈夫。这不是为了决裂,而是以斗争求团结的有效手段,在男人面前争取做个女人的平等权利。新婚之夜,新郎新娘斗智,二人的内在心理,昭然若画。新妇的急智,令自负的新郎不得不低下那高傲的头颅。

19.10 王经少贫苦[1],仕至二千石[2]。母语之曰:"汝本寒家子,仕至二千石,此可以止乎!"经不能用。为尚书[3],助魏,不忠于晋,被收[4]。涕泣辞母,曰:"不从母敕[5],以至今日。"母都无慼容,语之曰:"为子则孝,为臣则忠。有孝有忠,何负吾邪?"《世语》曰:"经字彦伟,清河人。高贵乡公之难,王沈、王业驰告文王。经以正直不出,因沉(沈)业申意。后诛经及其母。"《晋诸公赞》曰:"沈、业将出,呼经,不从,曰:'吾子行矣!'"《汉晋春秋》曰:"初,曹髦将自讨司马昭,经谏曰:'昔鲁昭不忍季氏,败走失国,为天下笑。今权在其门久矣,朝廷四方,皆为之致死,不顾逆顺之理,非一日也。且宿卫空阙,寸刃无有,陛下何所资用?而一旦如此,无乃欲除疾而更深之邪!'髦不听。后杀经,并及其母。将死,垂泣谢母,母颜色不变,哭而谓曰:'人谁不死?往所以止汝者,恐不得其所也。以此并命,何恨之有!'"干宝《晋纪》曰:"经正直,不忠于我,故诛之。"桉:傅畅、干宝所记,则是经实忠贞于魏,而《世语》既谓其正直,复云因沈、业申意,何其相反乎?故二家之言深得之。

【注】

[1] 王经(?—260):字彦纬(一作伟)。三国时魏之清河(今属河北)人。与高阳许允并称冀州名士,官至尚书,高贵乡公之难,为司马昭所杀。

〔2〕二千石:郡守郎将的俸禄等级。

〔3〕尚书:官名,指朝廷尚书省各部长官。

〔4〕被收:被逮捕。

〔5〕敕:告诫。

【评】

　　英雄豪杰的诞生,离不开伟大母亲的培育。忠孝节义,封建士人视为荦荦大节。不忠不孝,谓为士耻,亦称国耻。和王沈、王业卖主求荣之流相比,王经忠孝兼备、慷慨赴死以救国难,其大仁大义,青史流芳、千古不朽,成为士人之楷模。王经之死节,肇自其母平素之谆谆教导。王经满门为司马昭所杀,临刑前,王经为牵累无辜老母而泣,母曰:"为子则孝,为臣有忠。有孝有忠,何负吾邪?"死前面不改色,其言掷地有声,其大智大勇,义薄云天。明王世懋评曰:"读史至王章妻、王经母,未尝不流涕也。"母对儿言,感天动地。"天下兴亡,匹夫有责",昔日只论男子汉大丈夫。其实,王经之母的临刑誓词,充分说明了巾帼何让须眉!

19.11　山公与嵇、阮一面[1],契若金兰[2]。山妻韩氏,觉公与二人异于常交,问公,公曰:"我当年可以为友者,唯此二生耳。"妻曰:"负羁之妻,亦亲观狐、赵[3];意欲窥之[4],可乎?"他日,二人来,妻劝公止之宿,具酒肉。夜穿墉(牖)以视之[5],达且(旦)忘反[6]。公入曰:"二人何如?"妻曰:"君才殊不如,正当以识度相友耳[7]。"公曰:"伊辈亦常以我度为胜[8]。"《晋阳秋》曰:"涛雅量恢达,度量弘远,心存事外,而与时俯仰。尝与阮籍、嵇康诸人,箸忘言之契。至于群子屯塞于世,涛独保浩然之度。"王隐《晋书》曰:"韩氏有才识,涛未仕时,戏之曰:'忍寒,我当作三公,不知卿堪为夫人不耳!'"

【注】

〔1〕山公:对山涛(210—283)的敬称。参前《言语》第78则及《政事》第5则注。一面:即一见如故,或译注为只见一面,误。

〔2〕契若金兰:喻朋友相知,情投意合。语本《易·系辞上》:"二人同心,其利断金;同心之言,其臭如兰。"

〔3〕"负羁之妻"二句:据《左传·僖公二十三年》载,晋公子重耳(按:后来的晋文公)流亡路经曹国时,为曹共公所辱。曹国之臣僖负羁之妻劝夫以礼相待,曰:"吾观晋公子之从者,皆足以相国。"其"从者"即指狐偃、赵衰(cuī崔)等人。狐偃、赵衰后来助重耳返晋,是为晋文公,成为春秋五霸之一。

〔4〕窥:暗中偷视。

〔5〕墉:《御览》卷四〇九称引作"牖",于义较胜。墉,北面之墙。牖,窗户。

〔6〕达旦:诸本"旦"作"旦",是。

〔7〕识度:见识、器度。

〔8〕伊辈:他们。度:气量、器度。

【评】

成功男人的背后,常有女人的支持。山涛事业的成就,其中或许有一半是妻子的功劳。朱铸禹《汇校集注》曾评曰:"《山公启事》想俱由山婆鉴定耶?"所论虽借笑话而发,但却多少道出了其中之奥妙。一个人才,当观其才、胆、识、力四个方面,四者之中,又当以"识"为主,识是判断、认识,是世界观的核心。"使无识,则三者俱无所托"(叶燮《原诗》)。有胆无识则卤妄无知;有力无识,则坚僻妄为;有才无识,则虽才华横溢,议论纵横,而是非混淆,黑白颠倒,反而为才所累。山妻在赞颂嵇康、阮籍才情之时,又肯定了丈夫的"识度",一方面表达了隐藏内心的对丈夫的挚情真爱,一方面又为丈夫的为人做事指明了前进的方向。

19.12 王浑妻锺氏生女令淑[1]。虞预《晋书》曰:"浑字玄冲,太原晋阳人。魏司徒昶子,仕至司徒。"武子为妹求简美对而未得[2]。有兵家子[3],有隽才[4],欲以妹妻之,乃白母。《王氏谱》曰:"锺夫人名琰之,太傅繇之〔曾〕孙。"曰:"诚是才者,其地可遗[5],然要令我见。"武子乃令兵儿与群小杂处[6],使母帷中察之[7]。既而,母谓武子曰:"如此衣、形者,是汝所拟者,非邪[8]?"武子曰:"是也。"母曰:"此才足以拔萃[9],然地寒[10],不有长年[11],不得申其才用[12]。观其形骨必不寿[13],不可与婚。"武子从之。兵儿数年果亡。

【注】

〔1〕王浑(223—297):字玄冲,魏晋间太原晋阳(今山西太原)人。昶子。以平吴之功,晋爵为公,官征东大将军,迁司徒。令淑:美丽贤淑。

〔2〕武子:即王济,字武子。浑中子。参前《言语》第24则注。求简美对:寻找选择美好正配。简,检。

〔3〕兵家子:军人之子。

〔4〕隽才:优秀才能。

〔5〕其地可遗:其出身门第可以不论。

〔6〕群小:众多"小人",特指身份较低的普通百姓。

〔7〕帷:帐幕。

〔8〕"如此衣、形者"三句:穿着这样衣服这样形状的,是你所选中的人,是不是?

〔9〕拔萃:出类拔萃。

〔10〕地寒:出身于寒微之家。

〔11〕长年:长寿。

〔12〕申:施展。

〔13〕形骨:形貌骨相。不寿:短命,夭折。

【评】

　　锺琰,晋初人,王浑之妻、王济之母。她是出身于颍川长社锺氏家族的名门闺秀。在《世说》中,锺琰有三则故事,其馀二则是本门第16则、《排调》第8则。从这些故事看来,锺夫人知书达礼,很有修养,《隋书·经籍志》录有《锺夫人集》一卷可证,但却不拘泥于教条,而颇有自己的个性和主张。其夫王浑出将入相。其子王济,晋初名士而文武兼备。济想为妹觅佳婿,找到一个"有隽才"的兵家子——在魏晋时代,兵家子出身低贱,令人轻视,即使东晋贵如桓温,独擅朝政,世家望族照样瞧不起他的兵家子门第而不愿与桓家结亲。当时太原王氏,高门士族,与普通的兵家子,门第悬隔,天渊之别。但锺夫人却明白宣示:"诚是才者,其地可遗。"打破门当户对的传统婚姻偏见,在实行九品中正制的魏晋时代,其思想认识高人一筹。但可贵的是,她比儿子更聪明更有智慧,因而对儿女婚姻的选择也更全面,看中才华,但不唯才是论,还要看健康。不寿短命之人,岂可与之结婚?从而避免了女儿的婚姻悲剧命运。锺夫人的智慧之光,来自对实际生活的考察。

19.13　贾充前妇是李丰女[1]。丰被诛,离婚徙边[2]。《妇人集》曰:"充妻李氏,名婉,字淑文。丰诛,徙乐浪。"后遇赦得还,充先已取郭配女[3]。《贾氏谱》曰:"郭氏名王(玉)璜,即广宣君也。"武帝特听置左右夫人[4]。李氏别住外,不肯还充舍。《晋诸公赞》曰:"世祖践阼,李氏赦还。而齐献王妃欲令充遣郭氏,更纳其母。充不许,为李氏筑宅而不往来。充母柳氏将亡,充问所欲言者,柳曰:'我教汝迎李新妇尚不肯,安问他事!'"郭氏语充,欲就省李[5]。充曰:"彼刚介有才气[6],卿往不如不去[7]。"《充别传》曰:"李氏有淑性令才也。"郭氏于是盛威仪,多将侍婢[8]。既至,入户,李氏起迎,郭不觉脚自屈,因跪再拜。既反,语充。充曰:"语卿道何物[9]?"按《晋诸公赞》曰:"世祖以李丰得罪晋室,又郭氏是太子妃母,无离绝之理,乃下诏敕断,不得往还。"而王隐《晋书》亦云:"充既与李绝婚,更取城阳太守郭配女,名槐。李禁锢解,诏充置左右夫人。充母柳亦敕充迎李。槐怒,攘臂责充曰:'刊定律令,为佐命之功,我有其分。李那得与我并!'充乃架屋永年里中以安李。槐晚乃知,充出,辄使人寻充。诏许充置左右夫人。充答诏,以谦让不敢当盛礼。"《晋赞》既云:"世祖下诏,不遣李还。"而王隐《晋书》及《充别传》并言:诏听置立左右夫人,充惮郭氏,不敢迎李。三家之说并不同,木(未)详孰是。然李氏不还,别有馀故。而《世说》云自不肯还,谬矣。且郭槐彊很,岂能就李而为之拜乎?皆为虚也。

【注】

〔1〕贾充(217—282):字公闾,平阳襄陵(今山西襄汾东北)人。曹魏时任大将军司马、廷尉,是司马氏集团的核心骨干。入晋任司空、侍中、尚书令,备受宠信。参前《政事》第3则注。前妇:前妻。按,即李婉,字淑文,李丰女。李丰(?—254):参前《容止》第4则注。

〔2〕徙边:犯罪被流放边疆服劳役。

〔3〕郭配:郭淮之弟,官城阳太守。其女名玉璜,一名槐,嫁贾充为继室。李详谓郭氏一名扶,误。

〔4〕特听:特地批准。左右夫人:即第一、第二夫人,皆为正室。

〔5〕省:看望。

〔6〕刚介:刚直耿介。

〔7〕卿往不如不去:你想看她,还是不去为好。

937

〔8〕将:率领。

〔9〕语卿道何物:余嘉锡《笺疏》引吴承仕曰:"以今语译之,当云:'我告诉你什么来着?'何物即什么,么即物的声转。"按:何物,魏晋时口语。

【评】

　　故事的主角是贾充的前妻李婉,但却着墨不多,主要是通过贾充及其后妻郭槐的言行来加以艺术衬托。郭槐悍妒有馀,才气不足。她往见李氏,"盛威仪,多将侍婢",莫非想给李氏一个下马威,令其屈膝臣服,以便获得内心的满足。贾充了解前妻,劝郭不见为好,但郭槐不听,果然是自取其辱。郭、李相见的细节描绘,具体生动,"李氏起迎",不失风度;"郭不觉脚自屈,因跪再拜",郭之威风顿然消失。这生动地托出了李氏的刚介之性及其自爱自尊,形象高出郭氏许多。故事称李氏赦还后,"不肯还充舍",刘注谓谬。其实,这正是李氏耿介性格的自然发展所致,谬误者应是刘孝标自己。

19.14　贾充妻李氏作《女训》行于世〔1〕。李氏女,齐献王妃〔2〕,郭氏女〔3〕,惠帝后〔4〕。充卒,李、郭女各欲令其母合葬,经年不决〔5〕。贾后废,李氏乃祔葬〔6〕,遂定。《晋诸公赞》曰:"李氏有才德,世称《李夫人训》者。生女合(荃),亦才明,即齐王妃。"《妇人集》曰:"李氏至乐浪,遗二女《典式(戒)》八篇。"王隐《晋书》曰:"贾后,字南风,为赵王所诛。"

【注】

〔1〕《女训》:书名,作者李婉,其书已佚。

〔2〕李氏女:指李婉与贾充所生女贾荃,一名褒,事附见《晋书·贾充传》。齐献王:司马攸,字大猷,司马昭子,晋武帝炎弟,封齐王,因武帝疑惧,被贬而忧卒,谥献。

〔3〕郭氏女:指郭槐与贾充所生女贾南风。《晋书·后妃》有传。晋惠帝时,专擅朝政,直接开启八王之乱,被赵王所诛。

〔4〕惠帝:指痴呆皇帝司马衷,武帝子。

〔5〕经年:历年,多年。

〔6〕祔:(fù 附)葬:合葬。

【评】

　　故事应该发生于太康三年(282)四月贾充卒后。当时,李、郭二位夫人先充而卒,故有争合葬事。据礼,夫妇合葬。但充前妻李氏,因是犯官李丰之女,徙边赦还,终武帝时,不入充门,未被正式承认,所以无法恢复她的合法地位。但是,贾后被诛之后,政治天平倾向李氏,于是祔葬之礼遂定。其合乎礼数与否,实与当时的政治斗争密切相关。透过祔葬之争,正可见出西晋一朝政教人心之混乱。据《隋书·经籍志》载,充妻李氏有集一卷,又有《女训》行于世,可见其文化素养及其才华,但生当乱世,渡过被世抛弃的悲剧人生,冤哉枉哉!

19.15　王汝南少无婚〔1〕,自求郝普女〔2〕。《郝氏谱》曰:"普字道匡,太原襄城人。仕至洛阳太守。"司空以其痴〔3〕,会无婚处〔4〕,任其意,便许之。《魏氏志》曰:"王昶字文舒,仕至司空。"既婚,果有令姿淑德,生东海〔5〕,遂为王氏母仪〔6〕。或问汝南:"何以知之?"曰:"尝见井上取水,举动容止不失常,未尝忤观〔7〕,以此知之。"《汝南别传》曰:"襄城郝仲将,门至孤陋,非其所偶也。君尝见其女,便求聘焉。果高朗英迈,母仪冠族。其通识馀裕皆此类。"

【注】

〔1〕王汝南:王湛(249—295),字处冲,出于太原王氏世家望族。曾

官汝南内史,故称。好读书而冲素简淡,人以为痴。参前《赏誉》第17则注。无婚:未婚。

〔2〕郝普:刘注谓其门第孤陋,当是出身于庶族寒门。

〔3〕司空:指王昶(? —259),字文舒。王浑、王湛之父。有才智谋略,官至魏司空,故称。

〔4〕会:恰巧。无婚处:没有婚配对象。

〔5〕东海:指王承,字安期,湛子。晋之名士。官至东海太守,故称。

〔6〕母仪:贤妻良母之典范。

〔7〕忤(wǔ五)观:随心东张西望。

【评】

　　这则故事,虽写王湛之妻"有令姿淑德,生东海,遂为王氏母仪",但作为妇女楷模,事仅如此,似乎并非描写的中心人物。其实,如把此则故事移至《识鉴》门,可能更合适。其主角人物是"痴汉"王湛,据前《赏誉》第十七则故事,当时不仅是家族成员认为湛痴,就连晋武帝也当面调侃王济,问道:"卿家痴叔死未?"实际上,王湛是大智若愚,好读深思,默默似痴,他精于《易》理,在王济等清谈名家前曾一展风采。故其临事之智,源于平素沉潜之思,何痴之有?他对婚姻,相信自己的选择,而不以"父母之命、媒妁之言"为据,在冲破传统习惯方面,甚为大胆,这是其"痴"——也即可爱之一;其妻出于郝家,刘孝标注谓妻父郝普门第孤陋,妻未出嫁时,又亲上井台打水,可见出于庶族寒门,与太原王氏高门士族,门第悬隔,在魏晋门阀社会中,本是难以逾越的婚姻障碍。但王湛却主动打破门第偏见,其"痴"之可爱二也;不以妇德审查未婚妻,而却相信自己的直观判断,以郝女眼不"忤观",眼睛是心灵的窗户,判断其为人之正派,在实践中来完成考察,其"痴"可爱之三也。

19.16　王司徒妇,锺氏女,太傅曾孙[1]。《王氏谱》

曰:"夫人,黄门侍郎锺琰(徽)女。"亦有俊才女德[2]。《妇人集》曰:"夫人有文才,其诗、赋、颂、诔行于世。"锺、郝为娣姒[3],雅相亲重:锺不以贵陵郝[4],郝亦不以贱下锺[5]。东海家内[6],则郝夫人之法[7];京陵家内[8],范锺夫人之礼[9]。

【注】

〔1〕王司徒:指王浑,字玄冲,官至司徒,故称。锺氏女,太傅曾孙:指王浑妻锺氏,字琰,魏太傅锺繇曾孙女,父徽为黄门侍郎。事载《晋书》卷九六《列女传》。据此,则刘注有误。

〔2〕俊才:杰出才智。

〔3〕锺、郝为娣姒(dì sì 第似):锺夫人夫王浑,郝夫人夫王湛,是亲兄弟。娣姒,即妯娌,兄弟间妻子之间的称呼。

〔4〕陵:通"凌",欺凌,侮辱。

〔5〕下:低下。"下锺"即比锺氏低下一等。

〔6〕东海:湛子王承。

〔7〕则:以……为准则。"则"是准则,名词动化。

〔8〕京陵:指京陵侯王浑。

〔9〕范:以……为榜样或典范。名词动化。

【评】

　　人的门第出身,爹娘无法选择。这在魏晋门阀社会中,关系重大,不仅男人因士庶之别,仕途自然悬殊;就是女人,也因士庶之隔,婚姻遂有大家小户等难以逾越的障碍。可贵的是,锺、郝二位夫人,一是颍川长社锺氏世家望族,一是孤陋寒门之女,出身虽有士庶之别,但却毫无传统的门第偏见。出身高门的锺夫人,不以富贵凌人,已属不易;而出身寒微的郝夫人,不因贫贱而自卑地低下头颅,更是气度非凡,难能可贵。因为她们都明白自己的人生价值,尊重自己,见其真情,而毫无虚矫之饰。这正是魏晋妇女的可爱之处。

19.17 李平阳[1]，秦州子[2]，李重，已见。《永嘉流人名》曰："康(秉)字玄胄，江夏人。魏秦州刺史。"中夏名士[3]，于时以比王夷甫[4]。孙秀初欲立威权[5]，咸云："乐令氏(民)望[6]，不可杀；减李重者，又不足杀[7]。"《晋诸公赞》曰："孙秀字俊忠，琅邪人。初，赵王伦封琅邪，秀给为近职小吏。伦数使秀作书疏，文才称伦意。伦封赵，秀徙户为赵人，用为侍郎，信任之。"《晋阳秋》曰："伦篡位，秀为中书令，事皆决于秀。为齐王所诛。"遂逼重自裁[8]。初[9]，重在家，有人走从门入[10]，出髻中疏示重[11]，重看之色动[12]。入内示其女，女直叫"绝[13]"。了其意[14]，出则自裁。案：书皆云："重知赵王伦作乱，有疾不治，遂以致卒。"而此书乃言自裁，甚乖谬。且伦、秀凶虐，动加诛夷，欲立威权，自当显戮，何为逼令自裁？此女甚高明，重每咨焉[15]。

【注】

〔1〕李平阳：即李重，字茂曾，江夏钟武人。曾官平阳太守，故称。参《品藻》第46则注。

〔2〕秦州：指重父李秉，刘注引《永嘉流人名》作李康，误。曾任魏秦州刺史，故称。

〔3〕中夏：指中原地区。

〔4〕王夷甫：王衍字夷甫，晋初名臣，清谈领袖人物。参前《言语》第23则注。

〔5〕孙秀(？—301)：字俊忠，赵王伦篡位称帝后任中书令，专擅朝政，后被齐王冏所杀。按：晋初有两孙秀，另一为江东孙秀，字彦才。

〔6〕乐令：指西晋名臣乐广，字彦辅，与王衍并称清谈领袖。参前

《德行》第23则注。

〔7〕不足杀:不值得杀。

〔8〕自裁:自杀。

〔9〕初:当初,先前。

〔10〕走:奔走,跑。

〔11〕疏:疏状,条陈。

〔12〕色动:面孔变色。

〔13〕绝:完了,没希望。

〔14〕了:明白,清楚。

〔15〕咨:咨询。

【评】

　　《晋书·李重传》谓重卒于永康初赵王伦当政之时。查晋惠帝永康仅一年,即公元300年,则故事发生于该年。当时贾后杀太子,直接诱发了西晋的八王之乱,局势动荡。在故事中,李重之女一看条陈,立即明白了形势的严重性,直叫完了。于此可见其准确判断的政治智慧。"此女甚高明,重每咨焉",篇末画龙点睛,神韵秀出。按:史称李重多次上疏,如批评九品中正官人法云:"九品始于丧乱,军中之政,诚非经国不刊之法也。且其检防转碎,征刑(形)失实,故朝野之论,佥谓驱动风俗,为弊已甚。"表现了一个清醒政治家的远见卓识。有其父必有其女,但女儿之慧,却无用武之地。惜哉!

　　19.18　周浚作安东时[1],行猎,值暴雨[2],过汝南李氏[3]。李氏富足,而男子不在。有女名络秀[4],闻外有贵人[5],与一婢于内宰猪羊,作数十人饮食,事事精办,不闻有人声。密觇之[6],独见一女子,状貌非常。浚因求为妾,父兄不许。络秀曰:"门户珍瘁[7],何

943

惜一女！若连姻贵族，将来或大益。"父兄从之。《八王故事》曰："浚字开林，汝南安城(成)人。少有才名。太康初，平吴，自御史中丞出为扬州刺史。元康初，加安东将军。"遂生伯仁兄弟[8]。络秀语伯仁等："我所以屈节为汝家作妾[9]，门户计耳[10]。案：《周氏谱》，浚取同郡李伯宗女，此云为妾，妄耳。汝若不与吾家作亲亲者[11]，吾亦不惜馀年！"伯仁等悉从命。由此李氏在世得方幅齿遇[12]。

【注】

　　[1] 周浚：字开林，汝南安成(今河南正阳)人。曹魏时官拜折冲将军、扬州刺史，封射阳侯。平吴时以功封成武侯，拜安东将军、都督扬州诸军事。

　　[2] 值：遭遇，碰到。

　　[3] 汝南：郡名，晋时治所在悬瓠城(今河南汝南)。李氏：李家。

　　[4] 络秀：李伯宗女，嫁周浚。

　　[5] 贵人：显贵之人，指公卿大夫之辈。

　　[6] 觇(chān 搀)：窥视，暗中观看。

　　[7] 门户：门第。殄瘁(tiǎn cuì 忝粹)：衰败。

　　[8] 生伯仁兄弟：李络秀为周浚生三子：周顗，字伯仁；周嵩，字仲智；周谟。三子在东晋时皆居显职，甚有声名。

　　[9] 屈节：谓违背自己感情而降身相从。

　　[10] 门户计耳：意谓为娘家门第打算而与周家联婚。

　　[11] 亲亲：亲戚。

　　[12] 方幅：魏晋时口语，本义为形体方整，这里引申为公开、"正当"或"光明正大"之义，见徐震堮《校笺·词语简释》。

【评】

　　故事开篇谓"周浚作安东时"过汝南李家而迎娶李络秀，时间有误。周浚作安东将军在平吴之役后，平吴之役在晋初太康元年(280),其时浚已入晚年,垂垂老翁,何来新婚之喜?其与络秀所生长子周顗,据《晋书》本传,永昌元年(322)死于王敦刀下,"时年五十四",上推生年,为晋武帝泰始五年(269),则平吴之后,已是十四五岁英俊少年。据此推断,"安东"应是"折冲"之讹。周浚盛年时任折冲将军。又《晋书·周浚传》,浚曾娶史曜之妹为妻,据此,则李络秀屈节为妾,当是事实,史家因其子贤而为之讳,刘孝标驳难甚谬。

古代门户之立,重在男人,光宗耀祖之事,非男莫属。但汝南李氏,本是乡间一土财主,出身微贱,不入流品,与上流社会无涉。这在魏晋门阀社会中是正常现象,也即络秀所说的"门户殄瘁"。络秀为挽救家庭,牺牲感情,屈节为妾,生周顗贤兄弟,李氏娘家因此得"方幅齿遇"。故明李卓吾叹曰:"好女便立家,何必男子!"信然。

19.19　陶公少有大志[1],家酷贫[2],与母湛氏同居[3]。同郡范逵素知名[4],举孝廉[5],逵,未详。投侃宿。于时冰雪积日,侃室如悬磬[6],而逵马仆甚多。侃母湛氏语侃曰:"汝但出外留客,吾自为计。"湛头发委地[7],下为二髲[8],一作"髢"。卖得数斛米[9]。斫诸屋柱,悉割半为薪,剉诸荐以为马草[10]。日夕,遂设精食,从者皆无所乏。逵既叹其才辩,又深愧其厚意[11]。明旦去,侃追送不已,且百里许[12]。逵曰:"路已远,君宜还。"侃犹不返。逵曰:"卿可去矣。至洛阳,当相为美谈[13]。"侃乃返。逵及洛[14],遂称之于羊晫、顾荣诸人[15],大获美誉。《晋阳秋》曰:"侃父丹,娶新淦湛氏女,生侃。湛虔恭有智算,以陶氏贫贱,纺绩以资给侃,使交结胜己。侃少为寻阳吏,鄱阳孝廉范逵尝过侃宿。

时大雪,侃家无草,湛彻所卧荐剉给,阴截发,卖以供调。逵闻之叹息。逵去,侃追送之。逵曰:'岂欲仕乎?'侃曰:'有仕郡意。'逵曰:'当相谈致。'过庐江,向太守张夔称之。召补吏,举孝廉,除郎中。时豫章顾荣或责羊晫曰:'君奈何与小人同舆?'晫曰:'此寒俊也。'"王隐《晋书》曰:"侃母既截发供客,闻者叹曰:'非此母不生此子。'乃进之于张逵(夔)。羊晫亦简之。后晫为十郡中正,举侃为鄱阳小中正,始得上品也。"

【注】

〔1〕陶公(259—334):指东晋初名臣陶侃,参前《言语》第47则注。

〔2〕酷:非常,极其。

〔3〕湛(zhàn 战)氏:陶侃母,以贤惠称。

〔4〕范逵:鄱阳孝廉,侃友。

〔5〕孝廉:汉时选举科目,孝指孝道,廉指廉洁,合称孝廉,由郡贡于朝廷。魏晋因之。

〔6〕室如悬磬:意谓家中一贫如洗。悬磬,谓府库空虚。

〔7〕委地:下垂及地。

〔8〕髲(bì 币):假发。

〔9〕斛:容器名,古时十斗为一斛。

〔10〕剉(cuò):铡碎。荐:草垫、卧席。

〔11〕愧:感谢。

〔12〕且:将近。许:表约数之意。百里许,即大约百把里路。

〔13〕当:一定。相为:为你。美谈:说好话。

〔14〕洛:西晋国都洛阳。

〔15〕羊晫:《晋书·陶侃传》作"杨晫",历豫章郎中令、十郡大中正。举荐陶侃甚力。顾荣(?—312):字彦先,吴县(今属江苏)人。江东士族领袖人物。参前《德行》第26则注。

【评】

古代女人才智纵能治国安邦,仁义道德足为乡国之典范,但因受封建礼教的束缚,无法入仕从政,所有才智皆付之东流。因此,她们只能作为贤妻良母,相夫教子,把自己的生命活力,转移到丈夫儿子身上。陶侃作为东晋一代名臣,正是其母亲精心培育的结果。陶侃能从一个庶族寒门,迅速上升到二品士族之门,湛氏的远见卓识,给儿子以智慧的启迪。陶母不惜牺牲自己的委地美发,正是为儿子赢来美好的前途。吃小亏占大便宜,看到远期投资的长远利益所在,其眼光之深邃,何减须眉!

19.20 陶公少时作鱼梁吏[1],尝以坩鲊饷母[2]。母封鲊付使,反书责侃[3]曰:"汝为吏,以官物见饷,非唯不益,乃增吾忧也[4]。"《侃别传》曰:"母湛氏,贤明有法训。侃在武昌,与佐吏从容饮燕,常有饮限。或劝犹可少进,侃凄然良久,曰:'昔年少,曾有酒失,二亲见约,故不敢踰限。'及侃丁母忧,在墓下,忽有二客来吊,不哭而退,仪服鲜异。知非常人,遣随视之,但见双鹤冲天而去。"《幽明录》曰:"陶公在寻阳西南一塞取鱼,自谓其池曰鹤门。"按吴司徒孟宗为雷池监,以鲊饷母,母不受,非侃也。疑后人因孟假为此说。

【注】

〔1〕鱼梁吏:管理水堤闸口捕鱼的官吏。鱼梁,一种捕鱼用的堤堰,以土石断水截流,中有缺口,置竹篓顺流捕鱼。

〔2〕坩(gān甘):盛物陶器。鲊(zhǎ扎):一作"鲝",异体字,经腌制加工而成的鱼类食品。

〔3〕反书:回信,"反"通"返"。

〔4〕乃:却,只是。

【评】

陶侃母湛氏,如刘辰翁所评,是"真陶母"也,也就是说,这是一个真正伟大的母亲。做母亲的一般心理,自己的儿女即便是癞痢头,也是好的。因此,常因从小溺爱而生护短心理。但是,溺爱并非真爱,故古人有严父慈母之说,一个孩子的成长,不仅要有母爱的关怀,更要有严父的教训。但陶侃少年失怙,严父见背而依恃寡母养育。湛氏在陶家身兼严父慈母之责。以此,为了孩子的前途,她对陶侃,除了一般女人的母爱之外,更是严加管教而绝不护短,即使陶侃已经长大成人,已提升为"干部"时也是如此。陶侃做鱼梁吏而送一坩鱼鲊,事情很小,不值几文,并见其奉母之心,出于至孝天性,应该说是好事。但湛氏的思想认识却比常人深入一层,一坩鱼鲊虽小,但却有监守自盗之嫌。为了做一个清清白白的廉洁官吏,能不引为警惕吗?贪污腐败之风不止,或许是从小贪一步步发展为大贪,最后弥漫开来,无可救药。以古鉴今,能无惧乎!

19.21　桓宣武平蜀[1],以李势妹为妾[2],甚有宠[3],常箸斋后[4]。主始不知[5],既闻,与数十婢拔白刃袭之[6]。《续晋阳秋》曰:"温尚明帝女南康长公主。"正值李梳头,发委藉地[7],肤色玉曜[8],不为动容,徐曰:"国破家亡,无心至此,今日若能见杀,乃是本怀。"主惭而退[9]。《妒记》曰:"温平蜀,以李势女为妾。郡主凶妒,不即知之。后知,乃拔刃往李所,因欲斫之。见李在窗梳头,姿貌端丽,徐徐结发,敛手向主,神色闲正,辞甚凄惋。主于是掷刀前抱之,曰:'阿子,我见汝亦怜,何况老奴。'遂善之。"

【注】

〔1〕桓宣武:指东晋中期权臣桓温,卒谥宣武,故称。参前《言语》第55则注。平蜀:平定蜀地李氏成汉小朝廷。时在晋穆帝永和三年(347),桓温时任征西大将军。

〔2〕李势:字子仁,十六国成汉国主。永和三年被桓温所灭,降晋封归义侯。参前《识鉴》第20则注。

〔3〕宠:宠爱。
〔4〕箸:安置,安排。斋:此指书斋。
〔5〕主:公主。此特指南康长公主,即桓温之妻。
〔6〕白刃:指刀、剑一类武器。
〔7〕委:下垂。藉地:铺地,席地。
〔8〕玉曜:指皮肤洁白温润如玉。
〔9〕惭:惭愧。

【评】

　　故事发生在东晋穆帝永和三年(347)桓温伐蜀胜利之后不久,写了两个女人的不幸遭遇。作为征西大将军、都督荆梁诸军事的统帅,桓温处于三十五岁的盛年,势力正在腾腾上升,所以虽然嫡妻是南康长公主,但却是宠妾成群,因而产生了感情危机,公主之"凶妒",实是保护自己的一种手段。但因桓氏军事集团,当时朝廷倚重,气盖朝野,公主对驸马也无可奈何,而只能迁怒于另一弱女子。这就从正确滑向了错误的道路。公主仗其皇家之威,拔白刃以临弱女子,实在不应该。被掳李势之妹,故事叙述其梳头时"发委藉地,肤色玉曜",来形容其美丽;另一方面,以"徐曰"二字,形容她在白刃之下不为动容,有泰山崩于前而不变色的镇定与从容,说明她是有充分的心理准备。"国破家亡,无心至此",描绘了她那内在高昂的节概及其坚强的灵魂,而绝不向高贵与强暴势力低头。故事选入《贤媛》门,主角当然是李势之妹,而不是高贵的公主。

　　19.22　庾玉台[1],希之弟也[2]。希诛,将戮玉台。希,已见。玉台,庾友小字。《庾氏谱》曰:"友字惠彦,司空冰弟(第)三子。历中书郎、东阳太守。"玉台子妇[3],宣武弟桓豁女也[4],《庾氏谱》曰:"友字弘之,长子宣,娶宣武弟桓豁之女,字女幼。"

徒跣求进[5],阍禁不内[6],女厉声曰:"是何小人?我伯父门[7],不听我前!"因突入,号泣请曰:"庾玉台常因人[8],脚短三寸[9],当复能作贼不[10]?"宣武笑曰:"婿故自急[11]。"遂原玉台一门。《中兴书》曰:"桓温杀庾希弟倩,希闻难而逃。希弟友当伏诛,子妇桓氏女漾(请)温,得宥。"

【注】

〔1〕庾玉台:庾友,字惠彦,小字玉台,庾冰第三子。

〔2〕希:指庾希,字始彦,庾冰长子,官至徐兖二州刺史,因其贵盛,为桓温所忌而诛杀。

〔3〕玉台子妇:指庾友长子宣之妻桓女幼。

〔4〕桓豁:字朗子,官征西大将军。桓温弟。

〔5〕徒跣:因情急赤足而行。

〔6〕阍:门房,守门人。内:通"纳"。不纳,即不让进门。

〔7〕伯父:特指桓温。

〔8〕因人:依随他人。

〔9〕脚短三寸:朱铸禹《汇校集注》云:"脚短三寸,比喻之辞,犹今俗语,'比人短一头'或'赶不上人脚后跟'之类。"

〔10〕作贼:造反,叛乱。

〔11〕婿:指庾宣。急:危急。"婿故自急",朱铸禹谓有两解皆可通:"一谓婿固当自急;一谓婿乃自情急,以明己实无欲诛戮之意。"

【评】

　　封建时代的政治斗争,胜者为王败为寇,败者动辄株连九族,极其残酷。东晋时与朝廷分权执政的王、庾、桓、谢四大家族,轮流上台。先是琅邪王家当政,继而庾氏家族借王敦事件,挤兑王家而执政;后是桓氏家族借助军事实力独擅朝政,觊觎帝位;然后是桓温死,谢安所代表的谢氏家族执政。故事当发生在桓温专擅朝政的时期。当时一门显贵的庾氏子弟被桓温借故诛戮殆尽。桓女幼的丈夫庾宣情况岌岌可危显而易见。如果不是因为形势危急,桓女怎会"徒跣求进"呢？在大庭广众之下,连鞋袜也来不及穿,不顾闺秀小姐的身份,呵斥门卫,突入号泣,一连串的叙事动作,极其紧张、生动,把矛盾及人物心理斗争,推向高潮。公公小字脱口而出,顾不了平常礼节,正见其窘急之状。"庾玉台常因人,脚短三寸,当复能作贼不?"通过口语,刻画比喻,既形象生动,又道理深刻,一语破除了桓温的顾虑,——只要对其执政没威胁,答应侄女请求,有何不可？小女子重情;桓温则注重的是政权安全。

19.23　谢公夫人帏诸婢[1],使在前作伎[2],使太傅暂见便下帏[3]。太傅索更开[4],夫人云:"恐伤盛德[5]。"刘夫人,已见。

【注】

〔1〕谢公夫人:谢安妻刘氏,沛国刘耽女,兄惔,当时玄学清谈名士。帏:帷帐,这里名词动化,作以帷帐遮隔。

〔2〕伎:原指歌儿舞女。这里名词动化。作伎,即表演歌舞或演奏音乐。

〔3〕太傅:指谢安,卒赠太傅,故称。下帏:降下帐帏,犹今舞台之闭幕。

〔4〕索:要求。

〔5〕盛德:大德美名。

【评】

这则故事入《贤媛》门,初读不知所谓,观看歌舞,欣赏丝竹,何伤盛德？但细加品味咀嚼,自然明白个中奥秘。刘夫人出身名门,具有相当的文化素养,又颇有个性。丈夫谢安虽为一代名流,人称贤圣,但她在尽其妻子责任之时,却又能常常和丈夫平等商量,特别是在可能干扰其家庭感情生活方面,约束丈夫而寸步不让。这与现代的"女权主义"者有几分相似。原来,古代实行的是围绕男人为中心的一夫一妻多妾制。魏晋贵族,畜伎畜妾现象严重破坏了婚姻家庭生活的质量。古代常是"妓(伎)妾"连称,如《晋书·王国宝传》云:"后房伎妾以百数。"《世说·言语》第106则刘注引《续晋阳秋》,称殷仲文"后房妓妾数十,丝竹不绝音"。当时畜妓畜妾,只是名分有别,实际功能相似。在这方面,刘夫人之"妒",正是在夫妻关系的敏感点上的自然反映。对谢安来说,虽为一代贤相,但他同时也是个有血有肉、有七情六欲的男人,加以当时魏晋社会,广置女乐伎妾,不仅是一种生活享受,更是一种身份体现,何乐而不为?但从女人的视角来看,则刘夫人讥谢"恐有伤盛德"云者,正是一种维护自身、维护家庭、维护妇女正当权益的表现。王世懋评云:"此直妒耳,何足称贤?"实是不明就里的误解。

19.24 桓车骑不好箸新衣[1],浴后,妇故送新衣与[2]。《桓氏谱》曰:"冲娶琅邪王恬安(女),字女也(宗)。"车骑大怒,催使持去。妇更持还[3],传语云:"衣不经新,何由而故?"桓公大笑,箸之。

【注】

〔1〕桓车骑:指桓冲(328—384),字幼子,桓温弟。曾任车骑将军,故称。参前《夙惠》第6则注。箸:穿。

〔2〕妇:桓冲妻王女宗。出琅邪王氏家族。

〔3〕更:再次,又。

【评】

故事幽默、风趣而生动,洋溢着温馨的家庭生活气氛。桓冲不喜欢穿新衣,可能与其年幼时的艰苦生活有关,勤俭朴素原本是好的作风,但如执着过甚,非旧衣不穿,则又有偏执之弊。其妻王氏非常懂得生活的辩证法。新与旧是一对矛盾,没有新,又怎会有旧？衣服也是一样的道理。"衣不经新,何由而故？"妻子的话,合情合理,又体贴入微,她总希望把自己的丈夫打扮得漂漂亮亮,其爱夫之心,由心底飞到脸上。桓冲也是一代名流,很快感受到爱的关怀,因而在得意的大笑声中,披上新装。是妻子王氏的智慧和爱,改变了丈夫的生活习惯。

19.25　王右军郗夫人谓二弟司空、中郎[1]曰:司空,愔。已见。《郗昙别传》曰:"昙,字重渊,鉴少子。性韵方质,和正沉简。累迁丹阳尹,北中郎将,徐、兖二州刺史。""王家见二谢[2],倾筐倒庋[3],二谢,安、万。见女辈来[4],平平尔[5]。汝可无烦复往[6]。"

【注】

〔1〕王右军郗夫人:王羲之妻郗璿,字子房,郗鉴女。司空:指鉴子郗愔,字方回,曾征拜司空,故称。中郎:指鉴子郗昙,注称字重渊,但据《晋书》愔传,则字重熙。曾官北中郎将,故称。愔、昙另参前注。

〔2〕二谢:指谢安、谢万。万(328—约369),参前《言语》第77则注。

〔3〕倾筐倒庋:"庋",袁本作"皮",是。庋,鞋也。"倒庋"于义难通。而"皮"者,藏物品之木板或架子。倾筐倒皮,即倾家所有,热情招待。

〔4〕女辈:你们。"女"通"汝"。

〔5〕平平尔:普通平常罢了。

〔6〕无烦复往:不必再去。

【评】

　　王右军夫人郗璿,不仅是个活了九十馀岁的女寿星,更兼智慧与文才。魏晋是个门阀贵族统治的社会,出身门第是否高贵,关系到社会地位及人际关系。当时高平郗家与琅邪王家做姻亲。东晋时代,王、谢家族是高门士族,朝廷支柱,地位极高。当时郗氏家族,虽然也是高官满门的高门士族,但与王、谢二氏相比,地位影响都略逊一筹。同样是士族,其间仍有亲疏贵贱之别。王羲之家之所以待谢安等特别热情,不仅因个人情谊,还因谢家门第高贵,地位正在上升,所以努力联络以便扩大王家影响。至于郗家,王羲之及其子弟认为门第不如己之高贵,故流露轻视之色。郗璿在生活实践中,早已悟透这层道理。故劝二弟"无烦复往",以免自讨没趣。她强调的是人的尊严。刘辰翁云:"语悉世情,可以有省。"所评甚是,人情关系,世态炎凉,实是社会大学中的一门重要学问。

19.26 王凝之谢夫人既往王氏[1],大薄凝之[2]。既还谢家,意大不悦[3]。太傅慰释之[4],曰:"王郎[5],逸少之子[6],人身亦不恶[7],汝何以恨乃尔[8]?"答曰:"一门叔父[9],则有阿大、中郎[10];群从兄弟,则有封、胡、遏、末[11]。封胡,谢韶小字。遏末,谢渊小字。韶字穆度,万子,车骑司马。渊字叔度,奕弟(第)二字(子),义兴太守,时人称其尤彦秀者。或曰封、胡、遏、末。封谓朗,遏谓玄,末谓韶。"朗、玄、渊"一作"胡谓渊,遏谓玄,末谓韶"也。不意天壤之中[12],乃有王郎[13]!"

【注】

〔1〕王凝之:羲之次子,字叔平。参前《言语》第71则注。谢夫人:即谢道韫,谢奕女,谢安侄女。或谓道韫为字,名韫元,可备一说。参前《言语》第71则注。往:嫁。

〔2〕薄:轻视,瞧不起。

〔3〕意:心情,情绪。

〔4〕太傅:指谢安。慰释:安慰开释。

〔5〕王郎:指王凝之。郎,对青年男子的美称。

〔6〕逸少:王羲之字。

〔7〕人身:人才。不恶:不差,不错。

〔8〕恨:怨恨,遗憾。乃尔:如此,这样。

〔9〕门:家门,家族。

〔10〕阿大:指谢安从兄谢尚,字仁祖。谢鲲子,官拜尚书仆射,进号镇西将军。参前《言语》第46则注。中郎:指谢据,字玄通,小字虎子,谢安二兄。

〔11〕封、胡、遏、末:封,谢韶小字,字穆度,官车骑将军。胡,朗小字,字长度,官东阳太守。遏,玄小字,字幼度,卒赠车骑将军。末,渊小字,字叔度,官义兴太守。见《晋书·谢万传》:"时谢氏尤彦秀者,称封、胡、羯(遏)、末。封谓韶,胡谓朗,羯谓玄,末谓川(渊)。"

〔12〕不意:没想到。天壤:天地之间。

〔13〕乃有王郎:竟然有这样的王郎!是极度轻蔑之意。

【评】

　　这则故事,把一个贵族少妇埋怨丈夫的声调口吻,描绘得栩栩如生。东晋时代,是以男性为中心的门阀社会,高门士族是统治集团的核心,到处弥漫着傲慢与偏见的空气,令人窒息。年轻的女主角谢道韫就生活在这样的贵族上流社会中。她大概在琅邪王家受足了气,备受压抑,因此一回到娘家,就埋怨这门亲事,抒泄怨恨。但是,叔父谢安从维护王、谢家族之间的政治联盟出发,不希望其婚姻破裂,因而一方面对侄女加以"慰释",另一方面又加以批评。"王郎,逸少之子,人身亦不恶",言外之意,能嫁给王羲之的儿子这样的人才,还有什么可埋怨的呢?在这里,谢安是以政治家的眼光来看问题。作为高门士族子弟,王凝之仕途一帆风顺,这比什么都重要。但是,谢道韫是从一个年轻妻子的女性眼光来看丈夫,夫妻之间,关键在于感情的融洽。谢道韫是一个很有思想、颇有文学才华的女子,是"未若柳絮因风起"的主人。但其丈夫王凝之,却因其琅邪王家的声名门第,眼中很少有人,就连他的舅父郗家,他也瞧不起,因而被舅父骂为"鼠辈敢尔"!他又迷信天师道,在做会稽内史时,孙恩部队攻城,他作为守土有责的长官统帅,居然迷信天兵天将而不设防,以致城破身死、二儿被杀,令妻子终生过着以泪洗面的生活。王凝之之狂妄与偏执,在日常家庭生活中一定会有所表现,谢道韫和他天天生活在一起,因而有所觉察而埋怨,是生活的必然。其感情体验,即使是一代贤相的叔父谢安,也无法理解。作为魏晋贵族妇女智慧的代表人物,谢道韫只能敛尽才华光芒,眼看男人的愚言蠢行而徒唤奈何,让自己的生命在时光中无声流逝,女人不幸,悲乎哀哉!

19.27 韩康伯母隐古凡(几)毁坏[1],卞鞠见凡(几)恶欲易之[2]。鞠,卞范之,母之外孙也。答曰:"我若不隐此,汝何以得见古物?"

【注】

〔1〕韩康伯母:名士殷浩之妹。参前《德行》第47则注。韩伯,字康伯,颍川长社(今河南长葛)人。参前《德行》第38则注。隐:凭,倚。

〔2〕卞鞠(?—405):卞范之,字敬祖,小字鞠。桓玄篡晋,倚为心腹,事败被杀。参前《伤逝》第19则注。恶:劣,坏。

【评】

韩康伯的母亲是一个聪慧而富有同情心的贵族妇女。魏晋贵族生活竞为豪奢,故《世说》专立《汰侈》门。而韩母则反其道而行之，以其凭倚古几而不换新的行为，来提倡勤俭朴素，物尽其用。但她对于不同意见，特别是下辈子孙的好意，不是倚老卖老，一味呵斥而引起反感。相反，她是运用智慧，以幽默的语言来化解矛盾，泯灭代沟，令人自然感悟其中的道理。这样，家庭生活就充满了趣味和色彩，而不是呆滞死板的上下辈也即新与老的对抗。

19.28　王江州夫人语谢遏曰[1]："汝何以都不复进[2]？夫人，玄之妹（姐）。为是尘务经心[3]，天分有限[4]？"

【注】

〔1〕王江州夫人：指王凝之夫人谢道韫。王凝之曾任江州刺史，故称。谢遏：谢玄，小字遏。按：刘注谓道韫为"玄之妹"，误。据史，当为玄之姐。

〔2〕都：完全，全然。不复过：不再进步。

〔3〕尘务：世俗之事。经心：烦心。

〔4〕天分：天资。

【评】

谢道韫虽为女性，但论其智慧——即知识、学问与文学才华，实是魏晋仕女之精英。刘孝标称其"有文才，所著诗、赋、诔、颂传于世"（见《言语》第71则注）。其玄学清谈及哲理思辨，水平更在其小叔子王献之这个名士之上。在其晚年嫠居会稽之时，太守刘柳请见，曾叹美云："实顷所示见，瞻察言气，使人心形俱服。"（以上见《晋书·列女传》）于此可见其才华。她对弟弟谢玄的批评，说他读书学习不认真努力，文才学植没有进步，于此又可见其居高临下的告诫口气，说明她对教育和学习的重视。一个人只有不断学习,才能有不断的进步。谢玄后来成长为一代风流儒将名臣,在淝水之战中声威赫赫而名标青史,当与叔父谢安及其姐道韫的关心、教育分不开。论智慧才华,道韫不让须眉。但是,正如她在《拟嵇中散诗》中所悲叹的:"时哉不我与!"作为女性,对于社会与时代,又完全是无可奈何,悲乎!

19.29 郗嘉宾丧[1],妇兄弟欲迎妹还[2],终不肯归,《郗氏谱》曰:"超娶汝南周闵女,名马头。"曰:"生纵不得与郗郎同室,死宁不同穴[3]?"《毛诗》曰:"穀则异室,死则同穴。"郑玄注曰:"穴,谓圹中墟也。"

【注】

〔1〕郗嘉宾:郗超(336—377),字嘉宾,一字景兴(或作敬舆),高平金乡(今属山东)人。愔子。参前《言语》第52则注。

〔2〕妇:指郗超之妻周马头。

〔3〕"生纵"二句:语出《诗经·王风·大车》:"穀则异室,死则同穴。"穀,活着。原是描写一位女子热恋时的爱情诗。郗超之妻,则借其热恋誓词以表明自己的决心。

【评】

郗超是桓温谋主,在政治上受人诟病,连他的父亲郗愔都很生气。但如撇开政治上的党派之别,则日常生活中的郗超是一个具有远见卓识而才华出众的智囊人物,深受妻子的热爱。郗超死,周家兄弟为免其寡居之苦,准备迎周马头回娘家。这说明魏晋时寡妇可以改嫁,不像宋明之后受到舆论歧视。但周马头因为自己的感情原因,坚决拒绝了兄弟的好意。故事中的"生纵"二句,铮铮誓言,掷地有声,借古喻今,以表明自己对于死去丈夫忠贞不贰的爱情。所言颇有文化修养,感情热烈奔放,愈增其感人力量。

19.30　谢遏绝重其姊[1],张玄常称其妹[2],欲以敌之。有济尼者,并游张、谢二家[3],人问其优劣,答曰:"王夫人神情散朗[4],故有林下风气[5];顾家妇清心玉映[6],自是闺房之秀[7]。"

【注】

〔1〕谢遏姊:指谢道韫,详参本门第26则注。谢遏,谢玄小名遏。重:敬重,尊重。

〔2〕张玄:一名张玄之,字祖希。少以学显。官吴兴太守、吏部尚书。时与谢玄齐名,誉为"南北二玄"。参前《言语》第51则注。张玄妹佚名。

〔3〕游:交游、交往。

〔4〕王夫人:指王凝之夫人谢道韫。散朗:洒脱,潇散疏朗。

〔5〕林下风气:竹林名士的风韵气概。

〔6〕顾家妇:指张玄妹,嫁与顾氏,故称。清心玉映:心胸明净,如玉辉映。

〔7〕闺房之秀:妇女中之秀出皎然者。

【评】

东晋中期的张玄与谢玄,时人并称"南北二玄",他们一样敬重称赞其家中姐妹。二玄皆为当时名士。谢玄曾受其姐道韫的关爱与教导,因而"绝重其姐",则是事实之必然,一片诚挚之心。至于张玄之称其妹,虽然其妹可能天资美善有足称者,但因其听说谢重其姐而"欲以敌之",如佛家《金刚经》所说的是一种"住于相"的执着,有意而为,已落第二义。当时之济尼姑,聪明对应,其比较二家优劣,有讨好二家之心,又自有其高下评判,其识见有过人之处。如余嘉锡《笺疏》所评:"道韫以一女子而有林下风气,足见其为女中名士。至称顾家妇为闺中之秀,不过妇人中之秀出者而已。不言其优劣,而高下自见,此晋人措词妙处。"所论甚是。以模糊语言应对,愈增其评判之佳妙,魏晋之尼,亦不简单。

19.31　王尚书惠尝看王右军夫人[1],《宋书》曰:"惠字令明,琅邪人。历吏部尚书,赠太常卿。"问:"眼耳未觉恶不[2]?"《妇人集》载谢表曰:"妾年九十,孤骸独存。愿蒙哀矜,赐其鞠养。"答曰:"发白齿落,属乎形骸[3];至于眼耳,关于神明[4],那可便与人隔!"

【注】
〔1〕王尚书惠:王惠,字令明。出于琅邪王氏,王羲之族孙。曾任吏部尚书,故称。王右军夫人:指王羲之夫人郗璿。参前注。
〔2〕恶:劣,差。此指视听能力的衰退。
〔3〕形骸:形体躯壳。
〔4〕神明:精神。

【评】
　　如前所述,王羲之妻郗夫人是个颇富睿智的性情中人,观前教诫二弟勿往王家,即是体悉世情炎凉的金玉良言。她活了九十馀岁,一阵又一阵的白发人送黑发人,不仅丈夫,就是子女也相继谢世,此情此景,能无恸乎?其"发白齿落",乃自然之数;但眼耳视听,"关于神明",人的精神超乎形骸之外,"那可便与人隔"?作为魏晋知识妇女的出色人物,与当时士人一样,关心的是人类心灵的交流。其对话言简意赅,颇见思辨色彩。

19.32　韩康伯母殷[1],随孙绘之之衡阳[2],《韩氏谱》曰:"绘之,字季伦。父康伯,太常卿。绘之仕至衡阳太守。"于阖庐洲中逢桓南郡[3]。卞鞠是其外孙[4],时来问讯[5]。谓鞠曰:"我不死,见此竖二世作贼[6]。"在衡阳数年,绘之遇桓景真之难也[7]。《续晋阳秋》曰:"桓亮,字景真,大司马温之孙。父济,给事中。叔父玄,篡逆见诛。亮聚众于长沙,自号湘州刺史,杀太宰甄恭、衡阳前太守韩绘之等十馀人。为刘毅军人郭珍斩之。"殷抚尸哭曰:"汝父昔罢豫章,征书朝至夕发[8]。汝去郡邑数年,为物不得动[9],遂及于难,夫复何言!"

【注】

〔1〕韩康伯母殷:豫章太守殷羡之女。参本篇第27则注。韩康伯,即韩伯,参前注。

〔2〕绘之:字季伦,韩伯子。在桓景叛乱中被害。衡阳:郡名,晋时治所在湘乡。之:往,到。

〔3〕阖庐洲:长江中小洲名。桓南郡:指桓玄,字敬道。桓温子,袭封为南郡公,故称。后篡位兵败被杀。参前《德行》第41则注。

〔4〕卞鞠:参本篇第27则注。卞鞠是桓玄心腹。

〔5〕问讯:问候,问安。

〔6〕竖:竖子、小子。二世:指桓温、玄父子二代。作贼:叛乱,造反。

〔7〕桓景真:桓亮,字景真。温孙,玄侄。桓玄篡位败亡,亮举兵反叛,被杀。

〔8〕征书:朝廷征召官吏的文件。

〔9〕为物不得动:指韩绘之调离衡阳太守之职,因种种人事牵缠,迟迟不离开湖湘地区。

【评】

韩伯之母殷氏,内蕴睿智,外具性情,乃一代妇女之英。其政治敏感及洞察力,具远见卓识,非常人能及。卞鞠虽其外孙,但更是桓玄的死党与心腹。殷氏当其面直斥桓温桓玄父子,谓

"此竖二世作贼"。在魏晋时,因篡弑相继,故统治者提倡"以孝治国",从而绕开了"忠"义之道。因此,不少魏晋贵族对于"忠"君思想,淡漠得很,更有人萌发了取而代之的政治野心。桓氏父子即是如此,这给东晋国家与人民带来了深重的灾难。韩母殷氏虽为老妇,但关心国事,其斥"此竖"之言,口语生动,见其节概。至于孙绘之死难,又抚尸恸哭,批评其罢官去郡数年,"为物不得动",缺乏淡泊名利之心及政治预见性,故有"夫复何言"之叹。此情此景,真性情中人,巾帼何减须眉!

术解　第二十

【题解】　术解者,术谓术数方术、技术技艺之类,古时如医学、占卜、星相、风水、相马以及音律等,都属于"术"的范围;而所称解,指精解或通达事理之谓,《世说》以"术解"连称,明显是指通晓术数、精通技艺的人和事。本篇11则故事,以占卜算卦为主,医术治病次之,再次为音律、相马诸术。在古代,国之大事,唯祀与戎,祭祀与战争,是最大之事,国君不可假手于人。而不管是"祀"或"戎",在决事之前,都必须以龟卜《易》筮来占问吉凶,以便作为国家决策的重要参考。故上古时代的占卜算卦,虽然属于巫术迷信之事,但占卦解卦之巫史,作为沟通天人之际的传人,则具有很高的文化修养及社会历史地位,这在《世说》所处的中古时期,仍然有所反映。人们对《易》卦大师郭璞的推崇赞许就是典型事例,甚至是帝王如晋明帝也"解占冢宅",精通风水之术,欲与郭璞一比高低。占卜与风水之术,其难不在占卜而在具体解释。精明之术人,常在迷信外衣下,做出某些比较合乎科学或准科学的精解。至于医学诸术,因统治者的歧视,斥之于上流社会之外。由于这种观念性的错误认识,也影响了古代自然科学的健康发展。

20.1　荀勖善解音声[1],时论谓之"闇解"[2]。遂调律吕[3],正雅乐[4]。每至正会[5],殿庭作乐,自调宫商[6]，无不谐韵[7]。阮咸妙赏[8]，时谓"神解"[9]。每公会作乐[10]，而心谓之不调[11]。既无一言直勖[12]，意忌之，遂出阮为始平太守[13]。后有一田父耕于野[14]，得周时玉尺，便是天下正尺[15]。荀试以校己所治钟鼓、金石、丝竹，皆觉短一黍[16]，于是伏阮神识[17]。《晋后略》曰："钟律之器，自周之末废，而汉成、哀之间，诸儒修而冶（治）之。至后汉末，复隳矣。魏氏使协律知音者杜夔造之，不能考之典礼，徒依于时丝管之声、时之尺寸而制之，甚乖失礼度。于是世祖命中书监荀勖依典制，定钟律。既铸律之管，慕求古器，得周时玉律数枚，比之不差。又诸郡舍仓库，或有汉时故钟，以律命之，皆不叩而应，声音韵合，又若俱成。"《晋诸公赞》曰："律成，散骑侍郎阮咸谓勖所造声高，高则悲。夫亡国之音哀以思，其民困。今声不合雅，惧非德政中和之音，必是古今尺有长短所致。然今钟磬是魏时杜夔所造，不与勖律相应，音声舒雅，而久不知夔所造，时人为之，不足改易。勖性自矜，乃因事左迁咸为始平太守，而病卒。后得地中古铜尺，校度勖今尺，短四分，方明咸果解音，然无能正者。"干宝《晋纪》曰："荀勖始造《正德》、《大象》之舞，以魏杜夔所制律吕校大乐，本音不和。后汉至魏，荀乃依《周礼》，积粟以起度量，以度古器，长于古四分有馀，而夔据之，是以失韵。符于本铭。遂以为式，用之郊庙。"

【注】

〔1〕荀勖（xù序）（？—289）：魏晋间人。字公曾，颍川颍阴（今河南许昌）人。魏时为安阳令，晋时官至中书监、侍中。参《方正》第14则注。勖因善解韵律而兼掌朝廷乐事。善解：精通。音声：音乐，兼指乐理。

〔2〕时论：当时舆论。阁解：自然解悟。

〔3〕律吕：泛指乐律。古时乐律阴阳各有六律，阳律为黄钟、太蔟、姑洗、蕤宾、夷则、无射，阴律为大吕、夹钟、仲吕、林钟、南吕、应钟，阴阳合而为十二乐律。

〔4〕雅乐:朝廷郊庙之乐。

〔5〕正会:古时元旦君臣朝会之称,又名元会。

〔6〕调宫商:以乐律校正调谐乐器之五音。古时通行宫、商、角、徵、羽五声音阶,故以"宫商"指代音律。

〔7〕谐韵:和谐合乐。

〔8〕阮咸:字仲容,魏晋间陈留尉氏(今属河南)人,阮籍之侄,与籍同列竹林七贤。参前《赏誉》第12则注。

〔9〕神解:一种触动灵感而自然天成的心领神会。

〔10〕公会:会事集会。

〔11〕不调:指音乐演奏时音律不和谐。

〔12〕直:肯定正确。

〔13〕出:外放。当时朝官位尊,故外放含贬义。始平:郡名,治所槐里(今陕西兴平市东南)。

〔14〕田夫:农夫。

〔15〕正尺:音律的标准尺。便是:恰是。

〔16〕钟:原刻作"鍾",袁本作"鐘"。黍:《晋书·乐律志》作"米"。黍,古时长度单位,以一粒中等黍米的纵向长度为一分,积百黍米为一尺。短一黍,即短一分。

〔17〕伏:佩服。神识:神妙见识。

【评】

　　故事的主角荀勖,是西晋的开国元勋,晋武帝太康时的中诏给予很高的评价,谓其"经识天序……兼博洽之才。久典内任,著勋弘茂,……宜登大位,毗赞朝政"(《晋书》本传)。他不仅是政治官僚,同时还是个绝顶聪明颇有学问的技术官僚。荀勖精通音乐,在朝兼掌乐事,对于当时国家雅乐正声的创制和实施,负有全责。在乐事方面,他是当行里手的专家,应该说是内行领导内行了。但是,由于古代国家的郊庙雅乐,是与祭祀礼制相结合的一种重要仪式,实际化为政治权力的象征,已是政治异化之物,荀勖"调律吕,正雅乐",着眼点正在于政治礼仪制度的需要,而非音乐艺术的娱人功能。他曾上奏朝廷,建言"去奇技,抑异说",因循旧章而反对改革,这样,不仅社会不会进步,科技和艺术也很难发展。这是一种观念性的误导。而且,作为政治家兼技术官僚的乐事领导,他从政治出发,嫉贤妒能,不能容忍真正艺术家的意见和批评。阮咸是竹林七贤中的著名音乐家,他妙赏音乐,似有"神解",每次朝会演奏荀勖所订雅乐,外行人虽然分辨不出,但作为一个高明的音乐家,犹如一个交响乐队指挥,当他一听到些微的不谐和音的时候,音乐的耳朵就自然加以排斥,感到难受。他凭直觉感悟,"无一言直勖",这纯粹是从艺术角度着眼。但作为音乐内行的领导,荀勖心胸比外行更狭隘,他挟政治之威,逯贬阮咸,实是形同流放。不过,"山外青山楼外楼",后来出土文物的考古发现,证明了荀勖的错误和阮咸的正确。等到荀勖"伏阮神识"之时,音乐天才已是客死他乡,悲乎哀哉!

20.2 荀勖尝在晋武帝坐上[1],食笋进饭,谓在坐人曰:"此是劳薪炊也[2]。"坐者未之信,密遣问之,实用故车脚[3]。

【注】

〔1〕晋武帝:即司马炎,昭长子,字安世。炎于公元265年,废魏开晋,史称晋武帝。坐,通"座"。

〔2〕劳薪:析旧车轮车轴为柴火,因车轮运转劳苦,故称"劳薪"。

〔3〕故车脚:即旧车轮。

【评】

荀勖不仅是个精解乐律的专家,更是个会享受生活的美食家。刘辰翁曾批云:"薪岂知劳,而烟气亦异邪?"刘氏虽然不敢肯定，但他的怀疑是有一定道理的。《隋书·王劭传》载，劭曾上表隋文帝请变火，其表有云："昔师旷食饭，云是劳薪所爨。晋平公使视之，果然车辋。今温酒及炙肉，用石炭、柴火、竹火、草火、麻荄火，气味各不同。"看来，烹煮食物美味，不仅在于食物本身，同时又关系到烧煮食物的柴火。柴火性质不同，化为烟火的分子结构自然各异，不同的分子，一旦通过烟气进入食物，又会间接影响食物气味。这一分析是有一定科学依据的，而非仅是怀疑和猜测。比如用松木为薪，烟火中自带一股松脂味；用樟木为柴火，又会有一股清香之气。笔者少年时曾进山采樵，有一定实践体会，故记之以供参考。荀勖之言，体会细微，也可能是经验感悟之谈。

20.3　人有相羊祜父墓[1]，后应出受命君[2]。祜恶其言，遂掘断墓后，以坏其势。相者立视之，曰："犹应出折臂三公[3]。"俄而祜坠马折臂，位果至公。《幽明录》曰："羊祜工骑乘。有一儿五六岁，端明可喜。掘墓之后，儿郎亡。羊时为襄阳都督，因盘马落地，遂折臂。于时士林咸叹其忠诚。"

【注】

〔1〕相：占相，这里具体指风水之术。羊祜：魏晋间人。字叔子。参前《言语》第86则注。羊祜曾建平吴之策，是西晋开国元勋，官至平南大将军，卒后追赠太傅。据《晋书》祜传，父衜，上党太守。

〔2〕受命君：应天受命而为帝王君主。

〔3〕三公：古代朝廷的最高级别官员。魏晋间三公为太尉、司徒、司空，位同宰相。

【评】

　　古代中国是个泛宗教的国家，经过巫术的心理渲染，甚至木石也能成为人们的崇拜偶像,因此,形形色色的巫术迷信活动,广泛深入民心。不仅是不读书的人迷信,知书达礼的读书人也迷信。无论是穷人或阔佬,甚至是贵族政要,心田中均埋藏有迷信的温床。在故事中,羊祜对于风水相术,似信非信。据《晋书》本传,羊祜十二岁丧父,其父墓地,当然不是这个年幼孩童所挑选的,但后来相师却看出了这是一块龙脉,"后应出受命君"——也就是说,今后羊祜可能夺取天下而当皇帝。风水先生的话很可能让他遭遇化吉为凶的厄运,甚至可能遭到灭族之诛。因此,不管羊祜个人是否相信风水之命,他还是采取了"掘断墓后,以坏其势"的果断措施,以明自己忠心国家朝廷而绝无政治野心。这行动既是自愿的,更多的却是一肚皮的无奈。因此,虽然羊祜贵为晋景帝司马师的妻舅,但他一生为官,史称"立身清俭"、"贞悫无私",政治上极其谨慎,可能与此风水龙脉故事有关。这又变坏事为好事,好与坏的转换,全在自我选择,这是实实在在的生活辩证法,而非风水迷信之命。

20.4 王武子善解马性[1]。尝乘一马,箸连钱障泥[2],前有水,终日不肯渡。王云:"此必是惜障泥。"使人解去,便径渡[3]。《语林》曰:"武子性爱马,亦甚则(别)之。故杜预道王武子有马癖,和长舆有钱癖。武帝问预:'卿有何癖?'对曰:'臣有《左传》癖。'"

【注】

〔1〕王武子:晋初王济,字武子。参前《言语》第24则注。解:精熟,很懂。

〔2〕箸:同"著",披挂。连钱障泥:绣有连钱花纹的障泥。障泥,即马鞯,垫在马鞍之下垂覆马背两边以遮挡泥水的马具。

〔3〕径:径直,喻动作之迅捷。

【评】

在自然世界的人与动物关系中,马经过驯养,与人关系尤为密切。马通人性,人通马性,关键在于人的认识和理解。史称王济"好弓马",因其所好而生"马癖",在与群马长期相处中,逐渐认识并理解了马的脾性和需求,此所谓"解马性",也即是类似知己朋友之间的理解。马惜连钱障泥而不肯渡,岂非马与人一样而有爱美惜美之心乎?但是,世界上真正"解马性"者有多少呢?推而广之,对动物充满理解与同情者又有多少呢?可谓寥若晨星。当今世界,动物在人类的文明"枪炮"威胁下生活,种类迅速减少,灭种者成千上万,人类生存环境迅速恶化,谁之过乎?希望不仅是生物学家,而是包括每个普通人在内,都应探索动物之性,对动物充满爱心,与动物为友,和谐相处,从而建立一个更新更美好的动物世界。

20.5 陈述为大将军掾〔1〕,甚见爱重。及亡,郭璞往哭〔2〕之,甚哀,乃呼曰:"嗣祖,焉知非福!"俄而大将军作乱〔3〕,如其所言。《陈氏谱》曰:"述字嗣祖,颍川许昌人。有美名。"

【注】

〔1〕陈述(?—322):字嗣祖,两晋之交颍川许昌人。大将军王敦辟以为掾。掾,官府属员。

〔2〕郭璞:字景纯,河东闻喜人。避永嘉乱南渡,曾任王敦记室参军,被王敦所害。参前《文学》第76则注。

〔3〕俄而:不久。大将军作乱:晋元帝永昌元年(322),大将军王敦以清君侧为名,起兵鄂州(今湖北武昌),挥师沿江东下,攻陷石头,诛大

臣,杀名士,囚元帝。晋明帝时再次起兵,卒于军中。

【评】

在中国历史上,两晋之交的郭璞是著名的算卦大师,精通《易》理。同时,他又是玄学清谈家,熟悉《老》、《庄》自然之道。《易》强调"一阴一阳之谓道,……阴阳不测之谓神"(《易传·系辞》上),认为阴阳矛盾,相生相反,如《泰》卦(☰)的乐极生悲,《否》卦(☷)的否极泰来,否泰矛盾,相反相成,揭示了阴阳矛盾在运动中相互转换的神明变化。另外,老、庄之道的祸福倚伏之理,也强化了《易》卦阴阳矛盾转换的预测之学。正因精于《易》理,所以郭璞作为《易》卦大师,其预测吉凶常有言则中的之妙。且大将军王敦的狼子野心,他在平时的观察中,早已了然于胸。陈述病卒于乱前,不预乱事,是由凶趋吉之幸;自己将身陷乱中,则是由吉趋凶,不得善终。不久,郭璞果然因反对王敦叛乱被杀,不幸而言中。故其生前吊唁陈述,有"焉知非福"之叹,实是充满《易》卦阴阳矛盾智慧的辩证之言。

20.6　晋明帝解占塚宅[1]。闻郭璞为人葬,帝微服往看[2],因问主人:"何以葬龙角[3]?此法当灭族!"主人曰:"郭云此葬龙耳,不出三年,当致天子[4]。"帝问:"为是出天子邪[5]?"答曰:"非出天子,能致天子问耳。"青乌子《相塚书》曰:"葬龙之角,暴富贵,后当灭门。"

【注】

〔1〕晋明帝(299—325):即东晋的第二个皇帝司马绍,字道畿。占塚宅:占卜墓地风水之吉凶。

〔2〕微服:穿便装。

〔3〕龙角:堪舆家有关风水的术语,认为墓塚依山为势,整体如龙,

棺材葬于龙鼻龙额则吉,葬于龙角龙眼则凶,可致灭族之诛。

〔4〕当:将会。致:招至。

〔5〕为是:说的是。为,通"谓"。

【评】

　　皇帝"解占塚宅",迷恋于堪舆风水之术,在"不语怪力乱神"的传统士人看来,已是奇事;但是晋明帝为了与臣子郭璞一争高低,进一步微服私访,实地勘探风水,这又是奇中之奇;更重要的是,他对郭璞就阴宅安葬所称"当致天子"之说,发出了"此法当灭族"的严重威胁,这才是最具本质意义的思考。明帝明确把风水堪舆之术,与维护皇权联系了起来。幸亏主人聪明,善于应对,方才巧妙地躲过了一大劫难。明帝司马绍虽贵为元帝长子,但其母荀氏,却是燕代鲜卑人。所以大将军王敦蔑称其为"黄须鲜卑奴",可见他身上有一半具有我国北方少数民族强悍的血统。其争强好胜的鲜明个性,或多少与此有关乎?

　　20.7　郭景纯过江[1],居于暨阳[2],墓去水不盈百步[3],时人以为近水。景纯曰:"将当为陆[4]。"《璞别传》曰:"璞少好经术,明解卜筮。永嘉中,海内将乱,璞投策叹曰:'黔黎将同异类矣!'便结亲昵十馀家,南渡江,居于暨阳。"今沙涨,去墓数十里皆为桑田。其诗曰:"北阜烈烈[5],巨海混混[6]。垒垒三坟[7],唯母与昆[8]。"

【注】

　　〔1〕郭景纯:郭璞,字景纯,河东闻喜(今属山西)人。是两晋之交的著名文学家及《易》卦占筮大师。参前《文学》第76则注。江:特指长江。

　　〔2〕暨阳:县名,晋时属毗陵郡,治所在今江苏省江阴市长寿镇东南。

〔3〕去水:距离水边。不盈:不满。

〔4〕将当:将会。

〔5〕阜:土山。烈烈:山高峻貌。

〔6〕混混(gǔn gǔn 滚滚):亦作浑浑,波翻浪涌貌。

〔7〕垒垒:重迭堆积貌。

〔8〕昆:兄。

【评】

古人对于祖先阴宅墓地的选址,极其重视,常是不惜重金,请来风水先生勘探测定,以利于子孙后福。郭璞本身即是著名的堪舆风水先生。他选中长江南岸水边作为祖坟之地,其对江岸变化的预测,似是料事如神,人或以为是他精于堪舆风水之术的缘故。其实,其"术"之妙,并非来自鬼神迷信,而是有其原因:一是他精熟地理之学,实地勘察长江两岸因江水冲击而进退消长的变化;更重要的是他精于《易》理,熟悉阴阳矛盾相反相生的生活辩证法,明白白云苍狗、沧海桑田的运动变化之理。其准确预测,来自哲学之道及生活实践。

20.8 王丞相令郭璞试作一卦〔1〕,卦成,郭意色甚恶〔2〕,云:"公有震厄〔3〕。"王问:"有可消伏理不〔4〕?"郭曰:"命驾西出数里〔5〕,得一柏树,截断如公长,置床上常寝处〔6〕,灾可消矣。"王从其语。数日中,果震柏粉碎。子弟皆称庆〔7〕。王隐《晋书》曰:"璞消灾转祸,扶厄择胜,时人咸言京、管不及。"大将军云:"君乃复委罪于树木〔8〕!"

【注】

〔1〕王丞相:指王导。作:占卜。

〔2〕意色:神气脸色。恶:难看,不好。

〔3〕震厄:雷震之灾。按:据《易》,震卦为雷,故云。

〔4〕消伏:消除。理:方法。

〔5〕命驾:命令驾车。

〔6〕常寝处:常睡的地方。

〔7〕称庆:作揖道贺。

〔8〕乃复:竟然。

【评】

　　两晋之时,颇重《易》卦占筮之术,上自皇帝丞相,下至平民百姓,纷纷求卜问卦以测吉凶命运。作为中国古代最著名的《易》卦算命大师,当时向郭氏求筮问卦者不可胜数。据《晋书》诸史及诸笔记所载,似乎非常灵验,神妙得很。这一故事即是例子。王导作为东晋的开国元勋,曾多次问卦于郭璞。如《晋书》卷六五《王导传》载:"初,导渡淮,使郭璞筮之,卦成,璞曰:'吉,无不利。淮水绝,王氏灭。'其后子孙繁衍,竟如璞言。"又《郭璞传》载,王导深重郭璞,引参己军事,为劝晋元帝开国江东,多次命璞筮卦劝进。于此可见,《易》筮在当时的思想影响及其鼓动民心的社会作用。郭璞作为一代大师,深明《易》筮的影响和力量,因此,除一般的"玩"卦以适应人们迷信心理外,更多的是一种沟通天人之际,以便配合政治改革的一种有效手段。当然,晋时也有士大夫不相信《易》卦之筮,如颜含就拒绝了郭璞"欲为之筮"的好意,明白地说:"年在天,位在人,修己而天不与者,命也;守道而人不知者,性也。自有性命,无劳蓍龟。"(《晋书》卷八八《孝友传》)王彪之更在朝廷之上,反对任命官吏以"卜术得进"的做法(《晋书》卷七六《王彪之传》)。但在有晋一代,这在士大夫中毕竟是少数,多数是在信与不信之间,《易》卦算命已成当时上流贵族社会的一种风流雅事。

973

20.9 桓公有主簿善别酒[1],有酒辄令先尝[2],好者谓"青州从事[3]",恶者谓"平原督邮[4]"。青州有齐郡[5],平原有鬲县[6];"从事"言到脐[7],"督邮"言在鬲上住[8]。

【注】

〔1〕桓公:指桓温。主簿:中央或地方官府中的属吏,主管文书、印鉴等。别:鉴别。

〔2〕尝:品尝。

〔3〕青州从事:喻美酒。

〔4〕平原督邮:喻劣酒。

〔5〕青州:古州名,其州治东汉在临淄,西晋在东阳,东晋则于广陵侨置青州。青州下辖济南、平原、乐安、北海、东莱、齐郡。地处今山东省东部地区。齐郡:青州属郡,治所临淄(今山东淄博市东北)。

〔6〕平原:郡国名。治所平原(今县西南)。平原下辖九县:平原、高唐、般、鬲、祝阿、东陵、湿阴、安德、厌次。

〔7〕"从事"言到脐:青州从事可以到下属齐郡巡察视事。"齐"与"脐"谐音,谓美酒入口,酒力下透肚脐。从事,即从事史,州府佐官。

〔8〕"督邮"言在鬲上住:平原督邮可巡视下属鬲县,故言"鬲上住"。"鬲"与"膈"谐音,谓劣质之酒,难以下咽,其酒力只能在横膈膜上停滞不下。督邮:官名,郡守佐吏。

【评】

在古代,"国之大事,唯祀与戎"(《左传·成公十三年》),祭祀礼仪必有酒供奉神鬼。酒之质量优劣,不仅关乎个人爱好,更进一步关乎天地神明。因此,古代鉴别酒的质量优劣的工作,就为人们所重视,桓温手下的主簿"善别酒",也就成了为人所敬重的品酒师傅。他不仅辨别口味,更进一步从酒力在身体中的具体感受来鉴别其质量优劣。其真知灼见出于实践的体悟。

同时,主簿说话诙谐风趣,谐音比喻,生动形象,给人以深刻的印象。其品酒之妙,更有在酒味之外者,快哉,快哉!

20.10　郗愔信道甚精勤[1],常患腹内恶[2],诸医不可疗。闻于法开有名[3],往迎之。既来,便脉[4],云:"君侯所患[5],正是精进太过所致耳[6]。"合一剂汤与之[7],一服即大下[8],去数段许纸如拳大[9],剖看,乃先所服符也[10]。《晋书》曰:"法开善医术,尝行,莫投主人,妻产而儿积日不堕。法开曰:'此易治耳。'杀一肥羊,食十馀脔而针之,须臾儿下,羊膂裹儿出。其精妙如此。"

【注】

〔1〕郗愔:字方回,东晋高平金乡(今属山东)人。鉴子,超父。仕至领徐、兖二州刺史、都督徐兖青幽及扬州之晋陵诸军事,后解军职,还为会稽内史。卒赠司空。参前《品藻》第29则注。信道:具体指郗愔信奉天师道教。精勤:精诚勤奋。

〔2〕腹内恶:腹中不舒服。

〔3〕于法开:东晋名僧,与支道林齐名。始以义理称,后隐于剡县,专精医道。《高僧传》卷四有传。参前《文学》第45则注。

〔4〕脉:把脉问诊。

〔5〕君侯:原指古代列侯,后引申为对于尊贵者的敬称。

〔6〕精进太过:修奉道教行为太过分。精进,佛教以布施、持戒、忍辱、精进、禅定、知慧为成佛阶梯,称"六度"。精进指不懈努力,求得正果。"精进"概念,两晋南北朝时佛、道并用。致:招致。

〔7〕合:调配。汤:汤药。

〔8〕大下:大泻,拉稀。

〔9〕去:泻。数段许:约略有几段。许,在数量词后,表示约数。

〔10〕符:即道教的符箓,也称"丹书"、"墨书"或"符字",是一种似字

似画特殊符号,道教以为服之可以治病。

【评】

　　两晋士人,多有随顺自然而超拔世俗之智者,但聪明人却同时又受某些宗教迷信意识的影响,信奉佛道,沉迷其中而无法自拔。郗愔其人,史称其"执德存正,识怀沈敏","忠于王室"而坚决抵制权臣桓温的野心(《晋书》卷六七),是个较为正直的有识之士。但他同时又醉心于黄老之术,迷信天师道的符箓,结果是适得其反,招来无妄之灾,由健康之体转致沉重腹病。其服汤药而"大下",该幡然醒悟乎？难言哉！晋穆帝病重,曾请于法开救治。他著有《议论备豫方》一卷。但以其医术之精,却难救一国之愚者。近今鲁迅、郭沫若弃医学文,以救治国人之心,是否受此故事启迪,待考。

20.11　殷中军妙解经脉[1],中年都废。有常所给使[2],忽叩头流血。浩问其故,云:"有死事[3],终不可说。"请问良久,乃云:"小人母年垂百岁,抱疾来久[4];若蒙官一脉[5],便有活理,讫就屠戮无恨[6]。"浩感其至性[7],遂令舁来[8],为诊脉处方。始服一剂汤,便愈[9]。于是悉焚经方[10]。

【注】

　　[1] 殷中军:指东晋名士殷浩,字渊源。见前《政事》第22则注。经脉:中医术语,人体气血运行的经络血脉,引申为诊脉治病的医术。

　　[2] 给使:供差遣的仆役下人。

　　[3] 死事:关乎性命存亡之事。

　　[4] 抱疾来久:抱病在身已有很长时间。

　　[5] 官:徐震堮《校笺》附《世说新语词语简释》云:"门下及属吏从

称府主。"这里特指殷浩。脉:诊脉,治疗。

〔6〕讫:终了,完毕。

〔7〕至性:内在诚挚的心性,此指孝心。

〔8〕舁(yú鱼):抬。

〔9〕愈:痊愈,恢复健康。

〔10〕经方:指古代医书。

【评】

  人生在世,孰能不病?因此,医生救死扶伤,治病救人,是极其重要的事业。人类要健康发展,文明要不断进步,都离不开医生、医学。殷浩为一代名医,本该引为骄傲,其为人治病,原属美善之事。但他却在一汤便愈之后,"悉焚经方"以示与医学决绝,这样的乖戾行为,又是为什么?我想,这是传统偏见在作祟。如司马迁《报任安书》所说:"文史星历近乎卜祝之间,固主上所戏弄,倡优畜之,流俗之所轻也。"自古医生列入方伎类,其历史地位更在"卜祝"之下。如韩愈所说:"巫医乐师百工之人,君子不齿。"(《师说》)传统思想是重道德教化而轻科技医学及艺术。特别是在魏晋门阀社会中,殷浩出身贵族士人,高自门第,但出于一念之仁,因精于医术而为下人之母治病,反为医生俗事所累,以此"悉焚经方",诀绝医门,以示摆脱世俗。呜呼!中国科技实业及医学发展,难有长足的进步,正与此传统偏见密切相关。宋刘辰翁评殷浩云:"诊之似达,焚方又隘,无益盛德。"其实,这岂止是关乎个人"盛德"之事,轻视医道,焚烧医书,并非小事,而是事关国家、民族能否健康发展的根本大事。必须从制度与观念上加以扭转改变。

巧艺 第二十一

【题解】 推文本原意,"巧艺"是一并列结构名词:"巧"谓技巧,如《孟子·离娄上》开篇所称"离娄之明,公输子之巧",所谓"巧",指的是设计发明之类的技巧;"艺"则谓技艺或艺术,如古代所称射、御、书、数以及建筑、绘画之类艺术。但若引而申之,也可把"巧艺"理解为偏正结构名词,主词是"艺","巧"则是形容词,以形容技艺之精巧,已达出神入化的境界。如此解释,虽非原意,但却与文本精神有暗中相通的一面。本篇共收故事14则,广泛涉及棋艺、建筑、书法和绘画等诸多艺术,从中透露出魏晋时代的艺术精神。如称围棋为"坐隐",为"手谈",说明了当时围棋运动的升华,已进入士人精神交流的新境界,而非纯粹之娱乐。由于当时玄谈及佛禅的影响,魏晋人评价人物已不同于汉儒,"徒贵形似"之类,为当时士人(如戴逵)所不取,他们欣赏的更多是淡泊功利、脱俗自然的内在神明之美,由此而逐渐引发了艺术精神与时俱进的变化。魏末荀勖画钟繇肖像,"衣冠状貌如平生","如平生"云者,即平生风神之谓,而非仅是外在衣冠状貌之似。发展到东晋顾恺之,则进一步脱略形似而强调传神写照的"迁得妙想",重在内在风神之潇洒自然,而无关乎四体之妍蚩。这一强调以形写神的艺术思想,成为魏晋美学之主流,对后世传统美学精神影响至为深远。于此可见,读《世说新语》不可以小说家言而轻忽之,生动故事中自有大学问在。

21.1 弹棋始自魏,宫内用妆(妆)奁戏[1]。傅玄《弹棋赋叙》曰:"汉成帝好蹴鞠,刘向以谓劳人体,竭人力,非至尊所宜御。乃因其体作弹棋。今观其道,蹴鞠道也。"按玄此言,则弹棋之戏,其来久矣。且《梁冀传》云:"冀善弹棋格五。"而此云起魏世,谬矣。文帝于此戏特妙[2],用手巾角拂之[3],无不中。有客自云能,帝使为之。客箸葛巾角[4],低头拂棋,妙逾于帝。《典论》帝自叙曰:"戏弄之事,少所喜,唯弹棋略尽其妙,少时尝为之赋。昔京师少工有二焉,合乡侯、东方世安、张公子,常恨不得与之对也。"《博物记》曰:"帝善弹棋,能用手巾角。时有一书生,又能低头以所冠葛巾角撇棋也。"

【注】

〔1〕弹棋:古代的一种博戏,唐以后失传。据柳宗元《序棋》称,棋盘"隆其中而规焉,其下方以直。置棋二十有四,贵者半,贱者半,贵曰上,贱曰下,咸自第一至第十二。下者二乃敌一,用朱墨以别焉。……戏者二人,则视其贱者而贱之,贵者而贵之,其使之击触也。"于此可知其大概。妆奁:诸本作"妆奁",是。"妆"、"妆"形近而讹。妆奁,古代妇女的梳妆盒。

〔2〕文帝:指魏文帝曹丕。

〔3〕手巾:古代揩脸、擦手的手帕,常系腰间以作装饰用。拂:披、拨。

〔4〕葛巾:用葛布制作的头巾。

【评】

曹丕虽贵为帝王,但也是性情中人,其于琴棋书画,无不精通,而不以"技艺"贱之。弹棋为戏,一般人以手指弹棋,曹丕则特加钻研,在实践中积累技能,精益求精,能够不以手指拂击,而以巾角击棋中的,故称"于此戏特妙"。但是,艺无止境,强中还有强中手。其宾客能够不以手执角巾拂棋,而是头戴葛巾披拂中的。这就使我想起了京剧《泗州城》,女演员张美娟以背后靠旗——拨击来袭红缨枪,真有出神入化之妙。如果不是在长期的艺术实践中呕心沥血,付出艰辛劳动代价,又岂能百尺竿头,再进一步,而取得"妙逾于常"的惊人成就!棋艺虽小,通于大道,信然。

21.2　陵云台楼观精巧[1],先称平众木轻重,然后造构,乃无锱铢相负揭[2]。台虽高峻,常随风摇动,而终无倾倒之理。魏明帝登台[3],惧其势危,别以大材扶持之,楼即颓坏。论者谓轻重力偏故也[4]。《洛阳宫殿簿》曰:"陵云台上壁方十三丈,高九尺,楼方四丈,高五丈,栋去地十三丈五尺七寸五分也。"

【注】

〔1〕陵云台:楼台名,在洛阳明光殿西。据传为魏文帝曹丕所建。"陵"通"凌"。楼观:观阁楼台。

〔2〕锱铢:喻微小。古代六铢为一锱,四锱为一两。负揭:高下失衡。

〔3〕魏明帝:文帝子,名睿,字仲元。

〔4〕轻重力偏:失去重心。

【评】

此则故事,从楼台设计之巧,体现出中国古代建筑学的发展与进步。任何事物之巧妙,都是精心设计而锱铢必较。增之太重失衡,减之太轻亦危。总之,以多寡适中为是。魏明帝不明此理,"登台惧其势危",而别以大木材相扶衬,因而造成楼台重心失衡,立即倾塌的严重后果。这就是外行领导内行而好心办坏事,能无惧乎!

21.3　韦仲将能书[1]。魏明帝起殿[2],欲安榜[3]，使仲将登梯题之[4]。既下，头鬓皓然[5]，因敕儿孙勿复学书[6]。《文章叙录》曰："韦诞字仲将，京兆杜陵人。太仆端子。有文学，善属辞。以光禄大夫卒。"卫恒《四体书势》曰："诞善楷书，魏宫观多诞所题。明帝立陵霄观，误先钉榜，乃笼盛诞，辘轳长絙引上，使就题之。去地二十五丈，诞甚危惧。乃戒子孙绝此楷法，箸之家令。"

【注】

〔1〕韦仲将：韦诞字仲将，三国魏京兆杜陵人。魏时仕至光禄大夫。善书法，师邯郸淳。

〔2〕起殿：建造宫殿。

〔3〕榜：匾额。

〔4〕题之：在榜上书写。

〔5〕头鬓皓然：鬓发尽白。

〔6〕敕：告诫。

【评】

韦诞善书，在魏时是个鼎鼎大名的书法家。但因此而受名所累。魏明帝犯了先安白榜的错误。但他却不负责任，于是错就错，令韦诞高空作业，在"去地二十五丈"而凌空作书题写匾额。估计韦诞患恐高症，但君命难违，以此，书毕而须发皆白，怎一个"恐"字了得！不过因此戒子孙"勿复学书"，则又多此一举。凌濛初评曰："岂至学书者必遭此？"反驳甚是。韦诞因个人一时得失，而发此偏激毒誓，实际是当时士人轻书贱艺传统心理的一种潜意识的反应。

21.4 锺会是荀济北从舅[1]，二人情好不协[2]。荀有宝剑，可直百万[3]，常在母锺夫人许[4]。《孔氏志怪》曰："勖以宝剑付妻。"会善书，学荀手迹，作书与母取剑[5]，仍窃去不还[6]。《世语》曰:"会善学人书,伐蜀之役,于剑阁要邓艾章表,皆约其言,令词旨倨傲,多自矜伐。艾由此被收也。"荀勖知是锺,而无由得也,思所以报之[7]。后锺兄弟以千万起一宅,始成,甚精丽,未得移住。荀极善画,乃潜往画锺门堂作太傅形象[8],衣冠状貌如平生。二锺入门[9],便大感恸,宅遂空废。《孔氏志怪》曰:"于时咸谓勖之报会,过于所失数十倍。彼此书画,巧妙之极。"

【注】

〔1〕锺会:字士季,繇子,毓弟。参前《言语》第11则注。荀济北:荀勖(xù序),入晋后封济北郡公,故称。从舅:堂舅。

〔2〕情好不协:感情不好。

〔3〕直:通"值",价值。

〔4〕锺夫人:荀肸妻,勖母,锺繇堂侄女。

〔5〕作书:写信。

〔6〕仍:义同"乃",于是,就。

〔7〕报之:报复他。

〔8〕潜:暗中。作太傅形象:此指绘画锺繇肖像。锺繇,毓与会之父,在魏官至太傅,故称。

〔9〕二锺:指锺毓、锺会兄弟。

【评】

书、画艺术,本是高人雅事,但锺(会)、荀(勖)二人,却用之作俗,成为相互报复的工具,成了坏事。这不足为训。但从另一个角度来看,善学他人手迹,以及肖像绘画栩栩如平生,也可想象当时书、画艺术所达到的高度。如果书法艺术不被士人看重,锺会何必模仿名家手迹?如果不是经过千锤百炼,荀画锺繇,何能"衣冠状貌如平生",以至于二锺兄弟,见肖像画而恸哭废居呢？荀勖之画,虽因肖像艺术的特殊要求,不废"衣冠状貌"之形似;但"如平生"三字,则又见出魏之士人绘画,极其重视人物的内在气韵神明的传达。若无内在神似之生气,仅是外在的"衣冠状貌",又岂能有如此感人的艺术魅力!

21.5 羊长和博学工书[1],《文字志》曰:"忱性能草书,亦善行隶,有称于一时。"能骑射[2],善围棋。诸羊后多知书,而射、弈馀艺莫逮[3]。

【注】

〔1〕羊长和:羊忱,字长和,西晋末年泰山平阳人。参前《方正》第19则注。工书:善书法。

〔2〕骑射:骑马射箭。

〔3〕弈:弈棋,这里指下围棋。馀艺:其他技艺。

【评】

泰山平阳羊氏,是魏晋时高门士族。由于士族的家法传承,出于"世为冠族"的羊忱,"博学工书",多才多艺,围棋手谈,无所不精。甚至骑马射箭等切合实用的激烈运动,也是擅名一时。据前《方正》第19则故事载,赵王伦行篡逆时,曾派使者追忱,忱"不暇被马","帖骑而避","矢左右发,使者不敢进"。在光溜溜的马背上,不仅稳帖,而且还能左右开弓,准确发射而不取使者性命。于此可见其骑射之精善。羊忱于永嘉乱中遇害,一个艺术全才,终被黑暗所吞噬。羊氏家族后人,多继承家法而在书法艺术上拓展。但作为高门望族之士,却大多养尊处优,精于思理而懒于行动,因而"射、弈馀艺莫逮",也在意料之中。由此可以想象,读书学习搞艺术,甚至是骑马射箭下围棋,没有一定条件,当然不行;但是生活条件太好,于学问、艺术和运动,也不一定是好事。中国足球,长败不起,能说是条件太差、待遇太低所致吗?读此或可深省。

21.6 戴安道就范宣学[1],《中兴书》曰:"逵不远千里往豫章诣范宣,宣见逵异之,以兄女妻焉。"视范所为,范读书亦读书,范抄书亦抄书。唯独好画,范以为无用,不□(宜)劳思于此[2]。戴乃画《南都赋图》[3],范看毕咨嗟[4],甚以为有益,始重画。

【注】

〔1〕戴安道:即戴逵,字安道,东晋谯国人。见前《雅量》第34则注。范宣:字宣子,陈留人。东晋儒学教育家,与范宁并称豫章二范。参前《德行》第33则注。就:跟随,师从。

〔2〕不□(宜):"不"下字残,据诸本当作"宜"。劳思:费心劳神。

〔3〕《南都赋图》:以汉张衡《南都赋》作为题材进行创作而成的画作。

〔4〕咨嗟:叹赏。

【评】

与魏晋士人的"世尚《老》、《庄》"不同,范宣是个传授儒家经学的教育家,这在当时实属稀罕。作为传统儒者,他轻视绘画为末艺,也在情理之中。不过,当他看到戴逵所作《南都赋图》后,却幡然有悟,"以为有益",并且开始重视绘画创作。这在讲究师法而不可越雷池一步的汉儒眼中,是不可想象之事。但范宣具体生活在魏晋时代,虚心接受弟子的批评,在艺术观念上来了个大改变。"弟子不必不如师",这虽是后来唐代韩愈说的话,但论其言行,范宣早已启其端。另外,从戴逵作画说服"顽固"师长,又可见东晋绘画艺术魅力之一斑。

21.7　谢太傅[1]云:"顾长康画[2],有苍生来所无。"《续晋阳秋》曰:"恺之尤好丹青,妙绝于时。曾以一厨画寄桓玄,皆其绝者,深所珍惜,悉糊题其前。桓乃发厨后取之,好加理复。恺之见封题如初,而画并不存,直云:'妙画通灵,变化而去,如人之登仙矣!'"

【注】

〔1〕谢太傅:指谢安。

〔2〕顾长康:顾恺之,字长康,东晋晋陵无锡人。参前《言语》第88则注。其为人博学多才,又精绘画,是东晋最著名的画家兼理论家。画论著作有《论画》、《魏晋胜流画赞》、《画云台山记》等。

【评】

　　赞美绘画艺术,在《巧艺》篇的14则故事中占9则,约占三分之二的篇幅,其中,荀勖画锺繇肖像因他事带出,占1则;戴逵画事占2则;而顾恺之一人之画艺及其有关评论共占6则,在全部绘画故事的9则中,占三分之二的篇幅。从这一数字统计中,可看出绘画艺术在魏晋"巧艺"领域中的重要地位,而顾恺之在魏晋画史之中,更是独占鳌头,而有"三绝"(才绝、画绝、痴绝)之称。他不仅创作了大量的人物肖像及神仙、佛像、禽兽和山水画,如为建康瓦棺寺作《维摩诘像》壁画,轰动一时;而且在创作实践基础上,提倡"迁想妙得"、"以形写神"等美学思想,影响了千年以后的传统美学精神。其影响与贡献,岂止是魏晋美术史,可说是彪炳千秋,垂之不朽。顾恺之在当时政治斗争中,偏向桓(温)党,而不同于谢安。但谢安不因政治之异而抹煞其艺术,其论顾恺之画,谓"有苍生以来所无",确是的论,而非溢美之辞。本篇顾氏6则故事,由谢安一语作纲领提起,构成了连续的生动组画。

21.8 戴安道中年画行像甚精妙[1]。庾道季看之[2],语戴云:"神明太俗[3],由卿世情未尽[4]。"戴云:"唯务光当免卿此语耳[5]。"《列仙传》曰:"务光,夏时人也。耳长七寸,好鼓琴,服菖蒲韭根。汤将伐桀,谋于光,光曰:'非吾事也。'汤曰:'伊尹何如?'务光曰:'强力忍诟,不知其它。'汤克天下,让于光。光曰:'吾闻无道之世,不践其土,况让我乎?'负石自沈于卢水。"

【注】
　　〔1〕行像:据《大唐西域记》,当泛指佛像。
　　〔2〕庾道季:庾和小字道季,太尉亮子。参前《言语》第79则注。
　　〔3〕神明:神情风韵。
　　〔4〕世情:世俗的七情六欲。
　　〔5〕务光:传说夏末时的隐士。其事可参见《庄子·让王》篇及《史记·伯夷列传》。

【评】
　　庾和谓戴逵画佛像"神明太俗",这批评在精通佛学的士人看来,不无道理,因为佛家主"空",要求超越世俗,脱离苦海。而戴氏佛像之画,却明显染有浓厚的世俗生活色彩,如庾氏所言,是由于作者"世情未尽",未能破除我执与他执。但佛像艺术不是佛学思想的机械翻版。不热爱生活,缺乏感情的人,又怎能赋予艺术以不朽的生命活力呢?因此,"由卿世情未尽"的讥评,正可从反面看出戴画艺术生命之所在,其佛像艺术之精妙,正在努力促进外来佛教艺术的中国化,并具有强烈的时代生活气息。讥评之酷,反衬其"行像精妙"。另一方面,不管是批评或辩解,皆从"神明"入手,又可见魏晋人评画及其审美趣味之所在。

21.9 顾长康画裴叔则[1],颊上益三毛[2]。人问其故,顾曰:"裴楷隽朗有识具[3],正此是其识具。"看画者寻之[4],定觉益三毛如有神明[5],殊胜未安时[6]。恺之历画古贤,皆为之赞也。

【注】

〔1〕裴叔则:裴楷,字叔则,西晋河东闻喜人。仕至中书令。当时的清谈名家,以清通著称。八王之乱时被害。

〔2〕颊:面颊,脸的两侧。

〔3〕隽朗:风神高迈,气格爽朗。识具:见识才具。

〔4〕寻:谈寻,玩味。

〔5〕定:确实。神明:神情气韵。

〔6〕殊:更,甚。安:安置。

【评】

史称"楷风神高迈,容仪俊爽,博涉群书,特精理义,时人谓之玉人",又称"见裴叔则如近玉山,映照人也"(《晋书·裴楷传》)。因此,画裴楷之难,不在其可见的外貌,而在其无形的内心的神明风采。裴楷颊上原无三毛,但顾恺之凭空构结,以艺术虚构来增添了颊上三毛,于是主人翁神采焕发而"隽朗识具"尽出,从而化无形为有形,完成了以形写神的生动形象刻画。从此,"颊上三毛"就成为我国人物画史上的千古不传之秘,引申为"颊上添毫",以喻一切艺术的润饰传神。

21.10 王中郎以围棋是"坐隐"[1],支公以围棋为"手谈"[2]。《博物志》曰:"尧作围棋,以教丹朱。"《语林》曰:"王以棋为手谈,故其在哀制中,祥后客来,方幅会戏。"

【注】

〔1〕王中郎：即王坦之，字文度。述子。太原晋阳人。曾官北中郎将，故称。参前《言语》第72则注。以：以为，认为。坐隐：围棋别名，即座中隐语，指对弈者不直接说话，而借棋暗示交流，成为无语的谈话。

〔2〕支公：即支遁，字道林，东晋名僧。参前《言语》第63则注。手谈：围棋别名，意谓不以语言而以手交谈。与"坐隐"语异而义同。

【评】

谓围棋为"坐隐"、为"手谈"，的确是高人雅语，反映了魏晋士人对于围棋的认识。《尹文子》曰："以智力求者喻于弈，弈进退取与、攻劫放舍在我者。"魏王粲《围棋赋序》又称："清宁体道，稽谟元神，围棋是也。"中国是围棋的故乡，围棋不仅是游戏，更成为一种运动和艺术，是体道稽神的智慧结晶。以"坐隐"和"手谈"称围棋，可见围棋已不仅是技艺游戏，而是已进入了人类精神交流的文明境界。

21.11　顾长康好写起人形[1]，《续晋阳秋》曰："恺图写特妙。"欲图殷荆州[2]，殷曰："我形恶[3]，不烦耳。"顾曰："明府正为眼尔[4]。仲堪眇目故也。但明点童子[5]，飞白拂其上[6]，使如轻云之蔽日[7]。""日"一作"月"。

【注】

〔1〕写：图画。人形：人物肖像。

〔2〕殷荆州：即殷仲堪。曾官荆州刺史，故称。参前《德行》第40则注。

〔3〕形恶：形貌不佳。恶：丑陋。

〔4〕明府：汉魏以来对州牧府尹的尊称。

〔5〕童子：即"瞳子"，瞳孔。但：只要。点：点画。

〔6〕飞白：原为书法之笔，其势飞动，枯墨露白。顾恺之移之于画，

谓瞳孔上布白之笔。

〔7〕蔽日:刘注谓"日"一作"月",似是,《晋书·顾恺之传》称引正作"蔽月"。

【评】

艺术真实源于生活真实,但又不是现实生活的机械翻版,而应该比生活更高、更真、更美。顾恺之明白这一美学原理。从外貌看,殷仲堪眇一目,形象欠佳。但顾氏的人物画,更重视的是以形传神,画出人物的内在精神风采。史称仲堪"能清言,善属文,……谈理与韩康伯齐名,士咸爱慕之"(《晋书·殷仲堪传》)。可见其外貌虽然有欠缺,但内在神明风采仍然为士林追慕,值得顾恺之图画。作为艺术家,顾恺之很聪明,他掌握了艺术真实比生活真实更美的原则,稍加虚构点画,飞白布于瞳孔,犹如轻云披拂明月,爽朗清明,神采顿现而生机勃勃,这就是化丑为美,非高者不能言其妙。

21.12 顾长康画谢幼舆在岩石里[1]。人问其所以[2],顾曰:"谢云:'一丘一壑,自谓过之[3]。'此子宜置丘壑中[4]。"

【注】

〔1〕谢幼舆:即谢鲲,字幼舆,陈郡阳夏人。参前《文学》第20则注。

〔2〕所以:为什么,原因。

〔3〕"一丘一壑"二句:事载《晋书·谢鲲传》,但早见于本书《品藻》第17则,云:"明帝问谢鲲:'君自谓何如庾亮?'答曰:'端委庙堂,使百僚准则,臣不如亮;一丘一壑,自谓过之。'"

〔4〕置:安放。

【评】

人物、佛像是顾恺之绘画的强项。谢鲲是两晋之交的玄学清谈名家,为人旷达超逸,风神隽朗,其卒,晋明帝痛彻于心,与温峤书称其"远有识志,其言……味之不倦,近未易有也"(《晋书·王廙传》)。如此人物,其"识致"风神,如何下笔,方可令观者"味之不倦"呢?作为政治家,谢鲲才干不如庾亮;但若论清谈思理,体道味玄,揭示人的自然本质,则谢鲲自谓过于庾亮。所言合乎实际。对于社会和时代,并不要求人人都是政治家,文化人也自有其贡献。在两晋之交的动荡年代里,士人命不保夕,因而回归自然,纵情丘壑,在山巅水涯中排拒社会的黑暗,重在尊重独立人格的思想自由。为了突出这一精神实质,顾恺之异想天开,把谢鲲的形象安放在山水自然背景当中,的确恰到好处,更为传神。这与前面画裴楷而颊增三毛,同是"迁得妙想"、"以形写神"美学精神的成功艺术实践,这比起那些拘泥于生活细节真实而斤斤计较一手一足的画家,其艺术相差不可以道里计。

21.13 顾长康画人,或数年不点目精[1]。人问其故,顾曰:"四体妍蚩[2],本无关于妙处,传神写照[3],正在阿堵中[4]。"

【注】

〔1〕目睛:指眼中瞳仁。

〔2〕四体:四肢。妍蚩:美丑。

〔3〕写照:画像写真。

〔4〕正:只,恰在。阿堵:指示代词,这,这个。

【评】

中国人物画艺术之妙,不在枝节四体之妍蚩,而在于描绘关照全局整体的无形之内在神明。他画人物肖像,"或数年不点目睛",自有大道理在。人们常说,眼睛是人类心灵的窗户。若是"窗户"不明,又岂能洞彻内心,画出人们的奕奕精神和生命活力!顾恺之久不点目睛,正是在长期的生活和创作实践中,积极思考和探索主人翁的神明风采之所在,由渐而顿,一旦启悟,立即心追笔落,神来之笔似从天降。"传神写照,正在阿堵中",遂成千古艺坛佳话,垂之不朽,而影响深远,中国绘画艺术民族传统的形成,与其影响息息相关。传说晋哀帝兴宁间(363—365),建康瓦棺寺初建,请善男信女捐献,士大夫捐无过十万者,但顾恺之却提笔挥洒,认捐百万。他命僧备一壁,独闭户月馀,画维摩诘像,工毕将欲点眸子,乃谓寺僧曰:"第一日观者请施十万,第二日可五万,第三日任例责施。"及开户光照一寺,施者填咽,俄而得百万钱。其点眸子艺术,可谓出神入化,可惊可叹!

21.14　顾长康道:"画'手挥五弦'易,'目送归鸿'难[1]。"

【注】

〔1〕"手挥五弦"二句:见于嵇康《兄秀才公穆入军赠诗十九首》之十五:"息徒兰圃,秣马华山。流磻平皋,垂纶长川。目送归鸿,手挥五弦。俯仰自得,游心太玄。嘉彼钓叟,得鱼忘筌。郢人逝矣,谁可尽言!"目送:目光追视。归鸿:春天北归的大雁。五弦:古代弹拨乐器,似琵琶,有五弦,故又称五弦琴。有直项、曲项之别。

【评】

嵇康是竹林七贤的代表人物,是当时著名的玄学家、文学家。其"目送归鸿,手挥五弦。俯仰自得,游心太玄"之诗,正可见玄学思想对文学的影响,体道味玄不一定是全然消极的影响,也有利于文学高洁人格和深邃境界形成的另一面。史称"恺之每重嵇康四言诗,因为之图"(《晋书·顾恺之传》)。说明嵇康的艺术精神,是薪尽火传,经顾恺之而继续在美术界熊熊燃烧。恺之所称:"画手挥五弦易,目送归鸿难",正是从其创作实践中来的甘苦之言,从而启迪后人。其作画重在传神写照,而神来之笔,关键在点睛之眼神。手挥五弦,因有形可写,所以为易;目送归鸿,因是心想眼追,视之无形而意在象外,很难揣摩,此所以为难。所论正是顾氏审美理论的又一生动展现。

宠礼 第二十二

【题解】 宠礼,意思是宠爱和礼遇,被宠礼者因故而获得了超越一般的特殊礼遇。至于为什么受宠礼?"因故"二字则大有文章,这就得考究其言外之意了。本篇六则故事,都发生在东晋时代。东晋一朝,社会动荡。承永嘉西晋覆亡之痛,司马南渡,建立江南的偏安小王朝。这时皇族对于中央朝廷的控制力,大大削弱,因而必须借助强大士族的支撑,通过给予权臣以超越礼仪的特殊待遇,来收买人心,以便稳固政权。同样,那些野心勃勃的高门士族,如支撑东晋政权的四大家族之一的桓家(温、玄),同样也在积极"招兵买马",笼络人才,给予为其所用之士,以不次的超擢与礼遇。古人有云:"士为知己者死。"各级统治者希望通过宠礼这一特殊手段,延揽特殊人才,以便为自己坐江山打天下,多出一把力。"宠礼"不是一般意义上的举贤授能,其政治奥秘,并非为"义"而设,而是专为射"利"而行,究其实质,背后仍然是一种隐蔽的权、钱交易。

22.1 元帝正会[1],引王丞相登御床[2],王公固辞[3],中宗引之弥苦[4]。王公曰:"使太阳与万物同晖[5],臣下何以瞻仰?"《中兴书》曰:"元帝登尊号,百官陪位,诏王导升御坐,固辞然后止。"

【注】

〔1〕元帝:晋元帝司马睿,东晋开国皇帝。正会:新年元旦朝会。

〔2〕王丞相:指王导。御床:皇帝宝座。床,古时亦指坐榻。

〔3〕王公:指王导。

〔4〕中宗:元帝死后,庙号中宗。弥苦:更加殷勤。

〔5〕太阳与万物:喻皇帝与臣民。使:假使。

【评】

　　元帝以皇族远支,因风云际会,开国江南,骤获大宝,实王导为之主谋。史称"导知天下已乱,遂倾心推奉,潜有兴复之志。帝(按:司马睿当时为琅邪王)雅相器重,契同友执"(《晋书·王导传》)。由于王导等士族强宗的经营拥戴,司马朝廷才得以偏安南方半壁江山。故时人为之语曰:"王与马,共天下。"此"王"指琅邪王氏。元帝正会,极力拉拢王导共登御床,推其内在心理,真假参半。感激王氏拥戴,表面诚真;而作为君临万民的皇帝,引臣子共登御座,古往今来,绝无此礼。但在大庭广众隆重盛会之际,元帝一反礼制,"引之弥苦",却是为何?或因王氏家族有大将军敦拥兵在外,随时威胁皇朝政权的生存,故有此举,以试探高门士族琅邪王家的态度如何。若是王敦,可能直登帝座;但王导非敦,他心中明白,无司马则无王氏之尊贵,故谦抑自损,回答得体,明心迹以安帝心,以便为东晋建国的稳固和发展争取生机。在现实面前,王导头脑清醒,并没有因为获宠礼殊荣而昏头转向。

22.2　桓宣武尝请参佐入宿[1],袁宏、伏滔相次而至[2]。泐名[3],府中复有袁参军[4],彦伯疑焉,令传教更质[5]。传教曰:"参军是袁、伏之袁[6],复何所疑?"

【注】

〔1〕桓宣武：大将军桓温，卒谥号宣武，故称。参佐：参谋僚属。入宿：住宿府衙。

〔2〕袁宏(328—376)：字伯彦，小字虎，陈郡阳夏人。曾任桓温大司马记室参军，以文才著名当世。参前《言语》第83则注。伏滔：字玄度，平昌安丘(今属山东)人。以才学桓温聘为参军。参前《言语》第72则注。相次：先后。

〔3〕泹名：核校到者名单。泹，到。

〔4〕参军：方面大员或王国诸侯的重要僚佐。

〔5〕传教：传达府主教令的小吏。

〔6〕袁、伏：时袁宏与伏滔齐名，故云。

【评】

这则故事虽称"袁、伏"，但第一主角应是被宠礼的对象袁宏，第二主角是闻其声气而并未出场的主人桓温，伏滔不过是连带提起而已。袁宏其人，文史全才，著名当世，其才思敏捷，桓温、陶胡奴、谢安屡试不爽，令人赞叹不已。当时的伏滔，和他同事桓温，一样受桓温宠礼，出则同游。但是，文人相轻，自古而然，袁宏自视一代文宗，岂能容忍他人与己并列齐名？尽管伏滔和他是关系很好的同事，但他认为受宠礼的程度不该一样。史称："与伏滔同在温府，府中呼'袁伏'。宏心耻之，每叹曰：'公之厚恩未优国士，而与滔比肩，何辱之甚。'"(《晋书·文苑·袁宏传》)其心胸狭隘如此。因此，当他误会还有一个袁参军时，怎能不问个明白呢？"彦伯疑焉，令传教更质"，重在内心刻画。传教的回答，实是府主桓温之言，同样妙语解人，正是针对袁宏的心理世界而发，可谓一语破的。

22.3 王珣、郗超并有奇才[1]，为大司马所眷拔[2]，珣为主簿[3]，超为记室参军[4]。超为人多髯[5]，珣行状短小，于时荆州为之语[6]曰："髯参军，短主簿,能令公喜,能令公怒。"《续晋阳秋》曰:"超有才能,珣有器望,并为温所昵。"

【注】

〔1〕王珣:字元琳。王导孙,洽子。参前《言语》第102则注。郗超:字景兴,一字嘉宾。参前《言语》第59则注。

〔2〕大司马:指桓温。眷拔:眷顾超拔。

〔3〕主簿:政府衙门属官,掌管簿籍、印鉴等,位居掾属之首。

〔4〕记室参军:相当于今之行政秘书,掌管机要。

〔5〕为人:相貌。髯:两颊胡须。

〔6〕于时:当时。荆州:长江中上游重镇,治所江陵(今属湖北)。当时桓温代庾翼任荆州刺史,节镇西藩。语:指民谣。

【评】

桓温是个集雄心与野心于一身的人物。为了政治需要,他注意赏拔人才。当时谢安、王珣、郗超、袁宏、习凿齿等一代英才,并集温府,兼文武斌斌之盛。故事通过民谣,刻画了王珣、郗超的艺术形象,"多髯"与"短小"状其貌,这是写实;"能令公喜,能令公怒",则属写虚,写尽二人神气与才干。虚实结合,以貌传神,极其生动。但同为才干之士,因政治倾向不同,后来分化,郗超成为桓温立威朝廷的谋主,而王珣则逐渐转向了维护司马朝廷的利益。桓温之"眷拔",是在动态发展的历史实际中展现的,其所爱恶,关键在于能否为我所用,政治权势之利,是其衡量标准。又,据朱铸禹《汇校集注》,谓史称"珣弱冠从温辟,温已移镇姑孰,不在荆州",因疑故事发生地点不在荆州。可备一说。

22.4 许玄度停都一月[1],刘尹无日不往[2],乃

叹曰:"卿复少时不去[3],我成轻薄京尹[4]。"《语林》曰:
"玄度出都,真长九日十一诣之,曰:'卿尚不去,使我成薄德二千石。'"

【注】

〔1〕许玄度:许询,字玄度。东晋玄学清谈名士。参前《言语》第69则注。都:京都建康。

〔2〕刘尹:指刘惔,字真长。东晋名士。参前《德行》第35则注。

〔3〕少时:不长时日。

〔4〕轻薄:轻浮。京尹:京兆尹,京师地区行政长官。时刘惔任丹阳尹,故称。

【评】

许询是东晋玄学清谈名士,又是颇有才藻而擅长诗文的文学家,其玄言诗与孙绰齐名。他虽布衣之士,但却经常结交贵族名流,如谢安、刘惔、王濛等。许询是"民",但他并不高视仰望做官的人;刘惔是官,却也并不卑视布衣之士。在官本位的封建社会中,能够官、"民"平等,自由交往,毫无心理障碍,这只有在魏晋这样特殊的年代中,才得以实现。因爱才而惺惺相惜,追求心灵自由,这是魏晋士人的正常心态。刘惔为见许询,差点荒废公务,为的是求得"洗尽尘滓,独存孤迥"的自由洒脱而超越世俗的精神共鸣。故凌濛初评曰:"得刘尹如此,甚难,甚难!"于此可见刘惔的真诚与可爱。

22.5 孝武在西堂会[1],伏滔预坐[2]。还,下车呼其儿,儿即系也。丘渊之《文章录》曰:"系字敬鲁,仕至光禄大夫。"语之曰:"百人高会[3],临坐未得他语,先问:'伏滔何在?在此不[4]?'此故未易得[5]。为人作父如此[6],何如?"

【注】

〔1〕孝武:指东晋孝武帝司马曜。西堂:厅堂名,在太极殿西侧。

〔2〕伏滔:字玄度,平昌安丘人。参前《言语》第72则注。预坐:在坐。

〔3〕高会:盛大集会。

〔4〕不:通"否"。

〔5〕故:实在,的确。

〔6〕为人:在社会上做人。作父:在家中做父亲。

【评】

封建知识分子中的某些人,一旦得宠得势,也常会翘尾巴,自以为附青云而扶摇直上,因而得意忘形。伏滔一旦被皇帝动问,浑身骨头轻飘飘,回家立即向自家儿女夸耀,一副小人得志之态,活灵活现。忘记了自己是附皮之毛,一旦时过境迁,皮之不存,毛将焉附!前面有袁宏以"袁、伏"并称为耻,人们不太理解,读了这一故事,方才恍然大悟,伏滔器小,该当如此。伏滔"为人作父如此,何如"一语,李贽评曰:"十分像。"栩栩如生的"这一个",确非伏滔莫属,以此见作者之笔墨高妙。

22.6 卞范之为丹阳尹[1]。羊孚南州暂还[2],往卞许[3],云:"下官疾动[4],不堪坐。"卞便开帐拂褥,羊径上大床,入被须枕[5]。卞回坐倾睐[6],移晨达暮[7]。羊去,卞语曰:"我以第一理期卿[8],卿莫负我!"丘渊之《文章录》曰:"范之字敬祖,济阴冤句人。祖嵚,下邳太守。父循,尚书郎。相玄辅政,范之迁丹阳尹。玄败,伏诛。"

【注】

〔1〕卞范之:字敬祖,又字鞫,济阴冤句(今山东菏泽西南)人。桓玄心腹。参前《伤逝》第19则注。

〔2〕羊孚:字子道,泰山人。绥子。桓玄心腹。参前《言语》第104则注。南州:京师南边州郡,此指姑孰。

〔3〕卞许:卞范之家。许,住处,处所。

〔4〕疾动:病发作。下官:做官者自谦之词。

〔5〕须枕:依靠枕头。

〔6〕回坐:扭身而坐。倾眯:倾心看视,朱铸禹《汇校集注》云:"倾心眯视,护持之,通夜中旦,未尝懈也。"

〔7〕移晨达暮:从早到晚。形容整天亲自护持。

〔8〕第一理:至关重要的事理。期:期望。

【评】

卞范之和羊孚,都是桓玄的心腹。羊病,径上卞床而拥被倚枕,卞不以为忤,反而"回坐倾眯,移晨达暮"而细心护持,这不仅有个人感情的关系,又为共同的政治利益所驱动。当时桓玄藉世资而雄踞荆楚,属晋失政,遂生觊觎之望,篡逆之形渐显。卞范之所称"我以第一理期卿,卿莫负我",当即指桓玄篡逆之事。后羊孚早卒,幸免叛逆之罪。而卞范之则以附逆被诛。生命是空间性的存在,但更是时间性的"艺术"。卞范之被时间钉在了历史的耻辱柱上;而羊孚同谋,则因早亡而逃脱了历史的惩罚,何其侥幸!

任诞 第二十三

【题解】 任诞者,任达与荒诞之谓也。任达主要指无形精神世界的识见旷达,率性任情,意志自由自在而回归天性之自然;荒诞则由虚入实,着重于言语行为方面的乖戾无常,突破世俗常规而不守名教礼法。任诞之风,后人视以为怪,封建名教之士更是嫉之如仇。但如安放到魏晋的特殊时代背景中考察,则是见怪不怪,自然而然。魏晋任诞之风,经由正始名士何(晏)、王(弼)的提倡,竹林七贤嵇(康)、阮(籍)胜流的理论发挥和行为实践,高倡"越名教而任自然",于是风行漫卷,膨胀扩张,迅速流行而成为新的时髦,也可说是一种"流行病"。任诞之风,其源何在?一是与所受老庄及玄学思想的影响有关,玄家以无为本,主张天真无为,宅心玄远,回归自然,不为物累而张扬个性;一是由于魏晋社会篡弑相继,人们高唱礼教而自相屠杀,正直士人在虚伪礼教屠刀下,朝不保夕,由此引发了"叛逆"与任诞的思想反弹。"任诞"已成为魏晋士人的一种特殊风度而见其人格之美,如宗白华《论〈世说新语〉和晋人的美》所说:"从中国过去一个同样混乱、同样黑暗的时代中,了解人们如何追求光明,追寻美,以救济和建立他们的精神生活,化苦闷而为创造,培养壮阔的精神人格。"(《宗白华全集》,安徽教育出版社1996年版,第286页)当时人们以"任诞"言行来表达自由个性和精神解放的理想和愿望,这既是一种扭曲的智慧,也是一种重压之下生命热情的迸发。因此,在任诞之风诞生和发展阶段中,这是一种无奈的抗争,具有一定的历史进步意义。但是,后学则不尽然。当任诞之风已成为魏晋名士的一种特殊身份象征之后,人人都来仿效作达,而不问其原因和条件。其实,当阮浑欲效父兄作达之时,阮籍对自己的儿子说了真心话:"卿不得复尔!"可见任诞之风,因时间和条件,后学之辈,已有真达、假达之分。任诞后来成为一件流行商品,冒牌赝品和伪劣水货,充斥市场,岂非咄咄怪事。人们读《世说》时,自应分辨真伪,以便给予恰当的历史评价,从而汲取有益的思想启迪。

本门54则故事,其中一半以上与酒有关,但却不感单调而颇能显现当时士人精神风貌。要知其成功奥秘,可详参鲁迅《魏晋风度及文章与药及酒之关系》一文。

23.1 陈留阮籍、谯国嵇康、河内山涛三人[1],年皆相比[2],康年少亚之[3]。预此契者[4],沛国刘伶、陈留阮咸、河内向秀、琅邪王戎[5]。七人常集于竹林之下,肆意酣畅[6],故世谓竹林七贤[7]。《晋阳秋》曰:"于时风誉扇于海内,至于今咏之。"

【注】

〔1〕陈留阮籍:籍字嗣宗,陈留(今河南开封)人。见前《德行》第15则注。谯国嵇康:康字叔夜,谯国铚(今安徽亳县)人。见前《德行》第16则注。河内山涛:涛字巨源,河内怀(今属河南)人。见前《政事》第5则注。

〔2〕相比:相近,相仿。

〔3〕年少亚之:年龄稍小一些。按:阮籍生于汉建安十五年(210),山涛生于建安二十年(215),嵇康生于魏黄初四年(223)。

〔4〕预:参预,参与。契:交游聚会。

〔5〕沛国刘伶:伶字伯伦,沛(今安徽濉溪西北)人。参见《容止》第13则注。阮咸:字仲容,籍侄,参前《赏誉》第12则注。向秀:字子期。参前《言语》第18则注。琅邪王戎:戎字濬冲,琅邪(今山东临沂北)人。参前《德行》第17则注。

〔6〕肆意酣畅:尽情饮酒。

〔7〕竹林七贤:指阮籍、嵇康、山涛、刘伶、阮咸、向秀、王戎七人,是当时著名士人一个比较松散而自由交游的文化聚会。

【评】

踵武正始名士,竹林七贤在魏晋间相继出现。当时朝廷中的司马集团,掌控政权,代替曹魏皇族发号施令,推行虚伪名教统治,为其篡弑夺权制造舆论,因而出现了顺者昌、逆者亡的思想专制局面。在高压形势下,正直士人产生了严重的危机心理,并且迅速反弹。于是就有了竹林七贤文士交游聚会的出现。竹林七贤不是一个有组织的政治社团,不过因其不满现实,愤世嫉俗,不拘礼法,口无遮拦,其所议论,或许多少会牵扯某些政治现象。竹林七贤以嵇(康)、阮(籍)为核心,多数是文学家,是继建安七子之后在中国文学史上影响颇大的文人群体。但因其不与司马统治集团同流合污,所以鲁迅说他们"差不多都是反抗旧礼教的"。他们议论风发,诗文联翩,产生了极大的社会影响。竹林名士,"肆意酣畅",开怀痛饮美酒,一方面刺激创作的兴奋点,另一方面也是借酒浇胸中块垒,麻痹自己的神经,醉酒胡话,当权者又能怎样?但统治者不这么想,他们不管你诗文作的多好,思想多么精深,只要不随顺不合作,就是讽刺与诋毁,都在该打该杀之列。于是先逮个嵇康来杀鸡儆猴,用他的头颅来祭旗开刀,看看是你的笔尖利,还是我的刀子快!至于罪名则是莫须有,就像曹操杀孔融一样,理由莫明其妙。此后,竹林七贤发生分化,或谨慎缄口,或改换门庭。人是社会的人,面对头上的屠刀,这也不奇怪。不过,竹林七贤饮酒作达的任诞之风,并没有因统治者挥舞屠刀而消失,反而愈演愈烈,成了两晋名士作达的象征,身份的表现。名士痛饮美酒,比比皆是,甚至趋于极端荒诞,这也是人们所始料不及的。

这则故事并非具体描写,而只是《任诞》门54则故事的"序言"或开篇,好戏尚在后面。

23.2 阮籍遭母丧,在晋文王坐[1],进酒肉。司隶何曾亦在坐[2],《晋诸公赞》曰:"何曾,字颖考,陈郡阳夏人。父夔,魏太仆。曾以高雅称,加性仁孝。累迁司隶校尉,用心甚正,朝廷惮之。仕晋至太宰。"曰:"明公方以孝治天下,而阮籍以重丧显于公坐饮酒食肉,宜沶(流)之海外[3],以正风教[4]。"文王曰:"嗣宗毁顿如此[5],君不能共忧之,何谓?且有疾而饮酒食肉,固丧礼也[6]。"籍饮啖不辍[7],神色自若。干宝《晋纪》曰:"何曾尝谓阮籍曰:'卿恣情任性,败俗之人也。今忠贤执政,综核名实,若卿之徒,何可长也!'复言之于太祖,籍饮啖不辍。故魏、晋之间,有被发夷傲之事,背死忘生之人,反谓行礼者,籍为之也。"《魏氏春秋》曰:"籍性至孝,居丧,虽不率常礼,而毁几灭性。然为文俗之士何曾等深所雠疾。大将军司马昭爱其通伟,而不加害也。"

【注】

〔1〕晋文王:司马炎篡魏开晋后,追尊其父司马昭为文帝,史或称文王。坐:通"座"。

〔2〕何曾:司马集团重要腹心大臣,时任司隶校尉,掌管察举百官及京师治安。

〔3〕沶:即流,流放。海外:四海之外,泛指边疆不毛之地。

〔4〕正:端正。风教:风俗教化。

〔5〕嗣宗:阮籍字。毁顿:哀伤困顿而伤害身体健康。

〔6〕且有疾而饮酒食肉,固丧礼也:按《礼记·曲礼》记载,"居丧之

礼,……有疾则饮酒食肉,疾止复初"。

〔7〕啖(dàn淡):吃。辍(chuò绰):停止。

【评】

魏晋时篡弑相继,故统治者讳言"忠"。但是,一个国家政权总要有点道德支撑,因此,改为"以孝治天下"。阮籍诸人何等冰雪聪明,把这一政治把戏看得非常透彻。他在母丧期间,和世俗不一样,并不严守丧礼条文,只要身体需要,照样在公开场合"进酒肉"。司隶校尉何曾要把他流放海外,正是严惩不合作者,甚至是持不同政见者的一种残酷手段,目的无非是敲山震虎,传达政治信号。而司马昭对阮籍的宽容,似乎多了点人性,其实是他对阮籍并未全然失望,尚列于争取的名单。在夺权斗争中,争取高门士人的支持非常重要。因此,阮籍行为再怪,他也可以见怪不怪,对"孝"的解释权全在统治者的口中。故事中的主角阮籍高唱怪诞之调,若没有司马昭和何曾二人红脸白脸政治双簧的衬托,也不会那么生动形象。

23.3 刘伶病酒[1],渴甚,从妇求酒。妇捐酒毁器[2],涕泣谏曰:"君饮太过,非摄生之道[3],必宜断之!"伶曰:"甚善,我不能自禁,唯当祝鬼神自誓断之耳[4]。便可具酒肉[5]。"妇曰:"敬闻命。"供酒肉于神前,请伶祝誓。伶跪而祝曰:"天生刘伶,以酒为名[6],一饮一斛[7],五斗解酲[8]。毛公注曰:"酒病曰酲。"妇人之言,慎不可听。"便引酒进肉,隗然已醉矣[9]。见《竹林七贤论》。

【注】

〔1〕刘伶:字伯伦,见前注。病酒:因饮酒过量而身体不适。

〔2〕捐:丢弃,倒掉。

〔3〕摄生:养生。

〔4〕祝:祈祷,祷告。

〔5〕具:准备,备办。

〔6〕以酒为名:视饮酒为生命。名,通"命"。

〔7〕斛:古代量器名,一斛十斗。

〔8〕解酲(chéng 呈):醒酒。酲,醉酒失态。

〔9〕隗(wěi 伟):醉酒之状。

【评】

　　故事虽短,却是波澜曲折而见变化之妙。细节描写具有典型性,一个生动的清醒醉汉形象,跃动在字里行间,可说是古代一篇神形兼备的小小说,令人百读不厌。刘伶祝神"断"酒之辞,纯为古代四言铭颂之调,合于典雅之体,渴酒之际,冲口而出,又见竹林酒仙的修养和急智。《晋书·刘伶传》称伶"常乘鹿车,携一壶酒,使人荷锸而随之,谓曰:'死便埋我。'其遗形骸如此。"刘伶"以酒为名(命)",正是一种看透社会人生虚伪礼教的一种清醒认识和满腔无奈。社会腐败黑暗,个人无力回天,不醉酒又将如何!

23.4　刘公荣与人饮酒[1],杂秽非类[2]。人或讥之,答曰:"胜公荣者,不可不与饮;不如公荣者,亦不可不与饮;是公荣辈者,又不可不与饮。"故终日共饮而醉。《刘氏谱》曰:"昶字公荣,沛国人。"《晋阳秋》曰:"昶为人通达,仕至兖州刺史。"

【注】

　　〔1〕刘公荣:刘昶,字公荣。官至兖州刺史。性通达,有知人之名,曾与阮籍、王戎等相友善。

〔2〕杂秽:杂乱鄙秽。非类:指身份、教养非同一层次之人。

【评】

刘昶妙语解颐。嗜酒之人,不管对象,岂问理由?刘昶饮酒,以自己为坐标来衡量。"胜公荣者"、"不如公荣者"、"是公荣辈者",以逻辑外延划分,则包涵了所有的人。但如实话实说,称可与一切人共饮,则语直乏味。只有如此分类比较,方才说来有味。刘昶嗜酒而不糊涂,酒性无妨其知人之称,这说明他是颇知酒趣的高人,其酒中妙语,已浮现其清醒的智慧,所以他的官做到了内史、刺史之类的方面大员,并不奇怪。

23.5 步兵校尉缺〔1〕,厨中有贮酒数百斛〔2〕,阮籍乃求为步兵校尉。《文士传》曰:"籍放诞有傲世情,不乐仕宦。晋文帝亲爱籍,恒与谈戏,任其所欲,不迫以职事。籍常从容曰:'平生曾游东平,乐其土风,愿得为东平太守。'文帝说,从其意。籍便骑驴径到郡,皆坏府舍诸壁障,使内外相望,然后教令清宁,十馀日,便复骑驴去。后闻步兵厨中有酒三百石,忻然求为校尉。于是入府舍,与刘伶酣饮。"《竹林七贤论》又云:"籍与伶共饮步兵厨中,并醉而死。"此好事者为之言。籍景元中卒,而刘伶太始中犹在。

【注】

〔1〕步兵校尉:官名,汉置五校尉之一,魏晋沿之,领宿卫营兵,秩比二千石。

〔2〕厨:厨房。贮:储藏。

【评】

阮籍任性而行,求官为酒,这与时人跑官、求官、买官而为权钱交易,大相径庭,因而人以为怪诞。当时司马昭为争取士人对其统治的支持,暂时还把阮籍这个名人摆放在"可以改造"者的行列。须知,不仅因为阮籍有学问,诗歌文章也写得好,个人社会影响大,而且还因为他的族望和门第,他有个名声不小的好爸爸——建安七子之一的陈留阮瑀。在魏晋推行九品中正制度的门阀社会里,作为陈留阮氏家族的子孙,本身就是一件可以傲视世人的资本。司马昭放宽条件,拉拢阮籍,正是为争取更多士人的支持拥护以稳固统治计,对于阮籍,司马昭表面宽容大量,其实内里包藏了另一番心计。

23.6 刘伶尝纵酒放达[1],或脱衣裸形在屋中。人见讥之,伶曰:"我以天地为栋宇[2],屋室为裈衣[3],诸君何为入我裈中?"邓粲《晋纪》曰:"客有诣伶,值其裸袒,伶笑曰:'吾以天地为宅舍,以屋宇为裈衣,诸君自不当入我裈中,又何恶乎?'其自任若是。"

【注】

〔1〕放达:不拘礼法的放纵行为。
〔2〕栋宇:泛指房屋。
〔3〕裈(kūn 昆):裤子。

【评】

率情任性,以适意为准的,是刘伶张扬自我个性的表现。但为反对礼法,赤身裸体而一丝不挂,虽然矫枉过正,但在当时也属惊世骇俗之举。不过,伶在己家"脱衣裸形",而非公众场合作秀,这与今日世俗歌儿舞女或"行为艺术家"的裸体表演,旨趣大异。

23.7 阮籍嫂尝还家[1],籍见与别。或讥之,《曲礼》:"嫂叔不通问。"故讥之。籍曰:"礼岂为我辈设也[2]!"

【注】

〔1〕还家:已婚女子回娘家。

〔2〕礼:礼法制度。

【评】

按《曲礼》云:"嫂叔不通问。"郑玄注:"皆为重别防淫乱。"据古礼,籍因嫂归宁而"见与之别",不合礼法规范,以此遭讥俗世。但以今视之,此一游戏规则,实属不通人情。一门之内,尚且防患;社会上数不清的男男女女,又将如何相见呢?须知,世界除了男人,妇女是半爿天,男女不相见,彼此如防盗贼一般,又怎能在一个社会中有正常的共同生活呢?关于这一问题,战国时孟子早就提出了"嫂溺则援之以手乎"的问题,孟子断言:"嫂溺不援,是豺狼也。"(《孟子·离娄上》)即便是实行礼法,也还有从权变通的时候。更何况魏晋名教中人,表面上标榜礼法,内心却男盗女娼者比比皆是。籍于其《大人先生传》中予以无情嘲讽:"汝君子之礼法,诚天下残贼、乱危、死亡之术耳,而乃目之为不易之道,不亦过乎!"因此,针对礼法之虚伪,籍发出"礼岂为我辈设也"的批判反诘,成为千古名言。话中用"我辈",而非一介之"我",说明他是代表了一大批愤世嫉俗之士在发言,而非仅是个人的恩怨和认识。对于世俗之讥,嗣宗怎会买账?其回答掷地铿然作响,对阴一套阳一套的虚伪礼教极其不屑。以此,礼法之士嫉之如仇,恨不得拿他祭旗开刀。

当时有关礼法之争,鲁迅深刻指出其问题实质,说:"魏晋时代,崇奉礼教的看来很不错,而实在是毁坏礼教,不信礼教的。表面上毁坏礼教者,实则倒是……太相信礼教。"(《魏晋风度及文章与药及酒之关系》)嵇、阮之辈,因相信而爱之太切,一旦发现受骗上当,美好理想轰然崩溃,于是就产生了"任诞"不拘礼法的反弹,这也是出于自然。

23.8 阮公邻家妇有美色[1],当垆酤酒[2]。阮与王安丰常从妇饮酒[3],阮醉,便眠其妇侧。夫始殊疑之[4],伺察[5],终无他意[6]。王隐《晋书》曰:"籍邻家处子有才色,未嫁而卒。籍与无亲,生不相识,往哭,尽哀而去。其达而无检,皆此类也。"

【注】
〔1〕阮公:即阮籍。
〔2〕当垆酤酒:在酒店卖酒。垆,置酒瓮的土台,指代酒店。酤(gū 姑),卖。
〔3〕王安丰:指王戎,入晋封安丰侯,故称。
〔4〕殊疑:非常怀疑。
〔5〕伺察:暗中观察。
〔6〕他意:此指不良意图。

【评】
　　世人昏昏我独醒。在男女关系问题上,籍心怀坦荡,只有人皆有之的爱美之心,而无一星半点的狎邪之念。因此,他醉卧卖酒女郎之侧,鼾然而眠,心安理得,内外合一,而非作态摆样。刘注所称为邻家美少女哭丧尽哀,亦当作如是观。如今日大街之上,时装美女作模特儿展览,人们多看几眼,有何不可?但王隐《晋书》却因此批评阮籍"达而无检",在今人眼中,反而成为世俗迂夫的奇谈怪论。

23.9 阮籍当葬母[1],蒸一肥豚[2],饮酒二斗,然后临诀[3],直言"穷矣[4]!"都得一号[5],因吐血,废顿良久[6]。邓粲《晋纪》曰:"籍母将死,与人围棋如故,对者求止,籍不肯,留与决赌。既而饮酒三斗,举声一号,呕血数升,废顿久之。"

【注】

〔1〕当:将要。

〔2〕肥豚:肥美小猪。

〔3〕临诀:去作告别。

〔4〕直言:只说。直,通"只"。穷矣:完了,绝望了。按唐长孺说,魏晋时"孝子唤奈何、唤穷,疑为洛阳及其附近风俗,盖父母之丧,孝子循例要唤'穷'也"(见其《魏晋南北朝史论丛》)。

〔5〕都:只。一号:大哭一声。

〔6〕废顿:昏迷。

【评】

葬母时饮酒食肉,违反礼法,故名教之士讥贬为"天地不容"的禽兽之行,其"罪"至大,怎能见容于"以孝治国"的魏晋社会呢?但后人为贤者讳,如清李慈铭以为"妄诬先达",必无此事。但余嘉锡反之,以为李氏"空言翻案,吾所不取"。事实如何,待考。但综合阮籍一生言行,不顾名教如此,也在可以理解之列。孝与不孝,不在饮酒食肉与否,而在于心中是否有真感情真悲痛。嗣宗之饮酒食肉,是否因身体健康需要?抑或是故意否定礼法的率性之举?鄙见二者兼有。《太平御览》卷三七五《血》门称:"阮步兵居丧不率礼,而志孝称。"居丧失礼,而不改其"志孝"之心。其临诀的一声大哭,呕血昏厥,岂是礼法之士假装得来?籍之真性情,于其任诞之行见其一斑。

23.10 阮仲容、咸也。步兵居道南〔1〕,诸阮居道北。北阮皆富,南阮贫。七月七日,北阮盛晒衣〔2〕,皆纱罗锦绮〔3〕。仲容以竿挂大布犊鼻裈于中庭〔4〕。人或怪之,答曰:"未能免俗,聊复尔耳〔5〕。"《竹林七贤论》曰:"诸阮前世皆儒学,善居室,唯咸一家尚道弃事,好酒而贫。旧俗:七月七日法当晒衣。诸阮庭中,烂然锦绮。咸时总角,乃竖长竿挂犊鼻裈也。"

【注】

〔1〕阮仲容:阮咸,字仲容,籍兄之子。参前《赏誉》第12则注。步兵:指阮籍。

〔2〕七月七日晒衣:古时习俗,《太平御览》卷三一引《韦氏月录》曰:"七月七日晒曝革裘,无虫。"

〔3〕纱罗锦绮:指锦缎香罗一类高级丝织品衣物。

〔4〕大布:粗布。犊鼻裈:形如犊鼻的围裙。

〔5〕聊复尔耳:姑且如此。

【评】

贫富悬殊,自古而然,虽是士族子孙,也不免分化升沉。魏晋时世家豪族生活侈靡,夸富斗贵之事,载于史册。如晋初国舅王恺与石崇斗富的故事,见本书《汰侈》门。但与世俗夸强斗富的传统心理相反,阮咸则不怕穷,在竹竿上高挂粗布围裙,而无惧于北阮富豪的"纱罗锦绮"之比。在时人眼中,穷是羞贱者,躲都来不及,为什么还要公开暴露自己的穷酸相呢?这不是乖戾任诞又是什么?但阮咸不这么看。人生价值,不是物质财富所能衡量,自己虽然穷得衣衫不整、财产匮乏,但肚里的满腹经纶和才华,不正是用金钱也买不到的无穷精神财富吗?人生价值,主要在神完气旺,心理健康,而非物质上富得流油的精神乞丐。阮咸挂大布犊鼻裈,是示威,是挑战,何陋之有?其"任诞"也是一种天性之自然。

23.11 阮步兵^{籍也}。丧母,裴令公^{楷也}。往吊之〔1〕。阮方醉〔2〕,散发坐床〔3〕,箕踞不哭〔4〕。裴至,下席于地〔5〕,哭,吊唁毕便去〔6〕。或问裴:"凡吊,主人哭,客乃为礼〔7〕。阮既不哭,君何为哭?"裴曰:"阮方外之人[8]，故不崇礼制；我辈俗中人，故以仪轨自居[9]。"时人叹为两得其中[10]。《名士传》曰："阮籍丧亲，不率常礼。裴楷往吊之，遇籍方醉，散发箕踞，傍若无人。楷哭泣尽哀而退，了无异色。其安同异如此。"戴逵论之曰："若裴公之致吊，欲冥外以护内，有达意也，有弘防也。"

【注】

〔1〕裴令公：指裴楷，字叔则，河东闻喜人，曾官中书令，故称。参前《德行》第18则注。

〔2〕方：刚。

〔3〕床：古代坐具。

〔4〕箕踞：屁股坐地，两脚前伸，状如簸箕。在古代，这是一种傲慢无礼的表现。

〔5〕下席：走下坐榻。

〔6〕吊唁：吊唁。唁，通"喭"（yàn 谚）。

〔7〕为礼：行礼。

〔8〕方外之人：超脱礼教世俗之人。

〔9〕仪轨：礼仪规则。自居：自守，自处。

〔10〕中：事理合适得当谓之中。

【评】

　　阮籍丧亲之痛，在内不在外，其守制之时，照样醉酒而箕踞不哭，不足为怪，已如前述。礼法之士无法容忍，故指责裴楷之吊，有"阮既不哭，君何为哭"之问。但裴楷是信奉老庄之道的玄学家，不以儒家名教来衡量，因而顺其信奉自然的思想，给予阮籍的行为以同情之理解。他的回答，简明有趣，妥帖得当，成为名言。故事中无论是阮籍或裴楷，无不形象生动，神采飞扬。

23.12　诸阮皆能饮酒[1]，仲容至宗人间共集[2]，不复用常杯斟酌,以大瓮盛酒,围坐相向大酌[3]。时有群猪来饮,直接去上[4],便共饮之。

【注】

〔1〕诸阮:指陈留阮氏家族诸人。

〔2〕宗人:同族人。集:聚会。

〔3〕相向:面对面。大酌:大口喝酒。

〔4〕直接去上:《晋书·阮咸传》称引作"咸直接去其上",可另备一说。

【评】

　　因嫉视名教,不拘礼法,而"解放"到人、猪共饮的程度,实是矫枉过正的过激行为,称为乖戾荒诞,并不为过。当时乐广曾批评说:"名教中自有乐地,何为乃尔也!"(见《德行》第23则)乐广是个儒、玄双修的名家,代表了当时的某种社会舆论。人猪共饮,不仅不卫生,容易得传染病,而且也使张扬个性的自我,降低到低层次的动物世界中去,宇宙自然中天、地、人三才的核心是人,早已退化消失在人兽不分的糊涂世界中了。

23.13　阮浑长成[1],风气韵度似父[2],亦欲作达[3]。步兵曰[4]:"仲容已预之[5],卿不得复尔!"《竹林七贤论》曰:"籍之抑浑,盖以浑未识己之所以为达也。后咸兄子简,亦以旷达自居。父丧,行遇大雪,寒冻,遂诣浚仪令。令为他宾设黍臛,简食之,以致清议,废顿几三十年。是时竹林诸贤之风虽高,而礼教尚峻。迨元康中,遂至放荡越礼。乐广讥之曰:'名教中自有乐地,何至于此!'乐令之言,有旨哉!谓彼非玄心,徒利其纵恣而已。"

【注】

〔1〕阮浑:字长成,籍子,为人清虚寡欲,器量弘旷。太康中,官太子

中庶子。参《赏誉》第29则注。

〔2〕风气韵度:风度气质等内在精神面貌。

〔3〕作达:放达不拘礼法。

〔4〕步兵:指阮籍。

〔5〕预之:参加。

【评】

　　故事的第一主角是阮籍,而非其子浑。嗣宗之言,寓意精深,值得人们玩味。父亲不希望儿子学自己,是不是否定自己所走的作达之路呢? 当然不是。他曾说:"礼岂为我辈设也?"表现了对儒家虚伪礼教的蔑视和挑战,而没有丝毫悔过自新的意思。但是,其饮酒作达,是被逼出来的,并非其初衷。据史称,"籍本有济世志,属魏晋之际,天下多故,名士少有全者,籍由是不与世事,遂酣饮为常"。其酣醉狂饮之作达,实际上一方面是抒泄愤懑,更重要的是出于无奈的自我政治保护。生于天下多故之秋,如果太清醒,一方面会增加痛苦,另一方面将可能死无葬身之地。而长醉不醒,才不会对统治者的权势构成威胁。但是,如此方式的活着,太辛苦,太委屈,太痛苦。而且,没有本事也学不来。阮籍希望儿子不要再走自己的痛苦之路,能堂堂正正地在阳光下生活,其期望寄托在历史的变化之中。但是,他的儿子也没能等到这一天,悲哉!

23.14　裴成公妇〔1〕,王戎女〔2〕。王戎晨往裴许〔3〕,不通径前〔4〕。裴从床南下,女从北下,相对作宾主,了无异色〔5〕。《裴氏家传》曰:"颜取戎长女。"

【注】

〔1〕裴成公:即裴頠,字逸民,河东闻喜人,官至侍中、尚书左仆射。

卒后谥成。故称。参前《言语》第23则注。

〔2〕王戎:字濬冲,琅邪人。参前《德行》第17则注。

〔3〕许:处所,住地。

〔4〕不通:没经通报。径前:直接进来相见。

〔5〕了无异色:神态自如,没有一点难为情的样子。

【评】

如前所述,魏晋时礼教清议尚峻,一家之内,叔嫂不通问,见面则有违传统礼法。但作为竹林七贤之一的王戎,则不拘礼法,连起码的招呼也不打,清晨径进女婿家,打扰小夫妇的清梦。幸亏裴𬱟也是个思想较为开通的清谈名家,不以为忤,因而宾主相对才能"了无异色"。玄学家的生活行为及其心理状态的确与传统礼教异其旨趣。细加分辨,有助于对魏晋士人内心世界的了解。

23.15 阮仲容先幸姑家鲜卑婢[1]。及居母丧,姑当远移,初云当留婢[2],既发,定将去[3]。仲容借客驴,箸重服[4],自追之,累骑而返[5],曰:"人种不可失[6]!"即遥集之母也[7]。《竹林七贤论》曰:"咸既追婢,于是世议纷然。自魏末沈沦闾巷,逮晋咸宁中始登王途。"《阮孚别传》曰:"咸与姑书曰:'胡婢遂生胡儿。'姑答书曰:'《鲁灵光殿赋》曰:"胡人遥集于上楹。"可字曰遥集也。'故孚字遥集。"

【注】

〔1〕阮仲容:阮咸。幸:宠幸。鲜卑:中国古代少数民族东胡族的一支。

〔2〕当:将要。

〔3〕定:终究,到底。按:"定"沈校本作"迺",亦通。但以魏晋用语习惯,作"定"为是。将去:带走。

1015

〔4〕驴：《晋书》咸传作"马"，驴难兼载，马可"累骑"，于义为胜。重服：最严重的丧服，父母丧时所穿。

〔5〕累骑：两人并乘一骑。按《资治通鉴·魏纪》注："累，重也，两人共马，谓之累骑。"考虑到驴体小力弱，兼乘为难，而骡马之类，则"累骑"不难。

〔6〕人种：孕妇腹中婴儿。

〔7〕遥集：阮孚字。孚，咸之次子。见前《文学》第76则注。

【评】

遥集是阮孚字，即咸与胡婢所生之子。孚在东晋历官侍中、吏部尚书、丹阳尹。其人智商颇高，妙悟玄理，精赏文学，颇富阮氏家学风流。在他身上，奔流着一半"胡"族血统，同样为中华民族输入了一股鲜活的血液。这是题外话。此则故事犹如纪实的小小说，情节紧张，故事曲折，非常生动。作为竹林七贤之一的阮咸，风流不减乃叔。作为故事的主人公，其言行常是不假思索的潜意识爆发，即开罪名教礼法也不顾。因其追婢事，俗议纷然，他终于为自己的感情生活，付出了沉重的代价——几十年沉沦闾巷，被禁锢于仕途之外。但阮咸不为礼法禁锢而低下那高傲的头颅。借客驴（马）追婢，"累骑而返"，公然招摇过市，这不是向传统礼法的又一次挑战又是什么！怪诞中见其精神风流。

23.16 任恺既失权势[1]，不复自检括[2]。或谓和峤曰[3]："卿何以坐视元裒败而不救？"和曰："元裒如北夏门[4]，拉捋自欲坏[5]，非一木所能支。"《晋诸公赞》曰："恺字元裒，乐安博昌人。有雅识国干，万机大小多综之。与贾充不平，充乃启恺掌吏部，又使有司奏恺用御食器，坐免官。世祖情遂薄焉。"

【注】

〔1〕任恺(约220—约280):字元褒,乐安博昌(今山东博兴南)人。仕魏,尚明帝女,入晋历侍中、吏部尚书。有经国才干。因贾充谗毁而夺官,郁郁以终。

〔2〕检括:约束检点。

〔3〕和峤(?—292):字长舆。汝南西平(今属河南)人。官至中书令、太子少傅。参前《方正》第9则注。

〔4〕北夏门:洛阳城门之一,又称大夏门,在城北。

〔5〕拉捋(luǒ luǒ):同义复合词,断裂。拉,拉折;捋,撕裂。

【评】

故事虽小,却牵涉西晋朝廷中朋党之争的大事。史称任恺有经国之才,"性忠正,以社稷为己任",与庾纯、张华、温颙、何秀、和峤之徒友善,而恶权倖贾充之为人。而贾充则与荀勖、冯统承间浸润谗毁任恺。贾、任二党几经争斗,以任恺失败告终。政治失败之后,于是任恺"不复自检括","纵酒耽乐",甚至是一食万钱,"犹云无可下箸处"。可见任恺本身的言行,也为政敌提供了炮弹。其事入于"任诞",亦是持之有故。在朋党斗争中,和峤与任恺友善,本属同党,他极鄙贾充、荀勖之流。在任恺失势之时,本应谏争相救,但在义与利的方面加以衡量,终于舍义趋利,以钳口不言来拯救自己。"拉捋自欲坏,非一木所能支",不过是怕引发自身政治危机的借口而已。在严酷的政治斗争中,舍义取利,这才是真正的荒诞之事。

23.17 刘道真少时[1],常渔草泽[2],善歌啸[3],闻者莫不留连[4]。有一老妪[5],识其非常人,甚乐其歌啸,乃杀豚进之[6]。道真食豚尽,了不谢[7]。妪见不饱,又进一豚。食半馀半,乃还之。后为吏部郎[8],

妪儿为小令史[9],道真超用之[10]。不知所由,问母,母告之。于是赍牛酒诣道真[11],道真曰:"去,去!无可复用相报。"刘宝,已见。

【注】

〔1〕刘道真:刘宝,字道真。高平人,见前《德行》第22则注。

〔2〕渔:捕鱼。草泽:杂草丛生的荒野水边。

〔3〕歌啸:又称为"啸"或"啸咏",以口哨吹奏歌吟。参前《栖逸》第1则注。

〔4〕留连:舍不得离开。

〔5〕老妪:老妇人。

〔6〕豚:小猪。

〔7〕了不谢:一点也没感谢。了,完全。

〔8〕吏部郎:吏部的郎官。

〔9〕小令史:掌文书小吏。

〔10〕超用:越次提拔重用。

〔11〕赍(jī鸡):携带。诣:拜访。

【评】

　　魏晋士人,在玄学风潮鼓动下,许多人性格随顺自然,只求内心的适意,而不在乎表面的应酬客套,此世俗所以称之为怪诞也。刘宝虽然年少贫寒,但后来一跃为中原士人之望,其品评人物,与王衍齐名,所以陆机初入洛时,要先去看望刘宝,以求推扬。刘宝虽亦通经之士,但儒、玄双修,慕竹林之遗风,任达放诞自居,其行事外表虽诞,但内心明白坦荡。食妪之豚而"了不谢",甚至是"食半馀半"——把吃剩下的肉还给主人,即在今日交际,也属不礼貌的荒唐之举,但老妪却毫不在意,宾主二人彼此无言,这实是一场配合默契的内在真心的交流。刘宝发达后,超拔妪儿小令史,正是一种从心底自然流出的真诚举动,是日久积聚于胸的潜意识的爆发,纯是超功利的回报。因此,当小令史循俗赍牛酒拜谢时,他会连声呵斥,"去,去!无可复用相报",活脱地画出了主人公超凡脱俗精神境界之可爱。

23.18 阮宣子常步行[1],以百钱挂杖头[2],至酒店,便独酣畅[3],虽当世贵盛[4],不肯诣也[5]。《名士传》曰:"修性简任。"

【注】

〔1〕阮宣子:阮修字宣子,陈留尉氏人。阮咸族子。见前《文学》第18则注。《晋书》附于《阮籍传》后。

〔2〕杖:手杖。

〔3〕酣畅:开怀痛饮。

〔4〕贵盛:豪门显贵。

〔5〕诣:拜访。

【评】

阮修出于陈留阮氏家族,承籍、咸先辈竹林遗风,成为当时著名玄家,"好《易》、《老》,善清言",大概是受家学的熏染。史称其"性任简,不修人事。绝不善见俗人,遇便舍去。意有所思,率尔寨裳,不避晨夕,至或无言,但欣然相对"。其行为可做此则故事的注脚。不诣贵盛,正见其笑傲世俗品格之高洁,未受污染,何诞之有!

23.19 山季伦为荆州[1],时出酣畅,人为之歌曰:"山公时一醉[2],径造高阳池[3]。日莫倒载归[4],茗芋无所知[5]。复能乘骏马,倒箸白接篱[6]。举手问葛强,何如并州儿[7]?"高阳池在襄阳,强是其爱将,并州人也。《襄阳记》曰:"汉侍中习郁,于岘山南,依范蠡养鱼法作鱼池。池边有高隄,种竹及长楸,芙蓉、菱芡覆水,是游燕名处也。山简每临此池,未尝不大醉而还,曰:'此是我高阳池也。'襄阳小儿歌之。"

【注】

〔1〕山季伦:山简,字季伦。父涛。见前《赏誉》第 29 则注。为荆州:担任荆州刺史。

〔2〕山公:指山简。时:不时,经常。

〔3〕径造:径直造访。高阳池:池名,在襄阳。原为汉侍中习郁所修鱼池。山简则意指酒池,因高阳在古代是酒徒代名词。

〔4〕莫:通"暮"。

〔5〕茗艼:酩酊,大醉之态。

〔6〕接篱:一种帽子。或作睫䍦。

〔7〕并州:在今山西一带。

【评】

《任诞》之门,多述酒事。中国文化传统,有属贵族精英的文化,称大传统;又有属下层民间的俗文化,称小传统。二者虽有雅、俗之分,但相互影响渗透,而各有其文化价值。荆州民歌写山简醉酒,形象栩栩如画而呼之欲出。"倒载"、"茗艼"、"倒箸白接篱",无一不见酣醉似眠、憨态可掬。但结尾"何如并州儿"二句,则醉中也偶有清醒之时。古时北方幽、并之地,地逼边疆,为民族杂居之境,健儿多习鞍马骑射,葛强善骑,可以想象。但简醉中,却敢向他"挑战",戏问吾之骑技,与尔等并州健儿相较如何? 其问豪爽,见真精神。

23.20　张季鹰纵任不拘[1],时人号为"江东步兵[2]"。或谓之曰:"卿乃可纵适一时[3],不为身后名邪[4]?"答曰:"使我有身后名,不如即时一杯酒[5]。"

《文士传》曰:"翰任性自适,无求当世,时人贵其旷达。"

【注】

〔1〕张季鹰:张翰,字季鹰。见前《识鉴》第10则注。纵任:放纵性情。

〔2〕江东步兵:江东的阮籍。步兵,指阮籍。

〔3〕纵适:放纵适意。

〔4〕不为身后名邪:袁本作"独不为身后名邪",亦通。身后,死后。

〔5〕即时:当下,眼前,现在。

【评】

张翰个性,深受竹林七贤遗风的影响,其愤世嫉俗,见几避祸之预见性,堪称阮籍的好学生,故人称其"江东步兵",他也以此为荣。他与顾荣及陆机、陆云兄弟,于吴亡后进入京师洛阳,原为事业理想而来,也即人们所称的"求名",他也曾做到齐王冏的东曹掾。但他知几见微,早已预料天下将乱,故在八王乱前对同郡顾荣等说:"天下纷纷未已,夫有四海之名者,求退良难。吾本山林间人,无望于时久矣。子善以明防前,以智虑后。"(见《识鉴》第10则刘注)辞归江南而终。他不是不要"名",不是缺乏理想,而是预见大乱将起,避之惟恐不及。其纵适饮酒,透过任诞之表,正见其人生智慧之光。王世懋评曰:"季鹰此意甚远,欲破世间啖名客耳。渠亦那能尽忘!"洞见深微之言。痛饮美酒而淡泊功名,实在也是一种理想破灭后的悲哀与无奈。

23.21 毕茂世云[1]:"一手持蟹螯[2],一手持酒杯,拍浮酒池中[3],便足了一生。"《晋中兴书》曰:"毕卓字茂世,新蔡人。少傲达,为胡毋辅之所知。太兴末,为吏部郎,尝饮酒废职。比舍郎酿酒熟,卓因醉,夜至其瓮间取饮之。主者谓是盗,执而缚之,知为吏部也,释之。卓遂引主人谯瓮侧,取醉而去。温峤素知爱卓,请为平南长史,卒。"

【注】

〔1〕毕茂世:毕卓,字茂世。两晋间新蔡鲖阳(今河南新蔡东北)人。少希放达,常饮酒废职。过江后卒于平南长史任上。

〔2〕蟹螯:螃蟹的第一对似钳大脚,味甘美。

〔3〕拍浮:游泳。

【评】

嗜食蟹脚美味,古今皆有其人,今故美国总统尼克松即是一例。毕卓之异,不在手持蟹螯,而在于"拍浮酒池"以了残生,恨不得终日在酒池中濡首游泳,则非常人所能,以此见其张狂与荒唐。但生当两晋乱世,局势难以收拾,加以礼法严酷,令人见名教之虚伪。此时此刻,部分士人失望颓唐,也不足怪。古代礼法,呆板教条,压抑人性而黑暗冤屈者,不在少数。毕卓沉湎酒池,荡佚礼法、蔑视伦常,其惊世骇俗之举,除了消极颓唐之外,也还有值得深思的地方。毕卓应温峤辟而为平南将军长史,卒于任上。温峤是史上著名"死不忘忠"、勤瘁国事之能臣。若毕卓只是濡首酒池之醉鬼,温峤能给予信任吗?魏晋名士之诞,并非生活的全部。

23.22 贺司空入洛赴命[1],为太孙舍人[2],经吴昌门[3],在船中弹琴。张季鹰本不相识[4],先在金昌亭[5],闻弦甚清[6],下船就贺,因共话,便大相知说[7]。问贺:"卿欲何之?"贺曰:"入洛赴命,正尔进路。"张曰:"吾亦有事北京[8],因路寄载[9]。"便与贺同发。初不告家[10],家追问乃知。

【注】

〔1〕贺司空:贺循,字彦先,会稽山阴(今浙江绍兴)人。卒赠司空,故称。参前《规箴》第13则注。洛:指西晋首都洛阳。赴命:应召为官。

〔2〕太孙:晋惠帝永康元年,废愍怀太子,立其子为皇太孙。于是原东宫属官转为太孙属官。太孙舍人即由原太子舍人转化而来。

〔3〕吴昌门:即今苏州阊门,在城西。

〔4〕张季鹰:指张翰。

〔5〕金昌亭:亭名,在阊门内。

〔6〕弦甚清:琴声甚为清亮。

〔7〕说:通"悦"。

〔8〕北京:江南人称西晋洛阳为北京。

〔9〕因路寄载:沿路搭船同行。

〔10〕初不:全不。

【评】

张翰是可人,贺循也不赖。听琴赏音,共话知音,原本不相识的张贺二人,"大相知悦"。正因为有了思想情趣的共鸣,因此,不管北京洛阳远在数千里之遥,张翰"因路寄载"。其决定虽是一时萌发的奇想,随意性极强;但若论其心理及人格魅力,则宾主二人早有相见恨晚之叹,也属水到渠成之自然。宾求寄而主喜交,一个"愿打",一个"愿挨",与周瑜黄盖的故事是否有某些相似之处?

23.23　祖车骑过江时[1],公私俭薄[2],无好服玩[3]。王、庾诸公共就祖[4],忽见裘袍重叠,珍饰盈列[5]。诸公怪问之,祖曰:"昨夜复南塘一出[6]。"祖于时恒自使健儿鼓行劫钞[7],在事之人,亦容而不问[8]。

《晋阳秋》曰:"逖性通济,不拘小节。又宾从多是桀黠勇士,逖待之皆如子弟。永声(嘉)中,流民以万数,扬士(土)大饥。宾客攻剽,逖辄拥护全卫。

谈者以此少之,故久不得调。"

【注】

〔1〕祖车骑:指祖逖,字士雅,范阳人。卒赠车骑将军,故称。见前《赏誉》第43则注。

〔2〕俭薄:资财匮乏。

〔3〕服玩:衣服珍玩。

〔4〕王、庾:指王导、庾亮等。

〔5〕珍饰盈列:满摆珍贵饰品。

〔6〕南塘:地名,在建康秦淮河南。

〔7〕鼓行劫钞:公开抢劫。钞,通"抄"。

〔8〕在事之人:负责治安察举之人。

【评】

抢劫犯科,属于犯罪,祖逖岂能不知?故古人于其纵健儿行劫事,早有"未闻嵇(康)、阮(籍)作贼"之讥(王世懋评)。但故事置于永嘉之乱、中原丧败之后,又别有一解。作为胸怀大志的忠义之士祖逖,为复兴大计,不拘小节,招宾客义从暴桀之士,待如兄弟,从而建立起一支抗敌队伍。时京畿一带大饥,东晋朝廷虽任逖为奋威将军、豫州刺史,但仅是空衔而乏铠仗军实。试想,饿着肚子、缺乏武器装备的军队能打仗吗?所以尽管祖逖有闻鸡起舞、击楫中流的动人故事,让他领导这样一支饿着肚子、缺乏武器的军队,能有恢复中原的力量和希望吗?为部队的生存和发展,出此下策,实属无奈,也是朝廷逼出来的。史称祖逖击败石勒、收复河南之后,"躬自俭约,劝督农桑,克己务施,不畜资产,子弟耕耘,负担樵薪",百姓无不感悦。于此可见,富贵贪赃,岂是祖逖本心!英雄义士也有犯错的时候,但评价人物应视其荦荦大节。

23.24　鸿胪卿孔群好饮酒[1]，王丞相语云[2]："卿何为恒饮酒[3]？不见酒家覆瓿布[4]，日月糜烂[5]？"群曰："不尔[6]。不见糟肉，乃更堪久[7]？"群尝书与亲旧："今年由得七百斛秫米[8]，不了麴蘖事[9]。"群，已见上。

【注】

〔1〕孔群：字敬林，山阴（今浙江绍兴市）人。参前《方正》第36则注。鸿胪卿：官名，掌朝廷庆吊礼仪。

〔2〕王丞相：指王导。

〔3〕恒：经常，总是。

〔4〕瓿（bù 部）：瓮。

〔5〕日月：喻时间久长。

〔6〕不尔：不然，不是这样。

〔7〕堪久：耐久。

〔8〕由：袁本作"田"，是。斛：量器名，十斗一斛。秫米：高粱。

〔9〕麴蘖（qū niè 曲孽）：发酵用的酒母，喻酿酒。不了：不能解决。

【评】

孔群官鸿胪卿，司掌国家庆吊祭祀。古时国家大事，惟祀与戎。故其居官，职责重大。祭祀必有酒礼。群嗜酒如命，多少与责任有关。以此，丞相王导怕他耽湎于酒而误国家大事，同时也为其身体，故有劝诫之言。而孔群则颇具独立人格精神，他不因上司批评而畏首畏尾，故有拒劝之论。不过，因彼此均属有身份有地位的人物，故无论劝或被劝二者皆以修辞比喻来作委婉生动的表述，于此见其精神风味与文学修养。孔群虽"好饮酒"而非酗酒。苏峻叛，其党徒匡术拔刃胁群，群不为所动。后峻平，匡术失势，因众坐行酒释憾，群当众峻拒之，斥谓"识者犹憎其面目"，其风节正直如此，何尝以酒乱

1025

事!事实说明,酒不醉人而人自醉,关键还在于人自己。

23.25 有人讥周仆射与亲友言戏[1],秽杂无检节[2]。邓粲《晋纪》曰:"王导与周𫖮及朝士诣尚书纪瞻观伎,瞻有爱妾能为新声,𫖮于众中欲通其妾,露其丑秽,颜无怍色。有司奏免𫖮官,诏特原之。"周曰:"吾若万里长江,何能不千里一曲[3]!"

【注】

〔1〕周仆射:周𫖮,字伯仁,汝南名士。官至尚书仆射,故称。参前《言语》第30则注。言戏:说笑戏乐。

〔2〕秽杂:污秽粗鄙。无检节:行为不检点。

〔3〕千里一曲:古称黄河九曲,此以黄河之曲来想象万里长江,千里必有一曲,喻人生小处之失。

【评】

周𫖮为人,本门第28则称其"风德雅重",《晋书》本传谓"虽时辈新狎,莫能媟也",故人或疑其事之有无。如清李慈铭以为绝无此事,是其政敌"王敦、王导之徒,衔其强直,造此诐辞"。但余嘉锡则以为晋人蔑视礼法,放荡无检,习俗移人,贤者不免。周𫖮"好饮狂药,昏醉之后,亦复何所不至?固不可以一眚掩其大德,亦不必曲为之辩,以为必无此事也"。李、余正反二说,当以余说为是。葛洪《抱朴子·疾谬》谓当时"轻薄之人,……入他堂室,观人妇女,指玷修短,评论美丑";沈约《宋书·五行志》亦称贵游子弟,"对弄婢妾",不以为耻,可资佐证。周𫖮一代名士,情之所之,率性而行,不足为训,故王世懋讥评云:"达人先须去欲,周𫖮、谢鲲何乃以色为达。"但𫖮之可爱,在其万里长江,"千里一曲"之辩,既公开承认自己"一曲"是错误,同时又不以一曲小误而损己大节。修辞比喻,生动形象,而自持原则立场如故。观其面斥王敦之叛而视死如归,则无法怀疑此语态度之真诚。位重名高之人,敢于公开认错者,古往今来,又有几人!读此能无思乎?

23.26 温太真位未高时[1],屡与扬州、淮中估客樗蒲[2],与辄不竞[3]。尝一过,大输物[4],戏屈[5],无因得反[6]。与庾亮善,于舫中大唤亮曰[7]:"卿可赎我!"庾即送直[8],然后得还。经此数四[9]。《中兴书》曰:"峤有隽朗之目,而不拘细行。"

【注】

〔1〕温太真:温峤,字太真,太原祁县(今属山西)人。东晋中兴名臣。参前《言语》第35则注。

〔2〕扬州:指东晋建康京畿一带。淮中:淮河一带。估客:行商。樗蒲(chū pú 出蒲):古代的一种流行赌博游戏。

〔3〕不竞:不胜,输掉。

〔4〕一过:一局,一场。大输物:下大赌注。

〔5〕戏屈:赌输。

〔6〕反:通"返",回还。

〔7〕舫:有舱室的船。

〔8〕直:通"值"。

〔9〕数四:再三再四,喻其次数之多。

【评】

魏晋名士,不拘细行,樗蒲赌博,恶习成风,不足为训。但从另一方面看,赌徒心理,勇于冒险,意志力异于常人,如能加以正确引导,则可变坏事为好事,改造为一个有用的新人。温峤即是一例。赌博是一种冒险。但世上诸事,多有风险。如今之股票市场,以及民间的彩票之类,又何尝不是一种变相的赌博?又如战争,不仅有军事输赢的风险,更兼有政治风险。如美国打伊拉克,取得了军事上的胜利,但却带来了国际政治关系的被动,时至今日,仍深陷泥潭而难以脱身。赌之输赢,如果去其操纵因素,则赌者的坚强心理及其智慧判断,是其胜负的重要原因。温峤后来改邪归正,终成东晋复国的中兴名臣,或多或少与此心理素质训练有关。故事情节生动,跌宕有致,人物形象声口毕肖,不仅画出了温峤的无赖,即第二主人公庾亮,慷慨"送直",也是可人一个。

23.27 温公喜慢语[1],卞令礼法自居[2]。《卞壶别传》曰:"壶正色立朝,百僚严惮,贵游子弟,莫不祗肃。"至庾公许[3],大相剖击[4],温发口鄙秽[5],庾公徐曰:"太真终日无鄙言[6]。"重其达也。

【注】

[1] 温公:指温峤。朱铸禹《汇校集注》以为指桓温。按:卞壶大桓温31岁,卞死于晋成帝咸和三年(328),桓温生于312年,卞卒时桓年仅16岁,则二人相互剖击,当在更早之年。一个朝中重臣,何事与一个十几岁的孩子过不去呢? 故朱说不可信。慢语:轻慢不严肃的说话。

[2] 礼法:礼教法度。卞令:指卞壶,字望之,济阴冤句人。曾任尚书令,故称。参前《赏誉》第54则注。

[3] 庾公:指庾亮。许:处所。

[4] 剖击:批评攻击。

[5] 发口:开口。鄙秽:粗俗脏话。

[6] 太真:温峤,字太真。

【评】

温峤年轻时,曾较多接触下层民间的生活,颇受民俗影响。

加以他性格豪爽，不拘细行，有任诞放达之风，因而开口发言，俗语粗鄙，而与上层礼教之士风格异趣，自不待言。他在庾亮处与卞壸相互剖击，则当在南渡发达之后，却仍无改其旧日习性。其戏言慢语，犹如今天的善于说笑，见其生动风趣。史称温峤"美于言谈，见者皆爱悦之"，可见是一个善于言辞的人，其所不屑者在言语矫饰，故反其道而行之，名教之士以此斥之为"发言鄙秽"。庾亮儒、玄双修，故折衷于温、卞之间。但就其倾向而言，其同情的天平，似向温峤倾斜，而不以放诞为非。庾是太真知友，他在其戏言慢语中，洞悉其真情深意，故谓"太真终日无鄙言"。刘注云："重其达也。"放达率性之言，何须遵循礼法名教来唱老调。一个国家领导人，能有这样开通的见识，也是难能可贵的。

23.28 周伯仁风德雅重[1]，深达危乱[2]。过江积年[3]，恒大饮酒[4]，尝经三日不醒[5]，时人谓之三日仆射[6]。《晋阳秋》曰："初，颉以雅望获海内盛名，后屡以酒失。庾亮曰：'周侯末年，可谓凤德之衰也。'"《语林》曰："伯仁正有姊丧，三日醉，姑丧二日醉。大损资望。每醉，诸公常共屯守。"

【注】

〔1〕周伯仁：周颉，字伯仁，见前注。风德：风操品德。雅重：正派庄重。

〔2〕深达：深刻认识。

〔3〕过江：指永嘉乱后，士大夫大批南渡长江。积年：多年。

〔4〕恒：经常，总是。

〔5〕三日不醒：此谓醉酒三日不醒。但《太平御览》卷四九七《酗醉门》引《语林》作"三日醒"，《南史·陈暄传》："与兄子秀书曰：'昔闻周伯

1029

仁渡江,唯三日醒。'"据此,可备一说。

〔6〕三日仆射:谓周顗惟于姑、姊丧时三日醒,馀皆沉酣醉乡。"三日仆射",讥其为只会饮酒而不办事的宰相。

【评】

周顗"深达危乱",颇具忧患意识,原本是个有理想有志气的人物。但因忧患而痛哭相对,或终日饮酒而长醉不醒。前述新亭聚会,周顗中坐而叹:"风景不殊,正自有河山之异!"王导愀然变色,谓当努力"克复神州",饮酒痛哭,能把敌人赶出中原而恢复故国吗?当然,称周顗为"三日仆射",也是夸大之辞,实属讥贬过当。王敦之叛,当众痛斥,慨然赴义,其铮铮风节,又岂是惟三日醒之仆射!读书不可只见其一端。

23.29 卫君长为温公长史[1],温公甚善之[2],每率尔提酒脯就卫[3],箕踞相对弥日[4]。卫往温许[5],亦尔[6]。卫永,已见。

【注】

〔1〕卫君长:卫永,字君长。成阳(今属山东)人。官左军长史。参前《赏誉》第107则注。温公:指温峤。朱铸禹《汇校集注》谓指桓温,误。

〔2〕善:亲善,友好。

〔3〕率尔:随意。脯:干肉。就卫:看望卫永。就,到……去。

〔4〕箕踞:古时席地而坐,岔开两腿,形似簸箕,是一种随意而傲慢的坐姿。弥日:整天。

〔5〕许:处,所。

〔6〕亦尔:亦然,一样。

【评】

在官本位的封建社会中,温(峤)、卫(永)二人,无视上下等级之别,提酒携脯,箕踞相对,人以为怪。实际上,上司与下级也是人,除了政治工作关系外,人们之间还有亲情、友情等其他关系存在。不然的话,人就成了政治机器中的一只齿轮或螺丝钉了,永远在主人的操纵下作机械呆板的运作。如此之人,虽然俗世称是,但又有什么人生意味和价值呢?温卫之率尔自然,正见魏晋士人内心毫无粉饰之可爱,何"诞"之有?

23.30　苏峻乱[1],诸庾逃散[2]。庾冰时为吴郡[3],单身奔亡。民吏皆去,唯郡卒独以小船载冰出钱塘口[4],蘧篨覆之[5]。时峻赏募觅冰[6],属所在搜检甚急[7]。卒舍船市渚[8],因饮酒醉,还,舞棹向船曰[9]:"何处觅庾吴郡[10]?此中便是!"冰大惶怖,然不敢动。监司见船小装狭[11],谓卒狂醉,都不复疑。自送过浙江[12],寄山阴魏家[13],得免。《中兴书》曰:"冰为吴郡,苏峻作逆,遣军伐冰,冰弃郡奔会稽。"后事平,冰欲报卒[14],适其所愿[15]。卒曰:"出自厮下[16],不愿名器[17]。少苦执鞭[18],恒患不得快饮酒;使其酒足馀年[19],毕矣[20],无所复须[21]。"冰为起大舍,市奴婢,使门内有百斛酒,终其身。时谓此卒非唯有智,且亦达生[22]。

【注】

〔1〕苏峻:字子高,长广掖人。参前《方正》第34则注。乱:叛乱。按晋成帝咸和二年(327),苏峻与祖约以诛执政庾亮为名,举兵向阙,后败亡。

〔2〕诸庾:指庾亮兄弟子侄。

〔3〕庾冰:字季坚。亮弟。时为吴郡内史。王导卒后,继之为相。

参前《方正》第41则注。

〔4〕钱塘口:钱塘江口。

〔5〕蘧篨(qú chú 衢除):粗竹席、芦席之类。

〔6〕赏募:悬赏。觅:此指捉拿。

〔7〕搜检:搜索检查。

〔8〕市渚:到小洲上买东西。渚,水中小洲。

〔9〕棹:船桨。

〔10〕庾吴郡:指庾冰,时任吴郡内史。

〔11〕监司:检查站负责人。

〔12〕自:表已然的副词。浙江:浙江。浙,"浙"的异体字。

〔13〕山阴:县名,今浙江绍兴市。

〔14〕报:回报,报答。

〔15〕适:满足。

〔16〕厮下:地位低下的仆役。

〔17〕名器:指官职爵位。

〔18〕执鞭:喻供人驱遣。

〔19〕其:此为第一人称"我"的代词。馀年:残生,下半生。

〔20〕毕矣:满足了。

〔21〕无所复须:更无他求。

〔22〕达生:懂得生活,不为物累。参《庄子·达生》篇。

【评】

　　这是一篇以小小说面貌出现的纪实文学作品。故事情节跌宕起伏,于变化中见其章法层次。郡卒醉酒,舞棹大呼而庾冰惶怖,戏剧化的一幕,以悬念带动情节发展,把矛盾导向高潮,令人怦然心跳不已。作者誉郡卒,"非惟有智,且亦达生",信然。其醉酒之呼,如诸葛亮唱空城计。所不同者,诸葛清醒用计,内心实具理性之紧张,故司马懿退兵后,冷汗直下;郡卒则醉中无意识行为,何来畏惧? 更有甚者,事成之后,并不居功,更不贪图名器,拒绝非分之想。这是理解生活而抛弃物累的达生之举,"小人"之智,胜于贪恋功名的"大人先生"多多!

23.31　殷洪乔作豫章郡[1],《殷氏谱》曰:"羡,字洪乔,陈郡人。父识,镇东司马。羡仕至豫章太守。"临去,都下人因附百许函书[2]。既至石头[3],悉掷水中,因祝曰:"沉者自沉,浮者自浮,殷洪乔不能作致书邮[4]!"

【注】

〔1〕殷洪乔:殷羡字洪乔。陈郡长平(今河南西华东北)人,浩父。官至光禄勋。作豫章郡:担任豫章太守。豫章郡,地名,在今江西省地。

〔2〕因附:因便附寄捎带。百许函书:百来封信。许,表约数。函,量词,用于书信等。

〔3〕石头:石头城在建康西,形势险要,是捍卫京师的军事要地。

〔4〕致书邮:送信邮差。

【评】

"殷洪乔不能作致书邮",乃魏晋士人高自身份的标榜之辞。儒重然诺,言必有信。殷羡乖违传统信念,不愿为他人捎带书信,公开表明,并无不可。但应允之后,却大量毁弃他人书信,如在今天,违反邮政之法,属犯罪行为;即在古代,其所作"达",则也属流氓无赖行径,是不道德的事情。此类事情,古代时有发生。唐代刘悚《隋唐嘉话》载:"梁常侍徐陵聘于齐,时魏收文学北朝之秀,收录其文集以遗陵,令传之江左。陵还,济江而沉之。从者以问,陵曰:'吾为魏公藏拙。'"弃人书信文集,实是出于蔑视他人之心,其狂且诞,何足为训!史称殷羡任长沙太守时,其上司荆州刺史庾翼斥之"在郡贪残,……江州所统一二十郡,唯长沙最恶。恶而不黜,与杀督监者复何异耶"?(载《晋书·庾翼传》)殷羡之灵魂丑陋,导致了行为之怪诞,本性如此,何足道哉!

23.32 王长史、谢仁祖同为王公掾[1],《王濛别传》曰:"丞相王导辟名士时贤,协赞中兴。旌命所加,必延俊义。辟濛为掾。"长史云:"谢掾能作异舞[2]。"谢便起舞,神意甚暇[3]。《晋阳秋》曰:"尚性通任,善音乐。"《语林》曰:"谢镇西酒后,于槃案间为洛市肆上鸲鹆舞,甚佳。"王公熟视[4],谓客曰:"使人思安丰[5]。"戎性通任,尚类之。

【注】

〔1〕王长史:指王濛,曾任司徒左长史,故称。谢仁祖:谢尚,字仁祖。鲲子。官至尚书左仆射、镇西将军、豫州刺史。掾:僚佐。

〔2〕异舞:风姿奇异的舞蹈。

〔3〕神意甚暇:神态悠然自得。暇,悠闲貌。

〔4〕王公:指王导。熟视:注目细看。

〔5〕安丰:指王戎。戎封安丰侯,故称。

【评】

魏晋士人追求艺术化人生的努力,在这则故事中有形象的启示和表现。魏晋陈郡阳夏谢家,经历了长期的发展,到东晋时,已成为一个世代簪缨的华丽家族,并实现了由硕儒到达士的转化,也就是说,儒、玄双修成了谢氏这一世家望族的新风尚。尚父鲲不仅好《老》、《易》,善清谈,而且放达不拘,"能歌善鼓琴"。鲲之艺术细胞,通过家学传给了儿子谢尚。史称谢尚开率颖秀,聪明绝伦,脱略细行,不为流俗之事,"善音乐,博综众艺",极富艺术家气质。故事所称"异舞",即民间市肆的《鸲鹆舞》。当时谢尚"便著衣帻而舞,(王)导令坐者抚掌击节,尚俯仰在中,傍若无人"。魏晋士人那超凡脱俗的艺术人生,其气氛之热烈,给人以亲临其境一般的强烈感染。王导以谢尚为"小安丰",不仅因王戎是其家族先辈,更可看出竹林遗风对于东晋士风的无形影响。

23.33 王、刘共在杭南[1],酣宴于桓子野家[2]。伊,已见。谢镇西往尚书墓还[3],葬后三日反哭[4]。诸人欲要之[5],初遣一信[6],犹未许,然已停车;重要,便回驾。诸人门外迎之,把臂便下[7]。裁得脱帻[8],箸帽酣宴。半坐[9],乃觉未脱衰[10]。尚书,谢衰,尚叔也,已见。宋明帝《文章志》曰:"尚性轻率,不拘细行。兄葬后,往墓还。王濛、刘惔共游新亭,濛欲招尚,先已问惔曰:'计仁祖正当不为异同耳。'惔曰:'仁祖韵中自应来。'乃遣要之。尚初辞,然已无归意。乃再请,即回轩焉。其率如此。"

【注】

〔1〕王、刘:王指王濛,刘指刘惔,皆为东晋玄学清谈名士。王濛参前《言语》第66则注。刘惔参前《德行》第35则注。杭南:杭,同"航",指东晋京师建康之朱雀航。乌衣巷距朱雀桥不远,则杭南指当日王、谢家族聚居之地。

〔2〕桓子野:桓伊,小字子野。参前《方正》第5则注。

〔3〕谢镇西:谢尚曾任镇西将军,故称。尚书:指尚叔谢衰,即谢安父。

〔4〕反哭:古代丧礼,葬后奉神主返庙。

〔5〕要:通"邀",邀请。

〔6〕信:使者。

〔7〕把臂:捉臂以示亲切。

〔8〕帻:发巾。按:疑"帻"与"帽"二字误倒。其连续动作应是脱帽著帻,以示自由随意。

1035

〔9〕半坐:宴会进行了一半。

〔10〕乃:方才。衰:丧服。

【评】

有其父乃有其子,谢鲲放达任诞之风,与其艺术细胞混杂,全面地传给了儿子谢尚。二人所不同的,以时代关系,谢鲲之达因世乱而包含了几分伤心无奈,故纵酒调戏邻女,其所谓"达",多了若干粗鄙庸俗之气;而谢尚则时过境迁,生活安定而官运亨通。他与堂弟奕、安、万等,为任诞放达行为作精神升华,呈现了超越世俗的"雅人深致"气象。反哭之日,未脱丧服而饮宴,当然有违传统礼教。但对魏晋名士来说,只是小事一桩,何必大惊小怪!心理变化了,行为自然不同,这也是越名教而任自然的一种名士气派。

23.34 桓宣武少家贫[1],戏大输[2],债主敦求甚切。思自振之方[3],莫知所出。陈郡袁耽俊迈多能[4],《袁氏家传》曰:"耽字彦道,陈郡阳夏人。魏中郎令涣曾孙也。魁梧爽朗,高风振迈。少倜傥不羁,有异才,士人多归之。仕至司徒从事中郎。"宣武欲求救于耽。耽时居艰[5],恐致疑[6],试以告焉,应声便许,略无嫌吝[7]。遂变服怀布帽[8],随温去,与债主戏。耽素有艺名[9],债主就局[10],曰:"汝故当不办作袁彦道邪[11]?"遂共戏。十万一掷,直上百万数,投马绝叫[12],傍若无人,探布帽掷对人曰:"汝竟识袁彦道不?"《郭子》曰:"桓公樗蒲,失数百斛米,求救于袁耽。耽在艰中,便云:'大快,我必作采。卿但大唤。'即脱其衰,共出门去。觉头上有布帽,掷去,著小帽。既戏,袁形势呼祖,掷必卢雉,二人齐叫,敌家顷刻失数百万也。"

【注】

〔1〕桓宣武:指桓温,卒谥宣武,故称。

〔2〕戏:赌博,此指樗蒲之戏。

〔3〕自振:自救。振,振兴。

〔4〕袁耽:字彦道。王导参军,历官云阳太守、从事中郎。俊迈多能:超迈杰出,多才多艺。

〔5〕居艰:守丧期间。

〔6〕致疑:引起犹豫、迟疑。

〔7〕嫌吝:疑惑顾惜。

〔8〕变服:脱下丧服。

〔9〕艺名:技艺高超的声名。

〔10〕就局:上了赌台。

〔11〕故当:当然,可能。表肯定的拟测之词。不办:不会,不可能。

〔12〕马:樗蒲之码,赌时投掷决胜负。绝叫:高声喊叫。

【评】

虽然东晋一代,桓温声名显赫。但在这一故事中,第一主角却让给了袁耽。耽居丧之日,脱掉丧服而直上赌台,这有违传统礼教。但为脱友之困,他应温之求而毫不迟疑。"应声便许,略无嫌吝",下意识的自然反应中,正见其倜傥不羁的干云义气。"投马绝叫,傍若无人",又见其专精此道,而心无旁骛,气势已压倒对手。最后脱帽细节,也极神气:"汝竟识袁彦道不?"声口毕肖,细腻刻画了主人公内心之自许自负。故事情节跌宕起伏,形象描绘极其生动,士人通脱,味之有致。

23.35　王光禄云[1]:"酒,正使人人自远[2]。"光禄,王蕴也。《续晋阳秋》曰:"蕴素嗜酒,末年尤甚,及在会稽,略少醒日。"

1037

【注】

〔1〕王光禄：指王蕴，字叔仁，小字阿兴。濛子。官至尚书左仆射、镇军将军、会稽内史。卒赠光禄大夫，故称。

〔2〕自远：忘掉自我，心怀高远。

【评】

据《晋书·外戚·王蕴传》，蕴有外戚之贵，但政绩甚佳。荒年开仓救灾而存活百姓，因违科而免官。但他坦然表示："行仁义而败，无所恨也。"以此百姓歌之。其晚年嗜酒，虽然略少醒日，但心中明白，为政仍然"以和简为百姓所悦"。这说明他嗜酒并非醉生梦死，而是知酒趣而不忘百姓疾苦。所谓"酒，正使人人自远"，"自远"者并非醉死忘我之谓，而是提高人的精神境界，自然具超凡脱俗情致。这与《郭子》所称相似："三日不饮酒，觉形神不复和，酒自引人入胜地耳。"酒趣美妙如此，但视饮者如何耳！

23.36 刘尹云〔1〕："孙承公狂士〔2〕，每至一处，赏玩累日〔3〕，或回至半路却返。"《中兴书》曰："承公少诞任不羁。家于会稽，性好山水。及求鄮县，遗心细务，纵意游肆，名阜胜川，靡不历览。"

【注】

〔1〕刘尹：指东晋清谈名家刘惔，曾任丹阳尹，故称。

〔2〕孙承公：孙统，字承公，太原人。参前《品藻》第59则注。

〔3〕累日：多日。

【评】

孙统祖楚弟绰，在两晋皆为著名文学家。统善属文，自有家学渊源。其好山水，出游赏玩，累日不返，则出于时代玄风之熏染及其本性之自然。任诞不拘之士，厌弃官场丑陋，独钟情于不染世故的佳山胜水,究其实质,是在自然人化的审美观赏中,努力寻找失去的自我。篇末"或回至半路却返",沉浸在尚未被世俗功利所污染的一片风霜高洁、纯洁无瑕的大自然新天地中。魏晋山水的精神,原是植根在风雅之士那脱俗自然的心境福田之中。

23.37 袁彦道有二妹[1]:一适殷渊源[2],一适谢仁祖[3]。《袁氏谱》曰:"耽大妹名女皇,适殷浩;小妹名女在(正),适谢尚。"语桓宣武云[4]:"恨不更有一人配卿[5]。"

【注】

〔1〕袁彦道:袁耽,字彦道。参见本门第34则注。

〔2〕适:嫁。殷渊源:殷浩,字渊源。

〔3〕谢仁祖:谢尚,字仁祖。

〔4〕桓宣武:指桓温,卒谥宣武,故称。

〔5〕恨:遗憾,可惜。配:许配。

【评】

"恨不更有一人配卿",今张万起、刘尚慈《译注》评云:"按袁耽言此,不合君子之风,有失礼仪,实际上是为了讨好桓温。作者置于《任诞》,是认为袁耽言行任放不羁。"所论给人以启迪。但"讨好桓温"之说,则不敢苟同,本门第34则,桓温年轻时好赌大输,幸亏袁耽出手翻本救之。二人年轻时本是惺惺相惜的好友。桓温年轻时的地位与处境,与后来威权显赫的大司马不可同日而语。在温年轻论婚嫁时,袁耽为什么要"讨好桓温"呢? 袁耽短命,待桓温发达时,早已墓木拱矣。而且,一旦真是"讨好桓温",则是功利之所在,又岂是"任放不羁"之言行? 讨论问题,应注意时间和环境所在。故事入《任诞》门,正说明

1039

作者的认识。

23.38 桓车骑在荆州[1]，张玄为侍中[2]，使至江陵[3]，路经阳歧村。村临江，去荆州二百里。俄见一人[4]，持半小笼生鱼[5]，径来造船[6]，云："有鱼，欲寄作鲙[7]。"张乃维舟而纳之[8]，问其姓字，称是刘遗民[9]。《中兴书》曰："刘骥之，一字遗民。"已见。张素闻其名[10]，大相忻待[11]。刘既知张衔命[12]，问："谢安、王文度并佳不[13]？"张甚欲话言，刘了无停意[14]。既进鲙，便去，云："向得此鱼[15]，观君船上当有鲙具，是故来耳。"于是便去。张乃追至刘家。为设酒，殊不清旨[16]，张高其人[17]，不得已而饮之。方共对饮，刘便先起[18]，云："今正伐荻[19]，不宜久废。"张亦无以留之。

【注】

〔1〕桓车骑：指桓冲，字幼子。温弟。曾任荆州刺史、车骑将军，故称。荆州：州名，时治所在江陵。

〔2〕张玄：又作张玄之，字祖希。官至吴兴太守、冠军将军。参前《言语》第5则注。侍中：官名，侍从皇帝，并备顾问。

〔3〕江陵：县名，今属湖北省，当时为荆州治所。

〔4〕俄：一会儿。

〔5〕生鱼：活鱼。

〔6〕径：径直，直接。造：到。

〔7〕寄：委托。鲙：切碎的鱼、肉。

〔8〕维、栓：系、栓。纳：接待。

〔9〕刘遗民：指刘骥之，字子骥。南阳人。桓冲欲聘入幕，不赴。参

前《栖逸》第 8 则注。

〔10〕素:平素,一向。

〔11〕忻:通"欣",欢欣。

〔12〕衔命:身负使命。

〔13〕谢安、王文度:东晋帝时的辅政大臣。

〔14〕了无:一点没有。

〔15〕向:方才。

〔16〕清旨:清醇之味。

〔17〕高:高尚,作动词用。

〔18〕便:却。

〔19〕伐荻:收割苇荻。荻之形似芦苇,可编席。

【评】

故事情节曲折有致。张玄官阶不低,刘骥之却是一介布衣隐士,二者地位悬殊,在官本位的封建社会中,本无自由交往之理。但张之可爱,在于打破官民隔阻,平等对待。更可爱的是刘骥之,并不因布衣之士而自卑身价,而是张扬自我,以我为主地待人接物,因突破礼法限制而被视为任诞。但他在高官面前,绝非仰视,相反,是在平视中多少带有些微俯视的角度。为什么?因为他的交往,绝无求人的功利目的,无欲则刚,此其所以能超脱世俗而高人一等也。

23.39 王子猷诣郗雍州[1],《中兴书》曰:"郗恢,字道胤,高平人。父昙,北中郎将。恢长八尺,美须髯,风神魁梧。烈宗器之,以为蕃伯之望。自太子左率,擢为雍州刺史。"雍州在内,见有毦甀[2],云:"阿乞那得此物!"阿乞,恢小字。令左右送还家[3]。郗出觅之,王曰:"向有大力者负之而趋[4]。"《庄子》曰:"夫藏舟于壑,藏山于泽,谓之固矣;然有大力者负之而走,昧者不知也。"郗无忤色[5]。

【注】

〔1〕王子猷：王徽之，字子猷。羲之第五子。参前《雅量》第36则注。诣：到，访问。郗雍州：指郗愔，昙子。高平人。

〔2〕毾㲪（tà dēng 榻登）：同"氍毹"，传自西域波斯的细羊毛毯，可作床、榻垫褥。

〔3〕左右：身边跟随伺候的仆役。

〔4〕向：刚才。

〔5〕忤：抵触，不高兴。

【评】

王徽之公开做"贼"，何须推勘定案？难道他不知偷盗犯法，侵犯了别人的权益？非也。"令左右送还家"，为自己享用，而非劫富济贫，目的并不高尚。他之所以这样做，与魏晋高门望族中作达之士的特殊心理有关。第一，徽之是东晋名士，琅邪王家的子孙，光凭其门第之高贵，在当时就会产生一种俯视世人的傲慢与偏见，其言行只想到张扬自我，而不必顾及别人的想法和意见。其二，琅邪王家与高平郗家，世代儿女通婚，关系极其密切，偶然夺人所爱，想来也不至于引发至亲的激烈反应。"郗无忤色"，一方面说明郗愔之雅量，一方面也是在为至亲遮丑。第三，徽之"偷盗"有道，他引《庄子·大宗师》为自己的行为辩解，不是有玄学修养的人，能想出这种道理吗？徽之喻愔，物藏于你处或我处，均无不可，只要藏之天下，失与不失，同样通于大道。宣示偷"道"，振振有词，听来令人发噱。但是，徽之行事，无论美丑，均是内心透明而毫无遮掩，比之男盗女娼礼法之士的虚伪，又见其自然真率之可爱。

23.40　谢安始出西戏[1],失车牛,便杖策步归[2]。道逢刘尹[3],语曰:"安石将无伤[4]?"谢乃同载而归。

【注】
〔1〕戏:游玩。
〔2〕杖策:扶着手杖。
〔3〕刘尹:指刘惔,谢安妻舅。
〔4〕将无伤:大概没受伤吧。将,魏晋口语,大概,恐怕,表揣度委婉口气。

【评】
　　汉初缺马,自天子不能具纯驷,将相入朝,多用牛车。此后发展到魏晋,虽然经济发展,但贵族用牛车已成习俗。谢安是陈郡谢氏家族的代表人物,一代贵族之英,出门当然也用牛车。其出游时失牛车,表示连车带牛,都被人偷走了。这犹如今天的偷名牌汽车一样性质。在正常的情况下,作为一个大贵族,他身上当然不会一文莫名,破点小财,再雇部车回家,并无困难;即使一时身上没钱,车到家后再来付款,又何尝不可?但他不这么做,而是安步当车,闲庭信步,毫无惊慌恼怒之色。这充分展示了他的内在修养,徒步虽慢,却也换来了无拘无束的自由和畅快,其行为虽然人以为怪,但只要自己内心自在,又何必在乎世俗的议论呢?

23.41　襄阳罗友有大韵[1],少时多谓之痴。尝伺人祠[2],欲乞食,往太蚤[3],门未开。主人迎神出见,问以非时何得在此?答曰:"闻卿祠,欲乞一顿食耳。"遂隐门侧,至晓得食便退,了无怍容[4]。为人有记功:

从桓宣武平蜀[5],按行蜀城阙观宇[6],内外道陌广狭[7],植种果竹多少,皆默记之。后宣武漂(溧)洲与简文集[8],友亦预焉[9]。共道蜀中事,亦有所遗忘,友皆名列[10],曾无错漏[11]。宣武验以蜀城阙簿[12],皆如其言,坐者叹服。谢公[13]云:"罗友讵减魏阳元[14]。"后为广州刺史,当之镇[15],刺史桓豁语令莫来宿[16]。答曰:"民已有前期[17],主人贫,或有酒馔之费[18],见与甚有旧[19]。请别日奉命。"征西密遣人察之[20],至夕,乃往荆州门下书佐家[21],处之怡然[22],不异胜达[23]。在益州[24],语儿云:"我有五百人食器。"家中大惊,其由来清[25],而忽有此物,定是二百五十沓乌樏[26]。《晋阳秋》曰:"友,字它(宅)仁,襄阳人。少好学,不持节检。性嗜酒,当其所遇,不择士庶。之(又)好伺人祠,往乞馀食,虽复营署垆肆,不以为羞。桓过营责之,云:'君太不逮,须食,何不就身求,乃至于此!'之(友)傲然不屑,答曰:'就公乞食,今乃可得,明日已复无。'罗(温)大笑之。始仕荆州,后在温府,以家贫乞禄。温虽此之(以文)学遇之,而谓其诞肆,非治民才,许而不用。后同府人有得郡者,温为席赴别,友至尤晚。问之,友答曰:'民性饮道嗜味,昨奉教旨,乃是首旦出门,于中路逢一鬼,大见揶揄,云:"我只见汝送人作郡,何以不见人送汝住郡?"民始怪,终惭,回还以解,不觉成淹缓之罪。'温虽笑其滑稽,而心颇愧焉。后以为襄阳太守,累迁广、益二州刺史。在藩,举其宏纲,不存小察,甚为吏民所安说。薨于益泊(州)。"

【注】

〔1〕襄阳:郡名(今湖北襄樊)。大韵:很有风度、气韵。

〔2〕伺:窥伺,侦察。祠:祭祀。

〔3〕蚤:通"早"。

〔4〕了无:丝毫没有。怍容:惭愧神色。

〔5〕桓宣武:桓温,卒谥宣武,故称。晋穆帝永和二年(346),桓温率军征蜀,次年蜀汉降。

〔6〕城阙:城门宫阙。观宇:楼馆台榭。

〔7〕道陌:街市道路。

〔8〕漂洲:当为"溧洲"形讹。溧洲,长江中小洲,也称"洌洲",在今南京西南。简文:指简文帝司马昱,时为会稽王。集:聚会。

〔9〕预:参与。

〔10〕名列:一一依名条列。

〔11〕曾无:毫无。

〔12〕城阙簿:记载城池宫阙的籍册。

〔13〕谢公:指谢安。

〔14〕魏阳元:魏舒字阳元。任城人。晋初官司徒。参前《赏誉》第17则注。

〔15〕当:将要。之:前往。

〔16〕桓豁:字朗子,温弟。继温任荆州刺史,官至征西大将军。莫:通"暮"。

〔17〕前期:前约。

〔18〕费:破费。

〔19〕见与:犹与我。有旧:有交情。

〔20〕征西:指桓豁。

〔21〕书佐:管理文书的佐吏。

〔22〕怡然:融洽欢欣的样子。

〔23〕胜达:名流贤达。

〔24〕益州:州名,其辖地在今四川一带。

〔25〕由来:一向。清:清廉。

〔26〕沓(tà 踏):量词,套,副。乌㯥:黑色套盒。㯥,食盒,形扁中隔,可供二人共食。

【评】

　　乞食之诞,只是罗友外表,他所追求的其实是内在精神之自由——即故事所称之"大韵"。其上司桓豁约请赴宴,他却因与小吏有约在先,信守然诺,委婉拒绝长官,而与书佐欢饮怡然,处之"不异胜达"。这说明他不问士庶之异,胸中自具超越功利之风韵。以此作达,既张扬自我,而不屈己随俗;嗜饮时士庶不分,平等对待,又说明了他同时还尊重别人,甚为可爱。这与王徽之只知自我而不尊重别人之诞,自有区别而有高低之分。

　　23.42　桓子野每闻清歌[1],辄唤"奈何"[2]。谢公闻之[3],曰:"子野可谓一往有深情。"

【注】

　　[1] 桓子野:桓伊,字叔夏,字子野。参《方正》第55则注。清歌:无伴奏的挽歌。

　　[2] 辄:总是。奈何:魏晋时人吊丧,孝子循例哭唤"奈何"。

　　[3] 谢公:指谢安。

【评】

　　艺术化的人生,是魏晋士人的一种精神追求。东晋时羊昙善唱乐,桓伊善挽歌,袁山松喜歌《行路难》,时人谓之"三绝"。艺术的精神正在于"一往情深",方才能够动人心魄。若自己都不感动,这样的艺术是做作,是虚伪,又岂能感动他人?

　　23.43　张湛好于斋前种松柏[1];《晋东宫官名》曰:"湛字处度,高平人。"《张氏谱》曰:"湛祖嶷,正员郎。父旷,镇军司马。湛仕至中书郎。"时袁山松出游[2],每好令左右作挽歌。山松别见。《续晋阳秋》曰:"袁山松善音乐。北人旧歌有《行路难》曲,辞颇疏质,山松好之,乃为文其章句,婉其节制。每因酒酣,从而歌之,听者莫不沂(流)涕。初,羊昙善唱乐,桓伊能挽歌,及山松以《行路难》继之,时人谓之'三绝'。"今云挽歌,未详。**时人谓"张屋下陈尸,袁道上行殡"**。裴启《语林》曰:"张湛好于斋前种松,养鸲鹆。袁山松出游,好令左右作挽歌。时人云云。"

【注】

〔1〕张湛:字处度,小字骥。东晋高平人。孝武帝时仕至中书郎。精医术,著《养生要籍》。好《庄》、《列》。今存其《列子注》八卷。斋:斋屋,房舍。

〔2〕袁山松:东晋陈郡人。官吴郡太守。参后《排调》第60则注。挽歌:古代出丧时,送葬者执绋挽丧车而唱哀悼之歌。

【评】

古人屋前斋后,多植榆柳桃李,如陶渊明《归园田居》有"榆柳荫后檐,桃李罗堂前"之言;于庐墓处则植松柏,故《古诗》有"松柏冢累累"之句。但张湛却一反传统习惯,斋前植松柏,故人有"屋下陈尸"之讥。挽歌是特殊的艺术,类似今之安魂曲,唯当送葬时歌唱,但袁山松却在平日出门之时,好令左右唱送葬曲,这同样违背传统习俗,故时人以"道上行殡"嘲之。不过,挽歌安魂曲之类,不仅是对已逝亲友的追念,更蕴藏了一股对于未来生命的理解、同情与期待。张、袁二士,只求自己的舒心适意,而置世俗的讥贬于不顾。在魏晋士人眼中,自我个性之舒适比遵循传统习俗更重要。

23.44 罗友作荆州从事[1]。桓宣武为王车骑集别[2],车骑,王洽,别见。友进,坐良久[3],辞出。宣武曰:"卿向欲咨事[4],何以便去?"答曰:"友闻白羊肉美,一生未曾得吃,故冒求前耳[5],无事可咨。今已饱,不复

1047

须驻[6]。"了无惭色[7]。

【注】

〔1〕罗友:参本门第41则注。荆州从事:荆州府衙的属官。

〔2〕桓宣武:指桓温。王车骑:王洽,字敬和,王导第三子。参前《赏誉》第114则注。集别:集聚送别。

〔3〕良久:很久。

〔4〕向:刚才。咨事:咨询事情。

〔5〕冒:冒昧。

〔6〕驻:停留。

〔7〕惭色:惭愧之容。

【评】

罗友好吃,是美食家。为求美味口福,不请自来,吃饱自去,而不顾干犯上司,得罪朋友。"今已饱,不复须驻",回答干脆利落,内心坦荡荡,而毫无虚伪遮饰。其实,不仅故事主角罗友具赤子之心,极其可爱,就是作为威权显赫的桓温,他有容忍的雅量,同样也颇可爱。魏晋士人的特殊心理,于此有形象的展现。

23.45 张骥酒后[1],挽歌甚凄苦。桓车骑曰[2]:"卿非田横门人[3],何乃顿尔至致[4]?"骥,张湛小字也。《谯子法训》云:"有丧而歌者,或曰:'彼为乐丧也,有不可乎?'谯子曰:'书云:"四海遏密八音。"何乐丧之有!'曰:'今丧有挽歌者,何以哉?'谯子曰:'周闻之,盖高帝召齐田横,至于尸乡亭,自刎、奉首。从者挽至于宫,不敢哭而不胜哀,故为歌以寄哀音。彼则一时之为也。邻有丧,舂不相引,挽人衔枚,孰乐丧者邪?'"按《庄子》曰:"绋讴所生,必于斥苦。"司马彪注曰:"绋,引柩索也。斥,疏缓也。苦,用力也。引绋所以有讴歌者,为人有用力不齐,故促急之也。"《春秋左氏传》曰:"鲁哀公会吴伐齐,其将公孙夏命歌《虞殡》。"杜预曰:"《虞殡》,送葬歌,示必死也。"《史记·绛侯世家》曰:"周勃以吹箫乐丧。"然则挽歌之来久矣,非始起于田横也。然谯氏引礼之文,颇有明据,非固陋者所能详闻。疑以传疑,以俟通博。

【注】

〔1〕张骥:张湛小字骥。

〔2〕桓车骑:指桓冲,温弟。

〔3〕田横:秦末人。韩信率军破齐,田横率五百人逃亡海岛,自立为王。后刘邦统一天下,田横羞愤自杀。

〔4〕顿尔:突然,一下子。至致:到此地步。

【评】

　　本门有好几则士人善唱挽歌的故事。看来,喜欢挽歌,是魏晋时代的一种特殊文化现象。当时人们承传正始、竹林遗风,多任诞之风,张扬自我,率情任性。因此,虽然挽歌是特定场合的送葬曲,但对魏晋士人来说,只要内心适意,突破丧礼拘束,有何不可?加以挽歌悲苦,一唱众和,以情感人,其艺术魅力,引发了某些士人的灵魂震颤和共鸣。当时贵族虽然过着灯红酒绿的优裕生活,但在残酷的政治斗争中,又有几人能常保富贵呢?不仅袁山松很快被孙恩所杀,就是桓伊等官高权重的官僚,处在东晋司马朝与王、谢、庾、桓四大家族此起彼落的斗争中,能不胆战心惊吗?士人好挽歌,正是一种特殊时代心理的表现。

23.46　王子猷尝暂寄人空宅住〔1〕,便令种竹。或问:"暂住,何烦尔?"王啸咏良久〔2〕,直指竹曰:"何可一日无此君〔3〕!"《中兴书》曰:"徽之卓荦不羁,欲为傲达,放肆声色颇过度。时人钦其才,秽其行也。"

【注】

〔1〕王子猷:王徽之,字子猷,羲之子。参前注。暂寄:暂时借住。寄,寄居。

〔2〕啸咏:长啸歌咏。

〔3〕此君:指竹。

【评】

即使是暂住的历史瞬间,也不忘精神寄寓之所在。魏晋精神,其格调境界自然高深玄远。"何可一日无此君!"道来极有感情。拟人化的修辞运用中,人与竹浑然为一。竹之风神,已成为士人清雅高洁人格的象征。东晋士人之任达放诞,从初始裸体浴裎阶段逐渐向诗酒风流方面转化。饮酒赏竹,不仅是物质生活的享受,更属精神风流之升华。

23.47 王子猷居山阴[1],夜大雪,眠觉,开室,命酌酒,四望皎然。因起仿偟[2],咏左思《招隐诗》[3],《中兴书》曰:"徽之任性放达,弃官东归,居山阴也。"左诗曰:"杖策招隐士,荒涂横古今。岩穴无结构,丘中有鸣琴。白雪停阴冈,丹葩曜阳林。"忽忆戴安道[4]。时戴在剡[5],即便夜乘小船就之[6]。经宿方至[7],造门不前而返[8]。人问其故,王曰:"吾本乘兴而行,兴尽而返,何必见戴!"

【注】

〔1〕山阴:县名,在会稽山北,今浙江绍兴。

〔2〕仿偟:徘徊。

〔3〕左思:西晋诗人,与陆机等并为太康之英。参前《文学》第68则注。《招隐诗》:左思作,共二首,咏隐士生活情趣。

〔4〕戴安道:戴逵字安道,谯郡铚(今属安徽)人。东晋多才多艺的著名画家。参前《雅量》第34则注。

〔5〕剡:县名,晋属会稽郡,在此今浙江嵊州市。
〔6〕就之:拜访他,到他家去。
〔7〕经宿:一整夜。方:才。
〔8〕造门不前:到其家门而不入。

【评】

　　故事虽短,却生动地勾画出一个贵族子弟的率真灵魂。《任诞》篇记录了许多魏晋名士的怪诞言行,今天看来,似乎荒唐可笑,但在魏晋士林中,却屡见不鲜,反映了部分知识分子的真实心态,从而构成了魏晋风流的又一特殊风景线。试想,生活在一个丑陋而扭曲的社会中,在虚伪名教的遮掩下,正道直行者惨遭杀戮迫害,这就为丛驱雀,把部分士人驱上了"任诞"轨道,其怪诞的超常言行,正是对不正常社会的一种冷嘲热讽和消极反抗。若把王徽之的故事安放到当时的历史环境中,则自然见怪不怪。故事体现了主人公率情任性而近于自然的灵魂。在一个严重失常的环境中,王徽之却冲破一切虚伪矫饰,努力舒展自己那被扭曲的灵魂,以挽救正在沦落之中的真我。"乘兴而来,兴尽而返,何必见戴?"全无功利的目的,仅凭自我意趣的涌动,而不问旁人的感觉与议论。须知,张扬自我人性,追求自由解脱,展现超俗离尘风采,正是魏晋精神的重要内容之一。故凌濛初评曰:"读此每令人飘飘欲飞。"相较于世俗之请托走后门者,奔走于形势之途,"足将进而趑趄,口将言而嗫嚅",人性被功利所扭曲,二者精神人格之高低优劣,形成鲜明的对比。

23.48　王卫军云[1]:"酒,正自引人箸胜地[2]。"
王荟,已见。

【注】

〔1〕王卫军:王荟,字敬文。王导子。仕至镇军将军,卒赠卫军将军,故称。参前《雅量》第26则注。

〔2〕正自:确实。箸:到,入。

【评】

王荟出身于琅邪王家,是王导的小儿子,门第清华高贵,但却一扫高门望族子弟对于功名爵禄的追逐,素有"夷泰无竞"的清誉。其饮酒早已超越物质享受的范围,而入于形神相和的精神品格胜境。《醉仙图记》有云:"凡醉有所宜:醉花宜昼,袭其光也;醉雪宜夜,消其洁也;醉楼宜暑,资其清也;醉水宜秋,泛其爽也。"此可为王荟之言作解。

23.49 王子猷出都[1],尚在渚下[2]。旧闻桓子野善吹笛[3],《续晋阳秋》曰:"左将军桓伊善音乐。孝武饮燕,谢安侍坐,帝命伊吹笛,伊神色无忤,既吹一弄,乃放笛云:'臣于筝乃不如笛,然自足以韵合歌管。臣有一奴善吹笛,且相便串,请进之。'帝赏其放率,听召奴。奴既至,吹笛,伊抚筝而歌怨诗,因以为谏也。"而不相识[4]。遇桓于岸上过,王在船中,客有识之者,云是桓子野。王便令人与相闻[5],云:"闻君善吹笛,试为我一奏。"桓时已贵显[6],素闻王名,即便回下车[7],踞胡床[8],为作三调。弄毕[9],便上车去,客主不交一言。

【注】

〔1〕出都:赴京师。魏晋时习惯用语,"出"是一种由隐之显的行为,京师地位显要,故进京称"出都"。参周一良《魏晋南北朝史札记》。

〔2〕渚:水中小洲,此指建康东南青溪渚。

〔3〕桓子野:桓伊小字子野。淝水大战中,因功进右军将军,封永修县侯。其妙擅音乐,"为江左第一"。

〔4〕而:却。

〔5〕相闻:传话,通消息。

〔6〕贵显:地位尊贵显赫。

〔7〕回下车:转向下车。

〔8〕踞:倚,靠。胡床:坐具,如今之交椅。

〔9〕弄毕:演奏完毕。

【评】

　　故事生动地描绘了魏晋名士的神韵风采。王徽之有恃才傲物、怪诞不近人情的一面;但另一方面,却是个性情中人,情之所至,自然而然,而绝无假饰,更不考虑别人的看法。其心思犹如水晶般透明。这种纯真童趣,俗人要学也很难。故事中的桓伊和王徽之一样可爱。二人原非相识。王的官位比桓伊低得多。在官本位的社会中,这是人际交往的一大障碍。但王徽之并未自感低人一等,桓伊也没凭权位自视高人一头。他们讲究的是艺术良心,随感觉走,于是桓为王一人专场演奏,态度认真。其所吹"三调",据传即今日尚存的古曲《梅花三弄》,描绘了梅花笑迎冰雪、傲斗严寒,从含苞待放、绽朵盛开,到清香四溢遗留人间的全过程,表现了魏晋士人对于洁白无瑕人生品格的歌颂。王世懋评:"佳境乃在末语。"其妙全在"客主不交一言"中。演奏者一丝不苟,曲终人去,馀音袅袅;欣赏者仍然沉浸在高尚的艺术境界中,甚至忘记了说声谢谢。这才是真正的知音,追求的是审美情趣的通感,而毫无功利的痕迹。

23.50　桓南郡被召作太子洗马[1],《玄别传》曰:"玄初拜太子洗马。时朝廷以温有不臣之迹,故抑玄为素官。"船泊荻渚[2],

王大服散后已小醉[3],往看桓。桓为设酒,不能冷饮,频语左右令"温酒来"。桓乃泫(流)涕呜咽。王便欲去,桓以手巾掩泪,因谓王曰:"犯我家讳[4],何预卿事[5]!"《晋安帝纪》曰:"玄哀乐过人,每欢戚之发,未尝不至呜咽。"王叹曰:"灵宝故自达[6]。"灵宝,玄小字也。《异苑》曰:"玄生而有光照室。善占者云:'此儿生有奇耀,宜字为天人。'宣武嫌其三文,复言为'神灵宝',犹复用三,既难重前,却减'神'一字,名曰灵宝。"《语林》曰:"玄不立忌日,止立忌时。其达而不拘皆此类。"

【注】

〔1〕桓南郡:指桓玄,七岁时袭封南郡公,故称。参前《德行》第41则注。太子洗马:太子东宫属官。

〔2〕荻渚:小洲名。

〔3〕王大:指王忱,字元达,小字佛大。坦之子。官至荆州刺史。散:指当时士大夫常服的寒食散,又称五石散。服散为养生,但该散具毒性,服后体内燥热,须步行发散药性,称行散。又不可饮冷酒,须温酒以帮助药性发散。

〔4〕家讳:玄父名温,故"温酒来"犯其家讳。

〔5〕何预卿事:不关你事。

〔6〕达:放达。

【评】

刘义庆编撰《世说》,吸取了魏晋人的观念,不以成败论英雄。桓玄篡晋自立,兵败被杀,是为逆贼,但却成为《世说》故事的主角之一。玄工心计,而非率性任情之人。此事当在其年轻有为之时。为笼络人心,行其"统战",桓玄常是装态饰辞,故意作达,以与士大夫打成一片。犯其家父之讳而不顾,正是一种姿态。这与王徽之等超功利的任达,实有真伪之别,读者不可被他轻易骗过。

23.51　　王孝伯问王大[1]:"阮籍何如司马相如[2]?"王大曰:"阮籍胸中垒块[3],故须酒浇之。"言阮皆同相如,而饮酒异耳。

【注】
　　[1]王孝伯:王恭,字孝伯。太原人。蕴子,濛孙。官至中书令,出为五州都督、前将军、青兖二州刺史。参前《德行》第44则注。王大:指王忱,见前注。
　　[2]阮籍:字嗣宗,魏陈留人,与嵇康并为竹林七贤之首。司马相如:字长卿,蜀郡成都人。西汉大赋家。
　　[3]垒块:胸中情绪郁积难展。

【评】
　　司马相如和阮籍,是西汉和魏的大文学家,二人个性与成就,多有相似之处。《史记·司马相如列传》称相如之仕宦,"未尝肯与公卿国家之事,常称疾闲居,不慕官爵"。《高士传》则谓其慢世违俗,"越礼自放"。这与阮籍的任诞作达,不拘礼法,多有精神相通之处。所异者,时代精神大不相同。相如处于封建社会全面上升的开创年代,故其作达气魄宏伟,如其《难蜀中父老》辞曰:"盖世必有非常之人,然后有非常之事;有非常之事,然后有非常之功。非常者,固常(人)之所异也。"具有火红年代的恢宏气象。而阮籍则生于篡弑相继的乱世,饮酒不醉则有可能被卷入政治漩涡而丧命,所以悲剧的人生常用作达的喜剧形式加以表演。"胸中垒块,故须酒浇之",一语破的,捕捉了魏晋时代精神之变化。

23.52　　王佛大叹言[1]:"三日不饮酒,觉形神不复相亲。"《晋安帝纪》曰:"忱少慕达,好酒,在荆州转甚,一饮或至连日不醒,遂以此死。"宋明帝《文章志》曰:"忱嗜酒,醉辄经日,自号'上顿'。世嗲以大饮为'上顿',起自忱也。"

【注】

〔1〕王佛大:即王忱,小字佛大,见前注。

【评】

由于酒精刺激神经,醉酒之后犹如进入梦幻之境,悠忽飘荡,暂时忘却现实之苦难。但醉醒之后又当如何?形神相亲之我,又当截然一分为二,陷于内心矛盾的悲苦之中。后来李白有"举杯消愁愁更愁"之句,可为此语作一新的转解。

23.53　王孝伯言[1]:"名士不必须奇才,但使常得无事[2],痛饮酒,孰读《离骚》[3],便可称名士。"

【注】

〔1〕王孝伯:即王恭。参见前注。

〔2〕但使:只要。

〔3〕《离骚》:战国时楚国屈原的长诗,是其代表作。

【评】

史称王恭身为皇亲国戚,自负其才地高华,满怀理想而企望作为,故曾叹道:"仕宦不为宰相,才志何足以骋!"其积极入世的人生态度,当然与不拘礼法而超然世外的任诞之士大异旨趣。此言讽刺名士,有入木三分之妙。但应强调指出,只合为虚假名士画像,而与嵇、阮之辈先贤无涉。真名士之"痛饮酒,熟读《离骚》",常富味外之味,语言文字背后,寓藏有深奥的文章。但假名士不过是紧跟流行的装模作样而已,岂是真知酒趣而读懂

《离骚》!

23.54　王长史登茅山[1]，大恸哭曰："琅邪王伯舆，终当为情死！"《王氏谱》曰："廞字伯舆，琅邪人。父荟，卫将军。廞历司徒长史。"周祗《隆安记》曰："初，王恭将唱义，使喻三吴。廞居丧，拔以为吴国内史。国宝既死，恭罢兵，令廞反丧服。廞大怒，即日据吴都以叛。恭使司马刘牢之讨廞。□（廞）败，不知所在。"

【注】

〔1〕王长史：指王廞，王导孙。曾任司徒左长史，故称。茅山：山名，又称三茅山，道教圣地。在今江苏句容县境内。

【评】

　　王廞出于正宗的琅邪王家之后，高自标榜而情怀激烈，任性而行却缺乏理性思考。其登茅山有感，发出"为情而死"之恸哭，似为日后悲剧命运埋伏笔；同时又为魏晋任诞名士悲剧作一收束，正与未来的历史发展相符若契。

简傲　第二十四

【题解】　简傲者,简慢高傲之谓也。所谓简傲,对人而言,轻忽怠慢不礼貌;对己而言,则是看自己一朵花,视他人如粪土,自高自大,狂妄无知。在魏晋门阀社会中,这是许多贵游子弟的通病。如置于世界文化中,则西方中世纪贵族的傲慢与偏见与之近似。魏晋之简傲,已成为当时贵族的"流行病"。奇怪的是,以后两晋名士,如王、谢家族的领袖人物王导和谢安诸人,对此却大多给予理解与同情,这就无形中大大加速了简傲思想言行的流传,并终于成为魏晋时代的一种特殊文化现象。要了解魏晋士人的心态与人格,就必须对《简傲》篇加以研究。

　　在一般情况下,"简傲"是一个贬义词;但也不尽然,应视具体情况作具体分析。首先,简傲主体是否具有胜人一筹的傲人"资本"？其次,其所轻怠傲视的对象是谁？如魏晋之际的竹林七贤嵇(康)、阮(籍)之辈,他们原是满怀激情与理想,但却被虚伪礼法击得粉碎,于是转向高倡庄、老玄风,追慕旷达狂放,超越世俗而蔑视名教,放荡不拘而高自风标。嵇、阮自身资质之秀,加以傲视的是名教中的伪君子,故清者自清,浊者自浊,实有一定的社会批判价值,并具一定的历史意义。如阮籍箕踞傲对百官,当作如是解。当时的统治者司马氏集团,在篡弑夺权之前,还能对士人的简傲言行作某些容忍,以争取士人的支持。久而久之,时过境迁,贵游子弟则不问自身条件及面对的环境,也不问国家的治乱兴衰,以仿效竹林遗风而相互标榜,只知自我高傲,而践踏他人尊严,以玩忽职守为清高,以门阀傲人作矫饰,其简傲之思想言行,性质不同而应予细辨。

24.1　晋文王功德盛大[1],坐席严敬[2],拟于王者。《汉晋春秋》曰:"文王进爵为王,司徒何曾与朝臣皆尽礼,唯王祥长揖不拜。"唯阮籍在坐,箕踞啸歌,酣放自若。

【注】

〔1〕晋文王:指司马昭,魏咸熙元年(264)封晋王。

〔2〕严敬:庄严敬重。

【评】

阮籍卒于景元四年(263),在司马昭封晋王前一年。因此,称"晋文王",当是后人追称。故事发生在司马氏集团着手准备篡魏的前夕,称"拟于王者",说明是尚未封王而以王者临朝自居。但"坐席严敬,拟于王者"的主语是谁?一解谓司马昭坐席间庄严肃穆,神情与帝王相似,主语是司马昭。一解谓坐席之群臣神色庄敬严肃,如在帝王驾前,主语是席间群臣。二解俱通,但相比而言,似后解更佳。因阮籍的态度,并非与"晋文王"作比,而是与群臣的奴态形成鲜明的对照。一个"唯"字,很说明问题,群臣趋炎附势,自失人格;而阮籍则我行我素,意态舒适。当日坐席之上,阮籍"箕踞啸歌",不守礼节;"酣放自若",行为轻慢。这是一种不与统治者合作的傲慢。他不想为将来的升官发财而丧失自我的人格尊严。但司马昭却原谅了他,因为他想搞"统战",争取各方面士人代表的广泛支持,以便最终实行篡位夺权的阴谋。这对阮籍之徒,是幸,还是不幸?值得思考。

24.2　王戎弱冠诣阮籍[1]，时刘公荣在坐[2]，阮谓王曰："偶有二斗美酒，当与君共饮，彼公荣者无预焉。"二人交觞酬酢[3]，公荣遂不得一杯[4]，而言语谈戏，三人无异。或有问之者，阮答曰："胜公荣者，不得不与饮酒，不如公荣者，不可不与饮酒；唯公荣可不与饮酒。"《晋阳秋》曰："戎年十五，随父浑在郎舍，阮籍见而说焉。每适浑，俄顷，辄在戎室，久之，乃谓浑：'濬冲清尚，非卿伦也。'戎尝诣籍共饮，而刘昶在坐，不与焉，昶无恨色。既而戎问籍曰：'彼为谁也？'曰：'刘公荣也。'濬冲曰：'胜公荣，故与酒；不如公荣，不可不与酒；唯公荣者，可不与酒。'"《竹林七贤论》曰："初，籍与戎父浑俱为尚书郎，每造浑，坐未安，辄曰：'与卿语不如与阿戎语。'就戎，必日夕而返。籍长戎二十岁，相得如时辈。刘公荣通士，性尤好酒。籍与戎酬酢终日，而公荣不蒙一杯，三人各自得也。戎为物论所先，皆此类。"

【注】

〔1〕王戎：字濬冲，魏晋间琅邪人。官至晋司徒。曾与阮籍友善，为竹林七贤之一。弱冠：古时男子二十成人，初加冠。诣：到，拜访。

〔2〕刘公荣：刘昶，字公荣。参前《任诞》第4则注。

〔3〕交觞酬酢：轮流举杯敬酒应酬。

〔4〕遂：终。

【评】

这则故事形象生动，其中阮籍及刘昶的心理刻画颇为细腻。故事是调侃与幽默合二为一，浑然一体，而绝无轻慢讽刺之恶。前《任诞》第4则公荣曾说："胜公荣者，不可不与饮；不如公荣者，亦不可不与饮；是公荣辈者，又不可不与饮。"这里则纯用公荣语来加以调侃，所异者"唯公荣可不与饮酒"一句。如王世懋所评："即以公荣语翻出更妙，滑稽之雄。"于此不仅见阮籍的诙谐风趣,同时又见刘昶之雅量。他虽不得一杯饮,但却不以为忤,照常"言语谈戏",了无异色。刘昶是一个真正懂得幽默人生的人。

24.3　钟士季精有才理[1],先不识嵇康,钟要于时贤隽之士[2],俱往寻康。康方大树下锻[3],向子期为佐,鼓排[4]。康扬槌不辍[5],傍若无人,移时不交一言[6]。钟起去,康曰:"何所闻而来？何所见而去？"钟曰:"闻所闻而来,见所见而去。"《文士传》曰:"康性绝巧,能锻铁。家有盛柳树,乃激水以圜之,夏天甚清凉,恒居其下傲戏,乃身自锻。家虽贫,有人就锻者,康不受直。唯亲旧以鸡酒往,与共饮啖,清言而已。"《魏氏春秋》曰:"钟会为大将军兄弟所昵,闻康名而造焉。会,名公子,以才能贵幸。乘肥衣轻,宾从如云。康方箕踞而锻,会至,不为之礼,会深衔之。后因吕安事,而遂潜康焉。"

【注】

〔1〕钟士季:钟会,字士季。颍川长社(今属河南)人。繇子、毓弟。官至司隶校尉。参前《言语》第12则注。精:极,甚。才理:才情理致。

〔2〕要:邀。贤隽之士:贤达秀俊的杰出士人。

〔3〕方:正在。锻:冶锻,这里指打铁。

〔4〕向子期:向秀字子期,河内怀(今属河南)人。为佐:当助手。鼓排:拉风箱。鼓,鼓风;排,通"排",皮制风箱。

〔5〕不辍:不停止。

〔6〕移时:过了一段时间。

【评】

钟会是贵公子,不择手段,野心勃勃,成为司马集团夺权的急先锋。而嵇康则对当时统治者的虚伪礼教极端厌恶。嵇、钟二人,道不同不相为谋。钟多次试探嵇,欲因其言行之失而致之死地。以此，嵇从不假锺以脸色，其傲对锺会，"移时不交一言"，正是一种不合作的蔑视。"何所闻而来？"与"闻所闻而来"诸语，对话生动，闪烁着刀光剑影，在委婉的修辞艺术中，却同时埋伏了抗争与杀机。日后嵇康终被锺会借故逸杀，因不肯低下那高傲的头颅而付出了生命的代价。统治者对简傲的容忍，是有限度的。如阮籍终老家门，是侥幸，只可一，不可再。嵇康的"玉碎"就是血淋淋的教训。

24.4　嵇康与吕安善[1]，每一相思，千里命驾[2]。《晋阳秋》曰："安字仲悌，东平人。冀州刺史招之第二子。志量开旷，有拔俗风气。"干宝《晋纪》曰："初，安之交康也，其相思则率尔命驾。"安后来，值康不在[3]，喜出户延之[4]，不入。《晋百官名》曰："嵇喜，字公穆。历扬州刺史。康兄也。阮籍遭丧，往吊之。籍能为青白眼，见凡俗之士，以白眼对之。及喜往，籍不哭，见其白眼，喜不怿而退。康间(闻)之，乃赍酒挟琴而造之，遂相与善。"干宝《晋纪》曰："安尝从康，或遇其行，康兄喜拭席而待之，弗顾，独坐车中，康母就设酒食。求康儿共语戏，良久则去。其轻贵如此。"题门上作"凤"字而去。喜不觉，犹以为欣[5]。故作"凤"字，凡鸟也[6]。许慎《说文》曰："凤，神鸟也。从鸟，凡声。"

【注】

　　[1] 吕安：字仲悌。东平(今属山东)人。与嵇康、向秀等竹林七贤中人友善，后与嵇康一起被司马氏杀害。

　　[2] 千里命驾：不顾路途遥远，立即驱车前行。喻友情之深厚。

　　[3] 值：正好，恰巧。

　　[4] 喜：嵇喜，康兄。

　　[5] 欣：欢欣，高兴。

　　[6]"凤字"句：繁体字"鳳"，义符为"鸟"，声符为"凡"。吕安以此

讽刺嵇喜为庸俗之人。

【评】

　　吕安名在竹林七贤之外,但论其精神风度,则与嵇、阮诸贤息息相通。简傲者是非分明,吕安也是性情中人。于其所善,有所相思即"千里命驾";于其不喜,则题门作"凤"字,刺其庸俗凡鸟。吕安之爱恶是非分明,实是阮籍青白眼之再版。以此见魏末晋初社会风气之一斑。

　　24.5　陆士衡初入洛[1],咨张公所宜诣[2],刘道真是其一[3]。陆既往,刘尚在哀制中[4]。性嗜酒,礼毕,初无它言[5],唯问:"东吴有长柄壶卢[6],卿得种来不?"陆兄弟殊失望[7],乃悔往。

【注】

　　[1] 陆士衡:陆机,字士衡。吴郡(今江苏苏州)人。西晋著名文学家。参前《言语》第26则注。洛:指西晋京师洛阳。
　　[2] 咨:咨询,讨教。张公:指张华,官至司空。参前《德行》第12则注。诣:拜访。
　　[3] 刘道真:刘宝字道真。高平(今属山东)人。官吏部郎、御史中丞、安北将军。曾侍皇太子讲《汉书》。
　　[4] 哀制:礼制规定的守丧期间。
　　[5] 初无:一点没有,全无。
　　[6] 东吴:指三国时吴国所处江东地区。长柄壶卢:长把葫芦。
　　[7] 殊:非常,甚。

【评】

　　陆机、陆云兄弟初入洛,当在晋武帝太康十年(289)应征之年。张华推荐二陆前去拜望刘宝,自有道理。二陆要在京师立住脚,图发展,如果没有中原士人的支持,是难以实现的。刘宝是当朝名士,与王衍并为士林清议代表人物,经其品评,以定士人优劣。但作为中原士族之英,刘宝对于刚投降归顺不久的东吴士人,实是心存歧视。刘宝本身虽是治丧礼的专家,但却任诞而行,不顾礼仪,故意只问酒事,而不及其他,令二陆兄弟难堪。其内心独白是:要我品评推扬,免开尊口。二陆兄弟何等聪明之人,岂能不明白?二陆当时不满三十,正当年轻气盛之时,深感中原士人唯我独尊而目中无人,因而心生悔往之痛。当时南、北士人的情绪对立,于此可见一斑。

24.6 王平子出为荆州^[1],《晋阳秋》曰:"惠帝时,太尉王夷甫言于选者,以弟澄为荆州刺史,从弟敦为青州刺史。澄、敦俱诣太尉辞,太尉谓曰:'今王室将卑,故使弟等居齐、楚之地,外可以建霸业,内足以匡帝室,所望于二弟也。'"王太尉及时贤送者倾路^[2]。时庭中有大树,上有鹊巢,平子脱衣巾,径上树取鹊子,凉衣拘阁树枝^[3],便复脱去。得鹊子还下弄^[4],神色自若,傍若无人。邓粲《晋纪》曰:"澄放荡不拘,时谓之达。"

【注】

〔1〕王平子:王澄字平子。琅邪人。西晋太尉王衍之弟。参前《德行》第23则注。出为荆州:出任荆州刺史。

〔2〕王太尉:指王衍,字夷甫。官至太尉,故称。参前《言语》第23则注。倾路:挤满道路。

〔3〕凉衣:贴身内衣。拘阁(hé合):挂碍。

〔4〕鹊子:小喜鹊。弄:玩耍。

【评】

　　王澄刺荆,据《通鉴》当在怀帝永嘉元年(307)。时经八王之乱,"五胡"混战中原,正是志士仁人挽狂澜于既倒之时。但是,史称"澄既至镇,日夜纵酒,不亲庶事,虽寇戎急务,亦不以为怀"。此虽后来之事,但却有助于说明他赴任时的具体心态。澄学竹林诸贤作达,貌似阮籍嗜饮狂放,而内心全不一样。如李慈铭所评:"王澄一生,绝无可取。狂且恃贵,轻佻丧身。既无当世之才,亦绝片言之善。虚叨疆寄,致乱逃归。……观于此举,脱衣上树,裸体探鷇,直是无赖妄人,风狂乞相。以为简傲,何啻寱言!"澄时膺任方伯疆寄,职责何等重大,赴任祖送之际,仪式非常隆重。但澄之裸裎为戏,当众凌傲百官,既不自重,更是践踏他人尊严。澄虽具勃勃野心,实乏治国之才,惟以门阀傲人,故刘琨谓其"以此处世,难得其死"。晋之不竞,于此见其端倪。

24.7 高坐道人于丞相坐[1],恒偃卧其侧[2]。见卞令[3],肃然改容[4],云:"彼是□□(礼法)人[5]。"

《高坐传》曰:"王公曾诣和上,和上(解带偃)伏,悟言神解。见尚书令卞望之,便(敛衿)饰容,时(叹)皆得其所。"

【注】

〔1〕高坐道人:两晋间时西域和尚,永嘉时来中土。原名尸黎密。参前《言语》第39则注。丞相:指王导。

〔2〕恒:经常,总是。

〔3〕卞令:指卞壸,字望之。曾官尚书令,故称。

〔4〕肃然:形容脸色严肃。

〔5〕彼是□□人:宋本"人"上二字模糊不清,据袁本当作"礼法"。注文亦有糊字,据袁本辨之,加括号标识。

【评】

入乡随俗,虽佛学高僧也不能免。和尚要在世俗中宣传佛理,就必须先与世俗打交道,说世俗人听得懂的话。具体做法因人而异，以便取得最佳效果，这是宣扬佛学教义的需要，也是佛学东渐必经的中国化过程。但后人或不明此理，如陶玘讥评高坐云："直是依人而施，尚得谓为出世高僧耶？"超越时间和环境，言虽正而无的放矢。至于王与卞态度之别，形成对照，则因其所持玄学与儒学之异。王之宽容随和，更是东晋初立国"统战"的需要。

24.8 桓宣武作徐州[1]，时谢奕为晋陵[2]，《中兴书》曰："奕自吏部郎，出为晋陵太守。"先粗经虚怀[3]，而乃无异常。及桓迁荆州[4]，将西之间，意气甚笃[5]，奕弗之疑。唯谢虎子妇王悟其旨[6]，虎子，谢据小字，奕弟也。其妻王氏，已见。每曰："桓荆州用意殊异[7]，必与晋陵俱西矣[8]。"俄而引奕为司马[9]。奕既上，犹推布衣交[10]，在温坐，岸帻啸咏[11]，无异常日。宣武每曰："我方外司马[12]。"遂因酒转无朝夕礼[13]，桓舍入内[14]，奕辄复随去。后至奕醉，温往主许避之[15]。主曰："君无狂司马，我何由得相见！"

【注】

〔1〕桓宣武：指桓温。作徐州：任徐州刺史。时徐州刺史治所在京口（今江苏镇江）。

〔2〕谢奕：字无奕。谢安长兄。参前《德行》第33则注。为晋陵：任晋陵郡太守。晋陵郡治所在丹徒（今属江苏）。

〔3〕粗经虚怀：粗叙寒温。粗，大致。虚怀，心怀。

〔4〕迁：升任。荆州：州名，治所在江陵。

〔5〕意气:情意。笃:深厚。

〔6〕谢虎子:谢据小字虎子。奕弟,安之二兄。妇王:谢据妻王氏,名绥,王韬女。悟:领悟,明白。旨:意图,用意。

〔7〕殊异:很不一般。

〔8〕晋陵:指谢奕。

〔9〕俄:不久。引:援引,荐举。司马:幕府中掌兵事的官员。

〔10〕布衣交:不论地位的贫贱之交。

〔11〕岸帻(zé责):掀起头巾,露出额头,以示不拘礼节之洒脱。帻:包发头巾。啸咏:即歌啸,撮唇鼓舌运气发声,犹如今之口哨歌吟,表现魏晋士人悠然逸态。

〔12〕方外:世俗之外。

〔13〕朝夕礼:日常一般礼节。

〔14〕舍:躲开。内:内宅。

〔15〕主:公主,指桓温妻南康长公主。许:住处。

【评】

　　谢奕之狂,不仅出于个性,而且自恃门第身份,傲对上司,因为桓氏家族兵家出身,非华丽家族子弟。不过与王澄诸人不同,谢奕狂得可爱,并不盛气凌人,他对桓温也是一片真情,醉态天真烂漫,纯是出于本性之自然。至于桓温与公主,则是政治婚姻。皇家要世族的支持,以维护政权;世族需皇家的庇荫,以求飞黄腾达。公主与驸马的婚姻,以"利"维系。一旦形势失衡,则其感情危机,立即显现。桓温刺荆,掌控长江中上游军事力量,权势迅速膨胀,因此借故冷落公主。一门之内,夫妻长期不相见。"君无狂司马,我何由得见?"公主愤懑之色,呈现脸上,声吻之间,略带几分悲怆。公主尚且如此,更何况是一般妇女的命运!

24.9 谢万在兄前[1],欲起索便器[2]。于时阮思旷在坐[3],曰:"新出门户[4],笃而无礼[5]。"

【注】

〔1〕谢万:字万石。奕、据、安之弟。曾任西中郎将、豫州刺史,于穆帝升平中奉命率军北伐,败归。参前《言语》第77则注。

〔2〕索:要,找。便器:如便壶之类的器具。

〔3〕于时:当时。阮思旷:阮裕字思旷。东晋名士,屡辞征辟。参前《德行》第32则注。

〔4〕新出门户:新兴暴发家族。

〔5〕笃:笃诚,真率。

【评】

谢万初经世面,少不更事,自恃门第,于众坐前公然索便器,傲诞无礼,轻慢于人。其兄长有奕、据、安三人,具体谓谁?待考。奕、据早逝,安晚出,其时谢家尚未发展至顶峰。在西晋间,陈郡阳夏谢家,声誉未著,难与琅邪王家争衡。后来,经由谢衡至谢鲲,由儒入玄,适应了时代潮流之变化,谢氏家族声名始兴。发展至谢尚、谢奕辈,则日渐发达,至谢安及奕子玄辈,更是发扬光大,始与琅邪王氏齐名,并称王谢家族。万在谢家尚未发达之时,简傲旧日门阀,故为阮裕所斥。裕出于陈留阮家,阮瑀为建安七子之一,阮籍与兄子咸并为竹林七贤中人。阮氏家族自魏晋以来,声满人间。阮裕以"笃而无礼"讥万,一语中的;但轻其"新出门户",讥为暴发户,则仍属门阀偏见。

24.10 谢中郎是王蓝田女婿[1],《谢氏谱》曰:"万取太原王述女,名荃。"尝箸白纶巾[2],肩舆径至扬州听事见王[3],直言曰[4]:"人言君侯痴,君侯信自痴[5]。"蓝田

1068

曰："非无此论，但晚令耳〔6〕。"《述别传》曰："述少真独退静，人未尝知，故有晚令之言。"

【注】

〔1〕谢中郎：即谢万。万曾任抚军从事中郎，故称。王蓝田：王述字怀祖，封蓝田侯，故称。参前《文学》第22则注。

〔2〕纶巾：又称诸葛巾，丝织头巾。

〔3〕肩舆：用人力抬的轻便轿子。扬州听事：扬州府厅堂。王述时任扬州刺史。

〔4〕直：直率。

〔5〕信自：诚然，确实。君侯：敬称，王述袭爵为侯，故称。

〔6〕但：只是。晚令：迟到的美名。

【评】

谢万直上扬州府堂，当面讥讽老丈人痴呆。对长辈尚且如此，对平辈或下级又当如何？其简慢狂傲可想而知。后来他做统兵将帅，挥如意直指帐下诸将为劲卒，思想言行一以贯之。因此而惹怒众将，如果不是谢安出面安抚，就差点为此而付出生命的代价。这是惨重的人生教训，但万至死不悟。至于王述，其晚到的令名，正是优秀家风的承传发扬。史称其祖父湛，"阖门守静，不交当世，冲素简淡"，故人以为痴，晋武帝也在庙堂之上谓其痴。但湛好学深思，精于《易》理，实非常人所能及。其父承，"清虚寡欲，无所修尚"，渡江名臣王导、庾亮诸人皆出其下，"为中兴第一"。发展至述，则"安夷守约，不求闻达"，王导评其不痴，曰："怀祖清贞简贵，不减祖、父。"面对女婿的无礼嘲弄，他却以晚到令名作答，语极幽默，正见其宽广胸怀和雅量。

24.11 王子猷作桓车骑骑兵参军〔1〕。桓问曰：

"卿何署[2]?"答曰:"不知何署,时见牵马来,似是马曹[3]。"《中兴书》曰:"桓冲引徽之为参军,蓬首散带,不综知其府事。"桓又问:"官有几马?"答曰:"不问马,何由知其数?"《论语》曰:"厩焚,孔子退朝,曰:'伤人乎?'不问马。"注:"贵人贱畜,故不问也。"又问:"马比死多少?"[4]答曰:"未知生,焉知死。"《论语》曰:"子路问死。孔子曰:'未知生,焉知死!'"马融注曰:"死事难明,语之无益,故不答。"

【注】

〔1〕王子猷:王徽之,字子猷。见前注。桓车骑:指桓冲,温弟,曾任荆州刺史、车骑将军,故称。骑兵参军:官名,掌马匹供给诸事。

〔2〕署:衙门。

〔3〕马曹:徽之戏言,时无马曹而有骑曹。

〔4〕比:近来。

【评】

故事颇似小说,对话传神有味。王徽之自恃门阀高贵,傲慢世人,连顶头上司也概莫能外。桓冲当时镇守荆州,与谢安并为朝廷倚仗的重臣,其谦虚爱士,尽忠国家,史有令名。但徽之却因其出身兵家,身份微贱而蔑视之。作为桓冲下属,他以不务世事为高。桓冲有问,又顾左右而言他,故意摆谱。他在荆州幕府担任什么官职,怎么可能不知道呢? 如真不知,又岂能走马上任?"不问马"、"未知生,焉知死"诸语,巧用《论语》中孔子之言以对,虽是强词夺理,却也表现了读书活用的几分聪明。只是这些学问不是用在正道,而尽成戏言慢语,话中带刺,听来令人不舒服。故事发生在淝水之战前夕,正是国家民族危急存亡之秋,如此"不婴世务",岂能有益苍生社稷!

24.12　谢公尝与谢万共出西[1]，过吴郡[2]，阿万欲相与共萃王恬许[3]，恬，已见，时为吴郡太守。太傅云："恐伊不必酬汝[4]，意不足尔[5]。"万犹苦要[6]，太傅坚不回[7]，万乃独往。坐少时，王便入问(门)内[8]，谢殊有欣色，以为厚待己。良久，乃沐头散发而出，亦不坐，仍据胡床[9]，在中庭晒头[10]，神气傲迈[11]，了无相酬对意[12]。谢于是乃还。未至船，逆呼太傅安[13]，安曰："阿螭不作尔[14]。"王恬小字螭虎。

【注】

〔1〕谢公：指谢安。谢万：见前注。共出西：东晋都建康，会稽在其东方，二谢兄弟居会稽，故称赴京师为"出西"。

〔2〕吴郡：郡名，治所在今苏州。

〔3〕萃：聚集。王恬：字敬豫，小字螭虎。王导子。官至中书郎、中军将军、会稽内史。多才气，善隶书，兼擅围棋。

〔4〕伊：他。不必：不一定。酬汝：与你应酬，指酒食招待等。

〔5〕不足尔：不值得如此。

〔6〕要：通"邀"。

〔7〕不回：不改变主意。

〔8〕问内：袁本作"门内"，是。

〔9〕胡床：轻便交椅。

〔10〕中庭：庭中。晒头：晾晒头发。

〔11〕傲迈：傲慢。

〔12〕了无相酬对意：完全没有一点招待客人的意思。

〔13〕逆呼：迎头大喊。太傅安：袁本无"安"字。

〔14〕阿螭：指王恬，小字螭虎。不作尔：不交往应酬。

【评】

　　谢万一贯自高门第清华而傲慢他人。但这次王恬却以其人之道而还治其人之身,终于让谢万也尝到了傲慢与偏见的滋味,因为王恬出于琅邪王家,丞相王导之子,门第更高贵,更有傲人的"资本"。如余嘉锡所评:"江左王、谢齐名,实在安立功名以后。此时谢氏兄弟甫有盛名,而其先本非世族,故阮裕讥为新兴门户。王恬贵游子弟,宜其不礼谢万也。"二谢兄弟在发达之前,万急于往上爬,巴结比自己高贵的人物;而安则有自知之明,决不自讨没趣而前往受辱。安、万相较,内心素质之优劣自现。安后来建功立业,与万之失败被废,在年轻时就见其端倪。

24.13 王子猷作桓车骑参军[1]。桓谓王曰:"卿在府久,比当相料理[2]。"初不答,直高视,以手版拄颊[3],云:"西山朝来,致有爽气[4]。"

【注】

〔1〕王子猷:王徽之。桓车骑:桓冲。参军:具体指骑兵参军。参本篇第11则注。

〔2〕比:近来。料理:安排,照顾,治事。

〔3〕手版:笏,古时官员上朝或见官长时所执,用以记事备忘。

〔4〕朝来:早晨。致:送来。

【评】

刻画贵游子弟傲慢神气,活灵活现。答非所问,自说自话,正见其不撄世务的迈往不羁之态。此则与本篇第11则为姐妹篇,主人公皆为王徽之,当并读而细加体悟,则意味愈深。

24.14 谢万北征[1],常以啸咏自高[2],未尝抚慰众士。谢公甚器爱万[3],而审其必败[4],乃俱行,从容谓万曰:"汝为元帅,宜数唤诸将宴会,以悦众心。"万从之。因召集诸将,都无所说,直以如意指四坐云[5]:"诸君皆是劲卒[6]。"诸将甚忿恨之。谢公欲深箸恩信,自队主将帅以下[7],无不身造[8],厚相逊谢[9]。及万事败,军中因欲除之,复云:"当为隐士[10]。"故幸而得免[11]。万败事已见上。

【注】

　　[1] 北征:晋穆帝升平二年(358),谢万为西中郎将、豫州刺史,奉命率师北伐前燕。次年于寿春败废。

　　[2] 啸咏:参本篇第8则注。

　　[3] 谢公:指谢安。万之三兄。

　　[4] 审:明白,知道。

　　[5] 直:只。如意:原为抓痒用器,因其可如人意,故名。后清谈者常持以比画助兴。

　　[6] 劲卒:劲健士兵。《通鉴》胡注云:"凡奋身行伍者,以兵与卒为讳。既为将矣,而称之为卒,所以益恨也。"

　　[7] 队主:队长。

　　[8] 身造:亲身拜访。

　　[9] 厚相逊谢:诚恳道歉。

　　[10] 隐士:时谢安未仕,故称隐士。

　　[11] 幸而得免:侥幸生还,贷其一死。

【评】

　　东晋士林望族称王、谢。但真正第一簪缨世家,则非琅邪王家莫属。"简傲"篇共17则故事,与琅邪王家有关的共8则,占全篇的近一半。其中,王子猷(徽之)独占3则,合占1则,位居全篇之首。这与琅邪王家门阀第一的地位相符。其次即为陈郡谢家,共5则。其中谢万一人独占2则,合占2则,在全篇所占地位,当与王徽之并列第一。这也与谢家这一新兴门户迅速暴

1073

发的形势相称。谢万之傲慢,自恃门第高华,视人如粪土,见其狂悖之性,而毫无遮饰。从文学形象角度言,刘辰翁谓"甚得骏态",甚是。但以之治国安邦,帅师作战,则犹如儿戏一般,岂能不败？试想,麾下诸将皆是刀头舔血之人,在公开场合,视为"劲卒",也即最低等士兵。"卒"者亡也,"兵"者音近于"殡",也与死亡相关。行伍出身之人,视此为不吉祥的谶语,故诸将有受侮之怒,也是事出自然。作为军事统帅的谢万,在决战前夕,公开侮辱将士,不仅直接损害国家,而且简直拿自己的生命开玩笑。战前王羲之寄信诫万,要他收敛其"迈往不屑"之气,与属下同其甘苦,言中其病。而万不改其狂傲之性,虽安之智而无救其败,呜呼哀哉！

24.15　王子敬兄弟见郗公[1],蹑履问讯[2],甚修外生礼。及嘉宾死[3],皆箸高屐[4],仪容轻慢[5]。命坐,皆云："有事不暇坐。"既去,郗公慨然曰："使嘉宾不死,鼠辈敢尔！"愔子超,有盛名,且获宠于桓温,故为超敬愔。

【注】

〔1〕王子敬兄弟：子敬,王献之字。王羲之与郗璿共育七子,据考,依次是玄之、凝之、涣之、肃之、徽之、操之、献之。七子中献之最贤,故以之为王家子弟的代表。郗公：郗愔,字方回,高平金乡人。郗璿之弟,子敬兄弟母舅。参前《品藻》第29则注。

〔2〕蹑履：穿着鞋。当时正式着装,以示敬。问讯：问候,问安。

〔3〕嘉宾：郗超,字景兴,一字嘉宾。愔子。东晋名士,卓荦不群。官至司徒左长史。曾为权臣桓温谋主,甚获宠信,权重一时。参前《言语》第59则注。

〔4〕高屐(jī基)：高齿木底鞋。魏晋贵族穿高屐属便装,示人悠游

闲暇。但在正式场合或见长辈,著高屐则属轻慢无礼。

〔5〕仪容轻慢:神态轻率傲慢。

【评】

　　这是一则很有意味的古代小小说,刘辰翁评谓"备极世态",而给人以启迪。从文学角度言,故事的细节生动,形象栩栩如生而"慢态可掬"(王世懋语)。同是一双脚,一"蹑屐",毕恭毕敬;一"著高屐",昂首阔步,前恭后倨,何其傲慢无礼。其言语对话,活脱传达了人物内心的秘密,其心理刻画惟妙惟肖。但是,透过成功的艺术帷幕,见其言约旨远的幕后话语。

　　郗超虽为桓温腹心谋主,威吓朝廷,但其父愔并不知晓,他一生忠于晋王朝。故王家兄弟简慢舅父,并非为政治立场,而是琅邪王家贵游子弟那根深蒂固的门阀观念所致。超死之后,郗家顿失支撑,形势发生变化。琅邪王家自视为天下第一贵族,连陈郡谢家也不在话下,更何况是高平郗家呢?因此子敬兄弟目空一切,不给娘舅脸色,当时母亲郗璿健在,为了门第"尊严",连母舅都在傲视简慢之列。门阀意识,摧残了贵族的人性,于此可见一斑。郗愔痛斥亲外甥,称"鼠辈敢尔"!"鼠辈"袁本改作"儿辈",误。应以宋本为是,非如此无以见老人激动愤慨之色。

　　24.16　王子猷尝行过吴中[1],见一士大夫家极有好竹。主已知子猷当往,乃洒扫(扫)施设[2],在听事坐相待[3]。王肩舆径造竹下[4],讽啸良久,主已失望,犹冀还当通[5]。遂直欲出门[6],主人大不堪[7],便令左右闭门,不听出[8]。王更以此赏主人,乃留坐,尽欢而去。

【注】

〔1〕吴中:吴郡地区,今江苏苏州一带。

〔2〕洒掍:诸本作"灑埽",是。"埽"通"掃"。洒扫即清洁庭院。施设:即具饮馔。

〔3〕听事:厅堂。相待:等待。

〔4〕径造:直达,径直。

〔5〕冀:希望。通:通问,通报。

〔6〕遂:竟然。直:直接。

〔7〕不堪:无法忍受。

〔8〕不听出:不让出门。

【评】

徽之爱竹有名,本是风雅之事。他爱竹只为风神俊赏,人竹浑然一体,实是欣赏自我的一种艺术人生,而与竹园主人是否热情无关。见竹而不见人,贱视主人而毫不顾惜,正见其只知自我的张狂。但当主人怒其失礼而闭门不听出时,徽之却突然发现了主人之个性自我,惺惺相惜,乃留坐尽欢。这一戏剧性的波澜变化,让人感到这一贵游子弟尚存童真可爱的另一面。王乾开云:"风流亦多,猖狂太甚。"所评颇为贴切。

24.17　王子敬自会稽经吴[1],闻顾辟彊《顾氏谱》曰:"辟彊,吴郡人,历郡功曹、平北参军。"有名园[2],先不识主人,径往其家。值顾方集宾友酣燕[3],而王游历既毕,指麾好恶[4],傍若无人。顾勃然不堪,曰:"傲主人,非礼也;以贵骄人,非道也。失此二者,不足齿人,伧耳[5]!"便驱其左右出门。王独在舆上,回转顾望,左右移时不至。然后令送箸门外,怡然不屑。

【注】

〔1〕王子敬:王献之,字子敬。羲之幼子,尚主。官至尚书令。著名书法家。参前《德行》第39则注。

〔2〕名园:顾辟彊在苏州的园林,是现知江南最早的私家园林。

〔3〕值:正巧,碰上。燕:通"宴",酒宴。

〔4〕指麾好恶:评论优劣是非。指麾,同"指挥",指点议论。

〔5〕不足齿人,伧耳:袁本改"人"作"之",连为"不足齿之伧耳",亦通。但宋本"不足齿人"断,"伧耳"单独成句,文句不仅通畅,而且更富感情色彩。伧,当时南人对中原人的蔑称。

【评】

子猷、子敬兄弟,故事相似而结果不同。子猷所遇士大夫,欣慕之心溢于言表,经过相打相识,二情相通。子敬遭遇,则没有那么幸运,名园主人顾辟彊亦非等闲之辈,个性倔强,得理而不饶人。王家子弟以其第一贵族出身而傲人,入顾氏园,不请自至,旁若无人,瞎发议论,而自以为高明,对主人及其宾友又不屑一顾,大大刺伤了别人的感情,主人勃然变色,下逐客令,也在情理之中。顾氏一段议论,愤形于色,掷地有声,很有力量。子敬左右被驱出门,他仍坐在肩舆上而不肯下轿走人。羞人者反被羞,所谓"怡然不屑",只不过是贵游子弟死要面子的自我解嘲而已,悲哉!

排调　第二十五

【题解】　排者,俳也,滑稽也。古代俳优戏说,大多充满机智的笑声。调者,调侃戏谑也,在嘲讽中见其人生智慧。"排调"合称,则是嘲笑戏谑的意思。本门故事共65则,分量不轻,情节多带戏剧性成分,对话斗嘴,尤见精神,活用经典而点铁成金,巧于修辞而机锋四起,寓情于理而才华横溢,在幽默风趣的笑声中,凸显出魏晋士人那机敏睿智的喜剧性格。人生并不永远都是刀光血影,也不是整天都在愤世嫉俗。当时名士同时善于调整自己的生活方式,遇悲则啼,该喜则笑,悲喜剧的人生并存于一身,不仅有狂傲不拘、放荡失检的一面,同时也有笑口常开、可喜可爱的另一面,合而观之,才见魏晋士人自然人生之全面。《排调》门诸多故事,犹如大摆文学擂台,如张万起、刘尚慈所评:"看似在嘲戏,实则在斗智慧、斗才学、斗捷悟、斗思辨、斗哲理,读来兴味盎然。"其引人入胜的艺术魅力,实在令人击赏称绝。

25.1　诸葛瑾为豫州[1],遣别驾到台[2],瑾,已见。语云:"小儿知谈[3],卿可与语。"连往诣恪[4],《江表传》曰:"恪字元逊,瑾长子也。少有才名,发藻岐嶷,辩论应机,莫与为对。孙权见而奇之,谓瑾曰:'蓝田生玉,真不虚也。'仕吴至太傅。为孙峻所害。"恪不与相见。后于张辅吴坐中相遇[5],环济《吴纪》曰:"张昭,字子布。忠正有才义,仕吴,为辅吴将军。"别驾唤恪:"咄咄郎君[6]！"恪因嘲之，曰："豫州乱矣，何咄咄之有？"答曰："君明臣贤，未闻其乱。"恪曰："昔唐尧在上[7]，四凶在下[8]。"答曰："非唯四凶，亦有丹朱[9]。"于是一坐大笑。

【注】

〔1〕诸葛瑾：字子瑜，三国时琅邪阳都人。诸葛亮兄。仕吴官至大将军、豫州牧。参前《品藻》第4则注。为豫州：任豫州牧。豫州治所谯（今安徽亳州）。

〔2〕别驾：州府佐官。到台：赴朝请示汇报。台，朝廷台省。

〔3〕知谈：健谈，善议论。

〔4〕连往诣恪：接连拜访诸葛恪。恪字元逊，瑾长子。仕吴至大将军，封阳都侯。后被孙峻所害。

〔5〕张辅吴：指张昭，字子布，仕吴为辅吴将军，故称。

〔6〕咄咄：象声口语，犹今之"喂喂"。郎君：汉官二千石以上者荫子为郎，后来因称师长或长官之子为郎君，犹言今之公子。

〔7〕唐尧：传说中的上古帝王，儒家以为圣人。

〔8〕四凶：指传说中尧、舜时代的四大恶人共工、驩兜、三苗、鲧。一说四凶为浑敦、穷奇、梼杌、饕餮。

〔9〕丹朱：尧的不孝子，故尧传位于舜。

【评】

故事中的诸葛恪，并非等闲之辈，而是三国东吴的著名人物。其辩论才捷，连吴主孙权也很赞赏。因其才华出众，加以贵游子弟，所以对父亲的部下态度傲慢，拒而不见，偶然相遇，又出言不逊，首先挑起口舌之"战"。但是，别驾官职虽低，态度却不亢不卑，不仅维护了做人的尊严，而且以其治人之道，反治其人之身，用武侠小说的话说，是借力打力。二人皆用典故作生动的修辞譬喻："四凶在下"，是挑衅；"亦有丹朱"，是反击。一来一往,并非真有恶意,但却令人忍俊不禁,几乎成了学问与机智的展示。

25.2 晋文帝与二陈共车[1],过唤锺会同载[2],即驶车委去[3]。比出[4],已远。既至,因嘲之曰:"与人期行[5],何以迟迟?望卿遥遥不至[6]。"会答曰:"矫然懿实,何必同群[7]!"帝复问会:"皋繇何如人[8]?"答曰:"上不及尧、舜[9],下不逮周、孔[10],亦一时之懿士[11]。"二陈,骞与泰也。会父名繇,故以"遥遥"戏之。骞父矫,宣帝讳懿,泰父群,祖父寔,故以此酬之。

【注】

〔1〕晋文帝:指司马昭。昭生前为晋王,死后谥号文王。其子炎篡位建晋,即追尊为文帝。二陈:指陈骞和陈泰。骞字休渊,官至大司马。泰字玄伯,官至侍中、左仆射。

〔2〕过唤:路过呼唤。锺会:字士季。太傅锺繇子。参前注。

〔3〕驶:疾驶。委去:丢下。

〔4〕比:等到。

〔5〕期:约定。

〔6〕遥遥:长远。按:会父繇,遥、繇同音。

〔7〕矫然懿实,何必同群:矫然高举而美好充实,又何必与你们同群呢?

〔8〕皋繇:传说中舜臣,掌刑狱司法。

〔9〕不及:不如。

〔10〕逮:及。不逮,比不上。

〔11〕懿士:美德之士。

【评】

这是一场语言艺术的游戏。游戏双方的社会地位并不平等:"晋文帝"一方是君,另一方的会是臣。古时君臣之间,是主子与奴仆的关系,是指挥与服从的关系。但君臣双方一旦进入了游戏圈中,君凌下而臣犯上,则又另当别论,其游戏规则又似乎是平等的。君主主动与臣下平等游戏,在提倡"以孝治国"的司马昭身上,直犯臣下家讳,不拘礼教而用以取乐,不过是为自己的生活增添一点色彩和乐趣。锺会颇富才情,在游戏中寸步不让,两军相对,擒贼擒王。锺会针锋相对地直犯君主的家讳。昭父名懿,"矫然懿实"、"何必同群"、"一时懿士",再次犯上,同时顺便把二陈家讳捎带上。其巧用修辞,实矫然不群而可称懿士。司马昭当时容忍了锺会言语的尖酸刻薄,这只有在魏晋社会中可以见到,宋明以后则不可能出现。

25.3 锺毓为黄门郎[1],有讥(机)警[2],在景王坐燕饮[3]。时陈群子玄伯、武周子元夏同在坐[4],《魏志》曰:"武周字伯南,沛国竹邑人。仕至光禄大夫。"共嘲毓。景王曰:"皋繇何如人[5]?"对曰:"古之懿士[6]。"顾谓玄伯、元夏,曰:"君子周而不比,群而不党[7]。"孔安国注《论语》曰:"忠信为周,阿党为比。党,助也。君子虽众,不相私助。"

【注】

〔1〕锺毓:字稚叔。官至廷尉、青州刺史。繇子,会兄。黄门郎:官名,管侍从皇帝,传达诏命。

〔2〕讥警:王先谦刻本作"机警",是。机警,机敏警觉。

〔3〕景王:指司马师。懿子,昭兄。晋建,追尊景王或景帝。坐:通"座"。燕:通"宴"。

〔4〕陈群:字长文,魏司空。玄伯:陈泰字玄伯,群子,官至尚书右仆射。武周:字伯南,沛国竹邑(今安徽宿州)人。魏光禄大夫。元夏:武陔

1081

字。官至左仆射。

〔5〕皋繇:参前则注。按:毓父名繇,犯其名讳。

〔6〕懿士:美德之士。按:师父名懿,犯其名讳。

〔7〕君子周而不比,群而不党:意谓君子团结而不结党营私。语出《论语·为政》:"君子周而不比,小人比而不周。"又见《论语·卫灵公》:"君子……群而不党。"按:"周"、"群"之字,故犯武周、陈群名讳。

【评】

此与前则,是为兄弟篇。景王司马师为文王司马昭之兄,锺毓为锺会之兄。兄弟主角换人,但游戏规则未变。这可能原是一事而传闻有异,也可能是此类玩笑之事,当时较为普遍,故广泛传播而成为美谈。但二者比较而言,锺毓之言,虽不如锺会尖刻而咄咄逼人,但横扫陈泰、武陔之时,引用《论语》之典,却又在典雅思理中见其批评嘲讽之意,辞义贴切而意味悠长隽永。毓不同于会的个性于此可见。

25.4　嵇、阮、山、刘在竹林酣饮〔1〕,王戎后往〔2〕,步兵曰〔3〕:"俗物已复来败人意〔4〕!"《魏氏春秋》曰:"时谓王戎未能超俗也。"王笑曰:"卿辈意亦复可败邪〔5〕?"

【注】

〔1〕嵇、阮、山、刘:指竹林七贤中的嵇康、阮籍、山涛、刘伶。参前注。酣饮:畅饮。

〔2〕王戎:字濬冲,也是竹林七贤之一。晋时官至司徒,封安丰侯。

〔3〕步兵:指阮籍,曾任步兵校尉。

〔4〕俗物:俗人。已复:又来。意:意兴。

〔5〕卿辈:你们这些人。

【评】

在竹林七贤中,王戎年纪最轻,小阮籍二十四岁。但其对话神态,并没有面对前辈而自降一等的感觉。前面锺氏兄弟引经据典的机智,在王戎则没有那么典雅,而是巧妙动用逻辑推理,借人之力,反攻过去。既然嵇、阮辈称人俗物,则是自视超越世俗之高人。脱俗高人之意兴,不与俗世相干,岂是俗人可以败坏?既然我王戎可以败坏你们的意兴,则嵇、阮和我王戎是站在同一平台之上,我为俗物,君为何人?不过是同饮之俗人而已。王戎善清言,明玄理,颇有哲学修养,也自有高明之处。

25.5 晋武帝问孙皓[1],《吴录》曰:"皓字元宗,一名彭祖,大皇帝孙也。景帝崩,皓嗣位,为晋所灭,封归命侯。""闻南人好作《尔汝歌》[2],颇能为不[3]?"皓正饮酒,因举觞劝帝而言曰[4]:"昔与汝为邻,今与汝为臣。上汝一杯酒,令汝寿万春[5]。"帝悔之。

【注】

〔1〕晋武帝:即司马炎,字安世。昭长子。西晋开国之主。孙皓:三国吴主,太康元年(280)降晋。

〔2〕南人:指当时东吴之人。《尔汝歌》:魏晋时南方民歌。

〔3〕颇:疑问副词。不:否。

〔4〕举觞:举杯。劝:劝酒。

〔5〕令汝寿万春:祝汝万岁。万春,万年。

【评】

司马炎与孙皓,原为北、南敌国二主。转眼之间,一为胜利者,得意扬扬;一为阶下囚,威风尽丧。酒宴之上,炎以龙兴之主,君临亡国奴上,犹如猫玩老鼠,一切尽在掌握之中,故戏而不杀。命皓作《尔汝歌》,即为此戏。"颇能为不?"是疑问句,盖不相信眼前这个孙皓,昔日有剥人皮、剜人眼之酷行,今日能有即席作歌之才,故借此侮之。但孙皓却因"戏"而暗中反击。"昔与汝为邻,今与汝为臣",是现实的概括;"上汝一杯酒,令汝万寿春",祝酒嘏辞,即使贵为帝王,又有谁真能万岁呢?以今日之我,提醒胜利者作明日之思考,暗寓得意一世,又岂是太平万年之理。"尔"、"汝",第二指代人称,原是古代尊长对卑幼晚辈的称呼,平辈所用,则或示亲狎,或示轻贱。但依《尔汝歌》之体制,又需"尔"、"汝"之言以足其歌。司马炎本想借故辱之,但皓却当场作歌,冲口而成,一句一"汝",令晋主成"汝"之指代,这样晋主反而被嘲讽,想不到侮人反受侮。皓本昏君,昏君也有酒醒之时,但却悔之已晚,呜呼哀哉!

25.6　孙子荆年少时欲隐[1],语王武子"当枕石漱流[2]",误曰"漱石枕流"。王曰:"流可枕,石可漱乎?"孙曰:"所以枕流,欲洗其耳[3];《逸士传》曰:"许由为尧所让,其友巢父责之,由乃过清泠水洗耳拭目。曰:'向闻贪言,负吾之友。'"所以漱石,欲砺其齿[4]。"

【注】

〔1〕孙子荆:孙楚,字子荆,西晋太原中都人。善著文,官至冯翊太守。参前《言语》第24则注。隐:归隐。

〔2〕枕石漱流:意喻山林隐居生活,头枕山石而口漱泉流。

〔3〕洗耳:传说尧让天下于许由,由因其功利而洗耳除俗。

〔4〕砺:砥砺,磨炼。

【评】

　　孙楚名士,颇擅言谈。以"枕石漱流"形容归隐山林生活,乃是直叙,合于修辞手段,石可枕而流可漱,二个动宾词语搭配得当,成一妥帖的四言词组。却因一时口误为"漱石枕流",原是可以理解之事。但楚所遇者王济,于晋初亦称才子,其机敏不亚于楚,因而迅速抉其语病追问,意欲逼其认错。但故事之妙,在于楚之将错就错,借汉语语序颠倒,来改变语意境界:枕流洗耳,用事典雅,志趣高洁而无俗世之心;漱石砺齿,有助消化吸收,则可接纳虚空万物。其超凡脱俗之心,合于"欲隐"之旨。纵然王济再高傲,于此能不佩服其词锋机智吗?王世懋评曰:"误语乃佳,遂为口实,此王子敬画蝇也。"所评贴切。不过,"漱石枕流"之言,并非孙楚首创,据康僧会《法镜经序》云:"或有隐处山泽,漱石枕流,专心涤垢,神与道俱。"康僧会是三国时高僧,吴赤乌十年(247)孙权为之建寺塔。楚本才学之士,可能熟知康僧会之言,但不说破而"点铁成金",终成千古文坛佳话。

25.7 头责秦子羽云[1]:子羽,未详。**子曾不如太原温颙**[2],**颍川荀寓**,温颙,已见。《荀氏谱》曰:"寓字景伯,祖式(或),大尉。父保(俣),御史中丞。"《世语》曰:"寓少与裴楷、王戎、杜默俱有名,仕晋至尚书。"**范阳张华**[3],**士卿刘许**,《晋百官名》曰:"刘许,字文生,涿鹿郡人。父放,魏骠骑将军。许,惠帝时为宗正卿。"按:许与张华同范阳人,故曰士卿,互其辞也。宗正卿或曰士卿。**义阳邹湛**,**河南郑诩**。《晋诸公赞》曰:"湛字润甫,新野人。以文义达,仕至侍中。诩字思渊,荥阳开封人,为卫尉卿。祖泰,扬州刺史。父褒(衮),司空。"**此数子者,或謇吃无宫商**[4],**或尫陋希言语**[5],**或淹伊多姿态**[6],**或谨哗少智谞**[7],**或口如含胶饴**[8],**或头如巾齑杵**[9],《文士传》曰:"华为人少威仪,多姿态。"推意此语,则此六句,还以目上六人。而"口如含胶饴",则指邹湛,湛辩丽英博,而有比(此)称,未详。**而犹以文采可观,意思详序**[10],**攀龙附凤**[11],**并登天府**[12]。《张敏集》载《头责子羽》文曰:"余友有秦生者,虽有姊夫之尊,少而狎焉。同时好昵,有太原温长仁颙,颍川荀景伯寓,范阳张茂先华,士卿刘文生许,

1085

南阳邹润甫湛,河南郑思渊诩。数年之中,继踵登朝,而此贤身处陋巷,屡沾而无善价,亢志自若,终不衰堕,为之慨然。又怪诸贤既已在位,曾无《伐木》嘤鸣之声,甚违王、贡弹冠之义。故因秦生容貌之盛,为头责之文以戏之,并以嘲六子焉。虽以谐谑,实有兴也。"其文曰:"维泰始元年,头责子羽曰:'吾托子为头,万有馀日矣。大块禀我以精,造我以形。我为子植发肤,置鼻耳,安眉须,插牙齿,眸子摘光,双颧隆起。每至出入之间,遨游市里,行者辟易,坐者竦跽。或称君侯,或言将军,捧手倾侧,伫立崎岖。如此者,故我形之足伟也。子冠冕不戴,金银不佩,钗以当笄,帕以代帼。旨味弗尝,食粟茹莱,隈摧园间,粪壤汗黑。岁莫年过,曾不自悔。子厌我于形容,我贱子乎意态。若此者乎,必子行己之累也。子遇我如雠,我视子如仇。居常不乐,两者俱忧,何其鄙哉!子欲为人宝也,则当如皋陶、后稷、巫咸、伊陟,保乂王家,永见封殖。子欲为名高也,则当如许由、子臧、卞随、务光,洗耳逃禄,千岁汧(流)芳。子欲为游说也,则当如陈轸、蒯通、陆生、邓公,转祸为福,令辞从容。子欲为进趣也,则当如贾生之求试,终军之请使,砥砺锋颖,以干王事。子欲为恬淡也,则当如老聃之守一,庄周之自逸,廓然离欲,志陵云日。子欲为隐遁也,则当如荣期之带索,渔父之濺澥,栖迟神丘,垂饵巨壑。此一介之所以显身成名者也。今子上不希道德,中不交儒墨,块然穷贱,守此愚惑。察子之情,观子之志,退不为于处士,进无望于三事,而徒玩日劳形,习为常人之所喜,不亦过乎!'于是子羽愀然深念而对曰:'凡所教敕,谨闻命矣。以受性拘系,不闲礼义。设以天幸,为子所寄,今欲使吾为忠也,即当如伍胥、屈平。欲使吾为信也,则当杀身以成名。欲使吾为介节邪,则当赴水火以全贞。此曰(四)者,人之所忌,故吾不敢造意。'头曰:'子所谓天州(刑)地网,刚德之尤。不登山抱木,则褰裳赴汧(流)。吾欲告尔以养性,诲尔以优游,而以虮虱同情,不听我谋,悲哉!俱寓人体,而独为子头。且拟人其伦,喻子俦偶:子不如大(太)原温颙,颍川荀㝢,范阳张华,士卿刘许,南阳邹湛,河南郑诩。此数子者,或謇吃无宫商,或尪陋希言语,或淹伊多姿态,或謇哗少智谞,或口如含胶饴,或头如巾虀杵。而犹文采可观,意思详序,攀龙附凤,并登天府。夫舐痔得车,沉渊得珠,岂若夫子,徒令唇舌腐烂,手足沾濡哉!居有事之世,而耻为权图,譬犹凿地抱瓮,难以求富。嗟乎子羽,何异槛中之熊,深阱之虎,石间饥蟹,窦中之鼠。事力虽勤,见功甚苦,宜其拳局煎蹙,至老无所希也。支离其形,犹能不困,非命也夫?岂与夫子同处也!'"

【注】

〔1〕头责秦子羽:见于刘注《张敏集》,是一篇讽刺性极强的俳谐文。秦子羽,不详,疑是文学想象的虚构人物。张敏,西晋太原中都(今山西平遥西)人。官平南参军、济北长史、领秘书监、益州刺史。

〔2〕曾:竟然。温颙:字长仁,太原人。史上与任恺、庾纯、张华、和峤友善,与贾充一党不和。

〔3〕张华:字茂先。官至司空。八王乱中遇害。

〔4〕謇吃:说话口吃。宫商:原指宫、商、角、徵、羽五音,比喻语言表达的流畅。

〔5〕尪(wāng汪):突胸丑陋。

〔6〕淹伊多姿态:矫揉作态以媚俗。

〔7〕谨哗:喧哗吵闹。智谞:才智,智谋。

〔8〕胶饴:蜜糖。

〔9〕巾斋杵:包着头巾的捣斋杵。

〔10〕意思:思想意图。详序:表达周详有序。

〔11〕攀龙附凤:依附权贵。

〔12〕天府:指朝廷。

【评】

头责子羽,寓言之体,俳谐之文,以羽头责羽身,数落身之无能,实则讽刺时政,寄寓精深,给人以启迪。看来作者张敏,是熟谙当日政坛腐败之人。謇吃丑陋或哗众取宠之徒,通过无耻手段,攀龙附凤而直登天府。反之,贤明耿直之士的遭遇和命运,则可想而知。其指画对象六人,具体当否,姑且勿论,其性质不过举隅而已,实则其讽刺的匕首,是投向了官场腐败和社会黑暗。

25.8　王浑与妇锺氏共坐[1],见武子从庭过[2],浑欣然谓妇曰:"生儿如此,足慰人意[3]。"妇笑曰:"若使新妇得配参军[4],生儿故可不啻如此[5]。"《王氏家谱》曰:"伦(沦)字太冲,司空穆侯中子,司徒浑弟也。醇粹简远,贵《老》、《庄》之学,用心淡如也。为《老子例略》、《周纪》。年二十馀,举孝廉,不行。历大将军参军。二十五卒。大将军为之汍(流)涕。"

【注】

〔1〕王浑:字玄冲。昶子。太原晋阳人。晋初名臣,官至司徒。参前《贤媛》第12则注。锺氏:锺琰,太傅繇孙女。参前《贤媛》第12则注。

〔2〕武子:王济字武子,浑子。参前《言语》第24则注。

〔3〕足慰人意:意谓心满意足。意,心意。

〔4〕参军:王沦,字太冲,浑弟。曾任大将军参军,故称。

〔5〕故:本来。不啻:不仅,不只。

【评】

魏晋士人的家庭生活,夫妻之间,也有充满玩笑逗趣的一面,颇有生活气息。锺琰之子王济,已能趋庭而过,而非襁褓之儿,说明琰结婚生子有年。其称"新妇",盖非今天的新娘,而是魏晋已婚妇女的自称。作为年轻妇女,琰之可爱,在于胸怀坦荡,怎么想就怎么说,毫无虚情矫饰。当着丈夫的面,公开欣羡小叔子,致讥后世,如王世懋评曰:"此岂妇人所宜言! 宁不启疑,恐贤媛不宜有此。"这是以明代士人的道德眼光来看问题。实际上,王浑夫妇之间,照样其乐融融,并不因妻子的小小玩笑而生气猜疑。这就是魏晋时代贵族妇女生活较为自由解放的结晶。锺琰名登《晋书·列女传》,号称贤媛,并不奇怪。

25.9 荀鸣鹤、陆士龙二人未相识[1],俱会张茂先坐[2]。张令共语,以其并有大才,可勿作常语。陆举手曰:"云间陆士龙[3]。"荀答曰:"日下荀鸣鹤[4]。"陆曰:"既开青云睹白雉[5],何不张尔弓,布尔矢?"荀答曰:"本谓云龙骙骙[6],定是山鹿野麋[7],兽弱弩强,是以发迟。"张乃抚掌大笑[8]。《晋百官名》曰:"荀隐字鸣鹤,颍川人。"《荀氏家传》曰:"隐祖昕,乐安太守。父岳,中书郎。隐与陆云在张华坐语,互相反覆,陆连受屈。隐辞皆美丽,张公称善。云世有此书,寻之未得。历太子舍人、廷尉平,蚤卒。"

【注】

〔1〕荀鸣鹤:荀隐字鸣鹤。西晋颍川人。官至司徒掾。参注。陆士龙:陆云字士龙,吴郡华亭人。祖逊,三国时吴丞相。官清河内史。西晋著名文学家,与兄机并称二陆。

〔2〕张茂先:张华字茂先。建平吴策。官至司空。华赏识二陆,以为平吴之利,在获此二俊。

〔3〕云间:华亭古称。

〔4〕日下:指京师。

〔5〕白雉:白色野鸡。

〔6〕骙骙:马强壮貌。

〔7〕麋:麋鹿,又名"四不像"。定:竟然,却。

〔8〕抚掌:拍手。

【评】

故事中的张华、荀隐、陆云,不仅是政治家,更是西晋的一代才子、著名文学家。张华作为主人,因荀、陆二人"并有大才",故劝令相见时"勿作常语"——也就是要求摆脱平时世俗的应酬话,而各显其语言艺术天才。陆云南方之士,荀隐中原士族,均为南北精英。"云间陆士龙",云中之龙,自由翱翔,不仅与陆云名字相称,而且显示了一往无前的恢宏气魄。"日下荀鸣鹤","荀"字从"日",日下鸣鹤,与荀隐名字贴切。"鸣鹤"之称,又来自《诗经·鹤鸣》之诗,有"鹤鸣于九皋,声闻于天"之句。在中国古代,鸣鹤已成为高雅贤人君子的文化象征。一开场,"云龙"与"鸣鹤"各显神通。但后来以白雉嘲讽荀氏非鹤,以山鹿野麇嘲弄陆氏非龙,则在修辞暗藏玄机,此一玩笑已颇见南北士族相互轻诋的潜意识。故张华站在中间立场,折衷于南北之间,"抚掌大笑",在赏识的笑声中力图消弭南北之士的对抗情绪,表现了团结的诚意。

25.10　陆太尉诣王丞相[1],陆玩(玩),已见。王公食以酪[2]。陆还,遂病。明日与王笺云:"昨食酪小过[3],通夜委顿[4]。民虽吴人[5],几为伧鬼[6]。"

【注】

〔1〕陆太尉:指陆玩(注谓陆琬,同音之讹),字士瑶。官至司空,卒赠太尉。诣:拜访,到……去。王丞相:王导。

〔2〕王公:王导。酪:奶酪。

〔3〕小过:稍微过分,稍多一点。

〔4〕委顿:精神困顿。

〔5〕民:对长官用以自称,表示谦卑。

〔6〕伧鬼:南人称北方人为伧。北人喜食酪,王导北人,故以此嘲之。

【评】

陆玩是吴郡陆机的从弟,在江东士族中颇有影响。司马南渡之后,王导辅政,为了争取江东士民的广泛支持和拥护,有必要采取"统战"手段笼络江东士族及其代表。琅邪王家,东晋贵族首屈一指,由王导来请陆玩"食酪",就是一种友好的表示。但是陆玩其人,偏不识相。大概二陆兄弟惨死之初,他对中原士族态度是半信半疑,不敢不信,也不敢全信。王导请他吃饭,存心修好;陆玩食酪过量,肚子不消化而难过,是个人身体素质问题,并非故意作弄他。但他却说自己"几为伧鬼"——险些做了北方鬼。在玩世不恭的调侃中,隐约可见南北士人对立的潜意识。这对国家的团结产生了一定的影响,所以王导要花大力气来加以弥合。

25.11　元帝皇子生[1],普赐群臣。殷洪乔谢曰[2]:殷羡,已见。"皇子诞育,普天同庆。臣无勋焉[3],而猥颁厚赉[4]。"中宗笑曰[5]:"此事岂可使卿有勋邪!"

【注】

〔1〕元帝:指司马睿。西晋末为安东将军,镇建康。愍帝死,王导等拥立,是东晋开国之君。

〔2〕殷洪乔:殷羡,字洪乔。参前《任诞》第31则注。

〔3〕勋:功勋,功劳。

〔4〕猥:谦词,犹如"辱",表示委屈对方。赉:赏赐。

〔5〕中宗:司马睿死后的庙号。

【评】

皇子诞生,普天同庆,群臣上表称贺,古时正常之事。但细读殷辞,"臣无勋焉",确实措辞不当。生子原是夫妻男女私事,无容第三者插足其间,"勋"当何来？但是,作为一国君主,当众以此开玩笑取乐,古来少见。这说明魏晋皇室与世家豪族共执国政,在特定的阶段,必须君臣团结,挽狂澜于既倒。这时,君臣关系较为融洽,为朝廷的政治生活增添了一些人性的欢乐色彩。

25.12　诸葛令、王丞相共争姓族先后[1],王曰:"何不言葛、王[2],而云王、葛?"令曰:"譬言驴马,不言马驴,驴宁胜马邪[3]?"诸葛恢,已见。

【注】

〔1〕诸葛令:指诸葛恢,字道明,琅邪人。南渡后官至尚书令,故称。王丞相:王导。

〔2〕葛:琅邪诸葛原为葛氏。

〔3〕宁:岂,难道。

【评】

南渡之初,司马朝廷为在江南开基立国,就必须争取南北士族各家各姓的广泛支持。但是,魏晋实行九品中正制,门阀意识早已根深蒂固,即使贤如王导,其潜意识深处的门第偏见,也不免在不经意的玩笑中,自然地流露了出来。琅邪王家,东晋初拥立有功的有王导、王敦,掌握了朝廷的文武大权。因此,作为渡江后的第一贵族之家,已被社会承认,民间甚至有"王与马,共天下"的传说。故社会舆论序次排列是"王葛",确是事实。王导言外有得意骄矜之色。但琅邪诸葛,也非等闲,其所反驳,巧用语序修辞,譬喻生动风趣,令人捧腹,"驴马"之比,一击成功,至少暂时压制了琅邪王导的气焰,促使执政者清醒自己的头脑。

25.13　刘真长始见王丞相[1],时盛暑之月,丞相以腹熨弹棋局[2],曰:"何乃渹[3]!"吴人以冷为渹。刘既出,人问见王公云何[4],刘曰:"未见他异,唯闻作吴语耳。"《语林》曰:"真长云:'丞相何奇,止能作吴语及细唾也。'"

【注】

〔1〕刘真长:刘惔字真长,沛国人,官至丹阳尹。东晋玄理清谈名士。始见:初次见到。王丞相:王导。

〔2〕熨:贴。弹棋局:弹棋盘,中间隆起,平滑,多以玉石为质。

〔3〕淘(qìng 庆,一读 chèng 秤):凉,冷。吴方言。

〔4〕云何:感觉如何。

【评】

王导、刘惔都是中原士族,二者北人,见面时该用京洛"国语"才是,为什么王导反而作吴语呢?就其谈话来说,王导是故意矫饰,而刘惔的批评才是出于自然。但是否做作者就坏,而自然者则好呢?却也未必,要看具体的语境要求。

刘惔是东晋一代清谈名家,中原士族之翘楚。他恃才傲物,江东士庶,自然不在眼下。他拒学吴语,可以想象。但作为朝廷执政的丞相,王导却强迫自己,超越中原士族的眼界,考虑的更多是国家的安定团结问题。建国江东,南、北士庶必须团结。因此,他学吴语,另有用心。如近人陈寅恪所评:"王导、刘惔本北人,而又皆士族,导何故用吴语接之?盖东晋之初,基业未固,导欲笼络江东人心,作吴语者,亦其开济政策之一端也。"(余嘉锡《笺疏》引)其"做作"出于形势的需要。而刘惔的讥讽,则说明他并不明白王导的良苦用心,反而成了政治上的糊涂人了。

25.14 王公与朝士共饮酒[1],举琉璃碗谓伯仁曰[2]:"此碗腹殊空[3],谓之宝器何邪?"以戏周之无能。答曰:"此碗英英[4],诚为清彻,所以为宝耳。"

【注】

〔1〕王公:王导。

〔2〕琉璃:宝石的一种。伯仁:周颙字伯仁。官至尚书左仆射。参前《言语》第30则注。

〔3〕殊:甚,非常。

〔4〕英英:清明精美貌。

【评】

　　东晋建国之初,百废待兴。时王导辅政,深望众士同心努力,以图恢复之计。周颙为人,虽深达危乱,颇获海内盛名,但终日濡首酒池,作左仆射时,略无醒日,时人讥为"三日仆射"。作为上司,王导对他不满,也在料中。故有"腹空"之谑,讥其无能为也。但周颙辩辞,与王导一样善用修辞譬喻,以碗之"英英"清明,喻己之清彻可宝,待之以时日之用,机会一到,则将大显宝器之价值。周颙不为上司而低下自己高傲的头颅,宝器之宝,在于心上有我——对自己充满了自信。

25.15　谢幼舆谓周侯曰[1]:"卿类社树[2],远望之,峨峨拂青天[3];就而视之[4],其根则群狐所托[5],下聚溷而已[6]。"谓颙好嬖渫故。答曰:"枝条拂青天,不以为高;群狐乱其下,不以为浊。聚溷之秽,卿之所保[7],何足自称[8]!"

【注】

　　〔1〕谢幼舆:谢鲲字幼舆。参前《文学》第20则注。周侯:指周颙,袭父浚爵为武城侯,故称。

　　〔2〕社树:土地庙边的树,作为神社标志。

　　〔3〕峨峨:高峻貌。拂:披拂。

　　〔4〕就:靠近。

　　〔5〕托:寄托。

〔6〕溷:粪便秽物。

〔7〕保:保存,拥有。

〔8〕自称:自赞自夸。

【评】

　　巧用修辞,无论是明喻暗喻,魏晋士人用来,大多得心应手,不仅见其语言艺术,而且同时窥其智慧和雅量。谢鲲为一代放诞名士,但颛之放诞,水平当不在鲲之下。谢鲲以为社树峨峨而空有其表,故以群狐聚溷讥颛。颛之辩辞,仍以社树为喻,但反其道而行之。"聚溷之秽,卿之所保,何足自称",反戈一击,令鲲自受其辱。二人虽是玩笑戏语,但其语言艺术,却见聪明机智。

25.16　王长豫幼便和令[1],丞相爱恣甚笃[2]。每共围棋,丞相欲举行[3],长豫按指不听[4],丞相笑曰:"讵得尔[5],相与似有瓜葛[6]。"蔡邕曰:瓜葛,疏亲也。

【注】

〔1〕王长豫:王悦字长豫,导长子。官至中书侍郎。早卒。和令:温和美好。

〔2〕丞相:指王导。爱恣:溺爱骄纵。笃:深厚。

〔3〕举行:悔棋重走。

〔4〕不听:不让。

〔5〕讵得尔:岂能这样。讵,岂。

〔6〕相与:相互,彼此。瓜葛:以瓜、葛藤蔓牵连,喻其亲戚血缘关系。

【评】

　　王导是政治家,政治家也是人,也有血缘关系和七情六欲。在诸子中,王悦"事亲色养",因而其父"爱恣甚笃";但对王恬,则因其性傲诞而不拘礼法,故"见恬便有怒色"。导见二子,一喜一怒,态度形成鲜明对照。故事中写父子弈棋,老父不遵守游戏规则而欲悔棋,悦按父之指而"不听",细节相当生动,心理描绘细致,把丞相之家的日常生活乐趣,透过小动作形象地展现。"讵得尔,相与似有瓜葛",父子玩笑,语言诙谐风趣,令人忍俊不禁。

25.17 明帝问周伯仁[1]:"真长何如人[2]?"答曰:"故是千斤犗特[3]。"王公笑其言[4]。伯仁曰:"不如卷角牸[5],有盘辟之好[6]。"以戏王也。

【注】

〔1〕明帝:司马绍,字道畿,元帝长子,太宁元年(323)至三年(325)在位,年二十七崩,庙号肃祖。周伯仁:周颛字伯仁。

〔2〕真长:刘惔字真长。参前第13则注。何如:怎样。

〔3〕犗(jiè介)特:阉公牛。特,公牛。

〔4〕王公:王导。

〔5〕卷角牸(zì字):弯卷头角的母牛。牸,母牛。

〔6〕盘辟:盘旋进退。好:妙。

【评】

魏晋君臣之间的朝廷政治生活,似乎不太"严肃"。唐宋明清之后封建专制大大加强,则君臣关系立刻变得"严肃"刻板了起来。相较之下,魏晋君臣之间,似还具一点人情味。皇帝随意问人,臣子率尔作答。以"千斤犗特"比喻刘惔,是说刘惔如骟牛力大无穷、性格驯服,可堪重任。王导嘲笑其言不雅,周颛又转掉话锋,把王导比作卷角老母牛,只是盘旋而不知前进。故余嘉锡评曰:"导在当时虽为元老宿望,而有不了事之称,故伯仁以此戏之。"周颢言笑戏谑,锋芒不避君主丞相,正见其性格自然率真的可爱。

25.18 王丞相枕周伯仁膝[1],指其腹曰:"卿此中何所有[2]?"答曰:"此中空洞无物,然容卿辈数百人[3]。"

【注】

〔1〕王丞相:王导。枕:名词动化,以……当枕。周伯仁:周颢。
〔2〕此中:指腹中。参前第14则讥其腹中空空如也。
〔3〕卿辈:尔辈之人。

【评】

在《排调》门中,王导与周颢,犹今相声艺术中的一对搭档,对话常是一正一反,针锋相对,把人引入发噱可笑的境地。但论其用心,却是善意的批评,而非相互敌意的诋毁。周颢常醉作达,故王导讥其腹中空空;但颢自我信心十足,等待时机而发挥更大的作用。"此中空洞无物,然容卿辈数百人!"气魄何等恢宏。在关键时刻,颢忠于王事,骂贼而死,正见其无用之大用。

25.19 干宝向刘真长《中兴书》曰:"宝字令升,新蔡人。祖正(统),吴奋武将军。父莹,丹阳丞。宝少以博学才器箸称。历散骑常侍。"叙其《搜神记》[1],《孔氏志怪》曰:"宝父有嬖人,宝母至妒,葬宝父时,因推箸藏中。经十年而母丧,开墓,其婢伏棺上,就视犹暖,渐有气息,舆还家,终日而苏。说宝父常致饮食,与之接寝,恩情如生。家中吉凶辄语之,校之悉验。平复数年后方卒。宝因作《搜神记》,中云'有所感起'是也。"刘曰:"卿可谓鬼之董狐[2]。"《春秋传》曰:"赵穿攻晋灵公于桃园,赵宣子未出境而复。太史书'赵盾弑其君'。宣子曰:'不

1097

然.'对曰:'子为正卿,亡不越境,反不讨贼,非子而谁?'孔子曰:'董狐,古之良史也,书法不隐。赵盾,古之贤大夫也,为法受恶.'"

【注】

〔1〕干宝:东晋初,元帝置史官,干宝以著作郎领修国史,著《晋纪》二十卷,有良史之称。其志怪小说笔记《搜神记》三十卷,多写鬼神故事。原书佚,后人辑佚有二十卷。

〔2〕董狐:春秋时晋国史官。注引《春秋传》事,见《左传》宣公二年。因孔子称赞,董狐已成为秉笔直书"古之良史"的代表人物。

【评】

干宝及其《搜神记》,经一代名士刘惔推扬,身价倍增,传之不朽。今天传世的魏晋小说中,志人以《世说新语》为魁,志怪则以《搜神记》称杰。董狐是春秋时以秉笔直书著名的正直史官,干宝则是东晋史官,其《晋纪》有"良史"之称,而其《搜神记》更获"鬼之董狐"之誉。干宝其人,史称其"性好阴阳术数",鬼神之事,传闻甚广而信以为真,于是他"博采异同,遂混虚实",成此《搜神记》三十卷。其所著述,如其自序所称,是为了"明神道之不诬也"。他是用"实录"的方法来作小说的,在艺术之虚与实观念矛盾中,他特别强调传闻故事的真实性。他笔下的鬼神,无不与人一样,有血有肉,有灵魂有感情,正是魏晋士人热爱生命的一种特殊的浪漫表现。

25.20 许文思往顾和许[1],顾先在帐中眠,许至,便径就床角枕共语[2]。许琛,已见。既而唤顾共行,顾乃命左右取机枕上新衣[3],易已体上所箸。许笑曰:"卿乃复有行来衣乎王[4]?"

【注】

〔1〕许文思:刘注名琛,生履未详。据徐震堮《校笺》:"案许琛前未见,《晋书》亦无传,唯《雅量》一六许侍中下注:'许璪字思文。'疑即其人,'琛'或是'璪'之误。"许璪为义兴阳羡人,曾与顾和友善,并为王导赏识。顾和:字君孝。吴郡人。顾荣族子。官到尚书令。卒赠司空。参前《言语》第33则注。许:处所,住处。

〔2〕角枕:饰以兽角的枕头。

〔3〕取机枕上:袁本作"杭上",朱铸禹《汇校集注》引王先谦曰:"按'杭'与'桁'同声字。桁,衣架也。古乐府《东门行》:'还视桁上无悬衣'是也。此本作'枕',涉上文角枕字误。"

〔4〕行来:犹往来。王:无义,疑衍。

【评】

顾和出身于江南四大家族之一的吴郡顾家,两晋之交,顾和是继顾荣之后,把顾氏家族发扬光大的又一代表人物。大概因门第之故,做事未免矫饰自高,而不肯同于一般。出门必换新衣,近似今天模特儿的服装表演,做作而欠真率自然,故致许氏之讥,亦在情理之中。

25.21 康僧渊目深而鼻高[1],王丞相每调之[2],僧渊曰:"鼻者,面之山;《管辂别传》曰:'鼻者,天中之山。'《相书》曰:'鼻之所在为天中,鼻有山象,故曰山。'目者,面之渊[3]。山不高则不灵,渊不深则不清。"

【注】

〔1〕康僧渊:西域高僧,晋成帝时南渡。与王导、庾亮等名士交游。参前《文学》第47则注。

〔2〕王丞相:王导。调:调侃,嘲笑。

〔3〕渊:水潭,深池。

【评】

　　王导与康僧渊的关系非同一般,"每调之"就是一个证明。他嘲笑和尚,"调"前加"每",就说明是经常性的,一见面就拿他寻开心,如果不是比较熟悉的朋友,是不可能这样做的。其所谓"调",是善意的玩笑,含有亲近的意思。身为一人之下、万人之上的丞相,为什么要在百忙中抽空与和尚搞亲近套热乎呢?一是出自对于"胡"族高僧的尊重;一是忙中偷闲,从高僧身上学习佛学义理,给自己增添一点精神食粮;一是康僧渊在东晋上流贵族社会中有一定影响,他又曾在豫章立寺建私人学校,据《高僧传》载,该校生徒甚众,"名僧胜达,响附成群,常以《持心梵天经》空理幽远,故偏加讲说。尚学之徒,往还填巷"。通过康僧渊,可以扩大朝廷的思想影响。王导到底是政治家,目光深远。至于康僧渊,其自我解嘲之语,幽默风趣,又颇见学问修养。他虽"胡"僧,却熟悉中国学问中的三玄之理。"鼻者面之山",即来自《易经》。《说卦传》有"艮为山"之说。八卦中的艮卦(☶),象征物为山。而鼻在人的脸上,部位突出如山,故艮卦又有鼻象,和尚所言,完全合乎《易》理。为在东土宣扬佛学,他先学中国学问,以便使佛学中国化,更易为中土信徒所接受。看来,康僧渊亦是用心良苦,长远打算。

25.22　何次道往瓦官寺礼拜甚勤[1],充崇释氏,甚加敬也。阮思旷语之曰[2]:"卿志大宇宙,《尸子》曰:"天地四方曰宇,往古来今曰宙。"勇迈终古[3]。"终古,往古也。《楚辞》曰:"吾不能忍此终古也。"何曰:"卿今日何故忽见推[4]?"阮曰:"我图数千户郡,尚不能得;卿乃图作佛[5],不亦大乎!"思旷,裕也。

【注】

〔1〕何次道:何充字次道,东晋庐江人。穆帝时拜相辅政。参前《政事》第 17 则注。瓦棺寺:佛寺名,在建康西南隅。寺有瓦官阁。礼拜:礼敬参拜。

〔2〕阮思旷:阮裕字思旷,陈留尉氏人。诏征金紫光禄大夫,不就。参前《德行》第 32 则注。

〔3〕迈:超越。

〔4〕见推:加以推扬。推:赞许。

〔5〕乃:竟然。

【评】

史称何充"性好释典,崇修佛寺,供给沙门以百数,糜费巨亿而不吝",故致时人佞佛之讥。其勤于礼拜佛寺,应属迷信性质。阮裕之言,先扬后抑,语有转折,更有深致。其所讥含蓄蕴藉,令人深思。何充作为宰辅重臣,不问苍生问鬼神,其于国政,无所改革,亦在料中。何充祈求成佛之心颇切。佛者,觉者,智者,佛陀也。成佛即摆脱六道轮回之苦而获永生。永生之佛,超迈终古,何其伟哉,岂是佞佛者可用金钱买来的!佛在人心中,不在钱眼里,愚哉何充!至于阮裕求一郡守之难,却是实话实说。他为人淡泊功名,而有肥遁之志,但为生计,也曾任临海、东阳二郡太守。他坦白地说:"虽屡辞王命,非敢为高也。吾少无宦情,兼拙于人间,既不能躬耕自活,必有所资,故曲躬二郡,岂以骋能,私计故耳。"倾吐心曲,真率可爱。何、阮二人相较,思想境界高低自判。

25.23 庾征西大举征胡[1],既成行,止镇襄阳[2]。《晋阳秋》曰:"翼率众入沔,将谋伐狄。既至襄阳,狄尚强,未可决战。会康帝崩,兄冰薨,留长子方之守襄阳,自驰还夏口。"殷豫章与书[3],送一折角如意以调之[4]。豫章,殷羡。庾答书曰:"得所致,虽是败物[5],犹欲理而用之[6]。"

【注】

〔1〕庾征西:指庾翼。在北伐时,进征西将军,领南蛮校尉,故称。参前《言语》第53则注。胡:指后赵石氏政权。

〔2〕襄阳:县名,即今之湖北襄樊。

〔3〕殷豫章:指殷羡,时任豫章太守。

〔4〕折角如意:缺一角的如意。调:嘲弄。

〔5〕败物:破损之物。

〔6〕理:修理,治理。

【评】

　　故事中的主角是庾翼,而殷羡则是作为对照而存在的陪衬人物。翼兄亮卒,代其都督江荆司雍梁益六州军事、荆州刺史,进征西将军。庾翼是个重实干而不徒空言的政治家,平素雅有大志,意图恢复,以灭胡平蜀为己任。故其言论慷慨,形于辞色。殷羡曾守长沙郡,是荆州下属,其为人,骄奢无赖,在郡贪残,在荆州地区一二十郡中最为凶恶而民愤颇大。他曾托亲朋走"后门",作为上司,庾翼坚决纠治而不假贷。现在,翼率军四万北伐受阻,殷羡则赠折角如意加以讥讽,这不是从国家利益出发的善意批评,而是另一特殊形式的打击报复,讥其事不如意,壮志受挫。其态度是幸灾乐祸。对于殷羡的调侃嘲讽,庾翼并不退缩,其答辞委婉蕴藉,有君子之风,但态度坚决,言外之意,殷虽是缺德"败物",但经修治,仍冀物尽其用。二者相形,君子小人显明呈现。

25.24　　桓大司马乘雪欲猎[1],先过王、刘诸人许[2]。真长见其装束单急[3],问:"老贼欲持此何作[4]?"桓曰:"我若不为此[5],卿辈亦那得坐谈[6]?"《语林》曰:"宣武征还,刘尹数十里迎之,桓都不语,直云:'垂长衣,谈清言,竟是谁功?'刘答曰:'晋德灵长,功岂在尔!'"二人说小异,故详载之。

【注】

〔1〕桓大司马:指桓温。猎:打猎。

〔2〕过:探望。王刘:王指王濛,刘指刘惔。皆为一时清谈玄家。许:住处。

〔3〕单急:紧身轻便戎装。

〔4〕老贼:戏谑之称,犹言老家伙,老东西。何作:干什么。

〔5〕为此:指穿作战服。

〔6〕坐谈:坐而论道,指清谈。

【评】

　　桓温本人颇精玄理,也曾热心清谈。但论其究竟,却是一个雄心与野心并存的政治家。因而,他更看重实干。这与前则庾翼颇有异同。庾翼很看重桓温的政治才干,在其年轻时,曾向成帝热情推荐,曰:"桓温有英雄才略,愿陛下勿以常人遇之,常婿畜之,宜委之以方郡之任,必有弘济艰难之勋。"(见《晋书》翼传)故事中刘惔一声"老贼",随意之中,又带几分亲昵,几分调侃,说明了桓温与王(濛)、刘(惔),关系非同一般,是清谈圈中的知友。但当王、刘辈讥其"装束单急"之时,桓温反唇相讥,加以调侃,如果没有人穿军装去打仗,你们这些自命高雅的人,能够安稳坐在这里高谈阔论吗?所言境界更高一层。

25.25　褚季野问孙盛[1]:"卿国史何当成[2]?"孙云:"久应竟[3],在公无暇,故至今日。"褚曰:"古人述而不作[4],何必在蚕室中[5]!"《汉书》曰:"李陵降匈奴,武帝甚怒。太史令司马迁盛明陵之忠,帝以迁为陵游说,下迁腐刑。乃述唐虞以来,至于获麟,为《史记》。"迁《与任安书》曰:"李陵既生降,仆又茸(佴)之以蚕室。"苏林注曰:"腐刑者,作密室蓄火,时如蚕室。"旧时平阴有蚕室狱。

【注】

〔1〕褚季野:褚裒,字季野。以外戚出为江、兖二州刺史。卒赠太傅。参前《德行》第34则。孙盛:字安国。著《魏氏春秋》、《晋阳秋》等史书。参前《言语》第49则注。

〔2〕何当成:何日写成。

〔3〕竟:完功,终了。

〔4〕述而不作:《论语·述而》有"述而不作,信而好古"之言,意谓继承前人而无须创立。

〔5〕在蚕室中:汉司马迁因李陵事件下蚕室受腐刑,因而发愤著《史记》以垂之不朽。

【评】

孙盛作为桓温下属,著《晋阳秋》直叙温枋头之败,温怒,谓盛子曰:"枋头诚为失利,何至乃如尊君所说!若此史遂行,自是关君门户事。"以孙盛全家性命前途相胁,迫其删改。诸子号泣,乞盛为家族百口计。但盛大怒,断然置权臣的生命威胁于不顾,无愧于一代良史之誉。而褚裒自小具简贵冲默之风,外无臧否而内有褒贬,故世有"皮里阳秋"之称。其作风与玄道为近,以无用为用,故讥孙盛著书劳累且有风险,劝其述而不作而无须创立。季野调盛,并无恶意,但对史学发展,却是个馊主意。依盛刚强之性,必拒而不纳。幸哉,《晋阳秋》!

25.26 谢公在东山[1],朝命屡降而不动[2]。后出为桓宣武司马[3]，将发新亭[4]，朝士咸出瞻送[5]。高灵时为中丞[6]，亦往相祖[7]。先时，多少饮酒[8]，因倚如醉，戏曰："卿屡违朝旨，高卧东山，诸人每相与言：'安石不肯出，将如苍生何[9]！'今亦苍生将如卿何？"谢笑而不答。高灵，已见。《妇人集》载桓玄问王疑（凝）之妻谢氏曰："太傅东山二十馀年，遂复不终，其埋（理）云何？"谢答曰："亡叔太傅先正，以无用为心，显隐为优劣，始末正当动静之异耳。"

【注】

〔1〕谢公：谢安。东山：山名，在今浙江上虞市境内。
〔2〕朝命：朝廷征聘的诏命。不动：不应命。
〔3〕桓宣武：指桓温，卒谥宣武，故称。
〔4〕将发新亭：将从新亭出发。新亭，故址在今南京附近长江边上。
〔5〕瞻送：送行。瞻，表仰观敬意，在此仅取其虚意表敬。
〔6〕高灵：高崧小字䜣，"灵"当作"䜣"。广陵人，官至侍中。中丞：御史台长官。
〔7〕祖：饯行，后引申为送别。祖，祭名，祭路神以祈行旅平安。
〔8〕多少：稍微。
〔9〕如苍生何：怎样对待百姓呢？

【评】

　　魏晋名士，以隐逸为高，介然超俗，养气浩然，藏声江海之上，卷迹俗尘之中。年轻谢安，原是志在高卧，寓居会稽，与王羲之、许询、支遁友善，"出则渔弋山水，入则言咏属文"，无仕宦意。但自弟万北伐败归被废，陈郡谢氏家族复兴，陷于危机之中。谢安出山，与谢氏家族的整体利益密切相关，谢氏家族以此为转折，终于从挫折走向了繁荣的顶峰。高灵之讥，王世懋评谓其"似醉不醉，语绝妙"。发点酒疯，略带讥讽，言语微妙，极富语言艺术魅力。但魏晋乃门阀社会，没有家族门阀的利益，人生

1105

就失去了表演的舞台。因此,为家族利益计,谢安不为所动,"笑而不答",同样不失名士风度。

25.27　初,谢安在东山居,布衣时[1],兄弟已有富贵者[2],集聚家门,倾动人物[3]。刘夫人戏谓安曰[4]:"大丈夫不当如此乎?"谢乃捉鼻曰[5]:"但恐不免耳。"

【注】

〔1〕居布衣时:出仕之前,谢安长期隐居于会稽东山。布衣,平民。

〔2〕兄弟已有富贵者:指堂兄尚,长兄奕和弟万等,相继为节镇将军,专任一方之长。

〔3〕倾动人物:令社会人士倾心敬服。

〔4〕刘夫人:安妻为刘惔女,惔妹,出于名门。

〔5〕捉鼻:捏鼻。

【评】

魏晋是门阀社会,基本上是世家望族与皇室共享特权。一姓高门豪族,常是一荣俱荣,一败则满门皆输。因此,只要谢家兄弟富贵,谢安自然生活无忧,可以满足其隐居生活的夙愿。"集聚家门,倾动人物",写富贵之态,言简意赅,具体形象。刘夫人之"戏",在调侃丈夫时,偶然透露出几分欣羡的意思。谢安"捉鼻",《晋书》作"掩鼻",如闻臭气,恶而掩之,正见其鄙夷不屑之意。据传安少有鼻疾,语音重浊,故捏鼻使气息调畅,成为习惯。"但恐不免耳!"正是明白富贵无常的深谋远虑,也可说是一种忧患意识。果然,在兄尚、奕俱死之后,弟万败废,打击接踵而至。为了陈郡阳夏谢氏家族的复兴,谢安不得不违背志愿,东山再起,终于成就了东晋一代的风流名相。违心之举,个人不幸;但对家族和国家,却是大幸。

25.28 支道林因人就深公买印(岇)山^[1],深公答曰:"未闻巢、由买山而隐^[2]。"《逸士传》曰:"巢父者,尧时隐人,山居,不营世利。年老,以树为巢而寝其上,故号巢父。"《高逸沙门传》曰:"遁得深公之言,惭恧而已。"

【注】

〔1〕支道林:东晋高僧支遁,字道林。本姓关氏。河内人。或称支氏、支公、林公、林道人或林法师。参前《言语》第63则注。深公:即东晋僧人竺法深,法名道潜。永嘉南渡,隐居剡县岇山(今浙江嵊州市东)。参前《德行》第30则注。印山:深公居岇山,故"印"当为"岇"之形误。

〔2〕巢由:指巢父和许由。传说中尧时隐士。由居箕山之下。相传尧欲让位与巢、由,二人鄙之。

【评】

支遁是东晋一代高僧,多与王羲之、谢安、许询等名士交游。深公则是另一种人,其隐居岇山,浩然高栖而道徽高扇,终于山中而人称其德行。其"未闻巢、由买山而隐"之言,味其言外,意讥支公方外之人而游于方内,虽富足而不免于俗也。

25.29 王、刘每不重蔡公^[1]。二人尝诣蔡语^[2],良久,乃问蔡曰:"公自言何如夷甫^[3]?"答曰:"身不如夷甫^[4]。"王、刘相目而笑曰^[5]:"公何处不如?"答曰:"夷甫无君辈客。"

【注】

〔1〕王刘:指王濛和刘惔。东晋清谈名士。每:常。重:尊重,重视。蔡公:指蔡谟,字道明,官至司徒。参前《方正》第40则注。

〔2〕诣:拜访,到……去。

〔3〕夷甫:王衍字夷甫,官太尉。是西晋的清谈领袖。

〔4〕身:第一人称代词,我。

〔5〕相目:相视。目,作动词用,看。

【评】

　　王濛、刘惔是东晋一代的清谈名士,自视甚高而傲倪前贤,正是其轻佻僭薄的意识作祟。二人"相目而笑",细节生动传神,调笑嘲讽之意,自眼神流出。但蔡谟先是自认"身不如夷甫",以谦卑之态引王、刘入其彀中,一折。待王、刘得意不备之时,"夷甫无君辈客"之言冲口而出,反唇相讥,一击而中。如刘辰翁所评,"不深不浅"之间,足令轻薄者茫然自失。

　　25.30　张吴兴年八岁〔1〕,亏齿〔2〕,玄之,已见。先达知其不常〔3〕,故戏之曰:"君口中何为开狗窦〔4〕?"张应声答曰:"正使君辈从此中出入!"

【注】

〔1〕张吴兴:张玄之,字希祖。与谢玄齐名称"南北二玄"。曾官吴兴太守,故称。参前《言语》第51则注。

〔2〕亏齿:掉牙。亏,缺。

〔3〕先达:先辈贤达之人。不常:不同凡常。

〔4〕狗窦:狗洞。

【评】

　　儿童应对之智慧,冲口而出,令人惊讶佩服。看来,八岁的张玄之是早熟的神童。先达因其缺牙而故意以"狗洞"嘲之,言外之意是狗嘴吐不出象牙,讥其日后难有出息;而张玄之则是初生牛犊,无所畏缩,针锋相对而犹如宿构,他引用春秋时晏子出使楚国故事,谓使狗国者从狗门入,反讥先达尽是狗国中人。辱人者反而受辱。此虽善意的玩笑,但看得出八岁儿童所受教育颇佳,熟听故事而成其智慧,亦是一奇。于此可见,早期儿童教育及其智慧开发,大有可为。

25.31　郝隆七月七日出日中仰卧[1],人问其故,答曰:"我晒书[2]。"《征西寮属名》曰:"隆字佐治,汲郡人。仕吴('吴'字衍)至征西参军。"

【注】
　　[1] 郝隆:东晋人,长期任桓温幕府僚佐。七月七日:古代风俗,于此日晒衣服、经书,以避免虫蠹。
　　[2] 晒书:意指腹中熟读之书。

【评】
　　郝隆其人,虽然官卑职微,但为人幽默诙谐而颇见学问。古时习俗,七月七日晒衣服及书籍以防蠹。但后来风气渐变,如前《任诞》第10则谓"七月七日,北阮盛晒衣,皆纱罗锦绮"。这就使晒物防蠹科学之举,化为贵族之家以富贵骄人的服装展览会。针对这种异化现象,郝隆反其道而行之。绫罗绸缎,华丽服装,寒士所缺;但满腹经纶而饱读诗书,则是贵游子弟所无。坦腹"晒书",行为滑稽,言语可笑,但却充满了自信而见其人格精神。

25.32　谢公始有东山之志[1],后严命屡臻[2],势不获已[3],始就桓公司马[4]。于时人有饷桓公药草[5],中有远志[6]。公取以问谢:"此药又名小草,何一物而有二称?"《本草》曰:"远志一名棘菀,其叶名小草。"谢未即答。时郝隆在坐[7],应声答曰:"此甚易解。处则为远

1109

志,出则为小草[8]。"谢甚有愧色。桓公目谢而笑曰:"郝参军此过(通)乃不恶[9],亦极有会[10]。"

【注】

〔1〕谢公:指谢安。东山之志:谢安曾隐居会稽东山二十馀年。

〔2〕严命:严厉诏令。臻:到达。

〔3〕不获已:不得已。

〔4〕桓公:指桓温。时任征西将军、荆州刺史。

〔5〕饷:赠。

〔6〕远志:中药名。

〔7〕郝隆:参前则注。

〔8〕处则为远志,出则为小草:远志,中药名,其根埋土中为处,名远志;其叶生地上为出,名小草。

〔9〕此过:犹言这回。《太平御览》卷九八九引作"此通",义亦顺畅。通,阐述,解释。

〔10〕会:会心,意兴。

【评】

这是一个"三人转"的游戏,三人言语态度各异旨趣。谢安之隐与仕,也即处与出,自有其苦衷。其素愿在隐,高卧东山二十馀年,岂是作假之人的矫饰!其终不免于仕,关键在陈郡谢氏家族利益。郝隆不同,他大概出于庶族寒门,故对士族名士不稍宽容,其言虽戏,其态度却是咄咄逼人而逞其智辩。余嘉锡《笺疏》评云:"远志与小草,虽一物而有根与叶之不同。叶名小草,根不可名小草也。郝隆之答,谓出与处异名,亦是分根与叶言之。根埋土中为处,叶生地上为出。既协物情,又因此以讥谢公,语意双关,故为妙对。"郝隆以任人采撷的"小草",影射谢安,旨在嘲讽他改变了自己高隐山林的"远志",成为热衷功名的人物。至于桓温,能礼聘安入幕,倾动朝野,因而"大喜,深礼重之"(《通鉴》卷一〇一)。故其言与郝隆的嘲讽不同,略带几分得意之色。但又因其少小贫寒,门第并非一流士族,故在郝、谢二人之间,其理解与同情砝码,似向郝氏倾斜,这是潜意识的作用,而非出自理性思考的作秀。

25.33 庾爱客诣孙监[1],值行[2],见齐庄在外[3],尚幼,而有神意[4]。庾试之曰:"孙安国何在?"即答曰:"庾稚恭家[5]。"庾大笑曰:"诸孙大盛[6],有儿如此!"又答曰:"未若诸庾之翼翼[7]。"还语人曰:"我故胜[8],得重唤奴父名[9]。"《孙放别传》曰:"放兄弟并秀异,与庾翼子爱客同为学生。爱客少有佳称,因谈笑嘲放曰:'诸孙于今为盛。'盛,监君讳也。放即答曰:'未若诸庾之翼翼。'放应机制胜,时人仰焉。司马景王、陈、锺诸贤相酬,无以逾也。"

【注】

〔1〕庾爱客:庾爱之,小字爱客。征西将军庾翼子。后代父任荆州刺史,为桓温所废。参前《识鉴》第 19 则注。孙监:孙盛,字安国,曾任秘书监,故称。参前《言语》第 49 则注。

〔2〕值行:恰逢外出。

〔3〕齐庄:孙放字齐庄,盛次子。参前《言语》第 50 则注。

〔4〕神意:风神意趣。

〔5〕庾稚恭:庾翼,字稚恭。爱客父。

〔6〕诸孙大盛:故犯放父盛名讳以戏。

〔7〕诸庾翼翼:故犯庾爱客父翼名讳以报复。翼翼:繁盛貌。

〔8〕故:确实,的确。

〔9〕奴:对人鄙称。

【评】

支撑东晋政权的著名门阀,主要有王、谢、庾、桓四大家族,几乎与司马皇朝相始终。颍川鄢陵庾氏家族,自庾亮、冰、翼诸人,高踞要津,身兼文武,威势显赫。故其子弟,如爰客辈,傲视寒士,犯人家讳,故意挑起年轻人之间的口舌之辩,虽然并非出于敌对立场的诋毁攻击,但却是高门士族潜意识的表现。面对贵游子弟甚为嚣张的气焰,孙放虽为幼童,却也绝不畏缩退让,而是有问自有答,一来必有往,针锋相对,谑语生趣,洋溢了人生的智慧,真是令人叫绝。魏晋士庶对立,又在儿辈身上,见其影迹。孙家儿郎,又多一神童也!

25.34 范玄平在简文坐[1],谈欲屈[2],引王长史曰[3]:"卿助我。"《范汪别传》曰:"汪字玄平,颍阳人。左将军略(晷)之孙。少有不常之志,通敏多识,博涉经籍,致誉于时。历吏部尚书,徐、兖二州刺史。"王曰:"此非拔山力所能助。"《史记》曰:"项羽为汉兵所围,夜起歌曰:'力拔山兮气盖世,时不利兮骓不逝。'"

【注】

〔1〕范玄平:范汪字玄平。曾任桓温长史,平蜀后,自请还京,出为东阳太守。在郡大兴学校,从容讲肆。简文:简文帝司马昱,即位前为会稽王、抚军大将军、录尚书事。席:坐席。

〔2〕谈:玄理清谈。屈:挫折。

〔3〕王长史:指王濛,清谈名家。

【评】

清谈之聚,虽简文帝贵为帝王亦有此乐,于此见时风众尚之一斑。魏晋清谈,并非仅是"虚谈废务,浮文妨要",而是一种思想交锋和理论训练。而理论的自由论争,与两军打仗不同,依靠的不是力大无穷的盖世武功,而是平素积累的追求真理的理论修养,以理服人,是其规律准则。范汪虽是当时著名的教育家,博学多通,善谈名理。但老马也有失蹄时。面对"谈欲屈"的被动局面,倔犟老头,却顾脸面,急时呼助,见其困窘之态,形象颇为生动传神。而王濛"此非拔山力所能助",虽为调侃,却也实事求是地道出了理论争锋的游戏规则。

25.35　郝隆为桓公南蛮参军[1]。三月三日会[2],作诗,不能者罚酒三斗。隆初以不能受罚,既饮,揽笔便作一句云:"娵隅跃清池[3]。"桓问:"娵隅是何物[4]?"答曰:"蛮名鱼为娵隅。"桓公曰:"作诗何以作蛮语?"隆曰:"千里投公,始得蛮府参军,那得不作蛮语也!"

【注】

〔1〕郝隆:见前注。桓公:指桓温。南蛮参军:幕府官名,即南蛮校尉府的僚佐。

〔2〕三月三日会:古时风俗,三月三日上巳节祓禊,人们在水边赏玩,祈福驱邪,饮酒赋诗取乐。会:聚会。

〔3〕娵隅(jū yú 居于):古代西南少数民族方言称鱼为娵隅。

〔4〕何物:什么东西。

【评】

郝隆其人,《排调》门中共有3则,见其机敏智慧,是个幽默风趣的喜剧人物。"娵隅跃清池",以西南少数民族方言入诗,这是古代的白话诗,打破了古代贵族的雅文学的传统。桓温所问,从维护传统文学尚雅的立场出发。而郝隆所答,则是语带双关,具有一箭双雕的穿透力。南蛮参军作蛮语,自是顺理成章。言外谓府主辜负了自己那坦腹晒书的学问文章,其牢骚之言,令人发噱捧腹。

25.36　袁羊尝诣刘恢[1],恢在内眠未起[2],袁因作诗调之曰:"角枕粲文茵[3],锦衾烂长筵[4]。"《唐诗》曰:晋献公好攻战,国人多丧,其诗曰:"角枕粲兮,锦衾烂兮,予美亡此,谁与独旦?"袁故嘲之。刘尚晋明帝女[5],《晋阳秋》曰:"恢尚庐陵长公主,名南弟。"主见诗不平,曰:"袁羊,古之遗狂[6]!"

【注】

〔1〕袁羊:袁乔字彦叔,小字羊,陈郡人。官至益州刺史,爵湘西伯。参前《言语》第90则注。刘恢:余嘉锡《笺疏》引程炎震曰:"恢当作惔,各本皆误。"按:"恢"与"惔"形近而讹。刘惔,尚明帝女庐陵公主。

〔2〕内:内室,卧室。

〔3〕角枕:兽角装饰的枕头。粲:鲜明貌。文茵:华丽褥垫。

〔4〕锦衾:锦缎做的被子。烂:光亮貌。长筵:长席。筵,竹席。

〔5〕尚:娶公主为妻称尚。晋明帝女:指庐陵公主。晋明帝,司马绍。

〔6〕古之遗狂:古代遗留的放荡狂人。

【评】

袁羊之诗,反古诗意而用之,嘲讽驸马贪恋女色,日晚不起,对不起等待多时的朋友。其用心够刻薄的。魏晋名士,连朋友的男女隐私都可作为戏谑调笑的作料,甚至是高贵的公主驸马也不顾,其放荡不拘之性,出于自然,乃真狂也。但也因魏晋社会在男女生活方面,具有相对的开放意识,成为袁羊狂人存在的社会基础。一旦失却社会基础,如置放于明清时代,则袁羊的头颅危乎殆哉!

25.37　殷洪远答孙兴公诗云[1]:"聊复放一

曲[2]。"刘真长笑其语拙[3],问曰:"君欲云那放[4]?"殷曰:"檎腊亦放[5],何必其铓铃邪[6]?"殷融已见。

【注】

〔1〕殷洪远:殷融字洪远,陈郡人。官至吏部尚书。与兄子浩俱为当时清言名家。参前《文学》第74则注。孙兴公:孙绰字兴公,太原中都人。当时著名文学家。官至散骑常侍。参前《言语》第84则注。

〔2〕聊复:姑且。放:引吭高歌。

〔3〕刘真长:刘惔。见前注。拙:拙劣。

〔4〕那:怎么。

〔5〕檎腊:同于"榻腊",象声词,鼓声。檎腊鼓以手揩之,其声檎腊,故云。

〔6〕铓铃:象声词,钟铃之声。

【评】

魏晋名士,大概受到民间乐府诗的影响,经历了从雅到俗的转化。殷融诗"聊复放一曲",刘惔笑其"语拙",其实是讥其诗直用口语的平民化倾向。但殷融并不买账,他坚持自己的主张和实践。"檎腊"与"铓铃",都是象声的联绵词。钟铃金石,制作昂贵,多为贵族庙堂之音;而檎腊鼓之类,则是民间常用的打击乐器,制作虽"土",但可用以节制音乐,兼有指挥的作用。如余嘉锡《笺疏》所评:"此云'檎腊亦放,何必铓铃'者,谓己诗虽不工,亦足以达意,何必雕章绘句,然后为诗?犹之鼓虽无当于五声,亦足以应节,何必金石铿锵,然后为乐也?"从中可体会到魏晋文学雅与俗的矛盾及其发展。

25.38 桓公既废海西[1],立简文[2],《晋阳秋》曰:"海西公讳奕,字延龄。成帝子也。兴宁中即位。少同阉人之疾,使宫人与左右淫通生子。大司马温目(自)广陵还姑孰,过京都,以皇太后令废帝为海西公。"徒(侍)中谢公见桓公拜[3],桓惊笑曰:"安石,卿何事至尔[4]?"谢曰:"未有君拜于前,臣立于后。"

【注】

〔1〕桓公:指桓温。海西:指司马奕。太和元年(366)即位,太和六年(371)被废为海西公。

〔2〕简文:简文帝司马昱,在位二年,忧崩。

〔3〕谢公:指时任侍中的谢安。"徒"、"侍"字之误。袁本作"侍"。

〔4〕安石:谢安之字。何事:为什么。尔:这样。

【评】

　　桓温与谢安,是当日东晋政坛两颗最为耀眼的明星。论能力二人旗鼓相当,但论势力及野心,则桓温权势熏天,势压朝廷,废立自专,谢哪能相比!桓早有觊觎帝位的勃勃野心,关键在等待时机。谢安从维护司马朝廷和其他世家望族的共同利益出发,顽强地与桓氏集团做斗争,在时机不利的情况下,则以"排调"的戏谑之言,暗中加以讽刺抨击。"未有君拜于前,臣立于后",谓君主被废而拜于前,作为臣下则怎敢不拜?言外之旨,婉讽桓温势压君主,气盖群臣,有自立为帝的篡位阴谋。戏谑之言,令人发噱,但在笑声中,却饱含了忧国忧民的热泪。

25.39　郗重熙与谢公书[1],道:"王敬仁閗(闻)一年少怀问鼎[2],郗云(䜣)、王修已见。《史记》曰:'楚庄王观兵于周郊,周定王使王孙满劳楚王。王问鼎大小轻重,对曰:"在德不在鼎。"庄孙(王)曰:"子无阻九鼎,楚国折钩之喙,足以为九鼎也。"'不知桓公德衰[3],为复后王(生)可畏[4]?"《春秋传》曰:"齐桓公伐楚,责苞茅之不贡。"《论语》曰:"后生可畏,正知来者之不如今。"孔安国曰:"后生,少年。"

【注】

〔1〕郗重熙:郗昙,字重熙。鉴子。官至北中郎将,徐、兖二州刺史。谢公:指谢安。

〔2〕王敬仁:王修字敬仁,濛子。参前《文学》第38则注。閒:袁本作"闻",是。年少:年轻人。问鼎:古以鼎为国之重宝,代表社稷。问鼎之轻重,暗示意在夺取天子之位。

〔3〕桓公:春秋五霸之一的齐桓公。

〔4〕为复:还是。后王:袁本作"后生",是。刘注亦注作"后生"。

【评】

此则当与前则并读而味其言外之旨。郗愔与昙兄弟,太宰鉴子。愔子超虽党于桓温,愔实不知,而始终"忠于王室"。昙为愔弟,其政治立场,同于乃兄。但处桓温势力方炽之时,难以明言。故借他人(王修)之口,以传闻中"年少怀问鼎"的流言,来对桓温的政治野心进行不点名的批判。桓公者,原指春秋五霸之一的齐桓公,这里则语带双关,同时暗喻桓温之失德,其勃勃野心,难以实现。言外讽示谢安要警惕和预防,早做准备,以防国家之不测。言简意深,见其防患于未然的忧患意识。

25.40 张苍梧是张凭之祖[1],尝语凭父曰:"我不如汝。"凭父未解所以,苍梧曰:"汝有佳儿。"《张苍梧碑》曰:"君讳镇,字义远。吴国吴人。忠恕宽明,简正贞粹。太安中,除苍梧太守。讨王含有功,封兴道县侯。"凭时年数岁,敛手曰[2]:"阿翁[3],讵宜以子戏父[4]!"

【注】

〔1〕张苍梧:张镇曾官苍梧太守,故称。张凭:字长宗,东晋吴郡人。

善清言,有"理窟"之誉。见前《文学》第53则及注。

〔2〕敛手:拱手示敬。

〔3〕阿翁:魏晋口语,称祖父。

〔4〕讵宜:岂可,怎么可以。讵,岂,怎么。

【评】

吴郡张氏家族,是东吴江南地区的四大家族之一。从吴至于东晋,其文化承传相当深厚。张凭之善清言而称"理窟",与其士族家学的继承和发展有关。故事所反映的张氏家庭生活,并非如传统三《礼》所规定的那样呆板教条,而是在两晋的新思潮下,另有生动风趣的面目:老父可调侃儿子,孙子可反驳"阿翁",带有某种家庭"民主"色彩,语调诙谐幽默,老小平等对话,在欢乐嬉笑中见其生活情趣及文化内涵。

25.41　习凿齿、孙兴公未相识[1],同在桓公坐[2]。桓语孙:"可与习参军共语。"孙云:"'蠢尔蛮荆',敢与大邦为雠[3]!"习云:"薄伐猃狁,至于太原[4]。"《小雅》诗也。《毛诗注》曰:"蠢,动也。荆蛮,荆之蛮也。猃狁,北夷也。"习凿齿襄阳人,孙兴公太原人,故因诗以相戏也。

【注】

〔1〕习凿齿:字彦威,襄阳人。善文史,著《汉晋春秋》。官荥阳太守,因忤桓温,降为参军。参前《言语》第72则注。孙兴公:孙绰字兴公,太原人。官至散骑常侍,著名文学家。参前《言语》第84则注。

〔2〕桓公:桓温。坐:座席。

〔3〕"蠢尔蛮荆"二句:语出《诗经·小雅·采芑》,描写周宣王南征楚国之事。古代楚可称荆,蛮则是对南方少数民族的鄙称。

〔4〕"薄伐猃狁"二句:语出《诗经·小雅·六月》,描写周宣王北伐猃狁获得胜利之事。

【评】

不相识之人,甫见面则相嘲,其中必然有故。习凿齿与孙绰,皆为东晋一代文史名家。一个出于襄阳,一个太原。南北二士,俱是满腹诗书,皆引《诗经·小雅》之句以相嘲讽,可说是旗鼓相当,虽是戏言,实亦戏中有戏。结合两晋南北朝士人的对立情绪来加以考察,则为潜意识中士人积习所致,是传统偏见在作怪。南北习、孙二士的口舌之争,追究其始,是中原之士挑逗在先,"蠢尔蛮荆",以愚蠢蛮族讥南人;而"大邦"云云,则是高自风标。尔后南士不甘示弱,习凿齿肆其机敏博辩,称引《诗经·小雅·六月》之句"薄伐猃狁,至于太原",以北狄贬孙,针锋相对,反攻过去,属对妥帖。相互之间,如此调笑,有伤感情,实是无形内耗,不利安定团结。但自西晋以来,积重难返,属于潜意识的驱使,实也无奈他何了。

25.42 桓豹奴是王丹阳外生[1],形似其舅,桓甚讳之。豹奴,桓嗣小字。《中兴书》曰:"嗣字恭祖,车骑将军冲子也。少有清誉。仕至江州刺史。"《王氏谱》曰:"混字奉正,中将军恬子。仕至丹阳尹。"宣武云[2]:"不恒相似[3],时似耳[4]。恒似是形,时似是神。"桓逾不说[5]。

【注】

〔1〕桓豹奴:桓嗣小字豹奴。冲子,温侄。王丹阳:指王混,恬子。
〔2〕宣武:指桓温。
〔3〕恒:经常,永久。
〔4〕时似:有时相像。
〔5〕逾:更加。说:同"悦"。

【评】

　　王导六子:悦、恬、洽、协、劭、荟。悦虽为长兄而无子,以弟恬子琨为嗣。故琨袭导爵,官至丹阳尹,见载于《晋书》导传。据《世说》,则"琨"当作"混",形近而讹。王丹阳(混)是琅邪王导的嫡长孙,其门第高贵可知。作为王混外甥的桓嗣,原应感到骄傲才是。但嗣羞与母舅相似,却是为何?一来可能作为东晋四大家族之冠的琅邪王家,自王导死后,势力日蹙;而桓氏门第稍次,地位并非高贵,却势力日炽,在桓温之时,达到权势的顶点。桓、王二家,门第与权力的矛盾斗争,错综复杂。桓嗣处于家族鼎盛时期,盛气凌舅,如王献之兄弟之傲倪郗愔一样,并非特例。而且,琅邪王家子孙,并非人人优秀,王混可能就是一个"君子之泽,三世而斩"的俗物。故王世懋评曰:"观此知王混不为风流所与。"但是作为长辈,桓温调侃侄子,"恒似是形,时似是神",外貌似娘舅,形出自然,无法更改;神情之"时似",性情嗜好相似,才是真缺点。嘲弄的口吻,说明了桓温也不以嗣为风流人物。

25.43　王子猷诣谢万[1],林公先在坐[2],瞻瞩甚高[3]。王曰:"若林公须发并全,神情当复胜此不[4]?"谢曰:"唇齿相须[5],不可以偏亡。《春秋传》曰:'唇亡齿寒。'须发何关于神明[6]?"林公意甚恶,曰:"士(七)尺之躯[7],今日委君二贤[8]。"

【注】

　　〔1〕王子猷:王徽之,羲之第五子。谢万:字万石。安弟,工言论,善属文,早有时誉。参前《言语》第77则注。

　　〔2〕林公:指东晋高僧支道林,亦称支公。

〔3〕瞻瞩甚高:指顾盼之间的高朗神态。

〔4〕当复:将。

〔5〕相须:相依。

〔6〕神明:精神风貌。

〔7〕士尺之躯:"士尺"之义不明,据袁本当作"七尺",是。七尺之躯,古时男子汉的一般高度。《容止》第18则"庾子嵩长不满七尺",则是身材矮小,不合男人标准高度。

〔8〕委:交给,托付。

【评】

　　林公时誉,在神不在形。据《容止》第31则,王濛生病,林公探视,守门人报称"一异人在门",刘注谓"林公之形,信当丑异"。余嘉锡《笺疏》据此议论云:"疑道林有䶕唇历齿之病。谢万恶其神情高傲,故言正复有发无关神明;但唇亡齿寒,为不可缺耳。其言谑而近虐,宜林之怫然不悦也。"虽属臆测之辞,但可备一说。其实何止谢万,王徽之因僧人秃顶无发而作为发噱谈笑之资,亦同样是恶作剧。唇齿之病,自然所出。拿别人忌讳的生理缺陷来开玩笑,正见王谢家族贵游子弟的无礼与傲慢。

25.44　郗司空拜北府〔1〕,《南徐州记》曰:"旧徐州都督以东为称。晋氏南迁,徐州刺史王舒加北中郎将。'北府'之号,自此起也。"王黄门诣郗门拜云〔2〕:"应变将略,非其所长〔3〕。"骤咏之不已〔4〕。郗仓谓嘉宾曰〔5〕:"公今日拜〔6〕,子猷言语殊不逊〔7〕,深不可容〔8〕。"仓,郗融小字也。《郗氏谱》曰:"融字景山,愔弟(第)二子。辟琅邪王文学,不拜,而蚤终。"嘉宾曰:"此是陈寿作诸葛评〔9〕,《蜀志》陈寿评曰:"亮连年动众而无成功,盖应变将略,非其所长也。"王隐《晋书》曰:"寿字承祚,巴西安汉人。好学,善箸述。仕至中庶子。初,寿父为马谡参军,诸葛亮诛谡,髡其父头,亮子

1121

瞻又轻寿。撰《蜀志》,以爱憎为评也。"人以汝家比武侯[10],复何所言[11]!"

【注】

〔1〕郗司空:郗愔,字方回,高平金乡人。太宰鉴长子。卒赠官司空。参前《品藻》第29则注。拜:拜官。北府:东晋都建康,军府设于广陵(今江苏扬州),称北府,掌朝廷重兵。后治所移镇京口。

〔2〕王黄门:王徽之字子猷,曾官黄门侍郎,故称。郗门:郗家。拜:拜贺。

〔3〕应变将略,非其所长:战略应变,不是他的擅长。

〔4〕骤咏:反复吟咏。

〔5〕郗仓:即郗融,字景山,小字仓。嘉宾:郗超字景兴,又字嘉宾。愔长子。参前《言语》第59则注。

〔6〕公:仓对其父愔的敬称。

〔7〕殊:非常,很。不逊:不客气,不恭顺。

〔8〕深不可容:实在不可原谅。

〔9〕陈寿作诸葛评:陈寿《三国志·蜀书·诸葛亮传》评曰:"可谓识治之良才,管萧之亚匹矣。然连年动众,未能成功,盖应变将略,非其所长欤!"陈寿,字承祚。《三国志》的作者。

〔10〕汝家:你父。武侯:诸葛亮,三国蜀相,卒谥忠武侯。

〔11〕复何所言:还有什么话说!

【评】

对于高平郗氏家族而言,鉴卒之后,势力衰替。因此,这次郗愔拜北府,作为掌控朝廷军府实权的封疆大吏,确是复兴家族门第的大事一件。故其拜官之贺,必然隆重。王徽之母是愔姐,愔是其亲娘舅,因此,外甥前来祝贺,也是势出自然。一般来说,贺辞应是大吉大利之言,这是世俗礼仪需要。但是,徽之放浪不拘礼法,只说自己想说的话,而不问吉利与否。他借陈寿评诸葛亮的话,"应变将略,非其所长",来讥评自己的亲娘舅,态度并非友善,嘲讽调笑之意明显。当着众位来宾,"骤咏之不已",使升任统帅之任的亲娘舅下不了台。于此见琅邪王家贵游子弟的潜意识深处的傲慢与偏见,时时作祟,即使亲娘舅也不能免。但是,徽之不知人情世故的调侃,却也是歪打正着。史称愔迷恋天师道,性好聚敛,而暗于事机,岂能是优秀将帅之才?徽之所嘲,却也有几分真实的可爱。知父莫若子。郗超的自我解嘲,也是对乃父的一种认识。超曾背父代其作笺给桓温,谓"己非将帅才,不堪军旅",虽出于政治机变之需,却也是实话实说。徽之与郗超,二人立场视角有异,但其言论,却是英雄所见略同。

25.45 王子猷诣谢公[1],谢曰:"云何七言诗[2]?"《东方朔传》曰:"汉武帝在柏梁台上,使群臣作七言诗。"七言诗自此始也。子猷承问,答曰:"昂昂若千里之驹,泛泛若水中之凫[3]。"出《离骚》。

【注】

〔1〕王子猷:王徽之字子猷。参前注。谢公:谢安。

〔2〕云何:什么是。七言诗:此指七言古诗,而非唐后之七言近体诗。明徐师曾《文体明辨序说》引徐祯卿云:"七言沿起,咸曰《柏梁》。然宁戚叩牛,已肇《南山》之篇矣。"据此,七言诗之始,说或不同,有称出汉武帝时《柏梁台》诗,有谓出于先秦时代《诗经》、《楚辞》诸说。

〔3〕"昂昂若千里之驹"二句:《楚辞·卜居》:"宁昂昂若千里之驹乎?将泛泛若水中之凫乎?与波上下,偷以全吾躯乎?"王徽之改《卜居》句以成此七言二句。昂昂,形容气宇轩昂振奋。驹,少壮之骏马。泛泛,随波逐流貌。凫,野鸭。

【评】

　　魏晋名士,大多熟读《楚辞》。如前《任诞》第 53 则王恭所言,"痛饮酒,熟读《离骚》,便可称名士"。因此,王徽之熟练地化用《楚辞·卜居》之句,改为二句七言句式之诗,实际并非真正七言诗。其用心所在,如张万起、刘尚慈所说:"意思是'宁愿昂扬如千里驹呢?还是做泛游水中的野鸭,随波起伏,以苟且偷生呢?'王子猷巧妙地用《卜居》的诗句回答谢安,以千里驹与水中凫对举来影射谢公出处之不同态势。"故事的时代背景,当在谢安隐居东山的四十岁以前。高隐山林则志气昂扬,自由奔驰;一旦出仕,则如水中之凫,随波逐流而苟且偷生。二者生命价值不一样。徽之戏谑之言,寓其人生认识,并为谢安之或出或处,暗中出谋划策。大概因谢安与王羲之友善,父执名士,故子猷排调之时,尚存善意,这在子猷身上,似不多见。

25.46　王文度、范荣期俱为简文所要[1],范年大而位小[2],王年小而位大。将前,更相推在前[3],既移久[4],王遂在范后[5]。王因谓曰:"簸之扬之,糠秕在前。"范曰:"洮之汰之[6],沙砾在后。"王坦之、范启,已见上。一说是孙绰、习凿齿言。

【注】

　　[1] 王文度:王坦之字文度。太原晋阳人。官至侍中、中书令、领北中郎将、徐兖二州刺史。参前《言语》第 72 则注。范荣期:范启字荣期,护军长史坚子,终于黄门侍郎。俱:一起,共同。简文:指简文帝司马昱。要:通"邀"。

　　[2] 位小:职位低。按:下句"位大",则谓职位高。

　　[3] 更相推:相互推让。

〔4〕移久:很久。

〔5〕遂:于是。

〔6〕洮汰:淘汰。洮,通"淘",洗也。

【评】

读此故事,可有二解。一是就事论事。王坦之和范启,都是当日名士。他们先是打破官本位的意识,相互谦让,这是正面的言行,但却是表面的文章;接着的对话,引经据典,炫耀学问,句对虽然生动贴切,但说话尖酸刻薄,相互奚落调侃的同时,表现出名士相轻的陋习,这虽是负面的小动作,但却是从潜意识深处流露出来的实质认识。一正一反,一虚一实,生动地传达了故事的复杂内涵和诸多信息。

另一解正相反。故事前半部分与后半部分发展逻辑自相矛盾,似乎是自我否定。史称王坦之有风格,"尤非时俗放荡,不敦儒教",意在调和儒玄孔老之间。为人朴实稳重,言不及私,惟忧国家之事,是个谦谦君子,怎会在谦让之后突然主动挑衅,侮人为秕糠呢?这不符合王坦之的人生哲学。而作为范启,其反击当然有足够的理由。但他也不是放荡不拘之士,而是"以才义显于当世"的名士,与清谈之士庾和、韩伯、袁宏友善。他虽有矜饰之病,但还不至于轻薄。古人对于这一难解的矛盾,有自己的解释,如刘辰翁评曰:"二语易位乃可。"此翁眼光如炬,令人信服。王、二人对话颠倒一下,王在后而自谓沙砾,范在前而自称糠秕,于是故事自然发展,前后逻辑顺理成章。

二解孰是?留待读者自辨。

25.47 刘遵祖少为殷中军所知〔1〕,称之于庾公〔2〕,庾公甚忻〔3〕,便取为佐。既见,坐之独榻上〔4〕,与语。刘尔日殊不称〔5〕,庾小失望,遂名之为"羊公鹤"。昔羊叔子有鹤善舞[6],尝向客称之,客试使驱来,氃氋而不肯舞[7],故称比之。徐广《晋纪》曰:"刘爱之字遵祖,沛郡人。少有才学,能言理。历中书郎、宣城太守。"

【注】

〔1〕刘遵祖:刘爱之字遵祖。殷中军:殷浩曾任中军将军,故称。称:推扬,推荐。

〔2〕庾公:庾亮。

〔3〕忻:同"欣"。欢喜,高兴。按:袁本"忻"下有"然"字,亦通。

〔4〕独榻:只坐一人的席位,以示尊重。

〔5〕殊不称:很不称意。

〔6〕羊叔子:羊祜字叔子。西晋开国元勋之一。参前《言语》第86则注。善舞鹤:据《舆地纪胜》卷六四云:"晋羊祜镇荆州,江陵泽中多有鹤,常取之教舞以娱宾客。"

〔7〕氃氋(tóng méng 童蒙):联绵词,羽毛松散委顿的样子。

【评】

殷浩一代清谈名士,经其推荐,即入胜流。此庾亮所以"独榻"以待宾也。但并非名人所荐,个个名流。盛名之下,亦有名不符实之时。庾亮面谈,一经深入,即是实际检验。刘爱之经不起反复推敲,在于肚中非具真才实学,故庾氏以"羊公鹤"加以比拟。但教训又不仅在刘,更在推荐者的眼光器识,是深入了解,还是浮光掠影的扫描?为国荐才,责任重大,能不慎乎!

25.48 魏长齐雅有体量[1],而才学非所经[2]。初宦当出[3],虞存嘲之曰[4]:"与卿约法三章:谈者死[5],文笔者刑[6],商略抵罪[7]。"魏怡然而笑[8],无忤于色[9]。《魏氏谱》曰:"颛字长齐,会稽人。祖胤,处士。父说,大

1126

鸿胪卿。颉仕至山阴令。"《汉书》曰:"沛公入咸阳,召诸父老曰:'天下苦秦可(苛)法久矣,今与父老约法三章耳:杀人者死,伤人及盗抵罪。'"应劭注曰:"抵,至也,但至于罪。"

【注】

〔1〕魏长齐:魏颛字长齐。据余嘉锡《笺疏》引程炎震曰:"《金楼子·立言篇》作'魏长高'。"余氏据此以为"长齐当作长高,草书相近之误耳"。说可参考。体量:气量,体识。

〔2〕才学:才情学问。经:擅长。

〔3〕初宦:初次做官。当出:将要出任。

〔4〕虞存:字道长,会稽山阴人。官至吏部郎。参《政事》第17则注。

〔5〕谈:清谈。

〔6〕文笔:作动词用。有韵为文,无韵为笔,泛指诗文写作。

〔7〕商略:商议,议论,引申为品评和鉴赏人物。

〔8〕怡然:安乐喜悦貌。

〔9〕忤:抵触。

【评】

据《赏誉》第85则:"会稽孔沈、魏颛、虞球、虞存、谢奉并是四族之俊,于时之杰。"可见在会稽地方,魏颛与虞存并举齐名,都是一时人杰。但在魏颛初任官时,虞存却借机对魏颛大加嘲讽一番。清谈玄理、吟诗作赋、品鉴人物,是魏晋士人心目中极其高雅之事。不过虞存认为魏颛"才学非所经",此三项本领是其所短,因戏改汉高祖旧约法三章为新约法三章,嘲弄魏颛缺乏儒雅风流的资质。此虽玩笑戏言,却也是名士相轻的陋习作怪。而魏颛面对嘲讽,却是"怡然而笑",无须回答,便见雅量与胸怀。故梁元帝萧绎在《金楼子·立言篇上》评云:"更觉长高(魏颛)之为高,虞存之为愚也。"轻人者反而自轻自慢,能无慎哉!

25.49　郗嘉宾书与袁虎[1],道戴安道、谢居士云[2]:"恒任之风[3],当有所弘耳[4]。"以袁无恒,故以此激之。袁、戴、谢,并已见。

【注】

〔1〕郗嘉宾:郗超字景兴,一字嘉宾。桓温谋士。参前《言语》第59则注。袁虎:袁宏字彦伯,小字虎。曾为桓温大司马记室参军,后为东阳太守。参前《言语》第83则注。

〔2〕戴安道:戴逵字安道。参前《雅量》第34则注。谢居士:谢敷字庆绪,会稽人。崇信释氏,隐居不仕,故称居士。

〔3〕恒:永恒,持久。任:责任。

〔4〕当:应该。弘:同"宏",弘扬。

【评】

郗超与袁宏,俱为一代英杰,二人皆为桓温幕府重要僚属,关系密切。比较而言,郗超为登堂入室之宾,作为谋主更获桓温宠信。他写信给袁宏,排调之言,出于善意。因宏缺乏恒心,则难成大事。故超道戴逵、谢敷等高士风节加以砥砺。"恒任之风,当有所弘耳",一语双关,既讲一个普通的人生常理,又通过袁宏名讳之释义,鼓励他发扬"恒任"传统精神,从而克服自己那"无恒"的缺点。郗超意在为桓温收罗和培养人才。

25.50　范启与郗嘉宾书曰[1]:"子敬举体无饶纵[2],掇皮无馀润[3]。"郗答曰:"举体无馀润,何如举体非真者[4]?"范性矜假多烦[5],故嘲之。

【注】

〔1〕范启:即本篇第46则的范荣期,可参阅。郗嘉宾:即郗超,参前

则注。

〔2〕子敬:王献之,字子敬。羲之少子。参前《德行》第39则注。举体:全身。饶纵:丰腴。

〔3〕掇皮:去皮。馀润:膏泽。

〔4〕何如:比……怎么样。

〔5〕矜假:矜饰虚假。

【评】

魏晋名士,以品评人物为风流雅事。但范启评王献之,则有名士相轻之弊,时献之"风流为一时之冠",批评风流领袖的不是,在当日是一种炒作以抬高自我身份的手段。其调弄并非幽默,而是诋毁。因其心非善良,故招来郗超的不满。尽管郗超与王献之政治主张对立,但他对范启"矜假"而有违自然的虚伪做作更为讨厌。献之"举体无饶纵",身瘦干巴,缺乏润泽,当然不是优点;但与范启的"举体非真"——全身没有一点真正属于自己的东西相比,谁的缺陷更大呢?史称范启继承父亲坚的经学,则其重礼教之矜饰,也是可以理解。郗超的反批判,正见魏晋名士心灵深处更推崇的是自然的真实。

25.51　二郗奉道〔1〕,二何奉佛〔2〕,皆以财贿〔3〕。谢中郎云〔4〕:"二郗谄于道〔5〕,二何佞于佛〔6〕。"《中兴书》曰:"郗愔及弟昙奉天师道。"《晋阳秋》曰:"何充性好佛道,崇修佛寺,供给沙门以百数。久在扬州,征役吏民,功赏万计,是以为遐迩所讥。充弟准亦精勤,读佛经、营治寺庙而已。"

【注】

〔1〕二郗:指郗愔与昙兄弟。

〔2〕二何:指何充与準兄弟。二郗、二何生平仕履,均参前注。

〔3〕财贿:指为奉佛、道二教而耗费大量财货。

〔4〕谢中郎:指谢万,曾任抚军从事中郎,故称。

〔5〕谄:谄媚,奉承。

〔6〕佞:巧言媚人。

【评】

由于士族门第之高贵,二郗及二何兄弟,皆身居高位。以谄道佞佛的愚蠢迷信之人占据朝廷之要津,国家怎能兴旺发达?谢万之调弄嘲讽,入情入理。但谢万也是清醒于一时。他本人以王谢家族贵游子弟身份,傲慢轻狂,眼中何曾有人?王羲之致信教戒而不醒,乃兄规劝而不听,故有北伐败归之废。不仅误己,更误国家。悲哉!

另:余嘉锡引《高僧传》佛图澄曰:"事佛在于清静无欲,慈矜为心。檀越虽仪奉大法,而贪吝不已,游猎无度,积聚不穷,主受现世之罪,何福报之可希耶?"如二郗二何之谄道佞佛,敛财营寺,"非惟达识之所讥,亦古德高僧所不许也。"菩萨至善,在于一心之虔诚,而不在礼佛财宝之多寡。此一胜解,启人至深。

25.52 王文度在西州〔1〕,与林法师讲〔2〕,韩、孙诸人并在坐〔3〕,林公理每欲小屈〔4〕。孙兴公曰:"法师今日如箸弊絮在荆棘中〔5〕,触地挂阂〔6〕。"

【注】

〔1〕王文度:王坦之字文度。参本篇第46则注。西州:东晋扬州刺史治所,原设在台城西,故称西州。

〔2〕林法师:支遁字道林,东晋高僧。参本篇第28则注。讲:清谈玄理。

〔3〕韩、孙:指韩伯与孙绰诸人。

〔4〕屈:亏,挫折。

〔5〕弊絮:破旧丝棉絮。

〔6〕触地挂阂：处处挂碍。

【评】

魏晋清谈盛况，具体可见。支遁高僧，为弘扬佛学而先谈玄理，是佛学中国化的前奏曲。支遁理论修养颇深，其讲《庄子·逍遥游》，新义迭出，自成一家之言。王坦之诸人，能在清谈辩论中令其"理每欲小屈"，亦见诸名士"环攻"支公之用心。难倒名家，则其高明更在名家之上。故孙绰幸灾乐祸，谓支公如著破絮行走在荆棘中，处处有碍，不得自由发挥。清谈小胜之乐，浮现于名家脸上。我国理论思辨的发展，就是在一次次的清谈论辩中，见造微之功，从而获得了一步步的提高与发展。

25.53 范荣期见郗超俗情不淡〔1〕，戏之曰："夷、齐、巢、许一诣垂名〔2〕，必劳神苦形〔3〕，支策据梧邪〔4〕？"郗未答，韩康伯曰："何不使游刃皆虚〔5〕？"《庄子》曰："昭文之鼓琴，师旷之支策，惠子之据梧，三子之智几矣，皆其盛也，故载之末年。""庖丁为文惠君解牛，三年之后，未尝见全牛也。用刀十九年矣，所解千牛，而刀刃若新发于硎。文惠君问之，庖丁曰：'彼节者有间，而刀刃无厚。以无厚入有间，恢恢乎其于游刃必有馀地。'"

【注】

〔1〕范荣期：范启字荣期。见本篇第46则注。郗超：小字嘉宾。桓温谋主。俗情不淡：世俗之情不轻。

〔2〕夷、齐、巢、许：指古代四大高隐名士伯夷、叔齐、巢父、许由。一诣垂名：一下子名垂青史。

〔3〕必：何必。据袁本，"必"上有"何"字。

〔4〕支策据梧：拄杖凭几。典出《庄子·齐物论》："师旷之枝策也，惠施之据梧也。"师旷为春秋时晋平公乐师，精音律鼓琴。其支策拄杖，见精神劳顿之态。惠施为战国时名家代表人物，善辩名理，其倚靠梧几而

瞑,更见耗费心血疲惫之状。

〔5〕游刃皆虚:意谓遵循自然规律,则无不自由自在而任我所行。语出《庄子·养生主》庖丁解牛的寓言故事。

【评】

范启不仅通儒经,而且与清谈之士庾和、韩伯、袁宏友善,是一个儒、玄双修的人物。谈玄之人,高倡《庄》、《老》、《周易》,原该淡泊功名而眼无俗物。史称郗超"善谈论,理精微",为支遁所知赏,称其"一时之俊",亦是一代清谈名士。所不同者,他是个清谈而不忘政治的厉害角色。故以"俗情不淡"见讥于范启。"何必劳神苦形支策据梧",以玄家熟知之《庄》相谏,言语生动而蕴藉。韩康伯以"游刃皆虚"代答,则又更进一层,重新回到玄家的立场。以虚入实,则游刃有馀。这大概和佛教《般若波罗蜜多心经》"色即是空,空即是色"的意思相似,色空虚实之间,关键在自己的不沾不滞而明道见性。但实际是政治大于理论,郗超郁郁而终,何能"游刃有馀"而超越功名?世俗物累害人不浅!

25.54 简文在殿上行[1],右军与孙兴公在后[2]。右军指简文语孙曰:"此啖名客[3]。"简文顾曰:"天下自有利齿儿[4]。"后王光禄作会稽[5],谢车骑出曲阿祖之[6],王蕴、谢玄,已见。王孝伯罢秘书丞[7],在坐,谢言及此事,因视孝伯曰:"王丞齿似不钝。"王曰:"不钝,颇亦验。"

【注】

〔1〕简文:指简文帝司马昱,桓温扶立为帝,在位两年崩。

〔2〕右军:指王羲之,曾官右军将军,故称。孙兴公:孙绰字兴公。

参前《言语》第 84 则注。

〔3〕啖(dàn但)名客:贪求名声之人。

〔4〕利齿儿:伶牙俐齿、能言善辩之人。

〔5〕王光禄:王蕴,字叔仁,小字阿兴。濛子。作吴兴、晋陵二郡时颇有德政。官至尚书左仆射、镇军将军、会稽内史。卒赠左光禄大夫,故称。《晋书·外戚》有传。

〔6〕谢车骑:谢玄,参前《言语》第 78 则注。曲阿:县名,在今江苏丹阳。祖:祖道饯行以送别。

〔7〕王孝伯:王恭字孝伯,蕴子。官前将军、都督兖青冀幽并徐州晋陵诸军事、兖青二州刺史。后起兵清君侧,兵败被杀。罢秘书丞:王恭罢秘书丞,旋即升任中书郎,未拜,丁父忧。

【评】

　　这则故事颇难解读。故事前半部分余氏《笺疏》引殷芸《小说》,疑"啖名客"是"啖石客"之讹,右军所指对象是孙绰而非简文。因为简文贵为帝王,右军并非狂诞之徒,"安敢如此轻相戏侮"? 此解缺乏版本及其他可靠证据,只可备一说参考而已。多数研究者仍是就事论事,右军嘲讽简文是"啖名客",简文回头反唇相讥王为"利齿儿"。其时简文虽未即位,但在穆帝永和年间,头衔很多,封琅邪王而不去会稽王号,侍中、抚军大将军、司徒、丞相、录尚书事,相王之尊,头上光环炫人眼目,有名过其实之嫌,故右军有"啖名客"之调。从年辈看,右军大简文一辈,长者戏言,并非"狂诞"。而简文虽贵为相王,但个人喜清言而善玄理,常与清谈之士聚会,故君臣之间,无所隔阂,与右军争口舌,正见其颇富古代"民主"意识之色彩。下半部分则是另一相似故事。谢玄以往事相比拟,讥王恭"齿似不钝"——即"利齿儿"的委婉说法。王恭"不钝,颇亦验"之答,谓己齿虽利,但见实效,并非徒逞口舌之辩,这是从政治实际出发。朱铸禹《汇校集注》称:"验,谓坐言语罢官也。"按:王恭年轻时仕途一帆风

1133

顺,其"罢秘书丞",旋迁中书郎,并非罢官失意之言。朱解误。

25.55 谢遏夏月尝仰卧[1],谢公清晨卒来[2],不暇箸衣[3],跣出屋外[4],方蹑履问讯[5]。公曰:"汝可谓前倨而后恭[6]。"《战国策》曰:"苏秦说惠王而不见用,黑貂之裘弊,黄金百斤尽,大困而归。父母不与言,妻不为下机,嫂不为炊。后为从长,行过洛阳,车骑辎重甚众,秦之昆弟妻嫂,侧目不敢视。秦笑谓其嫂曰:'何先倨而后恭?'嫂谢曰:'见季子位高而金多。'秦叹曰:'一人之身,富贵则亲戚畏惧,贫贱则轻易之,而况于他人哉!'"

【注】

〔1〕谢遏:指谢玄,遏是其小名。安侄。淝水大战中的名将,卒赠车骑将军。夏月:夏天,夏季。仰卧:仰天卧眠。

〔2〕谢公:谢安。卒来:突然来到。卒,通"猝"。

〔3〕不暇箸衣:来不及穿衣服。

〔4〕跣:赤脚。

〔5〕蹑履:穿鞋示敬。按,在非正式场合,魏晋士人平常著屐,以示闲适自由。在见长辈的正式场合,则"蹑履"示敬。

〔6〕前倨后恭:成语,先傲慢而后谦恭。

【评】

魏晋士族,大多是兄弟大排行,过的是大家族的生活。谢玄父奕,在兄弟中是长兄,但与二弟据俱早卒,因此,老三谢安,就是当然的谢氏家长。他对侄儿玄,不仅视如己出,宠爱有加,而且严格教育,盼其成材。此所谓愿芝兰玉树生于庭中也。玄对谢安,敬如严父。夏天暑热之时,赤膊光脚仰天卧睡,是纳凉时的一种自由闲适之态。"谢公清晨卒来",打破侄儿清梦,玄"跣出屋外",出于意外,并非其过。后按礼仪,"蹑履问讯",亡羊补牢,以示尊敬。于此可见,衣冠可以改变人的形象。安"前倨而

1134

后恭"之戏,言辞生动准确,幽默风趣,在玩笑调弄中,逗露出宠爱儿辈的善意,更增添了士人家庭生活之乐趣。

25.56　顾长康作殷荆州佐[1],请假还东[2]。尔时例不给布飒[3],顾苦求之[4],乃得。发至破冢[5],遭风大败[6]。周祗《降(隆)安记》曰:"破冢,洲名,在华容县。"作牋与殷云[7]:"地名破冢,真破冢而出,行人安稳,布飒无恙。"

【注】

〔1〕顾长康:顾恺之字长康,晋陵(今江苏无锡)人。东晋著名画家。参前《言语》第88则注。殷荆州:指殷仲堪,时任荆州刺史。佐:府佐,僚属。

〔2〕还东:顾恺之家乡晋陵在长江下游。从荆州顺游东下,故称还东。

〔3〕布飒:原指船帆,此泛指帆船。飒通"帆"。

〔4〕苦求:苦苦要求,竭力争取。

〔5〕破冢:地名,长江的一个小洲,在今湖北江陵县东。

〔6〕败:败坏,破坏。

〔7〕牋:今作"笺"。刘勰云:"牋者,表也,识表其情也。"东汉后郡将向府主汇报称奏牋。实际是一种上行奏事的书信。

【评】

　　史称顾恺之博学多才,是一个文艺天才,素有"才绝、画绝、痴绝"的"三绝"之誉。谢安誉美其画,"以为有苍生以来未之有也"。其为人好谐谑,人多爱狎之。但常"矜伐过实,少年因相称誉以为戏弄"。诙谐、滑稽、幽默,与其文艺天才,配合得天衣无缝。其上殷仲堪笺,"地名破冢,真破冢而出",借实际地名,描述自己如从败坟古墓中夺路而出,死里逃生。虽极惊险,但却语带诙谐,态度从容。"行人安稳,布飒无恙",则又故意颠倒语序,错相搭配,以求既不违背事实,又见语言修辞之艺术效果。如余氏《笺疏》所评:"盖本当云:'布帆安稳,行人无恙。'因帆已破败,不可言安稳,故易其语以见意。此乃以文滑稽耳。"当他回荆州交差时,布飒虽败而入库,岂非"无恙"?自己终于归来,岂非"安稳"!大风大浪中仍然激发其文学天才,风险中仍然笑声爽朗,真是不可多得的天才!

25.57 苻朗初过江[1],裴景仁《秦书》曰:"朗字元达,苻坚从兄。性宕放,神气爽悟。坚常曰:'吾家千里驹也。'坚为慕容冲所围,朗降谢玄,用为员外散骑侍郎。吏部郎王忱与兄国宝命驾诣之。沙门法太问朗曰:'见王吏部兄弟未?'朗曰:'非一狗面人心,又一人面狗心者是邪?'忱丑而才,国宝美而很故也。朗常与朝士宴,时贤并用唾壶,朗欲夸之,使小儿跪而开口,唾而含出。又善识味,会稽王道子为设精馔,讫,问:'关中之食,孰若此?'朗曰:'皆好,唯盐味小生。'即问宰夫,如其言。或人杀鸡以食之,朗曰:'此鸡栖恒半露。'问之,亦验。又食鹅炙,知白黑之处。咸试而记之,无毫厘之差。箸《苻子》数十篇,盖老庄之沠(流)也。朗矜高忤物,不容于世,后众逸而杀之。"**王咨议大好事**[2],**问中国人物及风土所生**[3],**终无极已**[4],《王氏谱》曰:"肃之字幼恭,右将军羲之弟(第)四子。历中书郎、骠骑咨议。"**朗大患之**[5]。**次复问奴婢贵贱,朗云:"谨厚有识中者**[6],**乃至十万;无意为奴婢问者**[7],**止数千耳。"**

【注】

〔1〕苻朗:字元达。前秦苻坚从兄之子。刘注谓"从兄",误。官青州刺史,后降晋,用为散骑侍郎。为人恃才傲物,后被谮杀。初过江:指苻

朗降晋后初至京师建康。

〔2〕王咨议:王肃之,羲之第四子。仕履见注。

〔3〕中国:此指中原地区。

〔4〕终无极已:没完没了。

〔5〕大患:非常讨厌。

〔6〕谨厚:恭谨朴实。有识中:有识见。魏晋六朝时,谓得其当者为"中",如"理中"、"事中"等。

〔7〕无意:无识见。为奴婢问:只问奴婢之事。

【评】

苻朗原为前秦苻坚家族中坚,官青州刺史。太元九年(384),谢玄伐秦,取河南,取青州,朗降于玄。据此,故事当发生在太元九年以后若干年中。苻朗是前秦贵族中的佼佼者,史称其"动怀远操,不屑时荣"。谈虚语玄,手不释卷。但又恃才傲物,常自夸诞,虽渡江降晋而本性依然。于是南北贵族的相互调侃戏言中,又潜藏了一番唇枪舌剑。苻朗风流超迈,志凌万物,但作为降官,身份改变,又不得不与江东士人应酬。王肃之虽然出身琅邪王氏家族,但本人颇俗。问奴婢价,即是一例。故朗患之,一语双关,讽刺肃之如"无意为奴婢问者",是个心中无知无识的俗物,其身价"止数千耳",何劳动问?肃之以此自讨没趣。但后来苻朗也因其"忤物侮人"的狂傲,为王国宝谗杀,从而付出了生命的代价。临刑,绝命赋诗:"旷此百年期,远同嵇叔子。命也归自天,委化任冥纪。"死前啸咏自若,自我调侃,真通《庄》、《老》之高人也。

25.58 东府客馆是版屋[1]。谢景重诣太傅[2],时宾客满中[3],初不交言[4],直仰视云[5]:"王乃复西戎其屋[6]。"《秦诗》叙曰:"襄公备其兵甲,以讨西戎。妇人闵其君子,故作。"诗曰:"在其版屋,乱我心曲。"毛公注曰:"西戎之版屋也。"

【注】

〔1〕东府:东晋扬州刺史府第原在台城西,称西府。自会稽王司马道子兼领扬州之时,其府第在州东,故时人号为东府。版屋:即板屋,用木板盖的房屋。

〔2〕谢景重:谢重字景重,朗子,陈郡阳夏人。其人秀有才具,终骠骑长史。参《言语》第98则注。太傅:指会稽王司马道子。简文帝子,时任太傅,故称。

〔3〕满中:一屋充满。

〔4〕初不:全然不。

〔5〕直:只。

〔6〕乃复:竟然。西戎其屋:把房间装饰成西戎的木板屋。语出《诗经·秦风·小戎》:"在其版屋,乱我心曲。"版屋,以所居之木板屋喻西戎。《汉书·地理志》称:"天水郡陇西,山多林木,民以板为室屋。故《秦诗》曰:'在其版屋。'"

【评】

自谢安后,陈郡阳夏谢氏家族迅速跻升于一流门阀士族,与琅邪王氏并称王谢家族。因此,谢重的狂傲,有其出身与时代背景,是贵游子弟门阀意识作祟。满屋之人,谢重两眼望天,而不与交一言,连寒暄一下都懒。他引《诗经·秦风·小戎》"在其版屋,乱我心曲"之句,一指版屋内众宾皆为俗物,不值一言。更深一层,则直逼府主司马道子这一执掌国政的人物。前《言语》第101则载,重为桓玄而冲撞道子。现又以"乱我心曲"云云,暗喻道子将乱天下。狂傲之中,同时又见超前的忧患意识。

25.59 顾长康啖甘蔗[1],先食尾。人问所以,云:"渐至佳境。"

【注】

〔1〕顾长康:顾恺之字长康。参前《言语》第88则注。啖:吃。

【评】

"渐至佳境",成语又作"渐入佳境"。恺之语虽为一般的生活经验,但体悟颇深,同样适合于生活的方方面面。人们知道,甘蔗的根部最甜,糖分最高,而尾部则糖分渐减,吃到最后,甚至有点咸味。一般人食蔗有二法:一是先吃根部,由下往上,把最甜的吃掉后,常舍弃尾部不食;一是如顾恺之,由尾到根,从上往下,越吃越甜,不仅一点也不浪费,而且有引人入胜的渐至佳境之感。"渐入佳境"或"渐至佳境"已化为成语,比喻生活越来越甜,境况渐好或兴会愈浓。恺之的天才悟性,启人至多。

25.60 孝武属王珣求女婿〔1〕,曰:"王敦、桓温,磊砢之不(流)〔2〕,既不可复得,且小如意〔3〕,亦好豫人家事〔4〕,酷非所须〔5〕。正如真长、子敬比〔6〕,最佳。"珣举谢混〔7〕。后袁山松欲拟谢婚〔8〕,《续晋阳秋》曰:"山松,陈郡人。祖乔,益州刺史。父方平,义兴太守。山松历秘书监、吴国内史。孙恩作乱,见害。初,帝为晋陵公主访婿于王珣,珣举谢混,云:'人才不及真长,不减子敬。'帝曰:'如此便已足矣。'"王曰:"卿莫近禁脔〔9〕?"

【注】

〔1〕孝武:东晋孝武帝司马曜,简文帝子,在位二十四年。属:通"嘱",托付。王珣:字元琳,导孙。爵东亭侯。官至尚书令。参前《言语》第102则注。

〔2〕王敦、桓温:王敦、桓温皆为驸马,敦尚武帝女襄城公主,温尚晋

明帝女南康长公主。磊砢之不:袁本"不"作"流",是。磊砢之流,俊伟卓异之人。磊砢,原指树大多节,后用以喻人之奇才异节。

〔3〕小:稍。

〔4〕好豫人家事:指王敦和桓温二人手握兵权,野心勃勃,觊觎帝位。豫,通"预",干预。家事,皇家之事,指帝位大权。

〔5〕酷:极。

〔6〕真长:指刘惔。子敬:指王献之。刘、王二人皆为驸马,刘尚明帝女庐陵公主,王尚简文帝女新安公主。如……比:像……一样。

〔7〕谢混:字叔源,小字益寿,安孙。官至中领军、尚书仆射。其文才一代之英。尚孝武帝女晋陵公主。

〔8〕袁山松:与谢混同为陈郡阳夏(今河南太康)人。参前《任诞》第43则注。

〔9〕禁脔:喻皇家禁物,外人不得染指。禁,宫禁。脔,肉块。语出《晋书·谢混传》:"元帝始镇建业,公私窘罄,每得一豘,以为珍膳,项上一脔尤美,辄以荐帝,群下未尝敢食。于时呼为禁脔。故珣因以为戏。"

【评】

孝武帝为女求婿,煞费苦心。如刘辰翁评曰:"谋婿至矣。"皇帝也是人,爱女心切,体现了人性的真实。但皇家求婿,重在政治品格,也就是政治上的可靠,而非关心儿女的男女感情。孝武提到的王敦、桓温"好豫人家事",对皇权构成直接威胁,政治上不可靠,人再英俊能干,也不在考虑之列。至于王献之与新安公主,婚后感情不佳,但政治上对皇家有利,因此作为选婿的典范提出。其择婿标准是政治第一,少问情感。这就为公主与驸马的婚姻生活,常是带来了感情的悲剧,顾此失彼,能无悔乎?

25.61 桓南郡与殷荆州语次[1],因共作了语[2]。顾恺之曰:"火烧平原无遗燎。"桓曰:"白布缠棺竖旒旐[3]。"殷曰:"投鱼深渊放飞鸟。"次复作危语[4]。桓曰:"矛头淅(淅)米剑头炊[5]。"殷曰:"百岁老翁攀枯枝。"顾曰:"井上辘轳卧婴儿。"殷有一参军在坐[6],云:"盲人骑瞎马,夜半临深池。"殷曰:"咄咄逼人。"仲堪眇目故也。《中兴书》曰:"仲堪父尝疾患经时,仲堪衣不解带数年。自分剂汤药,误以药手拭泪,遂眇一目。"

【注】

〔1〕桓南郡:指桓玄,温子,袭爵南郡公,故称。殷荆州:殷仲堪,孝武时拔任荆州刺史,故称。语次:谈话之时。

〔2〕了语:意思终了的话。

〔3〕旒旐(liú zhào 流兆):灵前旗幡。旐,丧葬的招魂幡。旒,旗上飘带一类装饰。

〔4〕危语:以危险之事做隐语。

〔5〕矛头淅(淅)米剑头炊:在枪矛小凹槽中淘米,以利剑支锅做饭。喻极危险。

〔6〕参军:官名,军府重要僚佐。

【评】

　　这是东晋名士的一场语言游戏,既展示了形象思维的文学水平,更充分表现了语言修辞的譬喻艺术。前三句作"了语",是精美的联句,"燎"、"旐"、"鸟"押韵,同属上声十七篠。三句隐语,都有终了、了结之义。至于后半四句危语,则其形象隐喻,一句比一句惊险。"矛头淅米剑头炊",余嘉锡评曰:"此不过言于战场中造饭,死生呼吸,所以为危也。"战场之事,尚是生死未卜,而"百岁老人攀枯枝"、"井上辘轳卧婴儿",则是必死无疑。其险更甚于战场。至于参军之句,尤其令人震骇,其语对仗工整,同时又语带双关。盲人瞎马,影射殷仲堪眇目之病。殷是其府主上司,但参军却故意讽刺,话语相当刻薄。故殷有"咄咄逼人"之叹。但也仅此而已,并未加以打击报复,这说明魏晋士人思想较为开明。如置于明清之时,则后果可想而知。

25.62 桓玄出射[1],有一刘参军与周参军朋赌[2],垂成,唯少一破[3]。刘谓周曰:"卿此起不破[4],我当挞卿[5]。"周曰:"何至受卿挞?"刘曰:"伯禽之贵[6],尚不免挞,而况于卿?"《尚书大传》曰:"伯禽与康叔见周公,三见而三笞。康叔有骇色,谓伯禽曰:'有商子者,贤人也,与子见之。'乃见商子而问焉。商子曰:'南山之阳有大(木)焉,名乔。二三子往观之。'见乔,实高高然而上,反以告商子。商子曰:'乔者,父道也。南山之阴有木焉,名曰梓。二三子复往观焉。'见梓,实晋晋然而俯。反以告商子。商子曰:'梓者,子道也。'二三子明日见周公,入门而趋,登堂而跪。周公拂其首,劳而食之,曰:'尔安见君子乎!'"《礼记》曰:"成王有罪,周公则挞伯禽。"亦其义也。周殊无忤色[7]。桓语庾伯鸾曰[8]:《晋东宫百官名》曰:"庾鸿字伯鸾,颍川人。"《庾氏谱》曰:"鸿祖义(羲),吴国内史。父楷(揩),左卫将军。鸿仕至辅国内史。""刘参军宜停读书,周参军且勤学问。"

【注】

〔1〕出射:外出靶场射箭。

〔2〕朋赌:分组比赛。一朋,即一组。

〔3〕破:破的,射中箭靶。

〔4〕起:发。

〔5〕挞:鞭笞。

〔6〕伯禽:周公长子。周初封鲁公。

〔7〕忤:与"忏"通,抵触。

〔8〕庾伯鸾:庾鸿,亮玄孙。

【评】

　　桓玄其人,终因篡位被杀。但魏晋六朝之士,不以成败论英雄。桓氏温、玄父子,仍是文人津津乐道的风流人物。在《排调》门中,桓玄故事共六则,成为重要角色。史称桓玄"风神疏朗,博综艺术,善属文",故常自负才地,讥嘲人物。"刘参军宜停读书,周参军且勤学问",其批评取俯视轻蔑的眼光,不仅因其府主的地位,更在于其才情学问高高凌越于二位参军之上,这是一种内在精神批评,而非仅以权势压人的政治断语。如余嘉锡所评:"刘滥引故事,比拟不伦,以《书传》资其利口,故曰宜停读书。周被骂而无忤色,盖不知伯禽为何人,故曰'且勤学问'。"

25.63　桓南郡与道曜讲《老子》[1],王侍中为主簿[2],在坐。桓曰:"王主簿,可顾名思义[3]。"王未答,且大笑。桓曰:"王思道能作大家儿笑[4]。"道曜,未详。思道,王祯(桢)之小字也。《老子》明道,桢之字思道,故曰"顾名思义"。

【注】

　　[1] 桓南郡:桓玄,袭爵南郡公,故称。《老子》:即老子《道德经》,魏晋清谈玄理的三玄之一。

　　[2] 王侍中:指王桢之,曾官侍中,故称。当时在桓玄府衙任主簿。主簿是当时中央或地方府衙的重要属官。

　　[3] 顾名思义:王桢之字公幹,小字思道。《老子》论道,王桢之字思道。思道者,思名字则知《老子》之道也,故曰"顾名思义"。

　　[4] 大家儿:世家望族的贵游子弟。

【评】

　　东晋政权支柱中的王、谢、庾、桓四大家族,论其门阀身份,桓氏当兵出身,品流在下。但自桓温父子拥兵掌权之后,权势气焰陡升。因此,其他的高门士族常不自觉地联合反对桓氏集团。桓玄以此常想方设法摧挫王、谢等士人望族,以抬高自家的品望。他任太尉时拥兵自重,大会朝臣,曾当面问王桢之:"我何如君亡叔(按:指王献之)?"桢之曰:"亡叔一时之标,公是千载之英。"琅邪王家子弟,马屁没有少拍。在此故事中,他又以王桢之小字加以调谑。"王未答且大笑",可能是感到了桓玄的话不太友好,故大笑不予置答以免祸。但玄还是不依不饶,更追一层,讥之为"大家儿笑"——贵游子弟只知轻薄无礼的傻笑,欠缺的是实际的才干。这是否有点痛打落水狗的味道?

25.64　祖广行恒缩头[1],诣桓南郡[2],始下车,桓曰:"天甚晴朗,祖参军如从屋漏中来[3]。"《祖氏谱》曰:"广字渊度,范阳人。父台之,光禄大夫。广仕至护军长史。"

【注】
〔1〕恒:常,总是。
〔2〕桓南郡:桓玄。
〔3〕屋漏:漏雨的破屋。此喻遭雨淋。

【评】
　　桓玄自恃才地,拿人生理缺陷开玩笑,其言行心理,已日渐逼近了傲诞放达的贵游子弟的意识。但高门士族,却不认账。桓温欲与太原王氏联婚,即被鄙视为兵家子而遭拒绝,更何况是桓玄。

25.65　桓玄素轻桓崖[1],崖在京下有好桃[2],玄连就求之,遂不得佳者。崖,桓修小字。《续晋阳秋》曰:"修少为玄所侮,于言端常嗤鄙之。"玄与殷仲文书[3],以为嗤笑[4],曰:"德之休明[5],肃慎贡其楛矢[6];如其不尔,篱壁间物[7],亦不可得也。"《国语》曰:"仲尼在陈,有隼集陈侯之庭而死,楛矢贯之,石砮尺有咫。问于仲尼,对曰:'隼之来远矣,此肃慎之矢也。昔武王克商,通道于九夷百蛮,使各以方贿贡,于是肃慎氏贡楛矢。古者分异姓之职,使不忘服也,故分陈以肃慎之贡。若求之故府,其可得。'使求,得之金椟如初。"

【注】

〔1〕桓崖:桓修字承祖,小字崖。冲子、温侄。与桓玄是堂兄弟。尚简文帝女武昌公主。在晋官至中护军。桓玄篡位,进抚军大将军,安成王。

〔2〕京下:京师。好桃:优良品种的桃子。

〔3〕殷仲文:陈郡人。桓玄引为咨议参军。玄篡位,成为心腹佐命大臣。玄败后投义军,后被诛。

〔4〕嗤笑:嘲笑。

〔5〕休明:美好盛明。

〔6〕肃慎:我国古代东北少数民族。楛矢:用楛木作杆的箭。

〔7〕篱壁间物:泛指庭院间的普通之物。

【评】

桓玄其人,自负才地,以雄豪自处,一旦得意,眼中何曾有物?他不仅势摧王、谢华丽家族,而且在桓氏家族内部,也瞧不起桓修诸人,这就叫内战内行。可见桓氏家族内部,也是矛盾重重。如桓冲就不同于温,他是"忠言嘉谋,每尽心力",与谢安一起,忠心辅助朝廷。冲子桓修,与野心勃勃的桓玄有矛盾,并不奇怪。他不把京下好桃赠玄,并非惜桃,而是因玄从小就欺侮之、嗤鄙之。故后面《仇隙》门云:"桓玄将篡,桓修欲因玄在修母许袭之。"被修母所止。故事中桓玄"德之休明,肃慎贡其楛矢"之言,称引《国语·鲁语上》的故事,隐约透露出篡逆之心。为了实现政治目标,他以宗亲血缘关系为纽带,把家族作为篡逆的核心力量。因此,他篡位后进修抚军大将军、安成王。一顶高帽子,终于把桓玄送上了断头台,悲乎哀哉!

轻诋 第二十六

【题解】 轻诋者,轻视与诋毁也。"轻诋"是一个并列结构的复合动词。所谓"轻",不仅是轻蔑、瞧不起,而且还含有轻率的意思,其言行多是不假思索而从潜意识中发出的;所称"诋"则是毁坏他人的言论,明显不是出自善意的立场。《轻诋》门的故事共33则,作者态度复杂,并非尽持批评否定的立场。这是因为故事中所轻诋的言行与对象,比较复杂,不能一概而论。如第11则,桓温掌生杀大权,居高临下,轻诋僚佐袁虎(宏)为不能"负重致远"的千斤大牛,将"烹之以飨将士",作者以"四坐既骇,袁亦失色"加以作结,实际上对桓氏以势压人的言行是持批评的态度。袁氏一句"率尔而对"的寻常语,稍不合桓之意,差点招来杀身之祸,这不太霸道了吗?但在更多的场合,名士之间的相轻相诋,大多是抓住了被诋对象本身的言行错失或性格弱点,因而其所轻诋,常是一语中的,令人难以争辩而不得不服。如第17则谢安与孙长乐兄弟交,"言至款杂",被安妻讥为"亡兄(刘惔)门未尝有如此宾客"。当时孙绰有才而俗,与刘惔的名士清高形成了鲜明的对照。谢安虽为大名士,面对妻子却也只能是"深有愧色"。这就表现了作者的肯定态度。但更多情况下,作者持中性立场,见仁见智,褒贬不一,留出联想的广阔空间,让广大读者自由驰骋。而且,名士相轻,大多率尔而对,出于性格之自然,其态度天真而不加掩饰,这一点同样也很可爱,显现了魏晋名士的风貌与特点。

26.1 王太尉问眉子[1]:"汝叔名士[2],何以不相推重[3]?"眉子,已见。叔,王澄也。眉子曰:"何有名士终日妄语!"

【注】
〔1〕王太尉:指王衍,字夷甫,西晋时官至太尉,故称。参前《言语》第23则注。眉子:王玄字眉子,衍子。东海王越辟为掾,行陈留太守。参前《识鉴》第12则注。
〔2〕汝叔:指玄叔王澄,字平子。衍弟。官至荆州刺史。参前《德行》第23则注。
〔3〕推重:推服敬重。

【评】
　　王衍与澄兄弟,于西京称一代名士,衍清谈领袖人物,后被石勒所杀,致清谈误国之讥。而澄为任诞名士,史称"经澄所题目者,衍不复有言"。其为人终日"酣宴纵诞,穷欢极娱",虽在寇戎急务军中,亦不以在怀。其侄王玄,亦是豪气干云的名家,他早看透其叔的性格弱点,故其"何有名士终日妄语"之诋,实是一语中的,并非空穴来风之言。据前《识鉴》第12则,王澄对此"逆侄",也颇不满,有"志大其量,终当死坞壁间"之咒。叔侄之间,早有对立情绪,源于思想认识的不同。

26.2 庾元规语周伯仁[1]:"诸人皆以君方乐[2]。"周曰:"何乐?谓乐毅邪[3]?"《史记》曰:"乐毅,中山人。贤而为燕昭王将军,率诸侯伐齐。终于赵。"庾曰:"不尔,乐令耳[4]。"周曰:"何乃刻画无盐[5],以唐突西子也[6]。"《列女传》:"锺离春者,齐无盐之女也。其丑无双,黄头深目,长壮大节,鼻昂结喉,肥项少发,折腰出胸,皮肤若漆。行年三十,无所容入,衒嫁不售。乃自诣齐宣王,乞备后宫,因说王以四殆。王□(拜)为正后。"《吴越春秋》曰:"越王勾践得山中采薪女子,名曰西施,献之吴王。"

【注】

〔1〕庾元规:庾亮字元规。颍川鄢陵人。官至中书令。参前《德行》第31则注。周伯仁:周顗字伯仁。参前《言语》第30则注。

〔2〕方:比方,比拟。

〔3〕乐毅:战国时燕国上将,曾率诸侯兵大败齐国,封昌国君。

〔4〕乐令:指西晋乐广,字彦甫,南阳人。清言名士。官至尚书令。故称。

〔5〕刻画无盐:精心美化丑女。无盐原是地名,丑女锺离春生于该地。因借称丑女。

〔6〕唐突西施:冒犯美女西施。西施,春秋时越国美女。后成为中国古代四大美女的典型之一。

【评】

庾亮把周顗比作乐令,本意是推许,而非轻诋。乐广其人,西晋儒、玄双修的清言领袖,并非等闲之辈。其性冲约而有远识,谈论析理,厌人之心。故当时天下言风流者,谓王(衍)、乐(广)称首。但其治国方略与政治才干却是平平,在八王之乱中,忧惧而死。这与周顗的理想并不和谐。顗之率真任放不让西京名士,但处东晋初建之际,酣饮中有清醒之识,国家之责、社稷之重,并未遗忘。其所等待,只是表现的时机。当王敦举兵向阙之时,朝廷散败,君主被囚而人人自危之时,周顗挺身而出,慷慨赴义,骂贼而死。其死重于泰山,岂乐广忧惧自身可比! 故顗视庾亮比之乐令为"刻画无盐,唐突西施",如同以丑女来冒犯美女,是对自己的轻诋。从政治功业和历史道义来看,周顗之言不仅有道理,而且见其率真之性,勃然变色之怒,溢于言表,形象非常生动。

26.3 深公云[1]:"人谓庾元规名士[2],胸中柴棘三斗许[3]。"

【注】

〔1〕深公:即竺法深,东晋高僧。参前《德行》第30则注。
〔2〕庾元规:即庾亮。参前注。
〔3〕柴棘:柴草荆棘。许:表约数。三斗许即三斗多。

【评】

深公和庾亮,交游颇多,故其优劣相知亦深。史称庾亮美姿容,善谈论,性好《庄》、《老》,风格峻整,是个儒、玄双修的名士。但作为外戚,他更重要的是一名政治家,"太后临朝,政事一决于亮"。从历史实际看,庾亮治国才干平庸,内诛王室宗亲,离心打击王导;外则举措失当,疑忌陶侃,并直接造成苏(峻)、祖(约)之乱,司马朝廷几乎不保。正如深公所言,庾亮"胸中柴棘三斗许",心胸狭隘,怎能不乱?深公游于方外,却洞悉方内而抉其要害,此所以为高僧也。故王世懋评曰:"此言得其深。"一语中的。周婴《卮林》则反之,以为"元规于法深不薄,今乃发其轻诋,……岂高逸沙门哉",其意见为尊者讳,实是对于深公的误解。

26.4 庾公权重[1],足倾王公[2]。庾在石头[3],王在冶城坐[4],大风扬尘,王以扇拂尘曰:"元规尘污人。"案:王公雅量通济,庾亮之在武昌,传其应下,公以识度裁之,嚣言自息。岂或回贰,有扇尘之事乎?王隐《晋书·戴洋传》曰:"丹阳太守王导,问洋得病七年,洋曰:'君侯命在申,为土地之主。而于申上冶,火光照天,此为金火相铄,水火相炒,以故相害。'导呼冶令奕逊使启镇东徙,今东冶是也。"《丹阳记》曰:"丹阳冶城,去宫三里,吴时鼓铸之所。吴平,犹不废。"又云:"孙权筑冶城,为鼓铸之所。"既立石头大坞,不容近立此小城。当是徙县冶(治),空城而置冶尔。冶城疑是金陵本冶(治),汉高六年,令天下县邑,秣陵不应独无。

【注】

〔1〕庾公:庾亮。亮妹明帝皇后,成帝时以太后临朝,政事一决于亮,故称"权重"。

〔2〕倾:倾轧,压制。王公:王导。

〔3〕石头:城名,在建康西面,是当时捍卫京师的军事要塞。

〔4〕冶城:地名,晋时丹阳郡治所。

【评】

　　此则应与前则并读体味。二则都写庾亮,前则虚写,概括其心胸气量狭隘;此则实写,从王导的轻诋之言,联想到庾亮的作为与矛盾。东晋之初,民谣有"王与马,共天下"之言,琅邪王家在王敦、王导的经营下,势力腾腾直上,甚至打压司马皇室。但自王敦败亡,虽然王导忠心王室,但琅邪王家势蹙,庾氏外戚之家,几乎取而代之。围绕朝廷政权,庾、王两族展开了矛盾争斗。故事发生在成帝咸和年间,时庾亮作为江、荆、豫三州刺史,都督六州军事,掌控长江中上游雄兵,几次萌发"东下意"——进京逼迫王导罢相,但因郗鉴反对而止。以此,王导发为"元规尘污人"的慨叹,以喻颍川鄢陵庾氏气焰的甚嚣尘上。王导之言,虽属轻诋性质,却也合乎事实。言语之中,反映出庾、王二族的门阀之争及朝廷的复杂矛盾。同时,王导和庾亮治国施政不同,王导实施道玄无为之治,而庾氏则任法裁物,指导思想各异,故王导视庾之言行为精神污染。

26.5 王右军少时甚涩讷[1],在大将军许[2],王、庾二公后来[3],右军便起欲去,大将军留之,曰:"尔家司空、王丞相,已见。元规[4],复可所难[5]?"

【注】
　　[1] 王右军:王羲之,字逸少。官至右军将军,会稽内史。王导从子。涩讷:言语迟钝。
　　[2] 大将军:王敦,字处仲,官大将军,故称。参前《文学》第20则注。许:处所,住地。
　　[3] 王、庾二公:指王导和庾亮。
　　[4] 尔家司空:指王导,曾官司空,故称。王导与王敦、王羲之同是琅邪王氏家族人物,故称"尔家"。元规:庾亮,字元规。
　　[5] 复可所难:又有什么难处呢?可,与"何"通借。

【评】
　　在书法与文学方面,王羲之诚为名垂青史的艺术天才。但天才并非人尽神童。羲之少时即有言语"涩讷"并羞见于人的弱点,其为风流所宗的天纵之英,当与其后天努力密切相关。勤奋出天才,并非妄言。

26.6 王丞相轻蔡公[1],曰:"我与安期、千里共游洛水边[2],何处闻有蔡克儿[3]?"《晋诸公赞》曰:"克字子尼,陈留雍丘人。"《克别传》曰:"克祖睦,蔡邕孙也。克少好学,有雅尚,体貌尊严,莫有媟慢于其前者。高平刘整有隽才,而车服奢丽,谓人曰:'纱縠,人常服耳。尝遇蔡子尼在坐,终日不自安。'见惮如此。是时,陈留为大郡,多人士。琅邪王澄尝经郡入境,问:'此郡多士,有谁乎?'史(吏)曰:'有江应元、蔡子尼。'时陈留多居大位者,澄问:'何以但称此二人?'吏曰:'向谓君侯问人,不谓位也。'澄笑而止。克历成都王东曹掾,故称东曹。"《妒记》曰:"丞相曹夫人性甚忌,禁制丞相,不得有侍御,乃至左右小人,亦

1152

被检简,时有妍妙,皆加消责。王公不能久堪,乃密营别馆,众妾罗列,儿女成行。后元会日,夫人于青疏台中,望见两三儿骑羊,皆端正可念。夫人遥见,甚怜爱之。语婢:'汝出问,是谁家儿?'给使不达旨,乃答云:'是第四、五等诸郎。'曹氏闻,惊愕大恚。命车驾,将黄门及婢二十人,人持食刀,自出寻讨。王公亦遽命驾,飞辔出门,犹患牛迟。乃以左手攀车蘭(栏),右手捉麈尾,以柄助御者打牛,狼狈奔驰,劣得先至。蔡司徒闻而笑之,乃故诣王公,谓曰:'朝廷欲加公九锡,公知不?'王谓信然,自叙谦志。蔡曰:'不闻馀物,唯闻有短辕犊车,长柄麈尾。'王大愧。后贬蔡曰:'吾与安期、千里共在洛水集处,不闻天下有蔡克儿!'正忿蔡前戏言耳。"

【注】

〔1〕王丞相:王导。轻:轻视,轻诋。蔡公:蔡谟,字道明,济阳孝城人。克(一作充)子。官至侍中、司徒。

〔2〕安期:王承字安期。千里:阮瞻字千里。按:王、阮二人皆为西晋名士。洛水:水名,在西晋京师洛阳。

〔3〕蔡克儿:指蔡谟。蔡克:他本作"蔡充"。按:《晋书》卷七七《蔡谟传》作"父克"。故宋本作"克"是。

【评】

    王导是东晋开国功臣,著名政治家。当时为了东晋建国初期的"统战"需要,他颇有宰相风度,地不分南北,人不分种族,都曾克制自己的贵族脾性,一概巧于周旋。但在潜意识深处,琅邪王家高贵门阀的傲慢与偏见,仍然潜伏盘旋,伺机爆发。在门阀社会中,这一故事说明了王导自有脾气和个性,不允许别人有损其自我尊严。蔡谟与他朝廷共事,也是当时中原世族中的名公巨卿,可能出于对王导的辅政的不满,曾在丞相府坐,导令作伎,谟"不悦而去,导亦不之止",见《晋书》谟传。又因导妾雷氏"颇预政事"以纳贿,蔡讥为"雷尚书",见《惑溺》第7则;又以"朝廷欲加公九锡"之言来讥讽王导之执政。王导因此大为恼火,而以"何处闻有蔡克儿"相诋。开玩笑中,轻慢之色,潜伏了一场政治矛盾。刘辰翁评曰:"人之轻诋,更累其父。"这不仅是个人的玩笑谑语,而且涉及家族与政治,因而连累谟父克也不得不出场"亮相"。

26.7　褚太傅初渡江[1],尝入东,至金昌亭[2],吴中豪右燕集亭中[3]。谢歆《金昌亭诗叙》曰:"余寻师,来入经吴,行达昌门,忽睹斯亭,傍川带河,其榜题曰'金昌'。访之耆老,曰:'昔朱买臣仕汉,还为会稽内史,逢其迎吏,逆旅比舍,与买臣争席。买臣出其印绶,群吏惭服自裁。因事建亭,号曰"金伤",失其字义耳。'"褚公虽素有重名,于时造次不相识别[4],敕左右多与茗汁[5],少箸粽[6],汁尽辄益,使终不得食。褚公饮讫,徐举手共语云:"褚季野。"于是四坐惊散,无不狼狈。

【注】

〔1〕褚太傅:褚裒,字季野。河南阳翟人。卒赠侍中,太傅,故称。参前《德行》第34则注。

〔2〕金昌亭:驿亭名,在吴县(今苏州)阊门外。

〔3〕吴中:具体指吴县(今苏州)。豪右:豪门右族之人。

〔4〕造次:仓猝,匆忙。

〔5〕茗汁:茶水。

〔6〕粽:佐茶的蜜汁瓜果,如今之蜜饯。

【评】

这则故事与《轻诋》无涉,入《雅量》或《豪爽》门似更合适。前《雅量》第18则有钱塘令沈充戏褚,褚举手答曰:"河南褚季野。"事异而情节略同,则传闻之异也。

褚裒非等闲之辈,《晋书·外戚》有传,史称其"少有简贵之风,与京兆杜乂俱有盛名,冠于中兴",其气度神韵雅为谢安所重。但吴中豪强,偏是有眼不识泰山,趋炎附势,仗势欺生,灌饮茶水不断,使褚"终不得食"。但褚不以为意,初不报名,饮讫始举手相报,一座惊散,辱人者终自辱。世态炎凉,形于笔端,令人叹息。

26.8 王右军在南[1],丞相与书[2],每叹子侄不令[3],云:"虎㹠、虎犊[4],还其所如[5]。"虎㹠,王彭之小字也。《王氏谱》曰:"彭之,字安寿,琅邪人。祖正,尚书郎。父彬,卫将军。彭之仕至黄门郎。""虎犊,彪之小字也。彪之字叔虎,彭之第三弟。年二十而头须皓白,时人谓之'王白须'。少有局干之称。累迁至左光禄大夫。"

【注】

〔1〕王右军:王羲之。

〔2〕丞相:王导。

〔3〕令:美好,优秀。

〔4〕虎㹠:王彭之,字安寿,小字虎㹠。彬子,导从侄。㹠,小猪。虎犊:王彪之,字叔虎,小字虎犊。犊:小牛。彬诸子中最有名。官至尚书令。

〔5〕还其所如:恰如其小字所称。

【评】

程炎震、朱铸禹诸人,以为故事当发生于"右军在江州时"。按《晋书》本传羲之任江州刺史,出于庾亮临死前的推荐,亮卒于咸康六年(340),羲之赴江州任,必在是年之后。而王导先亮一年而卒。咸康六年之后的江州刺史王羲之,怎能收到已故王导之信呢?程、朱之说明显有误。此信必然写于咸康五年之前。当时政事一决于庾氏家族,晚年王导早被架空。导忧琅邪王氏家族的地位与利益,故有此信,叹子侄不争气,而望羲之奋起光复琅邪王氏的声望。"虎豱、虎犊,还其所如,"刘辰翁评曰:"言其真如豱犊耳。"又余嘉锡评曰:"言彭之、彪之,生长高门,而才质凡下,羊质虎皮,恰如其名也。"所论甚是。此言"诋"侄是实,但态度非恶,而是出于恨铁不成钢的急迫心理。垂垂老矣的一代名相,为家族前途而忧心如焚,悲乎!

26.9　褚太傅南下[1],孙长乐于船中视之[2]。长乐,孙绰。言次及刘真长死[3],孙流涕,因讽咏曰:"人之云亡,邦国殄瘁[4]。"《大雅》诗,毛公注曰:"殄,尽。瘁,病也。"褚大怒,曰:"真长平生,何尝相比数[5],而卿今日作此面向人!"孙回泣向褚曰[6]:"卿当念我[7]。"时咸笑其才而性鄙。

【注】
　　[1]褚太傅:褚裒,参前注。
　　[2]孙长乐:孙绰字兴公,封长乐侯,故称。
　　[3]言次:谈话之间。
　　[4]人之云亡,邦国殄瘁:《诗经·大雅·瞻卬》诗句,意谓贤人亡失,家国衰败。亡,丧失,奔亡。殄(tiǎn 舔)瘁:衰败。
　　[5]真长:刘惔。比数:看重,重视。
　　[6]回泣:止哭。
　　[7]念:怜悯。

【评】
　　永和五年(349),石季龙死,晋徐、兖二州刺史褚裒率师北伐败归,回镇京口。故事当发生于是年,故称"褚太傅南下"。当时褚裒以外戚任封疆大吏,位重爵显,眼中容不得俗物。加以北伐失败,心绪不佳,故其"大怒",实是乘机抒发心中郁积的一种情绪宣泄,正巧孙绰撞到了他的枪口上。不然,很难理解以诔文名世的孙绰引《诗》语来悼念刘惔,会引发这样一场不愉快。孙绰以才高性鄙闻名于世,早为褚裒所轻,《太平御览》卷六云引《语林》,有褚裒游曲阿后湖,公开宣称"孙兴公多尘滓","便欲捉之掷水中",号为戏谑,但轻蔑态度,显然易见。此则借机发作,对孙略加斥责,以发泄自己胸中的愤懑。

26.10　谢镇西书与殷扬州[1],为真长求会稽[2],殷答曰:"真长标同伐异,狭之大者[3]。常谓使君降阶为甚[4],乃复为之驱驰邪[5]?"

【注】

〔1〕谢镇西:谢尚,字仁祖。安从兄。曾任镇西将军、豫州刺史,故称。殷扬州:殷浩字渊源,时任扬州刺史,中军将军,故称。

〔2〕真长:刘惔。求会稽:求任会稽郡内史。当时会稽属扬州。

〔3〕狭:通"狭"。心胸狭隘。

〔4〕谓:以为。降阶:走下台阶相迎,以示谦恭礼敬。

〔5〕乃复:竟然。驱驰:奔走效力。

【评】

刘惔与殷浩,俱是东晋一代的清谈玄理名家。刘惔如何"标同伐异",成为心胸狭隘的人物,《晋书·刘惔传》并无记载。但殷浩与之稔熟,其拒绝谢尚的请求,必有一定道理。《赏誉》第146则载谢玄有"真长性至峭"的批评。至峭,即严厉苛刻以待人。又,《识鉴》第18则载,谢尚、王濛、刘惔看望隐居墓所的殷浩,王、谢有"渊源不起,当苍生何"之叹;而刘则反之,曰:"卿诸人真忧渊源不起邪?"拆穿了殷浩内在的功名之心。可能类似的事情不一而足,早让殷浩不快,故加以拒绝,这是魏晋名士相轻的心理作用。

26.11　桓公入洛[1],过淮泗[2],践北境[3],与诸僚属登平乘楼[4],眺瞩中原[5],慨然曰:"遂使神州陆沈[6],百年丘墟[7],王夷甫诸人不得不任其责[8]!"《八王故事》曰:"夷甫虽居台司,不以事物自婴,当世化之,羞言名教,自台郎以下,皆雅崇拱默,以遗事为高。四海尚宁,而识者知其将乱。"《晋阳秋》曰:"夷甫将为石勒所杀,谓人曰:'吾等若不祖尚浮虚,不至于此。'"袁虎率尔对曰[9]:"运自有废兴[10],岂必诸人之过?"桓公懔然作色[11],顾谓四坐曰:"诸君颇闻刘景升不[12]?《刘镇南铭》曰:"表字景升,山阳高平人。黄中通理,博识多闻。仕至镇南将军、荆州刺史。"有大牛重千斤,啖刍豆十倍于常牛[13],负重致远,曾不若一羸牸[14]。魏武入荆州[15],烹以飨士卒[16],于时莫不称快。"意以况袁[17],四坐既骇,袁亦失色。

【注】

〔1〕桓公:桓温。洛:洛阳。西晋旧京,当时被羌族姚襄占领。

〔2〕淮泗:淮水、泗水。

〔3〕北境:指中原地区。

〔4〕平乘楼:大船层楼。平乘,大船。

〔5〕中原:此指河南北一带的黄河流域地区。

〔6〕神州陆沈:中国沦丧。"沈"通"沉"。

〔7〕百年:喻时间长久。丘墟:荒丘废墟。

〔8〕王夷甫:王衍字夷甫。西晋清谈领袖。官至太尉。后为石勒所杀。

〔9〕袁虎:袁宏字彦伯,小字虎。当时任桓温大司马记室参军。率

尔:轻率而不假思索。

〔10〕运:气运,国运。

〔11〕作色:生气而脸色大变。

〔12〕刘景升:三国时荆州刺史刘表。

〔13〕啖:吃。

〔14〕羸牸(léi zì雷字):瘦弱的母牛。

〔15〕魏武:指曹操。曹丕篡汉建魏后,追尊父操为武帝,故称。

〔16〕飨:犒赏。

〔17〕况:比拟。

【评】

桓温指斥王衍等清谈误国,在当时颇有市场。如在桓温之前,庾翼遗殷浩书,批判名士"高谈《庄》、《老》,说空终日……身囚胡房,弃言所非",应是同一社会思潮的产物。桓温是东晋政坛中一个极厉害的角色,连谢安等王、谢家族代表人物也对他畏忌三分。但作为桓温的直接下属,袁宏却率尔而对,当面顶撞,说明他是不假思索,冲口而出,是潜意识的爆发,所以一时忘记了利害。袁为清谈玄家辩护,立场一贯,是其内心思想感情的自然流露。袁宏曾作《名士传》,为清谈名士树碑立传,表现了维护玄学思想理论的巨大热情,桓、袁二人,态度相反。但与袁宏的理论抗争不同,桓温之言,一箭双雕,另有政治意图。清谈名士,多出于华丽家族,指责名士清谈误国,矛头同时指向了不合作的高门贵族。因此,他对袁宏的话,会勃然变色,《通鉴》胡注所言:"温意以牛况宏,徒能縻俸禄,而无经世之用。"实际比这还严重。作为一个得意忘形的野心家,决不允许不同意见的存在,这已超出了"轻诋"的范围,故有烹杀后快之言。凌濛初因此评曰:"老贼太狠。"

26.12 袁虎、伏滔同在桓公府[1],桓公每游燕[2],辄命袁[3]。袁甚耻之,恒叹曰:"公之厚意,未足以荣国士[4],与伏滔比肩[5],亦何辱如之[6]!"

【注】

〔1〕袁虎:袁宏小字虎。参前注。伏滔:字玄度,官至游击将军。当时与袁同为桓温大司马参军。参《言语》第72则注。

〔2〕游燕:游乐宴饮。燕,通"宴"。

〔3〕辄:总是,经常。袁:据袁本当为"袁伏",指袁宏与伏滔二人,下有"与伏滔比肩"句可证。

〔4〕国士:国家精英。

〔5〕比肩:喻地位、声望相等。

〔6〕何辱如之:还有什么耻辱能比得上这呢?

【评】

　　此则与《宠礼》第2则为姐妹篇,当并读体味。大致仍是文人相轻陋习作祟。但又不尽然。袁、伏二人俱受桓温宠遇,不过情况有异,程度不同。《晋书·文苑》滔传称滔有才学,桓温引为参军,深加礼接,每宴集之所,必命滔同游,其宠遇不在袁下。但论其为人,袁宏性格强正亮直,"虽被温礼遇,至于辩论,每不阿屈",令人为之担心,故凌濛初评曰:"不畏烹大牛耶?"而伏滔作《正淮》二篇,建议桓温"权不下授,威不下黩……深根固本,传之百世",实桓氏集团谋士,后预孝武帝西堂之会,回家之后,告诉儿子说:"百人高会,天子先问伏滔在坐不,此故未易得,为人作父如此,定何如也?"小人得意之色,浮于脸上。其心胸品性难与袁宏相较量。故袁耻与比肩,也是当时名士品格气节的形象体现。

26.13　高柔在东[1],甚为谢仁祖所重[2]。既出[3]，不为王、刘所知[4]。仁祖曰："近见高柔，大自敷奏[5]，然未有所得。"真长云："故不可在偏地居，轻在角䐃奴角反。中[6]，为人作议论。"高柔闻之，云："我就伊无所求[7]。"人有向真长学此言者，真长曰："我寔亦无可与伊者[8]。"然游燕犹与诸人书："可要安固[9]。"安固者，高柔也。孙统为《柔集叙》曰："柔字世远，乐安人。才理青（清）鲜，安行仁义。婚太山胡毋氏女，年二十，既有倍年之觉，而姿色清惠，近是上沃（流）妇人。柔家道隆崇，既罢司空参军、安固令，营宅于伏川，驰动之情既薄，又爱玩贤妻，便有终焉之志。尚书令何充取为冠军参军，俛俛应命，眷恋绸缪，不能相舍。相赠诗书，清婉辛切。"

【注】

〔1〕高柔：字世远。官司空参军，安固令。此与三国魏之高柔字文惠者别是一人。东：此指会稽，在京师建康之东，故称。

〔2〕谢仁祖：谢尚，字仁祖。重：重视，器重。

〔3〕出：指到京师建康。

〔4〕王刘：指清谈名家王濛和刘惔。

〔5〕敷奏：陈述进奏。

〔6〕角䐃（nuò 诺）：角落，屋角。

〔7〕就：接近。伊：他。

〔8〕寔：的确，确实。

〔9〕安固：指高柔，柔曾任安固令，故称。要：通"邀"，邀请。

【评】

高柔非隐者，故曾进京"大自敷奏"，希企上知而有所作为。东晋时的清流领袖首推王（濛）、刘（惔）。柔初出伏（畎）川，不为人知。缺乏王、刘的推赏，就难以跻升当时上层社会的贵族沙龙之中，更谈不到有所作为了。刘惔之言，以为高柔长期居于偏远角落，突然进京大发一通议论，或因信息失灵，脱离现实的热点议题;或因未能及时了解官场动态,议论动辄得咎,诽毁随之。真长之言,貌似"轻诋",却是从实际出发,企图帮助高柔立脚京师,思考人生。故朱铸禹《汇校集注》引陶珽曰:"真长对仁祖之言,大是有情,谓偏处言轻,不足为高重耳,而高不免误解。"尔后高、刘二人对话,个性鲜明,生动刻画了魏晋士人出处不同的心理人格。

26.14 刘尹、江虨、王叔虎、孙兴公同坐[1],江、王有相轻色。虨以手歙叔虎云[2]:"酷吏!"词色甚彊[3]。刘尹顾谓:"此是瞋邪[4]?非特是丑言声、拙视瞻[5]。"
言江此言非是丑拙,似有忿于王也。

【注】

〔1〕刘尹:刘惔字真长,曾任丹阳尹,故称。江虨(bīn 彬):字思玄,陈留人。统子,官至尚书左仆射、护军将军,领国子监祭酒。参前《方正》第42则注。王叔虎:王彪之字叔虎。参本篇第8则注。孙兴公:孙绰字兴公,参前《言语》第84则注。

〔2〕歙(shè 射):同"摄",捉持。一说通"胁",恐吓,威胁。

〔3〕词色:声音脸色。彊:强硬。

〔4〕瞋(chēn 琛):通"嗔",发怒,生气。

〔5〕丑言声:说话难听。拙视瞻:脸色难看。

【评】

这又是名士相轻的生动一幕。江虨是江统的儿子,是个儒、玄双修的名士。性格幽默风趣,围棋堪称国手,政治才干也很不错,简文帝常向他咨询政务。但与之相轻的王彪之,同样也是个政治干才,他与谢安共掌朝政,简文帝称美为"谋无遗策"。他曾任廷尉,执法严厉,近于法家,"时人比之张释之"。故江虨借故斥之为"酷吏",并且"词色甚疆"——即声色俱厉的样子,可见其感情的激动。这早已超出了"轻诋"的范围,而达到了愤怒的程度。江之诋王,缘故何在?性格不同,抑或思想异趣?待考。但江之怒火,不顾朋友相聚的公开场合,完全出于感情之自然爆发,一点也不掩饰,这样的为人之"真"——不管是优点还是缺点,比起名教之士的虚伪矫饰,还是可爱得多。

26.15 孙绰作《列仙·商丘子赞》曰[1]:"所牧何物[2]?殆非真猪。傥遇风云[3],为我龙摅[4]。"《列仙传》曰:"商丘子晋者,商邑人。好吹竽,牧豕。年七十不娶妻,而不老。问其道要,言:'但食老木(术)、昌蒲根,饮水,如此便不饥不老耳。'贵戚富室闻而服之,不能终岁,辄止,吁(呼)将有匿术。"孙绰为赞曰:"商丘卓荦,执策吹竽。渴引(饮)寒泉,饥食昌蒲。所牧何物,殆非真猪。傥逢风云,为我龙摅。"时人多以为能。王蓝曰(田)语人云[5]:"近见孙家儿作文,道'何物真猪'也。"

【注】

〔1〕《列仙》:指汉刘向《列仙传》。东晋文学家为《列仙传》中的商丘子写赞文,加以赞颂。

〔2〕牧:放牧。何物:什么东西。

〔3〕傥:假如,如果。

〔4〕龙摅:如龙飞腾。摅:舒展,腾越。

〔5〕王蓝曰:诸本作"王蓝田",是。王蓝田即王述,字怀祖,太原晋阳人。祖湛,父承,并有高名。述袭爵蓝田侯,故称。

【评】

王述出于太原王氏,祖湛父承,俱有高名于世,连琅邪王衍也极推崇,王导以承为中兴第一。正因为出生于这样的高门望族,王述一代名士,眼中难容俗物。桓温势炽之时,欲为子求婚于述子坦之,述痛斥之,曰:"汝竟痴邪？讵可畏温面而以女妻兵也。"其门阀意识自然流露,极其真率。对于权倾朝野的权臣尚且轻之,更何况是孙绰！绰有文学才华而性鄙,又好讥调,为人有粗俗的一面。述轻诋之,也是自然之事。孙氏《商丘子赞》,虽非经典之作,但自有其寓意。"傥遇风云,为我龙摅",正是借他人酒杯,浇自己的块垒。但述轻其人,故合其前二句为"何物真猪"粗俗之句,这是化神奇为腐朽之笔,采用点金成铁法来丑诋孙绰,谓其低俗如猪,取以为讥诮耳。如此轻诋,亦是一绝。

26.16　桓公欲迁都[1],以张拓定之业[2]。孙长乐上表谏[3],此议甚有理。桓见表心服,而忿其为异[4]。令人致意孙云:"君何不寻《遂初赋》[5],而彊知人家国事！"孙绰表谏曰:"中宗龙飞,实赖万里长江,画而守之耳。不然,胡马久已践建康之地,江东为豺狼之场矣。"绰赋《遂初》,陈止足之道。

【注】

〔1〕桓公:桓温。迁都:温收复洛阳后,上表建议由建康迁都洛阳。

〔2〕张:扩张,扩展。拓定之业:开疆拓土,安定国家,指北伐事业。

〔3〕孙长乐:孙绰字兴公,封长乐。按:桓温迁都之表见《晋书》温传,孙绰反对迁都谏表见绰传。

〔4〕忿:恼恨。异:异议,不同意见。

〔5〕《遂初赋》:孙绰早年隐居会稽时所作赋,自陈放情山水,知足知止之义。

【评】

　　桓温轻诋孙绰,实是心知理亏而又听不得不同意见的专制意识作怪。故事发生在穆帝永和十二年(356),作为大司马的桓温率师北伐姚襄,收复洛阳,功高盖主,朝野震动。说是"震动",朝廷诸臣既有收复失土、恢复中原一线希望的兴奋一面;同时又震慑于桓温权势的迅速膨胀,故各高门士族大姓,联合抵制桓氏集团。在此形势下,孙绰表谏之事,不知不觉中成了国家政治斗争的产物。桓之诋孙,正是针对孙"彊知人家国事"出发,令其温习其早年《遂初赋》的知足知止之义,早早退出官场为好。这是一种含蓄的政治威胁。

26.17　孙长乐兄弟就谢公宿[1],言至欸杂[2]。刘夫人在壁后听之[3],具闻其语。谢公明日还,问:"昨客何似[4]?"刘对曰:"亡兄门未有如此宾客[5]。"夫人,刘惔之妹。谢深有愧色。

【注】

〔1〕孙长乐兄弟:指孙统、孙绰兄弟。楚子。绰袭爵长乐侯,故称。统字承公,诞任不拘,善属文,性好山水,官余姚令,卒。参前《品藻》第59则注。谢公:谢安。

〔2〕欸杂:乱七八糟。欸:即"款",空洞。杂:杂乱。

〔3〕刘夫人:谢安妻刘氏,沛国刘惔女,惔妹。

〔4〕何似:怎样。

〔5〕亡兄:指刘惔,字真长。

【评】

据本门第14则"刘尹、江彪、王叔虎、孙兴公同坐",则孙绰与刘惔为友,时有聚会。刘夫人所称"亡兄门未有如此宾客",并非事实,而是另有寓意。盖孙氏兄弟,统诞任不拘,绰通率粗鄙,与高门士族名士典雅淡远之风神,相距甚远。刘夫人出身于沛国刘氏家族,其兄惔(真长)与王濛齐名,是当时清谈玄家的领袖人物。受家族传统影响,刘夫人虽为女流,却同样具有浓厚贵族文化的高雅意识,与俗人俗世文化颇有抵忤。孙绰父楚曾上言朝廷,要求国家选贤任能,"无系世族,必先逸贱"(《晋书》楚传)。孙绰兄弟受家庭影响,其文化观念则介乎士庶雅俗之间,而非纯而又纯的贵族雅文化,所以形成"言至欵杂"的习惯。统早卒,绰后来虽然努力接近高门名士,争取融入贵族沙龙之中,但仍多次受侮,除本门见诋于褚裒(第 9 则)、王恭(第 22 则)外,如《方正》门为庾亮作诔,见拒于亮子羲(第 48 则)。其因"俗"见诋,当与魏晋世族根深蒂固的门阀意识有关。

26.18　简文与许玄度共语[1],许云:"举君、亲以为难[2]。"简文便不复答,许去后而言曰:"玄度故可不至于此。"按《邴原别传》:"魏五官中郎将尝与群贤共论曰:'今有一丸药,得济一人疾,而君、父俱病,与君邪,与父邪?'诸人纷葩,或父或君。原勃然曰:'父子,一本也。'亦不复难。"君亲相校,自古如此。未解简文诮许意。

【注】
〔1〕简文:晋简文帝司马昱。许玄度:许询字玄度,高阳人。清谈名士,善作玄言诗。风情简素,征辟不就。参前《言语》第 69 则注。
〔2〕举君亲以为难:在君主与父亲之间作一选择很困难。

【评】
　　魏晋之世,政权更替,多由篡弑而来,违背了儒家忠义传统精神。故发展至西晋,"忠孝"两难,只能舍忠而提倡"以孝治国"。魏之邴原、晋之许询,其有关君亲两难的讨论,正是时代思潮的产物。在与许询共语时,简文不一定已登帝位,但作为皇室执政的相王,对许询"举君亲以为难"的意见做出迅速的反应,亦是自然之举。如果名士先亲后君,则君王何以立国施政? 这是站在司马皇室立场说话,如刘辰翁所评:"似谓玄度无忠国事耳。"

26.19 谢万寿春败后还[1],书与王右军[2],云:"惭负宿顾[3]。"右军推书曰:"此禹、汤之戒[4]。"《春秋传》曰:"禹、汤罪己,其兴也勃焉。"言禹、汤以圣德自罪,所以能兴。今万失律致败,虽复自咎,其可济焉。故王嘉万也。

【注】

〔1〕谢万:字万石,安弟。少有高名。官至西中郎将、豫州刺史,北伐败后,废为庶人。参前《言语》第77则注。

〔2〕王右军:王羲之,字逸少。曾官右军将军,故称。

〔3〕宿顾:昔日的关怀。

〔4〕禹汤之戒:此指帝王在困难时下罪己诏,意在收拾人心,争取支持。

【评】

故事发生于晋穆帝升平三年(359),时西中郎将、豫州刺史谢万奉命北征,因举措失当,寿春大败而归,被朝廷废为庶人。万为陈郡谢氏家族贵游子弟,一贯矜豪傲物,啸咏自高,而不以政事为怀,受命北征,未尝抚众。羲之知其必败,曾与桓温笺,谓万可以"处廊庙,参讽议",而非统率之才。温不听。笺见《晋书》万传。兵发之前,又曾与万书,戒其稍敛"迈往不屑之韵",要求万"俯同群辟"而与士卒同甘共苦,古人以为美谈。书载《晋书》羲之本传。但万不听,故有此败。羲之所称"禹汤之戒",谓万屡教不改,现在写信罪己,不过是收买人心而已,可惜悔之已晚矣!此非轻诋之言,似入《规箴》门更合适。

26.20　蔡伯喈睹睐笛橡[1]，孙兴公听妓[2]，振且摆折[3]。伏滔《长笛赋叙》曰："余同寮桓子野有故长笛，传之耆老，云：'蔡邕伯喈之所制也。'初，邕避难江南，宿于柯亭之馆，以竹为椽，邕仰眄之，曰：'良竹也。'取以为笛，音声独绝。历代传之至于今。"王右军闻[4]，大嗔曰[5]："三祖寿—作台。乐器[6]，虺瓦—作廷凡。吊孙家儿打折[7]。"

【注】

〔1〕蔡伯喈：蔡邕字伯喈，汉末名士。博学多才，是著名的文学家，又精通音乐。官中郎将，后因董卓之乱，被王允诛杀。睹睐笛橡："笛橡"疑当作"橡笛"，即用睹睐竹橡做的笛子。

〔2〕孙兴公：孙绰。听妓：观赏歌女表演。

〔3〕振且摆折：挥舞敲打而折断。

〔4〕王右军：王羲之。

〔5〕大嗔：大怒。

〔6〕三祖寿乐器：祖上三代相传的乐器。

〔7〕虺(huī灰)：摔，击。瓦吊：陶制纺锤。

【评】

　　看来孙绰不仅粗率鄙俗，而且是个性情中人。观妓激动，手舞足蹈，甚至把演奏家的宝贝——三祖寿乐器睹睐橡笛，当作指挥棒挥舞，以致不慎折断。这对艺术家来说，是个无法弥补的损失。笛子的主人是桓伊，其吹笛艺术，当时江东第一。一旦失去一件得心应手的乐器，痛何如之！右军也是审美艺术专家，国家级的笛子已像陶制纺锤一样被摔击粉碎，孙绰成为风雅罪人，故羲之痛定思痛，怒斥"孙家儿打折"！"孙家儿"三字，与前褚哀语调一样，充满了轻蔑之态。

26.21　王中郎与林公绝不相得[1]。王谓林公诡辩,林公道王云[2]:"箸腻颜帢[3],缏布单衣[4],挟《左传》,逐郑康成车后[5]。问是何物尘垢囊[6]?"中郎,坦之。帢,帽也。《裴子》曰:"林公云:'文度箸腻颜,挟《左传》,逐郑康成,自为高足弟子。笃而论之,不离尘垢囊也。'"

【注】

〔1〕王中郎:王坦之,字文度,官至中书令。述子。参前《言语》第72则注。林公:支遁字道林,东晋高僧。时人或称支公,或称林公。不相得:合不来。

〔2〕道王:评论王坦之。

〔3〕颜帢:白帽,横缝以前别后。这是魏时旧制。腻:垢腻。

〔4〕缏布:一种粗葛布。

〔5〕郑康成:郑玄字康成,汉末大儒,遍注五经。

〔6〕何物:什么东西。尘垢囊:佛家称肮脏俗人为"革囊盛血"之物,喻人身体是尘垢之囊。

【评】

　　支遁虽是和尚,但本质却是名士。他颇有文学才能,其讥诋之言调动形象思维,运用修辞比喻的语言艺术来描绘王坦之,形象栩栩如生。"著腻颜帢"二句,从外形方面讥王谨守古代旧制,连一顶肮脏油腻的旧白帽也舍不得丢掉;从内神方面,则诋坦之子传父学,坚持儒家礼教的食古不化思想观念。原来,坦之父述,通经好儒,著《春秋旨通》十卷。坦之本人,史称"演《废庄》之论,道焕崇儒"。支遁在此为清谈家张目,故讥王氏父子为步郑玄后尘的守旧人物。支遁轻诋王坦之,实是对于坦之轻诋的反击。余氏《笺疏》曾引《语林》,王坦之"为诸人谈,有时或排摈高秃,以如意注林公"。另外,史称坦之又尝作《沙门不得为高士论》,态度并不友好。魏晋名士相轻相诋,自有缘由。

26.22 孙长乐作《王长史诔》云[1]:"余与夫子,交非势利。心犹澄水,同此玄味[2]。"《礼记》曰:"君子之交淡若水,小人之交甘若醴。"王孝伯见曰[3]:"才士不逊[4],亡祖何至与此人周旋[5]!"

【注】

〔1〕孙长乐:孙绰爵长乐侯,故称。王长史:王濛,官司徒左长史,故称。参前《言语》第66则注。诔:近似诗体的哀悼奠祭之文。徐师曾《文体明辨序说》云:"诔者,累也。累列其德行而称之也。"末寓哀伤之意。

〔2〕"心犹澄水"二句:心若澄澈之水,同此玄妙之旨。

〔3〕王孝伯:王恭字孝伯。父蕴,祖濛。参前《德行》第44则注。

〔4〕逊:谦逊。

〔5〕周旋:交往,往来。

【评】

孙绰其人,颇具才华,是当时著名的文学家。史称"于时文士,绰为其冠。温、王、郗、庾诸公薨,必须绰为碑文,然后刊石焉"。但论其审美兴味,则介乎雅俗之间,并非纯而又纯的贵族高雅文化,因此,在他努力融入上层贵族沙龙之时,不断遭受高门名士的排斥和嘲讽,即使在他死后,名士的子孙,也不放过他。这是贵族的傲慢与偏见所致,实在很不公平。故王世懋同情地说:"兴公一生受此等苦,死犹烦人。"

26.23 谢太傅谓子侄曰[1]:"中郎始是独有千载[2]。"车骑曰[3]:"中郎衿抱未虚[4],复那得独有?"中郎,谢万。

【注】

〔1〕谢太傅:谢安,卒赠太傅,故称。

〔2〕中郎:指谢万,安弟,曾任抚军从事中郎,故称。参本门第19则注。独有千载:千年以来独一无二。

〔3〕车骑:指谢玄,字幼度,小名遏。奕子,安侄。卒赠车骑将军,故称。

〔4〕衿抱:胸襟。

【评】

晋穆帝升平年间,是陈郡谢氏家族升降沉浮的关键时刻。升平元年(357)谢尚死,二年谢奕死,谢氏家族连倒两根顶梁柱。同年,安弟谢万升任西中郎将,豫州刺史,但是很快于三年北征失败废为庶人。于是,在升平四年(360)隐居东山二十馀年的谢安,为了挽救谢氏家族的利益而终于出山,这则故事应该发生于谢万荣升未败的升平二年以前。为了整个谢氏家族利益,谢安寄希望于弟万,故极力为之造舆论,张声势。万之为人,善自炫耀,早有时誉。这个特点谢安并非不知,但因兄弟情深,期望过大,为形势需要而言过其实。子侄的认识则不然。谢玄年轻,说话直率,直指谢万要害,而不以家长的是非为是非,此非轻诋,而是一种独立思考。似入《规箴》门更为合适。

26.24 庾道季诧谢公曰[1]:"裴郎云[2]:'谢安谓裴郎乃可不恶[3],何得为复饮酒[4]!'庾龢、裴启,已见。裴郎又云:'谢安目支道林如九方皋之相马[5],略其玄黄[6],取其隽逸[7]。'"《支遁传》曰:"遁每标举会宗,而不留心象喻,解释章句,或有所漏,文字之徒多以为疑。谢安石闻而善之,曰:'此九方皋之相马也,略其玄黄而取其隽逸。'"《列子》曰:"伯乐谓秦穆公曰:'臣所与共儋缠薪菜者有九方皋,此其于马,非臣之下也。'公使行求马,反曰:'得矣,牝(牡)而黄。'使人取之,牝而骊。公曰:'毛物牝牡之不知,何马之能知也?'伯乐曰:'若皋之观马者,天机也。问其精,亡其粗;在其内,亡其外;见其所见,不见其所不见;视其所视,遗其所不视。若彼之所相,有贵于马也。'既而马果千里足。"谢公云:"都无此二语[8],裴自为此辞耳。"庾意甚不以为好,因陈东亭《经酒垆下赋》[9]。读毕,都不下赏裁[10],直云[11]:"君乃复作裴氏学[12]!"于此《语林》遂废。今时有者,皆是先写,无复谢语。《续晋阳秋》曰:"晋隆和中,河东裴启撰汉魏以来迄于今时言语应对之可称者,谓之《语林》。时人多好其事,文遂沶(流)行。后说太傅事不实,而有人于谢坐,叙其黄公酒垆,司徒王珣为之赋,谢公加以与王不平,乃云:'君遂复作裴郎学!'自是众咸鄙其事矣。安乡人有罢中宿县诣安者,安问其归资,答曰:'岭南凋弊,唯有五万蒲葵扇,又以非时为滞货。'安乃取其中者捉之。于是京师士庶竞慕而服焉,价增数倍,旬月无卖。夫所好生羽毛,所恶成疮痏。谢相一言,挫成美于千载;及其所与,崇虚价于百金。上之爱憎与夺,可不慎哉!"

【注】

〔1〕庾道季:庾龢字道季,亮子。官至丹阳尹、中领军。诧(chà 岔):惊讶告诉。朱铸禹《汇校集注》引陶珙曰:"诧有二义:一夸耀,一诳诈,此盖夸也。"

〔2〕裴郎:裴启。一称裴期,字荣期,撰《语林》数卷,号曰《裴子》。参前《文学》第90则注。

〔3〕不恶:不错。

〔4〕何得:怎能。

〔5〕目:品目,品评。九方皋:春秋时善相马之人,其相马重神骏而略形色。

〔6〕玄黄:黑色和黄色。

〔7〕隽逸:超逸不群。

〔8〕都无:完全没有。

〔9〕东亭《经酒垆下赋》:东亭指王导之孙王珣,爵东亭侯。据前《伤逝》第2则,王戎经黄公酒垆而伤悼嵇康、阮籍。王珣因此而作赋。

〔10〕都不:完全不。

〔11〕直:只。

〔12〕乃复:竟然。

【评】

　　王珣之赋,人称颇见才情,但谢安都不下赏裁,自有道理。一来王戎过黄公酒垆事,庾亮辨其非于前,乃俗语不实,流为丹青。王珣因之作赋,故谢安以其非真而深鄙其事。二来王珣原为谢万女婿,史称"王、谢二族以猜嫌致隙",安绝珣婚,又离其弟珉妻(谢安女),二族遂成仇衅。事见《晋书》珣传。对于"裴氏学"的厌恶,又说明了魏晋人的小说观念。对于笔记小说,要求真实有据,而不可故作妄语诳人。不仅是志人小说,就是志怪小说,当时人也多信以为真。故干宝《搜神记序》谓:"访行事于故老","明神道之不诬"。裴启《语林》所记谢安之语不实,经安本人指斥为妄,不为时人所重。这一方面由于名人效应,另一方面是由于魏晋时人思想观念所致。

26.25　王北中郎不为林公所知[1],乃箸论《沙门不得为高士论》[2],大略云:"高士必在于纵心调畅(畅)[3]。沙门虽云俗外[4],反更束于教[5],非情性自得之谓也[6]。"

【注】

　　〔1〕王北中郎:指王坦之。参前第21则注。林公:支遁,字道林。参前第21则注。知:知赏。

　　〔2〕《沙门不得为高士论》:王坦之著,文见《晋书》坦之传。意谓佛教僧徒并非志行高洁之士。沙门:僧徒。

〔3〕纵心:适情任意,心胸舒畅。

〔4〕俗外:世俗之外。

〔5〕束于教:被佛家戒律所约束。

〔6〕情性:本性。自得:自由自在。

【评】

　　此则与本篇第21则为姐妹篇,当并读体悟。其因果相推,犹如佛家业报。支遁讥坦之为尘垢囊,如朱铸禹所评:"口吻亦实轻薄,非禅师所宜有。"但王作《沙门不得为高士论》,针对支遁,虽云俗外之人,却喜方内之游,与贵族名士关系密切,并非超凡脱俗之士,所诋在理。但若因个人行为而扩大至整个"沙门"——指佛学界,则夸大其词,打击面无限膨胀,实非笃论。佛学东渐,必经中国化之路,若不与世俗打交道,又将如何实现?故应多视角予以考察评论。

26.26　人问顾长康[1]:"何以不作洛生咏[2]?"答曰:"何至作老婢声[3]!"洛下书生咏,音重浊,故云老婢声。

【注】

　　〔1〕顾长康:顾恺之字长康。晋陵人。东晋著名画家。参前《言语》第88则注。

　　〔2〕洛生咏:西晋洛阳一带书生讽咏语音重浊。又谢安有鼻炎,能作洛生咏,后来名流多学其咏,因音不似,以手掩鼻而吟以仿之。

　　〔3〕老婢:老年女仆。

【评】

　　顾恺之是个艺术天才,强调的是传神写照,张扬自我,而坚决反对机械的形似模仿。但他批评洛生咏为"老婢声",除了艺术上的原因外,可能多少寄寓了政治因素。"何至作老婢声",如张万起、刘尚慈所评:"顾长康发此轻诋之论,所为有二:其一,顾氏世居晋陵无锡,语音清浅,鄙夷北人不屑于效仿。其二,顾为桓温挚友,温死谢安执政,有'鱼鸟无依'之叹。而谢安善为洛生咏,故此轻诋之讥为谢安而发。"所论甚有见地。当日士之所属,地分南北,政有朋党,以此而间接影响了艺术评论。

26.27 殷觊、庾恒并是谢镇西外孙[1],《谢氏谱》曰:"尚长女僧要适庾龢,次女僧韶适殷歆(康)。"殷少而率悟[2],庾每不推[3]。尝俱诣谢公[4],谢公孰视殷曰:"阿巢故似镇西。"巢,殷觊小字也。于是庾下声语曰[5]:"定何似[6]?"谢公续复云:"巢颊似镇西。"庾复云:"颊似,足作健(健)不[7]?"《庾氏谱》曰:"恒字敬则。祖亮,父龢。恒仕至尚书仆射。"

【注】

〔1〕殷觊:字伯通。陈郡人。与从弟仲堪并有高名。官至南蛮校尉。参前《德行》第41则注。庾恒:字敬则,龢子,亮孙。官至尚书仆射。谢镇西:指谢尚,曾任镇西将军,故称。

〔2〕率悟:率直而聪明。

〔3〕推:推赏,赞许。

〔4〕谢公:谢安。

〔5〕下声:低声,小声。

〔6〕定:到底,究竟。

〔7〕足作健不:足以作为强雄之人吗？足:足够。健:强健,强壮。

【评】

　　这是两个年轻表兄弟相轻之例。谢安是谢尚从弟,殷觊与庾恒的从外祖。庾不服殷,故其追问长者,步步深入,"颊似,足作健不?"认为殷只是脸形似外公,神情气质则不一定像外公那样英雄强健。此语轻而非诋,是从精神气度方面提出的更高要求。"下声问"——低声地问,小孩怕人听到秘密,小小狡狯,神态可掬。

26.28　旧目韩康伯[1]:捋肘无风骨[2]。《说林》曰:"范启云:'韩康伯似肉鸭。'"

【注】

〔1〕旧目:旧时品评。韩康伯:韩伯字康伯。颍川长社人。东晋哲学家,曾续王弼《周易注》作《系辞注》、《说卦注》、《序卦注》等。官至豫章太守,领军将军。参前《德行》第38则注。

〔2〕捋肘:挽袖露出胳膊。无风骨:肥硕而缺乏刚健挺拔的气质。

【评】

魏晋人重"容止",体貌风神是品评人物的重要内容之一。韩伯为人肥胖,故范启有"肉鸭"之讥,言其有肉无骨。"风骨"一词,原用在人物品评,后来才转移到审美场合,成为古代重要的文论概念。刘勰《文心雕龙·风骨》篇云:"怊怅述情,必始乎风;沉吟铺辞,莫先于骨。……结言端直,则文骨成焉;意气骏爽,则文风清焉。……刚健既实,辉光乃新。"虽指语言风格,但同样合于人物品评,意指刚健挺拔,风格骏爽的神态。但同一肥胖的韩伯,前《品藻》第66则称韩伯虽无骨干,"然亦肤立"——即看上去仍然挺拔,二者毁誉不同。大概"品藻"重神,而"轻诋"重形,一以才情而誉,一以外貌见诋,视角不同,故品目自异,读者自当明辨。

26.29　苻宏叛来归国[1],谢太傅每加接引[2]。宏自以有才,多好上人[3],坐上无折之者。适王子猷来[4],太傅使共语,子猷直孰视良久[5],回语太傅云:"亦复竟不异人[6]。"宏大惭而退。《续晋阳秋》曰:"宏,苻坚太子也。坚为姚苌所杀,宏将母妻来投,诏赐田宅。桓玄以宏为将,玄败,寇湘中,伏诛。"

【注】

〔1〕苻宏:前秦皇帝苻坚太子。坚为姚苌所杀,宏携母、妻降晋,官辅国将军。叛:叛逃。归国:归顺国家,指东晋。

〔2〕谢太傅:谢安。接引:接待援引。

〔3〕上人:凌人之上。

〔4〕王子猷:王徽之。

〔5〕孰视:熟视。孰通"熟"。直:只是。

〔6〕亦复:也。不异人:与一般人没有差别。

【评】

故事发生在晋孝武帝太元十年(385),时西燕慕容冲攻苻坚,坚留太子宏守长安,宏弃城,携母、妻降晋。作为前秦太子,苻宏自高身价,眼中何曾有物?但他忘记了一个最重要的因素:时间、环境变了,身份价值自然不同。机械执一,凌人之上,如同做太子时,就是苻宏人生危机之始。降晋之后,其实他那太子身上的光环早已消失。他虽跻入江东贵族沙龙社会之中,但王徽之"直孰视良久",经过仔细观察和思考,最终结论是"亦复竟不异人"——即与普通俗人没什么两样,可说是一贬到底,难以翻身。后来苻宏叛晋被诛,当与其受人轻诋时所压抑的民族仇恨心理有关。诋人与被诋,都应该于此汲取人生教训。

26.30 支道林入东[1],见王子猷兄弟[2],还,人问:"见诸王何如?"答曰:"见一群白颈乌,但闻唤哑哑声[3]。"

【注】

〔1〕支道林:即支遁,参前注。入东:到会稽访问。会稽在京师建康东面,故云。

〔2〕王子猷兄弟:王羲之生七子:玄之、凝之、涣之、肃之、徽之、操之、献之。老大玄之早卒。子猷:王徽之。

〔3〕见"一群白颈乌"二句:余嘉锡《笺疏》以为"道林之言,讥王氏兄弟作吴言耳",疑是。据刘盼遂《世说新语校笺》云:"晋时乌读鱼韵,哑读麻韵;鱼、模变为歌麻,行于南朝;时北人当不尽通行也。王丞相北人,喜吴语,其子弟多规效之。白颈乌,本读鱼韵,径唤作哑,读入麻韵,以取媚当时。林公诋之,盖比于颜之推诋鲜卑语也。"据音韵发展剖析,有根有据。

【评】

故事当发生于王羲之作会稽内史之时,时间大概在永和六年(350)至十年(354)之间,羲之家居会稽,诸子随侍。支遁为羲之好友,曾一起共游山水,谈玄说微。但对其诸子,却是品目严厉,近乎苛刻,并不因作为其父知友而稍加宽容。这一轻诋,比喻形象生动,但说话相当刻薄,近乎轻薄的态度。对于子猷兄弟等琅邪王家子弟来说,是以其人之道还治其人之身的绝妙手段。子猷、子敬,能否醒悟一二?

26.31　王中郎举许玄度为吏部郎[1],郗重熙曰[2]:"相王好事[3],不可使阿讷在坐头[4]。"讷,询小字。

【注】

〔1〕王中郎:王坦之字文度,曾任抚军从事中郎,故称。许玄度:许询字玄度,小子阿讷。东晋清谈名士,以善作玄言诗知名于世。参前《言

语》第 69 则注。吏部郎:吏部官员,掌管选拔官员。其地位在诸曹郎之上。

〔2〕郗重熙:郗昙字重熙,鉴子。官至北中郎将。徐、兖二州刺史。参前《贤媛》第 25 则注。

〔3〕相王:指简文帝司马昱,时以会稽王进位丞相,录尚书执政,故称。好事:多事。

〔4〕阿讷:许询。坐头:坐席之上。

【评】

简文作为相王辅政之日,正是权臣桓温势压朝野之时。司马昱除了优游华林,谈玄论道之外,几乎一无作为。相王"好事"实是出于无奈。政治斗争就是如此残酷。而许询是"相王"身边的"谈客",并无实际政治经验,以之作为吏部郎——相王政治的左膀右臂,难以组织坚强的政治队伍而只能助长空谈之兴,对于当日严酷的政治斗争,没有一丝一毫的实际作用。郗昙轻诋,从当时的政治斗争形势出发,一箭双雕,用心良苦。

26.32 王兴道谓谢望蔡"霍霍如失鹰师[1]"。《永嘉记》曰:"王和之,字兴道,琅邪人。祖翼(廙),平南将军。父胡之,司州刺史。和之历永嘉太守、正员常侍。"望蔡,谢琰小字也。

【注】

〔1〕王兴道:即王和之。按:刘注谓"祖翼",翼为"廙"之讹。谢望蔡:谢琰字瑷度,小字末婢,安少子。淝水之战中有大功,封望蔡公,故称。注谓"望蔡"为琰小字,误。参前《伤逝》第 15 则注。霍霍:躁动不安貌。

【评】

谢安以后,琅邪王氏与陈郡谢家因政见党争之故,颇有嫌隙。安离王珣、珉之婚,即是一例。王和之讥诋谢琰,是否与王、谢二族之间的政见、家庭诸多矛盾有关?待考。但和之之言,却又来自生活,合乎实际。谢琰贵游子弟,性褊急浮躁,难以容人。故和之讥为"霍霍如失鹰师"——就像一个丢掉了猎鹰的驯鹰师,除了心浮气躁之外,还有什么能耐呢?当然,琰在淝水之战中,与从兄玄等率八千北府精兵,勇往直前,大破苻坚百万之师,功勋赫赫。但对于琰言,好事变坏事,祸福转换如轮,他从此居功自傲,躺在功劳簿高枕而卧,听不得不同意见,即在镇压孙恩的战场上,作为晋军主帅,也不为备而出马击敌,意欲灭寇而后食。结果因其浮躁而败亡,不仅个人丢掉性命,也使国家蒙受巨大损失。和之又不幸言中,生活中的谢琰比失鹰师还要狼狈。

26.33　桓南郡每见人不快[1],辄嗔云[2]:"君得哀家梨,当复不烝(蒸)食不[3]?"旧语:秣陵有哀仲家梨,甚美,大如升,入口消释。言愚人不别味,得好梨,烝(蒸)食之也。

【注】

〔1〕桓南郡:桓玄,温少子,袭爵南郡公,故称。不快:谓办事不聪明,不爽快。

〔2〕嗔:恼怒,生气。

〔3〕"君得哀家梨"二句:后人据此概括为"哀梨蒸食"的成语,喻俗人不知美丑,糟蹋了美好的东西。

【评】

桓玄是一个政治上失败的野心家。但当他在困境中挣扎奋斗之时,也曾闪现了才情与智慧的光彩。不然的话,就没有人跟随附和来摇旗呐喊了。他对办事不爽快的俗人,讥诋为蒸食哀家梨,多此一举而破坏美味,修辞比喻生动,充满了生活气息。世上此等俗人恶事,比比皆是,令人心痛。故刘辰翁云:"说得甚近人情。"

假谲　第二十七

【题解】　　假谲者,虚伪诡诈而好以智术相欺也。从词义看,具有贬义,但也不尽然,要看具体对象而论,对敌人的真诚,就是对自己对同志的犯罪,不示以假又将如何?假谲与真诚是一对矛盾。一般而言,在漫长的人生中,假诈者常是媚俗阿世,因而在黑暗的社会中,常能获得生存和发展的机会;相反,真诚的高士却常因背俗违众,不肯同流合污而被俗世视为眼中钉肉中刺,必拔去而后快。在社会上,毕竟是真诚者少而媚俗者众,因而假谲者自然不断地扩大其影响和市场。如唐代韩愈称,作文自志高洁而人必以为恶,"小称意人亦小怪,大称意即人必大怪之也";相反,违心从众而"作俗下文字,下笔令人惭,及示人,则人以为好矣"。见其《与冯宿论文书》。小俗小好,大俗大好,只见假诈媚俗之"光环",又岂具风霜高洁之真诚!文学是生活的反映,假谲之病,已深入到生活的各个角落。为了一己之安全,为了实现自己的野心,阴谋诡计滥杀无辜,罪行令人发指。但是,生活教训令人清醒。在虚伪诡诈之风流行之时,人们对"假谲"加以改造和利用,本门许多故事,大多是赞扬以智慧欺骗敌人或对手所取得的胜利及成就。如第6则写晋明帝智探王敦军营,颂其英武明断。第9则温峤骗婚觅佳偶,第10则江彪智娶新寡女等,发自内心的善意欺诈,带来了生活的热情和幸福。这样,其所谓《假谲》,又是智慧幽默之渊薮。这与《夙惠》、《排

1181

调》诸门运用智数颇多相通之处,"假谲"之中潜伏了一颗猛烈跳动的真诚之心。类似的故事具有经验教训,应予以认真研究,而不可一概抹煞。

27.1 魏武少时[1],尝与袁绍好为游侠[2]。观人新婚,因潜入主人园中,夜叫呼云:"有偷儿贼!"青庐中人皆出观[3],魏武乃入,抽刃劫新妇。与绍还出[4],失道,坠枳棘中[5],绍不能得动。复大叫云:"偷儿在此!"绍遑迫自掷出[6],遂以俱免。《曹瞒传》曰:"操小字阿瞒。少好谲诈,游放无度。"孙盛《杂语》云:"武王少好侠,放荡不修行业。尝私入常侍张让宅中,让乃手戟于庭,逾垣而出,有绝人力,故莫之能害也。"

【注】

〔1〕魏武:指曹操,字孟德,沛国谯人。汉末统一北方,位至丞相,封魏王。其子曹丕篡位建魏,追尊其为太祖武皇帝,故称。少时:年轻时。

〔2〕袁绍(?—202):字本初,汉末汝南汝阳人。官至司隶校尉。会诸侯起兵攻董卓,据冀、青、幽、并四州之地。后被曹操大败于官渡,旋病死。游侠:指不顾法制而救人危难,或是故意违法犯禁而逞其豪强。

〔3〕青庐:古时婚俗搭青布帐篷举行婚礼。

〔4〕还出:退出。

〔5〕枳棘:二种有刺之木。

〔6〕遑迫:惶恐急迫。掷出:跳出。

【评】

一个人从小看八十。曹操年轻时即假谲多智,与其合作,当多多小心才是。后与曹操联合者大多因一时之利的诱惑,终坠入其政治圈套之中而难以自拔。操抽刃劫人新妇,智则智矣,意欲何为?为了一己之快,不惜缺德犯法而致人悲剧,不足为训。

又:读此故事,则数十年后曹、袁官渡之战的胜负,已可预知。

27.2 魏武行役[1],失汲道[2],三军皆渴。乃令曰:"前有大梅林,饶子[3],甘酸可以解渴。"士卒闻之,口皆出水。乘此得及前源。

【注】
〔1〕行役:行军。
〔2〕失汲道:找不到水源。
〔3〕饶子:果实累累。

【评】
后世"望梅止渴"的成语,故事即从此出。作为三军统帅,不仅要能率兵征战,同时还必须研究士兵的心理需求,这样才容易驾驭队伍。望梅止渴,正是曹操出于急智的一种心理疗法,从而战胜了一时的生理困难,终于"乘此得及前源",摆脱困境,通向胜利。这一假谲并非恶作剧,而是工作需要,见曹瞒智慧之闪光。

27.3 魏武常谓人欲危己[1],己辄心动[2]。因语所亲小人曰:"汝怀刃密来我侧,我必说'心动',执汝使行刑,汝但勿言其使[3],无他[4],当厚相报。"执者信焉,不以为惧。遂斩之,此人至死不知也。左右以为实,谋逆者挫气矣[5]。《曹瞒传》曰:"操在军,廪谷不足,私语主者曰:'何如?'主者云:'可以小斛足之。'操曰:'善。'后军中言操欺众,操题其主者背以徇曰:'行小斛,盗军谷。'遂斩之,仍云:'特当借汝死,以厌众心。'其变诈皆此类也。"

【注】

〔1〕危己:危害自己,指暗杀之类事情。

〔2〕心动:心有感应,心跳加速。

〔3〕勿言其使:不要说是我的指使。

〔4〕无他:不会有什么事情。

〔5〕挫气:灰心丧气,泄气。

【评】

　　为一己之安全,运用智数,欺诈他人,伤害天理,虽"所亲小人",在所不顾。"所亲"二字,令人联想多多,所亲者尚且如此,若非亲非故,其态度又将如何?想来令人战栗不已。小人临斩,头颅落地,"至死不知也",这才是曹阿瞒高人一筹之处,但也是最令人害怕、让人恐惧的地方。刘辰翁评曰:"文字中留此,鬼当夜哭。"当时军阀混战,逐鹿中原,曹操智数才干远超孙(权)、刘(备)、袁(绍)诸雄,但终于只能接受三国鼎立的现实而无法实现其统一中国的大业。过量运其假谲之智而失信天下,似有关涉。

　　27.4　魏武常云[1]:"我眠中不可妄近[2],便斫人亦不自觉,左右宜深慎此!"后阳眠[3],所幸一人窃以被覆之[4],因便斫杀。自尔每眠[5],左右莫敢近者。

【注】

〔1〕常:通"尝",曾经。

〔2〕妄近:随意接近。

〔3〕阳眠:佯眠,假装睡着。阳,通"佯"。

〔4〕窃以被覆之:悄悄给他盖上被子。窃:暗中,悄悄地。

〔5〕自尔:从此。

【评】

　　人称伴君如伴虎,自古已然,非仅宰臣股肱,即其宠幸近侍之人,同样也是在劫难逃。凌濛初评曰:"所为不良,心亦兢兢,作此多狡。"上行下效,社会风气又将如何?在一个虚伪假诈的社会中,要想生存,下面之人必然也运用其智数假谲以欺人自欺。与之相较,魏晋名士即使是傲慢之类的缺点,却显得天真烂漫,真率自然,一点也不掩饰,这就无须心理提防,给人可爱的感觉。

　　27.5　袁绍年少时[1],曾遣人夜以剑掷魏武,少下,不箸[2]。魏武揆之[3],其后来必高,因帖卧床上[4],剑至果高。按袁、曹后由鼎跱,迹始携贰。自斯以前,不闻雠隙,有何意故而剚之以剑也?

【注】

　　[1] 袁绍:参本门第1则注。
　　[2] 少下不箸:稍微偏下一点没刺中。
　　[3] 揆之:测度,思忖一下。
　　[4] 帖:通"贴"。

【评】

　　衡以常人常理,年少之袁、曹,如刘注所称,"不闻仇隙,有何意故而剚之以剑也"?刘孝标理解的"年少"可能指少年,也即十几岁的小男孩。实际上《世说》所称"年少",更多的是指年轻人——也即血气方刚的青年。如本门第1则"魏武少时","抽刃劫新妇"者,岂是儿童所为?又如《排调》第47则"刘遵祖(爱之)少为殷中军所知,称之于庾公",此"少"同样是指青年。不然,庾亮面谈后,讥之为"羊公鹤",对一个小孩,会这样苛刻吗？此"年少"非少年，语序不可颠倒。一个血气方刚的青年，意气用事，相互仇杀，以今证古，并非罕见，这是一。其次，袁、曹二人，禀性奸雄，不可以常人测之。如凌濛初所评："英雄相忌，不必有隙。"生当天下大乱之日，毫无法制，意存逐鹿之群雄，年轻时即胆大妄为，而在鼎峙之后，为争天下，反倒应该有所收敛才是。另外，愚意"剑掷"非一般人所理解的持剑直刺，而是如今之飞刀，掷以短剑，一剑不中，再飞二剑。年少魏武遇刺，亦属报应。但大难不死，又见其智数过人。

27.6　王大将军既为逆[1]，顿军妭（姑）孰[2]。晋明帝以英武之才[3]，犹相猜惮[4]。乃箸戎服[5]，骑巴賨马[6]，赍一金马鞭[7]，阴察军形势[8]。未至十徐里，有一客姥居店食[9]，帝过愒之[10]，谓姥曰："王敦举兵图逆，猜害忠良，朝廷骇惧，社稷是忧。故勋劳晨夕，用相觇察[11]。恐形迹危露[12]，或致狼狈，追迫之日，姥其匿之[13]！"便与客姥马鞭而去，行敦营匝而出[14]。军士觉，曰："此非常人也！"敦卧心动，曰："此必黄须鲜卑奴来[15]！"命骑追之[16]。已觉多许里[17]，追士因问向姥："不见一黄须人骑马度此邪[18]？"姥曰："去已久矣，不可复及。"于是骑人息意而反[19]。《异苑》曰："帝躬往姑孰，敦时昼寝，卓然惊悟，曰：'营中有黄头鲜卑奴来，何不缚取！'帝所生母荀氏，燕国人，故貌类焉。"

【注】

〔1〕王大将军：指王敦。参前《言语》第20则注。逆：叛逆。

〔2〕顿：屯，驻扎。妭孰：当作"姑孰"，昔日军事重地，在今安徽省当

涂。姑熟,他本或作"姑孰"。

〔3〕晋明帝:东晋第二个皇帝司马绍,元帝子。

〔4〕猜惮:疑惧。

〔5〕戎服:军装。

〔6〕巴賨(cóng丛)马:巴郡賨人所养的良种马。

〔7〕赍(jī基):携带。

〔8〕阴察:暗中观察。

〔9〕客姥:客店老妪。居店食:袁本作"居店卖食",是。

〔10〕憩:通"憩",休息。

〔11〕觇察:窥伺侦察。

〔12〕危露:败露。危:败。

〔13〕匿:掩护,遮掩。

〔14〕匝:围绕一圈。

〔15〕黄须鲜卑奴:明帝母荀氏,燕地鲜卑人,明帝似母,故有鲜卑人的外貌。

〔16〕骑:骑兵。

〔17〕觉:通"较",相差,相去。

〔18〕度:经过。

〔19〕息意:打消追赶念头。

【评】

这是一篇优秀的纪实小说。晋明帝、王敦及客姥三人的形象栩栩如生,心理描绘如画,特别是晋明帝,是一个英俊果敢的年轻帝王。"黄须鲜卑奴",着戎服、骑巴賨马,亲自深入敌后,侦察敌情,历史上可称千古一帝。王敦卧榻心动,命骑追赶,敢把皇帝拉下马的野心毕露。凌濛初评:"老贼亦灵。"奸雄亦非等闲。客姥似为中间人物,但以智诈之言欺敌骑,则其心中自有是非,同样非常可爱。三者关系,互为因果连环,令人眼花缭乱。明帝与王敦,其心理战能力,也在经受实践的考验。

27.7 王右军年减十岁时[1],大将军甚爱之[2],恒置帐中眠[3]。大将军尝先出,右军犹未起。须臾,钱凤入[4],屏人论事[5],《晋阳秋》曰:"凤字世仪,吴嘉兴尉子也。奸慝好利,为敦铠曹参军。知敦有不臣心,因进说。后敦败见诛。"都忘右军在帐中[6],便言逆节之谋[7]。右军觉,既闻所论,知无活理,乃剔吐污头面被褥[8],诈孰眠[9]。敦论事造半[10],方意右军未起[11],相与大惊曰[12]:"不得不除之。"及开帐,乃见吐唾从横[13],信其实孰眠,于是得全。于时称其有智。案:诸书皆云王允之事,而此言羲之,疑谬。

【注】

〔1〕王右军:王羲之。减:不到,少于。

〔2〕大将军:王敦。

〔3〕恒:常。

〔4〕钱凤(?—324):王敦心腹之一,与沈充同为王敦叛乱谋主,敦败被诛。

〔5〕屏:屏退,让人避开。

〔6〕都忘:全忘记。

〔7〕逆节之谋:叛乱阴谋。

〔8〕剔吐:以手指探喉令呕吐。剔吐:袁本同,他本或作"阳吐"。朱铸禹《汇校集注》云:"然下文云'吐唾纵横',似吐者为唾液,非胃中食物。熟睡时流唾液,今人亦有之,羲之为装熟睡,故假作之。"亦可备一说。

〔9〕孰眠:熟睡。孰,通"熟"。

〔10〕造半:到中途,一半。

〔11〕方意:方才想起。方意,沈校本作"方憶",亦通。

〔12〕相与:一起,共同。

〔13〕从横:纵横。

【评】

　　刘注疑主角非右军,而是王允之事。考右军生年,史有二说,一谓303年,一谓321年。但右军大谢安十几岁,谢安生于320年,则右军不当生于是年之后。故以生于303年为是。据此推算,王敦谋逆,顿兵姑孰的明帝太宁二年(324),右军已是二十二岁的青年,不得称为"年减十岁"。故此事应该以《晋书》卷七六《王允之传》为是。称右军者,名人效应之讹也。允之字深猷,敦之族子。孩子在全无活理的困境之中,智诈欺老贼以自全,实非易事。后允之还京,以敦、凤谋逆事白父舒,"舒即与导俱启明帝",朝廷得以早做准备。于此可见,同一琅邪王氏家族,王敦、王含等为叛逆,而王导、王舒父子等则同保国家朝廷,一分为二,态度不同。孩子之功不可没。

　　27.8　陶公自上流来赴苏峻之难[1],令诛庾公[2],谓必戮庾,可以谢峻[3]。《晋阳秋》曰:"是时成帝在襁褓,太后临朝,中书令庾亮以元舅辅政,欲以风轨格政,绳御四海。而峻拥兵近甸,为逋逃薮。亮图召峻,王导、卞壶并不欲。亮曰:'苏峻豺狼,终为祸乱。晁错所谓削亦反,不削亦反。'遂下优诏,以大司农征之。峻怒曰:'庾亮欲诱杀我也!'遂克京邑。平南温峤关乱,号泣登舟,遣参军王愆期推征西陶侃为盟主,俱赴京师。时亮败绩奔峤,人皆尤而少之,峤愈相崇重,分兵以配给之。"庾欲奔窜则不可[4],欲会恐见执[5],进退无计。温公劝庾诣陶[6],曰:"卿但遥拜,必无他,我为卿保之。"庾从温言诣陶,至便拜,陶自起止之,曰:"庾元规何缘拜陶士衡[7]?"毕,又降就下坐[8],陶又自要起同坐[9]。定[10],庾乃引咎责躬[11],深相逊谢[12],陶不觉释然[13]。

【注】

〔1〕陶公:陶侃,字士衡(行)。时侃任荆州刺史,都督荆、雍、益、梁诸州军事,征西大将军。参前《言语》第47则注。苏峻之难:成帝咸和二年(327),辅政庾亮削苏峻兵权,峻举兵反,攻入京师建康。赴……难:赶去拯救国家于危难之中。

〔2〕庾公:庾亮。

〔3〕谢峻:意谓杀亮谢罪以退峻兵。

〔4〕奔窜:奔逃。

〔5〕会:见面,会晤。

〔6〕温公:温峤。

〔7〕庾元规:庾亮字元规。陶士衡:陶侃字士衡(一称"士行")。

〔8〕降就下坐:降身坐于末位。

〔9〕要:通"邀"。同坐:并列而坐。

〔10〕定:袁本作"坐定",是。

〔11〕引咎责躬:引咎自责。

〔12〕逊谢:谦恭谢罪。

〔13〕释然:怨怒之气消释顿尽。

【评】

　　此事发生于咸和三年(328)庾亮败奔寻阳时。故事生动,情节曲折,有矛盾,有高潮,戏剧性相当强烈。但更重要的是三个人物形象声吻毕肖,形象如画。加以内在心理描绘细腻,故颇富艺术感染力量。庾亮见陶公,在兵败逃亡之际,而非执政坐朝之时,苏峻之难,亮实为罪首,故"欲奔窜则不可,欲会恐见执",处于进退维谷的两难之地,内心矛盾形象体现。温峤则从国家大局出发,对陶、庾二人内心均有深刻了解,故劝庾诣陶,以国家前途为重,而不因个人情绪退却。一个正直大臣形象树立了起来。至于陶侃,为国家与民族,捐弃前嫌,接受道歉而怨怒冰释,同心同德而"要起同坐",正见其胸襟开阔气性豪爽的英雄性格。三人俱见政治家本色,而非使诈之人,入《假谲》门欠妥,而更合于《雅量》或《豪爽》之门。

27.9 温公丧妇[1]。从姑刘氏,家值乱离散[2],唯有一女,甚有姿慧,姑以属公觅婚[3]。公密有自婚意,答云:"佳婿难得,但如峤比[4],云何[5]?"姑云:"丧败之馀[6],乞粗存活[7],便足慰吾馀年,何敢希汝比!"却后少日[8],公报姑云:"已觅得婚处,门地粗可[9],婿身名宦[10],尽不减峤。"因下玉镜台一枚[11]。姑大喜。既婚,交礼[12],女以手披纱扇[13],抚掌大笑,曰:"我固疑是老奴[14],果如所卜。"按《温氏谱》,峤初取高平李晅女,中取琅邪王诩女,后取庐江何邃女,都不闻取刘氏,便为虚谬。谷口云:"刘氏,政谓其姑尔,非指其女姓刘也。孝标之注,亦未为得。"玉镜台,是公为刘越石长史[15],北征刘聪(聪)所得[16]。王隐《晋书》曰:"建兴二年,峤为刘琨假守左司马,都督上前锋诸军事,讨刘聪。"《晋阳秋》曰:"聪一名载,字玄明,屠各人。父渊,因乱起兵,死,聪嗣业。"

【注】

〔1〕温公:温峤,字太真,太原祁人。东晋中兴名臣。官至骠骑大将军。卒谥忠武。参前《言语》第35则注。

〔2〕值乱离散:遭战乱流离失所。

〔3〕属:通"嘱",吩咐,委托。

〔4〕如……比:像……相似。

〔5〕云何:怎样?

〔6〕丧败之馀:大乱中侥幸存活之人。

〔7〕乞粗存活:马虎活着。

〔8〕却:过后。

〔9〕粗可:大致可以。
〔10〕名宦:名声地位。
〔11〕下:下聘礼。
〔12〕交礼:夫妇成婚交拜之礼。
〔13〕披:拂去。
〔14〕老奴:老家伙,老东西。
〔15〕刘越石:刘琨字越石,西晋末并州刺史,在北方坚持抗战。温峤作为长史,成为琨之谋主。参前《言语》第35则注。
〔16〕刘聪:字玄明,渊子。匈奴族的汉国君主。

【评】
　　故事发生在东晋初年。在西晋末"五胡乱华"之时,温峤曾在北方刘琨麾下,为拯救祖国而战。作为爱国的志士,他同时是个极重男女情趣的人物。史称峤之品性,讲实际,尚风节,重然诺,而轻礼法不护细行,故常见讥于清议。峤敢于漠视礼法名教,在婚姻感情生活方面,他努力争取自己的幸福。当他认为缘分已到,就紧紧捕捉时机,以"诈"欺姑,智娶表妹。这正是努力把握自我命运的真诚。至于其表妹,以手披开纱扇,而不等新郎揭开头盖;"抚掌"大笑——拍着巴掌大笑起来;一声"老奴",声调何其亲昵,从内在心理到外在动作,同样是新娘满怀信心去争取新生活而胸有成竹的智慧表现。"抚掌大笑"和一声"老奴",典型细节何其传神!故事中男女主人公的心理刻画深刻细腻,其狡狯和智慧,声口毕肖而跃然纸上。

　　27.10　诸葛令女,庾氏妇〔1〕,既寡,誓云:"不复重出〔2〕。"此女性甚正强〔3〕,无有登车理〔4〕。即庾亮子会妻,父彪(文彪),已见上。恢既许江思玄婚〔5〕,乃移家近之。初诳女云:"宜徙于是。"家人一时去〔6〕,独留女在后,比其觉[7],已不复得出。江郎暮来,女哭詈弥甚[8],积日渐歇。江彪暝入宿[9],恒在对床上。后观其意转帖[10],彪乃诈厌[11],良久不悟,声气转急。女乃呼婢云:"唤江郎觉。"江于是跃来就之,曰:"我自是天下男子,厌何预卿事而见唤邪[12]?既尔相关[13],不得不与人语。"女默然而惭,情义遂笃[14]。葛令之清英,江君之茂识,必不背圣人之正典,习蛮夷之秽行。康王之言,所轻多矣。

【注】

〔1〕诸葛令:诸葛恢,字道明,琅邪阳都人。东晋时官至尚书令,故称。参前《方正》第25则注。庾氏妇:庾亮长子会娶诸葛文彪。会死于苏峻之乱,故文彪新寡。见《方正》第25则注引《庾氏谱》。刘注"父彪"为"文彪"之形讹。

〔2〕重出:再嫁。

〔3〕正强:刚正。

〔4〕无有登车理:没有再嫁之理。

〔5〕江思玄:江彪字思玄。陈留人。统子。官至左仆射、护军将军、领国子祭酒。

〔6〕一时去:一下子都离开。

〔7〕比:及。

〔8〕詈(lì 立):哭骂。

〔9〕暝:晚上。

〔10〕帖:帖顺,安定。

〔11〕厌:通"魇",做噩梦。

〔12〕预:相干。

〔13〕相关:关心。

〔14〕笃:深厚。

【评】

　　把寡妇改嫁之事，写得绘声绘色，这是魏晋特色。诸葛门第，堪与琅邪王氏相比，其家教门风甚为方正。文彪受家风影响，婚姻谨守传统礼教，甚至超过乃父：夫死守寡，从一而终。但魏晋名士并不以改嫁为耻，这与后世不同。当诸葛恢与亲家庾亮商量女儿改嫁之事，庾亮通情达理，回信说："贤女尚小，故其宜也。感念亡儿，若在初没。"（《伤逝》第8则）但是好事多磨，作梗的恰是文彪脑中的封建道德流毒。这时，江思玄作为新郎官，浑身充满了青春活力，洋溢着智慧与自信，他以内心真情，向铁石心肠的妙龄女郎射出了一支爱神之箭。文彪终于为真情所感动，投怀送抱，"情义遂笃"，过着幸福的婚姻生活。"我自是天下男子！"正不必有头巾气。面对一个有血有肉的火热新郎，新娘能无动于衷吗？"女默然而惭"，正写出新娘半推半就的娇羞之态。从文学上看，把新婚夫妻圆房时的特殊心态，刻画得活灵活现。故事虽短，却也跌宕起伏，一波三折，扣人心弦。小小狡狯之诈，写出了真情的智慧之花，艺术极其动人。

　　27.11　愍度道人始欲过江[1]，与一伧道人为侣[2]，谋曰："用旧义往江东，恐不办得食[3]。"便共立"心无义[4]"。既而此道人不成渡。愍度果讲义积年。《名德沙门题目》曰："支愍度才鉴清出。"孙绰《愍度赞》曰："支度彬彬，好是拔新。俱禀昭见，而能越人。世重秀异，咸竞尔珍。孤桐峄阳，浮磬泗滨。"后有伧人来，先道人寄语云："为我致意愍度，'无义'那可立？旧义者曰：'种智有是而能圆照。然则万累斯尽，谓之空无；常住不变，谓之妙有。'而无义者曰：'种智之体，豁如太虚。虚而能知，无而能应，居宗至极，其唯无乎！'治此计，权救饥尔[5]，无为遂负如来也[6]！"

【注】

〔1〕愍度道人：即支愍道，东晋高僧，创"心无义"说，著《传译经录》。过江：渡过长江到江东诸地。时在成帝之世。

〔2〕伧道人：北方和尚。伧：南方人对北方人的蔑称。

〔3〕不办得食：没有饭吃。不办：魏晋常语，不能，无法。

〔4〕心无义：东晋佛教般若学"六家七宗"之一的"心无宗"说，支愍度所创立。一度盛行于江南。几十年后，竺法汰会集名僧如慧远辈破之，此义转衰。

〔5〕权：姑且。

〔6〕无为：不要。如来：佛祖释迦牟尼的法号之一。

【评】

东晋之时，北方中原佛学，与江东佛学，彼此旨趣有异。因此和尚渡江南来，若持旧义传教，将有"不办得食"之虞。其共立"心无义"，虽云"救饥"之术，实亦出自对于南方佛学实际的研究，然后创立新学说，并非纯是以智诈欺人。当日南方佛学与玄学交相影响。支愍度所立"心无义"说，并非全取般若空宗之义，而是如近人陈寅恪《支愍度学说考》所说，心无义之旨，与《老子》及《易经·系辞》之旨相符合，实取外书三玄之说，以释内典之义。此与晋人清谈为精神寄托一样，并非仅是疗饥之诈。而未过江之伧道人所寄语："无为遂负如来也！"虽云持道甚坚，精神可嘉，但并不了解江南佛学实际。学术应从实际出发，何诈之有？

27.12 王文度弟阿智[1]，恶乃不翅[2]，当年长而无人与婚。孙兴公有一女亦僻错[3]，又无嫁娶理。因诣文度，求见阿智。既见，便阳言[4]："此定可[5]，殊不如人所传,那得至今未有婚处[6]！我有一女,乃不恶,但吾寒士[7],不宜与卿计,欲令阿智娶之。"文度欣然而启蓝田云[8]:"兴公向来,忽言欲与阿智婚[9]。"蓝田惊喜。既成婚,女之顽嚚[10],欲过阿智[11]。方知兴公之诈。阿智,王处之小字。处之字文将,辟州别驾,不就。太原孙绰女,字阿恒。

【注】

〔1〕王文度:王坦之字文度。父述。阿智:王处之。字文将,坦之弟。

〔2〕不翅:同"不啻",不仅,不止。

〔3〕孙兴公:孙绰字兴公。僻错:性情乖僻。

〔4〕阳言:假装说。阳:通"佯"。

〔5〕定:确定,一定。

〔6〕婚处:婚配对象。

〔7〕寒士:相对于高门世族而言,出身于寒微的知识分子自谦之称。

〔8〕蓝田:王述,爵蓝田侯,故称。

〔9〕向:刚才。

〔10〕顽嚚:冥顽嚚张。

〔11〕欲过:要超过。

【评】

王阿智配孙阿恒,不翅恶男娶僻错之女,却也是门当户对,并非虚欺,而是智诈——孙绰运其智数,成就了一对愚痴男女,可称功德无量。可怜天下父心！

27.13 范玄平为人好用智数[1],而有时以多数失会[2]。尝失官居东阳,桓大司马在南州[3],故往投之[4]。桓时方欲招起屈滞[5],以倾朝廷,且玄平在京,素亦有誉。桓谓远来投己[6],喜跃非常。比入至庭[7],倾身引望[8],语笑欢甚。顾谓袁虎曰[9]:"范公且可作太常卿[10]。"范裁坐[11],桓便谢其远来意。范虽实投桓,而恐以趋时损名[12],乃曰:"虽怀朝宗[13],会有亡儿瘗在此[14],故来省视。"桓怅然失望,向之虚伫[15],一时都尽。《中兴书》曰:"初,桓温请范汪为征西长史,复表为江州,并不就。还都,因求为东阳太守,温甚恨之。汪后为徐州,温北伐,令汪出梁国,失期,温挟憾奏汪为庶人。汪居吴,后至姑熟见温,语其下曰:'玄平乃来见,当以护军起之。'汪数日辞归,温曰:'卿适来,何以便去?'汪曰:'数岁小儿丧,往年经乱,权瘗此境,来迎之,事竟去耳。'温愈怒之,竟不屑意。"

【注】

〔1〕范玄平:范汪字玄平,东晋颍阳人。博学多通,喜谈名理,官至徐、兖二州刺史。智数:才智心计。

〔2〕多数:过多心计。失会:丢失机会。

〔3〕南州:当时或指荆州、江州及姑熟。此指姑熟。

〔4〕投:投奔。

〔5〕屈滞:长期郁抑下位而心怀不满之人。

〔6〕投己:投靠自己。

〔7〕比:及至,等到。

〔8〕倾身引望:探身伸长脖子探望。

〔9〕袁虎:袁宏小字虎,时为桓温记室参军。

〔10〕范公:范汪。太常卿:朝廷九卿之一,掌礼乐祭祀之事。

〔11〕裁:通"才"。

〔12〕趋时:迎合时势。

〔13〕朝宗:除觐见帝王外,魏晋时礼谒上司也称朝宗。

〔14〕瘗(yì意):埋葬。

〔15〕虚伫:虚心等待。

【评】

　　古人仕宦,实是人生大事。士人失官,犹如今之失业,生活都无着落,其痛苦可以想象。范汪企望东山再起而投奔桓温,也可以理解。但其失误,在于好名使诈,"好用智数",可称是聪明反被聪明误。如刘辰翁所评:"真有如此强口者,《世说》虽鄙,然种种备。"深刻揭示了主人公的内心世界奥秘。这是一解。而刘注引《中兴书》则为相反的另一解。范汪是个直道而行的节义之人,为温所废多年,屏居乡里,从容讲学而不言枉直之倔强老头,岂有不保晚节而更趋奉迎之理?《晋书》汪传称《世说》诬之也。二解皆通,但详读汪子《范宁传》,"终温之世,兄弟无在列位者",则桓温与范汪仇怨甚深,似以后解为是。

27.14　谢遏年少时〔1〕,好箸紫罗香囊〔2〕,垂覆手〔3〕,太傅患之〔4〕,而不欲伤其意。乃谲与赌〔5〕,得即烧之。遏,谢玄小字。

【注】

　　〔1〕谢遏:谢玄小字遏,奕子,安侄。参前《言语》第78则注。

　　〔2〕箸:佩戴。紫罗香囊:装有紫藤香料的香袋,古时作为佩戴饰物。

　　〔3〕覆手:手巾之类。

　　〔4〕太傅:谢安。

　　〔5〕谲:假装,欺诈。

【评】

　　陈郡阳夏谢氏家族的谢安,其长兄奕、二哥据早卒,他成老大,就是当然的家长,负有教育与培养谢氏子侄的重任。对于侄子谢玄,他的期望很大,希望把他培养成国家栋梁。但因受当日社会风气的影响,贵游子弟,大多有佩戴香囊和手巾饰物的习惯,谢玄也不能免俗。这令谢安内心不快,男人女性化,缺乏大丈夫的阳刚之气,贪图享受,跟着流行走,就会影响上进心,怎能进一步干大事业?但作为家长,谢安不是痛斥一番,以免伤害孩子的自尊心,而是运用智数之诈,巧妙与赌,然后当面烧却。一"赌"一"烧"的两个连续动作,刺激了孩子,启发了他去追问"为什么",一旦从道理上明白,就会幡然悔悟,奋发上进。后来谢玄成为名垂青史的历史人物,当与谢安成功的特殊教育有关。只要目的正当,"假谲"也是有益的智慧。

黜免　第二十八

【题解】　黜免者,贬斥放废和免职罢官也。这原是历朝历代都有的寻常事。一般来说,因时代变化及具体要求不同来安排官吏的进退升降,属正常之事,不在本门叙述的范围之内。《黜免》门所见故事,大多是非正常的罢官放废故事。所谓非正常,有的是因对重大事故负有直接责任,如第3则殷浩因北征失败而废为庶人;有的则是意外之事触动了当权者某根敏感的神经,如第2则捕三峡猿子者,第4则食烝薤不助人而笑者,都被桓温"敕令免官";有的是政治上猜忌报复,如第6则桓温罢免邓遐;第7则桓温欲杀武陵王晞父子而不仅是罢官放逐,因而激发了司马王室与桓温集团政治上的对抗。总之,非正常的内里,潜伏了深刻的社会矛盾和政治斗争。被罢官者,有的是罪有应得,如殷仲文;有的则属冤屈,或是有错误而罪不至此;但可怕的是政治斗争中的残酷打击和无情报复。这类历史教训,在本门故事中有形象的展现,各类人物的艺术描绘,上至帝王权贵,下至行伍小吏的心理刻画及其精神状态,无不栩栩如生而跃然纸上。

28.1　诸葛厷在西朝[1],少有清誉,为王夷甫所重[2],时论亦以拟王[3]。后为继母族党所谮[4],诬之为狂逆。将远徙[5],友人王夷甫之徒诣槛与别[6]。厷问:"朝廷何以徙我?"王曰:"言卿狂逆。"厷曰:"逆则应杀[7],狂何所徙!"玄,已见。

【注】

〔1〕诸葛玄:字茂远。琅邪人。官司空主簿。参前《文学》第 13 则注。西朝:西晋。

〔2〕王夷甫:王衍,字夷甫。

〔3〕拟王:与王衍相比拟。

〔4〕族党:家族亲属。

〔5〕徙:流放。

〔6〕槛:囚车。袁本"槛"下有"车"字。

〔7〕逆:叛逆。

【评】

　　司马夺人江山,弑其君主,故羞言"忠"而提倡"以孝治国"。以"孝"杀人,早被于嵇康,现又降临诸葛玄的头上。玄为继母族党所诬,看来也因与继母关系紧张,故被诬以"狂逆"——也即"不孝"大罪。玄言反驳,颇有道理。逆者叛乱,则应置以死刑重典,岂容远徙生还?而狂者进取,孔子早有明言,又何罪之有?罗织罪状,处置失当,朝廷之羞。王衍诣槛与别,则明知其冤屈而无可奈何,这就证明一旦戴上"不孝"大帽,则连朝廷重臣王衍也救不了。呜呼,礼教杀人,一至于此,悲哉!

28.2　桓公入蜀[1],至三峡中[2],部伍中有得猿子者[3],《荆州记》四:"峡长七百里,两岸连山,略无绝处,重岩叠障,隐天蔽日。常有高猿长啸,属引清远,渔者歌曰:'巴东三峡巫峡长,猿鸣一声泪沾裳。'"其母缘岸哀号,行百馀里不去,遂跳上船,至便即绝。破视其腹中,肠皆寸寸断。公闻之,怒命黜其人[4]。

【注】

〔1〕桓公:桓温。蜀:即今四川之地。

〔2〕三峡:从四川奉节至湖北宜昌之间的长江水道,两岸是悬崖峭壁,所称三峡,古今说法多有不同,今指瞿塘峡、巫峡、西陵峡。

〔3〕部伍:部曲行伍,指军队。

〔4〕黜:斥退,罢免。

【评】

桓温西征入蜀,事在永和二年(346)。成语"肝肠寸断"或"柔肠寸断",出典于此。军队手握武器,原来是用来杀人的。但所杀何人,为何杀人,为谁杀人?却是大有文章的,这里有正义与否的性质问题。除恶扬善,是战士的职责。因此,作为军人,不仅要擅长杀人,更要有爱心,保护国家与人民。一味嗜杀的残忍之人,不可能是优秀的军人。桓温虽是奸雄,但在其聚集力量的成长壮大期间,却是颇通人性,为峡猿肝肠寸断而黜免士卒。刘辰翁评曰:"此怒亦何可少!"爱猿者更会爱惜战士的生命。这就成了桓温团结三军的一种号召。桓温初期征战,攻无不克,战无不胜,与此或有关系。桓之老谋深算,目光远大,而非寻常官僚,在此透露了消息。

28.3 殷中军被废[1],在信安[2],终日恒书空作字。扬州吏民寻义逐之[3],窃视[4],唯作"咄咄怪事"四字而已[5]。《晋阳秋》曰:"初,浩以中军将军镇寿阳。羌姚襄上书归降,后有罪,浩阴图诛之。会关中有变,符健(苻健)死。浩伪率军而行,云修复山陵,襄前驱,恐,遂反。军至山桑,闻襄将至,弃辎重驰保谯。襄至,据山桑,焚其舟实,至寿阳,略流民而还。浩士卒多叛。征西温乃上表黜浩,抚军大将军奏免浩,除名为民。浩驰还谢罪,既而迁于东阳信安县。"

【注】

〔1〕殷中军:殷浩,曾任中军将军,故称。被废:指废为庶人。

〔2〕信安:县名,晋属东阳郡,今浙江衢江区。

〔3〕寻义:追念情义。逐:追随。

〔4〕窃视:偷偷观察。

〔5〕咄咄怪事:令人惊叹之事。咄咄,感叹之声。

【评】

永和九年殷浩北伐失败,十年(354年)被废为庶人。殷浩被废,一方面是他作为三军统帅,指挥失误,可以说是咎由自取。另一方面是责任事故中又埋伏了很深的政治阴谋。政敌桓温的上奏攻讦,背后有复杂的政治背景。桓温镇荆州,掌控长江中上游的雄师,势力日炽,威胁司马皇室。为了牵制桓温,朝廷起用殷浩为扬州刺史,建武将军,参综朝权,作为朝廷心膂,桓温颇相疑贰。浩败而温伐蜀大胜,一胜一败,形成强烈对比。故温之斥浩,表面合于情理而无违公心;但实际却是翦除朝廷支柱,以为日后的夺权专政作铺垫。桓温野心,路人皆知,但惮其权势,朝廷一忍再忍。殷浩之书空作字——即用手指在空中虚写"咄咄怪事"四字,不仅为个人出处感慨,更是为桓温得意、国家前途堪忧而发。

28.4 桓公坐有参军椅烝薤^[1],不时解^[2],共食者又不助,而椅终不放,举坐皆笑。桓公曰:"同盘尚不相助^[3],况复危难乎^[4]?"敕令免官。

【注】

〔1〕桓公:桓温。参军:军府属官。椅:当作"扸",用筷子挟取食物的动作。烝薤:即《齐民要术》的"薤白蒸",用秫米、葱、薤(藠头,一种蔬

菜)、油、豆豉蒸调黏合的食品。

〔2〕不时解:一时分不开。

〔3〕同盘:同盘共餐。

〔4〕况复:何况。

【评】

 这故事与第二则为姐妹篇,应连读咀嚼,方知其味。刘辰翁评曰:"二怒皆可观。"这同样是处于上升时期桓温争取人心的做法。同事共食不相助而笑之,虽是小事一桩,但桓温作为政治家,却因小见大,小事不相助,况复危难大事乎?一个团体,一支军队,因小事闹不团结,临危难而岂能一心对敌?不团结就没有战斗力,就不能成就大事。为了将来的大业,桓温拿其开刀。因开玩笑而丢官,表面过于严厉,因为罪不至此。但桓温是个集雄心和野心于一身的枭雄,为了自己的未来事业,不惜牺牲局部。严酷之中是另有远虑。

 28.5 殷中军废后[1],恨简文曰[2]:"上人箸百尺楼上[3],儋梯将去[4]。"《续晋阳秋》曰:"浩(浩)虽废黜,夷神委命,雅咏不辍,虽家人不见其有流放之戚。外生韩伯始随至徙所,周年还都,浩素爱之,送至水侧,乃咏曹颜远诗曰:'富贵他人合,贫贱亲戚离。'因泣下。"其悲见于外者,唯此一事而已。则书空去梯之言,未必皆实也。

【注】

 〔1〕殷中军:殷浩。参前注。

 〔2〕简文:简文帝司马昱。时穆帝年幼,司马昱以会稽王、抚军将军、录尚书事辅政。

 〔3〕上人箸百尺楼上:把人推上了百尺高楼。

 〔4〕儋:通"担",担当,肩扛。将去:撤掉。

【评】

　　此则与第三则为姐妹篇,应一起体味。刘注以为书空、去梯之言,未必皆实。这是不了解殷浩。殷浩也是人,也有七情六欲,喜怒哀乐。浩隐居十载,因简文劝解,说是"足下去就即是时之废兴",以家国复兴之责相委,于是浩始出山任事。为什么简文一定要浩出山?史称"简文以浩有盛名,朝野推伏,故引为心膂,以抗于(桓)温"。殷浩是作为一张重要的政治牌打出来的。但殷不久败废,温素忌浩,闻其败,于是落井下石,必欲置之死地而后快,这是残酷的政治党争使然。但当时朝中主政者为简文,废浩之举,出于温言;而定其罪罚者,却是简文。当然,这是简文迫于桓温,非其本怀。但如余嘉锡《笺疏》所言:"明明抚军(简文)之所奏请,不得谓非太宗之所废也。"用也简文,废也简文,人心险恶,政治家唯利是图,此殷浩之所怨也。

28.6　邓竟陵免官后赴山陵[1],过见大司马桓公[2]。公问之曰:"卿何以更瘦?"《大司马寮属名》曰:"邓遐字应玄,陈郡人。平南将军岳之子。勇力绝人,气盖当世,时人方之樊哙。为桓温参军,数从温征伐,历竟陵太守。枋头之役,温既怀耻忿,且惮遐,因免遐官。病卒。"邓曰:"有愧于叔达,不能不恨于破甑[3]!"《郭林宗别传》曰:"钜鹿孟敏,字叔达。敦朴质直。客居太原,杂处凡俗,未有所名。尝至市买甑,荷儋堕地坏之,径去不顾。适遇林宗,见而异之。因问曰:'坏甑可惜,何以不顾?'客曰:'甑既已破,视之何益?'林宗赏其介决,因以知其德性,谓必为美士,劝令读书。游学十年,遂知名。三府并辟,不就,东夏以为美贤。"

【注】

　　[1] 邓竟陵:邓遐字应玄。曾官竟陵太守,故称。山陵,原指皇帝陵

墓,此特指参加简文帝高平陵的葬礼,时咸安二年(372)。

〔2〕大司马桓公:桓温。时大司马桓温专擅朝政。

〔3〕"有愧于叔达"二句:出典参刘注。以"破甑"喻丢官。意谓自己不能像孟敏失甑那样豁达,对于丢官不能不有遗憾。

【评】

　　故事发生在简文帝驾崩的咸安二年(372)。桓温一代枭雄,前期颇通人性,身边团聚一批英才为己所用,故常战无不胜。后期则负其才力,久怀异志,专擅朝政而失却众心,故胜败无常。苻坚得知温废海西公而立简文后,谓群臣曰:"温前败灞上,后败枋头,十五年间,再倾国师。……不能思愆免退,以谢百姓,方废君以自悦,将如四海何!"(见《晋书·载记·苻坚传上》)温前曾责殷浩北伐之败,贬为庶人。但自己连连大败,却不仅毫无自责之心,而是诿罪僚属,废主立威。其中,邓遐就成为其政治斗争的牺牲品。遐原为温之参军,勇力绝人,气盖当世,随温征战,功勋卓著,号为名将。但温于枋头大败后,既怀耻忿,且忌惮遐之勇果,因免遐官。罢官废主等一连串大动作,是其实现政治野心的重要步骤,明眼人一看便知。故邓遐"不能不恨于破甑"的答辞,语极真切,义形于色而话外有话,桓温听后,能无愧乎?

　　28.7　桓宣武既废太宰父子〔1〕,仍上表曰〔2〕:"应割近情〔3〕,以存远计〔4〕。若除太宰父子,可无后忧。"简文手答表曰〔5〕:"所不忍言,况过于言。"宣武又重表,辞转苦切。简文更答曰:"若晋室灵长〔6〕,明公便宜奉行此诏〔7〕;如大运去矣〔8〕,请避贤路〔9〕。"桓公读诏,手战流汗,于此乃止。太宰父子远徙新安〔10〕。《司马晞传》曰:"晞字道升,元帝弟(第)四子。初封武陵王,拜太宰。少不好学,尚武凶恣。时太宗辅政,晞以宗长不得执权,常怀愤慨,欲因桓温入朝,杀之。太宗即位,新蔡王晃首辞,引与晖(晞)及子综谋逆。有司奏晞等斩刑,诏原之,徙新安。晞未败四五年中,喜为挽歌,自摇大铃,使左右习和之。又燕会,倡妓作新安人歌舞离别之辞,其声甚悲,后果徙新安。"

【注】

〔1〕桓宣武:桓温卒谥宣武,故称。太宰父子:指司马晞及子综。晞字道叔,与简文帝司马昱同为元帝子。晞排行四,昱最小。晞任太宰,辅助朝政,故称。

〔2〕仍:仍然,继而。

〔3〕近情:近亲之情。

〔4〕远计:长远大计。

〔5〕手答:亲手批复。

〔6〕灵长:绵长久远。

〔7〕明公:对有地位之人的尊称。此诏:《晋书·简文帝纪》作"前诏",疑是。

〔8〕大运:皇室命运。

〔9〕请避贤路:避位让贤,请求下台。

〔10〕徙:流放。新安:县名,晋时属东阳郡。今浙江衢江区。

【评】

凌濛初评桓温读诏,谓"不得不流汗"。实际上,当时以简文为代表的司马皇室,处在生死存亡的关键时刻,更是"不得不流汗"。其手答"若大运去矣,请避贤路",实在是对司马皇室命运的最后一搏,哀告之声,不绝于耳。桓温在其废立树威之后,继而要杀害司马晞父子,这是为什么?史称晞"无学术而有武干,为桓温所忌",一旦皇族之人把握了"枪杆子",桓温的篡立野心还有戏唱吗?司马皇族与桓氏集团,争权夺利,已是势不两立。据《晋书·元四王传》,晞少子忠敬王司马遵十二岁时,桓伊过门拜访,遵曰:"门何为通桓氏?"左右曰:"伊与桓温疏宗,

1207

相见无嫌。"遵曰:"我闻人姓木边,便欲杀之,况诸桓乎!"于此可见,桓温好豫司马家事,实是为其篡立作必要的铺垫,司马皇室与之势不两立,有心报仇,无力除奸,简文虽贵为皇帝,仅是空名而已,也只能徒唤奈何!

28.8 桓玄败后[1],殷仲文还为大司马咨议[2],意似二三[3],非复往日。大司马府聼(廳)前有一老槐[4],甚扶疏[5]。殷因月朔与众在聼(廳)[6],视槐良久,叹曰:"槐树婆娑[7],无复生意!"《晋安帝纪》曰:"桓玄败,殷仲文归京师,高祖以其卫从二后,且以大信宜令,引为镇军长史。自以名辈先达,位遇至重,而后来谢混之徒,皆畴昔之所附也,今比肩同列,常怏然自失。后果徙信安。"

【注】

〔1〕桓玄:温少子,袭父爵。安帝元兴二年(403)篡晋建楚,自立为帝。次年被刘裕击灭。

〔2〕殷仲文:妻为桓玄姊。闻玄平京师,投之,成为伪楚佐命亲贵。玄败,又奉二后归朝廷。参前《言语》第106则注。大司马咨议:官名,即大司马咨议参军,公府或军府的重要属官。

〔3〕意似二三:三心二意,犹疑不定。

〔4〕聼:通"廳"。

〔5〕扶疏:枝叶纷披茂盛。

〔6〕月朔:每月初一。府衙依例聚会议事。

〔7〕婆娑:原为舞姿,引申为披散弛纵而缺乏精神的样子。

【评】

殷仲文是晋末著名诗人,义熙中为"华绮之冠"(《诗品》下),但同时又是无耻文人之典型。朝秦暮楚,反复小人,而唯利是图,最后落得身败名裂,正是历史的惩罚。桓玄年少失势,仲文与之疏远;玄兴兵入京师,建伪楚,他即投怀送抱,拍马溜须,无不尽其极,因而成为新主的"佐命亲贵",贪冒纳贿,厚自封祟。玄败,又投机归刘裕。裕出于自己的长远政治大计,暂留用之。但小人嗜利,永无止境。咨议之职,岂是亲贵?"槐树婆娑,无复生意!"所叹物是人非,怏怏失志,如此心态,岂能有好下场?

28.9 殷仲文既素有名望,自谓必当阿衡朝政[1],忽作东阳太守[2],意甚不平。《晋安帝纪》曰:"仲丈(文)后为东阳,愈愤怨,乃桓胤谋反,遂伏诛。仲文尝照镜不见头,俄而难及。"及之郡,至富阳[3],慨然叹曰:"看此山川形势,当复出一孙伯符[4]。"孙策,富春人。故及此而叹。

【注】
〔1〕阿衡朝政:主持朝政。
〔2〕东阳:郡名,治所在长山(今浙江金华)。
〔3〕富阳:今属浙江,原名富春。
〔4〕孙伯符:三国时孙策,字伯符。时天下大乱,策东征西讨,占据江东,为后来吴国建立基础。

【评】
此与第8则为姐妹篇,当并读合观。仲文之叹,"当复出一孙伯符",正说明他反叛朝廷的意志已决。但仲文之人,岂可与孙策相比拟?加以形势不同,其野心很快败露而伏诛,终成历史之笑柄。

俭啬 第二十九

【题解】　俭啬者,节俭与吝啬也。俭之与吝,都是舍不得钱财或消费,表面看来,事虽相近;内里却是,实质有别。勤俭持家,开源节流,同样适于治国,原属美事。春秋时秦穆公向臣下由余问国何为得失,由余曰:"常以俭得之,以奢失之。"(见《韩非子·十过》篇)这样,勤俭之道,由经济而升于政治,成为治国纲要。故李商隐《咏史》诗云:"历览前贤国与家,成由勤俭败由奢。"勤俭之道,其义甚伟。但是,真理和谬误只差一步。过分节俭,连必需的消费也予禁绝,取消了生活的一切享受和乐趣,这就性质转化,由好事变成坏事,成了货真价实的守财奴吝啬鬼。本门故事,大多是"俭啬"合称,其词倾向于"啬"义。即使单言其"俭",也受影响,多含俭啬之义。如第一则称和峤"至俭",就属贬义。其所谓"俭",已转为点点滴滴也不放过的敲骨吸髓的剥削。如第3则王戎的"既富且贵",园田周遍天下,即与其夫妇昼夜持筹算计有关,这哪有什么宰相风度! 因此,本门九则故事,大多写吝啬鬼的故事及其生活教训,共占八则。只有第八则有关陶侃与庾亮啖薤留白的故事,属于节俭美德,在黑暗中略显一丝希望之光。

29.1　和峤性至俭[1],家有好李,王武子求之[2],与不过数十。王武子因其上直[3],率将少年能食之者[4]，持斧诣园，饱共啖毕[5]，伐之。送一车枝与和公，问曰："何如君李[6]？"和既得，唯笑而已。《晋诸公赞》曰："峤性不通，治家富拟王公，而至俭，将有犯义之名。"《语林》曰："峤诸弟往园中食李，而皆计核责钱。故峤妇弟王济伐之也。"

【注】

〔1〕和峤：字长舆，汝南西平人。晋初官侍中、中书令。参前《德行》第17则注。至俭：很吝啬。俭：吝啬。

〔2〕王武子：王济字武子，太原晋阳人。浑子，和峤妻弟。官太仆卿。参前《言语》第24则注。

〔3〕上直：入朝轮值。直，通"值"，值班。

〔4〕率将：率领。

〔5〕饱共啖毕：饱餐完毕。啖：吃。

〔6〕何如：相比如何。

【评】

和峤西朝名士，政治上颇多表现，当时称为名臣。但据杜预揭发，他明显具有"钱癖"的缺陷，见《术解》第4则注。其性至俭，此所谓"俭"，是俭吝，而非节俭。其治家富敌五侯，钱是多多益善。就连自家兄弟进果园吃他几个李子，也如外人一样，"计核责钱"——只认钱而不认人，这比今天的资本家还会算计，简直是钱眼中看人而六亲不认。点滴游资尚紧抓不放，更何况是经营田庄、商铺等大规模的剥削收入呢？其发财致富的原因甚多，但"广种博收"——不让一分一厘的金钱从自己手缝中溜掉，也是奥秘之一吧！不过，王济食李伐树，也属恶作剧，但他是公主的丈夫，武帝的驸马，人们又奈他何！李树伐倒，无法起死回生，于是乎和峤一笑了之，倒也表现了政治家的风度。

29.2　王戎俭吝[1]，其从子婚[2]，与一单衣[3]，后

1211

更责之[4]。王隐《晋书》曰:"戎性至俭,不能自奉养,财不出外,天下人谓为膏肓之疾。"

【注】

〔1〕王戎:字濬冲,琅邪人,魏晋间竹林名士。官至司徒,爵安丰侯。参前《德行》第17则注。俭吝:吝啬。

〔2〕从子:同族侄儿。

〔3〕单衣:没夹里的便服。

〔4〕责:讨,索回。

【评】

以下四则,主角都是王戎。送给侄儿的结婚礼物很轻——仅单衣一件,但事后却悔而索讨。这样的吝啬鬼,不怕人家笑话,可见其脸皮之厚,天下少有。见物不见人,亲情何在?魏晋名士,内心之丑陋一面,形象呈现。

29.3 司徒王戎既贵且富,区宅、僮牧、膏田、水碓之属[1],洛下无比[2]。契疏鞅掌[3],每与夫人烛下散筹算计[4]。《晋诸公赞》曰:"戎性简要,不治仪望,自遇甚薄,而产业过丰。论者以为台辅之望不重。"王隐《晋书》曰:"戎好治生,园田周遍天下。翁姬二人,常以象牙筹昼夜算计家资。"《晋阳秋》曰:"戎多殖财贿,常若不足。或谓戎故以此自晦也。"戴逵论之曰:"王戎晦默于危乱之际,获免忧祸,既明且哲,于是在矣。"或曰:"大臣用心,岂其然乎?"逵曰:"运有险易,时有昏明,如子之言,则蘧瑗、季札之徒,皆负责矣。自古而观,岂一王戎也哉!"

【注】

〔1〕区宅:房舍。僮牧:奴婢。膏田:良田。水碓:利用水力资源来劳作的作坊。

〔2〕洛下:西晋京师洛阳。

〔3〕契疏:契券账簿之类。鞅掌:繁忙。

〔4〕散筹:摊开筹码。算计:算账,计算家财。

【评】

　　本门9则故事,王戎独占4则,占一半弱,成为并非光彩的当然主角。看来王戎生财有道,聚敛有方,但又"自遇甚薄",成了古代典型的吝啬鬼守财奴。但戎为西京清谈名士,人们为贤者讳,或谓如此敛财非其本性,而是生当乱世的自晦自全的明哲之举。偶尔一二件事,或许还可以讨论;但是再三再四,则无法以"晦默"、"免祸"之说塞议者之口。竹林之游时,阮籍斥之曰:"俗物已复来败人意。"其聚敛、俭啬之俗,年轻时已见端倪。故余嘉锡评曰:"观诸书及《世说》所言,戎之鄙吝,盖出于天性。戴逵之言,名士相为护惜,阿私所好,非公论也。"所论洞彻肺腑,使名士无遁其形。

29.4 　王戎有好李[1],常卖之,恐人得其种,恒钻其核[2]。

【注】

〔1〕好李:优良品种的李子。

〔2〕恒:总是。

【评】

　　在人与自然的关系中,为了防止果树品质的蜕化,改进优良品种,人们在长期的农业园艺实践中,不断实验,做出了不懈的努力。因此,"好李"——优良品种的李子,是人类科学实践的心血结晶。但是,王戎为了保护自家"好李"对市场的垄断,竟然钻核卖李,破坏优良品种的流传。吝啬鬼为了赚几个钱,竟然

1213

破坏人类科研成果,这是对人类文明的犯罪!

29.5 王戎女适裴頠[1],贷钱数万[2]。女归,戎色不悦,女遽还钱[3],乃释然[4]。

【注】

〔1〕适:嫁。裴頠:字逸民,河南闻喜人。官侍中,尚书左仆射。参前《言语》第23则注。

〔2〕贷钱:借款。

〔3〕遽:立即,赶紧。

〔4〕释然:不快消失。

【评】

两晋统治者提倡"以孝治国"。王戎与和峤是西晋最著名的两大孝子。"孝"是建立在家族血缘关系之上的亲情。但若考察两人对于亲人亲族的态度,则又不能不有所怀疑。和峤对于诸弟,王戎对于侄儿,甚至是自己的亲生女儿,都一样是认钱不认人,缺乏亲情的爱惜。今人对于子女的爱怜,如果不说超过,至少是不亚于对父母的孝顺。从心理学的角度,以今推古,和峤、王戎诸名士,薄于骨肉却能孝其父母,甚至是获得"生孝"与"死孝"之美名,其内里的实质真实性应打上一个大大的问号。封建礼教的虚伪,于此可见一斑:为"名"可装扮孝顺,为钱则六亲不认,两者相形,则面目暴露无遗。

29.6 卫江州在寻阳[1],《永嘉流人名》曰:"卫展字道舒,河东安邑人。祖列,彭城护军。父韶,广平令。展,光熙初,除鹰扬将军、江州刺史。"有知旧人投之[2],都不料理[3],唯饷王不□行一斤[4],此人得饷便命驾[5]。《本草》曰:"王不留行生太山,治金疮、除风,久服之轻身。"李弘范闻之曰:"家舅刻薄,乃复驱使卉木[6]。"《中兴书》曰:"李轨字弘范,江夏人。仕至尚书郎。"按:轨,刘氏之甥。此应弘度,非弘范者也。

【注】

〔1〕卫江州:卫展。南渡初曾任元帝朝廷尉。

〔2〕知旧人:相知旧友。投:投奔。

〔3〕料理:招待,看顾。

〔4〕饷:馈赠。王不□行:宋本原缺一字,据《类说》卷三一引为"留"字。刘注同。王不留行,中药名,《本草纲目》曰:"此物性走而不住,虽有王命不能留其行,故名。"俗又名麦蓝菜、剪金花、兔儿草,产于山东、河北、辽宁等地。

〔5〕命驾:命驭者驾车立即离开。

〔6〕乃复:竟然。

【评】

人情冷暖,世态炎凉,自古已然。关系之亲疏,大多以利之大小相较。因此,结交了有用的新友,则弃无用旧知如弊履。人情淡如水,古人如此,今人又将如何?悲乎!

29.7 王丞相俭节[1],帐下甘果盈溢不散[2],涉春烂败[3]。都督白之[4],公令舍去[5],曰:"慎不可令大郎知!"王悦也。

【注】

〔1〕王丞相:王导。

〔2〕不散:不散发,不分发掉。

〔3〕涉春:入春,经春。

〔4〕都督:此非军队统帅之都督,而是特指总管家务的管家。

〔5〕舍去:丢掉。

【评】

王导之节俭,属于正面意义的节约,性质和和峤、王戎之俭吝有异。史称王导即使身为宰相,但其生活"简素寡欲,仓无储谷,衣无重帛",生活相当简朴。导为官称廉洁,与贪官污吏异道而驰,但这只是个人行为,而无救于官吏腐败之横行。但其家属纳贿,如王导小妾雷氏,因此而有"雷尚书"之称,王导知否?又如王戎是其从兄,照样刻薄小民甚至是亲人以致富。只是王导俭节,有些过分。甘果盈溢,经春腐烂而不肯分发下人食用,这不就成了一毛不拔的铁公鸡了么!作为一代政治家,其心胸气魄又似乎有所欠缺。

29.8 苏峻之乱[1],庾太尉南奔见陶公[2],陶公雅相赏重[3]。陶性俭吝,及食啖薤[4],庾因留白。陶问:"用此何为?"庾云:"故可种。"于是大叹庾非唯风流,兼有治实[5]。

【注】

〔1〕苏峻之乱:咸和二年(327),庾亮辅政,征历阳太守、冠军将军苏峻入朝为大司农,苏峻率兵反,攻入京师。后陶侃、温峤等举义军剿灭之。

〔2〕庾太尉:庾亮。陶公:陶侃。按:时庾亮兵败,逃奔温峤与陶侃,共奉侃为义军盟主。

〔3〕雅:很,非常。赏重:赏识器重。

〔4〕啖:吃。薤:蔬菜名,即藠(jiào 叫)头。草本植物,地下鳞茎可食,可种。靠近根部的薤头叫薤白,也省称"叫白"。

〔5〕风流:才华横溢。治实:办事务实。

【评】

　　本门故事,唯有此则之"俭吝",全属褒义,前第 7 则论王导"节俭",仍是褒中有贬,态度有所保留。在刘义庆心目中,陶侃是魏晋勤俭理政的典范。有人以为,庾亮食薤留白,是故意做作,以投陶侃所好,是一种愚弄侃以取信任的谲诈。但若全面考察陶、庾二公关系,实属不然。侃出身寒门,自少贫贱,故生活节俭,是其本性使然。但其俭吝,不仅严于律己,而且并不因此苛刻士卒部属。史称其数十年的征战,"凡有俘获,皆分士卒,身无私焉"。甚至是流亡饥民,陶侃也"竭资振给焉"。可见他并不是一个吝啬鬼守财奴。其"俭吝"之行不仅克己奉众,同时也是出于治国施政的需要。"非唯风流,兼有治实",侃之叹亮,实是自我形象的光辉写照。故刘辰翁评曰:"小说取笑,陶未易愚。"信然。

　　29.9　郗公大聚敛[1],有钱数千万。嘉宾意甚不同[2],常朝旦问讯(讯)[3]。郗家法,子弟不坐,因倚语移时[4],遂及财货事[5]。郗公曰:"汝正当欲得吾钱耳[6]!"迺开库一日[7],令任意用。郗公始正谓损数百万许[8],嘉宾遂一日乞与亲友[9],周旋略尽[10]。郗公闻之,惊怪不能已已[11]。《中兴书》曰:"超少卓荦而不羁,有旷世之度。"

【注】

　　[1] 郗公:郗愔,字方回。高平人。官至徐、兖二州刺史。卒赠司空。

　　[2] 嘉宾:郗超小字,愔子。官至司徒左长史,参前《言语》第 59 则注。

〔3〕常:通"尝",曾经。
〔4〕倚语:站着说话。移时:很长时间。
〔5〕财货:钱财。
〔6〕正当:只不过。
〔7〕迺:乃。
〔8〕正谓:只是以为。
〔9〕乞与:给予,赠送。
〔10〕周旋:应酬,打交道。
〔11〕已已:停止,休了。

【评】
　　这则故事,作为《俭啬》门的压轴戏,有人物,有故事,有细节,是一篇非常生动的纪实小小说。其中郗愔与郗超这对父子很有意思,一个好聚敛而吝啬守财,积钱数千万以压库;一个慷慨好施,一日散尽家财而不眨一眼。父子俩的不同人生态度及其作为,矛盾冲突,形成了强烈的艺术对比,给人以刺激和艺术感染。在政治上,郗愔虽忠于司马王室,但却是一个平庸之才,暗于事机而聚敛守财,致讥世人而无所作为。郗超则党于桓温而反之,但却在政治上颇具天赋,企望大有作为。因此,他慷慨好施,收买人心,以成其大业。只要政权在握,自然财源滚滚而来,又岂在乎那区区数千万元家财!可惜他作为桓温谋主,跟错了人,终于毁灭了一颗政治新星。

汰侈　第三十

【题解】　汰侈者,骄奢无度、放纵享乐之谓也。《汰侈》一门,所写的是统治者骄纵奢侈、荒淫无度的生活故事。《汰侈》与《俭啬》,一个是骄纵享乐,恨不得一日费尽天下财;一个是贪鄙守财、拔一毛以利天下而不为。但若论其本质,却是异中见同,都是极端的利己主义在作怪。"俭啬"者钱财不许使用,"汰侈"者则聚敛无数钱财专为自己享用,实际核心所在都是"为我"二字。魏晋门阀社会,贵族豪姓衣钵相传,在少数贵族手中,搜刮聚集了巨亿的财富,因而他们有条件骄奢极欲,相沿成风。西晋之迅速沦亡,与此腐败之风不无关系。故《晋书·五行志中》云:"武帝初,何曾薄太官御膳,自取私食,子劭又过之,而王恺又过劭。王恺、羊琇之俦,盛致声色,穷珍极丽。至元康中,夸恣成俗,转相高尚,石崇之侈,遂兼王、何,而俪人主矣。崇既诛死,天下寻亦沦丧。"这一批又一批骄奢成风的贵族,其享受生活的资本从哪儿来呢?来自名门望族的高官厚禄及其政治经济特权,来自对于全国百姓小民敲骨吸髓的剥削掠夺。一人餐费数万于上,万人饥贫受苦于下,这样的社会,失掉了民心,而不是以人为本,怎能不速亡呢?此门12则故事,应细读并汲取历史教训。

30.1　石崇每要客燕集[1],常令美人行酒[2],客饮酒不尽者,使黄门交斩美人[3]。王丞相与大将军尝共诣崇[4],丞相素不能饮,辄自勉强,至于沉醉。每至大将军,固不饮以观其变[5],已斩三人,颜色如故,尚不肯饮。丞相让之[6],大将军曰:"自杀伊家人[7],何预卿事?"王隐《晋书》曰:"石崇为荆州刺史,劫夺杀人,以致巨富。"《王丞相德音记》曰:"丞相素为诸父所重,王君夫问王敦:'闻君从弟佳人,又解音律,欲一作妓,可与共来。'遂往。吹笛人有小忘,君夫闻,使黄门阶下打杀之,颜色不变。丞相还曰:'恐此君处世,当有如此事。'"两说不同,故详录。

【注】

〔1〕石崇(249—300):字季伦,渤海南皮人。官至侍中、征虏将军、荆州刺史。参见本门第8则注。要:通"邀"。燕集:宴会。

〔2〕行酒:持觞劝酒。

〔3〕黄门:魏晋贵族供内庭驱使的阉人。

〔4〕王丞相:王导。大将军:王敦。二人皆出琅邪王氏家族。

〔5〕固:坚决,坚持。

〔6〕让:责备。

〔7〕伊:彼,他。

【评】

故事发生在晋武帝统一中国的歌舞升平时期,其时开国功臣及贵族大姓竞相汰侈豪奢。故《世说》专立《汰侈》门以示诫。王济用人乳喂猪,石崇作锦步障五十里以胜王恺紫丝步障四十里。这类物质上的骄奢,已是骇人听闻;而这则故事的权贵,竟然以残杀美人取乐,并以此夸豪斗富,则是精神上的汰侈,更是旷古未闻,可称是魏晋门阀社会的"特产"。故事的人物主角是石崇和王敦,是残杀美人的刽子手。汉时法律规定,"杀人者死",汉光武时又下诏曰:"天地之性,人为贵。其杀奴婢,不得减罪。"见《后汉书·光武皇帝本纪》。魏晋时贵族妇女的生活，相对开放与自由。但奴婢等下层妇女则相反，因其人身依附，生命系于主人之手而毫无保障。如曹操杀女乐，司马懿妻杀女婢，贾后戟掷孕妇，上行下效，故石崇、王恺、王敦等敢于酒宴上公开杀美人。这不是偶然现象，而是门阀制度使然。女伎美人也是人。据《晋书·王敦传》，美人行酒时，"悲惧失色"，其瑟缩战栗之态，写尽了内在心理的恐慌。但王敦却"颜色如故"，他是把少女的头颅当瓜果来品尝，把美人的鲜血当红花来欣赏。如此灭绝人性，是可忍，孰不可忍！故王世懋评曰："无论处仲（王敦字）忍人，观此事，晋那得不乱！"

30.2　石崇厕常有十馀婢侍列，皆丽服藻饰[1]，置甲煎粉、沈香汁之属[2]，无不毕备。又与新衣箸令出。客多羞不能如厕[3]。王大将军往[4]，脱故衣，箸新衣，神色傲然。群婢相谓曰："此客必能作贼[5]！"《语林》曰："刘寔诣石崇，如厕，见有绛纱帐大床，茵蓐甚丽，两婢持锦香囊。寔遽反走，即谓崇曰：'向误入卿室内。'崇曰：'是厕耳。'"

【注】

〔1〕丽服藻饰：衣服华丽，妆饰讲究。

〔2〕甲煎粉：后世胭脂唇膏一类的化妆品。

〔3〕入厕：上厕所。如：入。

〔4〕王大将军：王敦。

〔5〕作贼：魏晋习惯用语，指造反。

【评】

故事的时间与上则相近。人物主角是石崇，但与上则一样，第一主角应是王敦。看来，当时贵族是想尽各种办法来享乐，就是上厕所也要讲排场讲享受,不惜以公开"隐私"来夸豪斗富。石崇家的厕所具有时代的"超前性"。笔者曾到某集团公司数十层的高楼参观,整幢大楼最豪华最气派的地方,是小会议厅里的厕所。其装修之考究,服务之细致周到,令人叹为观止。可是这一切,比一千多年前的石家厕所,似乎远为逊色,因为古人还有十几个美女环列伺候。骄奢如此,西晋怎能不亡!一般士大夫尚有点羞耻感,但王敦则纵情享用,"脱故衣,箸新衣,神色傲然",不以为耻。无耻之徒,不做贼造反才怪呢!后来果然不幸言中,王敦叛乱败亡。故凌濛初评曰:"何物婢子乃知人!"实践说明,卑贱者自有眼光。

30.3　武帝常降王武子家[1],武子供馔[2],并用瑠璃器[3]。婢子百馀人,皆绫罗袴襹[4],以手擎饮食。蒸㹠肥美[5],异于常味。帝怪而问之,答曰:"以人乳饮㹠[6]。"帝甚不平,食未毕,便去。王、石所未知作[7]。襹,一作褋。

【注】

〔1〕武帝:晋武帝司马炎。王武子:王济,字武子,官至侍中,太仆卿。娶武帝女儿常山公主。

〔2〕供馔:供奉食品。

〔3〕琉璃器:用半透明矿石制造的器皿,当时极珍贵。

〔4〕绫罗袴襹:用丝绸绫绢一类裁制的衣裤。袴:裤。襹:上衣。

〔5〕蒸㹠:蒸乳猪。

〔6〕以人乳饮㹠:用人奶喂养小猪。

〔7〕王、石:指王恺、石崇等贵族。未知作:不知道这种做法。

【评】

　　王济生活之侈华腐败，比于王（恺）、石（崇），连皇帝也"甚不平"，自叹不如。王济是武帝女婿，看在女儿常山公主分上，皇帝降临驸马爷家。为了迎驾，王济家在"硬件"上也极尽铺张，打扮得花枝招展的如花美女百馀人，"手擎饮食"，不过这不一定能与皇家排场相比；但其蒸乳猪，"以人乳饮豚"，连皇帝也叹息，这就在精神骄奢方面，气势盖过了皇家。用人乳来喂猪，只是为了贵族一餐口食，又该有多少母亲被迫弃其呱呱待哺的婴儿而不顾！这样毫无人性，简直荒唐到举世无双的地步。但是，透过灯红酒绿豪华生活的外表，却可窥见魏晋贵族那无法把握自我命运而及时行乐的阴暗心理，悲乎！

　　30.4　王君夫以饴糒澳釜[1]，石季伦用蜡烛作炊[2]；君夫作紫丝布步障碧绫裹四十里[3]，石崇作锦步障五十里以敌之[4]；石以椒为泥[5]，王以赤石脂泥壁[6]。《晋诸公赞》曰："王恺字君夫，东海人，王肃子也。虽无检行，而少以才力见名，有在军（公）之称。既自以外戚，晋氏政宽，又性至豪。旧制：鸩不得过江，为其羽栎酒中，必杀人。恺为翊军时，得鸩于石崇而养之，其大如鹅，喙长尺馀，纯食蛇虺。司隶奏按恺、崇，诏悉原之，即烧于都街。恺肆其意色，无所忌惮。为后军将军。卒，谥曰丑。"

【注】

　　[1]　王君夫：王恺字君夫。晋武帝的司马炎的舅父。饴：同"饴"，麦芽糖。糒：干饭。按：以干饭涮锅，义欠通。《晋书·石崇传》作"以饴澳釜"，无"糒"字，疑"糒"字衍。澳釜：涮锅。

　　[2]　作炊：煮饭，做饭。

　　[3]　步障：夹道屏障。

〔4〕敌:与……对抗。

〔5〕椒:花椒。以椒和泥涂壁,取其香气,兼喻多子。

〔6〕赤石脂:风化石粉末的一种,红色,细腻,原是道家丹料,又可用来装饰墙壁。

【评】

　　这是一场古代的斗富大赛,双方无不穷奢极欲,各显神通。如在今日,当入世界吉尼斯纪录。但浪费多少民脂民膏,只为博取贵族斗奇争胜之名,令人扼腕叹息。王恺谥"丑",石崇见诛,实是自我作孽,无可救药。其时,不仅个人,而且整个国家,也因骄奢汰侈之风的腐蚀,内里早就腐肠烂肚,很快天下大乱而中原沦丧,悲哉!

　　30.5　石崇为客作豆粥,咄嗟便办〔1〕。恒冬天得韭蓱虀〔2〕。又牛形状气力不胜王恺牛,而与恺出游,极晚发,争入洛城,崇牛数十步后迅若飞禽,恺牛绝走不能及〔3〕。每以此三事为搤腕〔4〕。乃密货崇帐下都督及御车人〔5〕,问所以〔6〕。都督曰:"豆至难煮,唯豫作熟末〔7〕,客至,作白粥以投之。韭蓱虀是捣韭根,杂以麦苗尔。"复问驭人:"牛所以驶〔8〕?"驭人云:"牛本不迟,由将车人不及制之尔〔9〕。急时听偏辕〔10〕,则驶矣。"恺悉从之,遂争长〔11〕。石崇后闻,皆杀告者。《晋诸公赞》曰:"崇性好侠,与王恺竞相夸眩也。"

【注】

　　〔1〕咄嗟:顷刻之间。喻其速。

　　〔2〕韭蓱虀:细碎的韭菜和艾蒿做成的腌菜。蓱,藾萧,即艾蒿。虀,捣碎研末的酱菜。

〔3〕绝走:奔跑。

〔4〕搤腕:一手握另一手腕,愤怒不平貌。

〔5〕都督:总管家。

〔6〕问所以:问其中原因。

〔7〕豫:通"预",预先。熟末:煮熟研细。

〔8〕驶:迅速飞奔。

〔9〕不及制之尔:不善控制。不及,魏晋口语,不懂,不理解。

〔10〕偏辕:双辕之车,偏辕令车重心倾向一轮,以减少摩擦力而提速奔驰。

〔11〕争长:夺得胜利。

【评】

为夸富争胜而各极心思,也算是小智小慧。故事重心在牛车竞赛一节。御车人所说,很有道理。牛原健走,但主人驭不得法,紧拉缰绳,牛有力气而难于奔跑,一旦松绳,则自由飞奔,自然胜利夺标。用牛如此,用人亦然。管理者应充分发挥被用者的主观积极性,自然可收事半功倍的效益。此说颇有启迪。但石崇因竞赛失利而"皆杀告者",则暴露了贵族丧失人性的残忍。

30.6　王君夫有牛名八百里驳[1],常莹其蹄角[2]。王武子语君夫[3]:"我射不如卿,今指赌卿牛,以千万对之[4]。"君夫既恃手快[5],且谓骏物无有杀理,便相然可[6],令武子先射。武子一起便破的[7],却据胡床[8],叱左右速探牛心来[9]。须臾,炙至[10],一脔便去[11]。《相牛经》曰:"《牛经》出宁戚,传百里奚。汉世河西薛公得其书,以相牛,千百不失。本以负重致远,未服辀轩,故文不传。至魏世,高堂生又传以与晋宣帝,其后王恺得其书焉。"臣按其《柏(相)经》云:"阴虹属颈,千里。"注曰:"阴虹者,双筋白尾骨属颈。宁戚所饭者也。"恺之牛亦有阴红(虹)也。宁戚《经》曰:"棰头欲得高,百体欲得紧,大膁疏肋难龆,龙头突目欲好跳。又角欲得细,身欲促,形欲得如卷。"

【注】

〔1〕王君夫:王恺,参前注。八百里驳:牛名。驳,同"驳",原指黑白相间之马,这里借喻牛,意谓日行八百里的良种牛。

〔2〕莹其蹄角:用玉石装饰头角和牛脚。

〔3〕王武子:王济。参前注。

〔4〕以千万对之:以千万钱与名牛价值相抵以赌。

〔5〕手快:动作敏捷,技术熟练。

〔6〕然可:应允,答应。

〔7〕破的:射中靶心。

〔8〕胡床:一种可折叠的轻便交椅。却:退回来。

〔9〕探:探取,掏。

〔10〕炙:烤肉。

〔11〕脔:切块的肉。

【评】

在门阀社会的庇荫下,高门望族政治经济特权世代相袭。这样,这批贵族子弟无须竞争而照样升官发财,在养尊处优的生活中寻求种种刺激打破平淡无聊之心绪。一场豪赌就这样随意地发生了。据前《俭啬》门第5则,王戎"贷钱数万"与女儿,即脸色不悦,可见数万不少。又第9则"郗公大聚敛,有钱数千万",数千万是一个大富豪终生积敛的数目。以此作为参照,则数千万之数为巨富之蓄,是千百普通人家财产的总和。但是二王所赌,"以千万对之",更是虚荣腐化心理的角胜。八百里驳是人类经过长期努力培养的优良品种,属人类文明进步的体现,但王济杀之不眨一眼,探心烤炙,仅食一脔,即扬长而去。这对王恺不仅是物质的损失,更是巨大的心理打击。但是,破坏人类科学结晶的良种牛,王济这个纨绔子弟负有不可推卸的罪责。

30.7　王君夫尝责一人无服馀衵(袒)[1],因直[2],内箸曲阁重闺里[3],不听人将出[4]。遂饥经日,迷不知何处去。后因缘相为[5],垂死,乃得出。

【注】

〔1〕王君夫:王恺。尝:曾经。无服馀衵:没有穿贴身内衣。衵,他本皆作"衵",是。衵(旧读 nì 昵,今读 rì 日),贴身内衣。朱铸禹《汇校集注》云:"此盖褫服以责之,但馀贴身小衣耳。"另备一说。

〔2〕直:通"值",入朝值班,当时一值五日。

〔3〕内:通"纳"。曲阁重闺:阁道回廊曲折回复,后庭闺房幽深重叠。

〔4〕不听:不允许。

〔5〕因缘相为:朱铸禹注曰:"似谓偶值机缘,经人相助之意。"另有释"因缘"为亲近小吏,或指朋友、同伙。鄙意以前说为是。

【评】

　　王恺豪宅之广大深邃,犹如迷宫一般,致令侍者迷失方向,几乎饿毙。从宅居建筑,可见其穷奢极侈生活之一斑。王恺敢于在公开宴会之上,扑杀女乐,血溅当场;又因小失而禁锢侍者垂死,也属人命关天,于此又添罪证一桩。如此丧尽天良者占据要津,国家岂不危乎殆哉!

30.8　石崇与王恺争豪[1],并穷绮丽以饰舆服[2]。《续文章志》曰:"崇资产累巨万金。宅室舆马,僭拟王者。庖膳必穷水陆之珍。后房百数,皆曳纨绣,珥金翠,而丝竹之艺,尽一世之选。筑榭开沼,殚极人巧。与贵戚羊琇、王恺之徒,竞相高以侈靡,而崇为居最之首。琇等每愧羡,以为不及也。"武帝,恺之舅(甥)也,每助恺[3]。尝以一珊瑚树高二尺许赐恺[4],枝柯扶疏[5],世罕其比。恺以示崇,崇视讫,以铁如意击之[6],应手而碎。恺既惋惜,又以为疾己之宝,声色甚厉。崇曰:"不足恨,今还卿。"乃命左右悉取珊瑚树,有三尺、四尺,条干绝世,光采溢目者六七枚,如恺许比甚众[7]。恺惘然自失[8]。《南州异物志》曰:"珊瑚生大秦国,有洲在涨海中,距其国七八百里,名珊瑚树洲,底有盘石,水深二十馀丈,珊瑚生于石上。初生白,软弱似菌,国人乘大船,载铁网,先没在水下,一年,便生网目中。其色尚黄,枝柯交错,高三四尺,大者围尺馀。三年色赤,便以铁钞发其根,系铁网于船,绞车举网,还,裁凿恣意所作。若过时不凿,便枯索虫蛊。其大者输之王府,细者卖之。"《广志》曰:"珊瑚,大者可为车轴。"

【注】

〔1〕争豪:竞夸斗富。

〔2〕绮丽:华美艳丽。舆服:车服、衣冠章服之总称。古时制度,以舆服表等级。

〔3〕每:常。

〔4〕珊瑚:海洋中珊瑚虫的石灰质骨髓所形成的物质,状如树枝,故称珊瑚树,可供赏玩。

〔5〕扶疏:繁茂纷披。

〔6〕铁如意:铁质如意。如意:柄端作手指形,用以搔背,尽如人意,故称。

〔7〕许:处。

〔8〕惘然:失意或失神的样子。

【评】

在《汰侈》门12则故事中,王恺占5则,如果连第一则刘注所记故事,则为6则,是与石崇并列第一的主角。石、王二人多次夸豪斗富,为西晋上游贵族社会的骄奢之风推波助澜。石崇以铁如意击碎王恺之宝——皇帝赐予国舅爷的二尺许珊瑚树,随手击发,毫无怜惜之心。这一细节很典型生动,说明石崇不仅是富比王侯,甚至在某些方面,超过了皇宫。其搜刮民脂民膏,借官势大肆掠夺,手段直截了当。如史所称,"在荆州,劫远使商客,致富不赀",这是执法犯法的伎俩。而王恺之奢华腐败,则直接来自最高统治者的支持与赏赐,后台大老板是皇帝。上自皇族,至于高门世家,无不竞相豪侈,以此为荣,朝廷如此腐败,国家岂能长久!西晋之亡,表面是"五胡乱华",八王之乱,但若究其根底,则是自我作孽、内里腐败所致。须知,夸豪斗富,大失民心,而失民心者,必失天下。这就是历史的教训。

30.9 王武子被责[1],移第北芒下[2]。《晋诸公赞》曰:"济与从兄恬(佑)不平。济为河南尹,未拜,行过王宫,吏不时下道,济于车前鞭之,有司奏免官。论者以济为不长者。寻转太仆,而王恬(佑)已见委任,济遂斥外。"于时人多地贵,济好马射,买地作埒[3],编钱匝地竟埒[4],时人号曰"金沟"。

【注】

〔1〕王武子:王济。责:斥责,责罚。
〔2〕移第:移家。北芒:即洛阳东北的北邙山。芒,通"邙"。
〔3〕埒:矮墙。此指马场周围的界墙。
〔4〕编钱:穿联铜钱。匝(zā):环绕一周。

【评】

史称王济风姿英爽,气盖一时。"好弓马,勇力绝人"。生平善马,杜预谓其有"马癖"。故事称其好马射而买地作埒,为便于纵横驰骋,马场之大,可以想象。此马场若是设在荒僻的农村,地广人稀,尽可供其驰骋。但王济的马场,是设在人口密集、寸土寸金的京师洛阳贵族聚居的北邙山下,情况则大不相同。其所开销,已非一般贵族所能承受。但为显豪富,满足夸胜于时的心理,竟然"编钱匝地竟埒",编串金钱竟绕场一周,生怕人家没看见,人们以此称之为"金沟"——金光炫耀于外,精神败絮其中。"金沟"之谓,非颂而实讥也,惜哉王济不醒。

30.10 石崇每与王敦入学戏[1],见颜、原象《家语》曰:"颜回,字子渊,鲁人。少孔子二十九岁而发白,三十二岁早死。"原宪已见。而叹曰[2]:"若与同升孔堂[3],去人何必有间[4]!"王曰:"不知馀人云何[5],子贡去卿差近[6]。"《史记》曰:"端木赐,字子贡,卫人。尝相鲁,家累千金。终于齐。"石正色云:"士当令身名俱泰[7],何至以瓮牖语人[8]!"原宪以瓮为户牖。

【注】

〔1〕入学戏:到学校游玩。每:常。

〔2〕颜、原:指孔子七十弟子中的颜回和原宪。二人皆安贫乐道而好学。

〔3〕同升孔堂:一起成为孔子的学生。

〔4〕去人何必有间:和七十子之徒没有什么不同。

〔5〕馀人:其他人。云何:怎么样。

〔6〕子贡:端木赐字子贡,孔子高徒。其人能言词,善经商,富埒王侯。差近:差不多,相似。

〔7〕身名俱泰:地位名声全都亨通显达而安泰。

〔8〕何至:岂有。瓮牖:以破瓮为窗户,喻贫寒。语见《庄子·让王》:"原宪居鲁,环堵之室,茨以生草,蓬户不完,桑以为枢而瓮牖。"

【评】

　　王敦讥石崇,只知追求富贵而不知道德学问,怎能与七十子之徒同升孔子之堂呢?石则"正色"作答,极其认真,"身名俱泰"是个理想境界,做人应是名声地位和金钱学问两不误,臻达通泰之境,以便享受人生。只知安贫乐道,困窘瓮牖之下,学而不达,完全不合时宜。石崇所言,正是当时骄奢汰侈之风流行的指导思想。今之学人,经商致富,从政掌权,身名腾达,列于世界名人排行榜之上,其追求似近石崇,而与颜回、原宪之学所追求的精神世界背道而驰。孰优孰劣,何去何从,读者自辨。

30.11　彭城王有快牛[1],至爱惜之。朱凤《晋书》曰:"彭城穆王权,字子舆,宣帝弟馗子。太始元年封。"王太尉与射[2],赌得之。彭城王曰:"君欲自乘,则不论;若欲啖者[3],当以二十肥者代之。既不废啖,又存所爱[4]。"王遂杀啖[5]。

【注】

　　[1] 彭城王:指司马权,馗子。馗为司马懿弟。则权与师、昭为嫡堂兄弟。按:余嘉锡引程炎震曰:"权薨于咸宁元年,衍才二十岁。此彭城王,未必定是权。"程说疑是。此彭城王疑为权子植,其年辈与衍相仿。

　　[2] 王太尉:王衍,曾官太尉,故称。参前《言语》第23则注。射:此指博射,魏晋人士的一种赌博游戏,而与实战的兵射不同。

　　[3] 啖:吃。

　　[4] 存:保全。

　　[5] 王遂杀啖:王衍终于把快牛杀了吃掉。

【评】

　　彭城王之快牛,大概与王恺的八百里驳相似,都是人类精心培育的优良种牛。射赌输却,自然无话可说。但若当肉牛吃掉,则与常牛无异,令人顿生爱惜之心,故彭城愿以二十肥牛易之。从经济效益来说,赢者大为合算。但王衍却弃物质不论,坚持"杀啖"而毁名牛,这不仅是对于爱牛者的严重心理打击,论其实际效果,更是对人类文明的挑战。名士之"名",以残害文明获取,岂不悲哉!

30.12 王右军少时[1],在周侯末坐[2],割牛心啖之[3],于此改观[4]。俗以牛心为贵,故羲之先食之。

【注】

〔1〕王右军:王羲之。

〔2〕周侯:周𫖮字伯仁,爵武城侯。东晋中兴名臣。参前《言语》第30则注。末坐:座席末位。

〔3〕牛心:此指牛心炙。

〔4〕于此改观:从此改变了对羲之的看法。

【评】

据《晋书》羲之本传,称其"年十三,尝谒周𫖮。时重牛心炙。坐客未吃,𫖮先割牛心啖羲之。于是始知名。"周𫖮此举,一是因为羲之年少,对孩子优先照顾,以示不拘礼节;一是因为他真正喜欢这个孩子。但是,这些都属于正常,为何收入《汰侈》门呢?张万起、刘尚慈评云:"大约并非食之先后问题,而是特意宰牛割心给他吃,以此奢侈之举提高他的地位和名望。"所论不无道理,但若改入《赏誉》或《识鉴》门,则更为妥帖。

忿狷 第三十一

【题解】 忿狷者,触事愤怒,行为褊急而毫无耐心也。这是一种常见的心理现象。在魏晋名士身上有非常突出的表现。比如讨厌苍蝇、蚊子,竟然拔剑追杀,简直发疯一般;又如本门记录的王大与王恭,因劝酒不饮,立即反目为仇,竟至动员千人以上的家丁部曲准备厮杀,简直像是战场一样热闹。鲁迅先生曾究其原因,在《魏晋风度及文章与药及酒之关系》中说:"晋朝人多是脾气很坏,高傲,发狂,性暴如火的,大约便是服药的缘故。"把原因归结为服五石散(又称寒石散),因为五石散药性燥热有毒所致。这恐怕只是一方面的物质现象,若从精神方面追根究底,则原因非常复杂。社会动荡,战祸频仍,仕途维艰,命运多乖,甚至是生命朝不保夕,长期积压在胸中的痛苦,常借愤慨发怒的方式来加以急遽发泄,以求内在心理的平衡。于此也可见出魏晋名士率性自然,毫无掩饰的一面,这是一种强调自我、张扬个性的明显表现。当然,忿狷也会坏事,名士们也注意到这一点,故性急的王蓝田(述)强行压抑而以柔克刚,不为谢奕的谩骂所动,这更是克服缺点的自然人性之升华。

31.1 魏武有一妓[1],声最清高[2],而情性酷恶[3]。欲杀则爱才,欲置则不堪[4]。于是选百人一时俱教[5],少时果有一人声及之,便杀恶性者。

【注】

〔1〕魏武:曹操。妓:通"伎",女乐人。
〔2〕清高:清亮高亢。
〔3〕酷恶:很坏。
〔4〕不堪:无法忍受。
〔5〕一时:同时。

【评】

曹操执掌朝政,史称好刑名之学,似乎是个法家。但法家并不随便杀人,如若犯罪而罪不至死,则无诛杀之理。曹操的歌伎,只因"情性酷恶"——脾气不好而被杀,其法安在?每个人都有自己的性格与脾气,稍不合主人意即加诛戮,这是魏晋门阀社会中奴婢人身依附的悲剧。《史记·酷吏列传》中的杜周曾说:"三尺(按:指法律)安出哉?前主所是著为律,后主所是疏为令,当时为是,何古之法乎?"曹操灭绝人性的做法,正反映了封建法律的虚伪性,这不仅是个人行为,更是社会使然。

31.2 王蓝田性急[1]。尝食鸡子[2],以筯刺之[3],不得,便大怒,举以掷地。鸡子于地圆转未止,仍下地以屐齿蹍之[4],又不得。瞋(瞋)甚[5],复于地取内曰(口)中,齧破即吐之[6]。王右军闻而大笑曰[7]:"使安期有此性[8],犹当无一豪可论[9],况蓝田邪?"《中兴书》曰:"述清贵简正,少所推屈,唯以性急为累。"安期,述父也,有名德。已见。

【注】

〔1〕王蓝田:王述字怀祖,爵蓝田侯,故称。

〔2〕鸡子:鸡蛋。

〔3〕筯:筷子。

〔4〕屐:木拖鞋,底有前、后齿。碾:蹂踏。

〔5〕瞋:他本作"瞑",是。瞋,发怒。

〔6〕齧(niè聂):咬。

〔7〕王右军:王羲之。

〔8〕安期:王承,字安期,述父。官东海太守。东晋名臣。

〔9〕豪:通"毫"。

【评】

　　这是一篇优秀的小小说。通过王述吃鸡蛋不得的故事,形象描绘了一个性急之人,既生动又典型,细节刻画中的掷、蹍、齧等连续动作,层层加深了对鸡蛋之圆溜及脾性急躁的描绘,人物形象栩栩如生,犹如亲眼所见,艺术非常成功。在当时,王述的性急是有名的,但王羲之的讥评,却另有缘故,因二人素来不惬,故羲之"闻而大笑",见其轻蔑声色,因子而讥及其父,尤见其傲慢与偏见。后羲之誓墓去官,即与其轻视王述有关,虽是后话,附带及之。

31.3　王司州尝乘雪往王螭许[1],王胡之、王恬,并已见。恬小字螭虎。司州言气少有牾逆于螭[2],便作色不夷[3]。司州觉恶,便舆床就之[4],持其臂曰:"汝讵复足与老兄计[5]?"按《王氏谱》,胡之是恬从祖兄。螭拨其手曰:"冷如鬼手馨[6],强来捉人臂!"

【注】

　　〔1〕王司州:王胡之字修龄,廙子。曾官司州刺史,故称。参前《言语》第81则注。王螭:王恬字敬豫,小字螭虎,导次子。参前《德行》第29

1235

则注。许:处所。

〔2〕牾逆:触犯。

〔3〕作色:变色。不夷:不平,不高兴。

〔4〕舆床:搬移座席。就之:靠近他。

〔5〕讵复:怎么,难道。

〔6〕馨:魏晋口语,般、样。

【评】

　　这是琅邪王家的内部矛盾。在东晋第一高门士族的琅邪王氏当中,王导一支最为尊贵而兴旺发达,而王廙一支则稍微逊色。王胡之(司州)是王廙子,王恬是王导子,若论大排行,则胡之为从兄,应敬重兄长,故胡之舆床、捉臂而有"汝讵复足与老兄计"之言,以上临下的教训口吻颇重。但小老弟并不买账。史称其人"少卓荦不羁,疾学尚武",容易发性愤怒,是其性格。他自认宰相之子,名门之后,岂能容人教训,于是稍有忤逆,便即作色,而不问你是老兄前辈。"冷如鬼手馨",口语生动,声吻毕肖,语言背后是对自家门第、自我个性的肯定和张扬。自然、真率而毫不掩饰,对王螭这个贵族子弟来说,虽然狂妄不足为训,但也有天真可爱的一面。

　　31.4　桓宣武与袁彦道樗蒲[1],袁彦道齿不合[2],遂厉色掷去五木[3]。温太真云[4]:"见袁生迁怒[5],知颜子为贵[6]。"《论语》曰:"哀公问:'弟子孰为好学?'孔子曰:'有颜回者好学,不迁怒,不贰过,不幸短命死矣!'"

【注】

　　〔1〕桓宣武:桓温,参前注。袁彦道:袁耽字彦道,陈郡阳夏人。官建威将军,司徒从事中郎。参前《任诞》第34则注。樗蒲:古代博戏之一。

　　〔2〕齿:此指博齿,犹如今之骰子,上有点数。不合:点数不符。

〔3〕五木:樗蒲赌戏中的骰子,凡五子,故称。

〔4〕温太真:温峤字太真。参前《言语》第35则注。

〔5〕迁怒:为此生气发怒。

〔6〕颜子:颜回,孔子最得意的门生。

【评】

　　此则应与《任诞》第34则故事并读体味。故事中出现了温太真(峤),温峤卒于晋成帝咸和四年(329),时桓温年仅十七。而袁彦道(耽)卒于咸康初(335),年仅二十五岁,以此上推,则咸和四年耽年十九,袁耽、桓温二人年少相若。故事必然发生在咸和四年前,则二人为十六七岁的少年。在博戏方面,袁耽是个天才,当时享有盛名,赌界唯知袁彦道,几乎是博无不胜。刘注引《袁氏家传》,谓耽"高风振迈,少倜傥不羁",是士人心仪的名士。但故事发生时,袁、桓二人皆是少年心性,相戏相争,激怒于一时。因为"赌王"也有时运不济的时候,偶然失手,则狂呼大叫,愤掷五木,是其性格率真自然的表现,故刘辰翁评曰:"于此识彦道。"此未足深责,正见其真面目。

31.5　谢无奕性粗强〔1〕,以事不相得〔2〕,自往数王蓝田〔3〕,肆言极骂〔4〕。王正色面壁不敢动〔5〕。半日,谢去,良久,转头问左右小吏曰:"去未?"答云:"已去。"然后复坐。时人叹其性急而能有所容〔6〕。

【注】

〔1〕谢无奕:谢奕字无奕,陈郡阳夏人。安兄。官至安西将军,豫州刺史。参前《德行》第33则注。粗强:粗暴强横。

〔2〕不相得:不相合,不投机。

〔3〕数:责备,数落。王蓝田:王述。

1237

〔4〕肆言极骂:破口大骂。

〔5〕正色:脸色庄重严肃。面壁:面向墙壁不敢看人。

〔6〕叹:叹赏。

【评】

此则应与前面第2则并读共参,咀嚼体味。王述出于太原王氏家族,其父承(字安期)为渡江名臣,"中兴第一",王导、庾亮、周𫖮诸名士甘居其下。作为名门之后,述少有清誉,为人刚正,曾为儿坦之拒婚于权臣桓温。但性急则是其缺陷,王述于此有自知之明,而不像陈郡谢奕那样张狂使性,大骂泄愤,毫无士人修养。王述性急而足蹑鸡子,只为自我泄愤,而与他人无涉;但若与人发生关系,则努力加强自我修养,以免误事。面对谢奕的泼妇骂街,血性男儿谁受得了?但述却以柔克刚,面壁不为所动,忍人之所不能忍。故王开乾评云:"蓝田食鸡子,性似不可解。故佩韦自缓,佩弦自急,因物憬悟,存乎其人。"针对缺点,加强修养以自我改造,这才是真正的大丈夫气概。

31.6 王令诣谢公[1],值习凿齿已在坐[2],当与并榻[3]。王徙倚不坐[4],公引之与对榻。去后,语胡儿曰[5]:"子敬实自清立[6],但人为尔,多矜咳[7],殊足损其自然[8]。"刘谦之《晋纪》曰:"王献之性甚整峻,不交非类。"

【注】

〔1〕王令:王献之,字子敬,羲之少子,官至中书令,故称。谢公:谢安。

〔2〕习凿齿:字彦威,襄阳人。官荥阳太守。有文史之才,撰《汉晋春秋》。参前《言语》第72则注。

〔3〕并榻:同榻共坐。榻:座席。

〔4〕徙倚:徘徊。

〔5〕胡儿:谢朗字长度,小字胡儿。安二兄据之长子,仕至东阳太守。擅玄谈,善文义,为谢安所赏。

〔6〕清立:清高特立。

〔7〕矜咳:沈校本作"矜硋",意谓矜持拘执,俗称装腔作势。

〔8〕殊:甚,非常。

【评】

　　王献之这个琅邪王氏的贵族子弟,不肯与习凿齿同坐议事,完全是门阀制度中士庶之别意识在作祟。习凿齿并非等闲之辈,除书法艺术外,他在文史贡献和政治才干方面,都有杰出的表现,是当时知识分子的精英。但仅仅因其"世为乡豪",出身于襄阳乡下的豪强地主,而不是世代簪缨的上品贵族,王献之谨守士庶之别犹如天隔的观念,严格"不交非类",此所谓"清立"、"矜咳",既不尊重客人,也给主人谢安以难堪。这对习凿齿是明显歧视,是一种不文明、不礼貌的行为。但对献之来说,却是必然的认识。故刘辰翁评曰:"'矜咳'二字极不成语,然极有似。"正是这一魏晋生活口语,写尽了名士的扭捏作态,形象非常生动。但作为主持朝政的一代名相谢安,其目光深远,为国家民族的利益,他必须同时与士庶保持接触,因此而批评了王献之的虚矫做作有损自然。同是上品贵族,王、谢二人认识不同,因而成就与影响自然不同。

31.7　王大、王恭尝俱在何仆射坐[1],《中兴书》曰:"何澄字子玄。清正有器望,历尚书左仆射。"恭时为丹阳尹[2],大始拜荆州[3]。《灵鬼志·谣征》曰:"初,桓石民为荆州,镇上(明),民忽歌《黄昙曲》曰:'黄昙英,扬州大佛来上朋(明)。'少时,石民死,王忱为荆州。"佛大、忱小字也。讫将乖之际[4],大劝恭酒,恭不为饮,大逼强之,转苦[5]。便各以裙带绕手。恭府近千人,悉呼入斋;大左右虽少,亦命前,意便欲相杀。何仆射无计,因起排坐二人之间[6],方得分散。所谓势利之交,古人羞之[7]。

【注】

〔1〕王大:王忱字元达,小字佛大,故称。参前《德行》第44则注。王恭:字孝伯。参前《德行》第44则注。何仆射:何澄,官尚书左仆射,故称。坐:座席,指宴会。

〔2〕丹阳:郡名,治建康,故城在今江苏江宁东。

〔3〕拜荆州:任荆州刺史。

〔4〕讫:通"迄",到。将乖:临别。

〔5〕转苦:逼迫更厉害。

〔6〕排坐:挤坐。

〔7〕"势利之交"二句:语出《汉书·张耳陈馀传赞》。

【评】

二王俱出于太原晋阳王氏同一士族。这是同一家族中较势斗力的矛盾。王忱是王坦之的第四子,王恭的族叔。王恭祖父濛,一代清谈名士。父蕴,知名当世,孝武帝王皇后父。王忱与王恭,俱流誉一时。太元中,忱出为荆州刺史,都督荆益宁三州军事,建武将军,年少居方伯之任,自恃才气,任达不拘,眼中少能容物。但王恭作为皇后之兄,也是才气纵横,太元中任丹阳尹,作为外戚帝舅,也是春风得意。二人气势旗鼓相当。宴会之上,王忱以族叔身份,强行劝酒,自示尊贵;但王恭颇傲,偏不为屈,拒而不饮,使王忱大失面子。为泄一己之私愤,双方竟然立即调动千人以上人马,"便欲相杀",气氛紧张,全然不顾国家利益和朝廷体面。宗族血亲之内,仍然以武力相见,更何况是外人呢！朝廷用人如此，国家岂能兴旺发达？小小家族纠纷，预示了东晋来日无多了。

另：本则如与《德行》第44则，《赏誉》第153则并读互参，则对二王恩怨性质的复杂性将会有更全面更深刻的认识。

31.8　桓南郡小儿时[1]，与诸从兄弟各养鹅共斗。南郡鹅每不如，甚以为忿。乃夜往鹅栏间，取诸兄弟鹅悉杀之。既晓，家人咸以惊骇，云是变怪[2]，以白车骑[3]。车骑曰："无所致怪，当是南郡戏耳[4]！"问，果如之。

【注】

〔1〕桓南郡：桓玄，袭父爵南郡公，故称。参《德行》第41则注。

〔2〕变怪：灾变怪异。

〔3〕车骑：桓冲，温弟，曾任车骑将军，故称。见前《夙惠》第17则注。

〔4〕戏：戏谑，恶作剧。

【评】

近人吴承仕（检斋）曾评桓冲之言曰："车骑口中，何云南郡？此记事不中律令处。"这可能有两种情况，一是后人之称，借桓冲之口道出；一是桓冲当时真实之言。桓温卒于孝武帝康宁元年（373），时少子玄五岁，温爱少子，临终，命以为嗣，袭爵南郡公。到桓玄少年斗鹅时，早有封爵之号。其叔冲继温掌控荆州，为兄故，抚爱玄胜似己出。其口称玄为"南郡"，一属事实，一是希望诸子侄对玄之恶作剧，看在其父温的面上，不要计较。古时斗鹅之风甚盛。据《新唐书》卷二〇八《宦者下·田令孜传》曰："帝（按：指唐僖宗）冲骏，喜斗鹅走马……一鹅至五十

1241

万钱。"则斗鹅之戏延至唐末而不息。年少桓玄,一夜之间"取诸兄弟鹅悉杀之",一只不留,只为争一时之忿,而不计后果。一个人从小看八十,小儿心胸褊狭躁急如此,长大后作为政治风云人物,岂能不败事?性格弱点,早埋下败亡之兆。

谗险 第三十二

【题解】 谗险者,谗言诽谤,阴险中伤之谓也。本门所述,多是进谗言陷害贤能的故事。小人以势利相交,有小人则无以立君子。谗害贤良,尔虞我诈以争权夺利,是小人的看家本领,自古已然。《左传》哀公十六年载叶公子高之言:"以险侥幸者,其求无餍。"为一己之私利,阴险设计谗害贤良之事,历史上永无休止,上自国家朝廷,下至君子士庶,无不蒙受其害。故《诗经·小雅》有《巧言》之篇,说是"乱之又生,君子信谗"。写的是统治者因听信小人谗言而祸国殃民,后患无穷。因此,诗人大声疾呼:"取彼谗人,投畀豺虎!"(《小雅·巷伯》)只有让老天爷来惩罚这些谗害忠良的小人。本门故事所载,进谗与反谗的斗争,形势错综复杂,反映了努力靠拢政治漩涡中心各色人物的种种微妙心态,从另一个侧面为当时的名士绘形写照。

32.1 王平子形甚散朗[1],内实劲侠[2]。

邓粲《晋纪》云:"刘琨尝谓澄曰:'卿汧(形)虽散朗,而内实劲侠,以此处世,难得其死。'澄默然无以答。后果为王敦所害。刘琨闻之曰:'自取死耳。'"

【注】

〔1〕王平子:王澄字平子,西晋名士,衍弟。官荆州刺史。参前《德行》第23则注。散朗:洒脱疏朗。

〔2〕劲侠:刚愎褊狭。侠,通"狭",狭隘。

【评】

　　王澄是太尉衍弟,也称西京名士。其外形虽然洒脱爽朗,日夜纵酒,而不亲庶事;而内心实是恃才傲物,高自标榜而眼中无物,心胸极其狭隘。作为政治家,"如此处世,难得其死",后来果为王敦所杀,刘琨不幸言中。但是,故事与《谗险》关系不大,改入《识鉴》门似乎更为妥帖。另外,也可能刊刻遗漏,今之所见,故事未完。此事待考。

32.2　袁悦有口才[1],能短长说[2],亦有精理[3]。始作谢玄参军[4],颇被礼遇。后丁艰[5],服除还都[6],唯赍《战国策》而已[7]。语人曰:"少年时读《论语》、《老子》[8],又看《庄》、《易》[9],此皆是病痛事[10],当何所益邪? 天下要物,正有《战国策》[11]。"既下[12],说司马孝文王[13],大见亲待,几乱机轴[14]。俄而见诛[15]。《袁氏谱》曰:"悦字元礼,陈郡阳夏人。父朗,给事中。仕至骠骑咨议。太元中,悦有宠于会稽王,每劝专览朝权,王颇纳其言。王黎(恭)闻其说,言于孝武,乃托以他罪,杀悦于市中。既而朋党同异之声,播于朝野矣。"

【注】

　　〔1〕袁悦:参刘注。《晋书》作"袁悦之"。

　　〔2〕短长说:纵横家的游说。

　　〔3〕精理:深刻思考。

　　〔4〕谢玄:奕子、安侄,卒赠车骑将军。

　　〔5〕丁艰:父母丧在家守制。

　　〔6〕服除:三年守丧毕除去孝服。

　　〔7〕赍(jī基):携带。《战国策》:战国史书,汉刘向编,内容多说客纵横之辞。

〔8〕《论语》:记载孔子及其学生言行思想的书。《老子》:即老子《道德经》。

〔9〕《庄》:指《庄子》。《易》:指《周易》,也称《易经》。

〔10〕病痛事:喻人生常有的小灾难。

〔11〕正有:只有。

〔12〕下:下都,既回到京师。

〔13〕司马孝文王:"孝文王",当作"文孝王",指会稽王司马道子。

〔14〕机轴:机,弩牙;轴,车轴。此皆物之要者,故谓机要用事为机轴。此喻朝廷。

〔15〕俄:不久。

【评】

魏晋之时,思想界以玄、佛与儒三教并立,而袁悦则持《战国策》纵横家之游说,这是乱世争权的路数,重在一时的政治权益,而弃置根本的思想修养。袁悦的存在,也说明了当时思想自由争鸣的情况。袁悦虽能言善辩而"有精理",但其心思,主要花在捞取实际政治利益之上,唯利是图而不顾国家与民族利益。此则如与《赏誉》第153则故事合读互参,则袁悦小人形象毕现。阴险谗害人者最终害己,政治斗争是残酷的,袁悦被推上刑场,正是自我作孽的结果。

32.3 孝武甚亲数王国宝、王雅[1],《雅别传》曰:"雅字茂建,东海沂人。少知名。"《晋安帝纪》曰:"雅之为侍中,孝武甚信而重之。王珣、王恭特以地望见礼,至于亲幸,莫及雅者。上每置酒燕集,或召雅未至,上不先举觞。时议谓珣、恭宜傅东宫,而雅以宠幸,超授太傅、尚书左仆射。"雅荐王珣于帝[2],帝欲见之。尝夜与国宝及雅相对,帝微有酒色,令唤珣,垂至[3],已闻卒传声。国宝自知才出珣下,恐倾夺其宠[4],因曰:"王珣当今名流,陛下不宜有酒色见之,自可别诏召也[5]。"帝然其言,心以为忠,遂不见珣。

【注】

〔1〕孝武帝:司马曜,简文帝子,在位共二十四年,年号为宁康和太元。亲数:袁本作"敬亲"。王国宝:王坦之第三子,历官中书令、尚书左仆射,卒赠光禄大夫。

〔2〕王珣:字元琳,祖导父洽。官至尚书令,爵东亭侯。

〔3〕垂至:将到。

〔4〕倾夺:剥夺。

〔5〕别诏:另发诏令。

【评】

　　王国宝与王雅,二人于孝武帝朝,俱有"佞幸之目"。但究其事实,则二王本性有异。王国宝出身于太原晋阳王氏家族,宰相谢安之婿,一心只想往上爬,眼睛只看天,是个典型的反复无常谄险小人。他少无士操,丈人谢安恶其倾侧,抑而不用,他即在司马道子面前"间毁安焉"。其母舅范宁疾其阿谀,他即"劝孝武帝黜之"。因此,国宝谗毁王珣,不过是万千小事中的一桩,关键是设计周巧,令帝"心以为忠"——谗间忠良的同时又获"忠"名,可谓一箭双雕,其"高明"在此,于此也可看出当日朝廷的腐败。至于王雅,虽然谨慎胆小,但当孝武欲重用王恭和殷仲堪时,雅谏"恭等无当时之才,不可大任",又批评王恭"执自是之操,无守节之志",批评仲堪"虽谨于细行……亦无弘量,且干略不长",见《晋书》雅传。这不是谗毁,而是实事求是之言。但其言不用,后恭与仲堪果然双双落败,给国家政局造成了极大的动荡与破坏。王雅有知人之明,而非谗险小人,性质与王国宝不同。

32.4 　王绪数谮殷荆州于王国宝[1],殷甚患之,求术于王东亭[2]。曰:"卿但数诣王绪[3],往辄屏人[4],因论他事,如此,则二王之好离矣。"殷从之。国宝见王绪,问曰:"比与仲堪屏人何所道[5]?"绪云:"故是常往来[6],无他所论[7]。"国宝谓绪于己有隐,果情好日疏,谗言以息。按国宝得宠于会稽王,由绪获进,同恶相求,有如市贾,终至诛夷,曾不携贰。岂有仲堪微间而成离隙?

【注】

〔1〕王绪:字仲业,太原晋阳人。官至会稽王从事中郎,与王国宝弄权,后被诛。参前《规箴》第26则注。殷荆州:殷仲堪,时任荆州刺史,故称。

〔2〕王东亭:王珣,封东亭侯,故称。

〔3〕数诣:经常去拜访。

〔4〕屏人:屏退左右。

〔5〕比:近来。

〔6〕故:确实。常往来:一般的交往。

〔7〕无他所论:没有议论什么。

【评】

此则可与《规箴》第26则相互参考。谗毁与反谗毁是一场复杂而微妙的政治斗争。进谗者的心计与手段,常是令人防不胜防。这就为反谗斗争增加了难度,也就是说,必须巧施智慧来加以反抗。孝武一朝,王国宝、王绪固然是为利舍义的典型谗险小人,但被谗者殷仲堪也不是什么成熟进步的政治家,更非贤良君子,史称其"精心事神,不吝财贿;而急行仁义,啬于周急",其败固不足惜,故王雅讥其"干略不长",自取灭亡。但王珣的反谗之计,则深入对手的内心世界,打一战术心理攻防之战,体现了智慧与技巧,也算是名士才气的一种特殊体现。

尤悔 第三十三

【题解】　　尤悔者,罪尤过错与懊恼悔恨也。《尤悔》门所记载的是魏晋士人因其言行过失所产生的悔恨并以此警醒世人。典出《论语·为政》篇孔子之言:"多闻阙疑,慎言其馀,则寡尤;多见阙殆,慎行其馀,则寡悔。言寡尤,行寡悔,禄在其中矣。"夫子教导说,只要言行谨慎,少犯错误,仕途自会顺利。这是正面教育的理想境界。实际上,人的一生,无论是在官场中混,还是在家庭生活中,谁能不犯错误? 如能做到孔子所说的"寡尤"、"寡悔"——尽量减少错误和悔恨,已属不易。一般人会犯上许许多多的错误过失,关键在于知错能改以及错误的性质和罪过的大小。人生过失寻常事,时有懊悔不奇怪。但有时错误很大,或是时机因缘凑泊,一失足成千古恨,终于追悔莫及。在历史发展中,社会斗争极其复杂,因此产生尤悔之事千千万万。本门共录十七则故事,不仅刻画了魏晋士人的内在心理,同时形象反映了门阀制度、权力斗争、尔虞我诈黑暗社会的诸多方面,很有参考价值。

33.1　魏文帝忌弟任城王骁壮[1],因在卞太后阁共围棋[2],并啖枣,文帝以毒置诸枣蒂中[3],自选可食者而进。王弗悟[4],遂杂进之。既中毒,太后索水救之,帝预敕左右毁瓶罐[5]。太后徒跣趋井[6],无以汲,须臾遂卒[7]。《魏略》曰:"任城威王彰,字子文,太祖下太后弟(第)二子。性刚勇而黄须。北讨代郡,独与麾下百馀人突虏而走。太祖闻曰:'我黄须可用也。'"《魏志(氏)春秋》曰:"黄初三年,彰来朝。初,彰问玺绶,将有异志,故来朝不即得见,有此忿惧而暴薨。"**复欲害东阿**[8],**太后曰:"汝已杀我任城,不得复杀我东阿!"**《魏志·方伎传》曰:"文帝问占梦周宣:'吾梦磨钱文,欲灭而愈更明,何谓?'宣怅然不对。帝固问之,宣曰:'陛下家事,虽欲尔,而太后不听,是以欲灭更明耳。'帝欲治弟植之罪,逼于太后,但加贬爵。"

【注】

〔1〕魏文帝:曹丕,操次子。公元220年篡汉称魏,崩谥号文皇帝,故称。任城王:曹彰。操子,丕弟。封任城王,故称。骁壮:勇猛强壮。

〔2〕卞太后:曹操之妾。原为倡家,生丕、彰、植,丕称帝后,尊为太后。

〔3〕蒂:瓜果与枝藤相连处。

〔4〕弗悟:不明白,不知道。

〔5〕预敕:事先命令。

〔6〕徒跣:赤脚而走,不及穿鞋袜。表示仓猝。

〔7〕须臾:一会儿。

〔8〕东阿:曹植曾封东阿王,故称。

【评】

据《三国志》彰传及曹植《赠白马王彪诗序》,故事发生于黄初四年(223)五月朝京师洛阳时,而非三年。诗有云"太息将何为?天命与我违。奈何念同生,一往形不归。孤魂翔故域,灵柩寄京师。……仓卒骨肉情,能不怀苦辛!"表现了失去亲人的真挚的悲痛之情。丕、彰、植为同母兄弟,但是,为了权力,兄弟如同水火。丕毒杀彰,与植之哭彰,形成了鲜明的对比,给人以巨大的感情冲击。彰死后,丕复欲杀植,其内在阴暗心理,在于维

1249

护自己的权力中心及无情报复的情绪驱动。权力是个魔鬼,使人疯狂,帝王更是如此。为权力和报复而杀害亲兄弟,是以牺牲血缘亲情为代价,以抛弃优良传统道德为代价的。不幸生于帝王家,灭绝人性如此,悲乎哀哉!

33.2　王浑后妻,琅邪颜氏女[1]。王时为徐州刺史,交礼拜讫[2],王将答拜,观者咸曰:"王侯州将[3],新妇州民[4],恐无由答拜[5]。"王乃止。武子以其父不答拜不成礼[6],恐非夫妇,不为之拜,谓为"颜妾"。颜氏耻之,以其门贵,终不敢离。婚姻之礼,人道之大,岂由一不拜而遂为妾媵者乎?《世说》之言,于是乎纰缪。

【注】

〔1〕王浑:魏晋之际有二王浑,一是琅邪王浑,一是太原王浑。此指后者。字玄冲,官至侍中、尚书左仆射、司徒。

〔2〕交礼:新婚时夫妻交拜之礼。拜讫:拜毕。按:此指颜氏女交拜礼毕。

〔3〕王侯州将:王浑袭爵京陵侯,州将称刺史,时浑任徐州刺史,故称。

〔4〕州民:普通百姓。新妇是琅邪人,实属徐州管辖,故称。

〔5〕无由:没有理由。

〔6〕武子:王济字武子,浑第二子。参前《言语》第24则注。

【评】

故事当发生于晋武帝受禅的太始元年(265)以后,时王浑任徐州刺史。魏晋门阀制度的阴影,遍布各个角落,即在家庭夫妇,也不能免其影响。古时妻与妾别,地位犹如主与奴。因为新妇是"州民",王浑"不答拜不成礼",可见当时门第等级森严,夫妻之间,也讲出身。浑子济称后母为"颜妾",更是直接侮辱,成为终生之耻。但颜氏及其家族却因王家"门贵",只能忍辱受屈而"终不敢离"。当时妇女感情生活的痛苦,于此可见一斑。贵族之家悔恨如此,民间妇女更是无可如何。

33.3 陆平原沙(河)桥败[1],为卢志所谮[2],被诛。

王隐《晋书》曰:"成都王颖讨长沙王乂,使陆为都督前锋诸军事。"《机别传》曰:"成都王长史卢志,与机弟云趣舍不同。又黄门孟玖求为邯郸令于颖,颖教付云,云时为左司马,曰:'刑馀之人,不可以君民。'玖闻此怨云,与志谮构日至。及机于七里涧大败,玖诬机谋反所致。颖乃使牵秀斩机。先是,夕梦黑幔(幔)绕车,手决不开,恶之。明旦,秀兵奄至。机索戎服,箸衣帢。见秀,容貌自若,遂见害,时年四十三。军士莫不汧(流)涕。是日天地雾合,大风折木,平地尺雪。"干宝《晋纪》曰:"初,陆抗诛步阐,百口皆尽,有识尤之。及机、云见害,三族无遗。"**临刑叹曰:"欲闻华亭鹤唳[3],可复得乎!"**《八王故事》曰:"华亭,吴由拳县郊外墅也,有清泉茂林。吴平后,陆机兄弟共游于此十馀年。"《语林》曰:"机为河北都督(督),闻警角之声,谓孙丞曰:'闻此,不如华亭鹤唳。'"故临刑而有此叹。

【注】

〔1〕陆平原:陆机字士衡,吴郡人。祖逊,父抗,东吴一代将相。曾任平原内史,故称。参前《言语》第26则注。沙桥:袁本作"河桥"。沙桥与河桥均为桥名,沙桥在江陵,河桥在朝歌附近。据《晋书》机传,"列军自朝歌至于河桥",则作"河桥",是。

〔2〕卢志:字子通,范阳人。祖毓,父珽,一代名公。历成都王长史,卫尉卿,尚书郎。

〔3〕华亭鹤唳:陆机陆云兄弟于吴亡入洛之前,在家乡华亭闭门读书十年。据称华亭出鹤,有鹤巢。此喻陆机生前依恋旧地景物,叹出仕被

1251

害之痛。

【评】

　　故事发生在晋惠帝太安二年(303)十月。当时八王之乱降临中华大地,犹如一个绞肉机在吞噬无数的生命。陆机河桥兵败,说是"尤"——即错失,的确如此;但若按之军法受到严惩,又何"悔"之有? 其实,陆机之悔在军事原因之外。一是他不听友人顾荣、戴若思等劝告,在中原行将大乱之际,不急流勇退,而是"负其才望,而志匡世难",盲目而主动地投入了八王之乱的非正义战争中。其次,是中原士族对江南士人的歧视与偏见。卢志曾于众坐,辱及陆机父祖,故机回骂之为"鬼子敢尔",参见《方正》第18则故事。被谗遇害,正是受到打击报复,祸根早已埋下。南北士人对抗之激烈,思此能无悔乎! 还有,就是主子成都王颖的昏庸,麾下中原将领的不听指挥,并诬其"造反",一个三军统帅,无法调动军队,失败是必然的,思之能无悔乎? 总之,作为一个忠心国家、勤于事业的一代名流,稍一不慎,立即粉身碎骨。做人难,做名人更难。但当他参透人生天机之际,却是为时已晚,早已人头落地。人生至此,能无悔乎? 这是华亭鹤唳留给人们的深刻的历史教训,值得深思玩味。

　　33.4　刘琨善能招延[1],而拙于抚御[2]。一日虽有数千人归投[3],其逃散而去,亦复如此,所以卒无所建[4]。邓粲《晋纪》曰:"琨为并州牧,纠合齐盟,驱率戎旅,而内不抚其民,遂至丧军失士,无成功也。"敬胤按:琨以永嘉元年为并州,于时晋阳空城,寇盗四攻,而能收合士众,抗行渊、勒,十年之中,败而能振。不能抚御,其得如此乎? 凶荒之日,千里无烟,岂一日有数千人归之! 若一日数千人去之,又安得一纪之间以对大难乎?

【注】

〔1〕刘琨:字越石,中山魏昌人。官尚书右丞、并州刺史。参前《言语》第35则注。招延:招引延致。

〔2〕抚御:抚慰驾驭。

〔3〕归投:投奔归附。

〔4〕卒无所建:最终无所建树。

【评】

晋怀帝元嘉元年(307),刘琨临危受命,出任并州刺史,在北方艰苦抗战,抵御强胡。是时兵祸连结,荒年饥岁,饿殍遍地。中原士族大多南迁渡江。而刘琨却志存恢复,不惜独抗强敌。"善能招延,而拙于抚御",对于一代豪放诗人,或是事实。史称其"在官未期,流人稍复,鸡犬之音复相接矣",以民众之归心,而坚持十年抗战,其志节干云,气贯长虹。惜其拙于谋略,加以粮尽乏食,士卒离散,时有发生。其母曾批评琨曰:"汝不能弘经略,驾豪杰,专欲除胜己以自安,当何以得济!"故其败亡,虽然外逼强敌,内实"拙于抚御",由于队伍并不团结,因内乱而自取其败。故刘辰翁评曰:"意气不足持,须是规模宏远,甚可鉴也。"此琨所以兴"功业未及建,夕阳忽西流"(《重赠卢谌》)之悔叹也。

33.5 王平子始下〔1〕,丞相语大将军〔2〕:"不可复使羌人东行〔3〕。"平子面似羌。按王澄自为王敦所害,丞相名德,岂应有斯言也!

【注】

〔1〕王平子:王澄字平子。死前任荆州刺史,被乱兵所败。始下:从长江中游顺流而下。

〔2〕丞相:王导。大将军:王敦。

〔3〕羌人：古代我国西部的一个少数民族。按：此实指王澄。东行：王澄应元帝召自荆州东下赴建康。

【评】

　　从人品和道德观念而言，如刘孝标所称，"丞相名德，岂应有斯言"！王导岂会随意劝敦杀掉自己的族叔？而且，澄是在经豫章时被江州刺史王敦所杀，时王导在建康，空间距离有千万里，当时没有电报电话和电脑，怎能及时传信劝敦杀澄呢？明显不合事实。

　　但从另一角度考虑，权力是个魔鬼。王澄、王敦与王导，虽然同属琅邪王氏，但澄、戎一支；与敦、导一支较为疏远。当时中原已乱，王导与敦，协助元帝大力经营江东，准备开基立国，故当时民谣有"王与马，共天下"之言。而澄为西京名士，一旦东下建康，是否会对敦、导实权构成威胁呢？史称澄东下时，名出敦右，素为敦所惮。"澄犹以旧意侮敦"，令敦愤怒不堪。敦之杀澄，亦在料中。而当时敦、导一体，正在全力构建琅邪王氏的新权力中心。导平昔劝敦防澄，不令东下，自也可能。因为权力比亲情更重要。

33.6　王大将军起事〔1〕，丞相兄弟诣阙谢〔2〕。周侯深忧诸王〔3〕，始入，甚有忧色。丞相呼周侯曰："百口委卿〔4〕！"周直过不应。既入，苦相存救。既释，周大说，饮酒〔5〕。及出，诸王故在门〔6〕。周曰："今年杀诸贼奴〔7〕，当取金印如斗大，系肘后。"大将军至石头，问丞相曰："周侯可为三公不〔8〕？"丞相不答。又问："可为尚书令不〔9〕？"又不应。因云："如此，唯当杀之耳！"复默然。逮周侯被害〔10〕，丞相后知周侯救己，叹曰：

"我不杀周侯,周侯由我而死,幽冥中负此人[11]!"虞预《晋书》曰:"敦克京邑,参军吕漪说敦曰:'周顗、戴渊,皆有名望,足以惑。视近日之言,无惭惧之色。若不除之,役将未歇也。'敦即然之,遂害渊、顗。初,漪为台郎,渊既上官,素有高气,以漪小器待之,故售其说焉。"

【注】

〔1〕王大将军:王敦。起事:指起兵反对东晋朝廷。按:晋元帝永昌元年(322),大将军王敦以清君侧诛刘隗、刁协为名,起兵武昌,攻陷拱卫京师建康的石头城,控制朝廷。

〔2〕丞相兄弟:指王导兄弟。诣阙谢:到朝廷谢罪。

〔3〕周侯:周顗,字伯仁。袭父浚爵为武城侯,故称。时官尚书左仆射。参前《言语》第30则注。

〔4〕百口:百口之家。委:托付。

〔5〕说:通"悦"。

〔6〕故:仍在。

〔7〕今年:此"今年"不是与"去年"、"明年"相对的严格时间概念,在这里是现在进行式的一次性具体行动时间概念,犹言这回,这次,这一下子。诸贼奴:指王敦叛军。

〔8〕三公:朝廷最高官位,指太尉、司徒、司空。

〔9〕尚书令:朝廷处理政事的长官。

〔10〕逮:及,等到。

〔11〕幽冥:阴间,地下。

【评】

这则故事发生在元帝永昌元年(322)王敦兵下石头之时,既反映了魏晋时代皇室与世家豪族既联合又斗争的复杂关系,同时也暴露了王导这个东晋开国名相灵魂中虚伪丑恶的一面。在门阀社会中,皇室与高门士族共同掌握政权。对士大夫来说,维护家族利益,甚至比忠于朝廷更重要。东晋之初,形成了"王与马,共天下"的局面。琅邪王氏家族的大将军王敦率兵在外,丞相王导辅政于内。但政治天平的暂时平衡很快被打破。晋元帝对琅邪王氏颇多忌惮,于是身边的刘隗、刁协劝其根除王氏势力,连开国元勋王导也不放过。为了家族利益及其个人野心,王敦以清君侧为由兴兵向阙,此事王导默然认同。但敦欲废帝,导不同意而作罢。后明帝时,王敦再次叛逆,王导从王舒处得知消息,迅速告知明帝而预做准备。可见在与朝廷的权力斗争中,琅邪王氏也非铁板一块。但刘隗等并不讲"统战",劝元帝"悉诛王氏",以此激化矛盾。为了家族利益,也为了身家性命,王导内心的矛盾和痛苦可知。他与王敦,是亲近的堂兄弟,不待罪又将如何？但当敦得势时,他又默认王敦诛杀周𫖮等忠义之士,这在当时并不奇怪,是家族利益在起作用。但当他从档案中明白周𫖮救护自己的态度后,作为一个政治家,良心发现而有"幽冥中负此人"之悔叹,可惜为时已晚。杨慎评云:"是借剑于敦而杀𫖮也,非敦反乃导反也。"讥评严苛,启人深思。

33.7 王导、温峤俱见明帝[1],帝问温前世所以得天下之由。温未答,顷,王曰:"温峤年少未谙[2],臣为陛下陈之。"王乃具叙宣王创业之始[3],诛夷名族[4],宠树同己[5],及文王之末高贵乡公事[6]。宣王创业,诛曹爽、任蒋济之汙(流)者是也。高贵乡公之事,已见上。明帝闻之,覆面箸床曰[7]:"若如公言,祚安得长[8]！"

【注】

〔1〕王导:见前注。时为司徒。温峤:见前注。时为中书令。二人俱为辅政大臣。明帝:司马绍,元帝子。

〔2〕未谙:不熟悉。

〔3〕宣王:指司马懿。

〔4〕诛夷名族:司马懿集团于正始十年发动政变夺权,诛杀曹爽、何晏、王凌等。

〔5〕宠树同己:培植亲信党羽。

〔6〕文王:指司马昭,时任魏大将军,甘露五年(260),发动政变,废立自专,弑魏帝曹髦(此前正始五年封郯县高贵乡公)。立曹奂为帝。

〔6〕高贵乡公:曹髦,在甘露政变中被杀。

〔7〕床:坐榻。

〔8〕祚:皇位,国统。

【评】

　　王导以辅政老臣的身份和年轻的明帝说话,显然含有教诫的口气,于此可见,他已走出了王敦事件的阴影,努力在恢复琅邪王氏的作用与影响。其讲话主要强调二点:一是反对政治上的"诛夷名族",强调高门士族对于朝廷支持的重要性;一是批判本朝先帝"文王"司马昭弑高贵乡公事。在魏之朝,高贵乡公曹髦是帝,是君,司马昭虽然大权在握,但仍然是臣子,身份尚未改变。司马昭指挥贾充等弑主,后又装腔作势地猫哭老鼠,都改变不了不忠的罪名。故西晋提倡以孝治国而羞言"忠"字。王导针对东晋形势,提出批评,实际是为了巩固国家和朝廷,重新强调发扬"忠"的精神。晋明帝听后"覆面箸床",其愧恨之心态,正是对于祖先罪行的一种思想清算,也可说是时过境迁后的良心发现。

　　33.8　王大将军于众坐中曰:"诸周由来未有作三公者[1]。"有人答曰:"唯周侯邑五马领头而不克[2]。"丈(大)将军曰:"我与周洛下相遇[3],一面顿尽[4]。值世纷纭[5],遂至于此!"因为流涕。邓粲《晋纪》曰:"王敦参军有于敦坐樽蒲,临当成者(都),马头被杀,因谓曰:'周家奕世令望,而位不至三公。伯仁垂作而不果,有似下官此马。'敦慨然沅(流)涕曰:'伯仁总角时,与于东宫相遇,一面披衿,便许之三司。何图不幸,王法所裁,凄怆之深,言何能尽!'"

【注】

〔1〕诸周:指周𫖮及其父亲兄弟。父浚安东将军,弟嵩从事中郎,弟谟中护军,𫖮尚书左仆射。由来:历来,从来。三公:太尉、司徒、司空,朝廷品阶最高的官员。

〔2〕周侯:周𫖮。邑:李慈铭疑"邑"当作"已",疑是。五马领头而不克:以樗博之戏为喻。五马领头喻局势大好。不克者,惜其不能最后取胜。此借喻周𫖮被杀事。

〔3〕洛下:指洛阳。

〔4〕一面顿尽:一见面即诚心相待。

〔5〕纷纭:混乱。

【评】

对王敦而言,周𫖮忠义害事,挡住自己去路,所以非杀不可。但在杀人之后,眼泪不妨流淌,惺惺作态,虚伪矫饰,以便迷乱人眼,于此方见政治家的本色。王导不简单,王敦也非等闲。这是一对难兄难弟的绝妙表演。

33.9 温公初受刘司空使劝进[1],母崔氏固驻之[2],峤绝裾而去[3]。《温氏谱》曰:"峤父憺,娶清河崔参女。"迄于崇贵,乡品犹不过也[4],每爵皆发诏。虞预《晋书》曰:"元帝即位,以温峤为散骑侍郎。峤以母亡,逼贼,不得往临葬,固辞。诏曰:'峤以未葬,朝议又颇有异同,故不拜。其令八坐议,吾将折其衷。'"

【注】

〔1〕温公:温峤。刘司空:刘琨。按:劝进之时,刘琨为并州刺史,在

北方力抗强胡。时温峤为其右司马。永嘉南渡后,峤奉琨命南下劝进。劝进:劝登帝位。特指晋元帝即位。

〔2〕固驻:坚决阻止。

〔3〕绝裾:断绝衣袖。

〔4〕乡品:魏晋时实行九品中正制,州郡有大小中正官,政府根据乡里舆论品评的高低做参考授官职。

【评】

　　魏晋之世,实行九品中正官人法。"尊世胄,卑寒士,权归右姓已"(见《新唐书·儒学·柳冲传》)。州、郡中正官皆取士族大姓担任,以定品第,藻绘人物。士庶贵贱,不可易也。当时出身血统之贵贱,在门阀制度下产生了恶劣的历史影响,阻碍了社会的进步。温峤是东晋的开国功臣,勋望卓著。为劝进大业,恢复之计,他绝裾南下,为国忘家,但乡品却不予原谅,视为不孝。每次升官,都必须皇帝下特诏。"乡品不过"云云,时过境迁,后世不解,故有"不知绝裾之是非"之言(刘辰翁评)。而一旦置于历史,其义不言自明。中正乡品怪胎,志士仁人何悔? 温峤亦然。

33.10　庾公欲起周子南[1],子南执辞愈固。庾每诣周,庾从南门入,周从后门出。庾尝一往奄至[2],周不及去,相对终日。庾从周索食,周出蔬食[3],庾亦疆饭[4],极欢;并语世故[5],约相推引[6],同佐世之任[7]。既仕,至将军、二千石[8],《寻阳记》曰:"周邵,字子南。与南阳翟汤隐于寻阳庐山。庾亮临江州,闻翟、周之风,束带蹑履而诣焉。闻庾至,转避之。亮复密往,值邵弹鸟于林,因前与语。还,便云:'此人可起。'即拔为镇蛮护军、西阳太守。"其集载与邵书曰:"西阳一郡,户口差实。非履道真纯,何以镇其流遁? 询之朝野,佥曰足下。今具上表,请足下

1259

临之,无让。"而不称意,中宵慨然曰[9]:"丈夫乃为庾元规所卖[10]!"一叹,遂发背而卒[11]。

【注】

〔1〕庾公:庾亮。起:起用,任用。

〔2〕一往奄至:径直前往突然而至。

〔3〕蔬食:粗饭素食。

〔4〕彊饭:勉强而食。彊,通"强"。

〔5〕世故:人情世事。

〔6〕推引:推荐引进。

〔7〕佐世:辅助朝廷。

〔8〕二千石:指郡守一类的官。汉时郡守禄二千石,故称。

〔9〕中宵:半夜。

〔10〕庾元规:庾亮字元规。

〔11〕发背而卒:背生疽病而死。

【评】

此则应与《栖逸》第9则并读体味。魏晋之时,隐逸成风,栖遁山林,玉辉冰洁,修身无闷,悔吝弗生。生当动荡混浊之世,此乐何如!但真正隐逸者不多,倒是栖隐待聘者比比皆是,如《晋书·隐逸传》所称,"征聘之礼贲于岩穴,玉帛之贽委于窒衡",这实是仕途上的另一终南捷径。周邵与翟汤原本同隐于庐山。翟真高隐之人,"不屑世事,耕而后食",他人馈赠一无所受,官府征聘坚决拒绝,是个依靠自己劳动生活而淡泊富贵之人。但周邵内心则期望以栖隐博取大富贵。故在庾亮说以"当世之务"后,立即出仕,引发翟汤不满,与之绝交。周仕翟隐,形成鲜明对比。但庾亮量才给官,与周邵内心期望值相差甚远。故周生发被庾亮出卖之叹,其发背疽卒,正是其虚伪矫饰所付出的生命代价。刘辰翁讥其"二千石不自足,以躁死",一语中其外似淡泊而内欲富贵之病。

33.11　阮思旷奉大法[1],敬信甚至。大儿年未弱冠[2],忽被笃疾[3]。《阮氏谱》曰:"㸂(俌)字彦伦,裕长子也。仕至州主簿。"儿既是偏所爱重,为之祈请三宝[4],昼夜不懈,谓至诚有感者[5],必当蒙祐。而儿遂不济[6]。于是结恨释氏[7],宿命都除[8]。以阮公智识,必无此弊。脱此非谬,何其感欤！夫文王期尽,圣子不能驻其年;释种诛夷,神力无以延其命。故业有定限,报不可移。若请祷而望其灵,匪验而忽其道,固陋之徒耳,岂可与言神明之智者哉！

【注】

〔1〕阮思旷:阮裕字思旷。参前《德行》第32则注。奉:信奉。大法:佛法。

〔2〕年未弱冠:年龄不到二十岁。弱冠,古时男子二十成人而行加冠礼。

〔3〕笃疾:重病。

〔4〕三宝:佛教称佛、法、僧为三宝。

〔5〕有感者:有情识之人。

〔6〕不济:无救,喻死。

〔7〕释氏:指佛教。

〔8〕宿命:佛教以为人之命运由其前生善恶所定,即宿命论。

【评】

阮裕出于陈留阮氏这一高门士族,本身一代名士,颇富理识,思辨清晰,为谢安讲解《白马论》,时人所难。但就是这么一个智识精英,却有其智识盲区,从盲目迷信佛法,到一概否定佛法,祈请既惑,感恨尤误,全凭长子之生死牵动,而缺乏理性的思考与认识。刘孝标为之辩诬,以为"阮公智识,必无此弊"。但

1261

王世懋反驳说:"注理高,但人情未必。"所论甚是。裕痛爱子女,因亲情之痛而一时丧失理智,并非不可能,这正写出了一个有血有肉有感情有缺点的名士全貌。

33.12　桓宣武对简文帝[1],不甚得语[2]。废海西后[3],宜自申叙,乃豫撰数百语[4],陈废立之意。既见简文,简文便泣下数十行。宣武矜愧[5],不得一言。

【注】

〔1〕桓宣武:桓温。简文帝:司马昱。

〔2〕不甚得语:谓语不投机,很少说话。

〔3〕废海西:太和六年(371),桓温北征枋头大败后,以废立树威朝廷,废帝司马奕为海西公,立简文为帝。

〔4〕豫:预先。

〔5〕矜愧:矜怜愧疚。

【评】

桓温与简文,一豪族军阀,一文人皇帝,既互相利用,又彼此斗争,明显是一对矛盾。温一代枭雄,自负才力,早已不满足于"桓与马,共天下"的局面,他是久怀异志,觊觎帝座,欲先立功河朔,还受九锡。但太和四年(369)北伐,于枋头为燕所败。问计郗超,于是在太和六年(371)仓促行废立之计,废帝司马奕为海西公,立简文帝司马昱。一切军权政权,全在桓氏掌控之中,简文仅是傀儡皇帝,日夜忧心司马氏国祚不长,对此能无泣乎?"泣下数十行",自然奔涌,真情迸发。桓温欺上吓下,又不得不依例"陈废立之意",矫饰之伪,情态毕现,欺人孤寡,意在夺人江山,虽尚未实现,但内心能无愧乎!此所以面对简文而"不得一言"也。

33.13　桓公卧语曰:"作此寂寂,将为文、景所笑[1]。"既而屈起坐曰[2]:"既不能沇(流)芳后世,亦不足复遗臭万载邪[3]?"《续晋阳秋》曰:"桓温既以雄武专朝,任兼将相,其不臣之心,形于音迹。曾卧对亲僚,抚枕而起曰:'为尔寂寂,为文、景所笑。'众莫敢对。"

【注】

〔1〕文景:指晋文王司马昭、晋景王司马师。懿子,兄弟二人为司马氏篡魏开晋奠定了必要的基础。

〔2〕屈起:勃然坐起。

〔3〕不足:不值得。

【评】

故事发生在桓温废立自专的晚年。垂垂老翁,来日无多,时不我待,不臣野心,不能不孤注一掷。其行废立者,为将来桓氏帝国之开基作铺垫也。但作为久经斗争的政治家,他明知这在政治上是极险的一步棋。冒险之事,胜王败寇,有侥幸成功的机会,更有失败后遭人唾骂的可能。故勃然"屈起",而兴不能流芳后世,亦当"遗臭万年"之叹。其所咏叹,出语惊天动地,如王世懋所评:"曲尽奸雄语态,自非常人语。"奈何时运不济,不久即一命鸣呼,功业尽化云烟。前秦皇帝苻坚听说桓温废立事,即公开评论说:"温前败灞上,后败枋头,十五年间,再倾国师。六十岁公举动如此,不能思愆免退,以谢百姓,方废君以自悦,将如四海何!谚云'怒其室而作色于父'者,其桓温之谓乎!"早已料其必败。

33.14　谢太傅于东船行[1],小人引船[2],或迟或疾,或停或待,又放船从横[3],撞人触岸,公初不何谴[4],人谓公常无嗔喜[5]。曾送兄征西葬还[6],征西,谢弈(奕)。日暮雨驶[7],小人皆醉,不可处分[8]。公乃于车中手取车柱撞驭人[9],声色甚厉。夫以水性沈柔,入隘奔激,方之人情,固知迫隘之地[10],无得保其夷粹[11]。《孟子》曰:"湍水决之东则东,决之西则西。搏而跃之,可使过颡,激而行之,可使在山。岂水之性哉?人可使为不善,性亦犹是也。"

【注】

〔1〕谢太傅:谢安。东:此指谢氏家居的会稽,在京东面,故云。

〔2〕引船:摇船。

〔3〕从横:纵横。从,通"纵"。

〔4〕何谴:任何斥责。按:袁本作"呵谴","何"读为"呵",亦通。

〔5〕嗔:怒。

〔6〕征西:谢安兄奕卒于安西将军、豫州刺史任上,卒赠镇西将军。

〔7〕雨驶:雨猛。驶,迅猛疾速貌。

〔8〕处分:安排。

〔9〕车柱:车停时作支撑的木棍。驭人:驾车人。

〔10〕迫隘:窘迫狭隘。无得:不能。

〔11〕夷粹:平和美好。

【评】

据《晋书·穆帝纪》,奕卒于升平三年(359)八月,则故事发生于是年暮秋。故事称安"常无嗔喜",即喜怒不形于色,其性"夷粹"。这与其生活习性有关。谢安是在兄奕卒、弟万败后的升平四年(360)出山踏入仕途的。此前的四十馀年,多在故乡会稽隐居,读书学习,谈玄说理,游山玩水,生活悠闲,故性平和。但是人的性格和心态,随环境不同而变化,平和之人,也有紧急呼叫之时。这里写出了谢安性格的另一方面,帮助读者全面地看人。故事忽以一段议论作结,行文自是跌宕可喜。但内容与

《尤悔》无涉,改入《忿狷》门似更妥帖。

33.15 简文见田稻不识[1],问是何草,左右答是稻。简文还,三日不出,云:"宁有赖其末而不识其本[2]!"文公种菜,曾子牧羊,纵不识稻,何所多悔?此言必虚。

【注】
〔1〕简文:简文帝司马昱。田稻:水田之稻,水稻。
〔2〕本、末:原指根部与末梢,这里喻植株和果实。水稻之实指稻谷。

【评】
刘注"文公种菜,曾子牧马",注欠通顺。据余嘉锡《笺疏》引《淮南子·泰族训》,作"文公种米,曾子架(驾)羊",刘向《说苑·杂言》亦作"文公种米,曾子驾羊"。种米驾羊,人知为愚。此喻当务其大者而忘其小。治国者"纵不识稻,何所多悔"?此刘氏之辩也。但这是对雄才大略的大政治家及圣贤而言。常人则不可以此借口而自解。故王世懋评驳刘注曰:"简文生长富贵,不知稼穑艰难,此愧,大是良心,而注驳之何居?"此又一胜解也。

33.16 桓车骑在上明政(畋)猎[1],东信至,传淮上大捷[2],语左右云:"群谢年少大破贼[3]!"因发病薨。谈者以为此死,贤于让扬之荆[4]。《续晋阳秋》曰:"桓冲本以将相异宜,才用不同。忖己德量不及谢安,故解扬州以让安,自谓少经军镇。及为荆州,闻苻坚自出淮、淝,深以根本为虑,遣其随身精兵三千人赴京师。时安已遣诸军,且欲外示门(闲)暇,因令冲军还。冲大惊,曰:'谢安乃有庙堂之量,不闲将略。吾量贼必破襄阳而并力淮、淝。今大敌果至,方游谈示暇,遣诸不经事年少,而实寡弱,天下谁知?吾其左衽矣!'俄闻大勋克举,惭慨而薨。"

【注】

〔1〕桓车骑:桓冲,字幼子,温弟。曾官车骑将军,故称。时任荆州刺史。上明:地名,当时桓冲为抗前秦苻坚,迁荆州治所于长江南岸之上明城(故址在今湖北松滋市西)。政猎:袁本作"畋猎",是。

〔2〕东信:从东边京城来的信使。淮上大捷:指太元八年(383)谢玄等率东晋军大败前秦苻坚百万之师于淝水之上。

〔3〕群谢年少:指谢安之子侄辈谢玄、谢琰等年轻将领。大破贼:指淝水之战大捷。

〔4〕让扬之荆:桓冲原为扬、豫二州刺史,于康宁三年(375),以扬州刺史让谢安而改任徐州刺史,后又调任荆州刺史。

【评】

淝水大捷,并非偶然。谢安与桓冲,文武将相,一内一外,精诚团结,尽忠国家,故能事半功倍,以少胜多。如无桓冲保卫长江中上游的安全,减轻下游京师的军事压力,则不可能有"群谢年少"的淝水之捷。淝水战前,前秦左仆射权翼曾向苻坚直谏曰:"今晋道虽微,未闻丧德,君臣和睦,上下同心。谢安、桓冲,江表伟才,可谓晋有人焉……未可图也。"(见《晋书·苻坚载记》)从敌人所言,知淝水大捷,桓冲也有一份功劳与贡献,何愧何恨之有?但冲为宿将,因"诸谢年少"骤然大胜,与自己判断不合,因此愧悔发病而死,一方面见其心胸之不宽广,另一方面可能担忧陈郡谢氏骤兴而桓氏家族走向衰落,心理矛盾很复杂,其痛苦难以言表。

33.17 桓公初报破殷荆州[1],周祗《隆安记》曰:"仲堪以人情注于玄,疑朝廷欲以玄代己,遣道人竺僧憓赍宝物遗相王宠幸媒尼左右,以罪状玄。玄知其谋而击灭之。"曾讲《论语》,至"富与贵是人之所欲,不以其道得之不处[2]",孔安国注曰:"不以其道得富贵,则仁者不处。"玄意色甚恶[3]。

【注】

〔1〕桓公:特指桓玄,非玄父温。初报:刚刚接到报告。破:击败。殷荆州:殷仲堪,时任荆州刺史。

〔2〕不处:不接受,不愿享用。

〔3〕意色甚恶:脸色很难看。意色,神情。恶,坏。

【评】

故事发生于隆安三年(399)桓玄举兵袭江陵击灭殷仲堪之时。在严重的军阀混战中,野心勃勃的桓玄,因其夺取荆州而实力大增,地位腾腾直上。但在戎马倥偬之际,桓玄却仍在军中讲读《论语》,以示闲暇,其学习热情似甚高涨。玄之才情文理,不减乃父,并非仅是不读书的一介武夫。但史称玄之为人,"好逞伪辞",好以读书谈理来高自标榜,以资号召,为自己的政治资本增添筹码。玄读《论语》之类儒典,弃其仁义之心,仅作矫饰之用。在魏晋篡弑相继的军阀无义战中,意在夺人江山,与"君子无终食之间违仁"的圣人精神背道而驰。读《论语》"不以其道得之"而"意色甚恶",正是面对历史嘲讽时其虚伪内在心理的形象刻画。

纰漏 第三十四

【题解】 纰漏者,纰缪错误与粗疏遗漏也。与前《尤悔》门相比,尤悔也属错误罪尤,但多是其大者,如政治、军事、治国方略等大事方面的问题,其错误后果难以挽回,故生悔恨之叹。而纰漏多是生活方面的错失,对人的生活道路的发展,或多或少产生了影响。本门八则故事,专门记载当时士人在日常生活事务中言行举止所出现的过错或疏漏:或说贵族生活之骄奢,或写贵胄名士之失落,或道上层官僚之无知,或绘年轻野心家的内心欲求蠢动。这类生活纰漏,虽然一时并不直接威胁生命,但久而久之,同样后果严重。如虞啸父官拜侍中,皇帝近臣,但却不懂"献替"为何物。读书如此愚鲁,又岂能参议国政?王国宝热衷于荆州刺史的实力地位,见其贪婪野心,又岂能终老病床?纰漏之失虽小于尤悔,但因小见大,也同样形象地描绘了现实社会的方方面面及魏晋名士的内心世界。

34.1 王敦初尚主[1],敦尚武帝女舞阳公主,字修祎。如厕,见漆箱盛干枣,本以塞鼻,王谓厕上亦下果[2],食遂至尽。既还,婢擎金澡盘盛水,琉璃碗盛澡豆[3],因倒箸水中而饮之,谓是干饭[4]。群婢莫不掩口而笑之。

【注】

〔1〕初尚主:刚娶公主为妻不久。

〔2〕下果:设果供食。

〔3〕琉璃:一种有色半透明的玉石。澡豆:供洗涤用的豆子。

〔4〕干饭:稠稀饭。

【评】

  故事大约发生在晋武帝太康中期,王敦是二十馀岁的青年。当时武帝刚平吴统一中国不久,到处是一片歌舞升平景象,汰侈豪奢之风迅速弥漫,很快腐蚀了整个朝廷与国家。皇家厕所,讲究享受,竟然如此气派,连琅邪王家贵少王敦也是不知所措,不懂享用,因此不仅被公主视为"乡巴佬",甚至于"群婢莫不掩口而笑之"。奴才们那轻蔑神色,比高声呵责的侮辱还要令人难受。奴婢敢于瞧不起驸马,仗恃的正是公主皇家势力。当时武帝健在,公主是君,王敦虽出高门,但仍是臣,君臣之间,犹如主与奴的关系,地位并不平等。这是政治婚姻,毫无爱情可言。王敦生活中的一个小小纰漏,却种下了日后复仇的心理。一旦形势逆转,皇家失势,于是当日青州刺史王敦轻车赴京,在兵荒马乱的情况中抛下公主生死而不顾,并把公主百馀婢女尽赐军士糟蹋。如此报复结发妻子及众多婢女,简直丧尽了人性。

  34.2 元皇初见贺司空[1],言及吴时事,问:"孙皓(晧)烧锯截一贺头[2],是谁?"司空未得言,元皇自忆曰:"是贺劭[3]。"劭,即循父也。晧凶暴骄矜,劭上书切谏,晧深恨之。亲近惮劭贞正,潜云谤毁国事,被诘责,后还复职。劭中恶风,口不能言语,晧疑劭托疾,收付酒藏,考掠千数,卒无一言。遂杀之。司空沨(流)涕曰:"臣父遭遇无道,创巨痛深,无以仰答明诏[4]。"《礼》云:"创巨者其日久,痛深者其愈迟。"元皇愧惭,三日

1269

不出。

【注】

〔1〕元皇:司马睿,东晋开国君主。贺司空:贺循字彦先,会稽山阴人,官至太常卿,卒赠司空,故称。

〔2〕孙皓:祖权,东吴最后一任君主,后降晋封归义侯。

〔3〕贺劭:字兴伯,吴散骑常侍、中书令。因直言极谏被吴主孙皓所杀。

〔4〕仰答明诏:回答提问。仰、明等作敬语。

【评】

故事发生在西晋将亡而东晋未建之际,时元帝任安东将军而见循。元帝时虽未即位,但在王导、周顗、顾荣、贺循等中原士族及江东士族的经营拥戴下,开国江南的形势日趋明显,除此之外,难避胡骑侵逼。故事以东吴亡国之主孙皓的残暴昏聩,与一心向往开基建国的晋元帝作鲜明对比,元帝创业之际,知难而进,知错愧叹,过而能改,宅心仁厚。因小见大,知其开东晋百年基业,并非偶然。于此也见出了国运兴衰之教训。

34.3 蔡司徒渡江[1],见彭蜞[2],大喜曰:"蟹有八足,加以二螯[3]。"令烹之。既食,吐下委顿[4],方知非蟹。后向谢仁祖说此事[5],谢曰:"卿读《尔雅》不熟[6],几为《劝学》死[7]。"《大戴礼·劝学篇》曰:"蟹二螯八足,非蛇蟺之穴,无所寄托者,用心躁也。"故蔡邕为《劝学章》,取义焉。《尔雅》曰:"螖泽小者劳。"即彭蜞也,似蟹而小。今彭蜞小于蟹而大于彭螖,即《尔雅》所谓螖泽也。然此三物,皆八足二螯,而状甚相类。蔡谟不精其小大,食而致弊。故谓读《尔雅》不熟也。

【注】

〔1〕蔡司徒:蔡谟,字道明,陈留考城人。官至侍中、司徒,参前《方正》第40则注。

〔2〕彭蜞:生长水边,似蟹而小。

〔3〕"蟹有八足"二句:此蔡邕《劝学章》之句取义于《荀子·劝学篇》。

〔4〕吐下:上吐下泻。委顿:困顿,狼狈。

〔5〕谢仁祖:谢尚字仁祖。

〔6〕《尔雅》:我国古代第一部分类词典。

〔7〕《劝学》:此指蔡邕《劝学章》。邕为谟之从曾祖,故谟熟读其文章。

【评】

读书自有学问。活读书则读书活,死读书则读书死。蔡谟读其祖先蔡邕的《劝学章》滚瓜烂熟,冲口而出,但却没有在现实中做实践性的考察,以致分不清蟹与蜞的分别,因此误食彭蜞而食物中毒,为死读书而付出惨痛的代价,故致谢尚之讥,宜矣。

34.4 任育长年少时[1],甚有令名[2]。武帝崩,选百二十挽郎[3],一时之秀彦[4],育长亦在其中。王安丰选女婿[5],从挽郎搜其胜者[6],且择取四人,任犹在其中。童少时,神明可爱[7],时人谓育长影亦好[8]。自过江,便失志[9]。王丞相请先度时贤共至石头迎之[10],犹作畴日相待[11],一见便觉有异。坐席竟,下饮,便问人云:"此为茶为茗[12]?"觉有异色,乃自申明云:"向问饮为热为冷耳[13]。"尝行从棺邸下度,流涕悲哀。王丞相闻之曰:"此是有情痴。"《晋百官名》曰:"任瞻字育长,乐安人。父琨,少府卿。瞻历谒者仆射、都尉、天门太守。"

【注】

〔1〕年少:年轻。

〔2〕令名:美好声名。

〔3〕挽郎:牵引灵柩唱挽歌的少年。

〔4〕秀彦:隽秀杰出之士。

〔5〕王安丰:王戎,其爵安丰侯,故称。

〔6〕搜:寻找。

〔7〕神明:神情。

〔8〕影:身影,指外貌。

〔9〕失志:恍惚失神的样子。

〔10〕石头:城名,在京师建康西。

〔11〕畴日:昔日。

〔12〕荼、茗:六朝时以早采者为荼,晚采者为茗。

〔13〕为热为冷:任瞻因一时未辨而问为荼为茗,出口后知道失当,因以"茗"与"冷"韵母相同来遮盖其误。但"荼"与"热"不近,难以自圆其说。

【评】

　　人与环境,关系甚巨。年少任瞻,神明可爱,是在正常的和平年代。但自经中原丧乱,社稷丘墟,一旦过江,就有寄人篱下而失神落魄之感。环境改变了人。其为荼为茗之问,出口即误,虽改为冷为热之辩,仍难掩盖其神情恍惚之态。此所以为纰漏也。才智之失,受环境影响甚大。但不随环境而变者,是其率性自然之"情痴"。经棺邸(棺材店)而落涕悲哀,正见其对人之生死问题的关注与思考,有助于了解魏晋名士的心态。

34.5　谢虎子尝上屋熏鼠[1],虎子,据小字。据字玄道,尚书衰弟(第)二子。年三十三亡。胡儿既无由知父为此事[2],闻人道痴人有作此者,戏笑之[3],时道此非复一过[4]。

太傅既了己之不知[5],因其言次[6],语胡儿曰:"世人以此谤中郎[7],亦言我共作此。"中郎,据也,章仲反。按世有兄弟三人,则谓第二者为中。今谢昆弟有六,而以据为中郎,未可解。当由有三时以中为称,因仍不改也。胡儿懊热[8],一月日闭斋不出[9]。太傅虚托引己之过,以相开悟[10],可谓德教[11]。

【注】

〔1〕谢虎子:谢据,安之二哥。

〔2〕胡儿:谢朗,据之长子。

〔3〕戏笑:讥讽嘲笑。

〔4〕非复一过:不止一次。

〔5〕了:知道。己:作第三人称代词用,指谢朗。

〔6〕言次:言语之间。

〔7〕中郎:指谢据。安长兄奕、次据,安为老三,故称据为中郎。

〔8〕懊热:懊恼。

〔9〕一月日:一个月。闭斋不出:关门不出。

〔10〕开悟:启发感悟。

〔11〕德教:以德为教。

【评】

谢朗讥笑乃父上屋熏鼠之愚,偶尔一次,原是不知者不为罪。但再三再四讥笑,则可能获不孝罪名,晋时提倡以孝治国,所以叔父谢安必须让侄儿明白。陈郡谢氏过的是大家族的生活,在长兄奕、次兄据去世后,老三安即为当然的家长。他对子侄负有教育培养的责任。但面对子侄的糊涂纰漏,他不是板起家长的面孔,生硬训斥一番,进行道德说教,这样效果可能适得其反,激起孩子的逆反心理。谢安实行的是"虚脱引己之过"的启悟教育,这样更能在感情上与孩子打成一片,这就是最好的

"开悟",其以身作则的"德教"——也即言传身教,颇能引起孩子的深入思考,因为榜样的力量是无穷的。

34.6 殷仲堪父病虚悸[1],闻床下蚁动,谓是牛斗。《殷氏谱》曰:"殷师字师子('师子',汪藻《殷氏谱》作'子桓')。祖识、父融,并有名。师至骠骑咨议。生仲堪。"《续晋阳秋》曰:"仲堪父曾有失心病,仲堪腰不解带,弥年,父卒。"孝武不知是殷公,问仲堪:"有一殷病如此不?"仲堪流涕而起曰:"臣进退唯谷[2]。"《大雅》诗也。毛公注曰:"谷,穷也。"

【注】
〔1〕殷仲堪:陈郡人,官至荆州刺史。虚悸:病名,中医以为是因气血亏损而引发的心跳慌乱。
〔2〕进退维谷:进退两难的困境。谷,穷也,喻困境。

【评】
孝武所问,正是仲堪之父。仲堪若正面回答,则暴父之疾,是为不孝;若拒绝回答,则是有违诏问,是为不敬,处于两难之地。故引《诗经·大雅·桑柔》诗句,做出适当的回答,既典雅又妥帖,显现了仲堪沉挚之痛及其应对急智。

34.7 虞啸父为孝武侍中[1],帝从容问曰:"卿在门下[2],初不闻有所献替[3]。"虞家富春[4],近海,谓帝望其意气[5],对曰:"天时尚暖,蟞鱼虾鲜未可致[6],寻当有所上献[7]。"帝抚掌大笑。《中兴书》曰:"啸父,会稽人。九(光)禄潭之孙,右将军纯之子。少历显位,与王廞同废为庶人。义旗初,为会稽内史。"

【注】

〔1〕虞啸父:光禄大夫虞潭之孙。官至会稽内史。

〔2〕门下:门下省,朝廷官署名。掌侍从、顾问之责。

〔3〕献替:献可替否,即提建议或直言极谏。

〔4〕富春:地名,今属浙江。

〔5〕意气:指馈献或进奉,亦可指馈献之物,与"遗饩"音近义同。

〔6〕蟹鱼虾鲊:蟹,鱼名,可制鱼酱。鲊,鱼虾的腌制品。

〔7〕寻:不久。当:将。上献:敬奉,进献。

【评】

侍中之职,"掌傧赞威仪,大驾出则次直侍中护驾。……备切问近对,拾遗补阙"(《晋书·职官志》),是皇帝左右亲近的顾问官吏,非常重要。许多军国大事、政策措施,侍中都参与讨论决策。但虞啸父任侍中,作为孝武帝宠任大臣,却一无献替——没有什么政治思考。其对孝武之问,望文生义直解"有所献替"为上献进贡珍稀物品,一心只想贿赂讨好,实是令人啼笑皆非。士大夫不读书如此,岂能治理国家?东晋孝武之后形势大乱、国祚不长,与大量启用佞人、小人有关。故刘辰翁评曰:"如此谬,子孙之羞也。"

34.8 王大丧后[1],朝论或云:"国宝应作荆州[2]。"《晋安帝纪》曰:"王忱死,会稽王欲以国宝代之。孝武中诏用仲堪,乃止。"国宝主簿夜函白事云[3]:"荆州事已行[4]。"国宝大喜,其夜开阁唤纲纪[5],话势虽不及作荆州[6],而意色甚恬[7]。晓遣参问[8],都无此事。即唤主簿数之曰[9]:"卿何以误人事邪?"

【注】

〔1〕王大：王忱字元达，小字佛大。故称。坦之第四子。仕至荆州刺史。

〔2〕国宝：王坦之第三子，忱兄。官至中书令、尚书左仆射。与从弟绪为会稽王司马道子宠任，弄权朝廷，后被杀。作荆州：任荆州刺史。

〔3〕主簿：官名。掌公府文书，印鉴等。白事：报告。

〔4〕已行：已决定。

〔5〕纲纪：公府政令大都由主簿宣布，故称主簿为纲纪。

〔6〕话势：谈话趋向。

〔7〕恬：恬静愉快。

〔8〕参问：查问，探寻。

〔9〕数：数落，责备。

【评】

故事发生于孝武帝太元十七年（392），时荆州刺史王忱死。国宝与忱皆为坦之子，出身太原王氏名门。王坦之一代名流，与谢安齐名当朝，史称其"言不及私，惟忧国家之事"，是个忠心国家朝廷的正人君子。但国宝则反乃父之道而行之，史称其阿谀会稽王道子，弄权乱国，"贪纵聚敛，不知纪极，后房伎妾以百数，天下珍玩充满其室"，是个不折不扣的国之佞人。他一门心思在于争权夺位。当时荆州富庶，军甲占东晋之半，掌控荆州，实具问鼎朝廷之实力。为此，国宝希求荆州刺史之位已久。故朝论"或云"即某人提议，国宝即把"或"当真，以为是必然之事。其对主簿前喜后斥，细致描绘了小人内在心理的微妙变化。故凌濛初评曰："道意色殊肖。"

惑溺　第三十五

【题解】　惑溺者,迷恋惑乱与沉溺不返也,意谓当时士人因情因事而迷惑心志,沉溺其中,犹如中了蛊毒一般,难以挽救。本门共七则故事,大多写魏晋士大夫沉溺女色的故事,作者采取的是否定的态度,以批判的眼光来看问题。如曹操父子为娶甄氏而屠邺,把人丁兴旺的邺城杀得个鸡犬不留。又如贾充后妻郭槐,因妒生恨,任意残杀乳母,以致亲生儿子夭亡。因贪男欢女爱而杀人解恨,实极残忍,作者批判了统治者因沉溺色欲而迷惑疯狂,态度正确。但本门另有一半的故事,却是突破了封建礼教的桎梏,真实描绘了当时士人仕女的真挚爱情故事,写来情趣盎然,很有生活气息,读后令人感动、令人赞叹。如荀粲在冰雪中裸身取冷以熨帖高烧不退的病妻,韩寿与贾午偷香窃玉的故事,都是笔触细腻,写得楚楚有致。这从另一侧面反映了魏晋士人仕女在男女婚恋观念方面,具有比较开放的意识。真挚的爱情是可贵的,不该受批评而应予颂扬。

35.1　魏甄后惠而有色[1],先为袁熙妻[2],甚获宠。曹公之屠邺也[3],令疾召甄。左右白:"五官中郎已将去[4]。"公曰:"今年破贼,正为奴[5]。"《魏略》曰:"建安中,袁绍为中子熙娶甄会(逸)女。绍死,熙出任幽州,甄留侍姑。及邺城破,五宫(官)将从而入绍舍,见为怖,以头伏姑郗(膝)上。五宫(官)将谓绍妻袁(刘)夫人扶甄令举头,见其色非凡,称叹之。太祖闻其意,遂为迎娶,擅室数岁。"《世语》曰:"太祖下邺,文帝先入袁尚府,见妇人被发如垂涕,立绍妻刘后,文帝问,知是熙妻,使令揽发,以神(袖)拭面,姿貌绝伦。既过,刘谓甄曰:'不复死矣!'遂纳之,有宠。"《魏氏春秋》曰:"五官将纳熙妾也,孔融与太祖书曰:'武王伐纣,以妲己赐周公。'太祖以融博学,真谓《书传》所记。后见融问之,对曰:'以今度古,想其然也。'"

【注】

〔1〕甄后:原为袁熙妻,曹操破邺,曹丕纳之,生明帝。后因故被废赐死。明帝时追尊生母为文昭皇后。惠:通"慧",聪慧。

〔2〕袁熙:袁绍次子,绍任之为幽州刺史。

〔3〕曹公:曹操。屠邺:攻破袁绍接班人袁尚据守的邺城。

〔4〕五官中郎:曹丕曾任五官中郎将,故称。将去:带走,取走。

〔5〕奴:相当于"她",指甄氏。

【评】

故事发生在汉献帝建安九年(204),曹操率军大破袁尚,攻取邺城(今河北临漳西南)。汉末军阀混战,诸侯逐鹿中原。曹军屠邺,操"令疾召甄",看来,这个好色之徒,早已做好了信息调查,一旦入城,即刻动手夺人妻女,以供自己享乐腐化。曹操这种不道德的行为,其实并非一次,而是习惯性的动作。如操攻吕布于下邳时,关羽求娶布将秦宜禄妻杜氏,操疑其有色,城破后自纳之,即秦朗之母。见《三国志·明帝纪》裴注引《魏氏春秋》。又娶何进儿媳尹氏为如夫人,即何晏之母。见《三国志·魏书·曹爽传》附何晏传。但是,有其父必有其子。曹丕比乃父有过之而无不及,父子同争甄氏,而丕捷足先登。父子好色,共争一女,贻笑万年。惜丕用情不专,宠幸几年,喜新厌旧,红颜薄命,不久甄后赐死,悲乎哀哉!

35.2　荀奉倩与妇至笃[1]，冬月妇病热[2]，乃出中庭自取冷[3]，还以自熨之[4]。妇亡，奉倩后少时亦卒。以是获讥于世。《粲别传》曰："粲常以妇人才智不足论，自宣（宜）以色为至。骠骑将军曹洪女有色，粲于是兴（聘）焉。容服帷帐甚丽，专房燕婉。历年后，妇病亡。未殡，傅嘏往嗟粲，粲不哭而神伤。嘏问曰：'妇人才色并茂为难。子之聘也，遗才存色，非难遇也。何哀之甚？'粲曰：'佳人难再得。顾逝者不能有倾城之异，然未可易遇也。'痛悼不能已已，岁馀亦亡。亡时年二十九。粲简贵，不与常人交接，所交者一时俊杰。至葬夕，赴期者裁十馀人，悉同年相知名士也。哭之，感恸路人。粲虽褊隘，以燕婉自丧，然有识犹追惜其能言。"奉倩曰："妇人德不足称，当以色为主。"裴令闻之[5]，曰："此乃是兴到之事，非盛德言，冀后人未昧此语[6]。"何劭论粲曰："仲尼称'有德者有言'，而荀粲减于是，内顾所言有馀，而识不足。"

【注】

〔1〕荀奉倩：荀粲字奉倩。颍川颍阴（今河南许昌）人。父彧，曹操的重要谋士。其言玄远，知名于世。至笃：感情深厚。

〔2〕病热：生热病，发高烧。

〔3〕出中庭：到庭院中。

〔4〕熨：贴。

〔5〕裴令：裴楷，字叔则，河东闻喜人，曾官尚书令，故称。

〔6〕未昧此语：不被此语所蒙蔽。

【评】

　　在婚姻男女问题上，魏晋名士时有惊人骇俗之论，荀粲的"妇人德不足称，当以色为主"的"唯色"论，哪朝哪代有这样乖背礼法名教的言论出现？在传统礼教中，统治者提倡的当然是"唯德"论，妇德是唯一的衡量标准。但何谓"德"？古人早有"女子无才便是德"之言。男与女相对，男人是天是主，女人是地是奴,因此女人只有卑顺男人才是有德的表现。这不是吃人礼教是什么?但在传统礼教的阴影下,人们的神经已经麻木。这时,精熟玄学的荀粲突然宣扬"唯色"论以相对抗,一石激起千层浪,打破长年的沉寂。故其"获讥于世",也是势在必然。故事生动地刻画了荀粲夫妻的真挚爱情,表达了对"情"有独钟的深刻认识。其所称"色",作为对抗封建妇"德"的武器,对荀粲而言,实是兼指"至笃"深情基础而言的。如果不是因为感情深厚,丈夫会"出中庭"挨冻以熨帖妻子吗?荀粲是色见于外,而情动于中,他把女人之"色"作为一种生活之美来加以欣赏,这和今人所说"爱美是人的天性"意思相近。最终,荀粲真正为情而死,似乎比《红楼梦》中的贾宝玉还要痴情!

35.3 贾公闾《充别传》曰:"充父逵,晚有子,故名曰充,字公闾,言后必有充闾之异。"后妻郭氏酷妒[1]。有男儿名黎民,生载周[2],充自外还,乳母抱儿在中庭[3],儿见充喜踊[4],充就乳母手中呜之[5]。郭遥望见,谓充爱乳母,即杀之。儿悲思啼泣,不饮他乳,遂死。郭后终无子。《晋诸公赞》云:"郭氏,即贾后母也。为性高朗,知后无子,甚忧,爱愍怀,每劝厉之。临亡,诲贾后令尽意于太子,言甚切至。赵粲华及贾谧母,并勿令出入宫中。又曰:'此皆乱汝事。'后不能用,终至诛夷。"臣按:傅畅此言,则郭氏贤明妇人也。向令贾后抚爱愍怀,岂当纵其妒悍,自毙其子?然则物我不同,或老壮情异乎?

【注】

〔1〕贾公闾:贾充字公闾,晋朝开国元勋。官至尚书令,很受武帝宠任,权倾一时。郭氏:即郭槐,又名玉璜。贾充后妻,郭配女,贾后母。封广城君,卒前改称宣城君。

〔2〕载周:周岁。载:始。
〔3〕中庭:庭院中。
〔4〕喜踊:喜欢跃动。
〔5〕呜:亲吻。

【评】

在男女关系问题上,女人受害很深。在男性中心社会里,男人可以三妻四妾,女人却必须从一而终,未婚夫死,女人也必须守望门寡,了其残生。在封建礼教的重压下,男女发生矛盾之时,女人无法合理抗争,剩下唯一维护女权的武器就是"妒"。贾充后妻郭氏之妒,本来不该受指责。但魏晋贵族仕女在享受较多生活开放和自由的同时,却又具有随意杀奴的权力而不受法律制约。郭槐"酷妒",妒到了无法容忍其他女人接近丈夫的地步,并因此而随意杀害了乳母,这简直是骇人听闻的灭绝人性的行为。为了保护自己的专宠地位,竟然想杀人就杀人!女人如此心理变态,如果一旦掌权,也是极其可怕的。后来其女贾后发扬"妒"风,更胜娘亲,她借皇威,性极酷妒,史称"或以戟掷孕妾,子随刃坠地",充华赵粲为之辩解曰:"贾妃年少,妒是夫人之情耳!"酷妒之大,愈烧愈热,甚至会危及国家。这样的"酷妒",实已异化变质,而绝非维护女权的合理行动。

35.4 孙秀降晋[1],晋武帝厚存宠之[2]

《太原郭氏录》曰:"季(秀)字彦才,吴郡吴人。为下口督,甚有威恩。孙皓(晧)惮欲除之,遣将军何定溯江而上,辞以捕鹿三千口供厨。秀豫知谋,遂来归化。世祖喜之,以为骠骑将军、交州牧。"妻以姨妹蒯氏,室家甚笃[3]。妻尝妒,乃骂秀为貉子[4]。《晋阳秋》曰:"蒯氏,襄阳人。祖良,吏部尚书。父钧,南阳太守。"秀大不平,遂不复入。蒯氏大自悔责,请救于帝。时大赦,群臣咸见。既出,帝独留秀,从容谓曰[5]:"天下旷荡[6],蒯夫人可得从其例不[7]?"秀免冠而谢,遂为夫妇如初。

【注】

〔1〕孙秀:字彦才。吴郡人。孙吴宗室。按:此与西晋的琅邪孙秀字俊忠者别是一人。

〔2〕厚存宠之:非常关怀宠爱他。

〔3〕室家甚笃:夫妻感情深厚。

〔4〕貉子:魏晋时北人对南人的轻诋之称。

〔5〕从容:委婉。

〔6〕旷荡:宽大。

〔7〕从其例:谓获得宽大原谅。

【评】

据《晋书·武帝纪》,泰始六年(270)十二月,"吴夏口督,前将军孙秀率众来奔",又泰始八年(272)六月"大赦"。则故事应当发生于泰始八年六月。是时蜀亡多年,而东吴处于将平未平之际,但晋统一中国已成大势所趋。孙秀奔晋,在此关键当口,所以会受到武帝的"存宠"。不过,孙秀出身将军,颇有个性。当妻子蒯氏因妒骂其"貉子"时,秀血气上涌,"遂不复入"。因为当时北方中原之士,多以"貉子"诬南人,其义近于亡国奴。血性男儿,怎能受此污辱?但当妻子"大自悔责",又通过武帝缓颊,借大赦天下之际,戏称望"从其例"。在无形的皇权面前,同时更因昔日夫妻感情"甚笃",孙秀颇通人情,于是夫妇和好如初。经过一番波折之后,大家都接受教训。夫妇相互尊重,幸福美满的家庭生活基础更加稳固。

35.5 韩寿美姿容[1],贾充辟以为掾[2]。充每聚会,贾女于青琐中看[3],见寿悦之,恒怀存想[4],发于吟咏。后婢往寿家,具述如此,并言女光丽[5]。寿闻之心动,遂请婢潜修音问[6],及期往宿。寿跻捷绝人,逾墙而入,家中莫知。《晋诸公赞》曰:"寿字德真,南阳赭(堵)阳人。曾祖暨,魏司徒,有高行。"寿敦家风,性忠厚,岂有若斯之事?诸书无闻,唯见《世说》,自未可信。自是充觉女盛自拂拭[7],说畼(畅)有异于常[8]。后会诸吏,闻寿有奇香之气,是外国所贡,一箸人,则历月不歇。《十洲记》曰:"汉武帝时,西域月氏国王遣使献香四两,大如雀卵,黑如桑椹,烧之,芳气经三月不歇。"盖此香也。充计武帝唯赐己及陈骞,馀家无此香,疑寿与女通,而垣墙重密[9],门阁急峻[10],何由得尔?乃托言有盗,令人修墙。使反[11],曰:"其馀无异,唯东北角如有人迹,而墙高非人所逾。"充乃取女左右婢考问,即以状对[12]。充秘之,以女妻寿。《(郭)子》谓与韩寿通者,乃是陈骞女,即以妻寿,未婚而女亡。寿因娶贾氏,故世因传是充女。

【注】

〔1〕韩寿:字德真,堵阳人。妻贾午,充女。

〔2〕贾充:字公闾,官至尚书令。见前注。辟:征辟,召。掾:僚属,属官。

〔3〕青琐:窗格。

〔4〕存想:思念。

〔5〕光丽:光鲜艳丽。

〔6〕潜修音问:暗中传递消息。

〔7〕拂拭:修饰,打扮。

〔8〕说畼:同"悦畅",欢喜舒畅。

〔9〕重密:严密。

〔10〕门阁:门户。

〔11〕使反:差人返回。

〔12〕状:实状,实情。

【评】

　　这是一篇优秀的古代爱情小小说。文字不长,但故事内容,人物形象,情节波澜,细节描绘,无不生动如画,堪称上乘之作。在封建卫道者看来,此属风格轻佻,思想儇薄的作品,故入《惑溺》门。但安置在魏晋这一特定的历史文化背景中,则其意义不可轻估:它是以男欢女爱之情愫,来对抗传统礼教的重压。那久被压抑的情和欲,一旦从禁锢森严的礼教魔瓶中释放出来,就很难控制,它自由自在地涌动,生命活力骚动于中,青春气息洋溢于外,以偷香窃玉的形式,传达了以"情"抗"礼"的内容,正是突破传统礼教的一次大胆尝试。韩寿与贾午这对年轻男女,不仅是男人心动"逾墙而入","及期往宿",这样幽会极其危险,身入侯门相府,一旦失风,死无葬身之地,将为此付出生命的代价;而女人主动追求,挑选丈夫,不顾父母之命、媒妁之言,以致"恒怀存想,发于吟咏",为情所动,以至于斯,对于一个大家闺秀,确实难能可贵。男女双方,为情驱动,选择了自己的道路,过着夫妻和谐的感情生活。这可能与时代的开放,及玄学思潮追求自然率性的影响有关。就是贾充,也还算人性尚未全泯,不然的话,将是一场棒打鸳鸯两分散的悲剧。

　　35.6　王安丰妇常卿安丰〔1〕,安丰曰:"妇人卿婿,于礼为不敬,后勿复尔。"妇曰:"亲卿爱卿,是以卿卿。我不卿卿,谁当卿卿?"遂恒听之〔2〕。

【注】

〔1〕王安丰：王戎字濬冲。琅邪人。竹林七贤之一。官至司徒。爵安丰侯，故称。卿：第二人称代名词，侪辈之间称"君"，年爵较尊称"公"，上对下，尊对卑，贵对贱则称"卿"，侪辈间亲昵也可称"卿"。

〔2〕恒：恒常，永久。

【评】

在夫妻关系方面，除了"妒"这一常见的变相之爱以外，魏晋仕女还有直接表露亲昵情爱的坦荡方式，如本则故事中王戎之妻的言行举止，在别的封建时代中是很难想象的。"卿"是当时人口语，是以上对下之辞，"夫呼妻为卿则无词，妻呼夫为卿则不可"（见徐震堮《校笺》）。王戎妻一旦称夫为"卿"，戎即以违背礼法禁其"后勿复尔"。王戎是竹林名士，尚且不敢违背礼法，但其妻不管这一传统礼教的紧箍咒，而是充分发挥一个年轻女人的个性和魅力，在夫妻关系中表现出力求相亲相爱的主动性。卿卿丈夫而不置，活用口语，声吻毕肖，一个活泼耍刁颇会"发嗲"的贵族少妇形象，跃然纸上。她以"卿"夫的言行，表示了不甘于男尊女卑的教条，力争夫妻平等的地位。这是暗中对传统礼教的挑战。称谓的改变，潜藏了思想观念的进步与变化。

35.7　王丞相有幸妾姓雷〔1〕，颇预政事〔2〕，纳货〔3〕。蔡公谓之"雷尚书〔4〕"。《语林》曰："雷有宠，生洽、恬。"

【注】

〔1〕王丞相：王导。幸妾：宠爱的妾。

〔2〕颇预政事：颇多干预政事。

〔3〕纳货：受贿。

〔4〕蔡公：蔡谟字道明。济阳考城人。官至录尚书事、扬州刺史。

卒赠司空。

【评】

　　此则如与前《轻诋》第6则参读当更有味。大概蔡谟等名士,对于东晋初"王与马,共天下"的局面颇为不满,损害了其他上品士族的利益。为此,他以开玩笑形式,多次委婉批评了王导的言行。这次讥讽王妾雷氏为"雷尚书",也是系列批评之一,表现了对琅邪王氏长期执政的不满。王导是东晋开国的一代名相,号称贤臣。史称"导为政务在清净,每劝帝克己励节,匡主宁邦",对于西晋和平时期,"公卿世族,豪侈相高"的腐败政治,公开批判,予以纠正。本人生活也是"简素寡欲,仓无储谷,衣不重帛",提倡廉洁之风。但他管得了自己,却不知约束家属及其身边的亲爱者,其宠妾雷氏公然纳贿而干预政事。雷氏何官何职?何权何势?行贿者还不是看宰相王导的权杖跳舞?这同样是王导变相的腐败行为,不仅有损其一世清名,而且会大失士心民心,在位者能不思乎?

仇隙 第三十六

【题解】 仇隙者,仇恨相敌与嫌隙交恶也。仇隙之事,何代没有?但在魏晋社会的动荡乱世中,表现尤为残酷。本门所载八则故事,所记并非大是大非的国家仇民族恨,而是专门描写属于当时统治阶级中士人之间的内部矛盾的仇隙,其中有程度较轻的嫌隙恩怨,如王羲之因与王述的纠葛,在父墓前誓不复仕;有小人谗险,为报私仇而耍弄权势,诬人叛逆而夺人金钱美女,如孙秀之杀石崇、潘岳、欧阳建;更有甚者,直接杀人而悬首于大街之上,如太傅司马道子之骂王恭。这类故事,不一而足,无不鲜血淋漓,令人发指。究其原因无不为权势、为金钱、为美女而疯狂。在统治者之间,既有谗险佞小的可恶,也有名士轻诋之狂傲,彼此争斗,相互厮杀,必欲置人死地而后快。于此可见,统治阶级内部斗争的残酷性,不亚于阶级斗争的对抗。如潘岳等一代文学天才,就是被孙秀罗织罪名而送上了断头台,悲乎,惜哉!

36.1 孙秀既恨石崇不与绿珠[1],干宝《晋纪》曰:"石崇有妓人绿珠,美而工笛。孙秀使人求之。崇别馆北邙下,方登凉观,临清水。使者以告,崇出其婢妾数十人以示之,曰:'任所以择。'使者曰:'本受命者,指绿珠也。朱(未)识孰是?'崇勃然曰:'绿珠吾所爱,不可得也。'使者曰:'君侯博古知今,察远照迹,愿加三思!'崇不然。使者已出,又反,崇竟不许。"又憾潘岳昔遇之不以礼[2]。后秀为中书令[3],岳省内见之,因唤曰:"孙令,忆畴昔周旋不[4]?"秀曰:"中心藏之,何日忘之[5]!"岳于是始知必不免。王隐《晋书》曰:"岳父文德为琅邪大守,孙秀为小史,给使,岳数蹴蹋秀,而不以人遇之也。"后收石崇、欧阳坚石,同日收岳[6]。《晋阳秋》曰:"欧阳建字坚石,渤海人。有才藻,时人为之语曰:'渤海赫赫,欧阳坚石。'初,建为冯翊太守,赵王伦为征西将军,秀腹心挠乱关中,建每匡正,由是有隙。"王隐《晋书》曰:"石崇、潘岳与贾谧相友善。及谧废,惧终见危,与淮南王谋诛伦,事泄,收崇及亲期以上皆斩之。初,岳母诫岳以止足之道。及收,与母别曰:'负阿母!'崇家河北,收者至,曰:'吾不过流徙交、广耳。'及车载东市,始叹曰:'奴辈利吾家之财。'收崇人曰:'知财为害,何不蚤散?'崇不能答。"石先送市[7],亦不相知[8]。潘后至,石谓潘曰:"安仁,卿亦复尔邪[9]?"潘曰:"可谓'白首同所归'!"《语林》曰:"潘、石同刑东市,石谓潘曰:'天下杀英雄,卿复何为?'潘曰:'俊士填沟壑,馀波来及人。'"潘《金谷诗集序》云:"投分寄石友[10],白首同所归。"乃成其谶[11]。

【注】

〔1〕孙秀:字俊忠,琅邪人。助赵王伦篡位,任中书令。参前《贤媛》第17则注。石崇:字季伦,官至荆州刺史。参前《汰侈》第8则注。绿珠:石崇爱妾,工笛。后因孙秀抢夺,坠楼自杀。

〔2〕潘岳:字安仁。荥阳人。西晋著名诗人。官至黄门侍郎。参前《文学》第70则注。

〔3〕中书令:朝廷中书省长官。

〔4〕畴昔:昔日。周旋:打交道,应酬。

〔5〕"中心藏之"二句:《诗经·小雅·隰桑》诗句。

〔6〕收:逮捕。

〔7〕市:东市刑场。

〔8〕不相知:不知彼此情况。

〔9〕尔:这样。

〔10〕投分:意气相投。石友:情坚如金石的朋友。

〔11〕谶:预言吉凶的语言文字。

【评】

　　小人诡险,其心难测。孙秀因年轻时潘岳未予善待,伺机报复。"中心藏之,何日忘之!"引经据典,以文绉绉的典雅之言,来发露长期潜伏心中的杀机,令人不寒而栗。一代文学天才,为此付出了生命的代价,悲哉!至于石崇,孙秀与之无冤无仇,只是贪其亿万家财及爱妾绿珠之色而丧尽天良,何其恐怖!史称孙秀"既执机衡,遂恣其奸谋,多杀忠良,以逞私欲⋯⋯于是京邑君子不乐其生矣"(《晋书·赵王伦传》),后果极其严重,整个国家,深陷八王之乱的复仇夺权血海之中,直至灭亡。故事启人深思,对于小人,不可轻易结怨,一旦相仇,则没完没了,非常可怕。若斗争无计可避,则不可以小人之乞怜而加以轻饶。孔子早有"远小人"之教,确是经验之言。

　　36.2　刘玙兄弟少时为王恺所憎〔1〕,尝召二人宿,欲默除之。令作坑,坑毕,垂加害矣〔2〕。石崇素与玙、琨善〔3〕,闻就恺宿,知当有变〔4〕,便夜往诣恺〔5〕,问二刘所在。恺卒迫不得讳〔6〕,答云:"在后斋中眠〔7〕。"石便径入,自牵出〔8〕,同车而去,语曰:"少年,何以轻就人宿!"刘谬(邓粲)《晋纪》曰:"琨与兄玙俱知名,游权贵之间,当世以为豪杰。"

【注】

　　〔1〕刘玙兄弟:指刘玙、刘琨。琨,字越石,中山人。西晋末官至大将军,并州刺史,后为段匹䃅所害。参前《言语》第35则注。玙,《晋书》作

"舆",字庆孙。官至中书侍郎。兄弟二人,隽朗有才局,著名于时,京都民谣称"洛中奕奕,庆孙越石"。

〔2〕垂:将要。

〔3〕石崇:参前《汰侈》第1则注。

〔4〕变:变故,事故。

〔5〕诣恺:到王恺家。

〔6〕卒迫:紧急,急迫。卒,通"猝"。

〔7〕后斋:后面书斋。

〔8〕牵:拉。

【评】

西晋刘玙(舆)、刘琨兄弟,生性隽朗,皆以雄豪著名。二人颇富文才,与石崇、陆机兄弟、潘岳等俱在贾谧二十四友之列。刘琨之诗,悲慨激越,青史传诵。但他们在青少年时代,不拘细行,游权门间,因而差点被王恺诱骗而坠入死亡深渊,如果不是友人相援,早已化作冤魂而哀游九泉。幼稚无知与缺乏人情经验,几乎让他俩上当受骗而付出生命的代价。王恺何许人也?他是晋武帝的舅父,自少骄狂无赖,性复豪侈,恃仗皇亲国戚,"所欲之事无所顾惮",故死后谥号为丑。王恺为朝廷恶霸,诱杀二位少年,犹如踩死两只蚂蚁一般。人心险恶,世路维艰。加强法治以保护青少年的健康成长,惩处摧残青少年的罪犯,时代无论古今,都是历史的责任。

36.3 王大将军执司马愍王[1],夜遣世将载王于车而杀之[2],当时不尽知也[3]。《晋阳秋》曰:"司马丞(承)字元敬,谯王逊子也。为中宗相(湘)州刺史。路过武昌,王敦与燕会,酒酣,谓丞曰:'大王笃实佳士,非将御之才。'对曰:'焉知铅刀不能一割乎?'敦将谋逆,召丞为军司马。丞叹曰:'吾其死矣。地荒民解,势孤援绝。赴君难,忠也;死王事,义也。死忠与义,又何求焉!'乃驰檄诸郡丞赴义。敦遣从母弟魏文(乂)攻丞,王廙使贼迎之,薨于车。敦既灭,追赠骠骑,谥曰愍王。"虽愍王家亦未之皆悉[4],而无忌兄弟皆稚。《无忌别传》曰:"无忌字公寿,丞子也。才器兼济,有文武干。袭封谯王,卫军将军。"王胡之与无忌长甚相昵[5],胡之尝共游。无忌入告母,请为馔[6]。母流涕曰:"王敦昔肆酷汝父,假手世将[7]。《司马氏谱》曰:"丞娶南阳赵民(氏)女。"《王廙别传》曰:"廙字世将,祖览,父正。廙高朗豪率,王导、庾亮游于石头,会廙至。尔日迅风飞驷,廙倚船楼长啸,神气甚逸。导谓亮曰:'世将为复识事。'亮曰:'正足舒其逸耳。'性倨傲,不合己者面距之,故为物所疾。加平南将军,薨。"吾所以积年不告汝者,王氏门强[8],汝兄弟尚幼,不欲使此声箸[9],盖以避祸耳。"无忌惊号,抽刃而出,胡之去已远。

【注】

〔1〕王大将军:王敦。司马愍王:司马丞,《晋书》"丞"作"承"。原封谯王,时官湘州刺史,卒谥愍王。

〔2〕世将:王廙字世将,琅邪人。王敦,王导从弟。时官荆州刺史。

〔3〕不尽知:并不都知道事实真相。

〔4〕悉:了解,知道。

〔5〕王胡之:字修龄,王廙子。官至西中郎将,司州刺史。长:长大。昵:亲近。

〔6〕馔:饭菜。

〔7〕假手世将:借王廙之手加以杀害。

〔8〕王氏门强:指东晋初琅邪王氏家族势力强盛。

〔9〕声箸:声张开来。箸,同"著"。

【评】

　　这是一则形象刻画世代结怨仇杀的政治故事。王敦任大将军时,心怀异志,举兵向阙,王廙附逆,二王共谋杀害了当时兴兵

1291

赴义的司马丞。这是强势豪族对司马皇室成员举起屠刀,也反映出世家望族与皇族之间争权的残酷性。但丞子司马无忌,与廙子王胡之,二人年幼不知此事,因而"长甚相昵",年轻人关系很好。一旦得知实情,则杀父之仇,不共戴天,王廙已死,报复其子。故请客吃饭,顿时化作杀人宴席,司马无忌"抽刃而出",昔日情谊顿时烟消云散。幸亏王胡之及时逃避,不然早已一命呜呼。下一代并不知情,何罪之有? 但在封建时代,老一辈的仇怨,代代相传而难解。家族血缘的利害,也是时代仇杀的动因之一。

36.4 应镇南作荆州[1],王隐《晋书》曰:"应詹字思远,汝南顿人。璩曾孙(《晋书》本传作'孙',是)也。为人弘长有淹度,饰之以文才。司徒何充叹曰:'所谓文质之士。'累迁江州刺史、镇南将军。"王修载、谯王子无忌同至新亭与别[2]。坐上宾甚多,不悟二人俱到。有一客道:"谯王丞(承)致祸[3],非大将军意[4],正是平南所为耳[5]。"无忌因夺直兵参军刀[6],便欲斫修载。走投水,舸上人接取得免[7]。《中兴书》曰:"褚裒为江州,无忌于坐拔刀斫裒之,裒与桓景共免之。御史奏无忌欲专杀害,诏以赎论。"前章既言无忌母告之,而此章复云客叙其事。且王廙之害司马丞,遐迩共悉,修龄兄弟岂容不知? 法盛之言,皆实录也。

【注】

〔1〕应镇南:应詹曾任镇南将军,故称。

〔2〕王修载:王耆之字修载,琅邪人。廙子。官鄱阳太守、给事中。无忌:即司马无忌,丞子,袭封谯王。参前则注。新亭:地名,在京师建康南。

〔3〕谯王丞:司马丞,原封谯王,故称。致祸:被害。

〔4〕大将军:王敦。
〔5〕平南:指曾任平南将军的王廙。
〔6〕直兵参军:值班参军。
〔7〕舸:船。接取:捞救。

【评】

　　胡之、耆之兄弟,因其父王廙参与杀害谯王司马丞,屡为丞子无忌追杀。在提倡以孝治国的两晋时代,为父报仇,虽属犯法,却也情有可原。无忌酒宴斫杀之事,御史中丞车灌劾之,成帝宽谅,诏曰:"王敦作乱,闵(愍)王遇祸,寻事原情,今王何责!"听以赎论。以后又予升迁,以便维护皇族权益,立场清晰可见。司马丞、无忌父子,可称忠孝两全。但究其实,丞之节义,名垂青史,当之无愧。而无忌欲取胡之、耆之兄弟性命,则属仇杀,法理何在?胡之兄弟当时年幼,并不知情,又有何罪?欲杀无辜之人,此风断不可长,冤冤相报,几代可了?岂不天下大乱!故成帝之诏又云:"然公私宪制,亦已有断,王当以国体为大,岂可寻绎由来,以乱朝宪!"诏诫之语,既顾人情,又循法典,可谓周全。

36.5　王右军素轻蓝田[1]。蓝田晚节论誉转重,右军尤不平。蓝田于会稽丁艰[2],停山阴治丧[3]。右军代为郡[4],屡言出吊[5],连日不果[6]。后诣门自通,主人既哭,不前而去[7],以陵辱之[8]。于是彼此嫌隙大构[9]。后蓝田临杨(扬)州[10],右军尚在郡。初得消息,遣一参军诣朝廷,求分会稽为越州。使人受意失旨[11],大为时贤所笑。蓝田密令从事数其郡诸不法[12],以先有隙,令自为其宜。右军遂称疾去郡[13],以愤慨致终。《中兴书》曰:"羲之与述志尚不同,而两不相能。述为

1293

会稽,艰居郡境。王羲之后为郡,申尉而已,初不重诣,述深以为恨。丧除,征拜扬州,就征,周行郡境,而不历羲之。临发,一别而去。羲之初语其友曰:'王怀祖免丧,正可当尚书,投老可得为仆射。更望会稽,便自邈然。'述既显授,又检校会稽郡,求其得失,主者疲于课对。羲之耻慨,遂称疾去郡,墓前自誓不复仕。朝廷以其誓苦,不复征也。"

【注】

〔1〕王右军:王羲之。蓝田:王述。

〔2〕丁艰:为守父母丧而辞官家居。

〔3〕治丧:办理丧事。

〔4〕代为郡:代替王述出任会稽内史。

〔5〕出吊:前往吊唁。

〔6〕不果:没有实现。

〔7〕不前:没有前去与丧主见面。

〔8〕陵辱:凌辱。

〔9〕嫌隙大构:大结怨恨。

〔10〕临扬州:任扬州刺史。

〔11〕受意失旨:错误领会其意图。

〔12〕从事:州郡属官。数:责备。

〔13〕去郡:辞去郡内史职务。

【评】

据羲之誓墓绝仕之辞,发生在穆帝永和十一年(355)前后。二王的嫌隙矛盾,可能肇自上品贵族高贵门第的傲慢与偏见。二人虽同一"王"字,但族望不同。王述出身太原王氏,王昶、王浑之后,世代显贵。因其门第高华,王述曾拒绝桓温求婚,以为门户不当。羲之则出身琅邪王氏,两晋之间,簪缨世家,东晋之时,一跃为第一贵族。琅邪王氏贵游子弟,眼中何曾有人?羲之傲慢,其子徽之、献之更成为本书《任诞》、《简傲》诸门的主角。二王相轻结怨,正是门第观念及其傲慢偏见在作祟。就事论事,